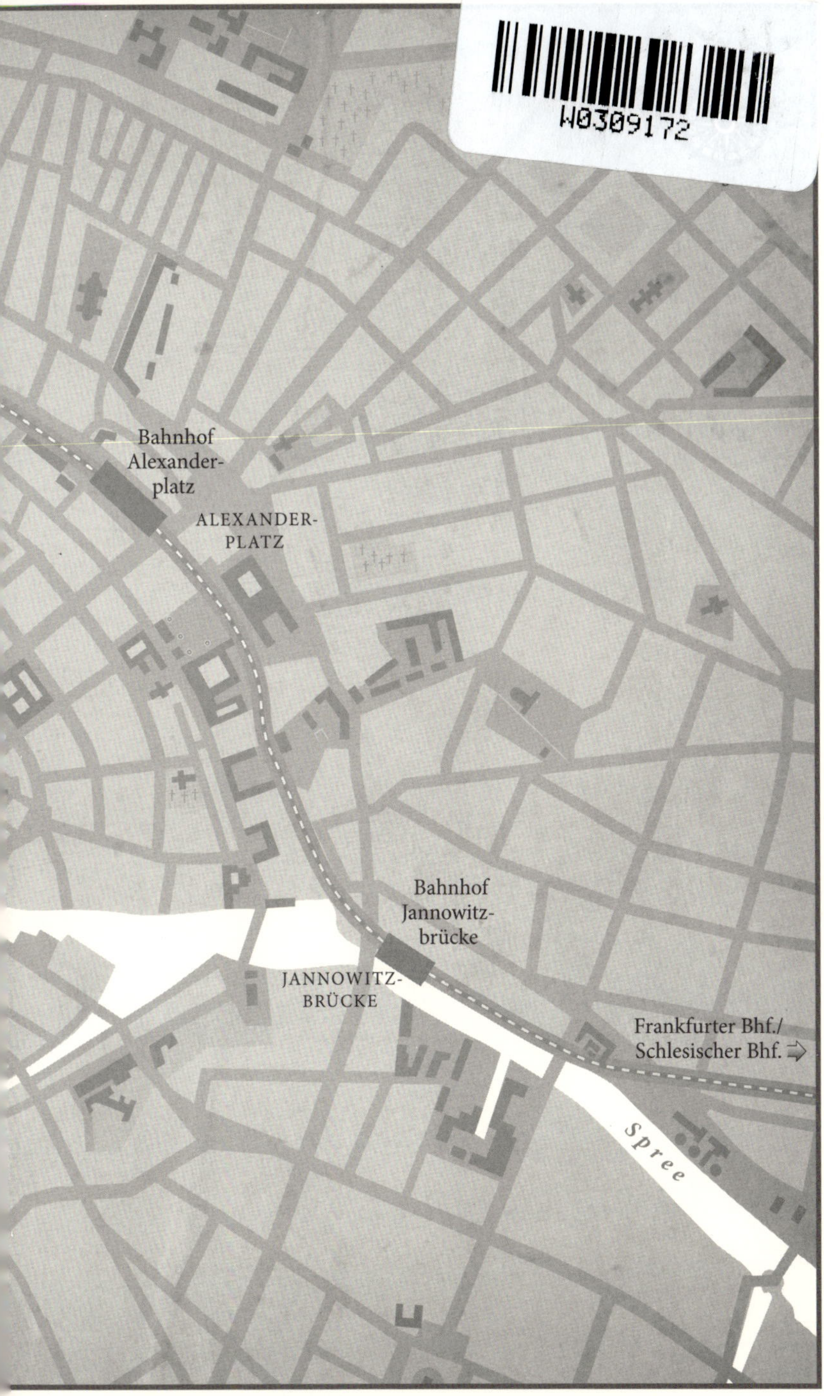
Bahnhof Alexander-platz
ALEXANDER-PLATZ
Bahnhof Jannowitz-brücke
JANNOWITZ-BRÜCKE
Frankfurter Bhf./ Schlesischer Bhf.
Spree
W0309172

K.

Axel Simon

GOLDTOD

Kriminalroman

Kindler

Originalausgabe
Veröffentlicht im Rowohlt Verlag, Hamburg, April 2021
Copyright © 2021 by Rowohlt Verlag GmbH, Hamburg
Satz aus der Minion Pro
bei Pinkuin Satz und Datentechnik, Berlin
Druck und Bindung GGP Media GmbH, Pößneck, Germany
ISBN 978-3-463-00013-8

Die Rowohlt Verlage haben sich zu einer nachhaltigen Buchproduktion verpflichtet. Gemeinsam mit unseren Partnern und Lieferanten setzen wir uns für eine klimaneutrale Buchproduktion ein, die den Erwerb von Klimazertifikaten zur Kompensation des CO_2-Ausstoßes einschließt.
www.klimaneutralerverlag.de

FSC www.fsc.org
MIX
Papier aus verantwortungsvollen Quellen
FSC® C014496

«Das Einzige, was für den Triumph des Bösen nötig ist, sind gute Männer, die nichts unternehmen.»

John Stuart Mill (1806–1873)

Ein paar Tage zuvor

«Na, was kann ich denn für diesen jungen Herrn tun? Etwas Pomade für die goldene Lockenpracht?»

Die Frau, die ihn das fragt, ist größer als er. Aber das ist Samuel Phillipi gewohnt, schließlich ist er im letzten Monat erst acht geworden. Die Frau, die sich jetzt erwartungsvoll über den funkelnden Glastresen zu ihm hinabbeugt und lächelt, ist sehr bunt, vor allem im Gesicht. Sie ist geschminkt, das ist das Wort dafür, das weiß er, denn seine Mutter ist nie geschminkt. Und trotzdem schön. Aber trotzdem traurig. Deshalb ist er hier und antwortet dem bunten Gesicht über sich nun: «Eine Flasche Yippieh, bitte.»

«Yippieh? Bist du sicher? Was soll denn das sein?»

«Yippieh ist ein Parfümwasser aus Paris. Es ist sehr gut. Das habe ich zumindest gelesen.»

Die Frau über ihm lächelt jetzt und zeigt dabei ein paar unregelmäßige Zähne.

«Verstehe, der junge Gentleman benutzt also schon ein Parfüm?»

«Das Yippieh soll für meine Mama sein.»

«Meinst du vielleicht das hier?» Sie zeigt ihm den gleichen länglichen Zettel mit dem Parfümfläschchen drauf, den er vorgestern in der Bahn gesehen hat, als er vom Unterricht kam.

«Genau», nickt er. «Einen Liter bitte.»

«Der junge Mann hat Geschmack, so viel steht fest. Das Parfüm», sie spricht das Wort aus wie den Komponisten Chopin, so seltsam verschnupft, «das du meinst, junger Mann, heißt nicht Yippieh, sondern *Jicky.* Der neue Duft von Guerlain.» Auch das näselt sie. «Das gibt es aber erst zur Eröffnung der Weltausstellung in Paris. Im Mai. Das ist erst in zweieinhalb Monaten. Ich fürchte, du wirst dich noch gedulden müssen. Du kannst es vorbestellen. Aber das haben schon viele getan. Wie wäre es denn als Geschenk für deine Frau Mama mit diesem … nanu, wo ist er denn hin, der goldige Kerl?»

Erster Abschnitt

Yippieh!

«Am Tag, an dem der Affe sterben soll,
werden alle Bäume rutschig.»
Sprichwort aus Südwestafrika

1

Freitag, 15. Februar 89

Wenn er ihr von hinten durch den Kopf schießt, denkt sie und wundert sich erneut über ihre innere Ruhe bei diesem Gedanken, würde die Kugel vorn aus ihrem Gesicht wieder heraustreten und dort allerlei Verwüstung anrichten. Das will sie nicht. Sie hat deshalb beschlossen, dass er ihr von vorn durch die Stirn schießen soll. Bei der Aufbahrung könnte man dort vorn eine Locke über das Loch drapieren, und hinten würde ihr Haar die Verwüstung der Kugel verbergen. Vor allem aber will sie neben ihm aufgebahrt sein. Feierlich. Festlich. Mit stillem Ernst. Sie öffnet ihre Augen wieder und erkennt im Schwarz der Nacht seine Silhouette dicht vor sich.

Er ist keiner dieser aufdringlichen Spritzer. Und auch kein Planscher. Er rudert, wie er ist, ruhig und bestimmt. Er rudert, wie feine Leute rudern, denkt sie. Gesittet. Im Mai. Mit Strohhüten auf dem Kopf, von denen hinten Stoffbänder runterflattern wie Fahnen. Hier weht heute bloß der kalte, bittere Geruch der Borsigwerke in Moabit. Und statt eines Strohhuts hat sie ein Wolltuch um den Kopf gelegt. Statt Mai ist Februar. Statt Tag ist Nacht. Selbst das, was sie anfangs romantisch für den Mond hielt, entpuppte sich als Schornsteinleuchte einer Fabrik. Immerhin: Ihr Ziel ist fein und königlich. Schon hört sie das Schilf am Ufer rascheln, das ihr Kahn mit dem Bug zerteilt. Ihr

Herz klopft jetzt lauter. Aber es klopft immer so doll, wenn sie mit ihm zusammen ist.

Vorgestern waren sie schon im Hellen hier und haben den Ort besichtigt, an dem es geschehen soll. Den Ort ihres gemeinsamen Todes. Das Belvedere im äußersten Norden des Charlottenburger Schlossparks soll es sein. Das Teehaus, das der Architekt Langhans vor hundert Jahren für den König von Preußen, Friedrich Wilhelm II., entwarf, noch bevor Langhans sich auch das Brandenburger Tor ausdachte. Hier am Belvedere im Schlosspark, sagt man, betrieb der König seine alchemistischen Studien, hier wurde er vom Geheimbund der Rosenkreuzer mit Spuk getäuscht und an der Nase herumgeführt. Exakt hier soll es geschehen. Kurz nach Sonnenaufgang. Sie weiß nicht mehr, wann genau der Plan in ihnen reifte, dass sie nicht nur zusammen leben, sondern auch gemeinsam sterben wollten. Kein alltäglicher Plan, schließlich sind sie erst siebzehn und achtundzwanzig. Aber seit vor zwei Wochen, am 31. Januar, der österreichische Thronfolger in einem Jagdschloss bei Wien erst seine siebzehnjährige Geliebte und dann sich selbst erschoss, ist dieser Wunsch in ihnen. Offiziell sprach man nur von einem einzelnen Tod, dem des Kronprinzen. Aber die Gerüchte hielten sich und wuchsen rasch wie Gewitterwolken: Eine ungarische Prinzessin wäre bei ihm gewesen. Starb vor ihm. Mit ihm. Durch ihn. Für ihn. Festlich. Feierlich. Mit stillem Ernst.

Auch sie beide im Boot im nächtlichen Borsigmief wollen nicht warten, bis sie alt und schrumpelig werden wie im Keller vergessene Äpfel. Sie wollen es jetzt. Wie der Dichter Kleist damals unten bei Stolpe am See und wie dieser Sohn der österreichischen Kaiserin mit seiner Geliebten.

Robert arbeitete bis gestern in der Oper, bei denen, die die Kulissen beleuchten. Seit sie sich vor drei Wochen zum ersten

Mal trafen, hatte er sie mehrfach heimlich hinter die Bühne mitgenommen. Gemeinsam im Dunkeln und Hand in Hand hatten sie dort, mit Blick auf die segeltuchbespannten Stellagen der Theaterkulisse, den Todesgesang der Isolde gehört. «Wild und leise, wie er lächelt.» Und genau so wollen sie jetzt zusammen sterben. Wild entschlossen und mit leisem Lächeln auf den Lippen. Ihr wird aber nun doch reichlich bang, als sie im Osten den Himmel heller werden sieht. Ihr gemeinsamer Abschiedsbrief ist sorgsam in Wachspapier gewickelt, gegen den Schneeregen, bis man sie findet. Es war schwierig genug, ihn zu schreiben. Immer wieder hatte sie Fehler darin entdeckt und ihn noch mal begonnen. Der Brief musste sein, sie wollte, dass man verstand, weshalb sie starben. Aus reiner Liebe und innerem Edelmut, nicht etwa aus Not oder Schwangerschaft. Wild und leise. Der Bug des flachen Kahns läuft nun auf das Ufer des Schlossparks auf. Sie sind da, denkt sie, will zum Schornsteinlicht-Mond sehen, findet ihn nicht mehr, steht auf. Das Boot schwankt dabei, ganz leicht nur, wie eine Wiege.

Das Belvedere genannte Teehaus ist höher als breit. Ein schlankes Gebilde, ein feiner, dreistöckiger Pavillon, ganz in zartem Bleu und Weiß gehalten. Während Robert den Kahn in den Wasserarm zurückschiebt, der den Schlosspark im Osten umfließt – sie brauchen ihn nicht mehr –, sieht sie nur die nun bleistiftgrauen Umrisse des Gebäudes.

Er nimmt sie in den Arm und drückt sie fest an sich, wie es die Sänger auf der Opernbühne tun. Die Tasche mit der Pistole, die er einem Onkel geklaut hat, bollert dabei schwer gegen ihre Seite. Fast hat sie Angst, ein Schuss könnte sich lösen und die Schlosswächter alarmieren. Aber nein, alles bleibt still und bleistiftgrau. Wenn hier ein Schuss fällt, wird sie ihn nicht mehr hören.

So stehen sie ein paar Minuten fest an den anderen geklammert, bis ihr die Hände schmerzen. Dann schiebt sich flach und zögernd die Februarsonne zu ihnen heran. Und dann sieht sie ihn, den Mann dort oben. Er ist aufgespannt wie ein großes X zwischen den Säulen des östlichen Pavillonbalkons, blutig und tot und beinahe schon wieder schön. Ein schwebendes, rosenrotes Rosenkreuz vor dem Schwanenweiß der Fassade. Und so kommt es, dass sie beide nicht gemeinsam sterben, zumindest heute noch nicht, aber sich gemeinsam einnässen vor Entsetzen.

▪▪▪

«Die Vögel sind heute drinnen. Wegen 'm Wetter.»

Der Zoowächter hat den Mann, der regungslos vor dem leeren Gehege der Straußenvögel steht, schon mehrmals in letzter Zeit hier gesehen. Sportlicher Allwettermantel, stark gebräunte Haut und an einem Lederriemen um die Schulter eine Feldflasche wie ein Wanderer. Eine Hand zittert leicht, sieht der Zoomann. Nervöse Zuckungen, kommt immer öfter vor heutzutage. Die meisten Besucher bleiben bei den Löwen stehen, schlecken Eistüten, während sie sich insgeheim fürchten. Zu den Straußen kommen nicht so viele, obwohl das Schild am Gehege von den enormen Geschwindigkeiten spricht, die *struthio camelus*, der afrikanische Strauß, zu erreichen in der Lage ist: Fünfzig Stundenkilometer kann so ein Riesentier über eine halbe Stunde halten, wollen Forscher beobachtet haben. Über kürzere Strecken sind sogar siebzig Kilometer in der Stunde möglich. Siebenzig! Das ist ja fast bis ganz nach Frankfurt / Oder. Der Benz Patent-Motorwagen Nummer 3, mit dem Bertha Benz, die Frau des Konstrukteurs, ohne das Wissen ihres

Mannes im letzten Sommer ihre vielbeachtete Überlandfahrt unternahm, schafft gerade mal zwanzig Kilometer die Stunde. Maximal. Während dieses Automobil 3000 Goldmärker pro Stück kostet, ist ein Strauß umsonst. Denn der Strauß lebt auf deutschem Reichsgebiet in Deutsch-Südwestafrika. Man fängt ihn, verschifft ihn, und jetzt steht er hier im Berliner Schneeregen und wundert sich. Während der Tommie noch weiter südlich in seiner Kolonie am Kap allerdings schon Diamanten und Gold gefunden hat, berichten die Stimmen aus DSW, wie Weltläufige die junge deutsche Kolonie Deutsch-Südwest in betonter Vertrautheit gern nennen, noch nichts Vergleichbares. Man sucht nach diesen Bodenschätzen in dem (wie es heißt) riesigen und (wie es weiter heißt) sehr sandigen Land, findet aber nur Strauße. Vorerst.

Heinrich «Porti» Port, so heißt der Zoowärter, der sich gerade seine Pausenpfeife stopft und in den feinen Februargriesel blinzelt, hat einiges darüber gelesen. Nur Futter hinstellen und Dreck wegfegen ist ihm zu wenig. Er will wissen, mit wem er es zu tun hat. Ob Tapir, Menschenaffe oder eben Strauße, Port liest sich ein, fühlt sich geradezu ein in den Lebensraum dieser wunderbaren Kreaturen. Wenn er abends in der kleinen Wohnung in Kreuzberg sitzt und die entsprechenden Bücher studiert, spürt er förmlich körperlich die Hitze und den Staub in Deutsch-Südwest, sieht vor dem inneren Auge direkt hinter der Nähmaschine seiner Frau riesige Herden dieser Vögel durch die Savanne schreiten.

Als Port die kleine schwarze Pfeife am Randstein leerklopft und sich umsieht, ist der Straußenfreund von vorhin nicht mehr da. Wird wohl auch wegen des Wetters rein ins Haus gegangen sein. Die dunkelgrüne Ausgangstüre an der gegenüberliegenden Wand schwingt gerade noch zu. Port, 51, ist erst seit drei Monaten für die Strauße zuständig. Im Sommer kam sein neuer Kaiser, der dritte des letzten Jahres, und im Oktober kamen seine Strauße. Aber er hat über die Jahre im Zoologischen Garten ein untrügliches Gespür für die Befindlichkeit seiner Schützlinge entwickelt. Die Vögel sind drinnen heute anders, unruhiger. Der riesige schwarz-weiße Hahn läuft aufgeregter als sonst im Gehege des Winterquartiers herum, während seine grau-braunen Damen dicht zusammengedrängt in der anderen Ecke stehen. Etwas stimmt hier nicht. Port tritt näher heran. Zwei von seinen Vögeln scheinen nicht voneinander lassen zu können. Ihre langen Hälse, jeder dick wie ein Unterarm, sind miteinander um eine eiserne Gitterstange verknotet. Die Tiere sind tot!

Strauße, erzählt das Schild draußen am Gehege, haben die größten Augen aller Landwirbeltiere. Zwei Paar fünf Zentimeter große Augen sehen Port mit gebrochenem Blick an.

▪▪▪

Die Hauptstadt präsentiert sich an diesem frühen Freitagabend überaus glänzend: Das von den Regengüssen der letzten Tage gewaschene Straßenpflaster spiegelt wie ein polierter Lackschuh. Und auch die Bewohner der Stadt, zumindest die, die es sich leisten können, wollen glänzen. Wichtige Karnevalsbälle stehen am Wochenende an. Da will man, da muss man dabei sein. Mit rosig rasierten, jungfräulich frischen Wangen, befreit von Last und Mief der Kontore und Büros.

Deshalb herrscht im Barbiersalon Dorn in der Muskauer Straße gerade Hochbetrieb. Aber Barbier Dorn, in etwa so hoch wie breit, eine unermüdliche, weiß bekittelte Kugel zwischen den tannengrünen Rasiersitzen, gelingt es dennoch, Gabriel

Landow in alter Verbundenheit und ohne großen Protest der übrigen Wartenden auf dessen Logenplatz, den mittleren der fünf Drehsessel zu lotsen. Dorns Salon ist, wenn man es richtig bedenkt, Landows einzige Informationsquelle, die nicht primär mit dem Ausschank von Alkohol befasst ist. Landow sitzt, wird rasiert, lauscht, schnappt Dinge auf, Fetzen, Strömungen, Gerüchte, die für sein Metier als Privatermittler nützlich sein können. So weit zumindest die Theorie. Seit Wochen schon ist er allerdings nur noch privat hier, nicht als Ermittler. Kaum waren er und sein Kompagnon Orsini in die neuen Räume in der Ritterstraße gezogen, versiegte der Zufluss von Klienten. Es war auch vorher kein reißender Strom gewesen, eher ein Bächlein. Aber jetzt, seit Monaten, nichts mehr. Es scheint wie ein Fluch zu sein. Wie eine Strafe für das, was im letzten Juni geschah.

Thema der Stunde bei Dorn jedenfalls sind zwei Franzosen. Landow braucht einen Moment, um zu begreifen, dass es sich bei Chypre und Fougère bloß um zwei Duftwasser-Richtungen handelt.

Wenn es nicht um Politik und Weltgeschehen geht, reden sie hier gern über Frauen. Auch über deren Duft. Sogar über den südlich der Taille. Da macht es keinen Unterschied, ob es sich bei den Rednern um Herren, Männer oder Kerle handelt. Auch der Mann von Welt, und wer ist das nicht im Jahr der Pariser Weltausstellung, riecht längst nicht mehr nur nach Schießpulver, Sattelfett und Schweiß. Der moderne Mann duftet nach Eichenmoos und Ambra und am liebsten nach Erfolg. Man lebt in duften Zeiten. Man riecht gern gut, wenn man schmutzige Geschäfte macht, denkt Landow und hört auf, die Deckenleuchte über sich anzustarren. Er schließt die Augen, lauscht dem Schaben des Rasiermessers auf seinen Wangen und dem Gerede um ihn herum.

«Meine Frau», sagt einer von links durch den Rasierschaum, der ihm dick wie Schlagrahm an die Wangen gerieben wird, «macht mich nachgerade verrückt nach dem neuen Parfüm von diesem Gerling.»

«Guerlain», verbessert sein Nebenmann mit übertriebener Näselei und setzt wissend hinzu: «Meine auch. Sie hat schon drei Vorbestellungen gemacht, bei Schwarzlose, bei Vieth und bei Wertheim. Dabei wird dieses flüssige Nasengold doch wohl erst zur Eröffnung der Weltausstellung im Mai ausgeliefert. Wie heißt es … *Jicky*? … Kinderponys heißen so … wenn es allerdings wirklich sinnliche Wirkung hat, einen Stimulus für den gesamten Körper, dann meinetwegen.»

Das Besondere an diesem neuen Wunderduft ist, weiß ein anderer in der rosigen Runde, dass es diesem Franzosen gelungen ist, zum ersten Mal synthetische Zusatzstoffe zu verwenden.

«Synthetik!», ruft deshalb einer begeistert in die Runde. «Der exakte Nachbau der Natur mit künstlichen Mitteln. Das nenne ich Fortschritt. Auch wenn er hier von einem Franzosen gemacht wird. Meine Herren, wenn man bedenkt, was bald alles möglich sein wird. Syn-the-tik!» Er spricht es noch einmal feierlich aus, als handele es sich dabei um eine Symphonie, dann verschließt Schaum seinen Mund, und für einen Moment tritt Stille ein. Aber nur kurz.

Scheppernd reißt die Türglocke die meditierende Runde in ihren Rasiersitzen in die Wirklichkeit zurück.

«E-kel-haft!»

Der Eintretende legt offenbar Wert auf diese Feststellung. Er zerlegt das Wort in seine Silben, so, als handele es sich bei der Ekelhaft um eine Verwandte der Einzelhaft oder der Festungshaft. Der neue Kunde wiederholt das genau so noch mehrmals, während man ihm vorn am Empfang den Schirm und den tropfnassen Mantel abnimmt. Aber der scheint damit nicht den Regen zu meinen, der in großzügigen Mengen wieder eingesetzt hat. Der empörte Mann meint die Zeitung in seiner Hand. In Ermangelung eines freien Rasierplatzes ernennt sich der Neue, ein Mittvierziger mit breitem, fleischigem Gesicht, Typ Anwalt oder wohlhabender Bestatter, zum Herold aller und liest laut aus dem Extrablatt vor. Seinen Vortrag beginnt er wiederum mit: «E-kelhaft!» Dicht gefolgt von: «Hingehängt wie Christbaumschmuck! Ein so verdienter Mann!» Die Eingeseiften setzen sich aus den verlautbarten Bruchstücken in etwa Folgendes zusammen: Am frühen Morgen wurde im Schlosspark die Leiche eines bekannten Bankiers gefunden. «Geradezu obszön», wie der Referent sich empört, zwischen den Säulen des kleinen Teehauses im Norden des Parks aufgespannt wie ein großes, blutiges X.

«Nackt?», fragt einer.

«Spielt das eine Rolle?», blafft der Vorleser zurück, blättert aber sicherheitshalber noch mal nach und konstatiert dann: «Davon steht hier nichts. Aber blutverschmiert, das steht hier.»

Bei dem Toten handelt es sich um einen Freund des Reichskanzlers, ergänzt der Berichterstatter.

«Wusste gar nicht, dass der noch Freunde hat», murmelt einer von rechts, was ihm prompt ein weiteres «Ekelhaft!» vom Eingang einträgt.

Die Polizei, ergänzt der Berichterstatter hinter seiner Zeitung, tappe vollkommen im Dunkeln.

Genau an dieser Stelle wird Landow hellhörig. Ein prominentes Mordopfer, eine ratlose Polizei, offenbar kein simpler Mord aus Eifersucht oder ähnlich Profanem. Wer so einen Fall löst, wird bekannt und muss sich um neue Klienten keinen Kopf mehr machen.

Kurz darauf zahlt Landow mit strahlenden Wangen und geht, begleitet von einem letzten «Ekelhaft!». Der Februarwind schneidet ihm empfindlich in die gerötete Gesichtshaut. Mit diesem Fall könnte er sich die Lorbeeren verdienen, die das Schild ihrer Detektei bereits schmücken. Und wenn es ihm nicht gelänge, hätte er zumindest einen Grund, der ungewohnten Häuslichkeit mit seinem Kompagnon Orsini zu entfliehen. Landow schlägt den Kragen hoch und winkt einen Wagen heran. Seine Aussicht, zumindest von hier die regennasse Muskauer runter, ist absolut glänzend.

▪▪▪

«Eine wirklich originelle Idee.»

Lüssem, zweiter Maßschneider bei *Gern & Ehrhardt* beim Spittelmarkt, sagt das bloß halblaut durch den geschlossenen Mund, weil zwischen seinen Vorderzähnen ein halbes Dutzend Nadeln steckt. Der Kunde reagiert nicht auf das Lob, obwohl Lüssem, die Schulter des Herrn links etwas straffer steckend, das genau so meint. In zwei Wochen ist Rosenmontag, die Saison der großen Faschingsbälle ist bereits in vollem Gang. Wer auf sich hält und das nötige Kleingeld besitzt, die Kunden des Hauses *Gern & Erhardt* etwa, nimmt dazu nichts mottenkugelig Müffelndes aus dem Verleih, sondern lässt sich auch für diese Gelegenheit etwas schneidern. Lüssem mag diese Jahreszeit, bietet sie ihm doch Gelegenheit, neben der handwerklichen Akkuratesse auch seine Phantasie spielen zu lassen, wenn Herren einen Lord Nelson, einen Nero oder Goethe wünschen. Da müssen Lexika und Bildbände befragt werden. Die sonst hier im Hause gängigen Modelle wie Frack, Abendanzug dreiteilig mit Wechselpantalon und Sportweste, Jagdanzug und dergleichen in allen Ehren, aber jetzt, in diesen Wochen, machen Lüssem und Kollegen jedem Gewandmeister in der Oper Konkurrenz. Der Schneider tritt rasch zurück und kontrolliert den neu fixierten Sitz der Schulterpartie. Tadellos. Der Fall des Stoffes ist vorbildlich. Der Mann ist wünschenswert schlank, der Teint tiefbraun. Zwei Wochen Capri erreichen dieses wie mit mehrschichtiger Lasur aufgetragene Haselnussige niemals, weiß Lüssem, denn zur Kundschaft des Hauses zählen auch Atlantikkapitäne und hohe Kolonialbeamte. Dieser Herr hier macht ganz den Eindruck eines wirklich Weitgereisten. Das leichte Zittern seiner Hand verrät dem erfahrenen Schneider, der eilig wieder auf Tuchfühlung geht, die Existenz einer zehrenden Tropenkrankheit. Wie dem auch sei: Dieser sattellederbraune Kunde hier hat einen ganz besonderen Kostümwunsch. Er will nicht Kaiser oder Dichterfürst sein, nicht Waldgeist oder Zeus als Stier, nein, er bekommt gerade eine orientalische Dienerlivree angepasst. Wirklich originell. Lüssem umrundet den abgesteckten Rohentwurf, heftet noch einen Stofffflecken wegen des schwer zu besorgenden Musters für die Weste dazu und überreicht dem Kunden dann die Quittung seines Auftrages. Dass der Herr noch kein Wort gesprochen hat, ignoriert Lüssem genauso wie den rastlosen und doch seltsam starren Blick des Mannes.

«Mein Herr, Lieferung wie besprochen nächste Woche Mittwoch vor 11 Uhr in Ihr Hotel *König von Portugal*, Burgstraße Numero 12. Ich übernehme das selbst, falls noch Details zu verändern sein sollten. Ich wünsche derweil einen guten Abend.»

Während das Klingeln der Ladentürglocke über seinem Kopf verstummt, sieht der Schneider dem Mann nach. Ein Herr geht als Diener. Verrückte Zeiten. Der Regen hat endlich aufgehört, und der safranfarbene Mantel des Tiefbraunen ist noch lang zwischen den hin und her huschenden Fahrzeugen auf dem schwarzglänzenden Platz zu sehen. Lüssem, die Türe für heute absperrend, befällt ein gewisses Fernweh. Er würde auch gern weitgereist sein. Aber bis über Göttingen hinaus zur Hochzeit seiner Schwester hat es noch nicht gereicht.

▪▪▪

Landow hat die Abendblätter besorgt, aber kein Verlangen gehabt, nach Hause zu gehen. *Nach Hause!* Wie das schon klingt! Er hat jedenfalls keine Lust auf die Ritterstraße gehabt, diese immer noch befremdliche Art von Häuslichkeit, den Einrichtungswahn, den sein Kompagnon Orsini an den Tag legt, indem er ihre zweieinhalb kleinen Dachzimmer immer wieder neu umräumt und gestaltet. Dabei herausgekommen ist bisher ein vollgestelltes Möbellager mit schreienden Blumenmustern. Landow muss jetzt nachdenken. Er braucht Ruhe. Er spürt, dass an diesem toten Bankier vom Belvedere etwas dran ist. Er braucht nun kein *Sehen Sie nur, wie finden Sie das, habe den Preis auf die Hälfte gedrückt.*

Was er braucht, ist was zu trinken und eine stille Ecke. Die Restaurants in ihrer neuen Gegend sind ihm zu gediegen. In der Spindlerstraße bei Koestern in seinem alten Kiez, da trank man im Stehen. In der bürgerlichen Ritterstraße, zwischen Jerusalemkirche und Kammergericht, trinkt man sitzend und muss dazu etwas essen.

Ein paar Minuten später hat er sein stilles Eck ohne Mahlzeit gefunden und geht die Meldungen durch. In Ermangelung handfester Informationen ergeht sich die Presse vorerst in wilder Spekulation. Die wirren Hauptthesen sind: Der Tote wurde wie ein X aufgehängt, um einen Hinweis auf die Weltausstellung in Paris zu geben. Der Tote war ein international tätiger Bankier. Die Exposition mitsamt dieses neuen, gigantischen Turms, diesem nackten Eisengerippe des Ingenieurs Eiffel, ist eigenfinanziert, von Frankreich. Zumindest offiziell. Aber natürlich hängen große Banken mit drin. Auch große deutsche Banken. Banken hängen überall mit drin, wo sie Profit wittern. Und Profit kennt keine Grenzen. Auch die Bank des ermordeten Bankiers Breitkopf, steht zu lesen, war intensiv in der Finanzierung der Exposition engagiert, die von modernen Zeitgenossen gern Expo oder noch kürzer Xpo genannt wird. Ist also die Xpo der Grund für den X-Toten am Belvedere? Etwa zwei Drittel der Zeitungen zumindest sind dieser Meinung.

Eine ganz andere Theorie, liest Landow weiter, vermutet in dem so speziell hingehängten Toten ein Kreuz und folgert daraus, das Ganze sei ein Hinweis auf den Orden der Rosenkreuzer.

Die Rosenkreuzer hatten seinerzeit bereits den preußischen König Friedrich Wilhelm Zwo in betrügerischer Absicht getäuscht, um Einfluss auf politische Entscheidungen zu bekommen, und dazu genau jenes Teehaus im Schlosspark benutzt.

Und der junge jetzige Kaiser ist (neben vielem, was er nicht ist) ein glühender Okkultist, hört man allenthalben.

Eine Zeitung zeigt sogar ein Foto vom Tatort. Nur sehr verschwommen. Das Bild könnte auch ein Schiff im Küstennebel zeigen. Aber genau das macht es so unheimlich. «Blutiger Mord im Schlosspark. Das elegante Belvedere am frühen Freitagmorgen», erklärt die Bildunterschrift sicherheitshalber. Wahrscheinlich, denkt Landow, haben sie das aus großer Entfernung fotografieren müssen, vermutlich vom Wasser aus. Meistens landen die Fotos, die die Polizei macht, auf unsichtbaren Wegen direkt bei der Presse. Hier nicht. Eine Nachrichtensperre für das prominente Opfer? Das würde auch erklären, weshalb die blutigen Schlagzeilen erst am Abend gebracht wurden.

Landow nimmt einen Schluck aus der Flasche, die er mitgebracht hatte. Stechender Weizenkorn vom Bahnhof. Besser als nichts. Er sieht zu der Gestalt im Fenster vor sich auf. Weil draußen schwarze Nacht ist, kann er jetzt nur die Umrisse des bemalten Glasfensters über der kleinen Seitenkapelle erkennen. Aber er kennt das Bild. Es zeigt einen Engel.

«Gabriel», sagt einer links von ihm.

«Ja, bitte?»

Landow hat den Priester neben sich nicht bemerkt. Der zeigt zu dem Fenster hinauf, das Landow betrachtet.

«Dort oben. Das ist der Erzengel Gabriel. Er verkündete Maria ihre Rolle als zukünftige Mutter Jesu. Sie sind öfter hier in letzter Zeit, kommt mir vor. Neu in der Gegend? Ich bin Pastor Hensch.»

«Landow. Gabriel Landow.»

«Ah, ich verstehe. Stille Zwiesprache mit Ihrem Namenspatron?»

«Nein, ja, eher nicht, ich weiß nicht.»

Der Blick des Pfarrers wandert von den Zeitungen zur Flasche in Landows Hand.

«Das Haus Gottes steht jedermann offen», sagt der Pastor leise, «aber das Trinken ist in der Kirche nicht erlaubt.»

«Wahrscheinlich bin ich deshalb so selten hier», knurrt sich Landow in den Kragen. Er steckt den Korn ein, schiebt immerhin ein «Verzeihung» hinterher und schlüpft wie ein ertappter Dieb aus der Kirchenbank heraus. Er macht dabei mehr Lärm als nötig, erntet dafür die bösen Blicke zweier Frauen, die ganz vorn knien und beten.

Beim Ausgang steht eine kleine Figur, die um Spenden für

die Missionarsarbeit in Afrika bittet. Landow fummelt eine Münze aus der Jacke und steckt sie durch den Geldschlitz in deren hohlen Kopf. Die Figur, ein Mohr mit Lendenschurz, nickt dankbar, als das Geldstück laut in seinen Körper hinabklappert. Landow sieht zum Erzengel im Glasfenster und zum Nickneger direkt vor sich und geht. *Stille Zwiesprache!* Wär' ja noch schöner.

▪▪▪

Der Regen ist des Taschendiebs natürlicher Feind. Bei den ersten Tropfen ziehen die Leute die Köpfe in ihre Mantelkrägen wie Schildkröten. Dann sind sie zwar abgelenkt und unaufmerksam, gehen allerdings schneller, was ihm, Orsini, die Arbeit erschwert. Noch dazu, da er einarmig ist. Bei Licht besehen: *Ein einarmiger Bandit*. Ein Bonmot von Landow. Bei starkem Regen allerdings, und davon haben sie seit Wochen jede Menge, pressen die Leute die Aktenmappen an ihre Körper, weil eine Hand den Mantel zuhält und die andere mit dem Schirm kämpft. Im starken Regen verschließt sich der Mensch vollkommen unkooperativ dem Zugriff. Orsini ist dennoch nicht unzufrieden mit seiner abendlichen Runde, als er die Räume in der Ritterstraße erreicht. Allein der Klang. Nicht Metzger. Nicht Schuhmacher. Ritter. Fünfter Stock nur und Rückgebäude, aber bezahlbar. Zumindest für ihn. Wie Landow seinen Anteil zur Miete beisteuert, ist Orsini rätselhaft. Es sei denn, man bekäme inzwischen Geld fürs Trinken und Schlechtelaunehaben. Oben angekommen, schält er sich die regennassen Kleider vom Leib und geht nackt wie Adam durch die Wohnung. Diese zwei Zimmer mit Küche und Bad, denkt er dabei einmal mehr, sind wie sie selbst, Landow und Orsini: nichts Besonderes, ein wenig schäbig, aber zu allem bereit, dabei vielseitig verwendbar und ausgestattet mit dem Ausblick auf Höheres, den Himmel über Berlin. Im Moment ist der allerdings eher finster.

Die Kirchturmuhr in der Jerusalemer Straße schlägt zehn Uhr am Abend. Oder schon elf? Orsini hat nicht mitgezählt. Er hat die beiden Ledersessel in Landows Bereich zu einer Liegefläche zusammengeschoben. Seitdem trinkt er dort abwechselnd Tee wie der Detektiv in dem englischen Roman, den er am Vormittag versehentlich irgendwem als Beifang aus der Tasche gezogen hat, und blättert in Landows Englisch-Wörterbuch. Er blättert oft, denn sein Englisch ist schlecht, im Grunde nicht vorhanden. *Not there.* Man spricht das *th* lispelnd, weiß er immerhin. Soweit Orsini das verstanden hat, geht es in diesem englischen Buch mit dem Titel *A Study in Scarlet* um eine Studie in Scharlachrot und einen Doktor, der aus dem Krieg zurückgekehrt ist und jetzt eine Wohnung sucht. Jemand macht diesen Arzt gerade, Orsini ist erst auf Seite sechs angelangt, mit einem gewissen Herrn Holmes bekannt, der ebenfalls auf Wohnungssuche ist. Die ständigen Unterbrechungen zum Nachschlagen unbekannter Wörter – das erbeutete Buch ist voll davon – bremst seine Spannung zwar, dennoch hat Orsini das Klopfen an der Tür überhört.

«Entschuldigung? Ich hatte geklopft.» Es ist die schöne Frau aus der Beletage, die schon in der Tür steht. Jesus, was führt denn die hierher? Sie trägt einen durchnässten Mantel, und ihr Haar ist vom Wind ganz zersaust. Sie sieht noch schöner aus als sonst in dieser Derangiertheit, findet er.

«Entschuldigen Sie. Ich habe gelesen.» Etwas Blöderes fällt Orsini nicht ein. Er könnte es ergänzen mit: Entschuldigen Sie, dass ich nur Unterwäsche anhabe. Stattdessen wickelt er sich in die graue Wolldecke und steht reichlich verloren im Zimmer herum.

«Fehlt Ihnen etwas?» Sie meint seinen rechten Arm, merkt er, der trocknet mit den Schuhen.

«Ach, das, ich bin daran gewöhnt. Bitte kommen Sie, nehmen Sie Platz. Willkommen in der Detektei Orlando. Wie können wir helfen?»

«Wir?»

«Ich bin nur das *Or* von Orlando. Orsini mein Name. Der Rest, das *Lando* von Orlando kommt noch. Müsste jeden Moment hier sein. Herr Landow, mein Geschäftspartner, observiert gerade in einem Fall.»

«Ist das der große Herr? Den habe ich schon mehrmals im Teppenhaus gesehen, glaube ich», sagt sie fahrig. Landow nimmt prinzipiell das vordere, das bessere Treppenhaus, das eigentlich nur der Beletage und der ersten Etage vorbehalten ist.

«Genau der. Er wirkt oft etwas verschlossen, ist aber ein feiner Kerl. Tee?»

Kurz darauf sitzen die schöne Frau Phillipi und Orsini, der rasch in seine klamme Hose zurückgestiegen ist, sich gegenüber und trinken englischen Tee. Wäre nicht der Geruch nach feuchten Kleidern, könnte es gemütlich wirken.

«Wollen Sie sich nicht ausziehen? Ehm, den Mantel?»

Sie schüttelt rasch den Kopf. Eine Strähne ihres ebenholzfarbenen Haars wippt dabei malerisch um sie herum.

«Ich muss wieder hinab. Ich war nur … ich dachte … was lesen Sie gerade?»

«Ach, das. Ein englischer Roman.»

«Dickens?»

Orsini hat noch nie Dickens gelesen, aber er weiß, dass das ein Schriftsteller ist.

«Nein, nicht Dickens», sagt er gedehnt und versucht, unauffällig auf das Titelblatt des Buches zu sehen. Der eine Mann in der Handlung heißt Watson, der andere Holmes, aber der Autor ist ihm entfallen. «Scarlet! Scarlet Doyle», erfindet er deshalb.

«Ist es gut?»

«Ich hoffe es. Immerhin habe ich für die ersten Seiten zwei Stunden gebraucht.»

Sie lächelt flüchtig, und das, dieses Lächeln und die verwegene Haarsträhne und der verregnete Mantel und der ganze schöne Rest bewirken, dass Orsini auf der Stelle bereit wäre, sich für diese ihm vollkommen unbekannte Dame zu duellieren.

«Also, noch einmal gefragt: Wie können wir helfen?»

«Es ist, unser Sohn, Samuel, er ist acht. Ich habe ihn gerade überall gesucht. Er ist noch nicht zurückgekommen. Um fünf ist sein Geigenunterricht aus. Selbst wenn er bummelt, braucht er für den Weg zurück hierher nicht länger als eine halbe Stunde. Spätestens, allerspätestens um sechs ist er immer zu Hause. Jetzt ist es schon elf durch. Ich mache mir Sorgen. Ich weiß nicht, was ich tun soll. Mein Mann ist auf Geschäftsreise. Ich bin schon den ganzen Weg bis zur Wohnung von Herrn Brentano abgegangen. Brentano ist sein Geigenlehrer in der Amalienstraße oben bei der Börse. Nichts. Und Herr Brentano sagt, Samuel ist heute gar nicht zum Unterricht erschienen.»

«Wann haben Sie Ihren Samuel zum letzten Mal gesehen? Gegen Mittag?»

«Ja, gegen zwei Uhr, denke ich.»

Orsini sucht einen Block, um sich Notizen zu machen, findet aber keinen.

«Gegen zwei Uhr heute Mittag also», wiederholt er.

«*Gestern* Mittag», kommt es da ganz leise aus ihr heraus. «Samuel ist ein sehr selbständiges Kind. Er ist daran gewöhnt.

Er geht allein zur Schule. Unser Mädchen macht ihm die Mahlzeiten. Gestern Mittag habe ich ihn zuletzt gesehen. Dann war ich in der Stadt unterwegs, habe eine Freundin getroffen, und am Abend habe ich lang gelesen. Ich dachte natürlich, er sei bereits im Bett.»

Orsini, die Decke um den Körper geschlungen wie ein Römer, sieht die Frau aus der Beletage forschend an.

«Aber Sie wissen, dass Sam heute früh in der Schule war?»

Sie schluckt und schüttelt den Kopf.

«War er in der letzten Nacht überhaupt zu Hause? Hat das Mädchen ihn gesehen?»

Frau Phillipi sieht ihn verzeifelt an und dann auf ihre gekrampften Hände.

«Ich weiß es nicht. Das Mädchen hat heute frei. Ich bin keine schlechte Mutter, Herr Orlando, es ist nur, ich dachte ja, Sam ist sehr selbständig. Ich bin keine schlechte Mutter.»

«Es ist richtig, dass Sie gekommen sind. Ihr Fall ist bei uns in guten Händen.» Sagt's, sieht auf die einzige Hand, die das Schicksal ihm gelassen hat, und dann lieber wieder in ihr schönes Gesicht hinauf. Sie ist größer als er, das sind die meisten Frauen, aber sie hat nicht nur zwei Handbreit mehr weiches Fleisch und Knochen als andere. Sie hat auch innere Größe, das spürt er. Zumindest wünscht er sich das. Und ausgerechnet einer solchen Dame können sie nun helfen.

«Waren Sie eventuell schon bei – Verzeihung, ich muss das fragen – bei der Polizei? Wenn Ihr Kind einen Unfall hatte, dort wüsste man davon. Andererseits: Kinder! Über ein Abenteuer, eine kleine Ablenkung die Zeit vergessen und dann kommt die Angst vor der Schelte zu Hause dazu.»

Sie kämpft mit den Tränen. Orsini ist kurz davor, sie in den Arm zu nehmen. Aber dazu, die aufgewühlte Frau Phillipi zu beruhigen, kommt er nicht mehr. Mit einem Schlag fliegt die Bürotür auf und knallt ungebremst vor die Wand. Landow steht im Raum. Wankt. Er hat wieder getrunken. Wie zum Beweis erreicht Landows saure Bierfahne jetzt die übrigen Anwesenden.

«Orsini! Alter Drachentöter! Ich bin spät. Schuldigung. Aber haben Sie die Abendzeitungen gelesen?»

Landow rupft eine Rolle zusammengedrehter Zeitungen aus der Manteltasche, lässt die Hälfte davon fallen, bückt sich grunzend und klaubt das nassgeregnete Papier umständlich vom Boden auf. Dass Orsini nicht allein ist, entdeckt Landow, wieder senkrecht, aber noch leicht schwankend, erst jetzt. «Oh. Besuch? Verdammt. Pardon. Gnädige Frau, willkommen. Was dürfen wir … können wir … hat er Ihnen einen Cointreau angeboten? Nicht?»

Orsini bemüht sich um Schadensbegrenzung. «Es geht um den Sohn von Frau Phillipi. Er ist am Abend nicht von der Geigenstunde zurückgekehrt.»

«Ich war schon auf der Wache an der Schützenstraße», ergänzt sie schnell, «aber dort konnte man mir nicht helfen. Mein Mann kennt ein paar Herren im Präsidium, aber ich kann ihn nicht erreichen. Er ist geschäftlich unterwegs. Hamburg.» Sie sagt das irgendwie fragend, gedankenverloren. Verloren allemal.

Orsini hat Gabriel Landow in den letzten zehn Monaten, seit damals, als er ihn zuerst beklaut und danach seine Bekanntschaft gemacht hat, in ganz unterschiedlichen Verfassungen erlebt. Verschwitzt, verzweifelt, veränstigt, verschlossen, verbissen, versoffen und verstörend. Aber dieser Kerl ist immer wieder in der Lage, ihn neu zu verblüffen. Wie ein Schrankenwärter die Weichen umlegt, ist Landow auf einen Schlag nicht mehr sturzbetrunken. Er schweigt, hört zu, regungslos, dann strafft er sich, pfeffert das nasse Zeitungspapier auf seinen

Schreibtisch, geht kerzengerade zu der bedauernswerten Frau Phillipi, sieht sie ernst an, gibt ihr einen Handkuss und sagt mit der Verbindlichkeit des Ersten Heldenschauspielers vom Deutschen Theater, dieses Josef Kainz': «Gnädige Frau, im Gegensatz zu meinem bedauernswerten Auftritt, der unentschuldbar ist, den ich Sie dennoch in aller Form zu entschuldigen bitte, tut unsere Detektei nicht nur, was sie kann. Sie kann auch, was sie tut. Seien Sie versichert, dass wir uns, sobald es da draußen über dieser wunderbaren Stadt hell geworden ist, auf die Suche nach Ihrem Sohn machen werden. Haben Sie eventuell eine Fotografie von ihm?» Sie nickt und kramt in ihrer Manteltasche. Sie ist vorbereitet, Orsini lobt still ihre Umsicht.

«Ah, sehr schön, das hilft ungemein. Ich weiß, dass es müßig wäre, Sie, gnädige Frau, als liebende Mutter dazu aufzufordern, jetzt ruhig zu sein. Das können Sie in einer solchen Situation gar nicht. Aber versuchen Sie bitte, etwas Kraft zu finden. Mit dem ersten Hahnenschrei geht es los. Ich kenne auch einige Leute im Präsidium. Es wird uns eine Ehre sein, Ihnen zu helfen.»

Frau Phillipi klebt an seinen Lippen, obwohl ihn noch immer Kneipendunst umgibt. Fast würde es den sprachlosen Orsini nicht wundern, wenn Landow und sie sich nun küssten. Sie lässt sich stattdessen von Landow zur Tür bringen. Er sieht ihr nach, wie sie die unkommod steilen Treppen im hinteren Stiegenhaus hinabgeht, dann schließt er betont leise die Bürotür.

«Schöne Frau, finden Sie nicht, Orsini? Wie auch immer. Morgen kümmern wir uns. Vermutlich ist der Sohn dann ohnehin wieder da. Hat im Grunewald mit Freunden Räuber und Gendarm gespielt.»

«Im Februar?»

«Wir können jetzt sowieso nichts tun.»

«Sie kennen Leute im Präsidium?»

«Zwei Pförtner. Wir duzen uns.»

«Sie sind spät.»

«Für die Wahrheit ist es nie zu spät. Ich musste die Zeitungen erst lesen. Ich habe das Gefühl, dass *das hier* unser erster Fall sein könnte. Wer so was löst, ist auf einen Schlag berühmt. Ich fasse es für Sie zusammen, denn Sie haben ja offensichtlich eine Vorliebe für englische Romane entwickelt und den ganzen Tag verschmökert, was?»

«Nein, mein Lieber, ich habe rund ein Drittel unserer nächsten Monatsmiete zusammengesammelt und mir dabei nasse Füße geholt. Erst danach habe ich begonnen zu lesen.»

«Schon gut, schon gut. Hier, schauen Sie selbst. Wie auch immer: Ich gehe gleich morgen früh los und werde versuchen, mehr herauszubekommen.»

«Und der Junge?», ruft Orsini ihm hinterher.

Wieder erinnert Landow an einen dieser Staatsschauspieler, als er sich, groß und durchaus beeindruckend, in der geöffneten Durchgangstüre zu Orsini herumdreht und sagt: «Ist es nicht wunderbar? Erst haben wir keinen Fall. Jetzt haben wir zwei. Wissen Sie, Orsini, wie die Mohikaner jagten? Sie teilten sich auf. Genau wie wir. Sie kümmern sich um den verschwundenen Jungen und ich um den toten Bankier. Beide Fälle dulden keinen Aufschub. Wir ermitteln das wie die Mohikaner. Gute Nacht. Nein, bleiben Sie nur hier, Orsini, ich schlafe nebenan auf ihrer üppigen Pfingstrosenwiese.»

Landow lässt die nassen Zeitungen auf dem ansonsten leeren Schreibtisch liegen, streift im Gehen die Hosenträger ab und wankt, ohne Licht zu machen, in den Nebenraum. Einen Moment später tut es von dort einen gewaltigen Schlag. Nach einer Tirade halblauter Flüche geht drüben das Licht an, dann steht schwarz der Schatten Landows in der Durchgangstüre.

«Wo zum Teufel sind die ganzen Stühle hin? Die mit dem schönen Blumenmuster. Das müssen doch ein Dutzend gewesen sein. Was ist hier geschehen? Der Raum ist komplett leer. Wo soll ich schlafen? Kann man nicht einmal ein paar Stunden weg sein, ohne dass Sie alles auf den Kopf stellen?»

Orsini klappt gekonnt mit wenigen Handgriffen den Schreibtisch zu einem Bett auseinander und legt sich auf die dadurch freigelegte Matratze.

Erst dann sieht er erschöpft zu dem noch immer in der Tür wartenden Landow herüber.

«Ich kam noch nicht dazu, das zu erwähnen. Ich hatte den Eindruck, dass Ihnen das Muster und die Anzahl der Sitzmöbel nebenan nicht gefielen. Als ich heute Mittag am Spittelmarkt tätig war, entdeckte ich einen ganz wunderbaren Möbelstoff, schlicht, elegant, ganz ohne Blüten, wie gemacht für diese Räume. Ich habe den Stoff kurzerhand gekauft und die Stühle vorhin schon zum Polsterer bringen lassen. Alle. Montag sind sie wieder da. Gute Nacht. Stört es Sie, wenn ich hier noch ein wenig das Licht anlasse? Diese englische Geschichte ist wirklich *tremendously interesting.* Auch wenn es nicht Dickens ist.»

2

Samstag, 16. Februar 89

Er hat bisher bewusst vermieden hierherzukommen. Er hat den Schmerz gefürchtet, den es ihm bereiten würde. Zu Recht. Der Schmerz ist bereits da. Das gesamte Gelände ist noch heruntergekommener, als er erwartet hat. Das hier ist ein Friedhof. Ein totes, verfallenes Stück seiner Vergangenheit. Das Einzige, was von all dem noch lebt, ist sein Hass. Wenn der stirbt, stirbt er auch. Spätestens dann. Trotz der kühlen Temperaturen lastet ein Geruch von Tod über diesen Gebäuden. Als würden die geschwärzten Ziegelmauern, die eingesunkenen Dächer und gähnenden Fensterlöcher so etwas wie ihren eigenen steinernen Verwesungsgeruch ausdünsten. Dabei liegt ihr Tod doch schon Jahre zurück. Der einsame Besucher steht eine Zeitlang auf dem mit Schutt übersäten Hof herum. Die Überreste des Abtransports. Die Reste eines Lebens. Das Tor zur Gießerei haben sie mit zwei gekreuzten Bohlen zugenagelt wie ein mannshohes X. Aus dem Loch einer zersplitterten Scheibe wächst ein Birkenast heraus und scheint ihm zuzuwinken. Willkommen zurück! Da hinten waren die Büros, dort die Buchhaltung, weiter rechts das Atelier seines Vaters. Die Kinder haben mit ihren Steinen keine Scheibe mehr ganz gelassen, außer einigen von den ganz schmalen, schießschartenförmigen in den Lagern. Der Mann auf dem Hof fährt herum, als eine nasskalte Bö eine Tür aufreißt und vor das Mauerwerk krachen lässt. Sein flackernder Blick tastet über das alles hier. Er zittert. Ihn friert. Und das liegt nicht am Februar allein. In der Montagehalle liegen noch zwei umgestürzte Werkbänke wie die Barrikaden eines verlorenen Kampfes. Durch die wieder und wieder laut schlagende Tür pfeift scharf der Wind in die Halle hinein und fegt Staubwolken auf. Gelben Staub. Wie bestellt, kommt jetzt sogar eine kraftlose, leichenblasse Sonne zum Vorschein. Sie lässt den aufgewirbelten Dreck für einen Moment goldgelb aussehen wie den Sand dort. Gugelhupfgelber Sand, der ungefragt in sämtliche Körperöffnungen drang, sodass man nach wenigen Tagen das Gefühl hatte, inwendig zu knirschen wie eine vernachlässigte Maschine. Die Trostlosigkeit der Ruinen hier nimmt fast ein wenig ab, als er entdeckt, dass hinten, in der zweiten Halle, da, wo das Dach noch unversehrt scheint, offenbar Leute leben. Leben? Gestalten erheben sich dort und schleichen jetzt, Bündel und Decken auf dem Arm, zu den hinteren Türen hinaus wie ertappte Diebe. Fast möchte er ihnen nachlaufen und sagen: «Bleiben Sie nur. Ich gehe. Ich wollte es nur einmal noch sehen, bevor …»

Aber dann sagt er nichts. Geht einfach so. Selbst der Staub, der nun nicht mehr schimmert, hat sich gelegt. Bald würde sich vielleicht auch seine Wut legen können. Als er das Gelände der verlassenen Manufaktur durch den Torbogen zur Straße hin verlässt, blickt er sich ein letztes Mal um. Wenigstens das Schild ist fort, die große Holztafel, die einmal stolz Auskunft gab über die Bestimmung dieses Ortes. Das Namensschild, das jedes Jahr um genau diese Zeit herum fein säuberlich nachgemalt wurde. Ihn friert entsetzlich. Er geht. Er hat noch viel zu tun.

▪▪▪

Erwischt! Verdammt! Wie das?! Der Schreck fährt in ihn wie ein Blitz. Kein Zweifel, der langhalsige Mann im Tweedmantel direkt vor ihm sieht ihn an, nicht zufällig und nicht freundlich. Kein Wunder: Orsinis Finger stecken noch tief in dessen Manteltasche. Bevor die Miene des Herrn noch wütender werden kann, zieht Orsini seine Hand samt Geschäftskarte der Detektei Orlando wieder aus dem Tweed heraus, hält sie dem Mann unter den drahtigen Schnauzbart und flüstert ihm zu: «Erstklassige Referenzen. Werbeaktion.» Dann – endlich – taucht Orsini ab in der Menschenmenge auf dem Alex, schlüpft haarscharf zwischen zwei sich kreuzenden Pferdebahnen durch, schlägt Haken wie ein Hase und wagt dann erst, die Jannowitzbrücke schon im Blick, schwer atmend in einer Nische stehen zu bleiben. Er! Wischt! Auf frischer Tat ertappt. Das ist ihm zuletzt in seiner Anfängerzeit passiert, als er seine Fingerfertigkeit noch an Besoffenen und alten Frauen geschult hat. Nicht mal das schlechte Wetter kann als Ausrede herhalten, die Hauptstadt präsentiert sich für einen Februarsamstag in geradezu freundlicher Beschaffenheit. Bunte Papierluftschlangen von Besuchern der Faschingsbälle der letzten Nacht hängen noch in den schrundigen Platanen herum und tun gerade so, als sei schon Mai. Orsini, wieder zu Atem gekommen, reiht sich flink in den Strom der Fußgänger ein. Er weiß sehr wohl, weshalb ihm dieser Fehler unterlaufen ist. Er ist abgelenkt. Er ist auf geradezu haarsträubende Weise unkonzentriert. Weil er unablässig Ausschau hält nach einem Achtjährigen mit goldblonden Locken, nach einem Rauschgoldengel in dunkelblauem Mantel und mit dunkelbraunem Geigenkoffer, der, aus welchen Gründen auch immer, nicht nach Hause zu seiner ausnehmend schönen Mutter geht. Orsini weiß sehr wohl, dass seine Chance, den kleinen Phillipi zu finden, gleich null ist. Aber was, außer

Ausschau halten, kann er sonst tun? Zum Beten fehlt ihm das Talent. Am Morgen, kurz nachdem Landow das Haus verlassen hat, ist Orsini zur Polizeiwache in der Französischen Straße gegangen. Er schaffte es kaum, die fünf Stufen zum Eingang hochzugehen. Ein professioneller Taschendieb hat in einer Polizeistation nichts verloren. Es gibt kaum einen unpassenderen Ort für jemanden seiner Profession. Schwimmbäder und Nudistentreffpunkte vielleicht noch. Aber er schaffte es bis zum Tresen des Wachhabenden, zeigte die Fotografie des kleinen Phillipi und erkundigte sich, ob man eventuell …

«Ist das Ihr Junge?», unterbrach ihn der Wachtmeister.

Bei der Vorstellung wurde Orsini kurz angenehm warm ums Herz, denn wenn der Kleine sein Sohn wäre, hätte er ja in einer biologischen Notwendigkeit mindestens ein Mal mit der stattlichen Frau Phillipi …

«Leider nein», entfuhr es ihm. «Der Sohn einer guten Freundin aus unserem Haus in der Ritterstraße. Phillipi-Ginsberg. Der Vater, ein Bankier, ist auf Geschäftsreise, und die Mutter bat mich um Hilfe. Sie ist natürlich außer sich. Der Junge ist kein Streuner.» Und, als beweise das etwas: «Er spielt Geige.»

Da hat der Wachtmeister zum ersten Mal von den Papieren aufgesehen, die er konzentriert gelocht und zu drei Stapeln geordnet hat, während Orsini auf ihn einredete. Dazu knickte er je drei Blätter an der langen Kante in der Mitte und schob die Papiere dann exakt an der entstandenen Knickstelle in das Lochgerät. «Die meisten kommen wieder. Die meisten von den Kindern, die Tag für Tag und Nacht für Nacht verschwinden. Versuchen Sie, es einmal positiv zu sehen. Wenn ich den Jungen mit dem langen Namen bereits hier drin verzeichnet hätte, könnte das auch etwas Ungutes bedeuten. Sehen Sie, jetzt sehen Sie's sofort positiver. Es ist nicht immer leicht in diesen modernen Zeiten, aber sich den optimistischen Geist zu bewahren, ist enorm wichtig. Ich selbst erreiche das durch fernöstliche Meditationstechniken, die … he, wo wollen Sie denn so schnell hin?!» Fernöstlich beseelt, rief der Wachhabende dem davoneilenden Orsini immerhin noch ein «Viel Glück!» hinterher. Bevor er sich, ahnte Orsini zu Recht, wieder der ganz und gar meditativen Tätigkeit widmete, die abzuheftenden Protokollseiten an der Kante exakt in der Mitte zu knicken.

▪▪▪

Er ist nicht der Einzige, der die Abendblätter gelesen hat. Im Schlosspark vor der etwas kraftlos wirkenden Absperrung der Polizei stehen sie schon am frühen Samstag in kleinen Gruppen beieinander, starren auf die Säulen der ersten Etage des fast zierlich wirkenden, eleganten Gebäudes und stellen sich vor, dass er dort hing. Der Bismarckfreund. Der Erfolgsmensch. Landow sieht immer wieder einige mit abgespreizten Armen und Beinen ein X bilden.

Die Schlossverwaltung hatte mit polizeilicher Erlaubnis bereits am Vorabend mittels Schrubbern und Seifenlauge die blutigen Streifen am Schwanenweiß der Säulen entfernen lassen. Der Ort bot den gierigen Blicken jetzt also nichts mehr, befeuerte aber gerade mit dieser zur Schau getragenen Unschuld die Phantasien umso heftiger. Feldherren gleich, schritten Herren mit raumgreifenden Gesten um das Teehaus herum und erläuterten ihrem Gefolge, zur Not auch bloß einem gelangweilten Hund, die Ereignisse der vorletzten Nacht. So musste es gewesen sein. Schrecklich. Unfassbar. Ekelhaft. Mitten in Berlin. Auf nachgerade geheiligtem Hohenzollerngebiet. Und noch dazu völlig rätselhaft.

Der Parkwächter, der etwas abseits stand, hat Landows angebotene Zigarette gern genommen. Außer Rauch war aber nur aus ihm herausgekommen, dass er schon viel erlebt habe, aber so etwas noch nicht.

Der getötete Bankier wahrscheinlich auch nicht, hatte Landow still gedacht und diese vorübergehende Sehenswürdigkeit zügig wieder verlassen. Die Art, wie die Täter ihr Opfer hier der Öffentlichkeit präsentiert haben, ist bizarr. Der Bankenvorstand Breitkopf war stadtbekannt, eine öffentliche Person also, und sie hatten ihn dort hingehängt wie ein Denkmal. Eine menschliche Figur weithin sichtbar auf Stein gestellt. Das hier sollte ein Zeichen sein, keine Frage, das war ein Fanal. Aber für was genau? Mit ähnlich großem Risiko hätte man Breitkopf auch an eine Brücke oder das Portal seiner Bank knüpfen können. Weshalb ausgerechnet hier? Das Rätsel blieb außerdem, wie die Täter ihr Opfer auf den Balkon des Teehauses im ersten Stock und dann von dort an den Säulen hinaufgezogen hatten. Während er sich vor dem Schlossplatz einen Wagen heranwinkte, stellte er sich vor, wie drei bis vier Männer den toten Breitkopf mit Flaschenzügen, die sie oben an den Säulen befestigt haben, da wie ein geschlachtetes Tier hinaufziehen. Sie könnten eine von außen angestellte Leiter als Rampe benutzt haben. Oben angekommen, also immerhin – Landow schätzte die Geschosshöhe auf jeweils vier Meter – in fast acht Metern Höhe, binden sie den toten Bankier an den Handgelenken an die Säulen, entfernen die Flaschenzüge, spannen seine Beine zu einem X und binden seine Fußgelenke ebenfalls fest. Sie haben dazu mindestens eine Leiter, zwei Flaschenzüge, mehrere Laternen benötigt. Und Zeit! Schließlich war finstere Nacht, die Augenzeugen, irgendein junges Liebespaar, entdeckten den blutigen Fassadenschmuck erst in der frühen Dämmerung gegen Viertel vor sieben. Wie lange dauert so etwas, fragte er sich. Und selbst wenn die Täter – Landow glaubte, dass man für so etwas mindestens zu zweit sein muss – sehr leise waren: Warum wurden sie nicht von den Schlossparkwachen entdeckt?

Keine halbe Stunde später. Die Tür zum Untergeschoss der Charité war versperrt. «Kurzfristig wegen Krankheit geschlossen», verkündete ein großes Schild. Ein Satz, der vor einer Pathologie nicht einer gewissen Ironie entbehrt, fand Landow. Dann ist also offenbar auch der gute Pfeiffer von der grassierenden Erkältungswelle niedergestreckt worden. Neben der verschlossenen Türe saß trotzdem ein schmaler Kerl mit wüst vorspringender Nase am Boden und blickte melancholisch vor sich hin.

«Wollen Sie auch da rein?», fragte Landow ihn.

«Ja, ich arbeite hier. Ich bin der Assistent», antwortete der andere, und dabei huschte so etwas wie ein Lächeln über sein knochiges Gesicht.

«Ach, der vom Pfeiffer?»

«Klar. Herr Pfeiffer ist mein Chef.» Der Kleine sagte das mit hörbarem Stolz.

«Aber auf was warten Sie dann? Kann vermutlich dauern, bis das hier weitergeht.»

«Montag um sieben geht es wieder los. Ich spüre das.»

«Und bis dahin bleiben Sie hier?»

«Macht mir nichts aus. Ich hab sonst nichts vor.»

«Na, ich schon. Ich komme am Montag wieder vorbei. Mein Name ist übrigens Landow. Herr Pfeiffer und ich sind befreundet.»

Da ist der Kerl aufgestanden, hat die schäbige Mütze vom Kopf genommen und sich linkisch verbeugt.

«Mein Name ist Hans. Ich bin der Assistent.»

«Dann bis Montag, Hans.»

«Ich werde hier sein, Herr Landow.»

Halbe Stunde weiter südlich. Die Menschentraube vor der Breitkopf-Villa in der Sternstraße draußen in Lichterfelde ist deutlich kleiner als die im Schlosspark. Nur etwa zehn Leute lungern dort vor dem geschlossenen Gittertor herum. Ausschließlich Presse, so wie's aussieht. Vor dem Tor zur Einfahrt ist ein Wachtmeister in Uniform postiert, die Journalisten stehen in kleinen Grüppchen auf dem gegenüberliegenden Trottoir zusammen und rauchen. An der rechten Gartenseite ist eine Tür geöffnet, sieht Landow durch die dichten Sträucher, die das Anwesen zur Straße hin abschirmen. Der Uniformierte am Tor überlegt eine Sekunde, ob er die kleine Ledermappe mit dem blitzenden Reichsadler-Relief darin, die Landow erst dicht vor dessen Gesicht aufspringen lässt, genauer betrachten soll. Aber dann knurrt Landow: «Sonderermittlung.» Da nickt der Wachtmeister und winkt ihn durch. Um nicht am Eingang abgewiesen zu werden, geht Landow forsch rechts ums Haus herum auf die immer noch offene Seitentür zu. Ein Dienstmädchen bürstet hier Teppiche aus. Sie schaut kurz zu ihm herüber und macht dann weiter. In Totenhäusern ist man dankbar für geregelte Aufgaben und Pflichten, denkt er. Landow tritt sich sorgsam die Schuhe ab, bevor er das stille Haus von der Seite betritt.

Pietätlosigkeit, Hausfriedensbruch, Amtsanmaßung kann man ihm dafür vorwerfen. Ist das eine Schnapsidee, hier einfach so reinzuspazieren? Nein, er fühlt sich weitgehend nüchtern. Außerdem ist es die einzige Idee, die er hatte. Er hat den Tatort gesehen, das Opfer noch nicht, die Hinterbliebenen zu begutachten, liegt also nahe. Er hat keine Ahnung, was ihn hier drinnen erwartet. Eine trauernde Familie? Eine champagnerschlürfende Schwarze Witwe? Außer dass das Opfer wohlhabend und einflussreich war, weiß er nichts über den toten Breitkopf. Das Haus empfängt ihn mit absoluter Stille. Die Bibliothek ist stattlich, standesgemäß bestückt und sieht so aus, als würde sie tatsächlich regelmäßig benutzt. Außerdem ist sie menschenleer. Der starre Blick des Hundes bremst Landows Fortkommen allerdings empfindlich. Noch steht der Dobermann regungslos da, etwa zehn Meter von Landow entfernt, aber beides kann sich schnell ändern. Und so, wie der Bursche aussieht, wird der sich von Landows geklautem Ausweis nicht beeindrucken lassen. Landow lässt den Hund nicht aus den Augen, als irgendwo neben den Bücherregalen eine Tür aufgeht.

«Rothschild, Platz.»

Die Sanftheit der Stimme, die das sagt, steht in starkem Kontrast zum Gehorsam des Hundes. Gerade noch sprungbereit, entspannt sich das Tier augenblicklich und trottet zu seinem Liegeplatz neben einem schmalen Kaminofen an der Stirnseite des Raumes zurück. Die Witwe. Nicht in Schwarz. Kein Champagner.

«Ich bin überrascht, positiv überrascht, dass Sie schon da sind», sagt die sanfte Stimme, und, tatsächlich, sie meint damit Landow. Der willl keinen Fehler machen, deutet einen Diener an und murmelt: «Mein Beileid.»

Die Witwe Breitkopf, denn niemand anderes kann das sein, bietet Landow mit einer kleinen Geste Platz in einem der schmalen Ledersessel an, die beinahe salopp im Raum verteilt herumstehen wie in einem Herrenclub oder einer Hotellobby.

«Ihr Hund heißt Rothschild?»

«Ja, und Rothschilds Hund heißt Breitkopf. Ein Spaß, den die beiden sich machten. Mein Mann und Alphonse de Rothschild haben zusammen studiert.»

Die Witwe des toten Bankiers ist eine kleine, dralle Person. Auch jetzt, mit wahrscheinlich Ende vierzig, ist sie eine anziehende Frau, was weniger an ihren körperlichen Vorzügen liegt, sondern eher an etwas, das man Ausstrahlung nennt. Das hier ist keine jammernde Witwe, sondern eine auch in der Trauer, die man ihr deutlich ansieht, sehr selbstbewusste und bestimmte Frau. Entsprechend souverän mustert sie Landow, dem der Sessel zu klein zu werden scheint. Spätestens jetzt müsste er sich vorstellen, denkt er. Lässt es aber. Überlässt ihr, das Gespräch zu eröffnen.

«Ich habe gestern Abend», sagt sie ruhig, «nachdem mir die Herren der Polizei die Fotografien gezeigt haben, den Herrn Reichskanzler angerufen und um Unterstützung gebeten. Verstehen Sie mich recht, ich wollte diese Bilder sehen. Diese Barbarei. Ich musste sie sehen. Wer im Leben steht, muss auch mit dem Tod umgehen können. Auch mit einem solchen Tod. Aber ich halte den Tod meines Mannes für eine politische Tat. Und ich hege deshalb Zweifel, ob die normalen Ermittlungsmethoden Ihrer Kollegen ausreichen werden, das herauszufinden», sagt sie fast beiläufig mit dieser sehr angenehmen, warmen Stimme.

Landow begreift: Er ist der richtige Mann zur richtigen Zeit am richtigen Ort. Sie hält ihn für den Spezialisten, den sie verlangt hat.

Sie zeigt auf ein Beistelltischchen, auf dem eine Mappe liegt. «Mein Mann erhielt regelmäßig Drohbriefe und Schmähungen per Post. Sogar Päckchen mit Exkrementen und Bombenattrappen. Viel Feind, viel Ehr, sagte er dann. Allerdings scheint es so, dass die gewisse, mein Mann nannte es gern Volatilität, im Deutschen klingt es ungleich unseriöser, Flatterhaftigkeit, dass die latente Instabilität, in die unser Land durch den Tod zweier

Kaiser im letzten Jahr und einige andere Dinge mehr geraten ist, dazu geführt hat, dass – lassen Sie es mich so drastisch formulieren – zwielichtiges Gesindel seine Schlupflöcher verlässt. Die Ermordung meines Mannes ist ein geschmackloses Fanal, nichts weniger als das, davon bin ich überzeugt, Herr …»

Ein Fanal, genau, sie sieht das ähnlich wie er, denkt Landow und hört sich gleichzeitig auf ihre Frage nach seinem Namen antworten:

«Orsini.»

Eine blödere Antwort hätte er nicht geben können. Doch, noch blöder wäre gewesen, ihr seinen richtigen Namen zu verraten. Aber wieso ausgerechnet Orsini, hadert er mit sich. Doch sie fragt nur beiläufig: «Ah, mit den Orsinis in Lugano verwandt?»

«Nein», sagt Landow, froh, nicht wieder lügen zu müssen. Stattdessen vertieft er sich konzentriert in die erwähnte Mappe mit Drohbriefen. Er liest mit ungelenker Hand verfasste Ansammlungen von Rechtschreibfehlern, Flüchen, Beleidigungen jedweder Couleur und überlegt gleichzeitig: Wenn die Reichskanzlei einen Spezialisten geschickt hat, könnte der jeden Moment hier sein. Dann wandert sein Blick von den Anarchisten-Flugblättern nachdenklich zum Dobermann und wieder zurück. Ein überstürzter Abgang könnte schmerzhaft werden.

Zwischen den raumhohen Bücherwänden an der Längsseite der Bibliothek entdeckt er auf einem Tischchen das Modell dieses eisernen Turmes, der in Paris, hört man, schon kurz vor der Vollendung steht. Die Witwe Breitkopf hat Landows Blick bemerkt.

«Ja, das ist auch meine Vermutung, Herr Orsini. Die instabile Lage unserer Gesellschaft in Kombination mit dieser geradezu kindischen Euphorie, die überall im Land wegen der *Ex-*

position», sie spricht es französisch aus, nicht, weil es modern ist, sondern, weil sie es so gewohnt ist, «der Weltausstellung in Paris in zwei Monaten herrscht, ist, das sagte auch mein … verstorbener Gatte mehrfach, das ist politischer Sprengstoff. Ein Turm nur aus Stahlträgern erbaut, doppelt so hoch wie der Kölner Dom, da reden doch viele von einem babylonischen Turm, auch in diesen Drohbriefen. Ich bin überzeugt, dass mein Mann Opfer von politischen oder religiösen Extremisten geworden ist. Er kannte den Ingenieur Eiffel persönlich, das blieb bei seinem beruflichen Radius nicht aus.»

Landow schließt die Mappe und legt sie ruhig zurück. Dann steht er auf und wandert im Zimmer herum. Der Blick des Hundes folgt ihm Schritt für Schritt. Der Blick der Witwe wahrscheinlich auch.

«Der Zeitpunkt für diese Frage ist denkbar ungünstig, gnädige Frau, aber ich muss das fragen: Wann haben Sie Ihren Mann zuletzt gesehen? Kam er Ihnen verändert vor? So, als fühle er sich bedroht oder Ähnliches?»

Sie sieht für einen kurzen Moment nachdenklich auf den Boden vor sich, und Landow befürchtet, sie könne nun die Fassung verlieren. Aber gleich darauf sieht sie ihn wieder direkt an: «Mein Mann hatte vorgestern Abend, am Donnerstag also, noch einen späten Termin in der Stadt. Mit wem, weiß ich nicht. Ersparen Sie mir die Impertinenz Ihres Blickes, Herr Orsini. Wenn er eine Affäre hatte, wusste ich davon.»

Die Witwe Breitkopf hat ihr Anliegen deutlich vorgetragen und sieht ihn nun erwartungsvoll an. Landow ist gerade dabei, sich in Windeseile Platituden zum Thema politischer Extremismus zusammenzusuchen, da klopft es an der Tür. Landow schätzt, dass er von hier aus die Seitentür nach draußen erreichen kann, bevor Rothschild zuschnappt, wenn jetzt der echte

Sonderermittler eintrifft. Aber es ist nur das Dienstmädchen, dasselbe, das vorhin auf der Veranda die Teppiche pflegte, das jetzt mit zwei großen Kleidersäcken auf dem Arm hereinkommt.

«Gnädige Frau, Verzeihung, aber der Fahrer wollte es nicht zurücknehmen.»

«Was denn, Annemarie?» Selbst tadelnd klingt ihre Stimme warm wie ein Teller guter Suppe.

«Das sind die Kostüme für den Ball heute Abend. Und die brauchen Sie … ich meine … Sie werden doch nicht … allein … oder?»

Frau Breitkopf ist aufgestanden und betrachtet die Kleiderhüllen, sie liest die angesteckten Lieferzettel, und zum ersten Mal verliert sie die Fassung. Sie schlägt sich die Hand vor den Mund und winkt das Mädchen mit den Faschingskostümen fort. Dann verlässt sie wortlos den Raum, vermutlich in den hinteren Teil der riesigen Villa, um das zu tun, was frischgebackene Witwen tun. Trauern. Weinen. Verzweifelt sein. Rothschild folgt ihr. Seine Krallen klackern hell auf dem Parkett davon. Fragend sieht das Mädchen Landow an.

«Als was wollten denn Herr und Frau Breitkopf den Ball besuchen?», fragt der leise.

Jetzt bricht auch das Mädchen in Tränen aus, und aus ihrem gurgelnden Schluchzen glaubt Landow zu verstehen: «Als Alice aus dem Wunderland und der Hutmacher.» Tatsächlich, außen auf dem einen Kostümsack ist ein großer, bunter Herrenzylinder angeheftet.

Landow verlässt die Villa, wie er kam, durch den stillen Seiteneingang. Als er neben der Remise vorbei Richtung bewachtes Tor geht, hört er einen Mann, der sich gerade an der Eingangstür dem Butler vorstellt, sagen: «Graff, Sonderermittlung, die Reichskanzlei schickt mich.»

Bevor man ihm Rothschild hinterherhetzen kann, verlässt Landow das Grundstück durch ein malerisch umranktes Heckentörchen.

■■■

Es geht nicht ohne ihn! Ohne Fortschritt. Darin zumindest sind sich alle einig. Aber ob der unverzichtbare Fortschritt erst noch kommt oder eventuell schon da ist, darin scheiden sich bereits die Geister. Einzig festzustehen scheint, dass der Fortschritt röhrenförmig ist. Das Rohrpost-System unter der Stadt, die Gasleitungen bis hoch in die Häuser, die armdicken Kabel für die neue Elektrizität: Die Zukunft hat Form. Röhrenform! Neben den zahllosen Baugruben, die manchen Straßenzug aussehen lassen wie ein granattrichterbedecktes Feld nach der Schlacht, sieht man praktisch zu jeder Tageszeit Menschen unterschiedlichen Alters und gesellschaftlicher Zugehörigkeit irgendwo zusammenstehen und in die Röhren gucken. Manche Begutachter haben dabei nachdenklich die Hand ans Kinn gelegt wie Philosophen, andere erklären wildfremden Dritten mit Kennerblick, was dort vergraben wird. Und vor allem: weshalb. Auch hier, an der Dauerbaustelle am Alexanderplatz, wo seit Jahren das neue Polizeipräsidium entsteht, gibt es verschiedene Ansammlungen von Röhrenbetrachtern. Die Leute haben dem Bau wegen der massiven Ziegelfassade und den Türmen auf dem Dach schon vor der offiziellen Eröffnung kurzerhand den Namen *Rote Burg* verliehen. Das riesige Gebäude, sollte es irgendwann fertig werden, würde gespickt sein mit den modernsten Vorrichtungen zur Verbrechensaufklärung. Vorbild war den Planern dabei der Londoner Scotland Yard, insgeheim schwebte Polizeipräsident von Richthofen und seinen obersten

Ermittlern aber noch Moderneres vor. Man sprach von weltweiter Vormachtstellung. Straftäter sollten hier in Dateisystemen fotografisch festgehalten werden, frontal und im Profil. Die Zeit vager Augenzeugenbeschreibungen und schlechter Bleistiftskizzen wäre dann endgültig vorbei. Außerdem würde das Gebäude mit der allerneuesten Technik an Fernsprechern und Telegraphen versehen sein, möglicherweise wäre dann die hochmoderne Rohrpost schon wieder Geschichte. So ist er nun mal, dieser Fortschritt: atemberaubend schnell und manchmal kaum zu begreifen. Entsprechend enttäuscht ist einer der Baugrubenbetrachter jetzt, als er vom Polier aus erster Hand den Zweck dieser ganz speziellen Röhrensysteme des Kalibers 12 Zentimeter erfährt: Es sind die Abflussrohre für die Wasserklosetts. Nicht möglich. Ach wirklich. Spürbar verärgert ob der Profanität des vor ihm hochgestapelten Materials, schüttelt der Mann sich den Sand von den Stiefeletten und klettert zu den anderen hinter die Absperrung zurück. Der Wachhabende, der wegen des Baustellencharakters vorerst noch in einer schmalen Holzbude neben dem Eingang zum zukünftigen Präsidium untergebracht ist, hat seine Stellung verlassen und hängt sorgsam das Schild gerade, das das Betreten der Baustelle streng untersagt. Von einem Bußgeld sieht er ab, schließlich ist Samstag und überhaupt. Besser, die Leute interessieren sich, als dass sie die Röhren einfach klauen und anderwärts verhökern. Der Wachmann sieht in den Nieselhimmel über der Stadt und greift in seine Uniformtasche.

Landow gönnt dem Mann die Pause und schlüpft ungehindert in das Gebäude hinein. Spätestens im Herbst soll hier alles fertig sein, aber noch wird in den unteren beiden Etagen gemauert und verputzt. Überall riecht es nach feuchtem Mörtel. In der ersten Etage ist ein Zugang mit zwei gekreuzten Bohlen x-förmig verbarrikadiert. Weiter oben, in den Etagen drei und vier wird aber schon gearbeitet. Landow braucht eine Weile, um das System von Korridoren und besetzten Büros zu verstehen.

«Kann ich helfen?», fragt einer, der ihm, ein Papier lesend, entgegenkommt.

«Ich komme wegen des Toten im Schlosspark, dem Bankier Breitkopf.»

«Verstehe. Zeuge?»

«Ehm, nein, Ermittler.»

«Verstehe. Hörte schon davon, es soll ein Sonderermittler kommen. Von ganz oben.»

«Landow.»

Der junge Mann kraust die Stirn: «Nein, ich hatte einen anderen Namen in Erinnerung.»

Landow hilft nach: «Graff.»

«Genau, Graff. Der wurde angekündigt.»

«Ich bin Landow.»

«Verstehe. Ein zweiter Sonderermittler also. In Ordnung, Herr Inspektor Landow, nehmen Sie doch einen Moment hier Platz. Inspektor Ringer, mein Chef, leitet die Ermittlungen im Breitkopf-Fall persönlich. Wir haben die Spuren gesichert, Obduktion steht noch aus. Kommissar Gerndt, eigentlich mein direkter Vorgesetzter, ist krank. Grippe. Aber Ringer, Gerndts Chef und meiner sowieso, ist da. Irgendwo hier. Muss aber früher weg, Familienfeier, glaube ich. Muss gleich kommen. Mein Name ist Torsten. Wie der Vorname, bloß hinten. Heinrich Torsten, Kriminal-Assistent.»

Landow setzt sich nach diesem informativen Monolog folgsam auf eine der nagelneuen Wartebänke an den Korridorseiten. Immerhin, er hat nicht gelogen. Er hat dem Assistenten nur nicht widersprochen. Ein riskantes Spiel, das weiß er. Aber

Hauptsache, er erwischt diesen Ringer und erfährt endlich etwas, das noch nicht in der Zeitung steht. Die Wartebank ist so neu, dass man beinahe von der glatten Sitzfläche abrutscht.

Ein Bankier aus höchsten Kreisen, mit einem Rothschild studiert, mit einem Bismarck befreundet, wird getötet und wie ein X hingespannt an ein kleines Lusthäuschen im Schlosspark. Kein Zweifel, da wollen welche ein Zeichen setzen. Sie hängen Breitkopf nicht irgendwohin, sie geben sich große Mühe, betreiben Aufwand, gehen enorme Risiken ein. Ein X ist ein Buchstabe. Ein X bedeutet bei den Lateinern 10.

Zehn kleine Negerknaben schlachteten ein Schwein;
Einer stach sich selber tot, da blieben nur noch neun.

Das zehnte Gebot? Du sollst nicht … irgendwas?

Von diesem Ringer keine Spur. Der Assistent taucht auch nicht mehr auf. Landow steht auf, wandert ungeduldig den Flur auf und ab. Du sollst nicht … was soll er denn nicht? Du sollst nicht mit der Freundin deines Bruders ins Bett gehen. Du sollst nicht so tun, als wärst du der Sonderermittler. Du solltest lieber der schönen Frau aus dem Haus helfen, ihren Sohn wiederzufinden. Vor der geöffneten Tür eines Büros bleibt er stehen. Was diese schöne Frau Phillipi nur an diesem Wichtigtuer-Ehemann findet? Herr Phillipi, der oft absente Bankier, trägt mit Vorliebe Mäntel mit Biberpelz-Kragen, dazu die Nase hoch und hat Landow wegen der unrechtmäßigen Benutzung des vorderen Stiegenhauses bereits mehrmals gerüffelt.

«Suchen Sie wen?»

Die Frau, die ihn das fragt, sitzt an einem vollgeräumten Schreibtisch hinter einer Remington-Schreibmaschine.

«Suchen? Nein, ich warte, aber doch, Sie haben recht, ich suche auch wen, einen verschwundenen Jungen.»

«Ihren Sohn?»

«Ehm, nein, den Sohn einer Dame bei uns aus dem Haus. Er ist gestern Abend nicht vom Musikunterricht zurückgekommen. Geige, glaube ich.»

Die Schreibkraft, ein nicht mehr ganz junges Exemplar mit etwas struppigen, aschblonden Haaren, die am Hinterkopf zu einem Dutt verknotet sind, großen wachen Augen und einem auffallenden Grübchen mitten auf der Kinnspitze, ist aufgestanden und zu Landow an die Tür gekommen. Sie heißt Runge, sieht Landow, denn der Name steht auf einem Schild auf ihrem Schreibtisch, auf einer Namensspange an ihrer wogenden Bluse und auf dem Türschild: *Sekretariat 3, Runge, Hartmann, Kott.*

«Wenn Kinder verschwinden, das ist schlimm», sagt sie, und ihre Hand berührt beinahe Landows Arm dabei. Dann bemerkt sie das und zieht die Hand etwas linkisch zurück.

«Die Vermisstenstelle ist eins tiefer, Sie melden sich in Zimmer 45 oder 46, es steht dran, hier ist alles tadellos beschriftet, die Türen, die Menschen. Hier ist die Etage für die Gefundenen. Die tot Aufgefundenen. Mord.»

Sie versucht, ihm Mut zu machen, obwohl sie weiß, dass er nicht seinen Sohn sucht. Das ist ein feiner Zug, findet Landow.

«Danke. Zimmer 45 oder 46. Da gehe ich gleich hin. Vorher muss ich mit Inspektor Ringer sprechen. Ich ermittle im Fall des Breitkopf-Mordes.»

Ihre riesigen wasserhellen Augen sehen ihn plötzlich ganz anders an.

«Ach, Sie sind Ermittler?»

«Ich bin mit zweierlei beschäftigt. Ich … stelle Untersuchungen an im Fall des getöteten Bankiers. Und den Sohn jener Dame aus dem Haus suche ich auch.»

«Der Inspektor ist furchtbar überarbeitet. Und schrecklich

mies gelaunt.» Sie kommt ganz nah an ihn heran und hält eine Hand verschwörerisch neben ihren Mund, als sie sagt: «Man hat ihm einen Sonderermittler an die Seite gestellt. Besser gesagt: vor die Nase gesetzt. Weil der Tote so wichtig war. Ach herrje, sind Sie das etwa, dieser Ermittler?!»

Landow gibt das Versteckspiel auf und reicht ihr eine von Orsinis piekfeinen Geschäftskarten mit dem Bestatter-Lorbeer. «Unter uns: Ich ermittle privat hier. Ich bin Privatdetektiv. Und ich habe das Gefühl, dass der Breitkopf-Mord kein gewöhnlicher Mord ist. Ich würde deshalb gern mit Ringer darüber sprechen.»

Sie nimmt seine Karte und geht hinter die Remington zurück.

«Dann viel Glück, Herr Orlando.»

«Nur Landow. Orlando ist der Name unserer Detektei. Gabriel Landow.»

«Gabriel! Einer der Erzengel. Die sind so etwas wie die Himmelspolizei. Da ist der Name geradezu Programm. Hoffentlich finden Sie den verschwundenen Jungen bald, Erzengel Landow.»

Als Landow schon wieder halb aus der Tür raus ist und hinter ihm die Hämmerchen der Remy rasend schnell auf das Papier zu hacken beginnen, da dreht er sich noch einmal zu ihr um. «Frau Runge, Sie scheinen mir bibelfest zu sein. Wie genau lautet das zehnte Gebot?»

Das Tackern der Maschine hört abrupt auf.

«Du sollst nicht begehren deines Nächsten Weib, Knecht, Magd, Vieh noch alles, was dein Nächster hat.»

Wie aus dem Revolver geschossen.

Ihre Augen blitzen für einen Moment unternehmungslustig und das Kinngrübchen, das ihrem sonst eher edelherben Gesicht etwas unpassend Lausbubenhaftes verleiht, hüpft einmal kurz auf und ab, bevor sie weitertippt.

«Ich singe im Kirchenchor, da weiß man so etwas», versteht er durch das Tastentackern hindurch noch, dann schweigt sie.

Eine Viertelstunde später kommt tatsächlich dieser mehrfach erwähnte Ringer hastig den Korridor entlang. Landow erkennt ihn daran, dass er am schnellsten geht, am schlechtesten gelaunt ist und keine Akten durch die Gegend trägt, aber den teuersten Anzug.

«Inspektor Ringer?»

«Presse?»

«Sehe ich so aus?»

«Ja. Also?»

«Landow, ich ermittle im Breitkopf-Fall, ich ...»

«Interessant. Ich hatte gerade ein Gespräch mit einem Inspektor Graff. Der ermittelt auch im Breitkopf-Fall. Und der wusste zu berichten, dass heute Vormittag bei der Witwe des Ermordeten ein dritter Mann aufgetaucht ist, der vorgab, in dieser Sache zu ermitteln. Einer mit italienischem Namen. Hochinteressant, wer in diesem Fall alles meint, ermitteln zu müssen. In welchem Auftrag ermitteln Sie, Herr ...»

«Landow.»

«Und?»

«Ich bin Privatdetektiv, und ich glaube, ...»

Ringers Blick taxiert Landow einmal von oben bis unten abschätzig. «Sie glauben, so so. Dann gehen Sie besser morgen in die heilige Messe. Aber jetzt gehen Sie bitte erst einmal aus diesem Gebäude hinaus, und zwar auf dem schnellsten Wege, sonst –.»

«Sonst was ...?», fragt Landow und hält Ringer eine seiner Lorbeerkarten hin. «Sonst rufen Sie die Polizei?»

Der vielbeschäftigte Inspektor macht einen schnellen Schritt auf Landow zu und verzieht dabei den Mund zu einem gequälten Grinsen.

«Also gut, Herr Privatdetektiv: Sagen Sie mir etwas über den Breitkopf-Fall, das ich noch nicht weiß.»

Treffer. Beim Boxen nennt man das Leberhaken, ansatzlos geschlagen, sehr schmerzhaft. Landow zögert kurz, lächelt den Inspektor dann gewinnend an und sagt: «Rothschild. Sagt Ihnen was? *Der* Rothschild. Wussten Sie, dass Rothschild, dieser scharfe Hund, der Witwe Breitkopf bereits aus der Hand frisst?»

Ringers Qual nimmt sichtbar zu. Zeit für Landow zu gehen.

Die Vermisstenstelle im Stockwerk drunter ist ihm jetzt scheißegal. Orsini macht das schon. Nichts wie raus hier. Durch den feuchten Mörtelbrodem mitten hinein in den jetzt ernsthaft lästig werdenden Regen am Alex.

▪▪▪

Orsini mag das, wenn um sieben Uhr abends alle am Tisch sitzen. Alle, das sind er und Landow. Als der nach Haus kommt, ist längst neune durch, der Eintopf mit grünen Bohnen und Speck, den Orsini gekocht hat, ist abgekühlt. Landow ist schlecht gelaunt, entschuldigt sich immerhin für seine Unpünktlichkeit. Diese neue Häuslichkeit macht ihm immer noch zu schaffen. Die Zeit, dass jemand für ihn gekocht hat, liegt Jahrzehnte zurück. Außerdem war die Köchin auf dem elterlichen Gut deutlich hübscher als Orsini und hatte neben ihren Kochkünsten auch noch andere Fertigkeit für Leib und Seele auf Lager. Landow löffelt trotzdem mit Appetit zwei Teller kalten Eintopfs in sich hinein und trinkt (nicht ohne Geräusch) eine Flasche Bier auf ex. Dann sieht er Orsini eine Spur zufriedener an und sagt:

«Ich zuerst. Mein Tag war aufopferungsvoll, detailreich, aber ergebnislos. Und jetzt Sie. Was Neues mit dem Jungen? Dem kleinen Phillipi?»

Orsini klappert im Waschbecken des engen Badezimmers, in dem auch der Abwasch erledigt werden muss, mit dem Geschirr.

«Leider nein. Ich war auf der Wache und habe draußen nach ihm gesucht», ruft er über Eck in die Küche zurück. «Vor allem an den Bahnhöfen. Nichts. Die arme Frau. Ich wollte, als ich zurückkam, bei ihr vorbeigehen, bekam aber mit, dass Phillipi, der Gatte, von seiner Geschäftsreise zurückgekehrt war. Jedenfalls hörte ich ihn drinnen reden.»

«Sie haben gelauscht?»

«Ich bin Detektiv. Zumindest rein theoretisch. Und Sie, Landow? Los, erzählen Sie schon.»

«Im Präsidium bin ich hochkant rausgeflogen. Die Witwe des Ermordeten, mit der ich vorher sprach, ist felsenfest überzeugt, dass der Mord an ihrem Mann einen politischen Hintergrund hat. Breitkopf war offensichtlich wirklich stark in der Finanzierung der Weltausstellung engagiert. Er kennt die Rothschilds in Paris und den Reichskanzler in der Wilhelmstraße. Ich habe keine Ahnung von Kunst, aber ich glaube, bei Breitkopfs in der Bibliothek hängt ein echter Monet. Man hat sogar einen Fernsprecher. Sind Sie nun beeindruckt?»

«Solange Sie sich nicht wieder mit Bismarck anlegen und ich nicht wieder in den Congo Club muss, um zerrissene Unterwäsche auszutauschen, bin ich beeindruckt.»

«Der tote Bankier ist so wichtig, dass die Polizei komplett mauert. Mir ist absolut schleierhaft, wie wir in diesem Fall an Informationen kommen sollen. Moment mal, irgendetwas ist hier anders.» Landow sieht sich misstrauisch um.

«Na endlich, ich dachte, Sie bemerken es nie! Die Stühle sind schon zurück. Express-Verschönerung! Neu bezogen. Keine Blumen mehr. Obwohl, in gewisser Weise doch, die bourbonische Lilie auf Preußischblau. Völkerfreundschaft zum Besitzen.»

«Das sehe ich. Aber hier ist doch noch etwas anders.»

«Sie sind Detektiv, Landow. Gehen Sie doch mal etwas in die Tiefe.»

«Der Teppich!»

«Farblich passend. Man geht ganz anders. Schön, oder?»

Zu Orsinis Freude steht Landow tatsächlich auf und federt etwas in den Knien: «Schön weich. Was bin ich schuldig?»

«Schon gut. Ich hatte gestern einen erfolgreichen Tag. Aber heute kam rein gar nichts dazu, weil ich unentwegt mit dem kleinen Phillipi beschäftigt war.»

Landow kommt nach der ausführlichen Begehung des neuen Teppichs mit einem Buch in die Küche zurück und betrachtet das Ding, als wäre es das erste Buch seines Lebens.

Orsini beobachtet ihn einen Moment, dann kann er seine Neugier nicht mehr zügeln: «Sie lesen, Landow?»

Der legt das Buch vorsichtig beiseite.

«Ja, ich lese, Orsini. Im Moment aber erst die Gebrauchsanleitung. Es ist komplizierter, als ich dachte.»

«Ein Buch mit Gebrauchsanleitung?»

«Dieses Buch ist kein Buch. Das ist *Doktor Krügeners Taschenbuchkamera.* Deutsche Wertarbeit. 24 Aufnahmen im Magazin. Damit kann man Dinge fotografieren, während man den Eindruck erweckt, man lese.»

«Und in der anderen Schachtel, die Sie da mitgebracht haben?»

«Ein C78 Zig Zag.»

«Aha. Und was kann das?»

«Löcher machen.»

Landow nimmt den Deckel von der flachen Kartonschachtel und schlägt die gelbe Ölpapier-Umwicklung zurück.

«Lassen Sie mich raten: Eine Waffe, die vorgibt, eine Waffe zu sein, in Wirklichkeit aber ein Feuerzeug ist?»

«Eine Waffe, die zwar Feuer gibt, aber nur in Form von 5,6-Millimeter-Patronen. Kleines Kaliber, eine Empfehlung von Koessi. Diese Ausführung hat einen modernen Double-Action-Abzug, ein Spannen des Hahns zwischen den Schüssen ist nicht mehr nötig. Die C78 macht zwei Dinge mit einer einzigen Handbewegung, deshalb double action. Sie feuert den Schuss ab und dreht gleichzeitig die Trommel weiter, so, sehen Sie, für den nächsten Schuss. Sie ist schnell, sie ist leicht. Und sie war preiswert.»

«Verstehe, das Rüstzeug eines Detektivs. Es geht mich ja nichts an, aber wie finanzieren Sie das alles, Landow? Ich meine, Sie tragen wie verabredet Ihren Teil zum Budget unserer Gemeinschaft bei. Daran hatte ich nie gezweifelt. Aber ich hatte nicht den Eindruck, dass Sie besonders viele Rücklagen haben. Oder haben Sie doch etwas geerbt? Heimlich? Sie hätten mir ruhig sagen können, wenn Ihnen jetzt halb Ostpreußen gehört.»

Orsini gießt auch sich ein Bier ein und betrachtet den lesenden Landow eine Weile. Dann hebt er scherzhaft den Finger wie ein religiöser Mahner: «Sie verweigern die Aussage? Ich warne Sie, Landow. Ich würde es ohnehin herauskriegen. Ich arbeite schließlich in einer Detektei.»

Landow blättert weiter wortlos in der Gebrauchsanleitung für die Buchkamera und drückt zwischendurch an den kleinen Hebeln des Geräts herum. Er traut Orsini einiges zu, aber auf die Spur seines Geldverstecks zu kommen, das nun nicht gerade. Und auf die Spur, was wirklich drin ist, erst recht nicht. Schlafplatz, Küchentisch und Toilettensitz mit ihm zu teilen, nun gut. Aber ein paar Dinge im Leben sollten Geheimnisse bleiben, zumal die illegalen.

Nach einer Handvoll schweigsamer Minuten, in denen nur eine kleine Uhr tickt und zwölf Polsterstühle mit bourbonischen Lilien auf Preußischblau so etwas wie Würde ausstrahlen könnten, wäre der Raum nicht so entsetzlich klein, setzt Orsini geräuschvoll das Glas ab.

«Auch ich habe übrigens heute zur Verbesserung unserer Ausrüstung beigetragen. Wir müssen nicht mehr länger aufs Halbtreppenklo. Der Klempner war heute da und hat die von mir erdachte Vorrichtung in die Tat umgesetzt. Nicht wie bei Ihrer Knick-Knack-Pistole *double action*, aber unerhört praktisch. Man pumpt mit leichter Kurbeldrehung Wasser aus dem Keller zu uns hier herauf. Ich habe die Zeit gestoppt.» Landow ist immer noch in seine Lektüre vertieft, aber Orsini gibt nicht auf. «Um den Spülbehälter zu füllen, braucht es nur zwei Minuten. Es ist gar nicht anstrengend, ich habe es schon zweimal probiert. Ist der Spülkasten gefüllt, öffnet man mit Hilfe eines Hebels – soll ich es Ihnen nicht kurz demonstrieren? – … öffnet man das Ventil, und das vorher hochgepumpte Wasser spült den Inhalt des Beckens in Sekunden senkrecht hinab in die Abwasserleitung unter der Straße. Eine saubere Sache. Das ist ein Komfort, den sonst nur die Wohnung in der Beletage hat. Pistorius, der Klempner, war anfangs skeptisch, nachher aber durchaus beeindruckt. Im Gegensatz zu Ihnen. Pistorius meinte, das könnte man sich patentieren lassen.»

Wieder tickt eine Weile nur die kleine Uhr im Nebenzimmer, wieder trompeten die Lilien Größe, wieder blättert

Landow bloß in der Anleitung für diese Geheimkamera. Da – plötzlich – schrillt eine Glocke durch die kleinen Räume und quer durch Mark und Bein.

«Unsere neue Türglocke, die hat der Klempner auch gleich eingebaut. Nicht zu überhören, oder? Ist für Werkstätten angelegt. Wer mag das sein? Bleiben Sie nur, ich gehe schon.»

Herr Phillipi aus der Beletage starrt die Ansammlung von Stühlen an, dann setzt er sich steif auf einen davon und schlägt die Beine übereinander.

«Nadja, meine Frau, erzählte mir, dass sie Sie, meine Herren, in ihrer Not um Rat gebeten hat. Meine Gattin neigt manchmal zu solch impulsiven Handlungen, wissen Sie. Wie auch immer: Sam ist wieder da. Ein Streich, ein Abenteuer, Kinder sind wohl so. Als die Nachricht von seinem Verschwinden mich in Hamburg erreichte, habe ich gleich am Mittag, nach meinen Terminen dort, den ersten Zug hierher genommen. Sam ist ein aufgeweckter Junge, aber auch etwas verträumt. Das hat er von seiner Mutter. Auf der Rückfahrt machte ich mir natürlich meine Gedanken. Zu Ihnen kann ich offen sein, meiner Frau wollte ich diesen Verdacht nicht zumuten: Ich bin Bankier. Ich bin erfolgreich. Ich arbeite international. Ich bin beileibe nicht so bekannt wie der ermordete Breitkopf, der übrigens einmal mein Vorgesetzter war, 84/85 bei der Dresdner Bank, damals noch in der Französischen Straße ansässig, das neue Gebäude in der Behrenstraße wird ja gerade erst bezugsfertig, … wo war ich? … richtig: Ich bin Bankier, und unsere Zunft ist ganz offensichtlich Anfeindungen ausgesetzt. Ich frage mich, weshalb? Wir leben in sehr fruchtbaren Zeiten, man braucht im Grunde nur etwas Kapital, etwas Mut und etwas Fortune, um sich heutzutage eine goldene Nase zu verdienen. Aber viele da draußen haben diesen Mut nicht. Im Gegenteil, die Zauderer haben nur

Neid und Missgunst für diejenigen übrig, die diese Courage und dadurch einen gewissen Erfolg haben. Ich hatte, als ich von Sams Verschwinden hörte, befürchtet, dass er entführt worden ist. Sehen Sie mich nicht so entsetzt an. Ich bin Realist. Aber endlich zur guten Nachricht: Er ist wieder da, gottlob, und es liegt keine Forderung irgendeiner Art vor. Der Junge hat allerdings bei seinem Abenteuer seine Geige verloren. Aber die kann man ersetzen. Das wollte ich Ihnen nur rasch mitteilen.»

Phillipi entfaltet schwungvoll seine Beine und steht sportlich auf. In die dadurch entstehende Lücke in seinem Redefluss fragt Orsini: «Können wir Ihnen etwas anbieten? Ein Bier vielleicht?» Und gleichzeitig fragt Landow: «Ihr Junge heißt Sam? Sind Sie Amerikaner?»

«Gott bewahre. Sam ist die Abkürzung für Samuel. Aber Samuel Phillipi-Ginsberg ist für einen Siebenjährigen eventuell eine etwas zu schwere Bürde, nicht? Deshalb kurz Sam.»

«Und dem Jungen geht es gut? Hat ein Arzt ihn untersucht? Hat er Wunden? Wurde er verprügelt? Wo war er denn die ganze Zeit? Er war immerhin mehr als 24 Stunden im nasskalten Februar allein in dieser manchmal auch tagsüber ziemlich dunklen Stadt unterwegs.»

Statt zu antworten, zückt Phillipi seine Brieftasche und legt zwei Zehnmarkscheine auf den Esstisch.

«Hauptsache, er ist wieder da. Für Ihre Auslagen, so Sie welche hatten. Und noch einmal Entschuldigung für die Unruhe, die deswegen entstanden ist. Guten Abend, meine Herren.»

Sie stehen mäuschenstill auf dem weich federnden Teppich, lauschen Phillipis sich rasch entfernenden Schritten in die vierte, dann hinunter in die dritte Etage, hören schließlich die Tür zum Verbindungsgang beider Gebäudeteile hinter ihm zufallen. Dann sehen sich Landow und Orsini verdattert an.

«War der etwa enttäuscht, dass der Kleine *nicht* entführt wurde?»

«Und war dem eigentlich egal, was dem Jungen da draußen möglicherweise passiert ist?»

«Kommt uns das seltsam vor?»

«Das kommt uns seltsam vor. Und dass ein Vater nicht einmal das Alter seines Sohnes weiß. Samuel ist acht Jahre alt.»

«Könnten Sie mir diese neue Komfortspülung im Klo noch einmal erläutern, Orsini? Ich fürchte nämlich, ich muss mich in Kürze übergeben.»

3

Sonntag, 17. Februar 89

Nach den zermürbenden Sintfluten der Vorwoche rollt sich an diesem Sonntagmorgen ein ausnehmend freundlicher Tag vor ihm aus, der fast österlich wirkt, neun Wochen vor der Zeit. Beinahe meint man, aus den freilich noch nackten Ästen der Alleebäume müssten mit Trompetengeschmetter erste Knospen hervorschießen und sich unwirklich öffnen wie der Papierblumenstrauß eines Varieté-Zauberers. Orsini ist auch so zufrieden. Keine zweihundert Meter vor ihm spaziert die Familie Phillipi die Jerusalemer Straße nordwärts, in der wiedererlangten Dreisamkeit den verlorenen Sohn zwischen sich an den Händen haltend, im Gegenlicht wie ein Scherenschnitt. Ginge es nach ihm, würde Orsini sich am liebsten dazugesellen, sich rechts bei der schönen Frau Phillipi unterhaken und sich wiegen lassen im weichen Rhythmus ihrer Schritte. Bankier Phillipi grüßt jeden, der Hut oder Zylinder trägt. Seine Gattin setzt dem Jungen, der kerzengerade zwischen ihnen läuft, die Mütze auf den Goldlocken zurecht. Man will wohl zu den Museen hinauf, die um zehn öffnen, oder an der Artilleriekaserne am Kupfergraben vorbei den Fluss überqueren zum neuen Denkmal für den Dichter Chamisso im Park von Monbijou. Oder wollen sie den Gottesdienst der Synagoge in der Oranienburger besuchen? Grund dazu hätten sie allemal, die Phillipis, denkt Orsini, nicht jedes Kind, das in dieser Stadt nicht nach Hause kommt, kehrt unversehrt zurück, manche davon gar nicht. Weitere Gründe für die stille Heiterkeit Orsinis sind die neu bezogenen Polsterstühle, die vorhin, im hellen Sonntagslicht, unsagbar vornehm ausgesehen haben. Aber der wichtigste Grund für Orsinis Sonntagslaune ist, dass kein Geringerer als Landow selbst, zwar gewohnt schweigsam, aber leibhaftig, neben ihm geht. Er hat sich Orsini still angeschlossen, als der in seine Jacke schlüpfte. Orsini gefällt das. Sie haben ein gemeinsames Unternehmen und schreiten nun sonntäglich gemessenen Gleichschritts nebeneinanderher. Doch in dem Moment, als sie, den Phillipis hinterher, die Französische Straße überqueren –

«Wo wollen Sie denn hin, Landow? Unsere wiedervereinigte Beletage geht dort lang.»

«Nur zu, folgen Sie denen nur. Dieser Phillipi hat vermutlich eine lohnende Brieftasche dabei. Ich habe noch was zu erledigen. Bis dann.»

Damit ist er fort. Orsini sieht die Beletage-Familie nordwärts weitergehen und Landow nun raschen Schrittes nach Osten Richtung Schloss. *Erledigen.* Was hat der jetzt zu erledigen? Biertrinken am Hackeschen Markt? Orsini, gefangen in der eigenen Ratlosigkeit, lässt sich von verschiedenen Wagenfahrern anschnauzen, denen er mitten auf der Französischen im Weg steht. Schlagartig ist er sehr zornig.

▪▪▪

Das Interesse ist enorm! Kein Wunder, geht es hier doch um Großes, Verheißungsvolles! Der gutgekleidete junge Herr mit der seltenen Nussbräune und diesem hellen, schmutzigblonden

Germanenhaar bekommt gerade noch einen der letzten Plätze im Auditorium der Friedrich-Wilhelms-Universität. Man ist gespannt, aus erster Hand von diesem Gebiet zu erfahren. Das Plakat stellt den Vortragenden, einen Herrn namens Leberecht, als Afrika-Experten und Kolonialreisenden vor. Aber noch sieht es unten in der Manege des Hörsaals nicht nach Abenteuer und Expedition aus, eher nach Examen. Die große Wandtafel ist erwartungsvoll geputzt, die Zuschauer sind es auch, sogar ein paar Damen sind im Publikum zu sehen. Nach einigen Minuten Wartezeit sind die ersten Besucher, meist Herren aus besseren Schichten, schon ungehalten. Nicht nur wegen des Wartens. Man hatte zumindest gehofft, ein paar Requisiten von dort zu sehen, dunkle Holzmasken, ausgehöhlte Elefantenfüße, ein Löwenfell vielleicht. Womöglich sogar etwas Lebendiges, einen Mohren oder etwas ähnlich Wildes. Als endlich unten eine der beiden Türen aufgeht, durchweht ein vorfreudiges Raunen den steilen Saal. Aber fürs Erste hängt nur ein unscheinbarer Assistent, immerhin im grauen Kittel des Universitätsbediensteten, eine große Landkarte auf, bevor er sich, die Hände auf den Knien, stumm in eine Ecke setzt. Dort auf der Karte ist es deutlich zu sehen, rot umrandet, DSW, wie Kenner – und wer ist das nicht in dieser Zeit – es gern kompakt betiteln. Deutsch. Süd. West. Die derartige Erweiterung deutschen Reichsgebietes, unfassbare 11 Millionen Meter von hier entfernt, zum Greifen nah vor sich zu sehen, entfesselt immerhin so viel Hochstimmung im Saal, dass man das Erscheinen des Kolonial-Experten beinahe übersieht. Als die Euphorie abebbt, steht am Pult des Hörsaals kein Abenteurer und kein Übersee-Hasardeur, sondern ein korrekt gekleideter Mann Anfang fünfzig, der nach eigener Aussage bereits zwei Mal, wenn auch nur kurz, im Reichsgebiet DSW weilte, seinen Heimataufenthalt aber dazu nutzen möchte, aus erster Hand Bericht zu erstatten. Das ist seiner Ansicht nach allerdings unmöglich, ohne den Werdegang der Landerwerbung dort unten noch einmal Revue passieren zu lassen.

«Lassen Sie uns zurückspringen in das Jahr 1882», ruft er mit unerwarteter Lautstärke in das Auditorium und verliest danach Passagen eines Briefes des Bremer Kaufmanns, Unternehmers und Entdeckers von DSW Adolf Lüderitz an das Auswärtige Amt vom 23. November 1882. «Das von mir ins Auge gefaßte Land», heißt es in diesem Schreiben, «liegt zwischen dem großen und dem kleinen Fischflusse, also zwischen 26° und 29° südlicher Breite. Einen günstigen Landungsplatz muss mein Capitän, welcher diese Küste, von Capstadt bis Possession-Island, bereits befahren hat, aussuchen. Von den besten Buchten haben die Engländer leider bereits Besitz ergriffen, und so muß ich eben mit einer irgend passenden Landungsstelle zufrieden sein.»

Im Publikum macht sich Unmut breit. Schon wieder diese Engländer. Aber zum Glück weiß man ja um den erfolgreichen Ausgang der Geschichte. Vorerst heißt es im Brief Lüderitz' weiter: «Das Land ist auf einige Meilen, von der Küste in das Innere, sandig und steril», wieder wird in den steil stehenden Reihen unwilliges Grummeln hörbar, «und zwar bis zu den Hügelreihen, welche auf ungefähr 10 englische Meilen Abstand von der Küste, parallel mit dieser laufen.» Den Brief aus dem Archiv in der einen, einen Rohrstock in der anderen, zeigt der Vortragende auf der Karte rasch die Lage der erwähnten Hügelkette an und zitiert weiter deren Entdecker Lüderitz: «Hinter diesen Hügeln beginnt fruchtbares Land. Die Eigenthümer desselben sind Namaquas, von deren Häuptlingen ich das Besitzrecht erwerben werde.» Ein Raunen, diesmal freudig gestimmt, geht durch den Hörsaal. Denn genau das hat dieser Lüderitz getan. Es war eine Blitzidee des Reichskanzlers, dort unten nicht nach Altvätersitte Truppen eimarschieren zu lassen, nicht mit Uniform, Pauken und Trompeten, Salutschüssen und Kartätschen, sondern einen Kaufmann und Diplomaten gleichsam privat vorfühlen zu lassen. Dieser hanseatische Teufelskerl Lüderitz kauft also Stück um Stück, reduziert mit einem kühnen Taschenspielertrick den mit «deren Häuptlingen» ausgehandelten Preis auf ein Viertel, indem er sie lange im Glauben lässt, die im Vertrag genannte Maßeinheit sei die britische Meile und nicht die viermal so lange preußische. Schon bald werden Handelsgesellschaften gebildet, gehen erste Schiffe von Hamburg und Bremerhaven ab. Denn das fruchtbare Land, das Lüderitz dem Ministerium im November vor sieben Jahren beschreibt, soll nur Nahrungsgrundlage für die sein, die in die Tiefe gehen. Man vermutet Gold und Diamanten in DSW, ganz so wie weiter unten am Kap, wo der Tommie ihnen das Paradies beinah vor der Nase wegzuschnappen drohte. Doch vielen in Berlin geht das alles zu langsam. Lüderitz schreibt deshalb knapp zwei Jahre später, im Juni 84, so liest der Vortragende jetzt aus einem weiteren Originaldokument vor, «An den Herrn Reichskanzler Fürsten von Bismarck Durchlaucht. Hochgebietender Herr Reichskanzler!». Im Raum ist schlagartig Ruhe eingetreten wie in einer Obersekunda bei der Abschlussprüfung. «Ich hoffe», schreibt Lüderitz in seinem Brief an Bismarck weiter, «daß Euer Durchlaucht in nicht zu langer Zeit noch Freude an diesem ‹Sandloche›, wie Hr Richter es zu nennen beliebte, erleben werden und daß ich bis Ende dieses Jahres im Stande sein werde, außer der weiteren Erwerbung des Gebietes vom 26° südl. Breite bis zur portugiesischen Grenze, Euer Durchlaucht auch noch die Erwerbung des, von England unabhängigen, Theiles von Zululand, zwischen dem Umthlatoosi- und Pongolo-Flusse, melden zu können.»

Der Vortragende Leberecht macht hier bewusst eine Pause und lässt die zauberischen Worte Zulu, Umthlatoosi und Pongolo ihre Wirkung tun. Einzig bei dem eleganten jungen Mann in der elften Reihe mit der auffallend dunkelbraunen Hautfärbung regt sich nichts. Hätten ihn am mückenverseuchten Ufer des Pongolo nicht die eingeborenen Fischer mitgenommen und somit gerettet, wäre er jetzt nicht hier. Aber er ist hier. Auch die Malaria ist hier. In ihm, hat ihn aber nicht hinweggerafft. Noch nicht. Er hat hier noch eine Aufgabe zu erfüllen.

Weil er heute, am Sonntag, diesbezüglich nichts unternehmen kann, lauscht er weiter dem faden Vortrag des sogenannten Afrikareisenden, der, er würde Geld darauf wetten, den europäischen Kontinent wohl noch nie verlassen hat. Leberecht, der bislang von Häuptlingen und Sandlöchern zu berichten wusste, fügt dem Ganzen nun eine deutschere, nachgerade gemütliche Komponente hinzu. Er verliest aus einem Brief des für die Verwaltung der wachsenden Kolonie DSW eingesetzten Reichskommissars Dr. Goering an den Kaufmann Lüderitz vom 28. Juli 1885 folgende Passage: «Bieber hatte bereits für mich und Nels im International-Hotel Quartier bestellt. Er ist der Meinung, daß ich mit Rücksicht auf meine Stellung dort logiren müßte. Ich für meine Person hätte lieber im Hansa-Hotel logirt, wohin ich übrigens in diesen Tagen Nels nachfolgen werde, da der Fraß hier unter aller Kanone ist, während ich die Küche im Hansa-Hotel nur loben kann. Wir haben in letzterem schon einen recht heiteren Abend verlebt, allerdings mit nachfolgendem Kater, der jedenfalls dem allerdings wie Bier getrunkenem vielem Capwein zuzuschreiben ist.»

Auf einen Schlag ist alles verstörend Fremde, alles Zulu und

Pongopongo, wie weggewischt. Es gibt dort also Hotels mit guter Küche, Wein und Katerschädel! Dort kann man also leben, und offenbar gar nicht schlecht. Einige der lauschenden Herren beginnen klammheimlich zu überlegen, ob man nicht doch auch dort unten investieren sollte. Denn täte man es nicht und die anderen Deutschen fänden dort Wertvolles, müsste man sich glatt schwarzärgern wie so ein Zuluhäuptling.

▪▪▪

Orsini fühlt sich unsagbar schäbig. Am liebsten würde er gleich jetzt vor der versammelten Gemeinde zu Landow gehen und ihn um Verzeihung bitten. Dafür, dass er ihn in Verdacht hatte, ihm, Orsini, dem Kompagnon, etwas zu verheimlichen. Dieser Kerl ist in keine Kneipe und kein Tingeltangel gegangen, sondern auf direktem Weg in die Nikolaikirche, wo er seit einer Viertelstunde in einer Hüstelfraktion älterer Herren im Mittelschiff der Sonntagsmesse zuhört. Landow! Sonntagsmesse! Was geht in dem vor? Gerade singt ein Chor von der Orgelempore herunter «Zudem ist Weisheit und Verstand / Bei ihm ohn alle Maßen, / Zeit, Ort und Stund ist ihm bekannt, / Zu tun und auch zu lassen».

Orsini entscheidet sich dafür, es «zu lassen». Während die Orgel von oben noch kurvenreich allein weitertönt, geht er mäuschenstill und bußbereit aus der Kirche hinaus. Die große Handtasche einer Betenden im Pelz, an der er direkt vorbeikommt, öffnet sich ihm sperrangelweit wie eine verbotene Frucht. Eine Börse, ein Rosenkranz und eine Pillendose, mutmaßlich versilbert, nach der Güte des Pelzes zu gehen, wie er mit fachkundigem Auge in weniger als einer Sekunde feststellt. Doch der fromme Chor tönt in ihm nach: «Zeit, Ort und Stund ist ihm bekannt, / Zu tun und auch zu lassen.» Geradezu weichgeklopft von so viel guter Absicht, ist Orsini kurz davor, noch etwas in den Opferstock zu stecken, aber da endet die Orgel abrupt. Stille macht sich breit. Der Pastor tritt wieder vor seine Gemeinde. Das laute Fallen einer Münze würde nun alle Aufmerksamkeit auf ihn ziehen. Ein Schein wäre leiser, aber dann doch übertrieben. Und so beschließt Orsini, diesen Ort der Andacht und seinen Kompagnon in Reihe fünf unbemerkt zu verlassen. Immerhin der Versuchung der geradezu obszön offen stehenden Tasche hat er tapfer widerstanden.

▪▪▪

Inzwischen hat man im Vortragssaal der Universität eine kleine Pause eingelegt, in der man den Kartendiener mit einem Trinkgeld ins Wirtshaus an der Ecke geschickt und einige Krüge Pilsener hat holen lassen. Man steht, auf das Bier wartend, im kleinen Foyer, lässt das eben Gehörte in sich nachwirken, raucht, vertritt sich die Beine. Als der Vortragende höflich schon wieder den Kopf nach ihnen ausstreckt, kommt endlich das Bier. Man zischt es in raschen Schlucken hinunter, fühlt sich für einen Moment mit dem Reichskommissar in DSW, diesem Goering, verbrüdert.

Obwohl der Vortragende sie darauf vorbereitet hat, ist die Rührung im Saal mit Händen greifbar, als Leberecht kurz darauf aus einem Brief des Entdeckers Lüderitz an seine Frau vorliest. Diese privaten Zeilen sind datiert auf den 19. Oktober 1886 und mutmaßlich der letzte Brief, den Lüderitz schreiben konnte, bevor ihn sein Schicksal ereilte.

«Herzens Emmy!», beginnt das Schreiben, «Nach glücklicher Reise kamen wir Hier vorgestern an. Der Orange Fluß ist hübsch und romantisch, machte uns aber viel Arbeit, da wir 52 Stromschnellen von Nabas Drift bis Hier zu überwinden hatten. [...] Ich denke, ich werde in 8 Tagen in Angra sein, von wo dann ein Bote nach Aus geht. Gott sei Dank! daß wir Alle glücklich soweit kamen. Es war aber doch eine höchst interessante Reise. Kein Mensch hat den Fluß bis soweit befahren und die kleinen Boote haben sich famos bewährt.»

Allerdings nicht *famos* genug, denkt sich der elegante junge Mann mit der Nussbräune über dem blitzeweißen Kragen still von seinem Platz aus. Sein Blick ist fixiert auf die Landkarte, auf den ungefähren Ort, an dem er Lüderitz fand. Ihn und seinen Begleiter. Von ihrem famosen Faltboot, mit dem sie offenbar, allen Warnungen Einheimischer zum Trotz, nur zu zweit das wegen seiner Strömung berüchtigte Gewässer befahren hatten, waren nur noch ein paar gesplitterte Latten geblieben, die sie zum Transport ihrer wenigen Habe zusammengebunden hatten. Ausgehungert und erschöpft wie er selbst, als er sie entdeckte, waren sie doch von einer seltsamen Freude und Hochstimmung durchdrungen gewesen. Deshalb hatte er, dem Tode spürbar nah, anfangs gedacht, auch die beiden Landsmänner delirierten bereits. Aber dann entdeckte er den Grund für ihre Euphorie.

Herr Leberecht am Fuße des Auditoriums neutralisiert derweil die schicksalhafte Stimmung im Raum, indem er staubtrockne geologische Gutachten zitiert, die das Vorhandensein von Bodenschätzen sehr wahrscheinlich erscheinen lassen. Von Kupfer ist die Rede, von Gold, von Edelsteinen. Man sucht, man bohrt, man gräbt, aber gefunden hat man noch nichts dergleichen, schließt der Redner.

‹Ach nein?›, denkt sich der junge Herr und schlüpft, ohne Leberecht zu korrigieren, auf Zehenspitzen aus seiner Sitzreihe. Während der Vortragende zum Abschluss noch aus einem Kondolenzschreiben des Kaiserlichen Generalconsuls Gerhard Rohlfs an die Witwe des verschollenen Lüderitz vorliest, sucht der Dunkelbraune rasch das nächstgelegene Klosett auf und nestelt mit zittrigen Fingern ein schmales Lederetui aus dem Jackett. Er zieht die darin befindliche Spritze auf und injiziert sich geübt eine durchsichtige Flüssigkeit aus einem kleinen, braunen Medizinfläschchen.

«Aber trösten Sie sich in dem Gedanken», schrieb der Generalkonsul der Hinterbliebenen im Februar fast auf den Tag genau vor zwei Jahren, «daß Lüderitz für sein Vaterland sich geopfert hat. Sein Andenken wird stets, wenn die Nachwelt den Nutzen aus den Colonien zieht, in größten Ehren gehalten werden.»

Ob diese Zeilen ein wirklicher Trost für die Witwe waren, kann der Mann auf dem Klosett nicht einschätzen, der jetzt seine medizinischen Utensilien wieder einsteckt und sich im Vorraum ein paar Hände Wassers ins Gesicht schlägt. Aber für ihn, so viel steht fest, war das schicksalhafte Zusammentreffen mit Lüderitz die Voraussetzung gewesen, von dort unten nach Berlin zurückkehren zu können. Hätte er damals diesen Kaufmann und den anderen nicht getroffen, drei Deutsche mutterseelenallein umgeben von gugelhupfgelbem Sand und riesigen Straußenvögeln, wäre er jetzt nicht hier. Dann wäre er jetzt tot. Und nicht Lüderitz.

▪▪▪

Der Mann links neben ihm, alte dunkelgraue Joppe, alte hellgraue Haut, hat fast die gesamte Messe über vor sich hin gehüstelt. Jetzt deutet er mit einer knappen Bewegung seines wuchtigen

Kopfes auf Landows Hand, die seit offenbar zu langer Zeit schon das Körbchen für die Kollekte festhält. Landow wühlt einen zerknitterten Schein aus der Kleidung und wirft ihn in den Korb. Er opfert den Zehner, den der blasierte Phillipi ihnen gestern als Aufwandsentschädigung auf den Tisch des Hauses geblättert hat, für mildtätige Zwecke. Gut so. Also kein Mittagstisch in der *Goldenen Glocke* am Hackeschen Markt. Kein Halbliter zu süßer Mosel dazu. Stattdessen Sonntagsstulle in der Ritterstraße Dachgeschoss mit Lilien im Warte-Wohn-Schlafraum. Sei's drum. Dass Landow in letzter Zeit regelmäßig die heilige Messe besucht, beunruhigt ihn selbst. Aber dass er sich hier und jetzt, inmitten dieser nach Feuchtigkeit riechenden Menschen, sogar beinahe so etwas wie wohlfühlt, macht ihm nachgerade Angst.

«Und vergib uns unsere Schuld, wie auch wir vergeben unseren Schuldigern.» Der Evangelist Matthäus hallt in ihm nach. *Vater unser.* Vater tot. Würde einer die Menschen dort, wo er herkommt, nach seinem Vater fragen, würden sie sagen, der alte Landow sei aus Gram gestorben. Aus Gram über den verstoßenen Sohn. Sie würden ihm, Landow, die Schuld am Tod ihres Gutsherrn und Grafen geben. Eine Mitschuld allemal. Ein Landow vor dem Militärgericht! Ein Landow unehrenhaft aus der Armee entlassen. Wahrscheinlich kommt er deshalb so gern hierher, weil man hier die eigene Schuld so problemlos loswird. Vergeben und vergessen. Wie viel Schuld trägt er am Tod seines Bruders Perikles im letzten Juni? Kein Zweifel, Perikles, seiner Illusionen beraubt, verbittert und am Ende, hatte damals zuerst versucht, ihn, Landow, zu erstechen. Aber wenn er nicht zugelassen hätte, dass der alte Hass zwischen ihnen wieder hochkochte, wäre es zu diesem Kampf vielleicht gar nicht erst gekommen. Und nicht dazu, dass Koester ihren Bruderkampf mit einem Meisterschuss vom Seeufer beenden musste.

Vor fast dreißig Jahren schon war ihre gemeinsame Schwester Fritzi im See auf ihrem Gut gestorben. Ein Unglück. Denn eigentlich hätte damals er selbst sterben sollen. Auch deshalb gibt er sich heute noch eine Schuld daran. Es wird viel gestorben in seiner Familie. Ohne den verhassten Zwillingsbruder wäre er im vergangenen Mai gar nicht erst in diese verfluchte Regierungsangelegenheit verwickelt worden, in der er, das schwarze Schaf, der kleine Privatschnüffler, immer bloß Spielball war. Ein Objekt, das hin und her geschoben wurde in einem Spiel, dessen Regeln er zu spät durchschaute. Dazu die Begegnung mit dieser unfassbaren Frau, in die er sich zu allem Überfluss verlieben zu müssen glaubte. Sie starb auf bestialische Art. All das hat offenbar Spuren in ihm hinterlassen. Koesters Kugel, die ihn nur streifte und seinen Bruder tödlich traf, kratzte nur eine weitere korallrote Narbe auf seine Brust. Pfeiffer, der Pathologe, der ihn zusammennähte, hat sich wirklich Mühe gegeben. Der Heilungsprozess innendrin braucht wohl doch etwas länger, denkt Landow und erhebt sich jetzt geräuschvoll mit den anderen zum Schlusschor. So, kleinschrittig und schlurfig, im Strom der Gläubigen Richtung Ausgang, Frühschoppen und Sonntagshackbraten mitschwimmend, wirft er noch rasch einen Blick hoch zur Orgelempore. Der kleine Chor, der die Messe begleitet hat, acht Leute wahrscheinlich, streift sich gerade die Jacken über. Kurzentschlossen schert Landow aus der Menge aus und steigt die schmale Treppe zur Galerie hoch. Die Chorsänger, vier Männer und drei Frauen, und der Organist unterbrechen ihr Plaudern und sehen ihn erwartungsvoll an. *Sie* ist jedoch nicht da. Rechts von ihm ragt wie ein Geschütz die Orgel mit ihren bleigrauen Pfeifen auf, links die Balustrade, da drunter das jetzt leere Kirchenschiff. Er war sicher, dass sie hier sein würde! Er hat sie gestern nach ihrem Dienstschluss, keinem Plan, bestenfalls einer Ahnung folgend, bis hierher begleitet. Heimlich. Sie hat den Seiteneingang genommen und schon im Reingehen ein Bündel mit gerollten Notenblättern aus ihrer Tasche gezogen. Das war um kurz nach sechs gewesen. Um sechs begann wahrscheinlich die Probe. Deshalb war sie so schnell gegangen, mit großen Schritten. Das zumindest hat er vermutet. Von seinem Platz während der Messe aus konnte er die Empore nicht einsehen. Er hatte sich während des Gesangs gefragt, welche der Frauenstimmen ihre war.

«Kann ich helfen?»

Der Organist, der ihn das fragt, ist ein mittelgroßer Mann um die vierzig. Aus einem weichen, wegen der Kälte etwas geröteten Gesicht unter einem stoppelkurz rasierten Schädel blitzen Landow zwei hellwache, freundliche Augen entgegen.

«Ehm, ja, vermutlich», verzögert Landow und sucht noch einmal mit den Augen die nicht besonders große Empore nach ihr ab. Vergebens. Die sieben Chorsänger und der freundliche Stoppelkopf direkt vor ihm sehen Landow gespannt an. Er könnte sich nach dem Baujahr der Orgel erkundigen, einen schönen Sonntag wünschen und wieder gehen. Er könnte denen sagen, dass ihm ihr Gesang gut gefallen hat, was nicht mal gelogen wäre.

Stattdessen hört Landow sich sagen: «Ich würde gern mitmachen. Mitsingen. Wenn das geht. Ich … der Gesang hat mir sehr gefallen. Ein schönes Stück.»

«Das war der Choral *Ich hab in Gottes Herz und Sinn*, der Sie offenbar so berührt hat, dass Sie sich hier herauftrauen.»

Der Organist ist über Landows Anfrage sichtlich begeistert. Er geht rasch zum Manual des Riesenapparates und schlägt den Deckel der Tastaturen zurück.

«Also dann», sagt er von dort, wühlt sich schnell, bevor der

Kandidat es sich anders überlegt, aus seinem Regenmantel heraus und nimmt wieder Platz.

«Hic Rhodus, hic salta. Was möchten Sie uns vorsingen?»

Landow bedauert, nicht einfach nach dem Baujahr der Orgel gefragt zu haben. «Vorsingen! Jetzt? Hier?»

Die sieben stummen Chorsänger nicken erwartungsvoll und machen es sich an der Galerie bequem. Auch unten im Kirchenschiff ist geradezu andächtige Stille eingekehrt, die Gläubigen haben die Kirche verlassen, und der Küster schließt gerade laut die schwere Doppeltüre.

«Ich soll vorsingen, und alle hören zu?»

«Wir sind ein Chor. Als solcher freuen wir uns, wenn uns andere Menschen beim Singen zuhören.»

«Hab ich was verpasst? Schuldigung.»

Dann ist sie plötzlich da, nestelt sich noch hinten am Mantel herum.

«Das tat gut. Ich dachte ich platze gleich.»

Als sie den Mann erkennt, den alle ansehen, sagt sie nichts mehr. Sie legt bloß langsam den Kopf auf die Seite, wie Hunde es manchmal machen, wenn sie über etwas nachdenken.

«Der Herr hier», antwortet der Organist und lässt dabei mit ein paar raschen Fingerübungen weit oben im Kirchenraum eine Handvoll Töne herumfliegen, «hat uns seinen Namen noch nicht verraten, wohl aber seine Absicht, bei uns – wie sagte er noch gleich – *mitzumachen*.»

Der nicht geplatzten Frau Runge aus dem Sekretariat 3 des Polizeipräsidiums entfährt ein knappes «Ach?».

«Landow. Mein Name ist Landow. Ich habe allerdings lange nicht mehr gesungen.»

Noch nie eigentlich. Außer bei Familienfesten und sturzbetrunken nach einem wie auch immer gewonnenen Krieg.

«Willkommen, Herr Landow. Mein Name ist Heusel. David Timotheus Heusel. Als Organist dieser Kirche habe ich regelmäßig die Freude, diesen wackeren Laienchor zu begleiten. Der Kirchengesang in Sankt Nikolai bringt einen zweifelsohne dem Himmel näher, exakt vier Meter und zwanzig, wenn ich die Höhe unserer Empore richtig erinnere. Keine Scheu, mein Herr. Ihnen hören nur diese freundlichen Herrschaften dabei zu und wahrscheinlich der Herrgott persönlich. Was möchten Sie uns singen? Wie wäre es mit dem Choral von eben? Kommen Sie nur. Immer ran an die Tasten. Herr Meisel, könnten Sie Herrn Landow kurz Ihre Noten vom Schlusschoral ausleihen?»

Herr Meisel kann.

Landow starrt das Blatt in seiner Hand an, von dem er nur die Kopfzeile versteht: *J. S. Bach Kirchenkantate No. 92.* Das kann er lesen. Also hält er immerhin das Blatt nicht falsch herum. Darunter wimmelt es von Notenlinien und darin von Noten.

Heusel, der Organist, zwinkert ihm aufmunternd zu. «Lassen Sie nur. Sie müssen keine Noten lesen können, um hier zu singen. Schauen Sie, ich spiele es Ihnen vor. Sie singen die Bassstimme. Ganz einfach: *Soll ich denn auch des To-des Weg und fin-stre Stra-a-a-a-a-sse rei-ei-sen.* Die Tonart ist h-Moll, aber das muss Sie im Moment nicht kümmern. Ihr erster Ton, Herr Landow, ist das kleine H. Hören Sie?»

Heusel spielt Landow das H vor, und die Orgel hält den Ton mühelos. Landow hört dem nicht enden wollenden H intensiv zu, bevor sein ratloser Blick dem der Polizeischreibkraft begegnet. Sie hält den Kopf jetzt nicht mehr schiefgelegt. Mit vor der Brust verschränkten Armen sieht sie ihn direkt an, bevor sie kaum merklich den Kopf schüttelt.

▪▪▪

Die Erde unter ihm bebt und grollt so stark, als würde sie sich gleich auftun und ihn verschlingen wollen. Dem Mann in dem kleinen, fensterlosen Schuppen direkt neben dem pausenlos dröhnenden, stampfenden Borsig-Werk in Moabit wäre das egal, solange ihm die Erde noch genügend Zeit ließe, sein Werk zu vollenden. Als er diese Schreckenskammer mieten wollte, hat ihn der Verwalter, die vibrierende Wand betrachtend, gefragt: «Sind Sie sicher?»

Er war sicher gewesen. Denn der finstre Schuppen bot etwas sehr Wertvolles für ihn: Strom. Und eine stabile Tür aus Stahlblech. Der neue Mieter hat sich nicht einmal die Mühe gemacht, den Raum, in dem der Schmutz von Jahrzehnten lagert, zu säubern. Wozu auch? Asche zu Asche. Staub zu Staub. Er hat Holzböcke reingestellt und ein paar Stellagen. Jetzt beherbergt der kleine Schuppen zehn beleuchtete Glaskästen, wie Aquarien ohne Wasser. Jeder von ihnen ist angefüllt mit Dutzenden holzbraunen Gebilden, die entfernt an Früchte erinnern. Im Grunde sind es Früchte. Seine Früchte des Zorns. Über jedem der Kästen sorgt eine mit Strom betriebene Lampe für Wärme. Nicht Herzenswärme. Jetzt, Wochen früher, als es die Natur vorgesehen hat, ist die Saat bereits aufgegangen. Eigentlich ist es eine Brut, und sie hat die Verpuppung ihrer holzartigen Gehäuse verlassen und bevölkert nun summend die dicke Blattschicht ihrer neuen Welt. Aber die Tierchen Saat zu nennen, klingt schlimmer, biblischer, endgültiger. Etwa die Hälfte der Puppen hat sich bereits geöffnet. Auch er hat seine Verpuppung schon hinter sich.

Der Mann greift beinah zärtlich in einen der Kästen. Das Tier, das neugierig seine Hand bekrabbelt, hat genau dieselbe dunkelbraune Färbung wie seine Haut.

Bald habt ihr euren großen Auftritt, denkt er, während,

angetrieben von den Kolben und Dampframmen der nahen Riesenfabrik, die Erde unter seinen Füßen bebt. Niemand hört ihn, wie er nun, fast sanft ein altes Kinderlied singt: *Maikäfer flieg, der Vater ist im Krieg, …*

▪▪▪

Die Suche nach dem H auf der Orgelempore erwies sich als langwierig und letztlich erfolglos. Auch das zuvorkommende Mitsummen der Basskollegen Meisel und Schuricht ist dem Delinquenten keine große Hilfe gewesen. Der freundliche Organist Heusel erlöste Gabriel schließlich. Herr Meisel bekam sein vom Fingerschweiß welliges Notenblatt zurück, während Landow sich für seinen Übereifer entschuldigte. Nachdem alle sich mehrfach und ohne jede Häme einen schönen Sonntag gewünscht hatten, war Landow, schmerzhaft das Innenfutter seiner Taschen knetend, Ecke Kloster- / Parochialstraße stumm mit sich ins Gericht gegangen. Gabi, Gabi, machste bloß für Sachen!! Dann hatte er ganz unten ein paar Münzen in seiner Manteltasche gefunden und beschlossen, gegen die Scham hinten beim Hackeschen möglichst viel billigen Klaren zu trinken. In dem Moment ist sie neben ihm aufgetaucht, ihr Kinngrübchen ist auf und ab gehüpft beim Lachen, und schließlich hat sie gesagt: «Warum macht sich einer vor versammelter Mannschaft so komplett zum Affen? Respekt, Herr Landow, den Mut hat nicht jeder. Jetzt will ich aber auch die ganze Geschichte. Na los, laden Sie mich ein, da drüben, die *Zitadelle* ist ganz brauchbar für Geständnisse, erst nach Einbruch der Dunkelheit wird es dort manchmal ungemütlich.»

Noch bevor die ersten kleinen Biere und großen Schnäpse kamen, ist ihm klar gewesen, dass diese Polizeischreibkraft eine erstaunliche Person war. Lebte allein, sang im Kirchenchor und hatte nach zwei großen Wacholdern noch keine schwere Zunge. Also hat er ihr reinen Wein eingeschenkt: neue Detektei, keine Kunden, Referenzmord Schlosspark-Bankier, beim Inspektor kalt abgeblitzt.

«Und da dachte sich der stattliche Herr Ermittler, da mach ich mich einfach mal an die kleine, graue Sekretärin vom Inspektor ran. Die hat doch Akteneinsicht, wenn sie will.»

Landow grinst schief: «Der Angeklagte bekennt sich in allen Punkten schuldig.»

Frau Runge schiebt das halbleere Helle zur Seite, wischt mit dem nicht mehr ganz sauberen Bierfilz die Wasserringe weg, die Landows Gläser auf dem vermackten Holz des Tisches hinterlassen haben. Dann sieht sie ihn unvermutet und vollkommen ernst an: «Die Sekretärin des Inspektors hat Akteneinsicht. Wenn sie will. Und Sie? Wollen Sie auch?»

In der *Pension Engel* am Grünen Weg hat sie ein Zimmer gemietet. Hat, während der Portier das Anmeldebuch ausfüllte, etwas von einem knapp verpassten Zug nach Breslau erfunden: «Und dann pfeift das Mistvieh von Lokomotive auch noch so frech, wenn einem der Geburtstag von Vetter Guntram direkt vor der Nase wegfährt. Jetzt können wir erst morgen hin. Übrigens, gibt es auf dem Zimmer Schreibpapier?»

Oben, im Zimmer, macht sie keine Anstalten, ihr grundsätzliches Wollen dadurch zu zeigen, dass sie sich auszieht oder zumindest ihn. Stattdessen setzt sie sich an den winzigen Ecktisch und beginnt, etwas aufzuschreiben. Nach einigen Minuten liest sie ihm das Verfasste vor:

«Die Vertragsparteien ER und GL treffen folgende Vereinbarung: ER gewährt GL bei Bedarf Akteneinsicht für dessen berufliche Nutzung. GL gewährt ER im Gegenzug dazu Beischlaf.

Die Umsetzung findet auf neutralem Boden statt, vorzugsweise in Hotelzimmern der gehobeneren Kategorie. Der Zimmerpreis wird von GL getragen.

GL hat zu diesen Treffen gewaschen, auch unter den Armen und im Genitalbereich, zu erscheinen.

ER stellt GL die Informationen nur für den Moment des Zusammentreffens zur Verfügung und bringt die Akten danach sofort an ihren ursprünglichen Platz zurück.

ER legt Wert auf die Feststellung, dass ihrerseits keinerlei finanzielles Interesse vorliegt.

Berlin, den 17. Februar 1889.»

GL liest das zweimal aufmerksam durch. Kann es auch beim zweiten Mal nicht glauben. Versucht, in ihrem Gesicht Spuren unterdrückten Lachens zu entdecken. Nichts. Nur eine gewisse neugierige Erwartung ist dort zu sehen.

Sie nickt ernst. «*Umsetzung* klingt plump, ich weiß, aber mir fiel in der Eile kein besseres Wort ein.»

«GL weiß, was gemeint ist», grinst Landow. «Ich nehme an, das soll ich jetzt unterschreiben?»

Sie holt den Bleistift vom Ecktisch. Er unterschreibt.

«Ich würde Ihnen zutrauen, tatsächlich, rein prophylaktisch, schon eine Akte zur Einsicht mitgebracht zu haben.»

«Ich war nicht sicher. Aber was diesen Mordfall angeht, tappen die Herren noch im Dunkeln. Allerdings könnte für GL von Interesse sein, dass morgen, Montag, den 18., um 8 Uhr 30 die wegen Krankheit verzögerte Obduktion im Mordfall Breitkopf stattfinden wird.»

Es dämmert bereits, und vom Cüstriner Platz herüber dringt gedämpft der Lärm der beiden Bahnhöfe zu ihnen herein. Während sie sich wieder anzieht, sieht sie über die Schulter kurz zu ihm zurück: «Halten Sie mich jetzt für ein Luder?»

Landow presst den Rauch durch die Nase und schüttelt den Kopf: «Nein. Aber ich halte Sie für eine sehr erstaunliche Frau, ER. Eine Frau, die weiß, was sie will. Für was steht das E in ER eigentlich?»

«Das verrate ich nicht», grinst sie und schließt akkurat den obersten Blusenknopf.

▪▪▪

Orsini sitzt ungeachtet der späten Stunde hellwach ganz vorn auf der Stuhlkante, als Landow nach Mitternacht müde den Schlüssel umdreht.

«Noch wach?»

«Sie riechen anders, Landow. Nicht nach Kneipe. Sie riechen nach einer Dame.»

Landow brummt etwas, verteilt dann abgelegte Kleidungsstücke im kurzen Korridor und in seinem Zimmer. Als er auch Minuten später nicht in die Küche zurückkehrt, setzt Orsini sich zu ihm ans Fußende seiner Bettstatt.

«Das muss Ihnen nicht peinlich sein, Landow. Ich habe mich ohnehin gefragt, wie Sie Ihren Anteil an unseren monatlichen Ausgaben aufbringen. Arbeiten Sie als Kavalier für wohlhabende Damen?»

Es dauert einige Augenblicke, bis das Gesagte im erschöpften Schädel Landows die vorgesehene Stelle erreicht. «Vergessen Sie nicht, Orsini, ich bin im Besitz eines C78 Zig Zag Double Action.»

Orsini steht auf, legt beschwichtigend die Hand an den Mund. «Das muss Ihnen nicht unangenehm sein. Im Gegenteil. Ich weiß Ihren Einsatz für unser gemeinsames Ziel sehr zu schätzen.» Dann, endlich, geht er in sein Zimmer.

Landow beschließt, Orsini in diesem Glauben zu lassen. Das fehlte noch, denkt er und wickelt sich geräuschvoll in seinen Strang aus Bettdecken zurück, dass der Kleine die wirkliche Herkunft seiner geheimen Rücklagen erfährt. Während sich ein großer Teil seines hundemüden Kopfes noch mit dieser erstaunlichen Frau Runge befasst, wandert ein anderer Teil knapp zwanzig Jahre zurück zwischen die Schlachtfelder in Frankreich.

«Sie können reiten, Landow?», hatte sein Leutnant gefragt.

Er konnte. Klar konnte er. Also wurde er Anfang 71 einem kleinen Transportzug zugeteilt, obwohl er bei der Infanterie war. Ein Vierspänner mit 22 Eisenkisten und sechs Reitern zur Begleitung. Einer, der Halslose mit dem abgebrochenen Schneidezahn, behauptete, in den Kisten sei Sold. Ein anderer wusste was von Akten, die für die bevorstehenden Kapitulationsverhandlungen mit den Franzosen gebraucht wurden. Landow war nicht mehr gewohnt zu reiten. Er hatte sich in den vergangenen Monaten meist im Gleichschritt oder kriechend fortbewegt. Nach einer halben Stunde im Sattel begann sein Hintern zu schmerzen. Er ritt auf der linken Seite des Wagens an zweiter Position und stand kurz im Steigbügel auf, um sich den Hintern zu reiben. Deshalb wahrscheinlich verfehlte ihn die Kugel von irgendwo oben aus dem Buchenwäldchen und traf den Fahrer. Sekunden später befand sich ihr Transport im dichten Kugelhagel. Die Gespannpferde gingen durch, der Wagen löste sich und krachte in eine kleine Schlucht hinab. Als Landow im Laub den Kopf hob, war er unverletzt, und außer dem mit den 1½ Schneidezähnen waren alle anderen tot. Die armierten Kisten ihrer Ladung waren schwer. Mehr als eine würden sie nicht fortschaffen können. Das Scharmützel war bestimmt bemerkt worden, die Kisten zu öffnen blieb also keine Zeit. Der Hamsterzahn und er entschieden sich blind für die No. 4 und machten sich mit einem der Kutschpferde davon. Einen Tag und eine Nacht schlichen sie zwischen den feindlichen Lagern herum, ohne die Kiste zu öffnen. Sie konnte wertlose Akten enthalten oder auch nicht. Kiste No. 4 enthielt keine Akten. Ein paar Tage später war der Krieg aus. Erst ein Jahr später erinnerte man sich des überfallenen Transportes, der mit 22 Kisten startete und mit 21 aufgefunden wurde. Der Hamsterzahn, Waldmann hieß der, war inzwischen irgendwo zu Tode gekommen. Landow lebte noch. Man befragte ihn, fand seine Aussagen widersprüchlich, machte ihm einen Militärprozess. Seitdem hat das Geld aus der Eisenkiste No. 4 mehrfach den Standort gewechselt, etwas an Volumen verloren und erfüllt mehr denn je einen weitaus besseren Zweck als den, Soldaten damit zu bezahlen.

4

Montag, 18. Februar 89

Landow ist eine ganze halbe Stunde vor der Zeit an der Charité. Er steht kurz in der Nähe der Schwestern am Seiteneingang zum Treppenhaus des neuen Trakts und zündet sich eine Kippe an. Rauchen ist ihnen streng verboten. Aber in der kalten Februarluft könnte es auch ihr Atem sein, der ihren Mündern entströmt. Sie sehen müde aus, findet er, müde vom Nachtdienst die einen, noch müde vom Bett die anderen. Zwei aus der Schwesterngruppe gucken immer mal wieder zu ihm rüber, drehen lachend den Kopf weg, wenn er ihren Blick erwidert.

Das Präsidium am Alex wird mindestens zwei Mann zur Obduktion des getöteten Bankiers schicken, das weiß er von ER. Ums Eck vor dem Haupteingang werden die Presseleute von zwei Wachtmeistern am Betreten des Klinikums gehindert. Das Wochenende haben die Schreiberlinge in Ermangelung neuer Erkenntnisse mit reiner Erfindung verbracht, haben die Theorien mit den Rosenkreuzern und die mit der X-po in Paris ausgeschmückt und sogar miteinander zu verknüpfen versucht. Jetzt endlich, mutmaßlich heute Nachmittag, wird es das Obduktionsergebnis geben. Die Zeichner in den Redaktionen sind bestellt, werden dort der Tatsachen harren und die dann mit flinken Händen und allen grausigen Details aufs Papier bringen, die blutunterlaufenen Male, die die Stricke im Fleisch des prominenten Toten hinterließen, Giftflakons womöglich oder Stichwaffen. Bekennerschreiben! Hat man kein Bekennerschreiben bekommen? All diese schmerzhaft minutiösen Schilderungen in Wort und Bild wird man dann mit einem Porträt der trauernden Witwe kombinieren, garniert mit einer groben Schätzung des immensen Vermögens, das Breitkopf ihr hinterlassen hat.

Immerhin, die von der Mordkommission sind noch nicht da. Pfeiffer steht wie ein General nach der Schlacht mitten in seinem Sektionssaal und versucht, sich einen Überblick über all die Toten der vergangenen Tage zu verschaffen. Der Tod schläft auch dann nicht, wenn die Pathologie wegen einer Erkältungswelle vorübergehend geschlossen werden muss. Der Saal, in dem Landow bei seinen Besuchen in der Vergangenheit nie mehr als vier Leichen gleichzeitig gesehen hat, ist nun angefüllt mit der Ernte des Wochenendes. Die meisten von ihnen namenlos, von Fahrzeugen überrollt, von Baugerüsten gestürzt oder aus Habgier hinterrücks wegen drei Mark zwanzig erschlagen. Einige von ihnen werden von Angehörigen beweint, andere noch nicht einmal vermisst. Das runde Dutzend Rollwagen mit ihren zugedeckten Körpern steht seitlich weggeparkt wie die Mietdroschken am Lehrter Bahnhof. Der freigeräumte Platz in der Mitte, ahnt Landow, gebührt dem, den die Presse wahlweise den X-Toten oder den Franzosen-Bankier getauft hat. Breitkopf, seit Freitagmittag schon im elektrischen Kühlfach von Pfeiffers Abteilung, wird gerade vom Assistenten Hans zum Arbeitstisch gefahren. Einer von Hans' Schuhen, vielleicht auch der Fuß selbst, macht quietschende Geräusche. Hans bugsiert eine gereinigte Metallbahre nach hinten und parkt sie dort sehr gewissenhaft neben zwei anderen.

«Die müssen alle heute noch bearbeitet werden», murmelt

Pfeiffer vor sich hin und bläst sich wie zur Aufmunterung in seine von der gedrosselten Raumtemperatur blauroten Finger.

Als Landow ihm die Hand auf die Schulter legt, fährt er herum.

«Landow! Mensch, ich dachte, es wären endlich die vom Dezernat. Ehm, ich sehe Sie ja wirklich immer gern und besonders gern ohne Schusswunden, aber Sie sehen ja, was hier gerade los ist. Da ist man einmal für ein paar Tage fort, weil einen das Fieber schüttelt, und dann so was. Ich komme hier heute vor zehn nicht raus. Gottlob habe ich den Assistenten. Habe ich Ihnen den eigentlich schon vorgestellt? Jedenfalls, jede Minute müssen hier welche vom Präsidium auftauchen, Ihr Hiersein widerspricht ohnehin der Hausordnung. Die Herren aus der Roten Burg verstehen da keinen Spaß, noch dazu bei Kundschaft dieses Kalibers. Kommen Sie doch vielleicht morgen wieder oder nächste Woche, dann ist hier nicht so viel … was machen Sie denn, Landow? … weshalb ziehen Sie sich aus? … aber das geht doch nicht … Sie bringen mich in Teufels Küche, Mensch. Landow!»

«Nur die Ruhe, Pfeiffer, wird schon. Ich höre Schritte. Ich glaube, da kommt der Besuch.»

Tatsächlich fliegt am anderen Ende des Sektionssaales jetzt die Tür auf, und zwei Herren kommen rein.

▪▪▪

Als Orsini an diesem frühen Montagmorgen die Augen aufschlug, war sein erster Gedanke: Gut gestärkt die Welt erobern! Und nicht weniger hatte er heute vor. Nach der glücklichen Rückkehr des Jungen aus der Bankiersfamilie war er bereit, sich auch ihrem zweiten Fall zu widmen.

Auf Zehenspitzen ist er in die Küche geschlichen. Er hat Rührei gemacht, mit einem guten Schuss Milch drin, wie Landow es mag, der Kaffee ist extrastark geraten. Während er darauf wartete, dass der Zeiger der Uhr auf halb neun vorzuckte, hat er einen Prospekt über die kommende Weltausstellung in Paris durchgeblättert. Die ganze Welt in einer Stadt, hieß es darin. Zumindest der interessantere Teil der ganzen Welt. Man würde dort Mönche aus Nepal sehen, einen Harem, Menschen aus den Anden, die Kulturen fremder Kontinente. Man konnte sich eine Weltreise sparen. Man musste nur nach Paris fahren. Orsini denkt in letzter Zeit öfter darüber nach, die Weltausstellung zu besuchen. Er sagt sich, dass eine solche Ansammlung von Menschen für einen Taschendieb wie ihn das Schlaraffenland sein müsste. Aber, weiß er gleichzeitig, er würde es auch tun, um für ein paar Tage Landow zu entkommen. *Diesem* Landow zumindest, diesem mal zappeligen, mal maulfaulen Landow der letzten Wochen. Dass auch dem der Fehlstart ihrer Detektei an die Nieren geht, ist immerhin ein menschlicher Zug. Aber dieses Miesepetrige macht Orsini zunehmend zornig. Der Zeiger springt vor. Endlich. Ohne besonderen Grund will der hohe Herr nicht vor halb neun geweckt werden.

«Landow, Frühstück ist fertig.»

Aber Landow ist längst nicht mehr da. Hat alles zerwühlt hinterlassen, muss in aller Frühe aufgestanden sein. Aber wozu? Der brütet doch irgendwas aus, seit Wochen schon, und das hat mit Erkältung nichts zu tun. Sauer reißt Orsini das Dachfenster zum Hof auf. Das verdammte Ding klemmt immer noch. Er ist plötzlich so wütend, dass er das widerspenstige Fenster mit einem Tritt glatt in den Hof befördern würde, wenn er nicht so klein wäre.

Dann, während frisch der Februar durch die vollgestellten

Wohn- und Arbeitsräumlichkeiten der noch gänzlich unbekannten Detektei Orlando streift, schlingt Orsini den ganzen Berg Rührei herunter, bis ihm fast schlecht wird davon. Er wird nach Paris fahren, beschließt er. Spätestens im Herbst. Ganz allein wird er fahren! Die Welt wird er sehen. Ganz ohne den blaublütigen Eigenbrötler. Entweder, denkt er und zwingt sich zu einem weiteren Becher Herztodkaffees, ist dann das Geschäft in dieser Detektei angelaufen oder, ja, sie wären gescheitert. Er ist auch ohne das alles, ohne Landow, ganz gut zurechtgekommen. Aber noch besteht kein Grund für apokalyptische Gedanken, redet er sich ein.

In stillen Momenten wie diesen, ganz allein in der Detektei, fragt Orsini sich, ob er nicht zu weit geht mit seiner Euphorie für das gemeinsame Unternehmen. Er ordnet, während er angestrengt grübelt, die Stühle mit den bourbonischen Lilien neu. Man könnte sie noch mit kontrastfarbenen kleinen Kissen kombinieren, findet er. Er würde sich gleich nach seiner Vormittagsrunde am Lehrter und am Hamburger Bahnhof darum kümmern.

«Pause-» Eine Stimme von der Eingangstür her.

«Pause? Von wegen. Habe gerade erst angefangen», presst Orsini durch die Zähne. Er hat gerade erst begonnen, sich die Wut über Landow abzuarbeiten. Die Sperrholzkiste, die er versucht ins Nachbarzimmer zu bugsieren, ist so groß wie er selbst. Aber das dortige Lilienmeer bietet kaum noch Platz dafür.

Die Stimme an der Tür bleibt hartnäckig: «Pause-wang.»

Orsini schaut auf. Tatsächlich, in der Tür steht einer. Vielleicht der nächste Klient?

Dass der Mann nur eine dünne Strickjacke trägt und braune Puschen an den Füßen, gibt Orsinis Sekundeneuphorie einen Dämpfer.

«Wer sind Sie, wenn ich fragen darf?»

Der Puschenmann kraust freundlich die Haut auf seinem Nasenrücken und macht auf leisen Sohlen zwei Schritte ins Zimmer hinein. «Pausewang mein Name. Ich versuchte bereits mehrfach, das zu sagen. Wilhelm Pausewang. Ihr Nachbar von unten. Ich wohne eins tiefer, nach hinten raus. Hier oben haben Sie ja keine direkten Nachbarn, nur die Sterne und den Trockenboden. Ich dachte, ich stelle mich einmal vor.»

Orsini ist erfreut. Die Anwesenheit des Nachbarn lenkt ihn von der Abwesenheit Landows ab. Er bietet Pausewang einen Stuhl an. Der kann sich angesichts der großen Auswahl an Mobiliar nicht entscheiden und bleibt lieber stehen.

«Willkommen bei uns», sagt Orsini und hält dem Nachbarn die Linke hin. «Sitzgelegenheiten habe ich viele zu bieten, Hände nur diese eine. Wir hätten uns Ihnen vorstellen müssen. Aber Sie sehen ja, wir ziehen immer noch um. Seit zwei Monaten schon.»

«Sie sind also Herr Orlando?»

«Nur der Anfang davon. Das *Or*. Orsini mein Name. Mein Partner, … Geschäftspartner, Herr Landow, ist das Letzte, der Rest. Landow ist das *Lando* in Orlando. Er ist – unterwegs. Haben Sie einen Auftrag für uns, Herr Pausewang?»

Die Frage verblüfft den Mann.

«Nicht dass ich wüsste. Ich werde heute Abend zwar Augenzeuge eines Verbrechens sein, eines Mordes sogar, aber der Täter richtet sich unmittelbar darauf selbst. Für ein Detektivbüro, sagt man überhaupt so, ist da eher nichts zu erforschen. Sie staunen zurecht: Heute Abend gegen zehn nach zehn Uhr stirbt eine Blondine, mit dem Kissen erstickt vom eigenen Gatten, auf der Bühne unserer Oper. Wenn ich den Kopf etwas hebe, während ich spiele, kann ich das sogar sehen. *Otello*, der neueste Verdi, ein rasantes Stück! Ich bin Musiker. Im Orchester.»

«Ich bin auch manchmal in der Oper, beruflich.»

«Ich stelle mir das aufregend vor, dieses Herausfinden von geheimen Dingen. Anders als bei uns. Früher oder später macht in der Oper jeder freiwillig seinem Herzen Luft, meistens mehrstrophig.» Beim Lachen kraust sich sein Nasenrücken wieder wie eine kleine, zweite Stirn.

«Sie spielen also ein Instrument?»

«Fagott.»

«Ach Gott. Ich meine: Interessant.» Orsini macht eine kleine Pause, in der er sich zu erinnern versucht, wie ein Fagott aussieht. «Kann ich Ihnen etwas anbieten? Wir haben Orangenlikör da, Cointreau. Darf ich Ihnen unsere Wohnung zeigen?»

Der Musiker aus dem Vierten wehrt lächelnd ab. Ob er damit nur den Likör meint oder auch die Besichtigung, bleibt unklar.

«Tagsüber Detektei, nachts Wohnung», erläutert Orsini unverdrossen. «Sehen Sie hier? Auf den ersten Blick nur ein Karteischrank. Die Schübe sind noch leer, wir sind noch in den Anfängen. Aber mit Hilfe dieser Stützen hier und hier, sehen Sie, lässt sich das vorklappen und einrasten, könnten Sie kurz hier anfassen, ich habe nur den einen Arm, jetzt das hier abspreizen und im Handumdrehen –.»

«Eine Matratze! Donnerwetter.» Der Fagottist ist ehrlich erstaunt.

«Selbst erdacht. Hier schläft Herr Landow. Mein Schlafzimmer ist dort drüben, im Wartebereich, mit dem Riesenschreibtisch. Wenn man dort die Stühle zusammenschiebt, ergibt sich im Nu ein bequemes Bett, man denkt das gar nicht, oder? Dadurch sparen wir Platz. Und Startkapital. Nun kommen Sie schon, einen französischen Likör zwischen französischen

Lilien, auf friedvolle Nachbarschaft, bevor das Morden heute Abend wieder losgeht.»

■■■

Ein Ermittler muss kalt sein bis an Herz, hat er irgendwo gehört. Kalt bis zum Hintern ist Landow immerhin schon in seinem Versteck in der Pathologie.

Wie zu erwarten, weisen besonders die Unterarme und Handgelenke des ermordeten Bankiers unterblutete Abschürfungen und weitere Spuren auf, vor allem Quetschungen, hört er. Die Mörder haben sich schwergetan, in mehrfacher Hinsicht. Den toten Breitkopf von außen an der Fassade des Teehauses im Schlosspark hoch in den ersten Stock zu ziehen, muss ein Kraftakt gewesen sein. Genau genommen mussten sie ihn sogar bis in den zweiten Stock hieven. Die nackten Arme des Toten leuchten in dunklem Rot und Violett wie Renaissancegemälde.

Der Bankier, sagt Pfeiffer, muss zu diesem Zeitpunkt bereits tot gewesen sein. «Er war wegen eines Herzfehlers in ärztlicher Behandlung», hört Landow ihn sagen. Sehen kann er nichts. «Wir haben die Unterlagen seines Arztes, Doktor Klausner, hier. Hätte Breitkopf noch gelebt, als sie ihn da hinaufgezogen haben, würden die Unterblutungen hier und hier anders aussehen. Durchaus möglich, dass das Opfer letztlich an seiner Herzschwäche in Verbindung mit dem Schock der Entführung gestorben ist.»

«Sie müssen Flaschenzüge benutzt haben», sagt einer der Polizisten, ob es Glasner oder Zipp ist, kann Landow nicht heraushören. Der Bankier hat 88 Kilogramm gewogen, das ist selbst für zwei kräftige Männer mit Flaschenzügen ein ordentlicher Anker. Die Mörder hatten, vermuten die Polizisten jetzt abwechselnd, Leitern als Rampen zum Hochziehen des Toten benutzt. Dann haben sie wahrscheinlich zuerst seine Handgelenke mit Seilen an den oberen Säulenköpfen fixiert.

«Kompositkapitell», hört Landow einen der Polizisten sagen.

«Was heißt das?», will sein verdutzter Kollege wissen.

«Der obere Säulenabschluss. Die steinernen Verzierungen daran sind eine Mischung aus einem klassischen, Moment, ich habe das irgendwo notiert, aus einem klassischen korinthischen Kapitell und einem ionischen. Korinthisch, das sind die mit diesen Steinblättern und ionisch sind die mit den gedrehten Schnecken. Am Teehaus kommt beides gleichzeitig vor, Architekten nennen das Kompositkapitell.»

«Und Polizisten nennen das Klugscheißerei», knurrt der andere.

Eine lange Schweigeminute tritt ein, in der man nur die Geräusche der Sektion hört, das trockene Knacken der Rippenzange, dann das schwere Platschen, mit dem hintereinander Lunge, Leber und Magen den Körper verlassen und separat gewogen und betrachtet werden.

Landow auf seinem Horchposten schaudert, aber das liegt nur an seiner reduzierten Kleidung.

«Also, wie auch immer», hört er jetzt vorn wieder Pfeiffer sagen, «der Tote muss die Schnur schon vorher geschluckt haben. Andernfalls hätte man ihm die post mortem mit einem langen Stab oder dergleichen durch den Schlund bis in den Magen schieben müssen. Der Schlund, wenn die Herren mal näher kommen bitte, sehen Sie, das hier sind normale Rötungen des Gewebes, aber wenn sie eine Stange benutzt hätten, müsste es hier Spuren geben.»

«Und das bedeutet?» Zipp oder Glasner, der das wissen will, klingt etwas belegt, als er das fragt. Der Anblick eines aufgeschnittenen Schlundes ist nicht jedermanns Sache, weiß Landow. Die Täter hatten Breitkopf also vor seinem Tod gezwungen oder sonstwie dazu gebracht, ein langes Stück Kordel zu schlucken, dessen eines Ende aus dem Mund des Toten heraussah und an dessen anderem Ende, in Breitkopfs Magen also, ein Stück Brot angebunden war.

«Wieso Brot?» Zipp und Glasner können sich das nicht erklären. Landow in seinem Versteck auch nicht. Manche größere Fische ködert man mit Brot an einer Schnur, Karpfen beispielsweise. Aber die hängt man nach dem Fang nicht x-förmig für jeden sichtbar hin.

Die Polizisten reden jetzt halblaut miteinander, was, kann Landow nicht verstehen, obwohl er keine fünfzehn Meter entfernt ist. Wahrscheinlich versuchen sie immer wieder, sich den Hergang der Tat vorzustellen. Und prompt sagt dann einer, der Stimme nach der Säulenheilige mit dem architektonischen Wissen: «Wir gehen davon aus, dass Breitkopf über das Wasser, also mit einem Boot über den nördlichen Zufahrtskanal so nah wie möglich an das Gebäude herantransportiert wurde. Alles andere hätte die Schlosswache alarmieren müssen. Breitkopf ist zu diesem Zeitpunkt also bereits tot und hat schon diese rätselhafte Brotkordel im Schlund. Sie schleppen ihn im Dunkeln zur Ostseite des Gebäudes, stellen dann Leitern an, knoten ihn oben und unten fest. Einer der Knoten muss sich im Laufe der Nacht gelöst haben, durch die Feuchtigkeit vielleicht.»

«Der Tote muss ihnen außerdem beim Transport oder beim Hinaufziehen abgerutscht und aus größerer Höhe hinabgestürzt sein.»

Das ist Pfeiffer. Er macht das gut, findet Landow, und ist fast ein wenig stolz auf ihn. «Sehen Sie? Hier, hier und dort auch, zwei Mal sogar: Die Oberschenkel sind gebrochen.»

Die Polizisten schweigen, notieren wahrscheinlich was, einer denkt weiter laut nach.

«Nachdem die Täter ihr Opfer in dieser menschenverachtenden Art dort oben hindekoriert haben, müssen sie noch eine Plane über den Balkonboden und die Brüstung gelegt haben. Erst dann haben sie ihn mit dem fremden Blut bestrichen, wahrscheinlich, um den Anblick noch schrecklicher zu machen. Am Gebäude selbst haben wir jedenfalls kaum Blutspuren gefunden.»

«Muss man sich mal überlegen, die drapieren erst die Leiche auf so bestialische Art dorthin und nehmen dann Rücksicht auf das Gebäude? Reichlich irre, oder?», knurrt der andere Polizist.

Wie lange werden die Täter für diese umständliche Prozedur gebraucht haben, fragt sich Landow, inzwischen eisekalt. Jetzt bloß nicht niesen müssen. Er überschlägt, dass die Täter mindestens eine Viertelstunde gebraucht haben, um die Leiche so hinzuhängen. Viel Aufwand. Viel Risiko. Der Tod Breitkopfs allein hat ihnen also nicht genügt. Da ist noch eine andere große, dunkle Kraft im Spiel. Viel Wut. Viel Hass. Hass auf was? Auf Breitkopf persönlich? Oder auf ihn als bekanntem Vertreter einer immer reicher und einflussreicher werdenden Klasse der Investoren, Börsenmakler und Spekulanten? Auch Landows eigener Bruder war ohne jede wirtschaftliche Not der Anziehungskraft des Geldes erlegen. Seine Gier hatte zunächst nur seinen Ehrgeiz befeuert und ihn dann aber zu einem fremden, skrupellosen Menschen werden lassen. Am rätselhaftesten bei diesem toten Bankier aber kommt Landow mittlerweile die Schnur mit dem Brot daran vor. Verdammt, ihn erinnert das an etwas. Aber an was nur?

«Das alles kann man denen von der Presse auf keinen Fall mitteilen», hört er jetzt einen der Polizisten sagen. «Allein schon aus Gründen der Pietät der Familie gegenüber. Der Tote soll mit dem Fürsten befreundet gewesen sein.»

«Welchem Fürsten?», fragt sein Kollege begriffsstutzig, gibt sich die Antwort dann aber selbst: «Bismarck! Verstehe. Na dann.»

«Woran», will Zipp oder Glasner jetzt von Pfeiffer wissen, «ist Breitkopf denn nun gestorben? Ich meine, wir haben bis jetzt viel über die Art der Dekoration erfahren, aber was war die Todesursache? Das schwache Herz?»

Pfeiffer lässt irgendein Werkzeug, eine Zange wahrscheinlich, etwas zu heftig scheppernd in eine Metallschale fallen. Es ist wie der Tusch beim Zapfenstreich. Gleich kommt sein großer Auftritt, weiß Landow. Die Todesursache, die Königsdisziplin. Landow sieht Pfeiffer sich förmlich etwas strecken.

«Der Tote ist, nachdem man ihn dazu gebracht hatte, diese Kordel mit dem Brot zu schlucken, offenbar doch nicht an seiner diagnostizierten Herzschwäche gestorben, wie ich mittlerweile feststelle. Er ist wahrscheinlich erstickt worden. Sein Körper weist keine Schuss-, Stich- oder Hiebverletzungen auf. Einstichstellen einer Injektionsnadel sind ebenfalls nicht festzustellen.»

«Aber ich sehe gar keine Würgemale», mischt einer der Polizisten sich ein.

«Ich sehe ebenfalls keine Würgemale», bestätigt Pfeiffer und macht eine etwas zu lange Kunstpause. Bis auf das Geräusch des nassen Feudels, mit dem der Assistent gerade das Blut vom Metalltisch wäscht, ist es tatsächlich beinahe totenstill im Raum.

«Meine Herren, wenn ich Sie an den Tisch bitten darf», hört Landow Pfeiffer nun in ungewohnt zackigem Ton. Die beiden Polizisten scheinen seiner Einladung zu folgen, ihre raschen

Schritte hallen laut durch das Gewölbe. Dann wieder Pfeiffer: «Wir sehen hier, hier und hier im Herzbeutel punktförmige Einblutungen. Außerdem ist das Gesicht des Toten etwas aufgedunsen. Ich vermute, dass ihm ein luftdichter Sack oder Ähnliches über den Kopf gestülpt wurde. Das Opfer wird dadurch gezwungen, sein ausgeatmetes Kohlendioxid wieder einzuatmen. Je nach Größe des verwendeten Sackes, Luftdichtigkeit durch Gummierung etwa, stirbt man entweder durch eine Kohlendioxidvergiftung oder durch Sauerstoffmangel. Beides kein schöner Tod.»

Die Polizisten sind offenbar ebenfalls betroffen. Vielleicht schreiben sie aber bloß alles penibel auf. Jedenfalls schweigen sie.

«Sie sagten etwas von einem gummibeschichteten Sack. Können Sie über den etwas Näheres sagen?»

«Ich weiß freilich nicht, was genau man dem Toten über den Kopf gestülpt hat, aber es muss zu einer vollständigen Luftdichtigkeit geführt haben. Gummibeschichtete Gewebe werden zunehmend auf Baustellen verwendet, als Planen zum Beispiel, deshalb kam ich auf den Sack aus einem solchen Material. Denn, meine Herren, ich selbst war ja nicht dabei.»

«Die Transportsäcke für Papiergeld sind gummiert. Um die Feuchtigkeit draußen zu halten», sagt die hellere der beiden Polizistenstimmen jetzt. «Ich war bei der Deutschen, der Deutschen Bank, beim Wachpersonal, bevor ich zur Polizei kam. Da werden oft solche Taschen verwendet.»

Eine weitere andächtige Pause tritt ein.

«Wann kriegen wir Ihren Bericht, Herr Huth?», fragt Zipp oder Glasner jetzt, «heute Nachmittag wäre gut. Wir haben noch einen Sonderermittler im Nacken, von höchster Stelle, da will man Ergebnisse sehen.»

«Nicht vor morgen Abend», sagt Pfeiffer ruhig und sehr selbstbewusst, «Sie sehen ja, was hier noch zu tun ist. Im Übrigen: Mein Name ist Pfeiffer. Herr Huth, mein Vorgesetzter, ist auf Hochzeitsreise.»

Schon wieder, denkt sich Landow, dieser Huth ist praktisch immer fort, wenn Landow in der Pathologie vorbeischaut. Entweder auf Fortbildung oder auf Hochzeitsreise, was ja irgendwie aufs Gleiche hinausläuft.

«Schön, das auch mal zu erfahren», knurrt dann einer der Polizisten. «Und Sie dürfen das, diese Art Obduktion?»

Landow weiß genau, wie Pfeiffer jetzt aussieht. Der steckt jetzt tief die Hände in die Kitteltaschen und sagt: «Ich darf das, jawohl. Oder hätten Sie die Obduktion lieber selber vorgenommen?»

Die Polizisten sprechen jetzt halblaut miteinander, dann sind sie fort. Grußlos.

Der eiskalte Landow fasst das Gehörte rasch zusammen: Die Täter zwingen einen bekannten Bankier erst eine Schnur mit Brot daran zu schlucken, ersticken ihn dann mit einem Geldsack, lassen ihn beim Transport fallen, betreiben viel Aufwand, sind auf die Symbolwirkung ihrer Tat bedacht und wollen den Fundort aber nicht unnötig beschmutzen? Verdammt, wer macht denn so was? Wildgewordene Anarchisten mit einer Leidenschaft für preußische Baudenkmäler?

Pfeiffer wartet noch einen Augenblick. Aber die von der Polizei kommen nicht zurück. Dann geht er mit großen Schritten zu einem der abgedeckten Rollwagen an der Wand und reißt das Laken von der Bahre.

Der splitternackte Landow darunter blinzelt ihn unschuldig an und richtet sich dann auf: «Na endlich, ich dachte, die gehen nie.»

«Das kann mich die Anstellung kosten, Landow! Sind Sie wahnsinnig?!»

«Es gibt ein paar Menschen in dieser Stadt, die das vermutlich bejahen würden», knurrt Landow, nestelt sich den Kartonanhänger vom Zeh und beginnt, seelenruhig wieder in seine Kleider zu steigen. «Im Übrigen waren Sie sehr souverän, Pfeiffer. Glückwunsch. Oder liegt das an Ihrem fleißigen Gehilfen dort?»

«An Hans? Ich bin froh, dass ich den habe, Landow. Ein Naturtalent. Etwas seltsam vielleicht, menschlich gesehen, aber fachlich ein As.»

«Seltsam?»

Pfeiffer neigt sich nah zu Landow rüber und flüstert beinah, als er dem das Hemd anreicht: «Mh-h, mein Hans spricht mit den Toten, wenn er sie auf- oder zumacht.»

«So so.»

«Aber nicht mit allen. Nur mit den Frauen.»

Landow schnürt sich die Stiefel zu. Er beobachtet Pfeiffers Assistenten, der konzentriert mit einer langen Pinzette im Mund des Toten herumsucht.

«Da. Sehen Sie nur, Herr Pfeiffer. Hier. Hier ist noch etwas!»

Der Assistent hält die Pinzette nah vors Auge und lässt dann etwas Kleines klimpernd in eine leere Emailschale fallen.

Klingt wie ein Schottersteinchen. Oder wie der Rest von einem Hustenbonbon. Pfeiffer ist unangenehm berührt: «Tatsächlich. Das muss ich übersehen haben. Gut, dass die beiden schon fort sind.»

Assistent Hans dehnt mit der einen Hand Breitkopfs Mund so weit es geht und zeigt Pfeiffer die Fundstelle zwischen den unteren linken Zähnen und der Backentasche des Toten. Landow betrachtet das kleine, helle Ding in der Schale. Ein

Fetzen Stoff, etwa vier auf vier Zentimeter, der um etwas noch Kleineres, Rundes gewickelt war. Er hat es erst für einen Zahn gehalten oder ein Stück davon. Es ist allerdings durchsichtig unter einer stumpfen Oberfläche. Das Ding sieht eher aus wie ein Stück Kandiszucker oder stumpfes Glas. Er hat schon Bilder von so was gesehen. Was zum Teufel ist das bloß?

Der Assistent jedenfalls ist sichtlich stolz auf seinen Fund. «Genau wie bei dem von der Brücke vor zwei Wochen», ruft er geradezu begeistert in den stillen Raum.

■■■

Er wartet seit einer Viertelstunde schon in der seitlichen Hofeinfahrt ihres Gebäudes in der Ritterstraße und weiß nicht recht, warum oder auf was. Der freundliche Besuch des Fagottisten hat Orsinis Wut über diesen entsetzlich eigenbrötlerischen und maulfaulen Landow nur noch gesteigert. Besucht verstohlen die Sonntagsmesse wie ein Bürger das Bordell, schleicht stiekum wie ein Dieb morgens aus dem Haus, ohne zu sagen, was er vorhat. All das schlägt ihm neuerdings auf den Magen. Ihre wenigen Fälle lösen sich entweder von selbst oder sind wahrscheinlich komplett unlösbar. Fast scheint es, denkt er und kratzt sich mürrisch den toten Sägemehlarm, als müsse man erst selbst ein Verbrechen begehen und sich dann mit dessen Aufklärung einen Namen machen.

«He, könn Se nich lesen? Betteln und Hausieren verboten! Ach, Sie sind das. Hätte Sie gar nicht erkannt, so von hinten. Nichts für ungut, Herr Rosini. Schönen Tag noch.»

Der knochige Mann, der Orsini von der Seite her anmault, heißt Fegesack und trägt diesen Namen zurecht. Er ist der Sack, der hier fegt. Er ist der Hausmeister des Gebäudes. Wenn er im vorderen, schönen Teil nach dem Rechten sieht, trägt er Krawatte, eine, die er sich mit vorbereitetem Knoten nur noch über den Kopf ziehen muss. Wie ein Henker. So, als hätte der Knochensack Orsinis Gedanken erraten, nestelt der jetzt seine Krawatte aus der Kitteltasche und streift sie sich über, dann zieht er die Kappe vom Kopf und macht eine leichte Verbeugung. Der Grund für Fegesacks Devotion ist die schöne Frau Phillipi, die, den Jungen an der Hand, soeben die Stufen vom Entrée hinabsteigt. Orsini wünscht sich auf der Stelle auch eine Henkerskrawatte, die er sich überstreifen, und einen Hut, den er voller Anerkennung lüften könnte.

Sein mausgrauer Montag nimmt nach unnützem Rührei und aufbrausenden Ausfällen doch noch eine Wendung ins Hellere, als die schöne Frau den wie angewurzelt dastehenden Orsini in der Durchfahrt entdeckt und grüßt.

«Sie wollen nicht auch zufälligerweise Richtung Annenstraße?»

Und ob er will. Seit er seine schlafdreckverkrusteten Lider heute früh aufgeschlagen hat, will er genau dorthin. Mit ihr würde er überallhin gehen. Eilig tritt er zu ihr vor ans Trottoir.

«Annenstraße? Passt mir sehr gut. Schön, dass Ihr Sohn nach seinem Abenteuer gleich wieder in die Schule geht.»

Sie spaziert rechts neben ihm, und für einen Moment gehen sie die Straße hinunter wie eine kleine Familie. Der Junge sagt kein Wort. Frau Phillipi bewegt, wenn sie spricht, sehr ausdrucksvoll die Hände, die sie gern mit farbigen Lederhandschuhen schmückt, wie Orsini schon mehrfach bemerkt hat. Heute trägt sie zum dunklen Tuch ein leuchtendes Grün, ein Apfelgrün geradezu. Orsini reißt sich mit Macht vom Anblick ihrer biegsamen, hauteng belederten Gliedmaßen los und hört sie sagen: «Ich, also wir haben beschlossen, dass Samuel noch ein paar Tage Ruhe braucht nach … alldem. Deshalb geht er heute noch nicht in die Schule. Wir sind auf dem Weg zu Pistorius.»

Für einen Moment tritt Schweigen ein, entgegenkommende Passanten zwingen Orsini zum Ausweichen über die Fahrbahn. Als er wieder zu ihr aufschließt, ergänzt Frau Phillipi: «Pistorius, das Musikgeschäft. Sammy hat bei seinem Ausflug neulich seine Geige verloren. Wir wollen eine neue kaufen. Lieben Sie Musik, Herr Orsini? Haben Sie italienisches Blut? Dann begleiten Sie uns doch dahin.» Orsini nickt und bejaht alles. Binnen Sekunden fühlt er sich wie ein Sizilianer, der ohne Musik keinen Atemzug tun könnte.

«Ich sah das Klavier in Ihrem Office. Neulich.»

Sie spricht es französisch aus. Office. Das merkt er sich. Das passt zu den bourbonischen Lilien.

«Ja-aa, das Klavier …», bringt Orsini an der Ecke Prinzenstraße heraus und verzichtet aus naheliegenden Gründen darauf zu erklären, dass das Klavier nur die äußere Hülle ihrer Hausbar ist.

«Dann», sagt sie und sieht ihn aus ihren großen dunkelblauen, aber auch jetzt wieder seltsam traurigen Augen an, «dann sind wir ja ein durchaus musikalisches Haus. Im Vierten wohnt ein Musiker aus der Lindenoper, haben Sie den schon kennengelernt? Ein Bläser.»

Orsini nickt und lässt ihre Worte in sich nachschwingen wie die Schallwellen in einem Glockenturm.

Nach einer Weile des stillen Nebeneinandergehens versucht er, den schweigsamen Jungen mit einzubeziehen. «Und, Samuel, freust du dich schon auf den Karneval? Als was willst du dich verkleiden? Lass mich raten! Als Indianer? Nein? Als Lokomotivführer? Auch nicht? Ah, dann vielleicht als Bankier wie dein Herr Vater? Mit Zylinderhut und – He!!»

Der Junge hat sich von der Hand der Mutter losgerissen und läuft plötzlich davon, als wäre der Leibhaftige hinter ihm her. Frau Phillipi hindert mit einer Hand ihren Hut am Wegfliegen, rafft ihren Mantel vorn ein Stück, bevor sie ihm nachläuft. Auch so, laufend, macht sie eine tadellose Figur, findet Orsini. Dann beginnt auch er zu rennen. Kurz vor Querung der Oranienstraße überholt er Frau Phillipi, als weiter vorn schrill Gäule wiehern und dann die Bremsen eines Wagens der Pferdebahn zu hören sind. Erst – schreit eine Frau. Danach – hört man das Fluchen eines Mannes. Es ist, als habe hier einer gerade die übervolle Wirklichkeit angehalten wie in einer Fotografie, um sie besser erfassen zu können. Die Gesichter der Passanten unentschlossen zwischen Sensationsgier und Entsetzen. Der Bahnfahrer, der sich mit aufgeblasenen Backen die Stirn wischt. Der blondgelockte Junge im Marinemantel, der starr keine Handbreit vor dem großen, vorderen Rad der Bahn steht. Und die Frau, die, ebenfalls starr und schlimm verrenkt, zwischen den Achsen des Waggons liegt. Aus ihrer Tasche ist ein Apfel rausgerollt. Der leuchtet hellgrün und glänzend aus dem stumpfen Grau der Straße hoch.

«Überrollt», sagt einer aus der Menge tonlos, «einfach überrollt.»

Orsini reißt den wie gelähmten Jungen fort, um ihm den Anblick zu ersparen. Frau Phillipi prallt eine Sekunde später in ihn, kniet dann vor dem Kleinen, stammelt etwas, als sie ihm immer wieder über die Haare fährt. Seine Marinemütze hat er irgendwo verloren. Aber sonst scheint er unverletzt.

Orsini hält sich atemlos die stechende Seite, macht Platz für Helfer und Polizisten.

«Warum machst du so etwas, Samuel?», hört er neben sich Frau Phillipi. Der Junge sagt nichts.

«So sprich doch, Kind!» Die schöne Frau klingt nun hörbar verärgert. Wieder keine Antwort.

Dann das Klatschen einer Ohrfeige.

▪▪▪

Landow steht mit verschränkten Armen ganz dicht vor Pfeiffer.

«Sie haben bei einem Fall vor zwei Wochen solch ein Beweismittel einfach verschwinden lassen? So, wie im letzten Sommer auch schon? Sie müssen irre sein, Pfeiffer.»

«Ich habe keine Zeit und, ehrlich gesagt, auch keine Lust, mit Ihnen darüber zu diskutieren, Landow. Sie sehen ja, was hier los ist. Da können schon mal Kleinigkeiten übersehen werden. Los, Hans, den nächsten Kandidaten, aber etwas hurtig, ja. Ist schon halb zehn durch.»

Aber Landow packt Pfeiffer fest am Arm und lässt ihn nicht fort.

«Nichts da. Was war das mit dem Toten vor zwei Wochen, der auch so etwas im Mund hatte?»

Assistent Hans schiebt seinen Mauskopf in Landows Sichtfeld und murmelt: «Ich habe rasch die Akte geholt. War vor zwei Wochen genau, am ersten Februar. Ich weiß das, weil da mein Geburtstag war.»

«Glückwunsch nachträglich», knurrt Pfeiffer und macht sich von Landow los.

Hans hält Landow den aufgeklappten Aktendeckel hin wie ein Kellner, der einem Gast die Menükarte präsentiert. Fehlt bloß noch, dass er sagt: Ich empfehle das Tagesgericht, Hecht mit Dillbutter.

Stattdessen: «Hier, sehen Sie, der Mann war in seinem eigenen Garten auf einer kleinen Holzbrücke, als die Brücke –»

Landow nimmt ihm den Bericht weg und liest selbst: Roth, Xavier, geboren 22.10.1851, Landows Jahrgang, Schweizer, wohnhaft Nassauer Promenade Nr. 5 in Berlin-Friedenau. Der Mann wurde am Nachmittag in einem Zierteich seines eigenen Gartens gefunden. Eine schmale, nur sechzig Zentimeter breite Holzbrücke, die den Teich überspannte, war offenbar durchgebrochen, und Roth ist in dem kaum einen Meter tiefen Gewässer ertrunken. Das Hausmädchen hat ihn gefunden, eine gewisse Hildegard. Landow überfliegt das – Die Obduktion durch Medizinalrat Huth ergab eindeutig die Todesursache Ertrinken ohne Fremdeinwirkung.

«Und dieser Herr hier», fragt er das Mausgesicht, das gerade den Leichnam einer sehr fetten Frau von ihrem Laken befreit und einen neuen Satz Messer und Werkzeuge für Pfeiffer bereitlegt, «dieser ertrunkene Herr Roth hatte auch so etwas im Mund?»

Die Maus schüttelt, während er halblaut mit der toten Fetten spricht, energisch den Kopf. Dann dreht er sich kurz zu Landow um.

«In der Innentasche seiner Jacke. War dort eingenäht, in ein Stück Stoff gewickelt und eingenäht. Wir dachten, es wäre ein Ersatzknopf, aber dann …»

«Aber dann was? Pfeiffer, wo ist dieses Dings? Sie denken, was ich denke, nicht wahr? Das ist kein Kandiszucker. Ist das hier komprimierter Kohlenstoff?»

«Kohlenstoff?», unterbricht der murmelnde Hans seinen Monolog bei der Fetten wieder, «das ist doch kein Kohlenstoff. I wo, Kohlenstoff! Kohle ist doch schwarz wie Pech. Aber das da funkelt wie Glas! Das ist Glas! Ist doch klar. Glasklar.»

Pfeiffer legt Landow stumm das kleine Stück «Glas» aus der Jacke des Ertrunkenen auf die geöffnete Handfläche. Es gleicht dem aus dem Mund Breitkopfs, ist sogar etwas größer. So groß wie eine kleine Saubohne oder eine Brombeere. Tatsächlich, wie stumpfes Glas sieht es aus. Es scheint, als hätte man zwei winzige Glaspyramiden am Boden aneinandergefügt zu einem geometrischen Gebilde. Der Name für diese Form fällt Landow nicht ein. Irgendwas mit -eder. Dodekaeder? Oktaeder! Ein Gegenstand mit acht gleich großen, dreieckigen Flächen.

Pfeiffer sieht Landow ernst an: «Meine Frau hat unser drittes bekommen, die Wohnung wird zu eng.»

«Und da wäre es schon enorm praktisch gewesen, wenn dieses Bröckchen hier vielleicht doch komprimierter Kohlenstoff wäre, verstehe», nickt Landow.

«Was machen wir denn nun?», fragt Pfeiffer ungewohnt ängstlich.

«Wir? Ich schlage vor, *Sie* schneiden die dicke Frau da auf. Sonst hört ihr Assistent ja gar nicht mehr auf mit seinem Gesäusel. Und ich versuche mal herauszubekommen, welche Art *Glas* das sein könnte. Könnte mal einen Glaser fragen, mh, was meinen Sie?»

Pfeiffer scheint ein großer Stein vom Herzen zu fallen. Als Landow den Obduktionssaal gerade verlassen will, fragt der ihn: «Ermitteln Sie im Fall des X-Toten vom Schlosspark eigentlich offiziell?»

Landow, schon im Rausgehen: «Offiziell? Nein. Ermitteln? Ja, denke schon.»

Um fünf Minuten vor zehn Uhr, Hans wäscht gerade das Blut der Fetten vom Tisch (Todesursache: Messerstich in die Leber, Tod durch innere Verblutung), erscheint ein Herr mit wichtigem Gesicht und ziemlich neuer Aktenmappe in der Obduktionsabteilung im Untergeschoss der Charité.

Ohne Scheu und Zögern tritt der Mann wie ein Schlachtenlenker zwischen all die abgedeckten Leichen und schnarrt: «Graff. Sonderermittlung der Reichskanzlei. In exakt vier Minuten beginnt hier die Obduktion im Fall Breitkopf, richtig? Und Sie, meine Herren, sind …?»

Pfeiffer und seine Maus sehen sich fragend an.

▪▪▪

Um die geschundenen Nerven zu beruhigen, hat man das nahe gelegene *Café Elefant* aufgesucht, das, so verrät es das Vorwort der reichhaltigen Kuchenkarte, nun bereits in dritter Generation von der Familie Ignaz Elefant Nachfahren geleitet wird. Der Junge rührt in einer heißen Schokolade, schweigt aber hartnäckig zur Ursache für sein plötzliches Losrennen. Er schweigt überhaupt. Und Frau Phillipi versucht seit der Ohrfeige schon, Orsini davon zu überzeugen, dass sie keine schlechte Mutter sei. Es gebe bloß diese Tage, da ihr das alles über den Kopf wachse. Was genau sie mit *das alles* meint, lässt sie dabei offen. Frau Phillipi hat sich aus der Teekarte einen Darjeeling ausgesucht, bestellt aber nun zur Stärkung ihrer angegriffenen Nerven noch einen Bénédictine hinzu. Der leuchtende Bernsteinton des Getränks harmoniert ausgezeichnet mit dem Grün ihrer feinen Lederhandschuhe. Es ist allerdings nicht die Tatsache, dass sie sich um diese Zeit einen Likör bestellt, die Orsini registriert, es ist die Art, wie sie ihn trinkt. Schnell.

Keine zehn Minuten später beschließt man trotz der ganzen Kalamitäten (oder gerade deshalb), den Weg zum Geigenhändler fortzusetzen. Der Kellner, ein älterer Mann mit ausnehmend großen Ohren, präsentiert Orsini die Rechnung. Doch der hat das Haus verlassen, um sich Geld zu besorgen. Weshalb dann welches mitnehmen? Orsini entschuldigt sich für einen Moment und sucht rasch die Örtlichkeiten auf. Als er zurückkommt, fühlt er sich in mehrfacher Hinsicht erleichtert. Er zieht die unbekannte Brieftasche, die er vor wenigen Augenblicken erbeutet hat, schwungvoll heraus, als wäre es seine, und hofft, dass sie nicht nur Reinigungszettel und Andachtsbildchen enthält. Es ist ein schönes Stück aus kaffeebraunem Pferdeleder, das spürt er am Griff. Als er sie aufschlägt, lacht ihn die kleine Fotografie einer wildfremden Frau mit zwei Töchtern an und mehrere Zwanzigmarkscheine. Über den Tisch hinweg hat Frau Phillipi das Familienbild gleich entdeckt.

«Ich hielt Sie für alleinstehend, Herr Orsini. Ihre Familie?»

Er ist ehrlich überrascht, streicht dann aber zärtlich mit dem Finger über das Bild und sagt melancholisch: «Früher einmal. Ja.»

«Sehen Sie», sagt Frau Phillipi und zeigt mit ihrem grün belederten Finger direkt auf sein Herz, «ich dachte mir gleich, dass auch Sie Ihre kleinen Geheimnisse haben.»

In der stillen Hoffnung, dass Frau Phillipi seine wahren Geheimnisse nie erfahren möge, lässt er das geklaute Stück unbemerkt neben der Garderobe auf den Fußboden gleiten. Dass er die Geige des Jungen auch wird bezahlen müssen, steht kaum zu erwarten.

Keine zehn Minuten später hängt der Himmel über Orsini voller Geigen. In der Abteilung für Streichinstrumente des Musikhauses Pistorius in der Annenstraße (das nur absolut zufällig denselben Namen hat wie ihr pfiffiger Installateur) probiert Samuel Phillipi mehrere neue Modelle aus. Orsini kennt sich mit Musik nicht aus, aber dass der Junge schon sehr gut spielt, das merkt selbst einer wie er. Der Schreck des Unfalls vor keiner halben Stunde ist dem Kleinen nicht anzumerken. Der Fachverkäufer, ein Herr Röttger, nimmt ein Modell nach dem anderen aus der in Frage kommenden Preisklasse von der Raumdecke, an der sie aufgereiht sind wie zur Reifung hingehängte Schinken, und reicht es dem jungen Herrn zum Ausprobieren. Der spielt auf jeder Geige in atemberaubendem Tempo Tonleitern und romantisch klingende Melodien. Orsini aber hat nur Augen für Frau Phillipi, die ihrem Sohn beim Spiel zusieht. Wie der Filius die Ruhe selbst und unerreichbar für einen wie ihn. Um dennoch mehr Nähe herzustellen, rückt Orsini sein Stühlchen etwas heran: Sie duftet gut.

«Spricht er immer so wenig?», flüstert er ihr zu.

Sie beugt sich, während der Kleine jetzt das teuerste Instrument probiert, zu ihm herüber. Orsini spürt ihren Atem im Gesicht wie eine seidige Frühlingsbrise, als sie sagt: «Er ist ein eher ruhiges Kind. Aber seit seinem Abenteuer neulich spricht er gar nicht mehr.»

«Nicht ein Wort?»

«Nicht ein Wort.»

▪▪▪

Er geht gern früh zum Essen. Er möchte dort seine Ruhe haben, sagt er sich. Aber insgeheim weiß er, dass er nur Angst hat, es könne nichts mehr geben. Ein Appetit lässt uns unruhig werden, unkonzentriert und zappelig. Aber ein Hunger lässt uns wieder zum Tier werden, das überleben will. Hunger prägt, wenn man ihn einmal erlebt und überlebt hat, für ein ganzes Leben. Er sieht den Kellnern im *Restaurant Goldberg*, Ecke Auguststraße, gern dabei zu, wie sie mit großer Präzision die Tische eindecken, wie sie die gestärkten Tischtücher auffalten und mit der Wärme ihrer Handflächen die Hügelketten, die die Heißmangel in diese Landschaft gepresst hat, fortstreichen. Weiß und leer und noch gänzlich unberührt von Wein und Bratenjus liegen sie dann da wie die Landkarten nie betretener Territorien. Überhaupt ist es diese Jungfräulichkeit des leeren Gastraumes, der ihn manchmal ganz andächtig macht. Diese Stille währt, weiß er, nur wenige Minuten. Dann werden die Ersten aus den Kanzleien und Banken der Umgebung hereinströmen, und ihr Schwatzen, Schmatzen und Lachen wird diesen Raum entweihen. Wenn dann die Letzten von ihnen gegen zwei Uhr zurück an ihre Pulte und Rechenmaschinen gehen, haben sie ihre Spuren hinterlassen auf den ehemals reinen Tischtüchern; Rotweinspritzer, Tintenkleckse, sogar auf Servietten notierte Additionen und obszöne Kritzeleien. Die Unschuld ist der Schuld gewichen.

«Haben der Herr schon gewählt?»

Wahllos nimmt er die Leber Berliner Art. Der Vollkommenheit ihrer Handgriffe zum Trotz hat der Kellner an seinem Einzeltisch heute die Gläser vergessen. Als sein Essen kommt, die Vorsuppe hat er ausgelassen, erinnert er ihn sanft daran. Eine Viertelstunde später sind sämtliche Plätze besetzt, den zweiten Stuhl an seinem Tisch hat man sich schon ausgeborgt für eine größere Runde weiter hinten, die etwas zu feiern hat, einen Geschäftsabschluss wahrscheinlich. Man hat Champagner bestellt, und als man jetzt damit anstößt, entfährt ihren Kehlen ein triumphales «Auf uns! Auf uns!».

Auch als man seinen restlos geleerten Teller bereits abräumt, hat er immer noch kein Glas bekommen. Das Wasser in der Karaffe funkelt diamantenhell wie hämisch zu ihm herüber.

Die beiden Männer, die er am Ufer des breiten Flusses fand, von dem er erst später erfuhr, dass es der Oranje war, hatten noch Wasser gehabt, zwei prallvolle Ziegenschläuche und eine große, mit Strohgeflecht umwickelte Glasflasche, fünf Liter bestimmt. Er selbst hatte zu diesem Zeitpunkt seit zwölf Tagen keinen Menschen mehr gesehen und seit drei Tagen nichts mehr getrunken außer dem Blut der vor seinen Augen verendeten Antilope und dem eigenen Urin. Das Wasser der Männer hatte ihn durch das Flechtstroh hindurch silbrig angeblitzt, es hatte ihm zugezwinkert wie eine Bordsteinschwalbe. Na, mein Süßer, wie wär's denn?

Als er die beiden Männer erreichte, hatten sie sich vorgestellt, nannten sich Schneider und Schultz. Wer in einer solchen Gegend unterwegs ist, wird misstrauisch. Er hatte sich ihnen als Wagner vorgestellt. Sie hatten seinen Leichtsinn getadelt, sich ohne Wasservorrat so weit vorzuwagen. Noch dazu allein. Normalerweise würde man, zuallererst einem Landsmann, freilich gern mit Wasser aushelfen, allerdings bräuchten sie ihren ohnehin knapp bemessenen Vorrat für sich selbst. Sie waren sicher, er verstünde das. Sie wollten noch flussaufwärts, das von Weißen noch nie betretene Terrain erkunden. Gegen sein Malariafieber könne man ihm etwas Chininpulver überlassen. Aber ohne Wasser sei das freilich schwierig einzunehmen. Das Wasser aus dem Fluss zu trinken, davon rieten sie ihm ab, denn die mit Sicherheit eintretende Ruhr würde er kaum überleben.

Er musste die Ruhr jedoch nicht überleben. Ihr Wasser hielt ihn am Leben. Ihr Chinin milderte die Fieberschübe. Ihr Boot brachte ihn an die Küste. Ihre Namen, auch das erfuhr er erst Wochen später im Lazarett des kleinen deutschen Militärpostens, waren nicht Schneider und Schultz, sondern Steingröver und Lüderitz gewesen. Seemann der eine, Kaufmann der andere. Verschollen jetzt beide.

Als der Kellner ihm schon die Rechnung bringt, aber noch

immer kein Glas, zahlt er wortlos mit einem großen Schein und trinkt dann in ruhigen, gierigen Schlucken die gesamte Karaffe in einem Zug leer. Vom Nachbartisch sehen welche herüber. Etwas von dem Wasser ist hinausgeschwappt und hat das Tischtuch durchnässt. Ja, denkt er, er wird noch mehr Spuren hinterlassen. Nicht nur auf ihren Tischtüchern.

▪▪▪

Der kleine Phillipi hat mir der neuen Geige auch einen Kasten für das Instrument bekommen, den er an einem Riemen auf dem Rücken tragen kann. Wie ein kleiner Soldat mit geschultertem Gewehr sieht er so aus, wie er da vor Orsini und seiner Mutter her nach Hause geht. Er scheint den Schreck, vorhin nur knapp einem Unglück entkommen zu sein, wirklich verwunden zu haben. Aber der Kleine hat in der Tat noch kein einziges Wort gesagt. Selbst als der Verkäufer im Musikaliengeschäft ihn direkt gefragt hat, ob er sich mit diesem oder jenem Instrument wohler fühle, hat er bloß stumm auf seine Wahl gezeigt.

Jacobstraße Ecke Seydelstraße kleben sie neue Plakate an die Litfaßsäulen.

«Wäre das nicht etwas für Ihren Sohn? Das würde ihn vielleicht ablenken.» Orsini zeigt auf eins der Plakate, das, noch feucht vom Kleister, in zweiter Reihe hängt.

Nur ein paar Straßen entfernt findet eine Indianerschau statt, eine Werbeveranstaltung für den großen Zirkus des Buffalo Bill bei der Weltausstellung in Paris. Echte Büffel wird es hier nicht geben, aber von echten Indianern vom Stamme der Cherokee ist die Rede, außerdem von einem Musikartisten namens Rollo und von einem Zauberkünstler.

Unentschlossen betrachtet Frau Phillipi das Plakat. Orsini

möchte sie jetzt am liebsten unterhaken und sagen: «Los, Liebling, da gehen wir hin.»

Frau Phillipi sieht ihn verwundert an: «Pardon? Haben Sie etwas gesagt?»

Hat er? Hat er *das* etwa gesagt?

«Echte Indianer! Und Musik ist auch dabei. Ich glaube, der Kleine kann Abwechslung vertragen. Vielleicht findet er dann seine Sprache wieder. Mein Kompagnon, Herr Landow, ist auch ein großer Indianerfreund. Er bevorzugt mehr die Apachen, glaube ich. Und wenn Ihr Herr Gemahl keine Zeit haben sollte, ich könnte eventuell mit … nein?»

«Ich weiß nicht recht.» Sie ist noch unentschlossen, ringt mit sich. «Möglich, dass mein Mann heute zurückkommt. Er musste wieder fort. Nach Hamburg, nehme ich an. Oder Frankfurt? Ich fürchte, ich weiß es nicht einmal. Er ist so viel unterwegs.»

Eine knappe Viertelstunde später, auf der sie nicht viel gesprochen haben, kommen sie wieder in der heimischen Ritterstraße an. Der Junge geht jetzt zwischen ihnen, hat ohne Zögern von sich aus Orsinis Linke ergriffen. Schöne Familie, denkt sich Orsini, die Frau weiß nicht, wo der Mann steckt, der Junge spricht nicht mehr. Immerhin vom buckelnden Fegesack keine Spur. Aber auf den Stufen zum Eingang sitzt Landow und raucht.

«Na endlich, Orsini. Ich habe meinen Schlüssel vergessen. Gnädige Frau, kleiner Mann, guten Tag, schönen Ausflug gemacht?»

Frau Phillipis Melancholie, die seit der letzten halben Stunde über ihr zu hängen schien wie eine dunkle Wolke, ist auf einen Schlag verflogen. Sie mag Landow, das muss Orsini neidvoll anerkennen.

«Herr Orsini war so freundlich, uns zum Kauf einer neuen Geige zu begleiten. Wir stießen unterwegs auf das Plakat einer

Indianerschau. Herr Orsini meinte, Sie seien auch ein Indianerfreund? Abwechslung könne Samuel auf andere Gedanken bringen, glaubt Herr Orsini.»

«Der Kleine spricht nämlich nicht, seit er zurückgekehrt ist von seinem Abenteuer», ergänzt Orsini.

Landow schnippt seine aufgerauchte Zigarette in weitem Bogen genau bis in den Rinnstein. Selbst das scheint sie zu bewundern, sieht Orsini. Dass eine so elegante und formvollendete und wunderschöne Frau wie Frau Phillipi auf solche Mätzchen hereinfällt.

Landow hat ihn etwas beiseite genommen: «Der Junge spricht nicht mehr seitdem?»

«Nein. Auch in der Stunde, in der ich jetzt dabei war, kein Wort.»

Frau Phillipi und Samuel stehen schon oben in der Tür.

«Hätten Sie nicht Lust, gemeinsam mit Herrn Orsini und Sam diese Schau zu besuchen, Herr Landow? Ich zahle selbstverständlich. Hm, Sam, wäre das etwas?»

Der Junge schweigt, nickt aber immerhin.

«Abgemacht», ruft Landow ihr zu. Und zu Orsini raunt er: «Ich muss rasch noch mal fort.»

■■■

Im Untergeschoss der Charité stehen der schlaksige Pfeiffer und sein kleinerer Assistent Hans tief vornübergebeugt über einem geöffneten Bauchraum.

«Hier und hier, siehst du den Farbwechsel? Das Gewebe des Tumors ist dunkler. Der Mann hier wäre zweifelsohne innerhalb der nächsten vier bis sechs Monate gestorben, hätte ihn der Stich nicht schon früher getötet. Genau durch den Tumor,

Ironie des Schicksals. Todesursache 1 perforiert Todesursache 2. Ja, mein lieber Hans, so ist das Leben.»

Hans, wachsam wie immer, hat bemerkt, dass sie nicht mehr allein sind, und zupft an Pfeiffers Kittel.

«Landow! Haben Sie mich erschreckt. Haben Sie etwas vergessen?»

«Ich vergesse nichts. Auch nicht den komprimierten Kohlenstoff in manchen Mundhöhlen.»

«Haben Sie schon etwas herausgefunden?»

«Nein, das muss noch warten. Ich brauche Sie aber. Jetzt. Sofort. Der Wagen wartet draußen.»

«Jetzt? Unmöglich. Sie sehen doch, was hier los ist. Ich …»

«Jetzt. Keine Widerrede. Nein, ziehen Sie einen frischen Kittel an, ja? Und nehmen Sie noch etwas Werkzeug mit.»

«Werkzeug? Haben Sie jemanden umgebracht?»

«Werkzeug, um jemanden zu untersuchen. Wie ein Hausarzt das tut. Jemand Lebenden.»

■■■

Eine halbe Stunde später in der Ritterstraße. Frau Phillipi war sehr erfreut, Landow schon so rasch wiederzusehen. Dass ihn ein Arzt begleitete, überraschte sie allerdings.

«Doktor Pfeiffer kann Ihren Sohn rasch untersuchen. Wir ersparen ihm damit, diese Prozedur in einer Praxis über sich ergehen lassen zu müssen.»

«Prozedur? Untersuchen?» Frau Phillipi war nun sichtbar beunruhigt.

Jetzt schaltete Pfeiffer sich ein. Wenn er nicht seine Toten beklaut, kann er sehr überzeugend sein, fand Landow einmal mehr.

«Frau Phillipi, dass ein Junge mal verschwindet, ausbüxt, aus Abenteuerlust oder wegen einer schlechten Schulnote, das kommt vor. Dass Ihr Sohn allerdings seit nun 24 Stunden kein Wort mehr gesprochen hat, das ist ungewöhnlich. Das hat eine Ursache. Irgend etwas muss ihm ja die Sprache verschlagen haben. Ich möchte mir nur ein Bild verschaffen, dass er unverletzt ist. Äußerlich unverletzt.»

«Ich habe ihn aber doch ausgezogen und ins Bett gebracht, das hätte mir doch auffallen müssen.» Sie ringt dazu mit den Händen wie eine Tragödin, sieht Landow. Sie hat sich auch gesorgt wegen der plötzlichen Sprachlosigkeit des Jungen, aber nicht gewusst, welchen Arzt sie deshalb aufsuchen sollte.

«Ein Arzt betrachtet ein Kind mit anderen Augen als eine Mutter, glauben Sie mir», schaltet Pfeiffer sich wieder ein. «Ich habe selbst drei Kinder. Ich kenne beide Perspektiven, vertrauen Sie mir.»

Ihr Blick war drei-, viermal zwischen Landow und diesem Arzt hin- und hergesprungen. Dann hatte sie sich umgedreht und gerufen: «Sam, kommst du bitte einmal?»

Das Geigenspiel hatte aufgehört.

Keine zehn Minuten später beginnt der Kleine im Musikzimmer wieder mit seinen Etüden. Pfeiffer klappt seine Tasche zu: «Sie haben recht gehabt, Frau Phillipi, Samuel ist unverletzt, äußerlich. Ich habe ihn mir sehr genau angesehen, bis auf eine kleine Schürfwunde am Ellbogen keine Verletzung, keine Hämatome, die auf einen Kampf hindeuten könnten, keine Risse in der Oberhaut oder abgebrochene Fingernägel oder dergleichen. Auch im rektalen Bereich keinerlei Hinweis auf eventuelle Gewaltanwendung.»

Pfeiffer hat in seiner medizinischen Gründlichkeit Landows

heimliche Zeichen nicht gesehen. Frau Phillipi, so erleichtert sie ist wegen der Aussage des Mediziners, so beunruhigt ist sie allerdings von der Erwähnung rektaler Gewalt.

«Rek-? Aber Sam ist doch ein Kind.»

«Frau Phillipi, ich würde Ihnen die Wirklichkeit gern ersparen können, aber wir leben in einer Stadt mit 1,5 Millionen Einwohnern. Und Ihr Junge ist, wenn ich das sagen darf, von der Frau Mama geprägt, ein sehr schönes Kind. Da sein Verstummen – er hat übrigens auch mit mir kein Wort gesprochen – keine äußeren Ursachen hatte, werden diese innen liegen. Möglicherweise hat er etwas gesehen oder sehen müssen, das ihn verschreckt hat. Die Zeit heilt nicht alle Wunden, aber sie lindert manches. Wenn Sie Hilfe brauchen, jederzeit.»

Damit zieht Pfeiffer zu Landows Verblüffung mit einer schwungvollen Geste eine Visitenkarte aus der Tasche seines Kittels und überreicht sie der aufgewühlten Frau.

«An der Charité sind Sie? Welche Abteilung?»

Pfeiffer sieht Landow einen Moment fragend an und sagt dann zu ihr: «In der Abteilung für Unerklärliches und mörderisch Interessantes.»

Er macht einen formvollendeten Diener, schlägt dabei sogar die Hacken zusammen wie ein Gardeleutnant, und die beiden Männer verabschieden sich.

Vor der Tür winkt Landow einen Wagen heran und gibt dem Kutscher das Fahrgeld.

«Danke, Pfeiffer, Sie waren der Mutter eine große Hilfe.»

«Eine selten schöne Frau. Sind Sie in dieser Angelegenheit eigentlich nur hilfreicher Nachbar oder noch anderweitig engagiert, lieber Landow?»

Pfeiffer grinst, steckt sich die Zigarette, die Landow ihm hinhält, zwischen die Lippen, und schlägt drei Mal mit der flachen Hand auf die Tür: «Charité, bitte!»

Als Landow zum Seiteneingang für die ärmeren Etagen geht, sieht er hinter den Fenstern der Beletage ihren Schatten. Pfeiffer hat recht: eine selten schöne Frau.

▪▪▪

Der Bernhardi-Komplex ist keine neumodische neurasthenische Krankheit. Der Bernhardi-Komplex ist bloß ein Stück krank gewordenes Gewebe im Körper dieser Stadt. In diesem überaus feuchten Februar riecht es in vielen Gegenden der Reichshauptstadt nach Schimmel. Hier allerdings riecht es immer danach. Nicht nur in den Kellern. Auch die wenigen Menschen, die noch hier in der Gegend wohnen, riechen schimmlig. Für das ungeübte Auge stellt all das nur eine Ansammlung heruntergekommener Mietshäuser in der Grünauer Straße und der parallel dazu verlaufenden Forsterstraße beim Görlitzer Bahnhof dar. Älteren Bewohnern aber ist der muffige Häuserblock noch als Sitz einer Berliner Institution bekannt, dem Bernhardi-Garten nämlich, einem früheren Ausflugslokal mit Biergarten, das seinen Besuchern unter hohen Bäumen eine Art schattige Oase in der Wüste des täglichen Lebens bot. Heute bietet das Areal nur noch einen traurigen Anblick. Die Gaststätte, die zu dem Biergarten gehörte, hat in den frühen 80er Jahren schon ihren Betrieb eingestellt. Danach dienten die Gasträume wechselnden Bewohnern, Wanderarbeitern, Obdachlosen, als vorübergehendes Heim und Verliebten als Versteck. Manchmal dient der zum Garten hin sich öffnende Saal der ehemaligen Gastwirtschaft auch heute noch als Veranstaltungsort für Kommunisten, Spiritisten und Revanchisten, für Verkaufsmärkte von Waren zweifelhafter Herkunft oder auch für Schauveranstaltungen wie diese in großen Lettern vollmundig *Wild West Schau mit lebenden Indianern* genannte.

Für solche vorübergehenden Veranstaltungen ist der Komplex deshalb interessant, weil er a) eine bedachte Bühne mit Unterbau besitzt, b) einen Zuschauerraum für 120 Menschen nebst noch erstaunlich vollständig vorhandener Bestuhlung, und zuvörderst c) die noch intakte Toilettenanlage, die, ihrer ursprünglichen Bestimmung in einem Bierausschank gemäß, großzügig dimensioniert ist.

Noch interessanter ist der Komplex allerdings für Grundstücksspekulanten. Denn seine besondere Lage zwischen zwei stark frequentierten Straßen macht diesen Schandfleck zur wahren Preziose. Hier würde eine Spange entstehen, eine hochmoderne Schleuse aus Geschäftsräumen, Gastronomie und Kanzleien. Einmal dem Erdboden gleichgemacht und dann nach modernsten Erkenntnissen neu entstanden wie Phoenix aus dem Bauschutt, wäre der neue Bernhardi-Komplex ein echtes Schmuckstück. Und eine Goldgrube. Aber danach sieht es an diesem kühlen Montagabend noch rein gar nicht aus.

«Ach, hier ist das.» Orsini guckt in den armseligen, nur schwach beleuchteten Hof und bedauert bereits, den Vorschlag für den Ausflug gemacht zu haben.

«Mit lebenden Indianern, so so. Ich frage mich», brummt Landow und betrachtet das Plakat neben dem Durchgang, «ob es solche Veranstaltungen auch mit toten Indianern gibt.»

Der Junge, warm eingepackt gegen die Nasskälte des Februars, die Geigerfinger in hübschen Strickhandschuhen, sagt kein Wort dazu.

«Einladend sieht es wirklich nicht aus. Aber wenn wir schon

mal da sind», grinst Orsini und macht rasche Bewegungen mit den Fingerspitzen seiner linken Hand.

Im Hof, neben einem hohen Indianerzelt, aus dem eine dünne Rauchfahne aufsteigt, sitzt ein kräftiger Mann an einem Tischchen und verkauft die Eintrittskarten. Ein Indianer ist das nicht. Er hat immerhin eine braune, wildlederne Jacke mit Fransenbesatz an, die ihm aber deutlich zu klein ist. Des Weiteren hat der Fransenmann einen teigigen österreichischen Akzent, ist also keiner der avisierten Cherokee.

Drinnen, im jetzt, um kurz vor sieben, erst spärlich besetzten Saal, nehmen Orsini und Landow den kleinen Phillipi in der ersten Reihe in ihre Mitte.

«Wir wollen doch nicht», versucht Orsini den Jungen zu ermuntern, «dass uns einer die Sicht nimmt, oder?»

Der Junge schweigt. Wahrscheinlich würde er jetzt viel lieber Geige üben, als mit zwei wildfremden Männern aus dem Hinterhaus einen so muffig riechenden Ort zu besuchen. Der Vorhang ist noch geschlossen, rechts vor der Bühne bearbeitet eine ältere Frau ein Klavier und entlockt ihm unheimliche, rhythmische Klänge, die wahrscheinlich Indianermusik darstellen sollen.

«Bleiben Sie kurz bei unserem heutigen Ehrengast, Herr Orsini», sagt Landow und steht auf, «ich gehe mal kurz wo hin.» Weg ist er.

Er will den Flachmann mit seiner Cointreau-Medizin nicht vor dem Jungen rausholen, immerhin, denkt Orsini und blickt sich im Saal um. Das Publikum ist erstaunlich bunt gemischt, auch bessere Herrschaften haben den Weg hierher gefunden. Mal einen Blick auf die schäbigen Seiten des Lebens werfen, was? In der Pause könnte sich also Lohnendes für Orsini ergeben. Der Junge neben ihm trinkt von seiner Limonade und schweigt.

Die Örtlichkeiten des Anwesens machen tatsächlich den weitaus besten Eindruck auf dem ganzen Areal, die weißen Kacheln sind nur an wenigen Stellen mit irgendwas beschmiert, denkt Landow, zumindest bekommt man hier keine Krankheiten. Er stellt sich an die Pinkelrinne und füllt seinen Kopf mit Gedanken, während er sich untenrum entleert. Ein Bankier namens Roth bricht auf einem Gartensteg ein und ertrinkt in seinem eigenen Zierteich. Ein kleiner, lächerlicher Tod. In seiner Jackentasche hat er einen Rohdiamanten, von dessen Existenz die Polizei augenscheinlich nichts weiß. Zwei Wochen später wird der nächste Bankier zwischen den Säulen des Teehauses im Schlosspark aufgespannt. Das Blut an seinen Händen ist nicht sein Blut, sondern Schweineblut. Ein großer Vorzeige-Tod mit Pauken und Trompeten. Und auch dieser zweite tote Goldjunge hat einen Rohdiamanten bei sich, als er stirbt. Auch von der Existenz des zweiten Steins weiß die Polizei noch nichts, es sei denn, der reuige Pfeiffer hätte beides mittlerweile in den Berichten nachgetragen.

Mit einem Schlag geht die Klotür auf, und ein langer Kerl kommt herein. Dunkle Haut, rabenschwarzes Haar, breite Farbstriche auf der Stirn und unter den Augen. Er ist Mitte dreißig, schätzt Landow, trägt einen rehfarbenen Anzug aus Leder mit langen Fransen an den Ärmeln, eine etwas schiefsitzende Federhaube auf dem Kopf und eine Flasche Bier in der Hand. Das Bier stellt er auf dem Sockel über der Pinkelrinne ab. Tatsächlich, das muss einer der angekündigten lebenden Indianer sein. Leben tut er, aber reichlich bedudelt scheint er auch zu sein. Als sich ihre Blicke treffen, nickt Landow dem ersten echten Indianer, den er sieht, kurz zu. Der glotzt ihn nur blöde an, nimmt dann sein Bier und geht leicht schwankend hinaus.

Landow weiß natürlich, dass Coopers «Letzter Mohikaner», die Bibel seiner Kindheit und Jugend, eine erfundene Geschichte ist. Und dass das berühmte Zeitungsfoto des Apachen-Häuptlings Geronimo an der Wand seines Zimmers, mit einer Winchester am Boden kniend, in einem Fotoatelier aufgenommen wurde. Geronimo war da längst Gefangener der US-Regierung. Aber ein leibhaftiger Indianer mit Bierfahne enttäuscht Landow dann doch maßlos.

Als er in den halbvollen Saal zurückschlüpft, ist das Licht bereits heruntergedreht, und der Österreicher vom Kassentisch steht nun vor dem geschlossenen Vorhang und kündigt zunächst einen lustigen Musikartisten an. Um die Vorfreude zu steigern, lacht er dabei mehrmals grundlos. Danach folge ein Einblick in die fremde Lebenswelt der amerikanischen Indianer, echter und anfassbarer, als es jeder Roman des Reiseschriftstellers Karl May zu vermitteln in der Lage sei. Danach wiederum soll es eine Erfrischungspause geben, dann eine europaweit gefeierte Zaubernummer, und als krönender Abschluss werde der Indianerhäuptling, ein beurkundet waschechter Cherokee, Messer auf seinen eigenen Sohn werfen. Hier geht ein Raunen durch den nach wie vor reichlich nasskalten Raum. Auf ein Zeichen des Österreichers kommt aus dem Klavier ein gequälter Tusch, dann wird vehement der Vorhang aufgerissen. In Reihe vier niest einer feucht.

Der lustige Musikartist mit seinem Äffchen ist weder lustig noch Artist. Nachdem der spärliche Applaus verebbt ist, betreten endlich eine pummelige Indianerin und ein kleiner Indianerjunge die Bühne. Beide tragen ähnliche Lederkleidung mit Fransen wie der Cherokee vorhin. Der Indianerjunge auf der Bühne entfacht mit Geschick und etwas Zunder ein kleines Lagerfeuer, während die Frau mit rauer Stimme ein Lied anstimmt, das nur für positiv eingestellte Gemüter reizvoll fremdländisch klingt. Die übrigen im Saal animiert es zu ersten Zwischenrufen.

«Wo bleibt Winnetou?», bellt's von ganz hinten aus einer heiseren Frau.

Da, endlich, tritt der Indianer vom Klo auf. Statt der Bierflasche hat er jetzt einen Tomahawk in der einen Hand und einen Bogen in der anderen. Bedrohlich schaut er ins Publikum, besonders auf die Zwischenrufer. Dann dreht er ab und beginnt, nur begleitet von seinem exotisch-kehligen Gesang, auf der Stelle zu tanzen. Und obwohl in den nächsten Minuten nichts anderes auf der Bühne geschieht, ist es im Saal mucksmäuschenstill. Plötzlich bricht das Singen ab, der große, beinah schlaksige Körper des Mannes erstarrt für einen Augenblick, und der Kopf mit der wippenden Federhaube fällt wie leblos nach vorn auf die Brust. Dann fällt der Vorhang. Kaum ist der unten, preist der fransige Österreicher den Kräuterpunsch nach original indianischem Rezept.

Einige Zuschauer haben genug lebendes Elend gesehen und gehen enttäuscht. Ohne es zu wissen, entgeht ihnen dadurch, auf höchst virtuose Art, nämlich blitzschnell und unmerklich, von Orsini bestohlen zu werden. Der lässt sich bereits durch die Gruppe der noch verbliebenen Zuschauer treiben, mehr als dreißig werden es nicht mehr sein. Landow, der eigentlich auf ihren Schützling aufpassen soll, ist schon wieder auf dem Klo. Der Phillipi-Junge sitzt artig in der ersten Reihe, sieht Orsini, als er seine Linke aus dem vornehmen Flausch eines teuren Kammgarnmantels zieht.

Inzwischen wird Landow beim Gang zum Klo Zeuge einer lauten Auseinandersetzung. Er erkennt aus einer halboffenen Tür am Ende des Flurs die teigige Stimme des Veranstalters und eine zweite Männerstimme, die Englisch spricht.

«Du siehst doch selbst, Häuptling», hört Landow im Näherkommen den Österreicher, «die Leute wollen deine Frau nicht. Ab morgen übernimmt Elisa diesen Teil, deine Frau soll ihr das Lied beibringen und fertig. Bei Elisa können wir das Hemd wenigstens ein Stückl auflassen, da gibt's dann was zu sehen für die Leut'. Ob da eine Cherokee singt oder eine aus Dubrovnik, ist den Leuten doch egal. Völkerkundlich betrachtet, verstehst?»

Der andere Mann erwidert jetzt knapp etwas, das Landow nicht versteht. Dann wieder, jetzt lauter, die Stimme des Österreichers: «Ruhig, Häuptling, das Messer weg, ja!?»

Als Landow die nur angelehnte Tür aufschiebt, bedroht der Indianer den anderen tatsächlich mit dem Messer.

«Guten Abend, meine Herren. Darf ich mitmachen?»

Landow geht betont ruhig auf die Streithähne zu. Das gibt beiden Parteien Gelegenheit, den Dampf abzulassen wie eine Borsig-Lok, weiß er. Das ist wenig heldenhaft, hat sich aber bei Dutzenden Kneipenschlägereien bewährt. (Beim anderen Dutzend allerdings nicht.) Landow hat die beiden Männer jetzt erreicht und hält jedem von ihnen zur Belohnung eine der hocheleganten Geschäftskarten mit Lorbeerkranz hin.

«Ob geschäftlich oder privat, wenn Sie nicht weiterwissen, bringen wir Licht ins Dunkle.»

Der Österreicher, dankbar für Landows Einschreiten, betrachtet die Karte länger als nötig und zeigt dann mit dem Kopf zum Indianer rüber: «Der versteht bloß Englisch.»

«Chief, if in business or private life, when you are … stuck and do not know how to … proceed, our private eye agency brings light into the dark. Don't hesitate to get in touch. Ritterstraße. Knightsstreet. Not near, but never too far. Good evening.»

Dem durchaus markanten Gesicht des Indianers ist nicht zu entnehmen, ob er Landow überhaupt verstanden hat. Aber immerhin steckt er zuerst das Messer ein und dann Landows Karte und geht schnell aus dem Raum.

«Sie glauben gor net, wie sehr mich das ankotzt, die Arbeit mit diese Ausländer», knurrt der Österreicher und geht ebenfalls.

Die Zaubernummer nach der Pause ist besser, als zu befürchten war. Als Höhepunkt wird der Magier seine Assistentin nun mit Ketten auf einen Tisch fesseln, danach den Tisch mit Paravents vor den Blicken verbergen, und dann darf man gespannt sein, ob es dieser zierlichen Frau gelingt, sich aus der eisernen Umklammerung zu befreien. Das Klavier spielt dazu aufwühlende Musik. Die Ketten an der Frau klirren unheimlich wie die von einem Schlossgespenst. Konzentriert sieht der Magier auf die Uhr. Nach der angekündigten Minute räumt er mit großer Geste die Sichtblenden wieder fort und blickt erwartungsvoll ins Publikum. Ein mehr als überraschtes Raunen geht durch den Zuschauerraum! Denn statt der entfesselten Frau liegt jetzt ein Herr im Wollmantel auf dem Tisch. Sein Körper ist unnatürlich verrenkt, vollkommen reglos. Aus seinem geöffneten Mund kommt etwas hervor. Aber das ist kein Blut. Als die Zuschauer das entsetzte Gesicht des Magiers bemerken, begreifen auch die Letzten, dass hier etwas nicht stimmt. Hinten schreien schon welche und verlassen den Raum eilig durch die Gartentore. Orsini hat diesen Mann vorher schon im Zuschauerraum gesehen: dunkelbraune Brieftasche, Eidechsenleder. Orsini kann nichts dafür, aber er merkt sich so etwas, denn er führt ganz ungewollt Buch darüber wie ein Kontorist.

Orsini hält dem ebenfalls erschrockenen Jungen die Augen

zu, während alle übrigen Zuschauer nun mit Macht nach draußen drängen.

Nur Landow ist auf die Bühne geklettert. Der Mann auf dem Tisch ist tot, das sieht er sofort. Der Mund des Mannes ist halb geöffnet, und das, was daraus hervorkommt, sind Maikäfer! Im Februar?

«Das ist doch der Lugert», ruft einer von weiter hinten, «na klar, Mensch, das ist der Lugert, der Abgeordnete.»

Landows Blick wandert von Orsini, der mit dem Jungen jetzt über den Hof davonhetzt, in das immer noch fassungslose Gesicht des Zauberers. Er hört den fransigen Österreicher neben sich *hundsverreckte Scheiß'n* fluchen, während ein letzter Maikäfer den Mundraum des Toten verlässt. Danach krabbelt nichts mehr. Landow folgt einem Instinkt. Bevor er weiß, was er tut, tastet schon sein Finger im noch warmen, feuchten Mund des Toten herum. Tatsächlich, er fühlt da drinnen zwischen Käferleichen und Backenzähnen etwas Kleines, Festes. Ein abgerissenes Käferbein hängt noch daran. Sieh an, der dritte Tote mit einem Rohdiamanten. Jetzt kann man von einer Serie sprechen. Die Indianer hier waren enttäuschend, aber die Zaubernummer hatte es in sich. Das Gellen der Polizeipfeifen kommt rasch näher. Zeit auch für Landow zu gehen.

■■■

«Herr Orsini! Schon zurück?»

Frau Phillipi gibt sich keine Mühe, ihre Enttäuschung darüber zu verbergen, dass Landow nicht auch dabei ist. Sie trägt jetzt einen anschmiegsamen pflaumenblauen Hausmantel, aus dessen weichem Seidenkragen ihr heller Hals herausschimmert wie ein Stück Elfenbein. Orsini kann nicht anders als sie unverhohlen anzustarren.

Sie nimmt ihrem Kleinen die Mütze ab und strubbelt Samuel dann durch die goldblonden Locken. «Na, wie war's?» Sein Mund schweigt. Aber seine Augen sprechen Bände, sieht sie. «Sag, mal, Sam, weinst du etwa? War die Veranstaltung nicht schön?»

Der Junge sagt zum Glück noch immer nichts, reißt sich aber los, läuft den Flur hinunter in sein Zimmer. Kurz darauf beginnt er dort mit Geigen-Etüden.

Beunruhigt sieht Frau Phillipi Orsini an. Die Beute – er hat immerhin 14 Börsen gezogen an diesem verkorksten Abend, und ein paar davon fühlen sich vielversprechend an – wiegt schwer in seinen Taschen, aber die Schuld über Sams Enttäuschung auf seinen Schultern wiegt noch schwerer. Natürlich, im runtergekommenen Bernhardi-Garten kann man kein Welttheater erwarten. Aber einen Toten hingezaubert zu bekommen, auch nicht unbedingt.

«Ich fürchte», beginnt er deshalb fast trotzig, «das Plakat war tatsächlich das Schönste an dieser Veranstaltung. Es war von Anfang an eine eher fadenscheinige Angelegenheit, aber dann war da etwas …»

Frau Phillipi sieht ihn nun nicht mehr so freundlich an: «Was war dann …?»

Zum ersten Mal fühlt er sich in ihrer Gegenwart unwohl. Er will jetzt lieber hoch in den Fünften, die Beute zählen. Aber ihr Blick, dieser nun fast wütende Blick, hält ihn fest wie ein Streifenpolizist.

«Dann», beginnt er wieder, «dann ereignete sich auf der Bühne ein Unfall. Damit war nicht zu rechnen.»

«Und Sammy musste das mit ansehen?»

«Ich fürchte, ja. Wir saßen in der ersten Reihe. Es ging zum Glück alles ganz schnell. Und Blut war auch keins zu sehen.»

Aus dem Zimmer hinten klingen die Tonleitern jetzt besonders schmerzhaft.

▪▪▪

Zur selben Zeit eine halbe Preußische Meile weiter nördlich. Die Gollnowstraße ist nachts nur spärlich beleuchtet. Sie beherbergt, weiß er jedoch, tags wie nachts eine zusammengewürfelte Mischung aus kleinen Handwerksbetrieben, Wohnhäusern mittelprächtiger Qualität, eine Eisenwarenhandlung, die in irgendeinem Zusammenhang mit einem Verbrechen stand, zwei Schankstuben, in denen man nicht schräg angeguckt wird, wenn man mit einer Handvoll kleiner Münzen zahlt, und die Wohnung der Polizeischreibkraft Runge. Landow hat zuerst einen Zettel unter ihrer Wohnungstür durchgeschoben, als Vorwarnung quasi. Einen Herrn Runge scheint es nicht zu geben, aber man muss heutzutage auf alles vorbereitet sein. Er hat an der Tür gelauscht und dabei das Gefühl gehabt, dass sie, barfuß wahrscheinlich, auf der anderen Seite des Holzes genauso dastand. Hat sie schon geschlafen? Dürfte kaum später als halb zehn sein, glaubt er. Nach einer kurzen Anstandspause hat er ganz absichtlich damit begonnen, so ausdauernd an die Tür ihrer Wohnung zu klopfen, dass andere Hausbewohner, einer von obendrüber und zwei von nebendran, ins Treppenhaus geglotzt haben; die Runge aber nicht. Er hätte wissen müssen, dass ihr der Aufruhr hier im Hausflur egal sein würde. Er weiß, dass sie da ist. Sie muss doch da sein! Er braucht sie doch jetzt. Schließlich – endlich! – hört er ihre Stimme von drinnen.

«Woher wissen Sie überhaupt, wo ich wohne?»

«Ich bin Detektiv.»

«Das ist gegen unsere Vereinbarung.»

«Ich weiß. Entschuldigung. Es ist etwas Unvorhergesehenes eingetreten.»

«Inwiefern?»

«Ein weiterer Mord.»

«Wann?»

«Gerade eben. Vor einer Dreiviertelstunde etwa.»

«Aber dann kann ich doch noch gar nichts darüber wissen.»

«Richtig, aber über die Obduktion von heute Morgen. Mich würde interessieren, ... Herrgott, so machen Sie doch die Türe auf. Wenn nicht, fange ich auf der Stelle an zu singen.»

Er lauscht angestrengt auf eine Reaktion hinter dem Türblatt und hat dabei den Eindruck, dass in sämtlichen Wohnungen ringsum ähnlich konzentriert gelauscht wird. Landow hofft für einen Moment, von drinnen ein unterdrücktes Lachen zu hören. Aber dann nur: «Gehen Sie in die Kirche.»

«Was?!»

«Ich komme nach. In zehn Minuten.»

Als sie ihn nicht weggehen hört: «Versprochen.»

Die Kirche ist tatsächlich noch geöffnet. Nur von Mitternacht bis morgens um sieben hat selbst das Haus Gottes Feierabend, kündet ein Schild neben dem Eingang. Dramatisch hallen seine Schritte in dem menschenleeren Raum. Ohne darüber nachzudenken, setzt er sich wieder in die Nähe des bunten Motivfensters mit dem Erzengel. Jetzt, nicht hinterleuchtet, besteht auch der Erzengel da oben bloß aus grauen und braunen Glasscherben.

Im Halbdunkel sehen die Pfeifen der Orgel auf der Empore wirklich wie Geschützläufe aus, denkt er noch, als am Eingang die Tür klappt. Dann hört er ihre schnellen Schritte, die abbrechen, weil sie sich wahrscheinlich Weihwasser nimmt und sich bekreuzigt. Sie glaubt an diesen Ort. Er nicht, glaubt er. Dann schiebt sie sich neben ihn in die Bank.

Sie sitzen einen Moment still nebeneinander wie ein Paar, keiner sagt was. Die Wolle ihrer Mäntel berührt sich.

Dann sie: «Also?»

«Ein toter Mann. Während einer Zauberschau. Im ehemaligen Bernhardi-Garten.»

«Den kenn ich.»

«Der Mord muss im Untergeschoss der Bühne stattgefunden haben. Jedenfalls lag statt der entfesselten Assistentin des Zauberers ein toter Mann auf der Bühne, aus dessen Mund Maikäfer krabbelten.»

«Scheußlich.»

«Der Tote war gut gekleidet, das konnte ich noch sehen, mittelalt, Ende vierzig, wahrscheinlich. Irgendwer im Publikum meinte, der Mann sei Abgeordneter gewesen.»

«Ein politischer Mord? Oje, dann schickt die Reichskanzlei wieder die Neunmalklugen, und die Stimmung im Dezernat sinkt auf Dauerfrost.»

«Solche wie diesen Graff?»

«Ach, den kennen Sie auch schon?»

«Ich bin Detektiv, wie gesagt.»

«Übrigens schöne Berufsbezeichnung, ich überlege, ob ich mir die patentieren lasse.»

«Welche?»

«*Entfesselte Assistentin des Zauberers.*»

«Wenn der Mord im Bernhardi-Garten vor gut einer Stunde geschehen ist und der Mann tatsächlich Parlamentarier war, was die kurz nach mir eingetroffenen Polizeikräfte inzwischen auch wissen, wo wird dann wohl die Obduktion stattfinden? Würde das dann sicherheitshalber in der *Burg* gemacht?»

«Die Toten werden weiter in der Charité untersucht. Vorläufig noch jedenfalls. Man errichtet dort wahrscheinlich eine Polizeisperre, um die Pressefritzen wegzuhalten. Letzte Woche hängt ein Bismarckfreund am Teehaus, jetzt ein Abgeordneter, da könnte was zu rumoren anfangen.» Sie stutzt. «Sehen Sie mich nicht so an, Landow, ich gehe jetzt garantiert nicht bei Nacht und Nebel ins Präsidium und lese, was Zipp oder wer immer den Fall dort aufgenommen hat, auf seinen Block gekritzelt hat. Ich bekomme das erst morgen, mutmaßlich zusammen mit den Obduktionsbefunden, auf den Tisch geknallt.»

Wieder reiben sich nur die Ärmel ihrer Mäntel aneinander.

«Aber das Obduktionsergebnis des X-Toten vom Belvedere, das wurde doch sicher bereits heute am Nachmittag erfasst, schreibmaschinentechnisch, meine ich?»

«Das hat die Kollegin gemacht, Zipp hat was für sie übrig, sitzt gern auf ihrer Tischkante und macht den Wichtigen. Aber ich sollte mir das noch mal ansehen, die Kollegin ist noch neu. Tod durch Ersticken, möglicherweise mit … wie war das … gummiertem Geldsack. Dann noch etwas von einer Schnur mit Brot im Magen des Toten. Unappetitlich. Der eine hat Brot im Mund, der andere Käfer. Werden da Leute ermordet, die ihren Mund zu voll nehmen?»

Landow dreht sich ihr zum ersten Mal richtig zu, seit sie hier ist. Aus ihrem dunkelgrünen Wintermantel guckt oben unterm Schal ein Nachthemd raus. Sie bemerkt seinen Blick.

«Ja, Herr Detektiv, ich habe bereits im Bett gelegen. Ich war so frei.»

«Tut mir leid.»

«Halb so wild.»

«Noch mal zurück zur Obduktion des X-Toten, dann lasse ich Sie in Ihr Bett zurück. Stand da irgendetwas über einen Gegenstand, den man im Mund des Toten gefunden hat? Etwas Kleines?»

Sie denkt gründlich nach, vor ihrem inneren Auge sucht sie jetzt Zeile für Zeile des getippten Berichts ab, stellt er sich vor. Dann schüttelt sie den Kopf. Also hat Pfeiffer dichtgehalten. Gut so.

«Letzte Bitte. Vor etwa zwei Wochen starb einer, als seine Gartenbrücke einbrach. Der ertrank in seinem Goldfischglas.»

«Was?!»

«Der Mann hieß Roth, brach ein, ertrank in seinem Goldfischteich, ich schwöre.»

«Gerade haben Sie Goldfischglas gesagt.»

«Unsinn.»

«Das dachte ich mir auch.»

«Können Sie mal nachsehen, ob dieser ertrunkene Roth etwas Kleines, Winziges, sehr Besonderes an sich hatte? Ich meine, dass er es hatte, weiß ich bereits. Aber weiß es auch die Polizei?»

«Wenn ich das richtig verstehe, geht es also mittlerweile um drei Tote?»

«Es scheint mir, als gebe es da einen Zusammenhang. Und mich interessiert, ob die Polizei, die Herren Zipp, Zapp und Graff, das auch so sehen.»

«Das herauszubekommen, dürfte der *entfesselten Assistentin des Zauberers* morgen gelingen. Es geht um den Mordfall Roth. Es geht um den Mordfall Breitkopf. Es geht um den Mordfall – wie der tote Abgeordnete hieß, wissen Sie nicht?»

«Luckner, glaube ich. Nein. Lugert. Ja, Lugert. Das zumindest sagten welche, die ihn zu kennen schienen.»

«Lugert? Roth. Breitkopf. Lugert. In Ordnung. Alle hatten also etwas im Mund oder sonstwo. Etwas, das außer Zähnen, muffigem Geruch und einer Zunge dort normalerweise nicht hingehört. Etwas, dessen genaue Definition der Zauberer seiner entfesselten Assistentin aber vorerst verschweigt?»

Ihr Kinngrübchen hüpft dabei zornig. Sie zieht fröstelnd ihren Mantel zu und sieht ihn an. Er sagt kein Wort.

«War's das?», fragt sie knurrig.

«Danke, dass Sie gekommen sind.»

«Gute Nacht.»

Sie rutscht schnell aus der Bank heraus, bekreuzigt sich im Mittelgang und verlässt eilig die Kirche.

Er ist ihr laut Vertrag etwas schuldig dafür, weiß er.

Landow lauscht dem Verklingen ihrer Schritte, dann in sich hinein. Schuldig. Er lässt seine Gedanken ein wenig um den Tod seines Bruders im letzten Jahr kreisen, sieht das Messer in Perikles' Hand auf ihn vorzucken, hört den Schuss. Wie jede Nacht endet diese Gedankenreise auf dem Sims des falschen Kamins in der Ritterstraße, vor der Urne mit der Asche seines Bruders.

Landow beendet das Insichlauschen und horcht nach hinten. Tatsache, da macht sich einer an der Kollektenfigur zu schaffen, dem eisernen Nickneger, dem man Geld in den Kopf stecken kann für gute Taten in Deutsch-Südwest. Eine geduckte Gestalt sieht er dort, hört das leise Kratzen und Schaben von Eisen auf Eisen. Kuhfuß gegen Negerkopf, mit der Brechstange ran ans Geld. Lautlos streift Landow die Stiefel von den Füßen.

Als der Lauf seiner Pistole die Schläfe des konzentriert arbeitenden Mannes berührt, erstarrt der. Der Bursche hat ein Brecheisen in der Hand, nicht vergessen, Gabi.

«Um Himmels willen! Waffen im Hause Gottes!»

Klassischer Anfängerfehler, denkt Landow sauer: Er und der Kirchenräuber waren dermaßen damit beschäftigt, den anderen auszurechnen, dass sie vom Auftauchen eines Dritten eiskalt erwischt werden.

Als der Pastor Landow erkennt, entspannt er sich etwas.

«Der junge Mann hier», sagt der und zeigt mit dem Lauf seiner Waffe auf den immer noch erstarrten Nicknegerräuber, «war gerade dabei, die schwarzen Heidenkinder um ihre Missionsstation zu bringen. Ich fürchte, eine brüderliche Umarmung meinerseits hätte nicht gereicht, ihn davon abzuhalten.»

Ein paar Minuten später. Das Brecheisen hat ein paar hässliche Kratzspuren am Mohrenhaupt der Sammelfigur hinterlassen. Der christlichen Nächstenliebe des Pastors verdankt der Dieb, dass er noch auf freiem Fuß ist und wahrscheinlich in dieser Minute bereits drei Straßen weiter in einen Keller einbricht.

«Das wirklich Traurige ist, dass sich der Mann vom Inhalt unserer Kollekte wahrscheinlich nicht einmal eine heiße Suppe hätte kaufen können. Hier, sehen Sie.»

Der Pastor schließt den Eisenkasten am Fuß des beweglichen Negers auf und holt eine kleine Blechschublade heraus.

«Wie ich befürchtet habe. Knöpfe, ausländisches Blechgeld, Bonbonpapier und, nanu, was ist das hier, ein Stück Kandiszucker?»

«Diesen Kandiszucker würde ich an Ihrer Stelle in einen Tresor einschließen, Pastor. Für den Fall, dass Ihre Kirche mal eine neue Orgel braucht.»

Wie zur Bestätigung schlägt die Glocke im Doppelturm über ihnen mahnend zur Mitternacht.

5

Dienstag, 19. Februar 89

Blumen, sagt man, sprechen für sich. Aus diesem riesigen Blumenstrauß direkt vor ihr spricht es sogar mitten heraus. Wegen der enormen Buschigkeit des Gebindes aber nur undeutlich. Dennoch versteht sie Fetzen wie «hochverehrte gnädige Frau» und «von nicht absehbarer Eskalation» und «unser tiefstes Bedauern».

Dann ergreift Dana Jurinac, Hausmädchen der Familie Phillipi-Ginsberg, sowohl die Initiative als auch den Strauß und entdeckt dahinter den kleinen Mann, der unterm Dach wohnt. Orsini, zufrieden mit sich und seiner auswendig gelernten Entschuldigungsrede, entweicht ein enttäuschtes «Ach, Sie?». Dass das Mädchen die Tür öffnen würde, hatte er nicht erwartet, bisher war sie entweder krank, oder auf Verwandtenbesuch in einem dieser Balkanländer. Jetzt betrachtet sie den Strauß, der Orsini zwei Portemonnaies von gestern Mittag und einige Nerven gekostet hat, und sagt dann: «Wird man teilen müssen. Passt in keine Vase. Bloß in Eimer. Soll in Eimer?»

Überfordert von der ungeplanten Situation, schüttelt Orsini vehement den Kopf. Nein, in einen Eimer lieber nicht. Er hat sich Mühe gegeben bei der Auswahl. Den Geschmack von Frau Phillipi nicht kennend, hat er kühn Lilien mit frühen Bauernblumen und Palmwedeln gemischt.

«Ist die gnädige Frau zu sprechen?» Er fürchtet, sie schläft noch, es ist erst acht Uhr. Doch während die Serbin resolut den Kopf schüttelt und schon Anstalten macht, die Tür zu schließen, hört er im hinteren Teil der Beletage die Stimme Frau Phillipis: «Dana, wer ist denn da? Führen Sie wieder Selbstgespräche? Sie wissen, ich mag das nicht. Herr Orsini! Oh, mein Gott, sind die … Pflanzen von Ihnen? Für mich? Möchten Sie einen Tee? Dana, Herr Orsini möchte Tee. Aber bitte, kommen Sie doch herein.»

Keine zehn Minuten später sitzt er im Teezimmer der Beletage einer etwas übermüdet wirkenden Frau Phillipi gegenüber.

«Es gibt solche Tage», sagt sie und zuckt etwas mädchenhaft mit den zauberhaften Schultern. Und: «Wer kann denn so etwas ahnen. Erst läuft Sammy beinahe in die Pferdebahn. Und muss dann noch einen Unfall mit ansehen. Er sagt immer noch nichts. Er hat natürlich kein Auge zugemacht. Außerdem hat er sich eingenässt», flüstert sie. Immerhin scheint sie Orsini nicht vorzuwerfen, ihren Liebling dieser Tortur ausgesetzt zu haben. «Das war alles zu viel für ihn.»

Orsini verbrennt sich die Lippen am Tee und nickt. Fast möchte er trotzdem seine Entschuldigungsrede noch einmal aufsagen, da kommt der Junge selbst ins Zimmer. Zumindest rennt er nicht gleich wieder fort, als er Orsini sieht. Im Gegenteil, er macht einen kleinen Diener und ergreift seine Hand.

Frau Phillipi lächelt verzaubert über das helle Gemüt ihres Sohnes. «Oje, ich fürchte, Sam will Ihnen sein neues Spielzeug zeigen. Ein Bausatz des neuen Pariser Turms, maßstabsgetreu. Mein Mann hat das neulich mitgebracht. Gehen Sie nur. Es macht ihm Freude, sehen Sie?»

Orsini lässt sich also vom kleinen Phillipi fortziehen. In der

Salontür dreht er sich noch einmal kurz zur Dame des Hauses um, die heute ein apartes flaschengrünes Kleid aus fließenden Stoffen trägt.

Aber schon zerrt der Kleine wieder ungestüm an seinem Arm. Diesmal jedoch – am anderen. Am nicht mehr vorhandenen. Am falschen.

Samuel Phillipi musste in den letzten Tagen einiges erleben, und etwas davon hat ihm sogar die Sprache verschlagen. Als der Junge mit den Engelslocken nun auf den abgerissenen Arm Herrn Orsinis starrt, den er quer in beiden Händen hält wie einen Knüppel mit Fingern daran, fällt er einfach in Ohnmacht.

■■■

Pfeiffer sieht so bleich aus wie die meisten seiner Gäste hier unten. Wahrscheinlich hat er die ganze Nacht durchgearbeitet, der Ärmste. Sein neuer Assistent, dieser seltsame Herr Hans ohne Nachnamen, scheint von der Arbeit des Vortags, als noch der ganze Saal vollstand mit zu obduzierenden Toten, nachgerade belebt. Gerade spricht er beinah zärtlich mit einer kleinen knochigen Frau, die er weiter hinten zunäht.

«Landow. Auch das noch. Sie waren doch gestern erst hier. Am Abend kam schon wieder ein besonders Wichtiger rein. Abgeordneter. Würde mich nicht wundern, wenn deshalb gleich ein halbes Dutzend vom Alex auftaucht.»

«Gut möglich», knurrt Landow und nimmt sich einen von Pfeiffers frisch gestärkten Kitteln aus dessen Fach beim Waschbecken. «Draußen ist schon wieder abgesperrt wegen der Presse. Musste durch den Schwesterntrakt rein.»

Pfeiffer würde jetzt gern eine rauchen, ein Blick auf die Uhr über der Tür sagt ihm jedoch, dass dazu die Zeit nicht reicht.

Deshalb sieht er Landow, der jetzt einen seiner Kittel trägt, nur zerknittert an.

«Ist es bloß der Schlafmangel, Landow, oder warum verstehe ich das nicht?»

«Den Kittel? Ich will dieses Mal etwas sehen. Und immer nackig unterm Laken ist es doch etwas schattig. Nun bin ich einer von euch. Wenn die im halben Dutzend sind, können wir doch auch zu mehreren sein.»

Pfeiffer würde Landow jetzt gern rausschmeißen. Der sieht ihn jedoch nur still lächelnd an und beult dann mit der Zungenspitze von innen seine Backe etwas aus. Pfeiffer versteht. Komprimierter Kohlenstoff.

Pfeiffer, jetzt ganz nah vor Landow, haucht ihm abgestandene Mundluft ins Gesicht: «Nur, damit ich auf dem Laufenden bin: Wer möchten Sie denn sein? Ein Medizinstudent? Bisschen alt eventuell. Oder mein Vorgesetzter? Ein Revisor? Mh? Ich nehme noch Wünsche entgegen.»

Nein, nimmt er nicht. Denn da fliegt schon die Türe auf. Die Herren sind nur zu dritt. Zipp und Glasner von gestern erkennt Landow an den Stimmen wieder, den dritten hat er schon vor der Tür des Breitkopf-Anwesens gesehen. Der Sonderermittler Graff ist nun also auch mit von der Partie: Die Reichskanzlei hört quasi mit.

Glasner, ein Zappeliger mit schlechtsitzendem, mausgrauem Anzug und mittig gescheiteltem Rattenkopf, schnippt mit dem Daumen seinen Notizblock auf und liest vor: «Lugert, Theodor Friedrich, geboren 24.4.1843, verheiratet, keine Kinder, Jurist, seit drei Jahren Abgeordneter im Reichstag als Mitglied der Freisinnigen Partei. Lugert wurde gestern Abend gegen 20 Uhr 30» – 20 Uhr 36 weiß Landow, verzichtet aber darauf, hier den Streber zu geben, und hört dem Polizisten weiter still zu – «… auf der Bühne einer Schauveranstaltung tot aufgefunden. Der Tote wies nach unserer Inaugenscheinnahme keine äußeren Verletzungen auf. Ihm krabbelten Käfer aus dem Mund, wie Zeugen berichteten, die allerdings bei unserem Eintreffen entweder fortgeflogen waren oder bereits tot. Die Käfer, nicht die Zeugen.»

Hier enden offenbar seine Aufzeichnungen, zumindest klappt Glasner seinen Block wieder zu und sagt in den gekachelten Raum hinein: «Maikäfer im Februar. Muss man sich mal vorstellen.»

«Apropos *vorstellen*. Ich würde mich gern vorstellen. Graff, Sonderermittlung. Ich bin eigentlich mit dem Mord an Bankier Breitkopf betraut, aber die Reichskanzlei bat mich heute früh telegraphisch, mich auch um diesen Fall zu kümmern. Im Fall Breitkopf vermuten wir ein politisches Motiv, und hier haben wir es ganz direkt mit einem Politiker als Opfer zu tun. Da könnte es natürlich einen Zusammenhang geben.»

«Macht Sinn», mischt sich jetzt auch noch der Polizist Zipp ein, macht aber mimisch keinen Hehl daraus, dass er das alles für Unsinn hält. Zipp, denkt Landow, ist der Typ, der sich morgens beim Pförtner schon danach erkundigt, was es mittags in der Kantine gibt. Ansonsten halslos, wahrscheinlich auch illusionslos. Den kannst du zwei von der Ringbahn Zerstückelte aufsammeln schicken, und der hat kein Problem mit einem daumendicken Sulzkotelett mit Pfannenbrätern am Mittag.

Dummerweise fragt dieser Zipp jetzt ihn: «Und Sie sind? Die anderen Herren kennen wir bereits. Nur fürs Protokoll.»

Pfeiffers Blick wandert langsam von Zipp zu Landow, dann zum mannshohen elektrischen Generator hinten an der Wand, der mit sanftem Brummen die Schubfächer mit den Leichen kühlt. Ein Gerät der Firma Siemens & Halske verrät eine metallene Plakette darauf.

«Mein Fehler, Verzeihung.» Damit gewinnt Pfeiffer wertvolle Zeit. Ein Lächeln huscht für einen Augenblick über sein vollkommen übermüdetes Gesicht, und Landow ahnt nichts Gutes. Zu Recht. «Professor Halske, Abteilung 4, Forschung und Diagnostik. Herr Professor Halske ist gerade aus den Vereinigten Staaten von Amerika zurück, aus Boston, wenn ich nicht irre?»

Das zahle ich dir heim, Pfeiffer, denkt Landow, nickt aber, um Boston und den Rest zu bestätigen.

Weiter kommt er nicht. Graff ist bereits vorgetreten und hat den Namen des Professors notiert: «Die Reichskanzlei wird das begrüßen.»

«Was genau?», schaltet sich auch Landow jetzt mal ein.

«Nun, dass eine Koryphäe im Fachbereich Diagnostik hinzugezogen wurde.»

«Ich fürchte, ich muss Sie enttäuschen, Sonderermittler», versucht Landow Schlimmeres zu verhindern, «aber ich bin aus rein medizinischer Neugier hier. Wenn ich das Procedere Ihrer Ermittlungen damit störe, sagen Sie es nur, und schon bin ich weg.»

Graff schaut in die regungslosen Gesichter der Polizisten Glasner und Zipp und schüttelt dann seinen leicht parfümierten Kopf: «Aber nicht doch, bitte bleiben Sie, Professor.»

Pfeiffers Grinsen, als er zu Landow herübersieht, könnte breiter nicht sein. Dann referiert er.

«Wir haben den Toten gestern bei der Einlieferung ausgekleidet und oberflächlich in Augenschein genommen, weil wir vom heutigen Termin bereits informiert worden waren. Die Kleidungsstücke finden Sie dort drüben.»

Glasner geht eilig zu besagtem Tisch und verzeichnet den

Inhalt der Taschen: zwei schmale Schlüsselbunde, einer mutmaßlich privat, der andere beruflich, eine Taschenuhr, ein Döschen Halspastillen, ein unbenutztes Taschentuch, ein Ehering mit Innengravur aus Gold, ein zweiter Ring mit kleinem Stein.

«An welchem Finger war dieser kleinere Ring?», will Glasner wissen.

«Rechts. Hier.» Assistent Hans hebt seine Faust, von der er den kleinen Finger abgespreizt hat. Glasner notiert das und fährt dann fort mit der Inventur der Taschen.

«Außerdem ein Portemonnaie, Inhalt Münzgeld, Sekunde, vier Mark und ... Sekunde ... 68 Pfennige. Inhalt Scheingeld: Zwei Scheine zu je 5 Mark. Keine Brieftasche. Außerdem noch hier, in der Innentasche des Mantels, ein ... Moment, das hakt ... aha, da haben wir's, eine Geschäftskarte einer Detektei Orlando in der Ritterstraße. Nie gehört.»

Pfeiffer sieht Landow an. Landow verflucht im Stillen Orsini. Jetzt übernimmt Pfeiffer wieder das Reden.

«Als der Tote gestern hier eingeliefert wurde, wies der Körper im Bereich von Kopf, Hals und Schultern bereits die Leichenstarre auf. Mein Anfangsverdacht von gestern Abend bestätigt sich auch jetzt. Todesursache war allem Anschein nach ein Genickbruch. Hier. Sehen Sie? Wie Ihrerseits bereits vermutet, weist der Körper ansonsten keine Wunden und Injektionen auf. Hans, wir drehen den Toten jetzt um, auf drei. Nanu? Das ist neu! Das war gestern noch nicht dort.»

«Was denn? Was meinen Sie?»

Die drei Beamten treten interessiert näher, sehen sich verdutzt an und notieren dann etwas. Pfeiffer greift zu einer Zange und referiert weiter fürs Protokoll.

«Der Tote weist auch auf der Rückseite keine Wunden oder Anzeichen von Injektionen auf. Allerdings steckt hier etwas in ihm, das gestern, ich selbst war bei der ersten Sichtung dabei, noch nicht dort war. Im Rektum des Toten steckt ein metallener Gegenstand. Aha. Na sieh einer an. Das muss nicht nur posthum dort platziert worden sein, was man an der Art der Einblutung erkennt, sondern auch nach Eintritt der Totenstarre in diesem Bereich, also erst in der vergangenen Nacht nach unserer Erstbegutachtung. Also», Pfeiffer stockt, «hier im Raum.» So überrascht hat Landow ihn selbst bei den grausamsten Wunden noch nicht gesehen. «Mein Assistent und ich waren bis zwei Uhr heute Nacht hier. Also zwischen zwei Uhr und heute früh um sieben ist unserem Abgeordneten ganz offenbar rektal ein Gegenstand penetriert worden.»

Pfeiffer hat das Ding aus dem After des Toten nun entfernt und legt es auf eine Metallschale. Die drei Polizisten versuchen zu erkennen, um was für einen Gegenstand es sich handelt.

«Ist es ein Messer?», will Glasner wissen.

«Ein kleiner Kerzenhalter scheint mir», meint Graff.

Zipp sagt nichts und freut sich auf das Sulzkotelett später im Präsidium, denkt Landow.

«14 Zentimeter lang, zwei Zentimeter Durchmesser im Mittelteil, am Fuß deutlich breiter, aber der steckte nicht im Körper.»

«Was ist das denn nun, Herr Pfeiffer?», wird sogar Zipp jetzt ungeduldig.

«Es ist, wenn mich nicht alles täuscht, etwas, das es nicht gibt. Noch nicht. Es ist eine Miniatur dieses Turms, den sie gerade in Paris bauen.»

«Des Eiffelturms?» Glasner braucht noch etwas, um sich das vorstellen zu können.

«Sie wollen sagen, der Abgeordnete Lugert hatte eine Miniatur des Eiffelturms im Hintern?» Mit professoralem Unterton fragt Landow sicherheitshalber noch mal nach.

«Das ist ja widerlich.» Auch Glasner hat sich jetzt ein Bild gemacht.

«Ja, eine ganz und gar widerwärtige Provokation,» fasst Sonderermittler Graff das Ganze zusammen. Er vermutet einen marxistisch-anarchistischen Hintergrund mit gewollter Symbolkraft und referiert zackig los: «Es geht, wie bei Breitkopf, mutmaßlich auch hier um Paris, um die Weltausstellung. Ich erwarte Ihren Bericht heute Abend. Ich muss die Reichskanzlei informieren. Hat mich gefreut, Herr Professor Halske.» Dann wirft der Sonderermittler einen letzten Blick auf den kleinen messingfarbenen Eiffelturm, den der pathologische Assistent dankenswerterweise inzwischen von den unschönen Körperanhaftungen des ermordeten Abgeordneten befreit hat, und ist fort.

Glasner und Zipp, aus purer Furcht, der Neunmalkluge könne einen Vorsprung haben, eilen ihm nach.

Jetzt, unter sich, sehen die Weißkittel sich an.

«Wenn sein Genick gebrochen wurde», murmelt Pfeiffer, «wie sind dann diese Käfer aus seinem Mund gekommen, frage ich mich. Der Mund würde doch normalerweise geschlossen bleiben. Seltsam.»

«Er hatte ein Holzstückchen zwischen den Zähnen. Ich habe es versehentlich fortgestoßen, als ich gestern in seinen Mund fasste», sagt Landow und hängt Pfeiffers Kittel ordentlich neben den Spind zurück. Hans und Pfeiffer sehen sich ungläubig an.

▪▪▪

Seit sie eine Puppe halten konnte, wollte Erika Bruns Kindermädchen sein. Heute ist sie es und findet es schwer erträglich. In ihrer Vorstellung damals waren es die Kinder einer erstklassigen Familie, auf die sie aufpasste, und manchmal, an besonders forschen Tagen, machte ihre Phantasie nicht davor halt, sich eine Schar adeliger Kinder, womöglich aus den blattreichen Randgebieten des hohenzollerschen Stammbaumes, vorzustellen, die weinend zu ihr liefen, wenn ein Spielzeug seinen Dienst verweigerte oder im kindlichen Gerangel blaues Blut in den gelben Sand der Buddelkiste tropfte. Die beiden, die sie hier, am hübsch gemachten Spielplatz am Ende der Prinzessinnenstraße beaufsichtigt, sind jedoch nicht von Adel, von Geldadel bestenfalls, der Vater ist ein hohes Tier bei der AEG. Und eigentlich, denkt Erika Bruns und wickelt sich den Schal höher bis übers Kinn, eigentlich ist es eine wirklich gute Stellung. Ihr Zimmer im Rückgebäude ist annehmbar, nicht schlechter jedenfalls als das der anderen Kindermädchen. Der Herr des Hauses hat kein näheres Interesse an ihr, die Kinder sind wünschenswert handzahm, besonders Jan-Hendrik ist bei Licht betrachtet ein Goldschatz. Aber, denkt sie, und sie denkt so etwas öfter in letzter Zeit, was ist es dann, das diese Stellung so schwer erträglich macht und ihr aufs Gemüt drückt? Es ist, glaubt sie und winkt kurz einer anderen Kinderfrau zu, die sich gerade eine der Bänke auf der gegenüberliegenden Seite des Sandkasten-Karrees trocken wischt, der Umstand, dass diese Kinder nicht ihre Kinder sind. Nicht ihre eigenen. So in schwerfälliges Grübeln verstrickt, bemerkt sie den Herrn auf der benachbarten Bank erst jetzt. Möglicherweise sitzt der schon eine ganze Weile dort. Eventuell wünscht auch der sich eigene Kinder. Aber, glaubt Erika Bruns zu sehen, der betrachtet gar nicht Jan-Hendrik und Eva-Marianne und auch nicht die beiden anderen Kinder, die in ihren identischen Matrosenanzügen auf einem Holzbalken balancieren und dabei an den Hans-Guck-in-die-Luft erinnern. Nein, der einzelne Herr mit dem ungewöhnlich dunkel gebräunten Gesicht unterm Hut scheint nur den Sand zu betrachten.

Ein Durchschnittsdeutscher, denkt es gerade hinter der tiefbraunen Stirn keine fünf Schritt von diesem entsetzlich melancholisch glotzenden Kindermädchen entfernt, ein hiesiger Durchschnittsmensch kennt größere Menge Sandes nur aus den Seebädern der Küstenregion. Sand allerdings, der in jede Blickrichtung bis zum Horizont reicht, ist so einem fremd. Und Sand, der auch nach mehreren Tagesmärschen noch immer bis zum Horizont reicht, ist dem Durchschnittsmenschen unheimlich. Und das mit Recht. Dabei ist es gar nicht die schiere dottergelbe Vielkörnigkeit, die ihn bei seinem ersten Wüstenaufenthalt derart beeindruckte, dass er auch hier und heute noch die Erinnerung daran nicht abschütteln kann, denkt der braune Mann unterm Sporthut. Das Schrecklichste an Sand ist das Geräusch, das er macht, wenn er neben anderen Körperöffnungen auch den Mundraum erreicht und zwischen den Zähnen knirscht.

Wenige Meter weiter rechts hat das Kindermädchen Bruns sich inzwischen die tiefe Sonnenbäune des einzelnen Herrn zu erklären versucht. Einer von diesen Leuten vielleicht, denkt sie, die auf den Spuren des Forschers Schliemann in wüsten Gegenden nach zerschlagenem Geschirr graben. Dies vermutend, sieht sie, dass der Herr dort vorn jetzt aufsteht und in die Sandkiste steigt. Ach, so einer ist das, denkt Erika Bruns alarmiert. Sie hat von solchen Dingen schon gehört. Wenn der jetzt ein Bonbon oder einen Lutscher aus der Tasche zieht, wird sie aufspringen, die beiden Kinder an den Händen nehmen und auf der Stelle gehen. Sie beobachtet den Herrn nun ganz genau. Der hockt sich hin, macht aber keine Anstalten, eins ihrer Kinder anzusprechen. Sehr aufmerksam betrachtet er seine rechte Hand, von der er ganz langsam, so, als fürchte er, Teile davon abzubrechen, Finger für Finger den feinen taubenblauen Lederhandschuh abzieht. Dann, Erika Bruns auf ihrer Bank ist zum Sprung bereit, steckt er seinen Zeigefinger in den Mund, ganz tief, bis hinten hin. Erika Bruns steht langsam auf. So was hat der Günther bei ihr auch immer gemacht, damals, der steckte ihr auch immer den Finger rein, wenn sie sich heimlich in der Laube eines Onkels trafen. Der Kerl im Sand zieht seinen Finger jetzt wieder aus dem Mund heraus und taucht ihn in den Sand der Buddelkiste. Dann steckt der sich den Finger zurück in den Mund und lutscht ihn ab, als wäre er damit in der Teigschüssel gewesen. Jetzt steht der Mann ruhig wieder auf und geht zu seinem Platz auf der Bank nebenan zurück. Erika Bruns schaut vorsorglich weg, um seinem Blick nicht zu begegnen. Leute gibt's! Das muss doch entsetzlich laut im Kopf knirschen, denkt sie. So was hat der Günther nie gemacht.

Das Geräusch in seinem Mund, das Mahlen und Reiben zwischen den Zähnen ist jedesmal noch lauter als erwartet. Der Sand hier schmeckt schmutzig, nach Stadt und Katzendreck. Aber er ist laut. Und nur darauf kommt es an. Der laute Sand bringt ihm die Wut zurück.

■■■

Orsini hat, soweit er weiß, schon zwei (wenn auch unbedeutende) Staatsmänner beklaut und tausend Niemande. Aber womöglich einen Mörder direkt vor der Tat erleichtert zu haben, elektrisiert ihn wie eins der kinderarmdicken Kabel neuerdings die Wilhelmstraße. Andererseits, und das weiß er sehr genau, macht er das ganze Geräume hier auch deshalb, um sich abzulenken. Keine 24 Stunden ist es her, dass er sie zum Geigenhändler begleiten und dabei ausgiebig betrachten durfte. Und jetzt hat sich das Kind seinetwegen – schließlich war das mit der fürchterlichen Indianerschau seine Idee – eingenässt und ist in Ohnmacht gefallen. Orsini könnte gut verstehen, wenn sie auf seine Anwesenheit in Zukunft verzichten würde. Das wäre entsetzlich! Auch deshalb hat er damit angefangen, an dem Mordfall von gestern Abend zu arbeiten. Zu ermitteln. Auf seine Art. Ganz für sich. Schließlich hat er immer auf sich gestellt gearbeitet und ist nicht schlecht damit gefahren. Am Trapez, damals, noch zweiarmig, war er natürlich Teil der Gruppe gewesen, aber an seinem Seilzug, kopfüber hoch über dem Sand der Manege, war er allein. Mutterseelenallein. Danach, einarmig, hatte er auch stets allein gearbeitet, und auch das nicht schlecht. Jetzt, immer noch einarmig, mit einem Kompagnon im Schlepptau, der aber nie da ist, und einem Geschäft, das nicht läuft, muss er wieder ohne Hilfe ran. Es hat ihn eine halbe Stunde gekostet, die Möbel in beiden Räumen so anzuordnen, dass sie jetzt, enger zusammen freilich, aber halbwegs maßstabsgetreu, das Innere des Zuschauerraums von gestern Abend wiedergeben. Dort die Bühne, hier der Zuschauerraum, links und rechts die Umgänge, dort im Eck, schon halb im Flur, der Tisch, an dem die Erfrischungen verkauft wurden. Dann hat er zu jedem Beutestück ein Blatt beschriftet und es an der Stelle im Raum platziert, wo er es gestern entnommen hatte.

Um besser denken zu können, hat er seinen rechten Attrappenarm abgeschnallt. So wenig Ballast wie nötig. Um eine unbeteiligte Perspektive zu haben, hat er sich in die Position der Limonadenverkäuferin versetzt und sich deshalb wie einen bodenlangen Rock eine alte Gardine um die Hüften gewickelt. So ausstaffiert und bereit für Erkenntnisdurchdringung jeglicher Art, betrachtet er den Schauplatz, den Bernhardi-Garten von gestern. Dass Orsini sich jeweils merkt, was er wann wem entwendet hat, geschieht ganz automatisch. Schon zu Beginn seiner beruflichen Umorientierung vom zweiarmigen Trapezfänger zum einarmigen Taschendieb ist ihm das aufgefallen. Er kann sich das nicht merken. Er *muss* sich das merken. Keine Ahnung, weshalb. Vielleicht um ihn von diesem Gewerbe wieder abzubringen. Manchmal erscheinen ihm seitdem ungerufen seine Opfer im Schlaf. Er sieht dann exakt eine Jacke oder Aktenmappe vor sich, sieht ihre Farbe und ihr Material, fühlt unwillkürlich das Leder der Brieftasche oder Börse – glatt oder rau, steif oder lappig, abgegriffen oder neuwertig –, die er darin vorfand. Und damit nicht genug. Er erinnert sich an genau die richtige Reihenfolge, in der er die Börsen nahm. Eigentlich hat er diese Marotte immer als Fluch angesehen. Jetzt wird ihm diese Fähigkeit zunutze sein! Orsini schreitet, den Gardinenrock gerafft, um die Positionszettel nicht zu verwedeln, durch die Stube und geht die gesamte Viertelstunde der Vorstellungspause noch einmal durch.

Auf dem ersten Zettel: (1) F (für Frau) / dunkelblau (für fast schwarzblauer grober Wollmantel) / Gurke (die Frau hat nach Gurkensalat gerochen), dbr (das corpus delicti ist eine dunkelbraune Börse aus schon speckigem Leder), das müsste gar nicht auf dem Zettel stehen, denn das Ding selbst liegt direkt darauf.

Eine halbe Drehung nach links und nur ein paar Schritte weiter Zettel (2): M Tweed Zigarre hbr Brieft. Hund (die hellbraune Ledermappe enthält die Fotografie eines Hundes). Danach ist Orsini vom Rand der Bühne weg Richtung Limonadenstand geschlendert. Die angebliche «Indianerlimonade» schmeckte keinem. Alle, die sie gekauft hatten, verzogen das Gesicht. Die, die das bemerkten, kauften sich lieber direkt einen Whisky.

Das Abgrasen einer Menschengruppe, die sich kaum bewegt (bei einer Beerdigung etwa, auf der Rennbahntribüne oder eben im feuchtkalten Zuschauerraum einer miesen Indianerschau), erfordert von ihm eine erhöhte Aufmerksamkeit. Im Gegensatz zum linearen Abgrasen, bei dem er eine Kette schnell gehender Menschen auf ihrem Weg ins Büro oder Theater hintereinander abarbeitet und sich nach der unbemerkten Entnahme Geber und Nehmer rasch wieder voneinander entfernen, bleibt der Nehmer (also Orsini selbst) beim regulären statischen Abgrasen für einen gewissen Zeitraum Teil der erleichterten Gruppe. Der Wolf bleibt in der ahnungslosen Herde verborgen. Unter solch erschwerten Arbeitsbedingungen musst du selbstredend jederzeit wissen, wo die nächste Tür ist. Und, noch wichtiger, wo die zweitnächste. Denn sobald einer in der Herde blökt: *Verdammt, ich bin bestohlen worden!*, greifen sich zig andere auch dorthin, wo ihre Wertsachen stecken. Und wenn die dann dort nicht mehr stecken, blöken sie mit, rufen nach der Polizei und taxieren alle übrigen Anwesenden. Deshalb: Sobald so etwas geschieht, selbst mit der Hand sofort gründlich und für jedermann sichtbar die eigenen Taschen durchsuchen. Orsini hat deshalb gestern immer erst dann zugegriffen, wenn der Erleichterte bereits ein Getränk oder eine Margarinebrezel gekauft und sein Geld bereits wieder verstaut hatte. Genau wie beim nächsten Kandidaten, als der direkt vom Ausschank kam. Zettel (3): M Karo(muster des Mantels) Köln. Wss. (zuviel Cologne) Brft. Rep. Kuvert (die Brieftasche aus Reptilienleder enthält ein kleines Kuvert, etwa 10 auf 8 Zentimeter groß). Orsini hat sich all diese Dinge innerhalb von maximal zwei Sekunden gemerkt. Dennoch ist dieser Geber Nr. 3 etwas Besonderes in der Gruppe der vierzehn Erleichterten. Denn als Orsini den Mann im modischen Karomantel kurz darauf wiedersah, lag der leblos auf dem Tricktisch des Zauberers, und Käfer krochen auf seinem Gesicht herum. Wenn Orsini also gestern das Opfer erleichtert hat, dann möglicherweise auch den Täter! Wie viel Zeit zwischen dem Ende der Pause und dem Auftauchen des Toten vergangen ist, weiß er nicht. Und weshalb er vorhin vergessen hat, die Tür abzuschließen, weiß er auch nicht. Denn genau die, die er so dringend vergessen will, steht nun direkt vor ihm: Der Blick Frau Phillipis wandert mit einiger Verwunderung von seinem rosigen Armstumpf zu seinem Gardinenrock und dann zurück zur Tür.

«Ich stelle den Tatort nach. Von gestern Abend. Ich bin gerade die Limonadenverkäuferin. Möchten Sie ein Glas?»

Er sieht ihr an, was sie möchte: schnell wieder fort von hier. Wahrscheinlich ist es lediglich ihrer Höflichkeit geschuldet, dass sie wie festgewachsen stehen bleibt und verblüfft sagt: «Glas? Nein. Danke.»

Der kleine Mann im Gardinenrock und die Dame aus der Beletage stehen einen Augenblick oder zwei stumm voreinander. Dann erinnert sich Frau Phillipi an den Grund ihres Kommens: «Ich wollte Ihnen sagen, Sie können nichts dafür. Dafür, dass Sammy in letzter Zeit so viel erleben musste. Sein Verschwinden, der Unfall mit der Pferdebahn, ein Toter bei der Indianerschau. Es stand sogar in der Zeitung.»

«… und ein abgerissener Arm», ergänzt Orsini tonlos. «Es ist sehr freundlich von Ihnen, das nicht auch noch zu erwähnen.»

Aber trotz all dieser Missgeschicke und Schicksalsschläge, berichtet sie kurz darauf im Nebenraum bei einem Gläschen Cointreau, ist der Junge mittlerweile aus Ohnmacht und Fieber erwacht. Er habe im Schlaf Dinge gemurmelt, die sie nicht habe verstehen können. Dann aber habe er die Augen geöffnet, habe sie angesehen wie ein Schlafwandler und habe – an dieser Stelle rinnen zwei Tränen unverschämt schön über ihre Wangen – gesprochen. Das erste Wort seit vier Tagen.

«Yippieh hat er gesagt.»

«Yippieh? Sind Sie sicher?»

«Yippieh. Wie Kinder es rufen, und dann noch: Ich war bei Papa.»

Was natürlich unmöglich sei, ergänzt sie, ihr Mann sei ja in Hamburg gewesen oder in Frankfurt. «Jedenfalls etwas mit a und u», fügt sie hinreißend hilflos hinzu.

Also vielleicht auch in Landshut oder Stralsund oder Strassburg, denkt Orsini sich still und zeigt sich aufrichtig erleichtert darüber, dass der kleine Phillipi sich ganz offenbar auf dem Weg der Besserung befindet.

Auf dem Weg zurück in die Beletage durchquert sie den im Nachbarraum markierten Tatort.

«Und mit diesen Dingen hier können Sie einen Mörder fangen?», fragt sie ehrlich interessiert.

Sein ernstes, wortloses Nicken, das hofft er zumindest, gibt ihr den Glauben an das Gute zurück. Dann lauscht er noch kurz ihren Schritten im Treppenhaus und kehrt gedanklich in den Bernhardi-Garten zurück. Zettel Nr. 4: M Uniform (Mar.), richtig, der Seemann, Lavendelwss. Brieftasche mit Nacktbildheftchen.

«Sie überraschen mich immer wieder, Orsini», brummt Landow wenig später in der Ritterstraße und steigt über die verstreute Landschaft aus beschriebenem Papier und Geldbörsen aller Art hinweg. «Erst verstopfen Sie zwei kleine Räume mit einer Menge an Sitzmöbeln, die für den Charlottenburger

Westflügel reichen würde, dann lassen Sie diese komplett neu beziehen, und jetzt ist Ihnen gelungen, alles komplett durcheinanderzuräumen.»

Tatsächlich stapeln sich im anderen Zimmer jetzt die Stühle, die Orsini zur Markierung seines Versuchsfeldes nicht benötigt hat.

Landow legt den Haufen Mittagsblätter, den er mitgebracht hat, deshalb auf dem Fensterbrett ab und wirft seinen nassen Mantel hinterher. Dann sieht er Orsini, der immer noch den Arm ab und den Gardinenrock dran hat, fragend an.

«Ich ermittele, Landow. Nein, halt, lassen Sie die Zettel bitte liegen, wo sie sind. Danke. Das hat System. Wie gesagt: Ich ermittele.»

«Ich auch.»

«Das hier ist der Bernhardi-Garten von gestern Abend. Dort die Bühne, hier der Zuschauerraum. Ich bin die Limonadenfrau. Deshalb der Rock. Ich rekapituliere den Ablauf. Ich habe gerade das Opfer bestohlen. Diesen Lugert. Da vorn. Zettel 3.»

«Und ich habe vorhin an Lugerts Obduktion teilgenommen. Er ist nicht allein.»

«Wer ist das schon in dieser Millionenstadt.» Orsini verbirgt seine Enttäuschung nicht, er hat mehr Interesse von Landow erwartet. Aber der schlägt jetzt eine Zeitung nach der anderen auf. «Sie nennen es der Einfachheit halber den X-Mord und den Käfer-Toten. Ein Bankier und ein Abgeordneter. Was die Presse noch nicht weiß, und die Polizei genauso wenig, ist, dass es vor diesen Morden schon einen Toten gab, der in diese Reihe passt. Das Ganze wurde vor rund zwei Wochen bloß als Kuriosität verbucht – Mann ertrinkt im eigenen Goldfischteich –, aber alle drei Tote haben eine Gemeinsamkeit. Sie haben etwas an oder in sich gehabt, das ihnen von den Mördern dort hingesteckt wurde. So etwas hier. Das ist das Ding von gestern Abend. Das war in Lugerts Mund.»

Orsini betrachtet das erbsengroße, weißliche Stück, das Landow ihm auf die Hand gelegt hat.

«Ich vermute, das ist kein Stück Kandiszucker.»

«Richtig.»

«Auch kein Stück Glasscherbe.»

«Richtig.»

«Was ist das dann?»

«Komprimierter Kohlenstoff. Uralt. Sehr wertvoll. Im Volksmund Diamant genannt. Ein Rohdiamant. Das zumindest vermute ich. Ich werde morgen einen Fachmann dazu befragen.»

«Und, nur des Interesses halber, Landow, weshalb haben wir Beweisstücke, die die Polizei nicht hat?»

«Der erste dieser Steine geriet bei Pfeiffer in der Pathologie in Vergessenheit. Als der zweite gefunden wurde, war die Polizei schon gegangen, also weiß sie auch von dem nichts. Und den dritten, den hier, habe ich gestern im allgemeinen Durcheinander selbst gefunden. Ich hatte so eine Ahnung.»

«Aber – und wiederum nur des Interesses halber: Ist das nicht eventuell gesetzwidrig, Beweisstücke zu behalten?»

«Wahrscheinlich ist es das, Orsini. Aber diese Steine verschaffen uns einen Vorsprung vor den Ermittlern. Wenn es uns, Ihnen und mir, gelingt, diesen Fall vor der Polizei zu lösen, müssen wir uns um neue Klienten keine Sorgen mehr machen. So, wie's aussieht, haben wir drei Tote, die zu ein und demselben Fall gehören.» Nach einem triumphalen Grinsen bahnt sich Landow polternd einen Weg durch den Möbelwall des Nachbarzimmers zum Klavier mit den Schnapsvorräten. Nach einer Weile, die kantige braune Flasche in der einen, Glas und Zigarette in der anderen Hand, taucht er wieder auf, klettert auf den obersten Stuhl eines Stapels und sieht forschend zu Orsini hinab. «Zurück zu meiner Ausgangsfrage: Was hat Ihnen die Limonadenfrau in ihrem hübschen Gardinenrock denn zugeflüstert?»

Orsini, sich nun gewiss, Landows Aufmerksamkeit fürs Erste nur mit Monsieur Cointreau teilen zu müssen, rafft den Rock und ordnet rasch ein paar Blätter, die Landow gerade unabsichtlich verschoben hat. Dann stellt er sich in die Mitte seines Versuchsaufbaus und erklärt sein System wie ein Universitätsdozent.

«Als unfreiwilliger Linkshänder bevorzuge ich den Frontalangriff. Ich verstelle dem Spender den Weg, mein Gesicht ist dabei seinem Gesicht zugewandt. Sehen Sie? In etwa so. Ich löse die Wegblockade auf, indem ich, von mir aus betrachtet, nach rechts an der Person vorbeigehe. Wenn das normale Menschen auf der Straße tun, vergrößern sie den Abstand unbewusst, weil sie den Körperkontakt mit einem Fremden vermeiden wollen. Wenn ich der Person scheinbar ausweiche, gehe ich in Wirklichkeit auf Tuchfühlung. Unsere Körper berühren sich dabei ganz leicht wie bei einem Tanz. In genau diesem Moment ist meine Linke in der linken Brusttasche des fremden Jacketts oder Mantels. Ich habe das anfangs selbst gar nicht bemerkt, aber ich bin nahezu ausschließlich oberhalb der Gürtellinie tätig. Körperwarme Hosentaschen meide ich nach Möglichkeit, da findet man meist nur benutzte Schnäuztücher und Münzen. Angeschrägte, seitliche Manteltaschen sind frontal von vorn schwer zugänglich wegen meiner Linkshändigkeit. Aber Manteltaschen sind für mich noch Orte *auf* der Gürtellinie, mithin machbar. Die gehen meist nur in statischem Zustand, in stehenden Mengen. An Gräbern, an der Theaterkasse, am Bahnsteig bei Einfahrt des Zuges. Oberhalb der Gürtellinie, also frontal auf Innentaschen abzielend, das funktioniert perfekt in sich bewegenden Mengen, im dichten Betrieb von Fußgängern, beim Gegenverkehr auf schmalen Fluren, in Zügen zum Beispiel, in Theaterfoyers und so weiter.»

Orsini sieht zu Landow auf seinem Richterstuhl hoch und winkt ihn zu sich herunter. «Würden Sie für einen Moment …? Danke. Ich bin also den Gebenden für einen Moment sehr nah, und wahrscheinlich deshalb kann ich mich so gut an die Details erinnern. Ich bevorzuge übrigens den Begriff Extraktion oder Entnahme statt des hässlichen Wortes Diebstahl. Der Stoff meiner Jacke berührt den fremden Mantel, und dabei sehe ich unvermeidbar sehr genau dessen Stoff vor mir. Qualität, Webart, Muster, mutmaßlicher Preis. Diese Kombination, das, was meine Hand in der fremden Tasche fühlt – also Leder, Stoff, dick, dünn, rau, glatt, schlaff oder vielversprechend, Eidechse und so weiter –, und das, was mein Auge dabei sieht – also Kammgarn, Fellkragen, Einstecktuch, Nadel am Revers, Blume im Knopfloch, Ordensband etcetera –, verbinden sich ohne mein Zutun zu einer Einheit. Einer unsichtbaren Karteikarte, die sich mir, ob ich will oder nicht, einprägt. Basierend auf diesem sonst nutzlosen Umstand habe ich die Pause während der Indianerschau im Bernhardi-Saal hier nachgebaut.»

«Klingt schlau. Mit welchem Ergebnis?»

«Nun, mit dem Zwischenergebnis, dass ich auch das spätere Mordopfer erleichtert habe, sehen Sie hier, Nr. 3. Gut möglich, dass ich in ähnlicher Weise auch beim Täter eine Extraktion vorgenommen habe.»

«Aber woher wollen Sie wissen, ob der Täter in der Pause oder vorher überhaupt im Zuschauerraum war?»

«Er musste sein Opfer aus dem Zuschauerraum ja irgendwie

in das Untergeschoss der Bühne locken. An einem Ort dieses Schäbigkeitsgrades nicht eben leicht.»

«Wahrscheinlich haben Sie recht. Aber noch mal zurück zu Ihrem Moment dicht am Gebenden, Orsini. Sie stecken jedem, den Sie erleichtern, eine Geschäftskarte unserer Detektei zu und nehmen dann, im Rückzug quasi, etwas aus der Tasche mit?»

«Exakt. Geben und Nehmen. Das ist die Effizienz der modernen Zeit. Ich schaffe Nachfrage nach unserer Dienstleistung und mache gleichzeitig Werbung für dieses Angebot. Eine Bewegung, zwei Handlungen. Gut, oder?»

Die Flasche in der Hand, wandert Landow eine Weile zwischen Orsinis Markierungen und Beutestücken herum.

«So hat also jeder, der fünf Minuten später bemerkt, dass er bestohlen wurde, unsere Geschäftskarte in der Tasche?»

«Genau. In genau dem Moment, in dem er an der Gerechtigkeit des Himmels zweifelt – wieso ich!? –, empfängt er einen hilfreichen Hinweis auf das Gute in der Welt. Auf das Gute namens Orlando, Ritterstraße, erstklassige Referenzen.»

«Aber bringen Sie Ihre Opfer damit nicht ungewollt auf Ihre, auf unsere Spur?»

«Im Gegenteil. Welcher Dieb hinterlässt denn schon seine Visitenkarte am Tatort, Landow?»

«Welcher Mörder hinterlässt denn schon einen Rohdiamanten im Mund seiner Opfer? Ich habe das ungute Gefühl, wir fordern mit Ihrer Geben-und-Nehmen-Methode das Schicksal etwas zu sehr heraus. Aber weiter im Text. Da vorne, die Nr. 3, ist also das spätere Opfer gewesen. Wer ist das hier?» Landow geht neben einem der Blätter in die Hocke und zeigt darauf.

Nr. 8 F dgrün Strick Leberw.

«Die Frau hatte in der linken Tasche ein Leberwurstbot, ich habe es später an den Fingern gerochen.»

«Später?»

«Nachdem ich das 2-Mark-Stück aus ihrer rechten Tasche genommen habe, rochen meine Finger nach Leberwurst. Sie hatte zwei Kinder dabei.»

«Sie hatte zwei Kinder dabei, und Sie stehlen, pardon, entnehmen bei ihr 2 Mark?»

«Ja, das dachte ich mir auch. Ich habe die Frau deshalb später noch einmal aufgesucht und ihr einen Zehnmarkschein zugesteckt, den ich von, Sekunde, wo ist der jetzt, ah, hier, von *Nr. 13 M braun Wolle Klammer* hatte. Der Herr hatte keine Brieftasche, aber eine Metallklammer, die fünf 10-Mark-Scheine zusammenhielt. Ich habe den Verlust des erwähnten Zehners für die Frau hier vermerkt, sehen Sie? Minus 10,–.»

«Sie arbeiten mit der Genauigkeit eines Buchhalters. Und was war mit dem hier? Mit *Nr. 10 M Hahntr – – –*?»

«Ein Mann in elegantem Mantel mit Hahnentrittmuster. Der saß, glaube ich, drei Reihen hinter uns. Er hatte erstaunlicherweise nicht nur kein Geld in den Taschen, sondern auch keine Taschenbeutel. Man griff direkt durch, und der Mann war darunter offenbar vollkommen nackt. Unsere Geschäftskarte konnte ich folglich nirgendwo dort deponieren.»

«Aber der muss doch gemerkt haben, wenn Sie mit ihren klammen Fingern an ihm herumsuchten.»

«Den Eindruck hatte ich auch. Aber es schien ihn nicht weiter zu stören.»

«Glauben Sie, dass dieser Durchgriff-Mann unser Täter ist? Mal angenommen, der Abgeordnete Lugert trifft sich vorzugsweise mit taschenlosen Herren in dunklen Ecken.»

«Schon klar. Möglich. Aber weshalb dann die Käfer? Das

muss doch vorbereitet werden. Das ist doch, wie haben Sie das im letzten Sommer genannt … eine Botschaft. Da will jemand bemerkt werden. Da will einer auf etwas aufmerksam machen.»

«Gut möglich, Orsini. Da betreiben jedenfalls irgendwelche Leute großen Aufwand, um einen Toten als X in den Schlosspark zu hängen und einen anderen mit Insekten zu füllen wie einen Spanferkelkopf mit Kräuterbüscheln. Bloß der Erste, der von der Brücke, passt da irgendwie nicht hinein. Der starb weniger dramatisch. Im Stillen.»

«Er selber würde das wahrscheinlich anders sehen. Aber die drei Morde gehören zusammen, wie Sie sagen, und die Täter wollen, dass das bemerkt wird. Weshalb sonst sollte man den Opfern diese Diamanten in den Mund stecken?»

«Sieht ganz danach aus. Aber so, wie der erste Mord von den nächsten beiden abweicht, so hat auch der dritte eine Abweichung.»

Orsinis Mund klappt während der Schilderung Landows mit dem Eiffelturm im Rektum des dritten Opfers überrascht auf: eine erstaunte, einarmige Limonadenverkäuferin im Gardinenrock.

«Zwei Bankiers, ein Abgeordneter, drei Diamanten, ein Eisenturm», Landow hat seine Wanderung wiederaufgenommen und stellt die Flasche auf den Zeitungsschlagzeilen ab, «auch wenn die Presse erst die Hälfte weiß, scheint deren Stoßrichtung nicht so falsch zu sein. Sie vermuten, das Ganze habe mit der Finanzwelt und der Weltausstellung in Paris zu tun. Diamanten sind das härteste Material der Welt, der Turm wird das höchste Bauwerk der Welt sein, das Ganze hat mit Superlativen zu tun. Klagen da bloß welche den Größenwahn der kommenden Zeit an?»

Orsini hat sich inzwischen von der Getränkeverkäuferin zurückverwandelt und kratzt sich lang anhaltend am Kopf: «Aber für eine politische Mordserie erscheint das zu … zu durcheinander. Oder? Wenn Kommunisten kurz vor der Fertigstellung dieses Turmes den Kapitalismus hätten anklagen wollen, hätten die diese drei Leute erschlagen und denen ein feuerrotes Flugblatt in die Hand gedrückt.»

«Solange die ihren Opfern keine Texte der Brüder Grimm in die Hand drücken, wie bei unserem letzten Fall, meinetwegen. Aber Sie haben recht: Dafür, dass da jemand dreimal dieselbe Botschaft zu vermitteln versucht, ist das Ganze reichlich wirr. Oder ist das der Trick? Mord eins passiert im Stillen. Das bemerken eventuell auch die Täter. Dafür hängen sie ihr zweites Opfer gut sichtbar auf. Jetzt haben sie die Schlagzeilen, aber keiner versteht den Zusammenhang zum ersten Mord, weil die Gemeinsamkeit, der Diamant, übersehen wird. Also morden sie ein drittes Mal, wieder sehr aufwendig. Wieder Schlagzeilen. Wieder kein Zusammenhang. Immerhin vermutet die Presse beim X-Toten und beim Käfermann einen politischen Hintergrund und schließt damit schon die meisten aller gängigen Mordmotive (Eifersucht, Raub und Affekt) aus.»

Damit beschließen die Ermittler der Detektei Orlando ihre gemeinsame Bestandsaufnahme. Landow sucht das Wasserklosett nebenan auf. Orsini macht eine genaue Aufstellung der extrahierten Gegenstände. Im Stockwerk darunter übt der Fagottist Pausewang ruhige Tonverläufe, und für den vergänglichen Moment von zehn Minuten etwa wirkt die Dachgeschosswohnung in der Ritterstraße Rückgebäude wie ein Idyll des konzentrierten Arbeitens. Die Wasserspülung, fortschrittlich, aber mit Geräusch verbunden, macht diese wortlose Andacht mit einem Schlag zunichte. Sekunden später steht Landow wieder im Zimmer.

«Woher haben Sie denn dieses Papier? Ich nehme zumindest an, die Rolle hängt zu diesem Zweck dort.»

«Ein deutsches Qualitätsprodukt. Blatt für Blatt perforiert. In den vornehmen Hotels, in denen ich manchmal extrahiere, heutzutage ein Muss. Ich habe es im Vorbeigehen vom Wagen eines Zimmermädchens geborgt. Sagenhaft, dieser Fortschritt, oder? Ich kann nicht im Mindesten verstehen, weshalb irgendeiner Angst davor hat. Stellen Sie sich mal vor, dieser Benz schafft es tatsächlich, diesen Fahrapparat zu bauen. Für jedermann zugänglich. In ein paar Jahren fahren Sie dann mit einer pferdelosen Kutsche zur Obduktion.»

Aber vorher gehen sie gemeinsam noch einmal die Liste der erleichterten Personen durch. Orsinis Können als Extrakteur bringt es mit sich, dass außer Geldbörsen und Brieftaschen kaum Gegenstände dabei sind, die auf ihre Besitzer schließen lassen. Echte Könner wie Orsini fischen mit wenig Beifang.

Aus dem Besitz des getöteten Abgeordneten Lugert:

1 Umschlag aus cremefarbenem Bütten, enthaltend
1 Klappkarte etwa 10 × 10 Zentimeter. Vorn abgebildet die Prägung eines Apfels, angebissen. Der Apfel, nicht die Karte. Innendrin der unvollständige Satz «Als sie die Zelt' und Schiffe der Myrmidonen erreichten, Fanden sie ihn, …»

Bei anderen Personen fanden sich gestern Abend:

1 Fotografie eines lockigen Hundes
1 Geschäftskarte des Hotels *König von Portugal*
1 kleiner Leporello mit nackten Frauen in Ausübung verschiedener Sportarten, u. a. beim Ballwerfen, Bodenturnen und breitbeinig beim Heben von Gewichten

1 Rezept über 50 Gramm Chinin-Pulver zur Vorlage in einer Apotheke
1 Stück Draht 8 cm, biegbar
1 Abholschein mit der Nr. 344 der Wäscherei Vogler in der Strassburger Straße
1 Andachtsbildchen, zeigend den Erzengel Michael, eine Lanze in den Hals eines Drachens rammend

sowie zusammengenommen den Betrag von

85 Mark und 24 Pfennigen

ergänzt durch

1 Geldschein über 50 Französische Francs.

Orsini hebt die Hände wie ein Klageweib: «Leider kein schriftliches Geständnis mit den Namen und Anschriften der Täter dabei.»

«Auch keine Einladung zur sofortigen, unblutigen Verhaftung.»

«Einladung!», Landow schlägt sich mit lautem Klatschen vor die Stirn.

Orsini versteht kein Wort.

«Mist. Heute ist Dienstag, der 19., oder?»

«Stimmt.»

«Dann feiert heute Abend mein alter Freund, Kupferstecher und Lebensretter Koester das dreijährige Jubiläum seiner Liaison mit dem Feinen Franz.»

«Hatte ich ganz vergessen.»

«Nicht weiter schlimm, Orsini. Ich habe vor, mit Frau Phillipi hinzugehen. Es tut der Frau mal gut, unter Leute zu kommen. Sie könnten derweil auf den Jungen aufpassen.»

Wieder breitet sich große Stille aus in der kleinen Detektei. Orsinis Enttäuschung ist groß und unübersehbar. Nach endlosen zehn Sekunden wird Landows Grinsen immer breiter: «Hab ich's doch gewusst! Ich mag zwar als Detektiv noch am Anfang stehen, aber Sie machen mir nichts vor. Ihr Gesicht spricht Bände. Geben Sie es zu: Sie sind in die schöne Dame aus der Beletage verliebt. Stimmt's? Keine Widerrede. Natürlich gehen wir zwei beiden zu Koesters Feier! Sie müssen mich doch später hier die Treppen raufschieben. Das kann ich dieser Frau Phillipi nicht zumuten. Orsini, werden Sie gerade ein wenig rot?»

▪▪▪

Man ist hier, und das seit 1788 bereits, auf Sonderwünsche eingestellt. So zumindest behauptet es das ziselierte Zunftschild über der Tür von *Hettrich & Zorn* knapp unterhalb des Gendarmenmarktes. Hier bekommt man alles, um das Leben im Griff zu behalten, von der kleinen Börse aus elegantem Eidechsenleder bis zum Überseekoffer für die Weltreise mit Stil und Eleganz. Ein Jahr nach der Geschäftsgründung veranstaltete man in Paris die Revolution. Eine andere Revolution, von Historikern unbemerkt und von Reisenden nur dann, wenn bei Zollkontrollen ihr Gepäck nicht aufging, ereignete sich exakt zwölf Jahre später, im Februar 1801. Da nämlich gelang dem Täschner und Tüftler Georg Heinrich Busch die Konstruktion eines Kofferverschlusses, der zuverlässig hielt, was er versprach, und selbst dann geschlossen blieb, wenn die landesüblichen Schlaglöcher das damit ausgerüstete Gepäckstück durcheinanderboxten wie sich prügelnde Kesselflickergesellen. Was auch immer geschah: Die Schlösser der Firma Busch sprangen bei obrigkeitlichem Verlangen an der Landesgrenze bereits auf sanften Druck auf. Und das nicht nur mit nie dagewesener Zuverlässigkeit. Über die Jahre entwickelte sich noch etwas anderes zu ihrem Gütezeichen, und das war ihr markanter und gleichzeitig eleganter Ton beim Öffnen. Reisende schätzten dieses vertrauenerweckende *Klack* des federgestützt aufspringenden Riegels und nahmen insgeheim mit Verachtung das blecherne Ächzen minderwertiger Öffnungsmechaniken an den Inspektionstischen nebenan wahr. Wenn dort noch mit hochrotem Kopf ein eilig beschafftes Werkzeug, eine Messerklinge oder Größeres, unter die unzuverlässigen Billigbeschläge gehebelt wurde, hatte der Reisende mit einer Buschmechanik sein Gepäck mit großer Gelassenheit und jenem besonderen Ton, der gleichzeitig Präzision und Weltläufigkeit verströmte, längst wieder verschlossen und las entspannt in einem Journal. Der Nachfahr Georg Heinrich Buschs, Johann Michael, übernahm die kleine Manufaktur, die neben der stark nachgefragten Gepäckbeschläge und Sprungriegel auch andere feinmechanische Teile herstellte. Auch bei denen wurde größte Zuverlässigkeit auf kleinstem Raum verlangt. Ein Erfolgsprodukt dieser Tage waren die hochpräzisen Auslöser für Landminen und Handgranaten für die Rüstungsindustrie. Der erste gefederte Sprungbeschlag mit verschließbarer Wechselmechanik und andere Patente der Firma stammen aus diesen Jahren. In der Blütezeit des kleinen Unternehmens, die Anzahl der Belegschaft war von 14 im Jahr 1801 auf 108 im Jahre 1867 angewachsen, übernahm Alexander Busch den Familienbetrieb. Ausgestattet mit der schöpferischen Kraft, der nötigen Engelsgeduld und dem dichten Wuchs der Augenbrauen, die heckengleich die hellen Augen aller Firmenvorstände schirmten, gelang es ihm, die vorhandenen Patente des Vaters und Großvaters noch entscheidend zu verbessern. Neue Materialien und Legierungen ermöglichten bald die Verkleinerung der bewährten Beschläge auf die Größe einer Fingerkuppe, was besonders in den Jahren 1875 und 76 dazu führte, dass die Beschläge des Hauses Busch sogar das Handgepäck der Damenwelt von Paris verschlossen. Die auch Jahre nach dem Ende des Deutsch-Französischen Krieges noch spürbaren Animositäten zwischen beiden Ländern ließ den Handel mit Frankreich allerdings versiegen. Insgeheim sah Alexander Busch das nicht ungern, hielt er sich doch lieber, die Uhrmacherlupe vors Auge geklemmt, in seiner Werkstatt auf. Denn seine ganze Leidenschaft, mehr noch, seine Obsession, galt einer besonders anspruchsvollen Verschlussart, bei deren Entwicklung die Amerikaner, allen voran ein gewisser Howe, zwar gute Fortschritte erzielt hatten, aber letztlich noch nicht zu einer befriedigenden Lösung gelangen konnten. Jener Howe hatte Anfang der 1850er Jahre bereits einen sogenannten «automatischen, ununterbrochenen Kleiderverschluss» registrieren lassen. Busch wollte seine Version schlicht Zahnverschluss nennen. Denn hier rastete kein Riegel in eine Platte ein, hier, den Schienensträngen der Eisenbahn nicht unähnlich, verschlossen sich versetzt gegenüberstehende Reihen kleiner Zähne miteinander. Um das zu erreichen, musste man die Zahnreihen nur mit Hilfe eines kleinen Schiebers oder Schlittens überfahren. Durch Ziehen des Schiebers in die andere Richtung wurde der Verschluss wieder geöffnet. «Der Fortschritt in der Verschließ-Mechanik vollzieht sich vom Drücken zum Gleiten», sagte er dann. Und Dinge wie: «Im Gegensatz zu Knopf, Knoten oder Knebel besteht die Weiterentwicklung hier im Effekt. Der lineare Gleitverschluss macht die Einhändigkeit möglich. Er ist schneller. Der Fortschritt ist schneller.»

Auf der Suche nach einer gangbaren Lösung für den Massenmarkt studierte der Tüftler Busch intensiv die Konstruktionen, die die Natur sich ausgedacht hatte, insbesondere das Aneinanderhaften der Kletten und das sich Entfalten jungen Farnkrautes. «Siehst du?», sagte er dann zu seinem kleinen Sohn, «die gefiederten Blätter der einzelnen Farnwedel sind von der Natur kunstvoll und präzise zu engen Bündeln gerollt worden. Eins greift perfekt ins andere. Diese Vollkommenheit müssen wir herstellen können, sonst wird es nichts.»

«Kann ich helfen? Ah, ich sehe, Sie haben ein Auge für Qualität», sagt der Erste Verkäufer im Traditionstaschengeschäft *Hettrich & Zorn* zu dem gutgekleideten Kunden mit der auffallend dunkel gebräunten Gesichtshaut. Jördens, so heißt der Verkäufer, hat den Mann zuerst für einen Ausländer gehalten, dann aber die aschblonden Haarbüschel unterm Hut des Mannes hervorgucken sehen.

«Sie interessieren sich für diese Tasche? Rindnubuk vom Tiroler Höhenvieh. Haltbar, verlässlich, nicht ohne Eleganz. Die Gerbung des Leders ist …»

«Das Leder interessiert mich nicht», unterbricht ihn der Kunde und lässt, wie seit einer Minute schon, immer wieder die Taschenverschlüsse auf- und zuschnappen. Klack klack klack klack. «Ich interessiere mich für den Verschluss.»

Jördens nickt erstaunt und wartet, denn er ist durchaus geübt im Umgang mit den Eigenheiten von Kundschaft erster Güte. Man beliefert den kaiserlichen Hof, und sogar der Fürst und Reichskanzler trägt Weltbewegendes in Gepäckstücken von *Hettrich & Zorn* mit sich herum. Prompt sieht der gebräunte Herr, den Jördens für einen gerade aus dem Orient zurückgekehrten Schliemannjünger hält, ihn ernst an.

«Ich hatte das Geräusch anders in Erinnerung. Das Geräusch, dieses hier, beim Öffnen. Hören Sie das? Das war doch früher nicht so billig, so hell und blechern.»

Jördens, gewohnt, auf seine Frau und das Wort des Herrn zu hören, kann darauf nichts anderes antworten als «Ganz, wie Sie meinen» und sieht mit Bedauern dem Herrn, der nur Interessent blieb, beim raschen Verlassen des Traditionsgeschäftes zu.

■■■

Koester ist bereits vor dem Servieren des Hauptganges reichlich bedudelt gewesen, und jetzt, kurz vor dem Dessert, liegt er glücklich an der breiten Schulter seines geliebten Franz. Vermutlich zum zwanzigsten Mal präsentiert er der kleinen, privaten Feierrunde im Gastzimmer der *Goldenen Gans* das Bonmot, die Auswahl seines Geschenks für den Geliebten sei eine ganz feine Masche gewesen. Es handelt sich um einen Strickpullover in drei auffälligen Farben, der mittig mit den großen Initialen FF für Feiner Franz versehen ist. Etwas später ist ihm dazu noch eingefallen, sein Franz habe nun einmal etwas ungemein Bestrickendes, was dazu führte, dass er den ganzen Abend über abwechselnd die Masche oder das Bestrickende bemühte.

«Ein Sportpullover!», ruft er jetzt wieder in die Runde, die außer ihm selbst aus dem Feinen Franz, dem Kriegskameraden Gabi Landow, dessen Kompagnon Orsini und aus Franz' Mutter Lisbeth besteht, die am Kopfende des Tisches, Koester gegenüber, Platz genommen hat und die Männerrunde mit ihrem gefühlvollen Akkordeonspiel unterhält. Lisbeth Brecht fällt dabei mit gehörigem Einfühlungsvermögen auf, denn es ist ihr im Laufe des Abends bereits mehrfach gelungen, mit der Auswahl ihrer Musikuntermalung allzu ernst werdende Momente unbemerkt aufzuhellen und Ausbrüchen wilder Heiterkeit mit etwas Schmissigem noch die Kirsche aufs Sahnestück zu setzen.

«Ein Sportpullover mit Monogramm», wiederholt Koester gerade noch einmal ungebeten, mit gutem Appetit in seinem Milchreis stochernd. Der spitze, bunte Papierhut, den alle Gäste der kleinen Feier zu Beginn aufsetzen mussten, hängt ihm verrutscht an der linken Schläfe. Der Feine Franz seinerseits hat Koestern ein ledernes Reisenecessaire geschenkt. Koester hatte dann die darin befindliche Seife, das Rasierzeug, den Talkumpuder, den Taschenspiegel nebst Bartbürste und -binde und das Zahnpulver mehrfach aus-, ein- und umgepackt.

Das eine gemeinsame Geschenk, das sich die beiden Verliebten zu ihrem dritten Jahrestag gegenseitig gemacht haben, steht auf dem Tisch: eine große Aufklappkarte, aus deren Mitte sich dieser Eiffelturm herausreckt wie ein Spargel aus Stahl. Schon wieder dieser verdammte Turm, denkt Landow. Aber zumindest steckt der hier nirgendwo drin. Koester, betrunken, verliebt und bewegt bis in die Strümpfe, gerät ins Schwärmen.

«Paris, die Stadt der Liebe. Hätte ich auch nicht gedacht, dass ich da noch einmal hinkomm', Gabi. Nur mit 'nem Koffer bewaffnet und mit meinem Franz. *Frongßoa* heißt der auf Französisch. Diese Weltausstellung, das muss man gesehen haben. Mitte Oktober fahr'n wa. Spätestens. Mama Lisbeth übernimmt die Pension. Orient, Südamerika, Asien, echte Chinesen, alles da. Die ganze Welt, Weltausstellung eben, und mittendrin dieses Riesending, dieser Turm, ein echter *Eisenschwanz.*»

Von Landow und Orsini haben die beiden zwei kupferne Bettwärmer bekommen.

«Wer liebt», hatte Koester dazu gesagt, «wer liebt, bekommt keine kalten Füße. Vor nichts und niemandem. Allerdings muss ich sagen, dass einem ein paar eisekalte Füße unterm Plumeau doch die Lust ein wenig dämpfen können.»

Franz' Mutter steuert neben ihren Musikeinlagen, die sie, je später der Abend wird, zunehmend mit gesäuseltem Gesang untermalt, einen prachtvollen Apfelkuchen bei, der nun zum Mokka nach dem Jubiläumsmenü serviert wird.

Franz, der den ganzen Trubel mit einer erstaunlichen Ruhe über sich ergehen lässt, nimmt noch ein zweites Stück Kuchen, als Landow eine ganz andere Art von Apfel anspricht.

«Sag mal, Franz, du kommst doch viel in der Stadt herum, sagt dir ein Geschäfts- oder Firmenzeichen etwas, das einen Apfel, einen angebissenen Apfel, um genau zu sein, zeigt?»

Landow bedauert, die kleine Karte des Maikäfertoten nicht mitgenommen zu haben. Er fummelt einen Bleistift aus der Tasche, befeuchtet die Spitze mit der Zunge und malt es dem Franz auf. «Orsini ist seit heute Nachmittag ständig kurz davor daraufzukommen. Aber eben nur kurz davor. Mir sagt das gar nichts.»

Franz lässt sich Zeit mit der Antwort. Er überlegt gut sichtbar, furcht dabei eindrucksvoll die Stirn. Ein wirklich gutaussehender Kerl, ein Kopf wie gemacht für Heldendenkmäler. Franz gibt sich ehrlich Mühe mit der Antwort. Dann schüttelt er bedauernd den Kopf und fragt: «Brauchst du das wegen einem Fall? Kann mich mal umsehen.»

Die Uhr geht stramm auf Mitternacht, und die Runde in der *Goldenen Gans* hat sich gerade aufgelöst. Frau Brecht hat zum Abschluss den Hochzeitsmarsch von Mendelssohn gespielt, und Koester hat zu heulen angefangen wie eine Suse.

«Alles nur vor Glück! Nur vor Glück!», hatte er beim Rausgehen jedem zugerufen. Das Publikum in der *Gans* ist traditionell eher männlich, auch auf der Tanzfläche. Die *Gans* – Wahlspruch «Hier ist alles Gans anders» – ist eins der von der Sittenpolizei geduldeten 175er-Lokalitäten der Reichshauptstadt. Frau Brecht hat sich angeboten, die beiden Jubilare nach Hause in die Spindlerstraße zu begleiten. Orsini und Landow lassen den Tag Seite an Seite an der Pinkelrinne der *Gans* Revue passieren.

«Wer Koester jemals in einen feindlichen Schützengraben hat springen sehen, würde das nicht glauben. Aber sein Glück tut ihm gut», brummt Landow und lauscht dem Plätschern vor seinen Schuhspitzen.

«Morgen finde ich das heraus. Das mit dem Apfel. Ich sehe es direkt vor mir. Der angebissene Apfel! Wieso muss ich mir, ohne es zu wollen, Revers und Mantelstoffe merken und komme dann nicht auf ein simples Stück Obst! Landow, was machen Sie denn da? Ich weiß nicht, ob es ausgerechnet hier eine gute Idee ist, sich auszuziehen? Es sei denn, Sie wollen noch etwas erleben.»

Tatsächlich hat Landow sich im Waschraum der *Gans* komplett ausgezogen und beginnt nun, sich unter den Armen und untenrum einzuseifen. Als er Orsinis verständnislosen Blick bemerkt, nickt er ernst und spült sich die Seife wieder runter. «Ich treffe noch meinen Informanten. Der besteht darauf.»

Ein Pferd und ein Neger, zwei Gäste in Faschingskostümierung, platzen in Landows Waschung.

«Oho! Gehören Sie zum Faschingsprogramm, junger Freund?», fragt das Pferd.

«Nein, ich ermittele in einem Mordfall, tut mir leid.»

«Ihr *Informant*?», obwohl sich ihm das fremde Pferd nähert, muss Orsini das noch wissen. «Dieser Barbier? Ich wusste nicht, dass der so … in dieser Art … Sie verstehen …? Aber ich begrüße Ihren körperlichen Einsatz für das Fortkommen unseres Geschäfts.»

Zum Fortkommen des Geschäfts hat das Pferd mittlerweile eins der Keramik-Séparées aufgesucht, die in der *Gans* wirklich vorbildlich gepflegt sind. Das ist stadtbekannt.

Orsini ist es unangenehm, derweil vom kostümierten Neger eingehend gemustert zu werden. Um von sich abzulenken, fragt er den kurzerhand das Erstbeste, was ihm in den Sinn kommt: «Sagen Sie, kennen Sie zufälligerweise eine Firma oder ein Geschäft, das einen angebissenen Apfel als Zeichen hat?»

Der falsche Schwarze guckt Orsini verblüfft an und schüttelt dann die dichte Wollperücke: «Angebissener Apfel? Wer denkt sich denn so was aus! Obwohl. Moment mal! In der Grünstraße gab es ein Antiquitätengeschäft oder so was in der Art, die hatten einen Apfel über der Tür. Ziemlich sicher. Freund von mir wohnte mal in der Gegend.»

«Haben Sie das gehört, Landow? In der Grünstraße. Der freundliche Mohr hier wusste es. Wir haben eine Spur. Landow? Wo ist er denn hin? Ach ja, der Informant! Ist ja schon Mitternacht durch.»

Das Pferd wiehert. Orsini macht sich besser auf den Weg.

6

Mittwoch, 20. Februar 89

Längst ist Mitternacht durch. Unten in der Hotelküche räumen sie jetzt noch, ansonsten ist es still im Haus wie in einem Grab. Er liegt und lauscht. Da. Da ist es wieder. So greifbar, dass er das Geräusch förmlich mit Händen packen zu können glaubt. «So muss es sich anhören. Genau so. Hörst du den Unterschied? Hörst du das?» Busch, der Tüftler, zwang ihn dann immer an die Tischkante trotz der späten Stunde, nach eins war es oft. «Hörst du das!» Ja, natürlich hörte er es, jeder, der ein Fitzelchen Talent zu hören hatte, nahm es wahr. Die Verschlüsse der Konkurrenz hörten sich nicht so an wie ein Busch-Verschluss. Die von Ginger schnarrten, die von Schnebel knallten laut. Der Verschluss von Busch aber, ihrer, der federarretierte mit der Patentnummer G46–0054101 sprang auf wie ein Quintaner, der auf alles vorbereitet war, auf Ablativ und Eins mit Sternchen, zuverlässig, freudig und mit dieser «Eleganz im Ton». Nicht zu laut, nicht zu zögerlich, genau richtig. Ein Verschluss von Busch eben. «Hörst du das?» Draußen im Hof reden welche, ganz leise nur, das Hotel hat einen guten Ruf, hier schreit niemand nachts, das ist man seinen Gästen in unmittelbarer Nähe des Stadtschlosses schuldig. Wenn er als Kind dann endlich in seinem Bett lag, hörte er den Vater in der Werkstatt noch immer arbeiten. Er baut jetzt wieder am x-ten Modell dieses hochkomplizierten Zahnverschlusses, wusste der Junge, um dessen Wesen zu begreifen, sagte der Vater immer. Zwei Meter lang war die Teststrecke, der Wagen, der Gleiter, der Schlitten, das Ding, so neu war das alles noch, dass es nicht mal einen Namen besaß. Der im Original winzige Metallblock jedenfalls durfte nicht größer sein als eine Stubenfliege. Hier, in den Modellversuchen, war er noch so groß wie eine Kinderfaust. Der Gleiter fügte wie eine höhere Macht alles zusammen, öffnete alles wieder, glitt über die beiden Zahnreihen, hakte mühelos Zahn in Zahn, hielt in Zukunft, das zumindest war Buschs Vision, Zeltplanen, Wetterumhänge und Futterale fest verschlossen. Tagelang, wochenlang. Das Verblüffende daran war: Mit einem einfachen, von jedem Kind auszuführenden Ziehen in die gegenläufige Richtung würde er den Verschluss Zahn um Zahn wieder freigegeben. Wanderer würden den Kopf aus Zelten stecken können, Körperwärme würde aus Regencapes entweichen, Taschen würden Akten und Geld preisgeben. Das Endziel war, der Junge wusste es, diesen Zahnverschluss so klein zu bauen, dass er eine Männerhose vorn zuverlässig schließen könnte. Schluss mit den lästigen Knöpfen. Offen in weniger als zwei Sekunden, im Drängen des Alltags ein unschätzbarer Gewinn! Aber der Weg dorthin war noch weit, noch zu ungleichmäßig standen die Zähne. Das Metall musste leicht sein, aber auf Bruchteile eines Millimeters genau gleich, damit die Stubenfliege mühelos darüberglitt. Man wollte vor den Amerikanern so weit sein. Sobald man den Zahnverschluss in Serie fertigen könnte, würde der zwar dem hauseigenen federarretierten Vorzeigeschnappverschluss mit dem eleganten Ton Konkurrenz machen. «Aber das ist der Lauf der Zeit. Das Bessere ist des Guten Feind», hört er auch jetzt, wo da draußen irgendwo vornehm eine Uhr halb zwei schlägt, den Vater noch sagen. Schon bald jedoch sollte er sie alle einholen, dieser Lauf der Zeit.

▪▪▪

Sie war nicht mal besonders erstaunt darüber, dass er schon wieder an ihrer Wohnungstür klopfte, und schon wieder nachts. Frau Runge findet ihn rührend in seiner unermüdlichen Art. Er tritt dann auf der Stelle herum wie ein Kind, das aufs Klo muss, aber zu höflich ist, das zu sagen. Auch vorhin, im Korridor noch, sprudelten Landows Entschuldigungen, Vermutungen und Fragen durcheinander. Ja, sie hatte die Akte Roth mitgenommen. Ja, sie hatte reingeguckt. Wahrscheinlich ein Unglück. Wer ertrinkt schon im eigenen Zierteich? Roth. Jetzt, in seiner Armbeuge, lauscht sie auf sein ruhiges Atmen dicht neben ihrem Kopf. Was sie da tut, ist unmoralisch und mit dem Codex einer Kirchgängerin nicht zu vereinbaren. Aber sie singt im Kirchenchor nur, weil der Gesang sie befreit, das gemeinsame Atmen, das Herausströmenlassen. Von ihr aus könnten sie auch das Adressbuch von Berlin singen. Sie sucht weder in der Kirche noch in der kleinen Chorgruppe auf der Orgelempore Buße und Vergebung. Sie sucht eher das Gegenteil davon. Er wird wach. Jetzt wird er rauchen. Sie wird ihn deshalb tadelnd ansehen, aber morgen früh, wenn sie aufsteht und er schon lange fort ist, wird der Geruch nach Tabak noch da sein. Sie mag das. Aber das sagt sie ihm nicht.

Er hat vorhin versucht, die Akte Roth mit einer Fotokamera abzufotografieren. Dann aber hat er festgestellt, dass die Optik dafür gar nicht geeignet ist. Er war kurz davor, diesen albernen Apparat, der aussieht wie ein Buch, vor lauter Zorn vor die Wand zu pfeffern.

«Ich könnte damit ein Bild von Ihnen machen», hatte sie gefrotzelt, «nackter Mann beim heimlichen Studium einer Polizeiakte.» Da hatte er schon wieder gegrinst.

Irgendwann später in der Küche hat er Schnaps getrunken und sie ernst angesehen. «Was bedeutet das E», hatte er dann gefragt. Sie wusste, was er meinte, das E auf Ihrem Namensschild. Aber sie spielte gern mit ihm. «Das E ist der häufigste Buchstabe der deutschen Sprache. Mit einem E beginnen nützliche Dinge wie Elektrizität, Euphorie und Erbsensuppe.»

«E wie Erektion.»

«E wie Elysium.»

«E wie Erzengel.»

«E wie Eiffelturm.»

Jemand musste dem Toten von gestern Abend in der Nacht noch die eiserne Miniatur eines Eiffelturms in den Hintern gerammt haben, hat er ihr erzählt.

«Ich meine das E am Anfang Ihres Namens, Frau Präsidialsekrektärin. Elisabeth? Elsa?»

«Schlimmer.»

«Eysold?»

«Elba.»

«Elba? Wie die Insel, auf der Napoleon war?»

«Elba wie die Insel, auf der Napoleon war.»

«Weshalb?»

«Weshalb heißen Sie Gabriel und nicht Karl oder Heinrich?»

«Elba Runge aus der Gollnowstraße», er lauscht dem Klang der Worte und stempelt dann seine Zigarette in einem Aschenbecher aus, der wie eine blecherne Gondel aussieht. Venezia steht auf der Seite.

«Waren Sie mal da?», fragt er.

«Auf Elba? Nein.»

«In Venedig.»

«Ja. Lang her.»

«Mit wem?»

«Geht Sie nichts an.»

«Stimmt.»

Dann hatte er seinen Kopf auf den Arm gestützt und sie so lang angesehen, bis es ihr unangenehm wurde. Sie war aufgestanden und wieder ins Bett gegangen.

«In der Grünstraße unterhalb vom Schloss gibt es, glaube ich, so einen Laden. Einen mit einem Apfel als Markenzeichen, von dem Sie vorhin erzählt haben», sagt sie, nachdem sie eine Zeitlang stumm die dunkle Zimmerdecke über sich angestarrt hat.

Jetzt, den Kopf wieder in seiner Armbeuge, hört sie sein Brummen neben sich.

«Bedauern Sie es? Den Verrat?»

«Oho, eine Moralpredigt nachts um zweie? Ihre Verhörmethoden imponieren mir. Aber ich muss Sie enttäuschen: Ich tue das nicht, weil mir Ihre blauen Augen gefallen oder weil ich Ihr Geschnaufe auf mir so mag.»

«Nicht? Das reduziert die Anzahl möglicher Gründe aber drastisch.»

«Ich tippe all diese Protokolle ab, diese Beschreibungen von Wunden, die ein Mensch einem anderen Menschen zugefügt hat. All diese Schmerzen. Diese Angst. Die Angst des Opfers vor der Tat. Die Angst des Täters vor der Entdeckung. Wussten Sie, dass nur etwa die Hälfte der Täter gefasst wird? Das bedeutet, dass die andere Hälfte noch unerkannt da draußen herumläuft. In der Oper sitzt. Oder Wirsinggemüse kocht. Manchmal wäre ich gern er. Der Herr im Kirchenfenster. Der Erzengel. Wenn wir mit unserem *Arrangement* auch nur einen einzigen Täter zusätzlich überführen könnten, wäre es das wert.»

«Wert? Was wert?»

«Ihr Geschnaufe auf mir.» Er hört sie leise lachen. Er hofft zumindest, dass sie das tut. Er zieht sich an, schlüpft verkehrt herum in die Unterhose, flucht halblaut, schafft den Rest ohne Panne. Als er geht, ruft sie ihm nach: «Danke für das Konfekt.»

Sarotti, bunte Mischung.

▪▪▪

Als Orsini aus der Kneipe kam, stand Franz' Mutter noch vor der Tür, das Akkordeon auf der Schulter wie einen Wanderrucksack.

«Haben Sie Landow gesehen?»

«Schon weg, hatte es eilig.»

«Und Koester, der konnte doch kaum noch gehen?»

«Ich wollte das junge Glück nicht stören. Mein Franz passt schon auf ihn auf.»

«Na dann.»

«Sind Sie musikalisch, Herr Orsini? Sie haben eine musische Ader, möchte ich wetten.»

«Mit nur einer Hand ist das Musizieren nicht so einfach, Lisbeth.»

«Ach, da könnte ich Ihnen helfen, Herr Orsini. Ich wohne übrigens um die Ecke», hat sie da gesagt.

«Was war das?», fragt er jetzt nassgeschwitzt neben ihr ins Dunkle über sich. Sie summt ein Lied.

«Darauf, mein Herr, gibt es mehrere Antworten. Die eine: Das war D-Dur. Komponist Franz von Suppé, aus einer Operette, Text von Unbekannt. ‹Du bist verrückt mein Kind›, so lautet der Refrain.»

«Und die andere Antwort?»

«Eine Laune des Schicksals, die zwei einsame Herzen unverhofft zusammenbrachte? Das könnte Ihnen so passen, Orsini.»

Dann legt sie ihren Kopf an seine Schulter und beginnt wieder zu summen. Klingt wieder nach Operette.

Es hat leicht zu schneien begonnen, als Orsini um viere rum in die Ritterstraße zurückkommt. Schwarz und still glänzend liegt das Trottoir vor ihm wie ein schlafender Aal. Er hat keine Ahnung, weshalb er das gemacht hat, das mit Franz' Mutter. Nicht auszudenken, wenn sie das erzählt. Sie ist älter als er. Jetzt, fast zu Hause, die winzigen Flocken vor Augen, sieht er vom Hof zu den dunklen Fenstern der Beletage hoch, und dann weiß er wieder, weshalb er mit Lisbeth Brecht ins Bett gegangen ist. Weil er die göttliche Phillipi dort oben nie wird haben können. Vorhin, mit Lisbeth, hat er immerzu das Akkordeon ansehen müssen, das allein im erleuchteten Wohnungsflur auf einem Stuhl hockte wie ein faltiger Gnom und ihnen zuzusehen schien. Orsini fährt zusammen. Vor ihm, keine zehn Meter entfernt, schält sich eine Gestalt aus dem Schatten der Einfahrt.

«Na endlich, ich dachte schon, ich müsste bei Phillipis um Unterschlupf bitten», knurrt Landow. Er hat den Schlüssel vergessen, mal wieder.

Oben im Fünften erwartet sie ein mit Möbeln vollgestopfter Raum und ein zweiter fast leerer, auf dessen Boden immer noch Zettel und Geldbörsen herumliegen.

«Wieso kommen Sie jetzt erst nach Hause, Orsini?»

Der rotzige Ton von Landows Frage zerstört binnen Sekunden das wohlige Gefühl, das das Wort *nach Hause* eigentlich hätte hinterlassen können. Orsini antwortet nicht, räumt stattdessen die Zettel auf einen Haufen, die Geldbörsen auf einen anderen, schleppt dann Stuhl um Stuhl ins Zimmer zurück, während Landow bloß zusieht und in der Kochnische raucht. Irgendwann, nach langen Minuten, hält Orsini dieses Intensivschweigen nicht mehr aus.

«Und, haben Sie Ihren *Informanten* getroffen?»

Ja, hat er. Das Irritierende ist, dass er Elba Runge gern trifft. Zumindest hat er sich das auf dem Weg hierher eingestanden. Er nickt, während Orsinis Zahnputzgeräusch aus dem Bad durch das fast dunkle Wohnbüro plätschert. Kurz darauf liegt jeder der beiden in seiner Schlafkammer, und obwohl beide hundemüde sind, wissen sie, dass sie nicht werden einschlafen können. Und richtig, Orsini hört Landow bald aufstehen, in der Küche werkeln, dann husten und fluchen. Fünf Minuten später steht er in der Durchgangstür und sagt nicht ohne Stolz: «Mit Milch ging's.»

Orsini seufzt, dreht das Licht an. Landow hängt ein Stück Schnur aus dem Mund wie ein Mäuseschwanz.

«Ich dachte zuerst», erläutert der nun, «die Täter hätten Öl benutzt. Versuchen Sie mal, unzerkaut ein Stück trockenes Brot an einer Schnur zu verschlucken. Ein Ding der Unmöglichkeit. Aber mit Milch ging's.»

Orsini hört nicht auf, das Schnurende in Landows Mundwinkel anzustarren. Zieht der das Brot wieder heraus oder verschluckt er den Rest der Schnur auch noch?

«Mein Informant», fängt Landow dessen ungeachtet an, «hat mir Einzelheiten über den ersten Mord, den, der wie ein Unfall im eigenen Garten aussah, besorgt.»

«Woher?»

«Aus der Polizeiakte.»

«Sie haben Akteneinsicht? Wie das?»

Landow hat nicht die geringste Absicht, das Wie zu schildern.

«Wir haben drei Tote in den letzten zwei Wochen. Dass diese Fälle zusammengehören, wissen wir nur deshalb, weil jeder Tote einen Rohdiamanten im Mund hatte. Ich korrigiere: Etwas, das wie ein Stück Glas aussieht und wahrscheinlich ein Diamant ist.»

Das hat er von ihr übernommen, merkt Landow. Elba Runge sagt oft: Ich korrigiere. «Ich korrigiere», hat sie vorhin, gesagt, «der letzte tote Herr, Lugert, war zwar Abgeordneter, aber bevor man ihn ins Parlament holte, auch ein Bankier, und zwar bei der Dresdner Bank.»

«Wenn wir das Ganze vereinheitlichen wollen», führt Landow nun für Orsini aus, «haben wir es also mit drei Bankiers zu tun, die alle einen Diamanten im Mund hatten. Der Diamant ist der gemeinsame Nenner.»

«Wir meinen also weiterhin, da will einer ein Exempel statuieren? Aber weshalb dann diese abstrusen Todesarten? Und weshalb diese Steigerung? Und weshalb dann dieser Turm im Hintern des dritten Toten?»

«Welche Steigerung meinen Sie, Orsini?»

Landow verschluckt den Rest der Schnur auch noch und wälzt sich dann nebenan wieder geräuschvoll auf sein Lager.

Orsini setzt sich auf seinem Lilienfeld auf und starrt die dunkle Wand ihm gegenüber an. «Die Steigerung, den ersten Mord heimlich zu begehen. Im Verborgenen. So, als hätten die Täter noch geübt. Der zweite Mord, das X aus dem Schlosspark, ist ein ziemliches Ausrufezeichen, künstliches Blut, viel Aufwand. Ein Fanal, wie die Presse es nennt, das nachts vorbereitet wurde. Um das zu steigern, geschieht der dritte Mord praktisch vor Publikum auf offener Bühne, verstehen Sie, was ich meine? Der Maikäfermann wurde ja erst kurz vor der Entdeckung der Tat getötet. Ich hab ja noch zehn Minuten vorher bei ihm extrahiert. Überlegen Sie mal, Landow, während oben im Saal die Schreierei losging, waren die Täter wahrscheinlich noch im selben Gebäude mit uns. Die haben auch das Risiko gesteigert, entdeckt zu werden.»

«Guter Gedanke, Orsini. Sie haben recht, wir müssen uns den Bernhardi-Garten noch mal genau ansehen, aber diesmal von unten. Am besten gleich heute noch. Ich hörte, diese miesen Aufführungen sind jetzt nach dem Mord plötzlich bis weit im Voraus ausverkauft. Der Schrecken zieht die Leute an wie Pferdemist die Fliegen. Gute Nacht.»

Zehn Minuten später. Die Schneeflocken haben sich vergrößert und die Dachfenster über Orsini weiß gefärbt. Er steht auf, schließt leise die Tür zu Landows Zimmer und macht Licht. Er kann nicht schlafen, Diamanten, Lisbeth Brecht, Frau Phillipi und Maikäfer orgeln in seinem Schädel herum wie ein klapperiges Karussell.

CHAPTER II. The Science Of Deduction.

> We met next day as he had arranged, and inspected the rooms at No. 221b, Baker Street, of which he had spoken at our meeting. They consisted of a couple of comfortable bed-rooms and a single large airy sitting-room, cheerfully furnished, and illuminated by two broad windows. So desirable in every way were the apartments, and so moderate did the terms seem when divided between us, that the bargain was concluded upon the spot, and we at once entered into possession.

Orsini braucht ewig, um den Sinn des Gelesenen mit Hilfe von Landows Wörterbuch einigermaßen zu verstehen. Dieser Arzt im Roman und dieser Detektiv sind also tatsächlich zusammengezogen, versteht er. Sie wohnen heiter möbliert, liest er. Wie er und Landow auch.

Ertappt reißt Orsini den Kopf hoch. Landow lehnt schon wieder in der Tür. Die dunkle Mähne steht ihm um den Kopf wie ein geplatzter Sofabezug.

«Landow! Neue Informationen von Ihrem Gewährsmann?»

«Sie summen.»

«Ich? Nein.»

«Sie haben diesen Gassenhauer gesummt. So laut, dass ich davon aufgewacht bin. *Sabine war ein Frauenzimmer.*»

«Tatsächlich?»

«Sie verheimlichen mir etwas.»

«Ich verheimliche Ihnen den Großteil meines aufregenden Lebens, das ist korrekt.»

«Lenken Sie nicht ab, Orsini. Was lesen Sie da?»

«Den englischen Roman, den ich letzte Woche extrahiert habe. Grauer Lodenmantel. Aktentasche.»

Landow ist nicht fortzukriegen. Im Gegenteil, er setzt sich auf einen der freien Polsterstühle und beginnt damit, Orsini durchdringend zu mustern.

«Lenken Sie nicht ab. Sie haben, seit wir uns kennen, noch nie gesummt. Wann haben Sie nach mir die Toilette in der *Gans* verlassen?»

«Ich? Sie waren doch derjenige, der sich dort splitternackt ausgezogen hat!»

«Ja, natürlich, weil ich mich waschen musste.»

«Für …?»

«Für … lenken Sie nicht ab.»

«Lenken *Sie* nicht ab, Landow! Wäscht sich Ihr Informant auch untenrum, bevor Sie ihn treffen?»

Ja, denkt er, das tut sie, mit Lavendelseife. Aber das geht Orsini nichts an.

«Zurück zum Anfang. Sie summen.»

«Was bedeutet *occasionally*?»

«Gelegentlich. Soll das heißen, Sie summen ab jetzt gelegentlich?»

«Nein, ich lenke bloß wieder ab. Der eine der beiden Männer in diesem Roman verbringt viel Zeit im Anatomiesaal, steht hier, und unternimmt *occasionally* lange Spaziergänge.»

«Die sollten wir tatsächlich auch bald unternehmen. Aber erst wird geschlafen. Und dann wird ermittelt. Zusammen.»

«Zusammen, Landow? Sie meinen wir zwei zusammen? Gemeinsam?»

«Genau. Ihre unerklärliche Erinnerungsmethode ist wertvoll für dieses Unternehmen. Dieser Fall braucht Sie. Na na, nun werden Sie mal nicht weinerlich. Jetzt Licht aus. Und nicht mehr summen. Gute Nacht.»

Und mit diesen bewegenden Worten tritt in der Ritterstraße / Rückgebäude tatsächlich so etwas wie Ruhe ein, während draußen die ganze große, dreckige Stadt lautlos und vorübergehend von einem schmückenden Laken schneeweißer Unschuld bedeckt wird.

Sie haben verschlafen. Das Schöne ist: Keiner von beiden kann dem anderen die Schuld daran geben. Zeitgleich reißen sie um kurz nach zwei Uhr nachmittags, nur wenige Meter voneinander entfernt, die Augen auf und fahren von ihren Schlafplätzen hoch. Während der eine das Bad benutzt, baut der andere aus *a couple of comfortable bed-rooms* eine kleine, sehr vollgestellte Detektei. Während der eine Kaffee kocht und Pfannen mit Eiern und Speck füllt, holt der andere beim Bäcker Ecke Alexandrinenstraße frisches Brot. Es geht los. Beide sind, ohne groß darüber reden zu müssen, von Aufbruchstimmung erfüllt. Kein Wunder, das ist ihr erster Fall. Der erste gemeinsame. Fall Eins für Orlando. Klingt direkt wie ein Groschenroman. Letzten Sommer war Orsini nur irgendwie dabei gewesen. Zum Schluss zwar sogar als Landows Lebensretter, aber jetzt von Anfang an. So erscheint es durchaus angemessen, dass Orsini mit Verschwörermiene eine kleine, würfelförmige Samtschachtel vor Landow auf den Tisch stellt.

«Geht das nicht etwas weit, Orsini? Nein, ich möchte Sie nicht heiraten.»

«Nun machen Sie es auf! Ich habe es vor ein paar Wochen schon besorgt und immer auf die passende Gelegenheit gewartet. Und die ist genau jetzt.»

Das Kästchen beherbergt zwei identische silberne Anstecknadeln mit dem eleganten Lorbeerkranz ihres Firmenzeichens.

Orsini ist nicht zu halten: «Geschmackvoll, oder? Und gar nicht teuer! Vor allem aber: ein gutes Zeichen für zwei Männer, die bereit sind, sich ihre Lorbeeren zu verdienen.»

Landow nimmt stumm seine Anstecknadel entgegen und nickt tapfer: Sie werden damit aussehen wie Bestatter.

Keine Viertelstunde später verlassen sie raschen Schritts das Gebäude über das rückwärtige Treppenhaus. Vorn an der Straße trennen sich ihre Wege schon wieder. Sie wollen den Rest des Tages dazu nutzen, Dinge zu klären. Landow hat einen Kontakt zu einem inoffiziellen Diamantenhändler. Und Orsini muss sich sputen, um noch vor der Abendvorstellung den Bühnenkeller des Bernhardi-Gartens zu inspizieren.

▪▪▪

«Sehen Sie nur! Der Kleine macht die Leute glücklich. Selbst bei diesem scheußlichen Wetter. Und Sie wollten ihn wegschicken!»

Herr Wendling, der Chefverkäufer im Modehaus Conradi («Internationaler Chic, erstklassige Qualität und stets das gewisse Etwas» steht auf den Papiertüten des Etablissements) nickt. Frau Koffer, sie heißt wirklich so und sieht auch so aus, arbeitet gottlob im unsichtbaren Teil des Hauses, in der Buchhaltung, hat in diesem Fall wirklich recht gehabt. Wegen eines Zahnarztbesuches kam sie heute später, und da stand er schon, der kleine Geigenjunge, blond gelockt wie Siegfried der Held, im ordentlichen Matrosenmäntelchen, und fiedelte. Herr Brock aus der Schuhabteilung glaubte mit Kennermiene Opernmelodien von Rossini rauszuhören. Wendling aber, geplagt von einer fundamental zerrütteten Ehe draußen in Spandau und einer ehrgeizigen Geschäftsleitung hier im Haus, stand nicht der Kopf nach Almosen sammelnden Musikanten. Schon dabei, einen Wachtmeister herzuwinken, war die dicke Koffer mit dicker Backe reingekommen und hatte gejauchzt: «Och, ist der nicht herzerwärmend, der kleine Goldjunge da draußen? Die Leute stehen ja schon bis auf die Straße!»

Wendling hatte dem Geigenjungen auf die Finger und dann den Leuten in der Menschentraube auf die Gesichter gesehen. Die Koffer hatte recht, die Menschen mochten den Kleinen. Wendling, mit den Gedanken bei seinen mehr als ehrgeizigen Verkaufszielen im laufenden Quartal, hatte deshalb beschlossen, den jungen Stradivarius da draußen unter der Rubrik «gewisses Etwas» zu verbuchen.

Die Koffer war nicht davon abzuhalten gewesen, dem kleinen Lockenkopf zwischendrin eine Tasse heiße Schokolade zu bringen, was von den Zuschauern mit herzlichem Applaus bedacht wurde. Die Buchhalterin war rot geworden und hatte geknickst, als wäre sie aufgetreten.

Der goldige Samuel Phillipi-Ginsberg hatte im Laufe der drei Stunden, die er vor dem pariserisch dekorierten Parfüm-Schaufenster des Modehauses Conradi Melodien für alte Tanten fiedelte, den ersten Teil des wirklich horrenden Preises für das neue Parfüm für seine Mama beisammen. In drei Wochen, in denen er den Geigenunterricht und auch die Talmudstunden mit absoluter Berechtigung zu schwänzen sich berechtigt fühlte, konnte er so die ganze Summe für einen einzigen Flakon dieses Wunderparfüms Jicky beisammenhaben. Yippieh!

▪▪▪

Der Bernhardi-Garten sieht jetzt, im Wischlaugengrau der einsetzenden Dämmerung, noch trostloser aus als vor zwei Tagen, findet Orsini. Man könnte denken, die dem Abriss geweihten Gebäude wüssten um ihr Schicksal und wollten deshalb besonders schäbig wirken. Einmal mehr macht Orsini sich Vorwürfe, den kleinen Phillipi hierher mitgenommen zu haben.

Er ist unbehelligt auf das verlassen wirkende Gelände gekommen. Am Abend würden die Sensationshungrigen hier Schlange stehen. Für die konnte so ein Schreckensort wahrscheinlich gar nicht mies genug aussehen. Vorsorglich haben sie jetzt noch einen zweiten Tisch für den Eintrittskartenverkauf hingestellt.

Auf der Bühne des feuchtkalten Saales probt der schlechtgelaunte Indianer die Messerwurfnummer, die sie am Montagabend nicht mehr zu Gesicht bekommen hatten. Der schlaksige Kerl hat die Haare zu einem Pferdeschwanz gebündelt, er trägt eine weite, lehmbraune Hose mit fingerbreiten Fransen an den äußeren Nähten, darüber eine alte graue Strickjacke. Die Indianerin, auf die er seine Messer wirft, ist eine andere als am Montag. Die neulich war pummelig und mindestens genauso schlecht gelaunt wie der Indianer selbst. Die Neue bemüht sich immerhin, auf der sich drehenden Holzscheibe zu lächeln, auf der sie festgeschnallt ist wie ein großes X. Außerdem ist ihr Kostüm vorne viel weiter geschlitzt. Sie ächzt, weil die Drehungen ihr die Luft abschneiden. Der Indianer geht zum Bühnenrand, nimmt einen Schluck aus einer Flasche Bier und schlurft dann zu seinem Wurfplatz zurück. Ansatzlos wirft er hintereinander drei Messer auf die Gefesselte. Rasend schnell und mit dumpfem Geräusch, so, als klopfe einer an eine schwere Türe, treffen die Messer dicht neben Kopf und Schulter der Frau ins Holz. Die Scheibe, sieht Orsini, wird rückwärtig von einer Kurbel angetrieben, die der Indianerjunge dreht. Der Indianermann vergrößert nun den Abstand zur Zielscheibe noch um ein paar Meter. Er steht jetzt am äußersten linken Rand der Bühne. Dreimal setzt er an, schwankt leicht, sucht neuen Stand, zielt wieder.

«Halt! Verdammt! So geht das nicht!», schreit plötzlich einer hinter Orsini. Auf der Bühne hat sich die Perücke der falschen Indianerin gelöst und flattert nun wild um ihren Kopf herum. «Stop that shit!», ruft der Österreicher, der am Montag die Tickets verkauft hat. Wahrscheinlich der Impresario der seltsamen Truppe. Der versucht nun, auf die Bühne zu klettern, was erst im zweiten Anlauf gelingt. Dort redet er halblaut, aber heftig auf die festgeschnallte Frau ein und setzt ihr dabei die falschen Haare wieder auf.

«He, Sie da hinten!» Jetzt hat er Orsini im dunklen Zuschauerraum entdeckt. «Wer sind Sie denn? Zutritt nur für Personal.»

Orsini winkt zurück und kommt rasch näher.

«Orsini.»

«Und? Wurden Sie auch bestohlen? Das müssen S' bei der Polizei aufnehmen lassen.»

«Bestohlen? Ich? Nein, ich werde nicht bestohlen.»

«Ich dachte bloß», sagt der fransige Österreicher und gibt der leichenblassen Vollbusigen auf der Scheibe einen Klaps auf die Wange. Der sollte wahrscheinlich aufmunternd sein, gerät ihm aber so laut, dass er wie eine ernst zu nehmende Ohrfeige klingt.

«Ich dachte schon», fängt er, wieder unten bei Orsini im Parkett, noch einmal an, «am Abend mit dem Todesfall hier, vorgestern, da wurden ein paar Leute im Zuschauerraum offenbar bestohlen. Sie also nicht. Immerhin. Die erste gute Nachricht seit langem.»

Damit betrachtet er Orsinis rechten Arm, den er wie immer in der Schlinge vor dem Bauch trägt. «Unfall?»

«Ja, schon eine Weile her.»

«Können Sie Witze erzählen? Könnte ich brauchen. Ich habe im Moment nur einen Zauberer, dessen Assistentin seit Montagabend zittert, und einen Indianer, der sauer auf mich ist, weil ich seine hässliche Frau aus der Nummer geschmissen habe. Aber ich will nicht klagen. Die Vorstellung gleich ist ausverkauft und die morgen auch, übermorgen und am Wochenende machen wir zwei. Man muss das Eisen schmieden, solange es glüht. Im Moment sind wir eine kleine Berühmtheit in dieser Stadt. Also, wie steht's? Witze? Nicht? Ich dachte, Sie sehen irgendwie witzig aus. Was dann steht zu Diensten?»

«Ich würde mir gern Ihre Bühnenmaschinerie ansehen, den Keller dazu, wie kommt man rein, wer kann da hin, wer macht die Endkontrolle?»

«Das haben die von der Polizei alles schon untersucht, am Montagabend noch.»

«Nun», raunt Orsini dem Österreicher zu und winkt ihn vertraulich näher, «Sie als Mann von Welt wissen: Es gibt Messerwerfer und gute Messerwerfer. Sehen Sie, es gibt auch Polizisten und gute Polizisten. Wir haben, ganz im Vertrauen, Grund zur Annahme, dass unsere Kollegen am Montag, es war schon spät, etwas übersehen haben könnten. Deshalb bin ich hier. Orsini.»

Der fransige Österreicher mustert ihn sehr genau, und Orsini bereitet sich innerlich auf einen Rückzug im Laufschritt vor. Hat der Kerl ihn erkannt und schmeißt sich gleich mit seinen drei Zentnern Lebendgewicht auf ihn?

«Orsini! Italiener? Bei der preußischen Polizei? Welches Dezernat?»

Orsini antwortet schnell und halbwegs wahrheitsgemäß: «Ritterstraße.»

Der schwammige Vollidiot tut tatsächlich so, als würde ihm das etwas sagen, er nickt und winkt Orsini, ihm zu folgen.

Als sie an der Bühnenkante vorbeikommen, das dumpfe Einschlagen der Messerklingen in die Drehscheibe hat wieder begonnen, zeigt der Fransenmann zur Vollbusigen mit der schlechtsitzenden Perücke hoch.

«Gutes Mädchen. Danica aus Starigrad-Paklenica», sagt er. Dann bleibt er so abrupt stehen, dass Orsini ihm hinten an die Fransen stößt. «Aber der Häuptling», sagt er ernst, «der Häuptling, der ist echt. Ein echter Cherokee, mit Urkunde.»

▪▪▪

Er hätte jemanden von der Universität zu Rate ziehen sollen! Aber jetzt ist er nun mal hier. Landow hat eine ungefähre Ahnung davon, wie Diamanten aussehen. Wie Diamantenhändler aussehen, weiß er nicht. Unter der Adresse am Kottbusser Ufer, die ihm sein Informant besorgt hat, findet er ein unschönes Sammelsurium: Zwischen engen Mietshäuser ducken sich kleine Handwerksbetriebe und ein paar Lagerschuppen, direkt rechts von ihm bietet ein Händler Hydrolith-Dachbezüge an und diverse, so das schmutzige Schild neben der Tür, «auf mehreren Ausstellungen im In- und Ausland prämierte Asphalt-Materialien». Und mittendrin, an exakt der angegebenen Stelle, ein Salon für Fußpflege auf die Französische, hell erleuchtet, aber menschenleer, so so. Er hat Verstecktes hier erwartet, Heimliches, eventuell auch Unheimliches. Stattdessen ist dieser Laden hier so unauffällig wie eine Handvoll Kronjuwelen auf einem Haufen Dreck. *Gold Fuß*. Ein Goldhändler, hieß es, der auch Steine taxiert, geerbten Schmuck und auch solchen vermutlich, der einem irgendwie anders zugefallen war. Fängt ja gut an. Der angekündigte Edelmetallhandel *Gold Fuß* südlich vom Görlitzer Bahnhof schreibt sich in Wirklichkeit *Goldfuß* und ist offenbar tatsächlich nur ein Salon für Fußpflege. Die Adresse stimmt, der Name stimmt, aber der Laden passt nicht. Man hat ihn mit diesem Fuß offenbar auf den Arm genommen. *Pedicüre nach franz. Art* steht wie zum Spott unter dem goldfarbenen Fuß, der über der Tür baumelt. Hier also soll das sein? Dieser Laden ist gähnend leer, absolut fehl am Platz und fleht Landow deshalb geradezu an einzutreten.

Drinnen duftet es vornehm nach Seife und Kräuteröl, und an der Wand stehen zwei stattliche Drehstühle wie beim Barbier. In schreiendem Gegensatz zu seiner asphaltfarbenen Nachbarschaft ist dieser Salon innen blitzsauber, hell erleuchtet, wohlriechend, aber ganz sicher kein Ort, an dem –

«Dachte ich doch, die Türglocke gehört zu haben», sagt ein dünner, älterer Herr in weißem Kittel und steckt den nur noch flusig behaarten Kopf durch einen klimpernden Holzperlenvorhang.

Ehe Landow sich versieht, sitzt er auf einem der Drehsessel. Der Alte hat sich auf einem rollbaren Schemel vor ihm platziert wie ein Schuhputzer.

«Welche Art von Feile bevorzugen Sie?»

«Feile?»

«Unser Pflegeprogramm umfasst das Waschen und Eincremen des Fußes, das Stutzen der Nägel und das Abtragen der Hornhaut mit einer Feile. Kein Grund, mein junger Herr, sich deshalb unkommod zu fühlen und genant zu sein. Der gepflegte Fuß ist in anderen Gegenden der Welt ein Statussymbol und Beweis für Lebensart. Er ist alles andere als nur etwas für die Damenwelt. Ein Land wie dieses, Holzgaloschen und Soldatenstiefel gewohnt, ist in dieser Beziehung, wenn ich das sagen darf, noch etwas rückständig. Deshalb fragte ich nach der Art der bevorzugten Feile, Sandpapier oder … Diamant?»

Also doch. Der goldene Fuß über der Tür ist nur die Tarnung.

Als Landow zu grinsen beginnt, lächelt der flusige Herr ebenfalls.

«Wenn ich mich für Sandpapier entscheide», sondiert Landow, «dann bekomme ich …?»

«Eine Fußpflege wie eben beschrieben.»

«Und wenn ich mich für Diamant entscheide?»

«Dann», lächelt der Mann nun nicht mehr, «würde ich die Steine gern im Nebenraum unter die Lupe nehmen.»

«Einverstanden», sagt Landow und folgt dem Alten aus der Fußpflegezone nach hinten in die verschwiegene Mineralienabteilung. Und dort zumindest wird seine Erwartung bestätigt: Er steht in einem winzigen Zimmer, dessen eine Hälfte von einem überhitzten Ofen eingenommen wird, die andere von einem Tischchen, zwei Stühlen. Der Mann betrachtet die drei Steine vor dem Licht einer Kerze, er schabt mit mehreren Klingen daran herum, begutachtet die Stücke noch einmal sehr genau, träufelt aus einer Pipette eine Flüssigkeit darauf, versenkt die Steine dann einzeln in einem schlanken Glaszylinder, notiert sich die Werte dieser Prozedur auf einem Zettel und wiegt die kleinen Dinger zuletzt penibel auf einer Apothekerwaage. Das Ganze dauert etwa drei Minuten.

«Was möchten Sie nun von mir wissen?», fragt er schließlich. Mit der Lupe im Auge sieht er aus wie die Karikatur eines Gardegenerals.

«Woher kommen diese Steine?», fragt Landow. «Ich bin durch einen Zufall in ihren Besitz geraten.»

Der Alte nickt, solche Zufälle sind nichts Neues für ihn.

«Der Engländer Darwin behauptet, der Mensch stamme vom Affen ab», beginnt der Diamantenhändler, «und meine Lebenserfahrung legt nahe, ihm zu glauben. Was die Herkunft von Diamanten angeht, tun wir uns dagegen schwerer. Wenn Sie in etwa fünfzig Jahren noch einmal vorbeischauen könnten, gäbe es wahrscheinlich eine Methode, das genauer einzugrenzen. Im Moment ist es jedoch so, dass aus den Minen in Südamerika kaum noch gute Ware kommt. Zumindest sagen mir das meine Kontakte in Antwerpen und London. Deshalb liegt nahe, dass diese Steine aus Südafrika stammen. Das Gewicht beträgt 5 Gramm bei diesem, 4 Gramm bei diesem und 7 Gramm bei diesem. Davon geht beim Schliff natürlich noch einiges verloren. Aber immerhin entsteht so der Staub für Diamantfeilen.»

Hier schmunzelt er und nimmt die Lupe aus dem Auge.

«Wenn Sie mir erlauben, philosophisch zu werden», murmelt er und dreht die Steine noch einmal akribisch vor der silberweißen Flamme eines Gasbrenners, «dann ist ein solcher Rohdiamant eine Allegorie auf das Leben. Seinen wahren Wert zeigt er erst, wenn man bereits große Teile von ihm entfernt hat. Ein Diamant verliert je nach Schliff bis zur Hälfte seiner Größe. Und erst dann zeigt sich, ob er makellos ist oder doch unschöne Stellen aufweist, dunkle Einschlüsse und sinistre Zonen, die ihn fast wertlos machen können. Der Ankauf ist deshalb mit großen Risiken behaftet.»

Damit legt er die Steine auf einen kleinen Glasteller und gibt sie Landow zurück. «Was bin ich Ihnen schuldig?», fragt der.

«Für meine mehr als vage Einschätzung? Ich sehe mir schöne Dinge immer gern an, das mache ich kostenlos.» Der Alte betrachtet die drei winzigen Steine vor sich mit sichtbarer Freude. «Erlauben Sie, dass ich weiter aushole? Sie mögen sich gefragt haben, ob das hier überhaupt Diamanten sind oder eventuell nur ein Bergkristall oder dergleichen?» Die Härte von Mineralien werde nach der üblichen Mohs-Skala festgelegt, erläutert er weiter. Landow hat schon davon gehört. «Letztlich», fährt der Händler fort und öffnet ein flaches Schubfach neben sich, «ist es dabei wieder wie im Leben. Die Frage ist: Wer ist in der Lage, wen zu zerstören? Hier, sehen Sie.» Damit nimmt der Mann einen hübsch geschliffenen, gelblich schimmernden Stein aus einem kleinen Fach und hält ihn vor die Flamme der Kerze. Die Facetten des Schliffs funkeln im Licht. «Man könnte das für einen Diamanten halten. Tatsächlich handelt es sich hierbei bloß um Adular, umgangssprachlich auch Feldspat genannt. Ein hübsches Stück für Modeschmuck oder Lüster. Aber», und damit greift er zu einem kleinen Werkzeug und fährt damit mehrmals knirschend über den Stein, «wie Sie sehen, ist dieser hübsche Kerl schon mit einer einfachen Stahlfeile verletzbar. Auf der erwähnten Mohs-Skala entspricht das der Härte 6.»

Der Händler nimmt ein Stück Kreide und schreibt damit wie zur Erinnerung eine römische VI auf eine kleine Schiefertafel an der Wand. «Ein Diamant dagegen», und dabei lächelt er fast zärtlich, «hat eine wesentlich größere Härte. Diese hier.» Und damit malt er eine römische Zehn auf die Tafel, ein X.

«So viel ist gewiss», fährt er dann fort, «es handelt sich bei Ihren Steinen um das, was Sie sich vermutlich erhofft haben. Wahrscheinlich allesamt aus derselben Quelle, die Färbung ist nahezu identisch. Sie haben hier zusammengenommen 16 Gramm Rohdiamanten, wahrscheinlich aus einer Mine im Süden Afrikas. In Deutsch-Südwest wurden noch keine Steine gefunden, soweit ich weiß. Also wohl weiter südlich auf dem Hoheitsgebiet der Briten. Allerdings: 16 Gramm sind ein beträchtliches Gewicht. Würde es sich um geschliffene Ware handeln von, sagen wir, mittlerer Qualität, sprächen wir, den durchschnittlichen Materialverlust eingerechnet, von einem Kaliber von etwa 40 Karat. Rein rechnerisch. So aber, ungeschliffen und einschließlich der Risiken mangelnder Reinheit, würden wir im Regelfall nur noch von etwa einem Zehntel der Summe ausgehen, aber immerhin von einem Ankaufspreis im unteren einstelligen Tausenderbereich. Möchten Sie verhandeln? Oder möchten Sie nun Ihre Pediküre?»

Kurz darauf liegt Landow mit hochgekrempelten Hosen in einem der beiden Behandlungssessel wie das Zerrbild einer Odaliske, und der Diamantenhändler bearbeitet seine nackten Füße mit sanftem Druck. Draußen hat wieder feiner Schneeregen eingesetzt. Dem Schaufenster direkt gegenüber, im düsteren Teil der Welt, stehen zwei junge Kerle aus der Gegend, schwarz wie Kaminkehrer von der Arbeit im Asphalthandel. Sie rauchen und sehen hinein. Einer spuckt aus, einer schüttelt den knochigen Kopf, dann gehen beide, wahrscheinlich angewidert von solcher Dekadenz, in ihre lichtarmen Lagerschuppen zurück.

Herr Gold massiert nun Landows Fuß mit Öl, das nach Weihrauch duftet. «Der Bruder meiner verstorbenen Frau», sagt er dabei beiläufig, auch die Zehenzwischenräume nicht auslassend, «kommt Ende März hierher zu Besuch. Er arbeitet an der Diamantenbörse in Antwerpen. Wenn es das Schicksal so will, dass Ihnen bis dahin eine größere Menge solcher Steine zufallen sollte, das Zehnfache etwa, könnte mein Schwager daran interessiert sein.»

Landow nickt still und streift seine Strümpfe über nun vorbildlich gepflegte Füße. Mörder wollen in der Regel unerkannt bleiben. Aber Mörder, die irgendeine Art Visitenkarte am Tatort hinterlassen, sind eine besondere Klientel. Diese Täter hier hinterlassen Visitenkarten, die dem Jahresgehalt eines höheren Angestellten entsprechen. Die Steine haben für diese Leute keinen Wert. Geld spielt hier keine Rolle. Aber um was geht es dann?

■■■

Sie hat die Männer nicht gezählt, denen sie nach oben geholfen hat. Es waren echte Schwergewichte darunter, doch wirklich bekannt wurde keiner davon. Bei einigen von ihnen war der spätere Sturz bereits vorhersehbar gewesen. Dann, an einem trüben Februartag, fiel sie selbst. Von einem Transportwagen bei Lietzow in den Fluss. Hier diente sie unterschiedlichen Fraktionen von Möwen als Floß. Zu später Berühmtheit gelangte die alte Leiter aber erst, als man sie der Komplizenschaft in einem Mordfall verdächtigte. Kinder hatten sie gestern beim Alten Wehr ans Ufer gezogen. Die tiefroten Spuren an ihr hatten die Phantasie der Rabauken befeuert. Die Presse bekam davon Wind, und prompt stand sie heute, von zwei Polizisten präsentiert wie ein erlegter Zwölfender, in der Morgenzeitung auf Seite vier. Nur Stunden später stellte sich heraus, dass das Rot an ihren Holmen bloß Wandfarbe der Marke Brillant war und kein grausam vergossenes Bankiersblut. So, als gebe man ihr die Schuld daran, wurde sie kurz darauf zersägt und noch in der Nacht im zentralen Heizkessel des Präsidiums verfeuert wie eine mittelalterliche Hexe.

7

Donnerstag, 21. Februar 89

Sie waren auf alles vorbereitet gewesen. Die Macher der Zeitungen hatten sich darauf gefreut, zuerst ab März über diesen filigranen, wahnwitzigen und nie da gewesenen Turm in Paris zu berichten. Sie haben Konstruktionszeichnungen en gros und en detail vorbereitet, millimetergenaue Vermaßungen der Bolzen, Zeichnungen der tatsächlich an Häkelbordüren erinnernden Zierelemente aus tonnenschwerem Eisen an den riesigen Bogenelementen. Sie haben Formulierungen parat, die die Kühnheit der Erbauer angemessen würdigen, aber gleichzeitig, da es sich bei Frankreich um den ehemaligen Kriegsgegner handelt, nicht zu buckelnd und devotional wirken. Selbstredend hat man schon erste Schlagzeilen vorbereitet für eventuelle Schreckensszenarien, für Blitzschlag («bis zur Unkenntlichkeit verkohlt»), Einsturz («freier Fall aus 200 m Höhe») und nicht auszuschließende Selbstmordwellen («wie die Lemminge»). Je nach politischer Beheimatung des Blattes würde man dann zur Anklage der Täter übergehen und von Hybris, Gotteslästerung, technischem Versagen sprechen. Natürlich auch davon, dass das mit deutschen Konstrukteuren mutmaßlich nicht passiert wäre. Aber ging man – positiv gestimmt – davon aus, dass dieses Bauwerk fürs Erste stehen blieb, würden die Redaktionen ab April des Jahres Schritt für Schritt die einzelnen Pavillons der *Exposition Mondiale* vorstellen, und zwar so opulent in Text und Bild, dass selbst in der vollbesetzten Ringbahn zwischen Hamburger und Stettiner Bahnhof, zwischen der Feuchtigkeit vollgeregneter Mäntel und dem Muff ungenügend abgeseifter Haut, die fremdartigen Gerüche orientalischer Harems und Basare oder die Kargheit einer mongolischen Hirtenjurte ungemein präsent sein würden. So, als hätte man freie Sicht über die endlosen Grassteppen Zentralasiens.

Dass das Schicksal (oder wer auch immer) all diesen Gazetten und seriösen Blättern bereits vorher aufregende Stoffe noch und nöcher bieten würde, das war schlicht und einfach ein Glücksfall sondergleichen: Mit dem sinistren Doppelselbstmord des österreichischen Thronfolgers zu Jahresbeginn und dem überaus grausigen Bankiers-Doppelmord steigern sich die Auflagen der Blätter rasant. Und in den Redaktionen tut man alles, um das Interesse der Leser weiter zu befeuern.

In den Familien von Bankiers, und das geht sogar bis hinab zum kleinen Hilfskassierer, ist es hingegen spürbar stiller geworden. Man sieht nicht mehr gespannt auf die Kursentwicklungen einzelner Werte, man sieht jetzt besorgt aus dem Fenster, bespricht halblaut Dinge, beschließt – offiziell wegen des schlechten Wetters –, auf einsame Reitausflüge, Abendveranstaltungen und Verwandtenbesuche vorerst zu verzichten. Man entwickelt binnen Stunden eine Zuneigung zu sehr großen, sehr dunklen Hunden (schließlich hat auch der Reichskanzler selbst welche). Bei den unteren Chargen des Geldgeschäfts, die sich Derartiges nicht leisten können, geht nach den Schlagzeilen über den X-Mann vom Freitag und den Käfer-Mann vom Montag schlicht die Angst um. Bei den Wohlhabenderen gehen (außer den Hunden, die in kurzer Zeit ausverkauft sind) von hier auf jetzt muskulöse Männer mit baumstammdicken Nackenregionen Patrouille. Leibwächter nehmen ab jetzt neben Bankiers Platz, bei der Fahrt ins Büro, bei der Sitzung mit Vorständen, selbst bei der Wildtaubenjagd in der Ruppiner Heide, die man nicht mehr hatte absagen können, ohne als Angsthase dazustehen. Mit Hasenfüßen macht niemand gern Geschäfte. Kurzum: Man war besorgt. Aber: Man war gewappnet.

Was die Presse angeht, überschlagen sich aus Mangel an verwertbaren Fakten derweil die Vermutungen. Ein Blatt versteigt sich am Mittwoch zu der Theorie, dass beide Taten gemeinsam einen Code bilden: Das X des Leichnams des ermordeten Bankiers sei weder das Symbol für den politisch sehr aktiven Orden der Rosenkreuzer noch ein Hinweis auf den christlichen Märtyrer St. Andreas. Es sei schlicht und in geradezu modernistischer Präzision ein Symbol für das Durchstreichen, das Auslöschen, das Aus-x-en. Des Weiteren seien aus dem Mund des zweiten Toten nicht etwa Marienkäfer oder Kartoffelkäfer gekrochen, sondern Maikäfer. Das ließe nach Meinung der Redaktion unter Hinzuziehung «gut informierter Kreise, auch aus dem Bereich des Polizeipräsidiums am Alexanderplatz», nur den Schluss zu, dass Bombenleger welcher Couleur auch immer planten, auf die im Mai beginnende X-po einen Anschlag zu verüben. Der kaiserliche Hof, hieß es wiederum auf Berufung «exzellent informierter Kreise», plane deshalb, den offiziellen Besuch der Weltausstellung in Paris auf unbestimmte Zeit zu verschieben. Somit lägen doch wohl alle Fakten für die Attentatspläne für Mai auf dem Tisch, darin sind sich die Erfinder dieser Theorie einig.

Und, ja, das tun sie tatsächlich. Allerdings von Presse, Polizei und Öffentlichkeit gänzlich unbeobachtet, auf dem Tisch einer schmalen Wohn- und Büro-Küche in der Ritterstraße, Rückgebäude. Diese Fakten liegen hier neben einem geöffneten Glas

Kirschkonfitüre der Marke *Ernteglück*. Die Beweise sind klein und zu dritt. Und, wie gestern noch zu erfahren war, ziemlich wertvoll. Neben einem Marmeladenglas und drei Rohdiamanten wahrscheinlich afrikanischer Herkunft befinden sich außerdem die beiden Eigentümer der miserabel laufenden Detektei Orlando am Tisch und stellen sich zum wiederholten Male, es ist gerade halb acht Uhr in der Früh durch, die Frage nach dem eigenen Tun. Sie haben die wesentlichen Morgenzeitungen überflogen, Polizei und Presse reden nach wie vor von zwei Morden, tatsächlich aber sind es drei.

Orsini zeigt kauend mit der Spitze seines Stullenschmiermessers auf die drei Rohdiamanten, die neben dem *Ernteglück* herumliegen wie mattweiße Kandisstücke in einer Friesenküche. Landow hat ihm gerade die gestrigen Erkenntnisse aus der Fußpflege und sein Gefühl mitgeteilt, dass man dem Händler Gold vertrauen könne. Wahrscheinlich. Bis auf weiteres.

«So wertvoll sind die drei kleinen Dinger? Donnerwetter», staunt Orsini noch mit halbvollem Mund. «Bei den Ägyptern und bei den Germanen legte man den Toten Wertgegenstände ins Grab, um ihnen zu huldigen. Aber die Mörder von Breitkopf und Lugert hatten das wohl kaum vor, das Huldigen, meine ich.» Er macht eine Pause, die er zum Schmieren eines Brotes nutzt. «Ich frage mich allerdings, wie wir die Diamanten wieder unbemerkt in die Asservatenkammer und in die Akten schaffen. Ich meine, wenn wir das nicht tun, machen wir uns doch mitschuldig, oder?»

Landow setzt den Kaffeepott ab und sieht dann erst (lang) die Steine auf dem Tisch und dann (länger) Orsini ihm gegenüber an.

«So, wie ich das sehe, Orsini, ist dieser Zug längst abgefahren. Selbst wenn es uns gelänge, die Steine unbemerkt wieder in die Ermittlungsakten zu schmuggeln, würde doch niemand glauben, die Dinger seien bei der Leichenschau schlicht übersehen worden. Dreimal hintereinander! Gehen wir doch einfach davon aus, jeder der drei Toten hätte seinen Diamanten im Todeskampf verschluckt. Im Speisebrei des Gedärms hätte man sie leicht für einen Kirschkern halten können oder für einen Knorpel aus minderwertiger Wurst. So, wie es aussieht, wissen im Moment nur wir und die Täter, dass es sich tatsächlich um *drei* Morde handelt. Ob es noch mehr werden, mehr Opfer, mehr Diamanten, das hingegen wissen nur die Täter.

Die Polizei jetzt über die Diamanten zu informieren, würde bloß bedeuten, dass die beim armen Pfeiffer und bei uns hier unnötig rumschnüffeln. Wollen wir das? Nein. Sehen Sie es mal so: Das Schicksal hat uns ausnahmsweise mal einen Trumpf zugespielt. Und den sollten wir nutzen. Wir suchen nach Leuten, die keine Geldnot haben, es aber offenbar auf Leute abgesehen haben, die Geschäfte im großen Stil machen. Richtig?»

«Zumindest nicht erwiesenermaßen falsch. Was schlagen Sie also vor?»

«Vielleicht birgt Ihre bemerkenswerte Kollektion extrahierter Gegenstände vom Montagabend tatsächlich einen Hinweis auf die Mörder. Einen Versuch wär's wert. Ich finde, wir losen aus, wer welcher Spur nachgeht.»

«Spur? Wann?»

«Heute noch.»

«Los, wir losen.»

Danach haben sie im Zimmer nebenan bei den Blättern, Geldbörsen, Bonbonpapieren und sonstigen Dingen versucht, die Spreu vom Weizen zu trennen. Schließlich haben sie ihre Auswahl auf vier Dinge beschränkt:

1) Das Rezept einer Arztpraxis in der Gipsstraße über 2 × 25 Gramm Chininsulfatdihydrat.

Die Diamanten kommen wahrscheinlich aus Afrika. Außer Diamanten, Gelbfieber und Geschlechtskrankheiten bekommt man in Afrika auch Malaria. Dagegen hilft Chinin.

2) Der Abholschein einer Wäscherei Vogler in der Strassburger. Ein Freilos. Was erwartet sie dort? Ein bretthart gestärktes, schneeweißes Hemd, bei dessen Rückgabe die Fachkraft murmelt, die Blutflecken wären nur sehr schwer rausgegangen, aber jetzt wäre wieder alles blütenrein, ein typisches Vogler-Hemd eben?

3) Die Geschäftskarte des Hotels *König von Portugal* schräg gegenüber vom Schloss. Nobler Laden. Steigen dort auch Mörder ab? Zumindest Leute ohne Geldnot. Dummerweise auf der Rückseite kein Hinweis darauf, ob der Inhaber der Karte dort Gast ist, Angestellter oder was sonst.

4) Der kleine Umschlag, den das Maikäferopfer in seiner Brieftasche hatte. Quadratisch, keine zehn auf zehn Zentimeter, elegantes Papier, auf dem Deckel der Klappkarte der aufgeprägte Apfel und das handschriftlich in altväterlicher Kalligraphenmanier darunter geschriebene Datum *18. Februar, 21 Uhr s. t.* Montag, Lugerts Todestag. Der wollte nach der Indianerschau noch woandershin. Diese Karte wirkt wie eine Einladung für Leute, die die Adresse kennen. Für das Bordell *Pommes de Pompon* wahrscheinlich nicht. Denn in derselben steifen Kalligraphenschrift steht in der Karte der Satz:

Als sie die Zelt' und Schiffe der Myrmidonen erreichten, Fanden sie ihn, …

Dann losen sie aus. Orsini übernimmt die Wäscherei und das Hotel, Landow das Chinin und die Apfelkarte.

«Sie waren nach Koesters Feier neulich wohl schon frisch

gewaschen und gegangen, da bekam ich auf der Toilette der *Gans* …»

«Also doch.»

«… den Hinweis auf etwas mit einem Apfelzeichen. Ein Antiquitätenladen in der Grünstraße.»

«Immerhin ein Anfang, Elba hat den auch erwähnt.»

«Ach, Ihr Informant heißt also Herr Elber? Och, Landow machen Sie sich nichts aus Ihrem kleinen Versprecher. Oder weshalb sonst sehen Sie so nachdenklich aus?»

«Was mich skeptisch macht, sind diese Myrmidonen.»

«Sie wissen, was das ist?»

«Ich kannte sogar mal die Namen ihrer Anführer. Ein antiker Stamm. Mein Vater war Antike-Liebhaber.»

«Daher auch der Name Ihres Zwillingsbruders!»

«Apropos: Was soll ich mit Perikles' Asche machen? Ich habe manchmal das Gefühl, ich sollte sie zurückbringen.»

«Zurück? In die Leichenbeschau?»

«Zurück. Nach Hause. Nach Steinhagen. Was meinen Sie?»

Diese geradezu philosophische Frage bleibt vorerst unbeantwortet. Denn es klopft an der Tür. Zaghaft nur, aber deutlich abgesetzt und rhythmisch. Orsini nimmt einen schnellen Schluck Kaffee, um seinen Mund leerzuspülen. Er bremst seine Hast, als er Landows Blick bemerkt. Ja doch, er glaubt zu wissen, wer vor der Tür steht. Frau Phillipi. Landow legt den Kopf schief und grinst blöde.

Tatsächlich aber ist es nur der Opernmusiker aus der Etage drunter. Herr Pausewang wünscht einen guten Morgen und informiert die beiden in verschwörerischem Flüsterton, dass gestern am späten Nachmittag, er war gerade dabei, zur Abendvorstellung zu gehen, jemand nach ihnen gefragt habe.

«Jemand?»

«Zwei Herren», druckst der Nachbar und fügt nach einer kunstvoll gesetzten Pause gezischt hinzu: «Von der Polizei.»

Wie sollte die Polizei – Pausewang konnte sich nicht an Namen erinnern, sagte aber, die Herren seien in Zivil gewesen – von den fehlenden Diamanten erfahren haben? Pfeiffer? Ausgeschlossen. Erstens hinge der dann mit drin, und zweitens würde sich Pfeiffer eher eigenhändig den Fuß amputieren, als etwas gegen Landow zu sagen. Nicht nach dem letzten Sommer. Aber was ist mit Pfeiffers neuem Assistenten, diesem irgendwie unheimlich stillen Kerl, der mit den Leichen spricht, bevor er sie zerlegt?

«Kann es sein», kommt es laut aus Landows Zimmer, während er sich anzieht, «dass man Ihnen trotz aller Kunstfertigkeit beim Extrahieren auf die Spur gekommen ist?»

Orsini schweigt, taucht aber Sekunden später, eine Krawatte vorbindend, wütend in Landows Zimmer auf. «Mal angenommen, so etwas *könnte* passieren, Landow. Man *hätte* mich bei der Arbeit erwischt, *wäre* mir hierher gefolgt. Hätten die Herren Beamten dann zehn Stunden vor dem Haus gewartet, bevor sie reingehen?»

«Dann müssen es unsere Geschäftskarten sein, die Sie verteilen wie ein Reklamebubi. Lugert hatte ja auch eine in der Tasche. Wie die wohl dahin gelangt ist? Die von der Polizei machen es genau wie wir. Die gehen jeder erdenklichen Spur nach. Moment mal, weshalb tragen Sie Krawatte? Sie haben noch nie Krawatte getragen. Und was ist das für eine Hose, ist die neu?»

Landow, noch in Unterhosen, folgt Orsini in dessen Zimmer.

«Im Gegensatz zu Ihren Hosen, Landow, ja, diese Hose ist neu. Dieses Jackett dazu auch. Dito der Mantel und der Hut. Ich habe mir erlaubt, mich neu einzukleiden. Die Herren in diesem englischen Roman, Scarlet irgendwas, sind immer tadellos gekleidet. Und, was sagen Sie? Sehe ich wie ein Ermittler aus?»

Landow reibt sich den nackten Bauch. Seine Narben, die alten aus dem Kampf gegen Frankreich und die frischeren aus dem Kampf gegen den Bruder, schimmern rosig wie gerade aufgeschnittenes Kalbfleisch. «Wenn Sie mich fragen, sehen Sie in dieser Montur aus wie … ein Taschendieb, Orsini. Nichts für ungut.»

Orsini ist sprachlos, getroffen, aber bevor er etwas sagen kann, klopft es an der Tür. Anders als bei Pausewang vorhin. Schneller. Lauter. Unfreundlicher. Außerdem sagt es: «Polizei. Öffnen Sie bitte.»

Landow macht Orsini Zeichen, er solle zur Tür gehen. Landow selbst schlüpft lautlos ins Nachbarzimmer und schließt den Durchgang. Orsini hakt seinen Attrappenarm in eine schwarze, schmale Lederschlaufe, die er sich eigens zum Anzug hat machen lassen, und öffnet.

«Zipp. Mein Kollege Glasner. Sie sind …?»

Ohne eine Antwort abzuwarten, schiebt dieser Zipp seinen rechten Fuß in den Korridor der Wohnung. Orsini sieht ihm interessiert dabei zu, so machen es also die Professionellen.

«Wollten Sie gerade das Haus verlassen?», fragt der andere, während dieser Zipp bereits im Flur steht. Sieht ganz so aus, könnte Orsini antworten. Die Polizisten hinterlassen Spuren, Schneematsch suppt von ihren Schuhen auf die Dielen. Orsini bemüht sich, das zu verzeihen. Er reißt sich am Riemen und sagt mit einem kleinen Diener: «Orsini mein Name. Und ja ist die Antwort auf Ihre zweite Frage. Was darf ich für Sie tun, meine Herren?»

Keine halbe Minute später sitzen die beiden Männer aus

der Roten Burg Orsini gegenüber und verschmutzen hier den Boden.

«Am Montagabend kam der Abgeordnete Lugert ums Leben. Bei einer Tingeltangelschau im alten Bernhardi-Garten. Sie wissen das, nehme ich an? Die Zeitungen sind voll davon.»

Ja, ich habe mit eigenen Augen gesehen, wie ihm die Käfer aus dem Mund krochen. Sagt er nicht. Denkt er bloß. Nickt ruhig.

«Bei den Sachen des Abgeordneten befand sich eine Karte Ihrer Detektei. War der Ermordete Ihr Klient?»

Orsini findet, es wäre eine gute Idee, nun aufzustehen und sich drüben souverän an den wuchtigen Karteischrank zu lehnen, dessen Schubladen bis jetzt keine Kundenakten, sondern ausnahmslos seine Leibwäsche enthalten. Also tut er es. «Meine Herren, wer die Dienste der Detektei Orlando in Anspruch nimmt, hat das Recht auf Diskretion. So viel kann ich jedoch sagen: Nein, dieser Tote war kein Klient unseres Unternehmens.»

«Wie erklären Sie sich dann, dass er Ihre Karte hatte?»

Orsini nimmt sich Zeit mit der Antwort und lässt die Augen dabei unbemerkt zur Tür wandern. Landow, die Kleider halb am Leib, halb auf dem Arm, schleicht gerade auf Zehenspitzen hinaus.

«Nun, ganz einfach, denke ich. Zu unseren Klienten zählen Menschen aus der sogenannten besseren Gesellschaft. Ein paar Politiker sind auch dabei.» Dabei streicht er mit der Hand beiläufig über die Schubladen des Karteischranks und hofft, dass die Beamten jetzt nicht aufspringen und bloß seine Leibchen darin finden. «Gut möglich also, dass ein Parteifreund oder ein Geschäftspartner ihm unsere Karte überreicht hat. In unserem Metier lebt man von der Empfehlung, wissen Sie.»

Er fragt sich, was davon sich dieser Glasner jetzt notiert: … *lebt von Empfehlung*?

Der andere blättert derweil schnell in seinem Notizblock vor und zurück. Vielleicht sucht der was. Vielleicht will der aber bloß Geräusche machen. «Orsini war Ihr Name?»

«Und er ist es noch.»

«Orsini. Orsini. Da war doch was. Ah. Hier. Die Witwe des am vergangenen Freitag tot aufgefundenen Bankiers Breitkopf gab an, dass ein falscher Sonderermittler sie aufgesucht und sich als Orsini vorgestellt habe. Frau Breitkopf sprach allerdings von einem Mann, der deutlich größer gewesen sein soll als Sie. Können Sie sich das erklären?»

Ja, natürlich kann er sich das erklären. Landow! Orsini Leichtsinn vorwerfen, weil er Gott und der Welt ihre Karten zusteckt, und selber ohne Not seinen guten Namen ins Spiel bringen, der nur ihm, ihm allein gehört. Orsini ist fassungslos. Sein Erstaunen ist mithin groß und echt, als er sagt: «Das verblüfft mich!»

Wie auf ein geheimes Kommando stehen die beiden Polizisten auf und verlassen die kleinen Pfützen vor den Lilienstühlen Richtung Ausgang. Immerhin, denkt er, wenn sie Zweifel an seiner Aussage hätten, würden sie auch die anderen Räume noch sehen wollen.

Schon in der Tür dreht sich dieser Zipp noch einmal um.

«Ich gehe davon aus, Herr Orsini, dass Ihr Laden hier korrekt als Gewerbe angemeldet ist?»

«Aber natürlich, Herr Kommissar.»

«Sehr gut. Kann ich die Anmeldung mal sehen?»

▪▪▪

Wenn du irgendwo in einem Lazarettzelt liegst und das Blut, das du siehst, aus deinem Körper kommt, dann ist dir reichlich egal, wie die Krankenschwester aussieht. Hauptsache, es ist eine da. An einem friedlichen Donnerstagmorgen, bis jetzt unblutig, ist das anders. Die hier ist sogar ansehnlich, aber ein Lächeln würde den Gesamteindruck deutlich heben, findet Landow.

«In der Ringbahn lag das, auf dem Platz neben mir, und ich dachte, das könnte ja eventuell etwas Lebenswichtiges sein, dieses Chinasulfatdings, und weil ich gerade hier in der Nähe war, dachte ich, ich bringe es Ihnen zurück, dann kommt es zumindest nicht in falsche Hände.»

Als er das endlich alles raushat, lächelt Landow die Arzthelferin am Rezeptionstisch der Praxis Dr. Dr. Günther, Gipsstraße, 2. *Etage, Voranmeldung erwünscht*, herzerwärmend an.

Sie, Anfang vierzig, schmallippig, lächelt immerhin zurück, als er ihr das Rezept gibt.

«Das war sehr umsichtig von Ihnen. Danke. Vielleicht kommt der Patient noch einmal her.»

«Ich will nicht neugierig erscheinen», raunt Landow, schon zwei andere Patienten hinter sich, «aber wer braucht denn dieses Chinadingssulfat? Ist das gegen etwas …», jetzt flüstert er bereits, «Schlimmes?»

Die jetzt wieder Schmallippige, gestählt im täglichen Umgang mit Simulanten, hat plötzlich etwas in den Augen, das vorher nicht da war. Sie klingt unverhohlen schnippisch, als sie das Rezept in eine Ablage hinter sich legt und sagt: «Ich verstoße gegen keine Schweigepflicht, wenn ich Ihnen verrate, dass man Chininsulfatdihydrat zur Behandlung einer Malaria benutzt. Das steht in jedem Lexikon. Darüber hinaus: Guten Tag, der Herr.»

Landow wird von einer resolut nachrückenden Dame grob

zur Seite gedrängt. Der stille Mann dahinter fragt sich wahrscheinlich gerade, ob auch er, der eigentlich nur wegen seines chronisch weichen Stuhls zu Dr. Dr. Günther kam, auch eine solche Malaria hat. Landow hat unten auf der Gipsstraße den Kopf gegen den scharfen Graupel tief in den Kragen zurückgezogen. Er fragt sich, welche Afrikareisenden sich ihr Chinin noch selbst besorgen müssen. Angehörige der Schutztruppe in Deutsch-Südwest bekommen es vom jeweiligen Stabsarzt, Mitglieder von Handelsdelegationen und Behörden bekommen es von den Amtsärzten entweder hier in der Hauptstadt oder unten vor Ort. Man ist sehr bemüht, die Gefahr durch Krankheiten in den Reichsgebieten, die südlicher als Gleiwitz liegen, herunterzuspielen. Es macht keinen guten Eindruck, wenn man in den Kolonien nur Sand, Laufvögel und Krankheiten vorfindet statt der versprochenen Edelsteine und Kupferadern. Der feine Hagel hämmert wie Nadeln gegen seine Stirn, als wolle er ihn auf andere Gedanken bringen.

▪▪▪

Die Hände der Wäschereifrau in der Strassburger sind gerötet bis zu den Ellbogen. Sie guckt erstaunlich lang auf den Abholschein, den Orsini ihr hinhält, bevor sie nickt. Dann verschwindet sie im hinteren Bereich der Wäscherei. Orsini betrachtet sich derweil im schmalen Spiegel zwischen den Fenstern. Die gestreifte Weste ist eine gute Wahl gewesen, Nadelstreifen heißt das, hat der Schneider gesagt. Wenn er sich selbst in diesem Aufzug in der Friedrichstraße begegnete, würde er sich glatt selbst extrahieren.

Durch die sauren Soda-Schwaden und scharfen Gerüche nach Fleckbenzin und anderen Chemikalien hört er die Stimme der Wäschereifrau: «Ist fertig. Wie versprochen. Dann wünsche ich eine gelungene Veranstaltung damit.»

Das eher unschöne Gesicht der Frau ist nun geradezu verzaubert, ein keckes Schmunzeln umspielt ihren Mund. Während sich hinter ihr aus einem Nebenraum Schwaden wie Wolken vor einem Juligewitter zusammenballen, stellt sie sich wahrscheinlich gerade den kleinen Mann mit dem lädierten Arm in diesem frisch gereinigten Kleidungsstück vor. Orsini stutzt, begreift und bemüht sich dann mimisch um die weltläufige Heiterkeit, die man von einem Herrn seines Kleidungsstils erwarten darf.

Zum Glück hat der Regen kurz aufgehört. Schulschwänzer sehen ihm feixend nach, als er mit dem Stück aus der Wäscherei Richtung Stadtschloss geht. Es hätte bloß ein Hemd sein können, gekonnt auf Kniff gefaltet und nun unauffällig in einer flachen Schachtel unter seinem Arm. Es hätte ein Cocktailkleid sein können, das er, auf einem Drahtbügel über die Schulter gelegt, kaum spüren würde. Aber nein. Mit dem Wäschereischein Nr. 344 hat er ein großes Los gezogen, genauer ein mannshohes Hasenkostüm in einem eleganten Taubenblau mit fleischfarbenen Partien an den Pfoten und an der Schnauze und einem leuchtend weißen Puschelschwanz. Ein Ohr, allein schon so lang wie sein Unterarm, steht hoch, das andere ist in der Mitte abgeknickt. «Das muss so», hat ihn die Wäschereifrau aufgeklärt. «Ihre Frau hat gesagt, als sie es brachte, das Knickohr gibt dem Kostüm den Pfiff.»

Stimmt, in gewisser Weise jedenfalls, von einem Transportwagen herunter pfeifen ihm schon zwei Typen hinterher.

In einer überdachten Hofeinfahrt untersucht Orsini den falschen Hasen von Kopf bis Hinterlauf nach versteckten Inhalten, nach Giftampullen oder anderen Auffälligkeiten. Nichts. Nur ein Hase. Er untersucht das Viech noch einmal. Immer noch nichts. Und nun? Er kann es zurückbringen, kann sagen, er müsse es noch einmal kurz zwischenlagern, ein wichtiger Termin sei ihm dazwischengekommen. Den rechten Fuß schon Richtung Retour, den Riesenhasen schon wieder tapfer geschultert, sieht er schräg gegenüber den Bettler am Kopf der Waisenbrücke. Wer sich ein so großes Hasenkostüm leisten kann, kann eine kleine Enttäuschung verschmerzen, denkt er.

«Kein Witz?», fragt der Bettler kurz darauf.

«Den Kopf müssen Sie ja nicht aufsetzen. Aber der Rest ist wie ein einteiliger Anzug, ist bestimmt schön warm. Schönen Tag noch.»

Der Kopf mit dem pfiffigen Knickohr treibt reichlich ziellos bis gegen Mittag in der Spree herum und versinkt dann zuerst in schweres Grübeln und gegen zwei schließlich in der spülwasserfarbigen Brühe an der Poliklinik.

▪▪▪

Preußischblau mit lindgrünen Paspeln und Schulterstücken, dazu das große Monogramm KvP direkt über dem Herzen: Der blutjunge Page trägt das mannshohe Schild, auf dem in geschwungener Kreideschrift der Name der Person steht, die einen Fernsprechruf erhält, mit so viel Stolz vor sich her wie ein Fähnrich die Standarte seines Regiments. Alle zwanzig Schritt bleibt er stehen und läutet eine kleine, wohlklingende Glocke. Wer hier, in der Lobby des Hotels *König von Portugal*, am Fernsprecher verlangt wird, ist zweifellos wichtig. Doch wer zum Fernsprecher gerufen wird und nicht auffindbar ist wie gerade dieser Dr. Knopf, der – ist richtig wichtig. Dr. Knopf wurde bereits viermal ausgerufen. Dr. Knopf meldet sich nicht. Ist Dr. Knopf der Mörder? Oder, denkt Orsini, still den Pagen beobachtend, sitzt Dr. Knopf bereits auf wilder Flucht im Zug nach Antwerpen oder Rom? Nein, drüben erwacht in einem der eleganten Canapés ein älterer Mann aus dem Dämmerschlaf, als der Page zum fünften Mal das Glöckchen läutet. Der Alte reckt den Schildkrötenhals und hebt die knochige Hand. Er ist Dr. Knopf. Zu gebrechlich, zu schwach für ihren Mörder. Schade eigentlich. Orsini hätte Landow gern mit einem schnellen Erfolg beeindruckt. Wen eigentlich sucht er hier? Die Täter müssen gut situiert sein, um jeweils einen Rohdiamanten als Absender zu hinterlassen. Sie müssen kaltblütig sein, um all diese Schweinereien nicht nur zu planen, sondern auch in die Tat umzusetzen. Und nicht zuletzt müssen sie kräftig genug sein. Ihre Morde, zumindest die beiden letzten, waren körperliche Schwerarbeit.

Eine Lachsalve lässt Orsini herumfahren. Hinten beim Treppenaufgang versammeln sich zwei Dutzend fröhliche Frauen, alle tragen eine orangene Schärpe quer über der Brust, zwei außerdem ein Transparent: *International Midwifes Convention Berlin 1889*. Orsini kramt nach dem Wörterbuch. Frauen im mittleren Alter? Es sind auch ganz junge dabei, sieht er, als die schwatzende Gruppe nun das Foyer Richtung Ausgang durchquert. Hebammen! Zupackende Frauen mit starken Nerven, den Anblick von Blut gewohnt und überdies in der Lage, an Betäubungsmittel zu kommen. Das Bild zweier Boote schiebt sich in Orsinis Kopf, die im fahlen Mondschein die Nordspitze des Schlossparks erreichen. Er sieht breitschultrige Hebammen, die zu zweit den toten Breitkopf zum Teehaus schleppen als wäre es –

«Darf ich Ihnen etwas bringen?»

Ein Kellner, ebenfalls lindgrün bepaspelt, hält Orsini die

Getränkekarte hin. Der schüttelt nur vornehm den Kopf und vertieft sich zum x-ten Mal in den Hotelprospekt: Man hat hier, in der Burgstraße, direkt vis-à-vis vom Klotzbau des Stadtschlosses, einiges zu bieten, u. a. eine eigene Synagoge und einen exzellenten Weinkeller. Das *König von Portugal* gehört nicht mehr zur allerersten Garde der besten Häuser der Stadt, aber das steht freilich nicht in diesem Prospekt, das weiß Orsini aus seiner Erfahrung als Extrakteur. Der schlesische Landadel kommt noch gern hierher, der Geldadel steigt bereits anderwärts ab. Der Kostümball am kommenden Mittwoch hier im Hause aus Anlass des Hochzeitsjubiläums des Kaiserpaares ist jedenfalls bereits restlos ausverkauft. Für eine Sekunde oder zwei saust Orsini ein Bild durch den Kopf, das ihn und Frau Phillipi auf dem Tanzparkett des Balles zeigt. Herr Phillipi, weiß das Wunschbild, ist wieder beruflich in einer dieser Städte mit a und u unterwegs und Frau Phillipi ist bereits etwas beschwipst und –. Orsinis Pflichtbewusstsein ruft ihn in die Wirklichkeit zurück. In seiner Hauptprofession als Extrakteur weiß er genau, wonach er sucht und wo er es findet. Hier, als Ermittler, weiß er nichts. Und wie immer, wenn dieses lähmende Gefühl den Raum hinter seiner Stirn füllt, tritt Orsini die Flucht an. Die Flucht nach vorn. Er steht auf und durchquert die Halle.

«Ich habe für einen Gast in Ihrem Hause ein Arztrezept entgegengenommen und dieses, es ist mir unerklärlich, wie das geschehen konnte, verloren. Ich erinnere dummerweise den Namen des Gastes nicht mehr, aber den der verschriebenen Arznei. Chininsulfat. Das könnte helfen, den Gast zu verständigen. Chininsulfat wird von Afrikareisenden benutzt. Haben Sie unter Ihren Gästen Afrikareisende? Oder wenigstens einen?» Vielleicht auch welche, die das Hotel mit Flaschenzügen oder Kartons voller Käfer verlassen haben? Aber das zu fragen, spart er sich. Ja, das ist nicht zu leugnen, er würde Landow gern mit mehr beeindrucken als einem albernen Hasenkostüm.

Die Augen des jungen Mannes in der blauen Livree des Hauses sind wasserhell, und seine Ohren sind dumme Fragen gewohnt. In seinen Sommersprossen verstecken sich noch ein paar rote Jugendpusteln, einige mit gelber Spitze. Das tut seiner Schneidigkeit aber keinen Abbruch. Er mustert Orsini vom neuen Hut bis zur Handschlaufe und sagt dann mit eisiger Korrektheit: «Die Malaria grassiert nicht nur in Afrika, soweit ich weiß. Wie wäre es mit Asienreisenden? Aber bedaure, wir fragen unsere Gäste nicht, woher sie kommen.»

Orsini beugt sich etwas über den Tresen, er dämpft seine Stimme und legt ein Flehen hinein.

«Es wäre mir dennoch wichtig, meinen Fauxpas unbemerkt wiedergutzumachen. Es geht um einiges dabei. Meine Anstellung zum Beispiel. Sie verstehen?»

Die wasserhellen Augen, wie der Kopf, in dem sie stecken, nicht älter als 24, treffen Orsini erneut mit großer Kühle.

«Anstellung? Verstehe. Unser Personalbüro ist im Rückgebäude. Aber Sie bewerben sich besser schriftlich.» Damit lässt er seinen Eisesblick wieder durch das Reservierungsbuch wandern, um mit großer Ruhe hier etwas zu notieren, dort etwas zu streichen.

Ein rostbrauner Mantelrücken schiebt sich hoch und breit zwischen Orsini und den Tresen, der Wasserhelle lächelt beflissen und erledigt die nötigen Abreiseformalitäten für den Gast. Auf eigene Faust die Zimmer zu untersuchen, brächte nichts ein außer Scherereien. Im geeigneten Moment das Reservierungsbuch an sich zu nehmen und durchzugehen, was brächte das? Wahrscheinlich würde sich in der Spalte für die Profession des Gastes zwischen *Bankier* und *Schauspieler* nicht die Berufsbezeichnung *Mörder* finden. Also was tun? Orsini tut, was er kann. Fast aus Reflex, so, als hätte sie ein Eigenleben, ein eigenes Gehirn, zischt seine Linke vor.

Zing! Das helle Klingen der Rezeptionsglocke dicht vor ihm reißt ihn ins Foyer zurück. Der Portier winkt einen Pagen für das Gepäck des Herrn in Rostbraun heran, bemerkt Orsini.

«Und?»

«Ich bin noch immer daran interessiert, den Namen eines wahrscheinlichen Afrikareisenden unter Ihren Gästen zu erfahren.»

Das Lächeln eine Handbreit unterhalb der wasserblauen Augen verbirgt jetzt seinen Spott nicht mehr.

«Und was sollte mich dazu bewegen, Ihnen diese Auskunft zu geben, obwohl das streng gegen die Vorschriften unseres Hauses verstieße?»

Orsinis Hand liegt flach auf der polierten Holzplatte der Rezeption. Er hat noch keine Zeit gehabt hineinzuschauen, seit sie die Manteltasche des Rostbraunen wieder verlassen hat. Es ist etwas Papiernes darin, gefaltet. Orsini hofft, dass es nicht bloß eine Droschkenquittung und kein Wäschereischein ist, als er die Hand langsam wegzieht wie ein Zauberer. Eine Banknote. Na bitte. Eine erstaunlich große noch dazu. Das Lächeln des Wasserhellen verschwindet wie ein ausgeknipstes Licht, und der große Schein verschwindet in seiner Hand. «Zimmer 1-3-1.»

Orsini blickt auf das prächtig geschnitzte Schlüsselbord an der Wand. Der betreffende Schlüssel hängt dort an seinem Platz. Der Gast ist also nicht im Zimmer. Wie praktisch. Den Portier direkt um den Schlüssel zu bitten, wäre wohl zu dreist. Orsini deutet einen Gruß an und schlendert zum Treppenhaus. Ab jetzt betritt er unbekanntes Terrain. Im Stiegenhaus duftet es nach frischer Wandfarbe. Oben wird renoviert. Je höher er steigt, desto seltsamer fühlt er sich. Er hat sich auf diese Ermittlung gefreut, hat kaum geschlafen vor Erregung. Und jetzt? Es ist nicht zu leugnen: Er ist nervös. Er! Ein verdienter Trapezartist! Ein Extrakteur der gehobenen Klasse! Er! Nervös!

Die Wagen der beiden Zimmermädchen stehen am anderen Ende des Ganges, flauschige Handtücher stapeln sich darauf wie hochalpine Schneegebilde. Im Näherkommen bemerkt er, dass die Zimmermädchen auf seine Füße schauen. Seine Schuhe sind tadellos gewienert, das hat er noch auf der Treppe überprüft. Was ist es dann? Himmel, er geht auf den Fußspitzen. Wie ein Dieb! Die letzten Schritte macht er dafür mit tänzerischer Leichtigkeit und fragt eins der Mädchen nach irgendeiner Zimmernummer. Sie knickst und antwortet mit gut durchbluteten Wangen und in einem fremden Akzent, schweizerisch wahrscheinlich, dass es dieses Zimmer im ganzen Haus nicht gebe. Er bedankt sich mit einem Lächeln und verlässt ihren alpinen Dunstkreis mit Zuversicht im Herzen und dem Generalschlüssel – dem *Passepartout* – des *Königs von Portugal* in der Tasche.

Als er das Zimmer 131 betritt, umgibt ihn Halbdunkel, die Vorhänge sind noch halb zugezogen, der Blick aus der ersten Etage geht zur wuchtigen Stadtresidenz am anderen Flussufer hinüber. Orsini versichert sich, dass außer ihm niemand im Raum ist, und schließt dann leise von innen ab. Er fühlt sich unwohl dabei. Er sitzt hier in der Falle. Als Extrakteur ist er ein Fluchttier, immer auf dem Sprung. Ein Ermittler, spürt er wieder, muss wie ein Dachs sein, ein beharrlicher Wühler. Für den Taschendieb in ihm ist ein kleiner, geschlossener Raum mit nur einem Ausgang die Hölle. Für den Ermittler in ihm soll ein solcher Raum das Paradies sein? Hin und her gerissen zwischen Himmel und Hölle tastet er kurz über das kleine Lorbeer-Relief an seinem Revers und beginnt mit der Arbeit.

Das Zimmer 131 wird offenbar nur von einer einzelnen Person bewohnt, männlich, modisch gekleidet, aber kein Geck, geschmackvolle Stoffe, Maßarbeit. Kleiderschrank, Nachttisch, alles normal. An der Garderobe hängt, noch in einem Kleiderfutteral, eine Art Livree, allerdings nicht von einer Wäscherei, sondern nagelneu von einem der guten Herrenschneider beim Spittel. Wer lässt sich eine Livree auf Maß machen? Ein Exzentriker? Ein Diener wohl kaum. Ein Karnevalskostüm mit speziellem Hintersinn so wie ein lebensgroßer Hase? Im Nachbarzimmer niest einer herzhaft. Vor der Garderobe steht ein dunkler Musterkoffer am Boden, der kleine Fläschchen mit Glasstopfen enthält. Jedes dieser dunkelgrünen Fläschchen steckt passgenau in einem gepolsterten Fach aus grünem Samt. Die identischen Flakons, Orsini erinnert das Wort noch gut aus seiner Zeit im *Congo Club* im letzten Frühjahr, haben eine achteckige Grundform, die schmalen Kanten zieren edle Goldlinien. Vorn drauf trägt dieses smaragdgrüne Ensemble denselben eigenwilligen Namen: Jicky. Die Stadt ist voll mit Plakaten dafür. Den Deckel des Musterköfferchens ziert in Goldbuchstaben ein weiterer Name: Guerlain, Paris. Ein Parfümvertreter? Zumindest, was das Malariarezept angeht, lag Orsini richtig. Im Bad steht ein braunes Arzneifläschchen, das Reste eines weißen Pulvers enthält, der Aufschrift nach Chininsulfat. Ein malariakranker, ehemaliger Afrikareisender, der, verarmt und seiner Illusionen beraubt, aus den Kolonien zurückgekehrt und gezwungen ist, Parfüm zu verkaufen? Der würde aber kaum in einem Hotel dieser Kategorie wohnen.

Immer wieder unterbricht Orsini seine heimliche Arbeit. Dann lauscht er angestrengt Richtung Flur. Die dicken Teppiche dort schlucken jedes Geräusch, aber das leise Schwatzen der Zimmermädchen ist noch weit entfernt. Um nichts zu vergessen, spricht er alles, was er sieht, halblaut vor sich hin, jetzt noch im Bad: «Schraubglas wie Honigglas, gefüllt mit … Sand? Gefüllt mit Sand. Im Arzneischrank vier schmale Lederschläuche, mittelfingerlang, weiches Leder, wahrscheinlich Schaf oder Ziege, ein Ende der Schläuche ist zugenäht, das andere mit Schlaufen verschließbar. Die Schläuche sind leer, Funktion rätselhaft. Für Präservative zu klein, eher wie die einzelnen Finger eines Handschuhs.

Er huscht ins Zimmer zurück, lauscht, lässt den Blick wieder und wieder durch Zimmer und Bad wandern. Er hat nichts übersehen.

Aber das alles ergibt doch keinen Sinn! Oder er versteht ihn bloß nicht. Wieder repetiert er halblaut das Gesehene, Parfümkoffer, Chininpulver, Sandglas, Lederdinger, Livree. Und dann spürt er es. Ungebeten und unmerklich hat es sich in ihm gebildet wie eine Blähung. Es ist nicht die Nervosität von vorhin, auch nicht die Scham über die eigene Dämlichkeit. Das, was er jetzt verspürt, wenn er wieder und wieder und wieder den Blick durch dieses Zimmer huschen lässt, ist, ja, er verspürt Enttäuschung! Schön, er hat das Zimmer eines Malariakranken gefunden. Aber das Zimmer eines Mörders ist das nicht! Erst ein Hase und jetzt ein Vertreter für Duftwasser. Was für ein Tag.

Von den acht Fächern des Flakon-Köfferchens sind zwei leer. Von den übrigen sechs Flakons sind fünf mit einer Kordel verschlossen. Einer nicht. Der dient offenbar dem Probeschnuppern. Orsini zieht vorsichtig den geschliffenen Glasstopfen ab, schnüffelt zuerst daran, dann am Fläschchen selbst. Er riecht Gewürznelken, etwas Seifiges und noch etwas Süßes, das er nicht sofort einordnen kann. Nach großer Welt riecht das nicht. Er steckt den Glasstopfen wieder zurück und stellt das Fläschchen sorgfältig in sein Fach. Dann wird ihm seltsam.

Orsini weiß nicht, wie lange er weggetreten war. Er weiß nicht, wieso er am Boden liegt. Er ist immer noch in dem Hotelzimmer. 131. Und, immerhin, er ist immer noch allein hier drin. Er hat am Flakon gerochen, dann …. Kein Parfümgeruch. Was Chemisches. Ein ungut süßlicher Geruch. Jetzt sitzt ihm ein stechender Schmerz direkt hinter der Stirnplatte. Orsini rappelt sich hoch, steht gerade wieder, als er von außen den Schlüssel in der Zimmertür hört. Die Tür wird schnell geöffnet, Orsini lässt sich zwischen Fensterwand und Bett zu Boden fallen. Das sind nicht die Zimmermädchen. Männerschritte. Eilig. Verschwinden im Bad. Von dort Würgelaute wie von einer reihernden Katze. Da kotzt einer. Aber Orsini unterm Bett hört keinen Schwall von Erbrochenem in die Schüssel klatschen. Dann Pause. Absolute Stille. Jetzt ein Geräusch, als würden kleine Kiesel auf etwas Metallenes prasseln. Orsini rollt sich unterm Bett heraus und verlässt Zimmer 131 unbemerkt. Ihm ist elend zumute und entsetzlich schwindlig. Ihm ist, als steckte ein Beil in seinem Schädel. Immerhin: Ein normaler Gast ist der Mann in der 131 jedenfalls nicht. Im Vorbeigehen am Wagen des alpinen Zimmermädchens wirft er den extrahierten Passepartout unbemerkt zwischen die Handtücher zurück. Bevor er das Treppenhaus erreicht, muss er sich kurz an der Wand festhalten. Sein Kopf fühlt sich an, als würde der gleich platzen müssen, und das liegt nicht nur an den vielen offenen Fragen. Draußen in der Burgstraße blinzelt er in einen Himmel, der Regen verspricht. Er kam heute Morgen mit einer Handvoll Fragen hierher. Jetzt hat er einen ganzen Sack voll davon. Fortlaufen gilt nicht. Orsini macht kehrt und geht ins Hotel zurück. Es ist kurz vor elf am Morgen.

▪▪▪

Es ist kurz vor elf am Morgen. Das Obst jedenfalls stimmt schon mal. Die Kunsthandlung mit dem angebissenen Apfel öffnet erst um elf und, das steht in silbriger Grabsteinschrift auf der Glastür, außerdem «auf persönlichen Wunsch». Hinterm Fenster bewegt sich schon was. Eine helle Gestalt schließt von innen das Apfelgeschäft auf. Mal sehen, was das für ein Laden ist. Landow wartet noch zwei Anstandsminuten und überquert dann die schmale Grünstraße. Ein Auktionshaus wahrscheinlich, denkt er im Näherkommen. Im Schaufenster steht eine kleine sandsteinfarbene Skulptur, der Torso eines Knaben. Dieser antike Satz in der Einladung geht ihm nicht aus dem Kopf. Verkaufen sie hier vielleicht für gutes Geld antike Schätze aus Schliemanns orientalischen Grabungen? Unter der Hand? Statt der erwarteten Türglocke ertönt in einem der hinteren Zimmer ein Gong.

Muschelweiß, Eierschalbeige und helle Sandfarben sind die beherrschenden Nuancen im Verkaufsraum des Apfelladens. Es ist so sauber hier, so rein und fein, dass man sich kaum traut, den Raum zu betreten. Was man hier verkauft, bleibt Landow vorerst noch verborgen. Der Raum hinter der Eingangstüre ist verschwenderisch groß, nahezu quadratisch, und bis auf ein paar Ausstellungsstücke an den Wänden – je eins pro Wand, nicht mehr – vollkommen leer. Kein Mensch kommt. Landow wartet noch einen Moment, bevor er die Hände auf dem Rücken zusammenlegt wie ein Studienassessor und die ausgestellten Gegenstände näher betrachtet. Links ein etwa 50 Zentimeter hoher Steintorso ohne Kopf, ohne Arme, ohne Beine, ohne Preisschild. Auf einer großen Malerstaffelei an der nächsten Wand ein nackter, etwa zehnjähriger Junge mit dunklen Flügeln, Pfeil und Bogen, der den Betrachter rotzfrech anblickt. An der dritten Wand, gleich rechts vom Eingang, steht auf einem

Sockel eine einzige antik aussehende Vase, etwa sechzig Zentimeter hoch. Das gute Stück hat an einigen Stellen Löcher und zeigt auf dem Rest eine Reihe tanzender Hirten oder so etwas. Es geht hier also um Kunst, wahrscheinlich ein Auktionshaus. Der getötete Lugert wollte also erst echte Indianer sehen und danach echte Kunst kaufen. Aber dazu kam er nicht mehr, weil echte Käfer ihn befielen.

Landow hat den Mann nicht kommen hören. Der steht wie hingezaubert mitten im Raum. Der Mann ist groß, schlank, Anfang vierzig etwa. Er trägt einen hellen Anzug, der farblich zum Ambiente passt, und keine Schuhe und keine Strümpfe. Deshalb hat Landow ihn nicht gehört. Barfuß wie ein Mohikaner, sieh an, sieh an.

Die Stimme des Mannes klingt angenehm samtig, als er, die Arme wie Landow auf dem Rücken verschränkt, eine Verbeugung andeutet und fragt: «Haben Sie einen Wunsch? Oder möchten Sie sich erst noch umsehen?»

Landow zieht das Briefchen, das Lugert dabeihatte, heraus und klappt es auf.

«Sie wurden mir empfohlen», sagt er und hält ihm die Karte offen hin wie einen Ausweis.

«Das werden wir meist, ohne unbescheiden wirken zu wollen», lächelt der Barfüßige.

«Der Abgeordnete Lugert, der auf so dramatische Weise starb, gab mir diese Karte. Am Abend seines Todes. Tragisch.»

Der beige Mann macht einen Schritt auf Landow zu. Er ist älter als vierzig, sieht der jetzt.

«Darf ich?», fragt er und zieht die hingehaltene Karte aus Landows Fingern.

«Ja, das ist von uns. *Als sie die Zelt' und Schiffe der Myrmidonen erreichten, Fanden sie ihn, …*», liest er halblaut vor.

«Eine Einladung?», will Landow wissen. Der Mann gibt Landow die Karte zurück und nickt.

«Eine Einladung, ja, in gewisser Weise.»

«Hierher? Zu einer Auktion, nehme ich an. Diese Kunstwerke dort kann man doch kaufen, oder? Was würde mich die kleine Figur dort kosten?»

«Der Bernini? Eine Kopie natürlich, aber eine meisterhaft gemachte. Eintausendzweihundert, ohne den Sockel allerdings.»

«Und das Bild? Das Gemälde?»

«Ich sehe, Sie erkennen das Besondere. Der verstorbene Herr Lugert hatte auch dieses feine Gespür. Wir sind sehr stolz auf dieses Exponat. Caravaggios *Amor* in einer Kopie, die selbst Fachleute verblüfft, jede Feinheit, jede Nuance des Lichts auf der Haut. Der Preis liegt bei achttausend ohne den Rahmen, allerdings gibt es bereits eine Reihe von Interessenten.»

«War Ernst Lugert einer davon? Ein Interessent?»

«Herr Lugert war stets auf der Suche nach dem Außergewöhnlichen, ja, so viel darf ich sagen. Und Milo, also wir, unser Kreis, sind stets bemüht, das Besondere für die Freunde unseres Hauses ausfindig zu machen.»

«Milo, ungewöhnlicher Name. Klingt italienisch. Sind Sie Herr Milo?»

Der große Mann lächelt Landow mild an und streicht sich dabei mit dem Finger über die buschige Augenbraue.

«Kommen Sie, als Freund eines verstorbenen Freundes will ich Ihnen etwas über uns, über Milo, erzählen. Aber verzeihen Sie, ich habe mich noch nicht vorgestellt. Mein Name ist Hardten, Sebastian Hardten.»

Zwei Minuten später sitzen Landow und dieser Hardten sich in einem der hinteren Räume gegenüber. Auch hier ist alles sehr hell, sehr leer und sehr edel. Hardten schenkt farblos aussehenden Tee in eine kunstvoll aussehende Trinkschale. Ein Cointreau wäre Landow lieber, aber er fragt besser nicht danach.

«Sehen Sie, Herr …», Hardten lässt die kleine Teeschale erwartungsvoll in den Fingern kreisen.

«Landow, Gabriel Landow.»

«Sehen Sie, Herr Landow. Milo, das ist zunächst einmal nur das griechische Wort für Apfel. Deshalb unser Zeichen. Aber Milo ist viel mehr als nur ein Wort, für uns und die Freunde unseres Hauses zumindest. Der Apfel ist das Symbol der Unschuld. Eva reicht Adam den Apfel, und der Mensch wird aus dem Paradies vertrieben. Das Ende der Unschuld.»

Landow, keinen Schimmer, worauf das in diesem seltsamen Laden hinausläuft, nickt bloß interessiert und betrachtet derweil die sehr gepflegten nackten Füße Hardtens. Kraftvoll und elegant zur selben Zeit, wie von diesem Bernini in Stein gemeißelt.

Hardten knöpft entspannt das helle Leinenjackett auf und schlägt die Beine übereinander. Nach der Adresse seines Pediküre-Salons erkundigt Landow sich vorerst nicht.

«Milo», beginnt Hardten dann zu erläutern, und Landow fürchtet, dass das länger dauern könnte, «Milo ist kein Geschäft. Eher das Gegenteil davon. Milo ist eine Idee. Eine, ja, ich scheue dieses große Wort nicht: Milo ist eine Utopie. Was uns speist, ist der Glaube an die verlorene Unschuld. Milo ist eine Huldigung an das Reine. Also etwas, das in unserer Zeit nur noch schwer zu finden ist. Die Welt dort draußen wird gesteuert von Profitgier, vom Verlangen nach Geltung und Wohlstand. Da ist kein Platz mehr für so etwas Weltfremdes wie die Unschuld, wissen Sie?»

Landow weiß nicht, aber er nickt nachdenklich und nippt am farblos schmeckenden Tee.

«Wenn Sie also keine Kunsthandlung im herkömmlichen Sinne sind», nutzt er eine kurze Gedankenpause des barfüßigen Hardten, «was vermitteln Sie dann Ihren Freunden? Und könnten Sie das auch mir vermitteln? Der arme Lugert tat mir gegenüber sehr geheimnisvoll, aber ich konnte spüren, wie begeistert er war.»

Auch ein nonkonformistischer Zeitgenosse wie Hardten ist empfänglich für die Verführung durch Lob und Lüge, sieht Landow. Hardten fühlt sich verstanden. Er lächelt.

«Milo, ich denke, das trifft es am ehesten, ist ein Freundeskreis. Ein Kreis Gleichgesinnter, die für einen Moment diesem geschäftigen Toben und Tosen dort draußen, dem materiellen, dem technischen Wandel zu entfliehen wünschen.»

Die meisten, die das wollen, denkt Landow und schließt sich da nicht aus, benutzen zum Entfliehen aus Toben und Tosen eine Flasche Schnaps oder suchen ein Bordell auf. Diese Überlegung teilt er Hardten aber nicht mit. Stattdessen lässt sich noch etwas heißes Wasser nachfüllen. Das Bild des kleinen Eiffelturms im Rektum des toten Abgeordneten zuckt kurz unschön durch seinen Kopf.

«Sehen Sie, Herr Hardten, Sie sprechen mir aus der Seele», forscht Landow weiter. «Ich habe den Eindruck, dass sich hier im Land alles nur noch um den Fortschritt dreht, um diese Weltausstellung und Paris.»

«Exakt», zuckt Hardtens Zeigefinger Richtung Landow, «dies genau ist der Unterschied. Alle Welt redet über Paris. Wir bei Milo sprechen über *Pa*ris.»

Er betont das zweite Paris anders, auf der ersten Silbe. Landow macht es ihm nach:

«Páris?»

«Wieder kommt der Apfel ins Spiel, Herr Landow. Indem

er Helena den Apfel überreicht, löst der unschuldige Paris den Trojanischen Krieg aus. Paris war der Anfang vom Ende. Paris beendete die Unschuld und eröffnet ein beispielloses Schlachten, wenn auch unabsichtlich.»

Seine Ahnung hat Landow also nicht getäuscht. Der rätselhafte Satz in dieser Einladung, der Trojanische Krieg, das alles hatte sein Vater damals im Bücherschrank, um sich von den übrigen Kornbauern abzugrenzen.

«Ja», nickt er verstehend, «dieser Satz in der Einladung, die Lugert mir gab, ist also ein Zitat aus diesem Themenkreis?»

Hardtens freut sich, einen Gleichgesinnten getroffen zu haben: «Der große Homer. *Als sie die Zelt' und Schiffe der Myrmidonen erreichten, Fanden sie ihn, erfreuend sein Herz mit der klingenden Leier.* Aus der Ilias, neunter Gesang. Die Bittgesandtschaft bei Achill. Wir zitieren in jeder unserer Einladungen einen Satz aus der Ilias, der dann vor Ort komplettiert wird wie Schlüssel und Schloss. Ein Geheimcode unter Eingeweihten, wenn Sie so wollen.»

Lugert, ahnt Landow, guckte sich also Indianer-Tingeltangel an und erfreute sein Herz anschließend an *der klingenden Leier*? Weshalb? Um sich nicht ganz so billig und oberflächlich zu fühlen im Toben und Tosen dieser Zeit?

Landow hat genug von diesen Spinnern, steht auf.

«Danke für Ihre Zeit, Herr Hardten. Das klingt sehr verlockend, so ein Rückzugsort, um Unschuld zu erfahren. Was müsste ich tun, um daran teilnehmen zu können? Ich will nicht pietätlos erscheinen, aber durch den Tod Herrn Lugerts wäre rein theoretisch eine Vakanz entstanden, oder nicht?»

Hardten ist ebenfalls aufgestanden und begleitet Landow lautlos zur Tür.

«Unser Freundeskreis ist auf eine handverlesene Gruppe beschränkt. Unsere Treffen, für deren eines diese Einladung galt, finden bewusst abseits der Öffentlichkeit statt.»

Landow stoppt kurz und lässt seine Hand durch die Luft wandern, als suche er nach der treffenden Formulierung. «Also sind Milo und der erwähnte Freundeskreis so etwas wie die Ritter der Tafelrunde? Das gefällt mir.»

Hardten schweigt vielsagend und lächelt dekorativ.

Landow, schon fast an der Tür, probiert es noch einmal. Vielleicht entpuppt sich dieser versponnene Freundeskreis doch noch als Gruppe gewaltbereiter Fortschrittsgegner.

«Verzeihen Sie meine Neugier, Herr Hardten, aber wie kann ich, wenn ich schon nicht teilnehmen darf, oder vielleicht *noch* nicht teilnehmen darf, mir ein solches Treffen vorstellen? Wann und wo finden diese Zusammenkünfte statt? Hier?»

Hardten sieht einen langen Moment hinaus in den schmutziggrauen Himmel über Berlin. An der Trottoirkante, keine fünf Meter entfernt, kackt ein Hund hingebungsvoll in die Rinne und schlackert nach vollbrachter Tat mit den Ohren. Hardten wendet angewidert den Blick ab und schüttelt den Kopf: «Wir freuen uns stets über Gleichgesinnte, Herr Landow, dennoch kann ich Ihnen zum jetzigen Zeitpunkt keine Hoffnung auf einen direkten Kontakt machen. Das Procedere ist aus gutem Grund langwierig. Deshalb in aller Kürze nur so viel: Nein, die Zusammenkünfte finden nicht hier statt, Sie sehen ja, dieser Ort ist weit von Reinheit entfernt. Die Freunde von Milo treffen sich in beinahe privatem Umfeld. Wir haben das Glück, von einem verstorbenen Freund ein großzügiges Anwesen bei Lichterfelde geerbt zu haben. Unsere Treffen finden nicht regelmäßig statt, aber so oft wie möglich. Ein bis zwei Mal im Monat, je nachdem, was auf dem Programm steht. Wie's der Zufall will, ist jetzt am Samstag wieder eine Zusammenkunft.

Aber, wie gesagt, nur für Freunde und für geladene Gäste. Ach, ehe ich's vergesse, soll ich Sie für den Caravaggio auf die Interessentenliste setzen, Herr Landow? Durch den Tod des Freundes Lugert ist zumindest dort wieder ein Platz frei geworden. Die Kopie ist wirklich einzigartig. Das Licht auf der Schulter des Knaben, hier und hier. Man spürt direkt die Wärme der zarten Haut. Aufregend echt. Beinahe jedenfalls. Der Bernini wäre indes sofort lieferbar.»

Landow verzichtet dankend auf den Listenplatz und auf den Steinkörper ohne Arme. Ein einarmiger Kompagnon reicht ihm. Der barfüßige Herr Hardten winkt ihm zum Abschied nach.

Zwei Ecken weiter nimmt Landow sich an einem Straßenausschank ein Bier und zwei Schnaps auf die Schnelle. Dann ist ihm, nach dem weltfremden Gequatsche des Herrn Hardten, wieder etwas wohler. Geht er hier nicht einem bloßen Hirngespinst nach? Weshalb sollte jemand einer Leiche einen Turm aus Paris in den Hintern stecken, um damit auf den Helden *Paris* aus der antiken Ilias aufmerksam zu machen? Die Frage ist jedenfalls, überlegt er, ob diese dem Toben und Tosen barfuß Entfliehenden wirklich so unschuldig sind, wie sie tun.

▪▪▪

Zur gleichen Zeit etwa macht im Bernhardi-Garten der drittklassige Impressario Dengler-Merliczek, die Fransenjacke nur lose um die nackten Schultern gehängt, die beiden Oberlichte auf. Er ist froh darüber, wie sich dieser Tingeltangel hier doch noch entwickelt hat seit dem Mord. Solange der Täter nicht gefasst ist, wird das Interesse rege bleiben. Das ihm durchaus bewusste mangelnde Niveau der Schau, das heutzutage nur noch auf Dorffesten zumutbar ist, hält jetzt auch die Hauptstädter nicht mehr vom Herkommen ab. Vor dem Mord kamen Familien mit Kindern, um Indianer zu sehen. Jetzt kommen Männer, oft schon betrunken, und warten nur darauf, dass eins der Messer in Danica stecken bleibt. Oder dass wieder ein Toter aus dem Bühnenkeller hervorgezaubert wird. Dengler ist nach der sehr einträglichen Spätvorstellung gestern von einer Euphorie angeflogen zu Danica in die Kammer geschlüpft. Aber ihre Kammer war leer, das Bett war kalt. Als sie nach einer Viertelstunde immer noch nicht kam, war er allein, fast einsam auf dem Hof herumgegangen. Der Häuptling und der Kleine waren auch nicht da gewesen. Dann war ihm die Indianerin eingefallen. Wenn sie sich schon nicht mehr auf der Scheibe drehte, sollte sie sich unter ihm drehen. Sie war keine Danica, ihr Körper war tonnenförmig, halslos, aber einigermaßen fest und noch jung. Er nannte sie immer Frau Chicorée. Sie war erstaunt, ihn zu sehen. Sie wollte ihn nicht. Aber dann ließ sie ihn doch. Sie schrie nicht. Die Wilde machte kein Geräusch dabei. Lag bloß da und ließ ihn machen. Immerhin war sie glatt gewesen wie das Wildleder ihres Kleides. Und wenigstens hat sie hinterher nicht geheult wie die andern sonst.

▪▪▪

Derweil nur drei Häuser weiter, im zweiten Hinterhof, Hochparterre: Der Cherokee mit Urkunde, jetzt die meiste Zeit des Tages ein fransiger Chicorée mit Bierfahne, hat es geschafft. Er vermisst das alles nicht mehr, was ihm seit endlosen Zeiten nachts im Traum erschienen ist. Die weiten Grasebenen bis zum Horizont, die Farbe des wechselnden Laubes, das Singen der alten Männer am Feuer, all das kannte er sowieso nur aus den Erzählungen der Onkel. Er selbst ist in einer Ansammlung zugiger Holzbaracken aufgewachsen, die die Soldaten Reservation nannten und die eigenen Leute Verdammnis. Jetzt, hier, in der Hauptstadt des deutschen weißen Mannes, in der, wenn der Regen aufhört, bloß der Schnee einsetzt, hat sich das alles aus seinem Kopf entfernt wie eine weiterziehende Viehherde. Der verkaterte Chicorée im Bett der Frau aus der Nachbarschaft des Bernhardi-Gartens, deren Namen er nicht kennt, ist hier und jetzt nicht glücklich, in dieser fremden deutschen Wohnung. Er, den man vor dreißig Jahren zuerst über dem Rauch verbrennender Kräuter Chea Sequah getauft hatte und danach, heimlich und vorsorglich mit geweihtem Wasser, auf den Namen Richard Chamberlain Lincon (das zweite L des Präsidenten ging bei der Übertragung seiner Papiere irgendwo in der Verwaltung verloren), er ist auch in diesem Leben nicht glücklich. Aber er verdient immerhin so viel mit dem Werfen von Messern, dass er seine kleine Familie ernähren und sich Bier kaufen kann. Was will man mehr? Noch einen Monat hier. Dann Paris. Und dann … Ja, was dann?

▪▪▪

An Schnee sind sie gewöhnt in diesem Jahr. Es gibt reichlich davon, beinah täglich. Die Gegend um Halle an der Saale war kürzlich eingeschneit wie ein Schweizer Bergdorf, war zu lesen. Auch hier, in der Hauptstadt, hätte, wer wollte, Flockenkunde betreiben können. Seit der letzten Woche fällt besonders oft von der kleinen feuchten Sorte, die beim Auftreffen auf der Stirn prickelt. Aber dieser Schnee hier, denkt Orsini im Stampfen des nahen Hammerwerks, ist anders. Dieser Schnee ist schwarz.

Und das, was da vom Himmel fällt, sind keine Rußflocken aus einem der Ziegelschlote auf der Moabiter Seite des Flusses. Es regnet hier verschmorte Käferreste.

Orsini, dem Zimmer des Afrikareisenden im *König von Portugal* gerade noch unbemerkt entkommen, hatte in der Hotelhalle gegen den Kopfschmerz einen Schnaps bestellt und dann gewartet. Aus einer vagen Ahnung war eine echte Spur geworden. Nach einer halben Stunde etwa, kurz vor Mittag, hatte ein gutgekleideter Mann mit verdächtig dunkler Gesichtsfarbe den Schlüssel zu Zimmer 131 abgegeben und eilig das Hotel verlassen.

Orsini ist ihm zu Fuß Richtung Westen gefolgt. Der Mann ging schnell, machte nicht halt, musste sich nicht orientieren. Der weiß, wohin er will, dachte Orsini und ging ihm weiter nach, querte unterhalb die Charité, eilte stracks durch die Halle des Lehrter Bahnhofs, dann weiter an der Ulanen-Kaserne vorbei Richtung Moabit. Ab der Johanniskirche spürt man bereits das Beben in der Erde. Das sind die riesigen Eisenhämmer im Borsigwerk. Was will der hier? Ein Malariapatient, der gerade noch in die Waschschüssel gereihert hat, der in einem guten Hotel wohnt, sich eine Livree hat schneidern lassen. Wenn der nicht verdächtig ist, wer dann, hatte Orsini gedacht und den Mann vor lauter Nachdenken und Maschinenstampfen um sich herum fast aus den Augen verloren. Verdammt, der ging da vorn durch einen der schmalen Seitenzugänge jetzt direkt aufs Werksgelände! Weiter hinten, bei den langen Hallen, aus denen der größte Lärm kam, sah man kleine Loks herumfahren und vereinzelt Trupps von Arbeitern, aber hier war es ruhig.

Der Fremde hatte am Rande des Geländes einen niedrigen Lagerschuppen aufgeschlossen und war darin verschwunden.

Orsini presste sich zwischen zwei Ziegelbaracken und hoffte, dass ihn hier nicht gleich der Werksschutz erwischte. Der allgegenwärtige, bittere Geruch nach Ruß und Eisen um ihn herum ließ Orsinis Kopfschmerz wieder losrasen. Keine zwei Minuten später sah er den Mann eilig wieder aus dem Schuppen kommen. Der Kerl ging dicht an Orsinis Versteck vorbei, als hohe Flammen aus dem Teerpappedach der Baracke loderten. Dann schneite es. Schwarz. Käferleichen.

Orsini wünscht sich, Landow wäre jetzt hier. Das kleine Pförtnerhäuschen neben dem Tor, durch das sie reingekommen sind, ist jetzt besetzt. Der Verdächtige geht einfach durch. Orsini folgt ihm, bereit, bei Gefahr sofort das Weite zu suchen. Hinter ihnen, bei den Lagerschuppen, beginnen die Sirenen der Werksfeuerwehr zu heulen. Klar, der beseitigt Spuren! Landow und er wissen, wie er aussieht, sie wissen, wo er wohnt. Sie müssen jetzt schnell sein, bevor ihr Malariamann das Hotel verlässt und sich aus dem Staub macht. Der hat diese Morde wahrscheinlich nicht allein verübt, aber der da vorn ist eine Schüsselfigur, spürt Orsini, der Kopf einer Bande wahrscheinlich. Ecke Thurmstraße / Stromstraße winkt der Kerl sich einen Wagen heran. Verdammt! Was, wenn der jetzt schon abhaut! Was würde Landow jetzt machen? Zum Glück ist die Gegend, jetzt um Mittag rum, einigermaßen belebt. Orsini lässt den Wagen des anderen nicht aus den Augen und springt in einen, der direkt vor ihm hält.

«Wohin?»

«Weiß ich noch nicht.»

«Interessant. Wo liegt 'n dit?»

«Folgen Sie dem Wagen da vorne. Bitte rasch.»

«Welchem denn genau, ich sehe fünfe, nee, jetzt sechs Wagen da vorne.»

«Dem, verdammt, der jetzt nach links abbiegt.»

«Sagen Se das doch gleich.»

Nee nee, beruhigt sich Orsini, der Verdächtige hat kein Gepäck dabei. Der haut noch nicht ab. Aber was, wenn der, während er in der Hotelhalle wartete, sein Zimmer bereits geräumt hat? Was, wennn der den Musterkoffer mit den Flakons und das alles längst durch die Hintertür hat verschwinden lassen und jetzt auf Nimmerwiedersehen, Pass und Reisepapiere in der Innentasche, die Stadt verlässt?

Orsini kennt sich in städtischen Bahnhöfen ziemlich gut aus und auf Rennbahnen, aber hier, der Wagen überquert gerade den Kanal, der zum Nordhafen führt, war er noch nie. Warum auch, hier gibt's nur arme Schlucker. Der Wagen des Malariamannes biegt nun wieder links ab. Orsinis Wagen hält.

«Wieso halten Sie, in Gottes Namen?»

«Hier endet meine Lizenz.»

«Fahren Sie weiter, Mann.»

Das kantige Gesicht des Kutschers sieht ihn forschend an. Der Bursche ist schwerer als Orsini, und er hat außerdem zwei gesunde Hände, eine davon hält die Zügel, die andere eine Peitsche. Orsini versteht. Er fummelt eine zusammengeknüllte Banknote aus seiner Hosentasche. Der Kutscher brummt was, und schon folgt ihr Wagen dem anderen wieder, jetzt an Kolonnen von Transportfuhrwerken vorbei stadtauswärts Richtung Reinickendorf. Links zieht das Waldgebiet der Jungfernheide vorüber. Orsini findet erstaunlich, wie schnell diese dicht bebaute Stadt, in der die Häuser Schulter an Schulter stehen, aufhört, dicht bebaut zu sein. Das hier, das sich in nun immer deutlicher werdender Ausprägung vor ihm entfaltet, ist nichts als – Land.

Trotz dieser Weltausstellung in Frankreich und dem ganzen

Fortschritt sterben die meisten Menschen in Berlin, darauf möchte er wetten, ohne diese phänomenale Stadt jemals verlassen zu haben. Mal zum Maikegeln an die Havel, mal zum Hochzeitstag an einen kleinen See mit Bierausschank, wahlweise auch einen Bierausschank im Grünen ohne See (wer konnte schon schwimmen), das war's. Die, die sich das Reisen nicht leisten konnten, also der Großteil der Bevölkerung, sahen andere Länder doch nur im Falle eines Krieges. Derlei Ausflüge beinhalteten allerdings keine Gewährleistung auf Rückreise. Weiter – und überaus friedlich – geht's vorbei an Äckern, moorigen Flecken und kleinen Waldansammlungen.

«Er biegt nach rechts ab. Daher weht also der Wind», brummt der Kutscher nach hinten.

Erst als es nach einigen Minuten in Sicht kommt, weiß Orsini, was der Mann meint. Er hat davon schon gehört. Aber dass es so groß ist, das hat er nicht erwartet. Fährt der Malariamann etwa hierher? Er fährt. Eine knappe Stunde nach ihrem Start im Dampfhammerbeben Moabits steigt Orsini hier in völliger Stille aus. Vor sich sieht er drei senfgelbe, dreigeschossige Gebäude wie in einer großen Siedlung, aber im Näherkommen wird der Blick frei auf immer mehr Gebäude dieser Art. Ja, das hier ist wie eine kleine Stadt, denkt Orsini und hat Mühe, den Malariamann, der vorn am zentralen Gebäude seinen Wagen verlassen hat, nicht aus den Augen zu verlieren. Der Name dieser Stadt steht in großen Lettern auf einer Eisentafel: *Irrenanstalt Dalldorf.*

Orsini überfliegt den Plan, der neben dem senfziegeligen Pförtnerhaus angebracht ist. Wahrscheinlich, damit kein Besucher schon wegen der schieren Größe des Geländes irre wird. Es gibt zehn Krankenpavillons, jeder davon so groß wie ein Schlossflügel in Charlottenburg, ein Küchenhaus mit hohen

Schornsteinen, eine Wäscherei, einen Wirtschaftshof und – separat beschildert – die *Städtische Idiotenanstalt* für Kinder und Jugendliche.

«Kann ich helfen?»

Ein junger Mann in weißem Kittel steht neben ihm. Der Mann hat breite Lederriemen auf dem Arm. Die großen Metallschnallen klirren hell wie die Glocken von Weidetieren. Der Kittelträger bemerkt Orsinis Blick darauf.

«Das ist nur zu ihrem Schutz.»

«Ich … ich besuche jemanden», lügt Orsini. Bloß weg von hier. Weg von diesen Riemen aus Ochsenleder, die er so gut kennt.

«Besuch ist gut», nickt der Pfleger freundlich, «Besuch ist immer gut.» Dann geht er. Lässt Orsini ungefesselt zurück. Der Malariamann läuft weiter hinten gerade in eins der Quergebäude. Der kennt seinen Weg. Haus 3 sieht aus wie Haus 2 und Haus 4 und wie alle der sogenannten Pavillons. An einigen Stockwerken sind die Fenster vergittert. Ein Gärtner fegt die Wege zwischen den Rasenflächen. Im Eingangsbereich des Hauses spricht der Verdächtige mit einem Bekittelten. Die kennen den hier, merkt Orsini. Jetzt bekommt der vom Pfleger dort etwas gereicht, das aussieht wie ein Picknickkorb. Ein anderer Pfleger hat inzwischen einen älteren Mann hergebracht. Der Mann trägt eine Art Schlafanzug und darüber einen Mantel und, schief wie bei einer Vogelscheuche, eine warme Mütze. Der Verdächtige begrüßt die Vogelscheuche und zeigt den Picknickkorb. Das ist ein Geschenk, erkennt Orsini. Die Vogelscheuche reagiert auf nichts, nicht auf die Begrüßung, nicht auf den Korb. Der Verdächtige knöpft dem Alten sorgfältig den Mantel zu, dann hakt er ihn unter und geht seitwärts mit ihm aus Haus 3 in den weitläufigen Park hinein. Hier gehen die beiden eine Weile sehr langsam die geharkten Kies-Vierecke ab. Aus einem der Fenster weiter links lacht einer laut. Der hört nicht auf zu lachen. Der lacht, dass einem das Zuhören schon weh tut. Dann, wie abgehackt, hört das Lachen auf.

Der Besucher und die Vogelscheuche haben sich auf eine der Parkbänke gesetzt. Der Malariamann redet unaufhörlich. Der Alte sagt nichts, rollt immerzu den Gürtel seines dunklen Wollmantels zusammen und dann wieder auf und zu und auf und zu. Der Malariamann nimmt etwas aus dem Präsentkorb und zeigt es dem anderen. Der rollt unentwegt bloß den Gürtel weiter auf und zusammen. Um zu zeigen, wie gut es schmeckt, steckt sich der Malariamann etwas mit großer Geste in den Mund, so, wie schlechte Schauspieler oder Clowns es tun, und reibt sich übertrieben den Bauch. Der Alte reagiert nicht. Nach ein paar Minuten fängt es an zu regnen. Die wenigen Menschen, die außer ihnen ihm Garten der Anstalt unterwegs sind, ziehen sich die Jacken über den Kopf und laufen in die Häuser. Die beiden auf der Bank bleiben. Auch als der Regen stärker wird. Der eine redet. Der andere rollt.

Eine ganze Stunde geht das so. Dann bringt der Verdächtige die triefende Vogelscheuche zurück in Haus 3. Er verabschiedet sich überschwänglich von dem Alten. Der lässt sich regungslos fortführen. Den Präsentkorb gibt der Verdächtige den Helfern am Wachtresen zurück. Dann geht er. Plötzlich wieder eilig. Wieder zielstrebig.

Der Verdächtige hat am Zentralgebäude seinen Wagen warten lassen. Orsini nicht.

Eine Zeitlang hat er versucht, auf einem der Fuhrwerke stadteinwärts mitfahren zu können. Dann überwiegt sein Stolz. Orsini braucht fast drei Stunden zu Fuß bis in ihre Ritterstraße zurück. Landow ist nicht da. Gut so. Er will jetzt niemanden sehen. Wenn dieser Verdächtige in exakt dieser Minute für immer das Hotel und die Stadt verlässt, Orsini wäre es egal. Er heizt den Badeofen an, pumpt mit letzter Kraft Wasser hinein, schlüpft matt wie ein geprügelter Hund aus den nassen Kleidern und nimmt ein Schaumbad mit extra viel Lavendel-Traum.

▪▪▪

Seit Punkt sechs Uhr summen sie dort oben auf der Orgelempore. Sie kommt zu spät. Etwas nur, vier Minuten bloß. Landow muss sich nicht umdrehen, um zu wissen, dass sie es ist, die gerade – etwas zu laut, etwas zu schnell – die schmale Stiege zur Orgel hochgeht. Das Summen reißt ab. Flüstern. Sie entschuldigt sich wahrscheinlich, die viele Arbeit im Präsidium, sie kommt kaum weg. Das Summen setzt wieder ein. Landow sitzt schon eine ganze Weile vorn in der Kirche. Er hat hier versucht, über diese Antikenfreunde nachzudenken. Seltsam sind die allemal, doch sind Kunstfreunde das nicht ohnehin? Und überhaupt: Wer ist nicht seltsam in diesen bewegten Zeiten. Von oben setzt Gesang ein. Sie ist Alt, stimmlagentechnisch, sie hat neulich einen Witz darüber gemacht. Landow wüsste gern, ob Orsini im Hotel etwas herausfinden konnte oder vor lauter Langeweile begonnen hat, die Gäste zu bestehlen.

In der siebten Strophe des Psalms bemerkt Chorleiter Heusel, dass die Augenpaare seiner acht Sänger eins nach dem anderen an ihm vorbei nach hinten blicken. Schließlich unterbricht er die Probe bei «… die göttlich' Kraft mach uns sieghaft –».

«Ah, Sie sind das …?» Er hat Landows seltsamen Auftritt vor ein paar Tagen nicht vergessen. Landow auch nicht. Elba Runge verdreht die Augen und macht ihm Zeichen.

«Entschuldigung, dass ich schon wieder stören muss. Aber ich fürchte, ich bin Ihnen noch etwas schuldig geblieben beim letzten Mal.»

Heusel streicht sich mit der flachen Hand über den kahlen Kopf und lächelt milde: «Schön, dass Sie das so sehen. Und nun?»

Landow versucht ein Grinsen: «Ich schulde Ihnen noch das H.»

Damit verlagert er das Gewicht auf ein Bein und singt. Ein H. Kein A, kein B. Ein H. Tief. Laut. Lang. Nicht besonders ausdrucksvoll. Aber ein großes H, das sieht er Heusels verblüfftem Gesicht deutlich an. Elba Runge hat die Augen geschlossen und den Kopf gesenkt wie eine dieser Frauen, die auf Kreuzigungsgemälden oft als Statisten herumstehen. Organist Heusel deutet stumm Applaus an. Deshalb setzt Landow noch eins drauf und liefert aus dem Stand das kleine h gratis hintendran. Als ihm endlich die Luft ausgeht, hallt sein Ton feierlich im Kirchenschiff nach.

«Wenn Sie die restlichen Töne auch mit dieser Kraft und Klarheit parat haben, Herr …»

«Landow.»

«… dann willkommen bei uns.»

Landow wiegelt ab. «Ich fürchte, mein Beruf lässt mir dazu keine Zeit. Ich wollte nur rasch meine Schuld begleichen. Diese beiden Töne. Außerdem müsste ich mir kurz Ihren Alt ausborgen, Frau Runge könnten Sie rasch …? Drei Minuten vor der Tür?»

Die anfängliche Bewunderung für seine Courage bei den anderen Chormitgliedern weicht jetzt einem deutlichen Unmut. Man grummelt mehrstimmig.

«Ich verstehe, meine Damen und Herren, dass Sie verärgert

sind, aber, so viel darf ich sagen: Es geht um die innere Sicherheit. Frau Runge …?»

Sie zuckt mit den Schultern und folgt ihm nach draußen in die feuchte Februarkälte.

«Was war das denn, Herr Landow?»

«Ein großes H und ein kleines hinterher. Ich habe heimlich geübt. Ich musste Sie sehen. Keine falschen Hoffnungen. Streng sachlich betrachtet. Ich muss wissen, wann die Breitkopf-Beerdigung ist. In der Presse habe ich nichts darüber gefunden.»

«Das ist beabsichtigt. Die Breitkopf-Beisetzung wird wegen der angespannten Lage nur im engsten Familienkreis stattfinden und unter strenger Bewachung. Man kommt nur mit einem Passwort hinein. Sonderermittler Graff hat sich das ausgedacht. Wir haben in aller Eile Karten damit drucken lassen. Graff sagt, das wirkt auch nach innen, das gibt Sicherheit.»

«Verdammt.»

«Wir befinden uns vor einem Gotteshaus, Landow.»

«Verzeihung. Aber wir befinden uns auch in einer Notlage. Wir wissen, dass unsere Täter Bankiers im Visier haben. Es ist anzunehmen, dass ein paar davon, und zwar die ganz wichtigen, an der Beerdigung ihres Kollegen Breitkopf teilnehmen. Die hohen Herren bieten sich dadurch den Tätern an wie auf einem Präsentiertablett. Noch dazu auf einem Friedhof, ungemein praktisch für Mörder, die offenbar ein Faible für das Besondere haben. Gibt es eine Möglichkeit, an eine solche Karte mit dieser Parole, diesem Codewort, heranzukommen?»

Elba Runge lauscht kurz auf den gedämpften Chorgesang, der durch die Kirchentür zu ihnen nach draußen dringt. Dann zieht sie etwas aus ihrer Manteltasche und hält es Landow unter die Nase.

«Elba Runge, Sie sind ein Teufelsweib!»

«Wir befinden uns noch immer vor einem Gotteshaus. Die Beisetzung findet morgen Vormittag statt, Friedhof Lichterfelde, 10 Uhr. Ich muss wieder rein.»

Damit lässt sie ihn in der Dunkelheit stehen. Landow sieht ihr nach und dann auf die postkartengroße Pappkarte, die neben einem Kreuz und dem Reichsadler in Großbuchstaben ein einziges Wort enthält: GERECHTIGKEIT.

Diese Frau Runge denkt mit, das schätzt er so an ihr. Aber nicht nur das. Hätte er sie nicht gleich auch nach dieser Kunstfreunde-Villa fragen können? Ja, hätte er. Aber jetzt geht er nicht noch mal da rein und stört. Man soll die Geduld des Herrn nicht überstrapazieren.

Ohne groß darüber nachzudenken, nimmt Landow in der Ritterstraße um kurz vor sieben das vordere Treppenhaus. Durch die Tür zur Beletage hört er Stimmen. Er erkennt die von Frau Phillipi – kein Alt, zweiter Sopran wahrscheinlich –, und er erkennt eine Männerstimme. Durch die geschlossene Tür kann er kein Wort verstehen, aber Herr Phillipi klingt wichtig und staatstragend. Das tut er wahrscheinlich immer. Ja, in Bankierskreisen herrscht Unruhe, nachdem zwei prominente Artgenossen auf so ruchlose Art und Weise hingerichtet wurden. Die Zeitungen sprechen seit gestern von Hinrichtung. Die Steigerungen nehmen von Tag zu Tag zu. Von *Todesfall* zu *Mord* zu *Bluttat* zu *Hinrichtung* in nur vier Tagen. Was kommt als Nächstes?

Was würde passieren, wenn herauskäme, dass es gar nicht zwei tote Bankiers sind, sondern drei? Und dass Linke oder Anarchisten – was für viele dasselbe ist – wahrscheinlich nicht als Täter in Frage kommen, zieht man die Rohdiamanten als Grabbeigabe in Betracht.

«Orsini! Sind Sie da?»

«Ich bin nicht sicher. Ich fühle mich eher schon im Jenseits», kommt es aus dem Bad.

Als Landow seinen Mantel auszieht, fällt ihm das nackte Jackenrevers auf. Die Anstecknadel, die Orsini ihm so feierlich überreicht hat, hat er unterwegs abgenommen, weil er sich damit vorkam wie ein Bestatter. Verflixt, wo hat er das Ding hingetan? Er sucht in den Manteltaschen, lauscht auf das Geplätscher aus dem Bad, findet die Nadel schmerzhaft in der Jackentasche, steckt sich den metallenen Lorbeerkranz wieder an.

Orsini ist in einer hohen Wolke aus Seifenschaum kaum zu sehen. Schließlich schlägt er doch noch die Augen auf.

«Sie haben unsere Anstecknadel abgenommen, Landow?»

«Ehm, wieso?»

«Das weiß ich nicht. Aber Sie müssen sie abgenommen haben. Ich habe Sie Ihnen an das linke Revers, von Ihnen aus gesehen, gesteckt. Jetzt steckt sie rechts.»

Stimmt, der Kleine merkt sich zwanghaft Dinge, auch wenn er nicht extrahiert.

«Sie haben Augen wie ein Adler, Orsini. Haben Sie mit denen noch mehr herausgefunden? Die Einladung, die unser Maikäfermann bei sich hatte, die mit dem Apfelzeichen, gehört zu einer Art exklusivem Kunstverein. Ziemlich versponnene Gesellen. Ich hätte einen Bellini gleich mitnehmen können, eine Kopie freilich nur. Aber weniger als ein Original wollte ich unseren heiligen Hallen hier nicht zumuten. Irgendwas bei diesen Brüdern ist faul, wahrscheinlich der ganze Apfel. Ich bleibe dran. Vorher habe ich noch versucht, etwas über den Besitzer dieses Malariarezeptes herauszufinden. Nichts zu machen.»

Orsini richtet sich etwas auf. Sein Kopf guckt jetzt immerhin ganz aus dem Lavendelschaum heraus. Er sieht erschlagen aus, lächelt aber unübersehbar triumphierend.

«Kein Problem, Landow. Ich habe den Malariamann und den Maikäfermann. Es ist ein und derselbe.» Dann seufzt er. «Und ich habe zweieinhalb Stunden gebraucht, um zu Fuß von der Irrenanstalt hierher zurückzulaufen. Was machen Sie da? Wieso ziehen Sie sich aus, Landow?»

«Irrenanstalt hört sich interessant an, Orsini. Mir ist kalt. Ich setz mich rasch dazu. Machen Sie mal Platz? Danke. Geht schon. Sehr duftig.»

«*Philomena*. Ziemlich teuer. Ich hab's geklaut.»

8

Freitag, 22. Februar 89

Der Eingang zum Lichterfelder Friedhof ist von der Polizei abgeriegelt. Selbst die Kriegerwitwen mit Gießkannen werden harsch abgewiesen. Die Presse hat trotzdem Wind davon bekommen, wahrscheinlich von «gut informierten Kreisen aus der Nähe des Polizeipräsidiums».

Rothschild hat einen Kranz geschickt, sehr elegant, feinste Qualität. Zwei stattliche junge Männer mit dunklen Locken tragen den Kranz dem Sarg des toten Breitkopf den ganzen Weg von der schlichten Einsegnungshalle hinterher. Ob Rothschild die Träger auch mitgeschickt hat, bleibt offen.

«Wir nicht, aber der Hund darf!» Die aussortierten Witwen sind ungehalten. Ja, der Hund darf ausnahmsweise auch mit ans Grab. Hier wird ja nicht irgendein Schulz oder Schmitz verabschiedet. Ohne Karte kein Zutritt. Mit Karte schon. Landow hält sich beim Marsch die kleine Allee entlang bewusst hinten. Der seltsame Kerl, den Orsini gestern verfolgt hat, ist zumindest nicht zu sehen. Die meisten hier sind unverdächtig februarbleich. Zwei ganz dunkle Herren gehen in der kleinen Gruppe von Geschäftsfreunden und Kollegen hinter der Familie mit. Zwei Herren von der Chase National Bank in New York, wusste prompt einer in Landows Nähe. Die Leibwächter, die sie sich zugelegt haben, müssen am Eingang warten, Vorschrift ist Vorschrift. Als die Familie aus der kleinen Kapelle kam, traf der Blick der Witwe Breitkopf kurz den von Landow. Dann wurde sie von Angehörigen Richtung Hauptweg geführt. Was, wenn tatsächlich einer der hier Anwesenden das nächste Opfer ist? Nach welchen Kriterien suchen die ihre Opfer aus? Wichtigkeit? Breitkopf war wichtig, Lugert war prominent. Der ertrunkene Roth, von dessen Zugehörigkeit zu dieser illustren Gruppe offenbar immer noch keiner weiß, war eher unscheinbar; Typ graue Eminenz möglicherweise.

«Guten Morgen, Professor Halske.»

Landow braucht einen Moment, um zu begreifen, dass der Mann ihn meint. Glasner, der ehrgeizigere der beiden Polizisten von der Lugert-Obduktion, hat sich neben ihn geschoben.

«Ich wusste nicht, dass Sie und die Breitkopfs sich so nahestehen.»

Ich wusste das auch nicht, könnte Landow nun sagen, brummt aber nur pietätvoll: «Er war ein ganz besonderer Mensch.»

Ein Satz, der immer passt, lässt er doch offen, ob besonders trinkfest, besonders intelligent oder besonders skrupellos. Glasner ist, man sieht's ihm an, kurz davor, diesen Satz zu notieren. Dann verzichtet er darauf und lässt sich im Tross der Schwarzgekleideten wieder nach hinten fallen. Landow muss aufpassen: Die Witwe kennt ihn als Sonderermittler Orsini, der echte Sonderermittler Graff kennt ihn als Medizinprofessor Halske. Nichts durcheinanderbringen, Gabilein, denkt er, jetzt im äußersten Ring der schwarzen Menschentraube stehend. Als der Ministrant das Weihrauchfass besonders wirkungsvoll schwingt und die Breitkopf-Gruft mit einer Wolke dichten Harzgeruchs umgibt, breitet sich plötzlich Unruhe unter den Trauernden aus. Hinten beim Gelbklinker-Eingang am Ende der Allee kommt Bewegung in die Leute. Landow glaubt auf der

Straße Berittene zu erkennen, dann schreitet eine Gruppe von Männern rasch den Weg herunter. Als man sie erkennt, teilt sich die schwarze Trauerschar wie das Meer in der Bibel und lässt den Größten der Ankommenden vor. Also doch, denkt Landow, auch er erweist dem Freund das letzte Geleit. Bismarck geht mit großen Schritten vor bis zur Witwe, die beiden sprechen kurz halblaut miteinander. Durch die Anwesenheit des in jeder Hinsicht großen Mannes offenbar befeuert, räuchert der Ministrant jetzt noch eifriger, bis der Pfarrer ihm mit einer zackigen Geste Einhalt gebietet. Vier Menschenreihen hinter dem Reichskanzler, der jetzt, vorn am offenen Grab, machtvoll umwabert von Weihrauchwolken wie von Pulverdampf, tatsächlich wirkt wie ein Überirdischer, denkt Landow: Selbst von hinten betrachtet ein Kopf wie aus Granit gehauen, wie gemacht für Büsten und Denkmäler. Der Fürst tätschelt dem Hund, sieht Landow durch einen Spalt in der Mauer schwarzer Mäntel, jetzt den Kopf. Der deutsche Reichskanzler tätschelt Rothschild den Kopf. Und der leckt ihm dafür die Hand. Na, das passt ja.

▪▪▪

Jedem seine Erleuchtung! Im dritten Stock des Präsidiums stehen sie um halb ein Uhr mittags um eine steile Holzleiter herum und starren die kugelförmige Deckenlampe an. Einer zählt rückwärts, die anderen stimmen halblaut ein: vier, drei, zwei, – So, als könne die Moderne es gar nicht abwarten, sich zu entfalten, fährt der Strom schon jetzt, vor seiner Zeit, tollkühn durch Plus- und Minuspole und lässt die milchig weiße Glaskuppel aufflammen. Ein Raunen geht durch die Gruppe. Einer klopft dem Hausmeister auf die Schulter.

Dezernatsleiter Ringer ruft eilig in die sich schon wieder

zerstreuenden Leute: «Auf dass hier nichts mehr im Dunkeln bleibe!» Er hat lange an diesem Wortspiel gefeilt. Seine kleine Ansprache hebt er sich für später auf. Die ganze Versammlung hat nicht mehr als drei Minuten gedauert, war aber lang genug, damit Landow unbemerkt ins Schreibbüro schlüpfen konnte. Während die anderen beiden Sekretärinnen auf dem Korridor noch die Elektrizität bewundern, zischeln er und Elba Runge herum wie Verschwörer.

«Was machen Sie hier? Wir hatten doch abgemacht, …!»

«Ich weiß, 'tschuldigung. Ging aber nicht anders. Ich brauche noch mal Ihre Hilfe. Jetzt.»

«Zipp war stinksauer, weil seine Zugangskarte nicht da war. Glasner musste am Friedhof für ihn bürgen, hat er mir gerade noch mal reingerieben.»

«Ich weiß, Glasner hat mich angesprochen.»

«Was?»

«Er denkt, ich bin ein Medizinprofessor aus Amerika.»

«Was!»

«Lange Geschichte. Nichts passiert. Hier haben Sie die Zugangskarte zurück. Danke, Elba.»

«Und nun?»

«Ich brauche die Adresse einer Villa in Steglitz.»

«Geht es genauer?»

«Ich fürchte, nein. Deshalb brauche ich Sie ja. Das Haus gehört offenbar einem Kunstverein, einer philosophischen Vereinigung, einem Antikenclub oder dergleichen. Die betreiben diese Kunsthandlung mit dem Apfelzeichen in der Grünstraße. Die Kunsthandlung heißt Milo. Das griechische Wort für Apfel.»

«Ich weiß.»

«Erstaunlich.»

«Kreuzworträtsel bilden.»

«Ich brauche die Adresse möglichst bald. Ich muss morgen Abend zu einer Veranstaltung dort und würde mir den Laden vorher gern mal im Hellen ansehen. Die tun sehr verschwiegen, Zutritt nur für Mitglieder, ein Schild hängt dort wahrscheinlich nicht über der Tür.»

«Verstehe. Hier ist sehr viel los, Landow. Der Sonderermittler aus der Reichskanzlei will Ergebnisse sehen. Bis zehn am Abend komme ich nicht an die Kartei. Ich kann Ihnen nichts versprechen. Jetzt sehen Sie mich nicht so an. Ich versuch's ja.»

Sie schreibt etwas auf einen Zettel.

«Treffen Sie mich dort.»

Landow liest: Morgen ½ 5 am Stettiner Bahnhof.

«In Ordnung», murmelt er. «Früher geht's nicht?»

«Halb fünf am Morgen, Landow. Verschlafen Sie besser nicht.»

Er sieht ihr an, dass sie das ernst meint. Die Tür fliegt auf, und die beiden Kolleginnen von Elba Runge kommen, spürbar elektrisiert von der Moderne, vom Flur zurück.

«Tut mir leid, hier ist Mord, in Ihrem Fall müssen Sie runter in die zweite Etage, dann links, Zimmer 14, glaube ich, steht aber dran», ruft die Schreibkraft Runge dem großen fremden Herrn vor ihrem Pult zu.

Der bedankt sich und geht.

«Dieser Strom ist wirklich sagenhaft modern», schwärmt die in der schwarzen Strickjacke und sucht die Stelle im Protokoll, an der sie aufgehört hatte zu tippen.

«Aber trotzdem auch unheimlich», sagt die andere und holt eine Akte aus dem Korb der zu bearbeitenden Schriftstücke, «man hört ihn nicht, man riecht ihn nicht, man sieht ihn bloß.»

Die Kollegin Runge schweigt dazu und korrigiert mit steil gestellter Augenbraue und ärgerlich brummelnd einen saudummen Schreibfehler. Landow, schon halb draußen, denkt sich: Eigentlich auch ein schöner Satz für einen Privatermittler. ‹Man hört ihn nicht, man riecht ihn nicht, man sieht ihn bloß.›

▪▪▪

«Was genau ist Ihr Problem, Orsini!» Der Haussegen hängt in etwa so schief wie der Abreißkalender an der Wand, der immer noch den 2. Februar zeigt.

In der Ritterstraße, 5. Stock, Rückgebäude, isst man gegen halb 3 am Nachmittag trocken Brot mit Ölsardinen belegt, trinkt dazu Kaffee (Orsini) und Cointreau (Landow) und erörtert Grundsätzliches. Für Landow, und da beginnen schon die Unterschiede, ist es nur irgendeine Frage; dass es sich um nichts weniger als eine moralisch-ethische handelt, hat Orsini beigesteuert.

«Dass ausgerechnet Sie sich die Frage stellen, ob wir in dieser Angelegenheit noch auf der richtigen Seite stehen, wundert mich schon ein wenig, Orsini.»

«Was soll das denn heißen: *ausgerechnet Sie*?»

«Ein, mit Verlaub, Taschendieb. Pardon, ein Extraktor. Oder ziehen Sie Extrakteur vor, die französische Version?»

Orsini schluckt den Sardinenbrei in seinem Mund und die Provokation gleichzeitig hinunter und legt die Hände zusammen.

«Dann versuche ich es noch einmal unter Wiederholung der Fakten zu verdeutlichen, Landow: Die Öffentlichkeit und die Polizei gehen davon aus, dass zwei prominente Bürger der Stadt, ein Bankier und ein Abgeordneter, ums Leben gebracht wurden. Wir aber, nur Sie und ich, haben Grund zu der Annahme, dass es sich in Wirklichkeit um *drei* Todesopfer handelt, weil der ertrunkene Bankier Xavier Roth ebenfalls einen Rohdiamanten, wahrscheinlich aus Südafrika, in den Mund, in die Tasche oder sonstwohin gelegt bekommen hat. Außerdem scheint es den Tätern vor allem darum zu gehen, Bankiers zu ermorden, denn auch der Abgeordnete Lugert war vor seiner Wahl ins Parlament Bankier. Richtig? Richtig. Hier geht es um eine moralische Verpflichtung und zugleich, aber das erst in zweiter Reihe, um eine juristische. Wo gehen Sie hin?»

«Ich höre Ihnen zu, ich muss die Socken wechseln.»

«Jetzt?»

«Ja, jetzt.»

«Wie Sie meinen. Also, Landow, sollten wir unsere Erkenntnisse nicht aufschreiben und der Polizei zugänglich machen? Anonym.»

«Und damit sämtliche Trümpfe aus der Hand geben? Das sagen ausgerechnet Sie?»

«Ausgerechnet ich, ja, ausgerechnet der Taschendieb!»

«Diesmal meinte ich: ausgerechnet Sie, der nicht genug davon bekommen kann, aus einer Idee und zwölf Polsterstühlen und einem Lorbeerkranz ein florierendes Unternehmen zu machen.»

Eine Pause, die beiden lang vorkommt und Gelegenheit böte, dem dichter werdenden Regen auf den Dächern zuzuhören, tritt ein. Landow sieht allerdings, dass es Orsini absolut ernst ist mit dieser gottverdammten Frage. Der steht auf, geht ans Fenster und nimmt seinen Arm ab. Immer wenn er seinen Arm abnimmt, ist es ihm bitterernst.

«Punkt zwo. Sie waren heute Vormittag auf der Beerdigung eines der drei Todesopfer. Die Beerdigung von Opfer Numero Eins, des Schweizers Xavier Roth, fand bereits in der vergangenen Woche statt. Die Beisetzung von Todesopfer Numero

Drei, des Abgeordneten Lugert, wird, war in der Zeitung zu lesen, in dessen Heimat irgendwo im Süddeutschen stattfinden. Sie wohnten also heute Vormittag der Beisetzung von Opfer Numero Zwo bei, polizeilich streng abgeschirmt. Selbst der Reichskanzler war dort.»

«Woher wissen Sie das?»

«Ich war auch dort. Auf der anderen Seite der Hecke. Ich hatte ja keine Zugangsberechtigung wie Sie, woher auch immer. Na los, fragen Sie mich, weshalb ich dort war.»

«Weshalb waren Sie dort?»

«Weil unser Mann, der Malariamann mit der unnatürlichen Gesichtsfarbe, der Mann, der kurzerhand einen Fabrikschuppen abfackelt, in dem Maikäfer verschmoren, heute Vormittag auch am Friedhof in Steglitz war. Auf meiner Seite der Hecke. Aber er war da. Wie viele der geladenen Gäste waren Ihrer Einschätzung nach auch Bankiers wie der Tote? Zehn, zwanzig? Landow, es liegt doch auf der Hand, dass dieser Mann sich dort sein nächstes Opfer ausgeguckt hat. Die Polizei vermutet das natürlich auch, wozu sonst die ganze Sicherheit. Aber nur wir wissen, wie dieser Mann aussieht. Und: dass er wirklich da war. Ich glaube, dass dieser Kerl der Kopf unserer Mörderbande ist, die anderen sind bloß die Handlanger fürs Grobe. Fürs Schleppen und Hinhängen.»

Pause. Länger als vorher. Landow, jetzt in frischen Socken, marschiert einige Male in der Wohnung auf und ab. Dann, wieder in der Küche, lehnt er sich malerisch in den Türrahmen.

«Was schlagen Sie also vor, Orsini? Die Polizei hätte gar nicht genügend Leute, um zwanzig Bankiers rund um die Uhr zu überwachen. Die Bankiers sind ohnehin schon alarmiert, sichern sich selbst, igeln sich ein. Stellen wir uns mal vor, wir sind dieser ermittelnde Kriminalinspektor Ringer. Wir gehen dem anonymen Hinweis nach und verhaften einen gutsituierten Gast in einem renommierten Hotel? Ja, ganz offenbar ist der, den Sie gestern observiert haben, der Organisator, aber der muss doch Hintermänner haben, Auftraggeber. Wenn Sie diesen Mann jetzt aus dem Spiel nehmen, werden Sie die Mitspieler nie ermitteln. Ein abgebrühter Typ wie der fängt auch bei einem etwas forcierten Polizeiverhör nicht an zu reden. Und vergessen Sie nicht: Außer dass der Bursche offenbar Chinin benötigt und jemanden im Irrenhaus besucht, können wir ihm nichts nachweisen. Maikäferland ist abgebrannt, da gibt es keine Beweise mehr. Wenn wir jetzt die Pferde scheu machen, verlieren wir alles. Das sind keine Amateure. Kein Amateur denkt sich derart bizarre Dinge aus. Der züchtet offenbar im Februar Maikäfer, nur, um eine Leiche zu dekorieren. Die Käfer waren nicht die Todesursache, die waren das Lametta. Wie das Tierblut bei Breitkopf. Da steckt doch mehr dahinter, Orsini! Da versuchen doch welche, Exempel zu statuieren, den ersten Fall einmal ausgenommen. Die Täter wollen ihre Opfer nicht nur töten. Diese Toten werden lächerlich gemacht. Die wollen denen nicht nur das Leben nehmen, sondern die Würde.»

Wieder Pause. Orsini lehnt am Fenster, Landow in der Tür. Orsinis Ersatzarm liegt zwischen ihnen wie eine Schranke. Die beiden starren sich an, nicht als Kontrahenten, als Mittäter.

Dann: «Also?»

«Ich schlage vor, Orsini, wir warten bis Montag und schauen dann, ob wir unsere Erkenntnisse teilen können. Das sind noch drei Tage. Ich will mir morgen Abend erst noch diesen Kunstverein ansehen. Glauben Sie mir, irgendwas ist bei den Kunstbeflissenen mit ihrer Liebe zur Ilias und zu *Pa*ris und zur Unschuld oberfaul. Wenn sich dort aber herausstellt, dass das bloß harmlose Spinner sind, lassen wir den Malariamann gemeinsam nicht mehr aus den Augen und besorgen Beweise, die stichhaltig sind. Wir sollten unbedingt rausfinden, wer der alte Mann war, den der Verdächtige in der Anstalt besucht hat. Glauben Sie, dass Sie von unserem Malariamann ein Foto machen könnten? In der Lobby? Mit der Buchkamera?»

«Einhändig? Schwierig», knurrt Orsini sauer und schnallt sich entschlossen seinen rechten Arm wieder an.

«In Ordnung, Landow, bis Montag. Aber dann informieren wir diesen Ringer.»

«Apropos Ringer: Ich muss los.»

«Wo wollen Sie hin?»

«Ich muss nachdenken. Und das kann ich besonders gut beim Anblick stöhnender Menschen. Nicht, was Sie denken. Im Wedding finden Ringkämpfe statt.»

«Ach, und da machen Sie mit?»

«Bin leider nicht gut genug für so etwas. Ich ringe vorzugsweise mit mir selbst. Das aber täglich. Heute wird gewettet. Da ist richtig was im Topf.»

Dass zwei einzelne Männer einen Lärm entfachen können wie eine Herde wildgewordener Büffel ist Frau Pape, seit der Reichsgründung schon Mieterin im dritten Stock des Rückgebäudes, durchaus bekannt. Als jetzt der große Mann und direkt dahinter der Kleine die Treppe hinabpoltern, zieht sie sich besser wieder in den Eingang ihrer Wohnung zurück. Sie wartet, bis der Lärm vorüber und die Nebentüre im Durchgang ins Schloss gefallen ist, dann vergewissert sie sich, dass den beiden Randalierern kein dritter folgt, und setzt ihren Weg zum Krämer bei der Sternwarte fort. Freitags gibt es dort immer grüne Heringe. Die Krämersfrau, sonst eine liederliche Person, aber in Fischfragen ein Talent, macht sie immer frisch.

Vor dem Haus halten Landow und Orsini keuchend inne.

«Bis Montag?»

«Bis Montag. Sind Sie heute Abend zum Essen da? Soll ich was kochen?»

Frau Pape aus dem Dritten kommt langsam die Hofeinfahrt entlang. Sie stockt und steht. Sie hat die letzte Frage dieser beiden Männer aus dem Dachgeschoss gehört.

Landow huscht ein Lächeln über das erhitzte Gesicht, dann schüttelt er den Kopf und macht sich eilig rechts herum die Ritterstraße runter auf den Weg. Nach zwanzig Metern dreht er sich noch mal um und ruft zu Orsini zurück: «Und denken Sie dran, morgen Abend, für die Villa in Steglitz, da brauche ich Sie!»

Orsini sieht dem davonlaufenden Landow nach und geht dann, etwas ratlos, die Ritterstraße hoch. Er ist stinksauer. Selber Geld auf Kraftsportler setzen und von ihm verlangen, heimlich Fotos von Verdächtigen zu machen! Sonst noch was? Für einen Moment hatte Orsini sich der Illusion hingegeben, dass sie beide, der Egoist und er, tatsächlich an einem Strang ziehen würden. Aber Landow nimmt ja nicht mal die Anstecknadeln ernst!

Nach dem Gewaltmarsch zurück aus dem Irrenhaus gestern kein Wort der Anerkennung! Stattdessen nur lauter neue Fragen. *Was war in dem Parfümkoffer?* Dieses Betäubungsmittel. *Sie sprachen doch von einem Polster.* Ja, das Polster war auch darin. *Und was noch?* Wie, was noch? *War unter dem Polster etwas? Ein Hohlraum? Für Diamanten etwa. Ach, da haben Sie nicht nachgesehen? Schade. Diese Lederschläuche, die Sie gesehen haben, könnten zum Transport der Diamanten dienen. Vorausgesetzt, der Malariamann und der Käfermann und der Diamantenmann sind dieselbe Person.* Ach, Sie meinen, der Kerl trägt die Diamanten in diesen Lederschläuchen am Körper? *Nicht am Körper. Im Körper.* Pfui Deibel. *Überlegen Sie mal, der musste die Dinger über Tausende von Meilen hierher transportieren. Das beste Versteck ist unsichtbar, wenn man sich bei der Einschiffung mal nackig machen muss. Aber machen Sie sich nichts draus, Orsini. Es ist noch kein Meister vom Himmel gefallen.* Meister? Meinte der damit sich? Mit jeder Straßenecke wuchs seine Wut auf Landow. Ach was, es war die Wut auf sich selbst, über seine Anfängerfehler, die ihn heute Morgen stracks in den *König von Portugal* zurückkehren ließen.

Als er die Lobby betritt, sieht er gleich, dass der Bestechliche von gestern nicht an der Rezeption ist. Er musste zuerst wieder an den Generalschlüssel kommen, dann würde er unter den Polstern des ominösen Musterkoffers nachsehen und überall sonst, um einen Hinweis auf diese verdammten Steine zu finden, zur Not im Inneren des Kerls selber.

Der Portier ist heute ein Herr mit ausdrucksvollen Augenbrauen, die sich elegant heben, als er Orsini an seinem Pult bemerkt.

«Sie wünschen?»

Orsini hat sich vorgenommen, nach dem Vorhandensein von Zimmertresoren zu fragen. Die Vorstellung, dass die Schätze des Fremden dort und nicht anderswo lagern, ist ihm lieber. Aber noch ehe er dazu kommt, heben sich die Portiersbrauen abermals, diesmal einem Gast entgegen, der seinen Schlüssel abgibt.

«Zimmer 131, sehr wohl, wünsche einen angenehmen Tag», sagt der Portier und sieht dem hinauseilenden Gast nach. Welch eine Fügung! Das Zimmer wäre jetzt einladend leer. Aber nein, das Zimmer muss warten. Orsini schlüpft dicht hinter dem geheimnisvollen Mann auf die Straße hinaus. Welche Art Irrenhaus wartet diesmal auf ihn?

9

Samstag, 23. Februar 89

Das Areal nördlich der Invalidenstraße ist BMAG-Gebiet. Direkt links neben dem Stettiner Bahnhof baut die *Berliner Maschinenbau-Actien-Gesellschaft vormals L. Schwartzkopff Berlin* Teile für Lokomotiven, weiter hinten, Richtung Gesundbrunnen in der Ackerstraße, fertigt man in einem eigens dafür gebauten Werk Torpedos für die eigene Marine und ausländische Kriegsflotten; Torpedos allerdings, die noch über Wasser von Schiffen abgeschossen werden. Mit denen, die direkt unter Wasser von Tauchbooten verschickt werden, ist man noch nicht so weit, mit den U-Booten selber auch noch nicht, weiß Landow seit letztem Sommer. Aber mittlerweile vielleicht doch?

Die ganze Gegend hier vibriert jedenfalls dumpf, auch jetzt, um kurz nach vier Uhr in der Früh. Weshalb hat sie ihn hierherbestellt? Weshalb so geheimnisvoll? Landow steht abwechselnd gut sichtbar und rauchend in der leeren Halle herum, geht dann wieder auf und ab gegen die Kälte. Hinten fegt einer. Der Mann vom Brühwurststand schleppt Eimer durch eine schmale Pforte. Landow muss sich nicht umdrehen, als er schnelle Schritte hinter sich hört. Sie ist pünktlich, immerhin.

Elba Runge trägt einen dunklen, groben Wollmantel und eine Strickmütze. Sie sieht aus wie eine Bäuerin. Weiße Atemwölkchen kommen aus ihrem Mund wie aus einer Schwartzkopff-

Lok, ihre Wangen glühen, das sieht er selbst im tranig-gelben Gaslicht der Halle. Auf dem Rücken trägt sie einen großen, tornisterartigen Rucksack, aus dem oben etwas herausguckt, das nach Malerstaffelei aussieht.

«Sie fahren fort?»

Sie lacht schnell, ihr Kinngrübchen springt dabei einmal hoch und runter. «Nichts Ungewöhnliches an einem Bahnhof.»

«Wohin, wenn ich fragen darf?»

«Gransee, dann weiter in die Rheinsberger Gegend.»

«Um zu malen? Bei diesem Wetter?»

«Die Staffelei ist nur Tarnung. Eine Frau mit einem Gewehr im Rucksack erregt immer noch zu viel Aufsehen. Ich gehe auf die Jagd.»

«Sie singen im Chor. Sie jagen. Elba Runge, Sie sind eine erstaunliche Frau. Wen jagen Sie denn?»

«Nur die Schweine. Alles außer Schwarzwild hat im Moment Schonzeit.»

«Aber Schweine haben nie Schonzeit?»

«Schweine nicht.»

«Jagen Sie allein?»

Nun erscheint ein vorwitziges Grübchen in ihrer Wange, das im Kinn ist ohnehin immer da.

«Und wenn nicht? Eifersüchtig?»

Er steckt sich eine neue Zigarette in den Mund, um nicht antworten zu müssen.

«Haben Sie wegen dieser Villa in Steglitz etwas rausgefunden?»

Sie gibt ihm einen Zettel und sagt: «Viel Erfolg auf Ihrer Jagd, Landow.»

Sie geht, stoppt, dreht sich noch mal zu ihm um: «Was ist mit ihrem Auge passiert, Landow?»

Sie meint die Platzwunde an der rechten Augenbraue, die er seit letzter Nacht hat.

«Beim Ringen. Ich hatte gewonnen. Sahen andere anders.»

«Griechisch-römisch?», will sie noch wissen.

«Eher deutsch-polnisch. Stuhlbein.»

«Passen Sie auf sich auf, mein Held.»

Dann geht sie zum Anfang des letzten Waggons und steigt die Eisentreppe in den Wagen hinauf. Sie tut das derart sicher und selbstverständlich, dass er ihr durchaus zutraut, allein auf die Jagd nach den Schweinen zu gehen. Vorn, am Anfang des Zuges, schießen Dampfwolken aus den Druckventilen. Ein Ruck geht durch den ganzen Zug. Dann ist sie weg. Gransee. Er hat nur eine vage Ahnung, wo das ist. Er hätte fragen können, wie lange sie fortbleibt. Er hätte dem Zug nachwinken können. Zum Glück hat er beides nicht getan.

Eine Straße, eine Hausnummer und *Achtung: Hunde* steht in ihrer großen, eckigen Bleistiftschrift auf dem Zettel, den sie ihm gegeben hat.

Neben der Wurstbude in der Bahnhofshalle macht jetzt der Zeitungsstand auf. Die Steigerung von Bluttat ist offenbar Attentat, sieht er. *In aller Stille: Opfer des blutigen Attentats vom Belvedere beigesetzt.* Sie haben eine Zeichnung von der Witwe hinter dem Sarg abgedruckt. Eine Extraausgabe des Berliner Tageblatts ist schon weiter: *Bankier-Mörder gefasst! Polizei stellt Anarchisten-Gruppe im Wedding.* Landow kauft noch zwei Blätter, die auf demselben Stand sind. Sie haben irgendwen festgenommen, um die Öffentlichkeit zu beruhigen. Da ist immer noch keine Rede davon, dass es drei Morde gab. Man habe, heißt es, in einem Schuppen Material gefunden, das auf die Planung weiterer Attentate schließen lässt. Anarchisten haben wohl kaum Diamanten, denkt Landow. Aber auch darauf würde er nicht mehr wetten. Er frühstückt ausgiebig in einem Imbiss für Droschkenkutscher. Hier, wie auch etwas später im Rasiersitz bei Dorn, ist das feige Anarchistenpack Thema Nummer Eins. Einzig strittiger Punkt zwischen den Sitzen 1, 2, 4 und 5: die Todesart.

«Erschießen ist viel zu human für solche», sagt der in Sitz 4. Insgesamt, und weil heute Sonnabend ist, schließt man sich gern der Schlagzeile eines Extrablatts an, die sich gar nicht erst mit Fakten aufhält, sondern in Hurra-Manier rausbellt: BERLIN ATMET AUF! Passend dazu verspricht der Wettermann der Gazette ein Ende der Niederschläge. Na, dann kann ja nichts mehr schiefgehen.

In der Kommandantenstraße unterhalb vom Spittel hakt sich plötzlich einer rechts bei Landow unter.

«Mitkommen, Sie sind festgenommen!»

«Orsini!»

«Die gute Nachricht: Die Miete ist gesichert. Ich habe am Schlesischen Bahnhof etwas gearbeitet. Manchmal geht das so schnell, dass man sich fast schämt. Wohlhabende Reisegruppe Richtung Breslau. Und bei Ihnen? Sie riechen gut.»

«Wir wissen jetzt, wo wir heute Abend hinmüssen. Ich habe mittlerweile die Adresse dieser Kunstvereinsvilla.»

«Da ist aber noch die schlechte Nachricht: Sie hatten offenbar recht mit Ihrer Vermutung, Landow. Unser Mann aus Zimmer 131 ist nur ein bedauernswerter Mann, malariakrank, aber harmlos. Die Polizei hat die wahren Täter gefasst. Haben Sie's nicht gelesen? Ihren Kunstverein können Sie sich sparen. Es sei denn natürlich, Sie wollten immer schon den Samstagabend in einem Kunstverein verbringen. Was tragen Sie denn da mit sich herum? Neu?»

«Nur geliehen. Lugert trug Smoking, als er ermordet wurde, erinnern Sie sich? Wohl kaum wegen des Tingeltangels im Bernhardi-Garten, der wollte danach noch woandershin. Zum Äpfelchen. Ich vermute deshalb, dass die Angelegenheit heute Abend von der exklusiveren Art ist. Und jetzt, wo die Täter angeblich gefasst sind und Berlin aufatmet, lässt der Geldadel bestimmt gern etwas springen für die meisterhafte Kopie eines Kriegers ohne Arme von Bellini. Ich vermute jedenfalls, dass mich dort eine Auktion der edleren Art erwartet.»

«Und nach was riechen Sie so verdächtig gut?»

«Ich war noch beim Wertheim in der Rosenthaler. Der moderne Mann duftet, sagte der Verkäufer. Wonach genau, habe ich vergessen. Gefällt es Ihnen?»

«Sie riechen wie ein mehrfach vorbestrafter Heiratsschwindler, würd' ich sagen.»

Frau Phillipi könnte es auch gefallen, glaubt Orsini, sagt davon aber nichts und beschließt, gleich am Montag beim Wertheim vorbeizugehen.

▪▪▪

Elba Runge hat nicht zu viel versprochen: Es gibt Hunde hier, die das riesige Villengrundstück im pragmatisch kurz *Südende* genannten südlichen Ende der Villenkolonie Steglitz bewachen. Landow hat bis jetzt vier gezählt, vier Hunde, die jeweils von kräftigen Herren in dunkler Uniform nach wahrscheinlich festgelegten Routen im Park des Hauses herumgeführt werden. Den Schnauzen von Hund und Führer entsteigen dabei malerisch weiße Atemwölkchen, manchmal sogar gleichzeitig. Sie haben sich die Ankunft von drei Herren genauer angesehen. Man kommt allein, trägt Smoking, zeigt bei einem Wächter am Beginn der Zufahrt seine Einladung vor, wahrscheinlich so eine Apfel-Karte, wie Lugert sie bei sich hatte. Der Barfüßige in der Kunsthandlung erwähnte, dass für jede Veranstaltung ein neues Homer-Zitat ausgewählt wird. Das ist natürlich ein ernst zu nehmendes Hindernis, es sei denn …

Auf seinem Weg zum Kontrollposten am Empfang wird Landow unsanft von einem kleineren Passanten gerempelt, danach fühlt er einen Umschlag in seiner Manteltasche. Auf einen Extrakteur der Extraklasse ist nun mal Verlass. Landow muss einen Moment warten. Der Einlass verzögert sich, denn der Herr direkt vor Landow kann partout seine Einladung nicht mehr finden.

«Aber ich hatte sie doch noch, als ich in den Wagen gestiegen bin», murmelt der Mann, Kaliber Gerichtspräsident, verärgert.

Und jetzt habe ich sie, denkt Landow und zeigt ruhig sein Billet vor. Der Eingeladene, also jetzt er, das haben sie vorher beobachtet, liest offenbar den Text aus der Karte vor und ein zweiter Mann neben dem Kontrolleur vervollständigt dann das Zitat. Schlüssel und Schloss hat der Barfüßige in der Grünstraße das genannt. Erst dann schreitet der Eingelassene allein die von Fackeln erleuchtete Zufahrt entlang auf das festlich illuminierte Haus zu.

«Eos, im Safrangewand Okeanos' Fluten entsteigend, …» liest Landow also ab und ist bemüht, sich nicht völlig meschugge dabei vorzukommen. Wer reitet so spät durch Nacht und Wind.

Der schmale Mann neben dem Wachmann komplettiert: «… hub sich, Göttern das Licht und sterblichen Menschen zu bringen.»

Der Ernst, mit dem der Mann diesen Satz beendet, erinnert Landow an die Sonntagsmesse in Steinhagen. Ungerührt gucken, bloß nicht lachen. Wer zuerst lachte, musste dem Bruder eine Mark zahlen. Wer zu laut lachte, fing sich vom Vater auf dem Nachhauseweg eine Schelle.

Ungeohrfeigt und, um gemessenes Tempo bemüht, allein durch den dunklen Park auf das wirklich sehr große, festlich beleuchtete Haus zugehend, fällt ihm Elba Runge ein. Die liegt jetzt irgendwo weiter nördlich, die Büchse im Anschlag, im Unterholz. Oder bei irgendwem im Bett. Und eigentlich läge er jetzt ganz gern daneben, merkt er.

Er hat mit viel mehr Publikum hier gerechnet. Auf der Herfahrt hat Orsini ihn noch danach gefragt. «Fünfzig, vielleicht siebzig Erlauchte werden es wohl sein», hat er vermutet. Hier, am Eingang und im Entrée der Villa, nimmt er nicht mehr als ein Dutzend handverlesene Gäste wahr. Das macht das Ganze übersichtlicher für ihn, aber auch er selbst fällt mehr auf.

Landow ahnt jetzt, was die kleinen Ziffern auf der Rückseite der Einladung bedeuten. Seine hat das Kürzel 6/11. Karte 6 von 11. Es kommen also nicht mehr als elf Gäste? Man kennt sich. Ihn kennt man nicht. Man trifft einzeln ein, in gemessenem Abstand. Man ist ausnahmslos männlich. Oder ist das hier etwa doch nichts anderes als ein sehr verschwiegenes, sehr edles Bordell? Ein exklusiver Ort, um, wie der Barfüßige es sagte, dem «Tosen und Toben» des modernen Lebens zu entfliehen? Aber weshalb treffen dann alle zur selben Zeit ein? Weil die hohen Herren gleich eine piekfeine Orgie in antikem Stil feiern?

Wie in der Kunsthandlung ist alles hier sehr hell, sehr eierschalfarben, sehr viel blasser Sandstein. Orsini hätte seine helle Freude. Jeder Gast wird offenbar von einem eigenen Diener in Empfang genommen und in den hinteren Teil des Anwesens geführt. Landow überschlägt für alle Fälle die Stärke des Gegners: vier Uniformierte, vier Hunde, ein halbes Dutzend Leute am Eingang, elf Platzanweiser, zehn Kunstfreunde. Wenn es drauf ankommt, sind die in der Überzahl.

Das Haus selbst, außen wie innen im kühlen, klassizistischen Stil gebaut, hat nichts mit der aktuellen Einrichtungsmode zu tun. Selbst die geschmackvolle Breitkopf-Villa neulich war, verglichen mit dem hier, ein überfrachteter Ort.

Trotz der eingespielten und absolut diskreten Ablaufplanung gerät im Haus der Einlass kurz ins Stocken. Am Kopf der ersten Treppe begegnet Landows Blick dem eines anderen Gastes, der ebenfalls warten muss. «Meine eigene Vorfreude erstaunt mich immer wieder», raunt der Mann in seine Richtung, ein Endvierziger mit mehrfachem Kinn und teurer Duftwolke. Und weil Landow nur lächelt, fügt der Mann noch leise hinzu: «Von mir aus könnten sie das sogenannte Programm ganz weglassen. Am schönsten ist es, wenn die Engelchen nur daliegen und schlummern und sich ihre kleinen rosigen Bäuche heben und senken. Da wird mir ganz anders.» Zu weiteren Schilderungen kommt es nicht. Der Zug der Antikenfreunde setzt sich lautlos wieder in Bewegung. Die jedem Gast zugeordneten Diener sind in schlichte, sandfarbene Kaftane gekleidet. Landows Diener geht ihm voraus einen halbrund geschwungenen Flur entlang und öffnet ihm dann eine Tür mit der Aufschrift 6/11. Alles hier geschieht ohne Worte, das läuft immer so ab, man kennt dieses Ritual, merkt Landow. Er befindet sich jetzt allein mit seinem Begleiter in einer Art kleinem Zimmer, das wie alles hier sehr sparsam und sehr edel eingerichtet ist. Eine mit lichtbraunem Leder bezogene Récamiere steht vor einem Fenster oder Durchgang, vor dem noch ein bodenlanger Vorhang zugezogen ist. Landow vermutet, dass links und rechts von diesem Zimmer exakt gleiche angrenzen. Elf Séparées also? Wozu? Er wagt nicht, eine womöglich unangemessene Frage zu stellen, die ihn zu früh als Eindringling entlarvt. Er lässt sich stattdesen Hut und Mantel abnehmen. Als der Diener ihm auch aus der Smokingjacke helfen will, stutzt Landow kurz, worauf der Bursche sich unverzüglich zurückzieht. Man legt hier also ab. Man gibt sich leger. Man befreit sich. Man ist unter sich.

«Ich bin in zehn Minuten zurück», sagt der Diener mit großer Freundlichkeit, schenkt derweil Champagner ein und löst sich dann lautlos in Luft auf wie ein Flaschengeist. Immerhin Champagner. Landow hat befürchtet, es gebe wieder nur warmes Wasser, und hat sicherheitshalber einen Flachmann dabei. Er sieht sich um. Eine Mischung aus Herrenclub und Hotelzimmer: Es gibt einen Humidor, ein Tischchen mit edlen Accessoires, einen Stummen Diener, daneben einen dünnen, seidenen Hausmantel. Soll er den anziehen? Und, wenn ja, was soll er dafür ausziehen? Soll er nackt wie ein Kind dem Tosen und Toben der Welt entrückt auf irgendetwas warten? Mal im Zimmer nebenan klopfen und fragen? Keinen Ton hört er von dort. Niemand spricht. Man versteht sich stumm in derartigen Kreisen. Aus einem entfernten Teil des Hauses, von irgendwo hinter dem Vorhang hört er Musik, irgendwelche sehr antik klingenden Flöten. Landow hat keine Ahnung, was dieser Abend hier noch bringt, aber eins steht fest: Die meinen es ernst. Und das lassen die sich etwas kosten.

Er nimmt einen ordentlichen Schluck vom perfekt gekühlten Champagner (einen großen Cointreau, zimmerwarm, hätte er jetzt aber auch nicht stehenlassen), dann kann er sich nicht mehr zügeln und späht vorsichtig vorn durch das noch zugehängte Fenster. Tatsächlich, das alles hier scheint eine Art kleines Theater für exakt elf Zuschauer zu sein. Wieso nicht zehn, zwölf oder zwanzig? Weshalb elf? Zog man den Verräter Judas ab, hatte Jesus elf Jünger. Fußball spielt man mit elf Spielern, glaubt er zu wissen. Aber das hier sieht nicht nach Abendmahl und nicht nach Ballsport aus. Auf der anderen Seite einer kleinen kreisrunden Arena, keine zehn Meter im Durchmesser vielleicht, auf der so etwas wie ein Kulissenteil mit einem Bäumchen steht, sieht er eine Reihe gleicher, ebenfalls noch mit Vorhängen verschlossenen Öffnungen. Die Einzelkabinen 1/11 bis 11/11 rahmen also eine Spielfläche wie ein Hufeisen ein. Die Theater in der Antike hatten eine ähnliche Form, das weiß, wer einen Vater mit Leidenschaft für so etwas hatte. Aber verschwiegene Séparées hatten die keine.

Einer Intuition folgend und auch auf die Gefahr hin, sich vollkommen lächerlich zu machen, schlüpft er aus den Kleidern. Nur die Unterwäsche lässt er an und zieht diesen, wirklich alles ist hell hier, cremefarbenen Seidenmantel über, der fast bis zum Boden reicht. Als er sich Champagner nachschenkt, entdeckt er so etwas wie einen Programmzettel:

Samstag, 23. Februar

Eos, im Safrangewand Okeanos' Fluten entsteigend,
Hub sich, Göttern das Licht
und sterblichen Menschen zu bringen.
(Ilias, 19. Gesang, Die Überwindung des Zorns)

Milo präsentiert heute:

- *Der goldige Reigen der Engel*
- *Das Ballspiel der jungen Hirten*
- *Rezitation des 19. Gesangs von Staatsschauspieler Hirte*
- *Das Bacchanal der Knaben*
- *Kontemplation ad libitum*

Also keine Auktion. Keine Orgie. Nur ein Theater. Für elf? Aber wozu? Und wozu halbnackt? Dafür, dass das hier eine Art Theater ist, spricht auch ein mit Perlmutt belegtes Opernglas auf einem Tischchen neben der ledernen Récamiere. Daneben steht noch ein schlichtes, silbernes Metallkästchen, etwa zehn auf zwanzig Zentimeter groß. Aus einer ovalen Öffnung im Deckel guckt etwas Weißes heraus, ein Tuch. Landow zieht daran und hält ein hauchdünnes Papiertuch in Händen, noch viel feiner und weicher als Orsinis Klopapier. Das Verblüffende ist, dass die Tücher in dem kleinen Kasten offenbar so gefaltet sind, dass das Herausziehen eines Tuches wie von Geisterhand den Zipfel des nächsten zum Vorschein bringt. Griffbereit. Zupfbereit. Allzeit bereit. Wie die erstarrte, weiße Flamme eines großen Tischfeuerzeugs guckt immer ein unschuldig frisches Tüchlein oben aus der mit gravierten Ornamenten geschmackvoll verzierten Box. Aber wozu? Wenn einen bei dem Schauspiel, das irgendwann auf dieser ominösen Bühne da vorn geboten wird, die Ergriffenheit übermannt? Für die Schnupfensaison im Februar? Landow kann nicht anders, als ein weiteres Tuch herauszuzupfen, dann noch eins. Noch eins. Noch eins. Und noch eins. Mit stiller Präzision erscheint immer wieder die weiße Flamme des frischen Zipfels in der Öffnung und scheint zu sagen: Sorge dich nicht. Ich bin da, wenn du mich brauchst.

Landows Diener kehrt zurück, nein, jetzt ist es ein anderer als der vorhin. Der neue sieht orientalischer aus und hantiert gekonnt und absolut lautlos mit einer kupfernen Wanne und einer dampfenden Kanne.

«Bereit für das Fußbad?», fragt der Diener und gießt dampfendes Wasser in die Kupferwanne auf dem Boden. Landow nickt, schließt die Augen und lässt die Prozedur über sich ergehen.

Während der Mann Landows Füße wäscht, was neulich erst der Diamantenhändler am Kottbusser Ufer gemacht hat und davor mehr als dreißig Jahre lang nur Landow selbst, stellt der sich vor, dass exakt das Gleiche gerade in den zehn anderen Zimmern passiert. Seine Füße werden gewaschen, getrocknet, ausgiebig mit einem angenehm duftenden Öl eingerieben und dann auf einem Kissen am Fußende der Récamiere gelagert.

Lautlos wird das funkelnde Kupfergeschirr beiseitegeräumt, und Landow, den dritten Champagner auf leeren Magen angenehm spürend, fühlt sich für einen Moment tatsächlich wie ein Reisender im Morgenland, der nun durchaus bereit wäre, mehr über die Geheimnisse dieses geheimnisvollen Harems in Erfahrung zu bringen. Er könnte aber genauso gut ein Nickerchen halten.

Der Diener präsentiert ihm nun eine Reihe von Waren, die den Gästen offenbar zur freien Verfügung stehen. Zur Auswahl, erläutert er, stehen heute und selbstredend kostenfrei kubanische Zigarren in den Größen Petit Corona und Robusto, feine Lederwaren aus dem Pariser Hause Hermès, zum Beispiel Brieftaschen aus Eidechsenleder in wirklich schönen, hochmodischen pflaumenblauen Farbnuancen, und, und das sei eine veritable Sensation, bereits vor der offiziellen Premiere der lang erwartete Luxus-Duft des französischen Edelparfümeurs Guerlain, Jicky.

Landow, umsorgt und gesalbt, hat mittlerweile Gefallen gefunden an seiner Rolle als Haremsinspekteur. Er wählt eine der schlanken Zigarren, verfolgt das Aufsteigen der weißen Rauchkringel wie ein Poet, betastet interessiert die wirklich samtweichen Lederwaren, beschließt, dieses kleine dunkelblaue Portefeuille für Orsini mitzunehmen, beschnuppert dann mit

Kennermiene den ihm hingehaltenen Glasstopfen dieses neuen Wunderparfüms.

Dann endlich wagt er doch, seinem Diener eine Frage zu stellen: «Sagen Sie, wann geht es denn hier los?»

Der Diener lächelt ihn milde an und flüstert beinah: «Wann? Aber es ist doch bereits losgegangen, mein Herr.»

Und tatsächlich erlischt sanft das Licht in seinem Séparée. Wie von Geisterhand bewegt, öffnet sich der Vorhang und gibt den Blick frei auf die Spielfläche. Ihm ist, als sähe er da vorn lauter Engel. Greifbar nah. Fröhlich herumtollend. Vollkommen nackt bis auf ein Paar Flügelchen hinten an den Schultern.

Dann, Landow weiß nicht, ob es der Champagner ist oder der Weihrauchgeruch im ganzen Haus oder dieses Parfüm, … ihm wird … er weiß nicht … er will noch … Dann – will er nichts mehr.

Zweiter Abschnitt

Dies Irae

«Schafe können sicher weiden,
wo ein guter Hirte wacht.»

Johann Sebastian Bach, Kantate, BWV 208

10

Sonntag, 24. Februar 89

Er glüht wie in einem Fieber. Er schwitzt wie ein Schwein. Er fühlt geradezu, wie das Wasser an ihm herabläuft. Er schwitzt oft im Schlaf. Das kommt vom Schnaps. Der Cointreau will irgendwann wieder raus, auch seitlich. Seit dem letzten Sommer trinkt er weniger als sonst. Nicht mehr täglich, nur noch zwei-, dreimal die Woche, gegen die Erinnerung, gegen das Vergessen. Aber jetzt und hier schläft er nicht. Er hält bloß die Augen geschlossen, hat Angst, sie zu öffnen. Denn wenn er sie öffnet, weiß er, dass er nicht schläft. Er liegt auch nicht. Er steht, spürt er. Seine Füße sind blockiert, wie an den Knöcheln gebunden. Er hört ein Knacken und Prasseln wie von einem großen Feuer. Hat das Haus angefangen zu brennen? Welches Haus? Die Erinnerung kehrt zurück: Er war in diesem Haus, diesem gut bewachten Haus. Da waren Kinder. Nackte Kinder mit Flügeln. Waren die wirklich da oder … Er hört Schritte vor sich. Er ist also nicht allein hier. Tatsächlich, da summt einer. Landow lauscht angestrengt, es ist nur einer. Kurze Bestandsaufnahme: Landow ist, wahrscheinlich gefesselt, in der Gesellschaft eines Menschen, und es ist sehr heiß um ihn herum. Er zwingt sich, die Augen zu öffnen.

«Sie müssen viel trinken. In der Hitze muss man trinken. Da kenne ich mich aus.»

Landow fährt zusammen, weil der andere direkt vor ihm steht. Den hat er schon gesehen.

Der Mann direkt vor ihm sieht ihn ernst, beinahe forschend an und presst Landow einen Glaskrug mit Wasser an die Lippen. Das Glas ist kühl, das Wasser ist kalt wie ein Gebirgsbach. Der tut ihm Gutes. Der will nichts von ihm. Weshalb ist er dann gefesselt? Nun reißt der ihm den Krug wieder fort und geht in den hinteren Teil des großen, halbdunklen Raumes, den Landow mehr ahnt als sieht. Das ist doch, natürlich, das ist der Kerl aus der Villa, der zweite Diener! Von seiner Livree trägt der nur noch die Hose. Sein ganzer Körper ist stark gebräunt, aber sein Haar ist aschblond und strohig. Das ist kein Orientale. Moment, das könnte der Mann sein, dem Orsini gefolgt ist. Weshalb ist ihm das nicht schon beim Füßewaschen aufgefallen? Landow hat sich einlullen lassen von diesen Taschenspielertricks, war abgelenkt und bedudelt vom Champagner. Schweigend trägt der braune Kerl da vorn Holzscheite heran, jedes lang wie ein Männerbein, und schiebt sie gewissenhaft in einen der drei großen Öfen. Daher also die Hitze. Landow ist fast dankbar dafür, sich zumindest das mit der Temperatur erklären zu können.

Der Fremde da vorn ist Mitte zwanzig wahrscheinlich, noch kein Wohlstandsfett, drahtig, aber auch seltsam zerbrechlich. Der Mann hat das Hemd abgelegt beim Arbeiten, nicht nur Gesicht und Hände sind stark gebräunt, auch sein Oberkörper und seine Arme. Der war lange in südlicher Sonne unterwegs. Ein Matrose? Angehörige der Kolonialtruppen tragen Uniform, denen kommt der afrikanische Sonnenstrahl bestenfalls ans Kinn und an die Hände. Wenn das dort dieser Malariamann mit den Maikäfern ist, den Orsini beobachtet hat, haben die sich also ihre Opfer in diesem erlauchten Zirkel ausgesucht? War Breitkopf auch Mitglied bei Milo? Landow beschließt, wohl auch um seine Angst in den Griff zu kriegen, den braunen Fremden den *Lebkuchenmann* zu nennen.

Weil ihn der nicht mehr beachtet, versucht Landow die Initiative zu übernehmen. «Hören Sie», krächzt er mit belegter Stimme, «ich weiß nicht, was das hier werden soll, aber ich gehöre nicht zu diesem Kunstverein, aus dem Sie offenbar Ihre Opfer rekrutieren. Verstehen Sie? Ich bin kein Opfer.»

Immerhin hat der Mann ihm zugehört. Er kommt ruhig auf Landow zu und sieht ihn eine Weile prüfend an. Dann sagt er ernst: «Richtig, Sie sind kein Opfer. Ich bin Opfer. Sie sind Täter.»

«Das ist eine Verwechslung», bringt Landow gehetzt heraus. «Ich bin kein Bankier.»

Der Lebkuchenmann, jetzt wieder hinten bei diesem entsetzlich großen Ofen, ruft zu ihm herüber: «Ich weiß. Sie sind kein Bankier. Sie sind Herr Landow. Herr von Landow, um genau zu sein.»

Erst jetzt sieht Landow an sich hinab. Tatsächlich, er ist mit dünnen Seilen zusammengebunden, an den Knöcheln und an den Handgelenken. Nur in Unterhosen steht er mit vor dem Bauch gefesselten Händen an einen der wuchtigen Eisenträger gelehnt, die die Decke des großen Raumes stützen. Er steht da wie einer, der erschossen werden soll. Und er steht auf einem runden, flachen Blechding, nicht größer als ein Teller.

«Weshalb bin ich gefesselt?»

«Das ist nur zu Ihrem Schutz, Herr von Landow», sagt der Fremde und singt halblaut vor sich hin. «Stört Sie mein Gesang? Wagner. Aus der *Götterdämmerung.* Passend, oder? *Starke Scheite schichtet mir dort.* Eine schöne Stelle kurz vor dem Ende. *Hoch und hell lodre die Glut.*»

Der Fremde öffnet mit einem schnellen Fußtritt die Feuerluke, Flammen schlagen heraus. Der Mann macht rasch einen Schritt zurück, schwingt das große Scheit in seinen Händen vor und zurück wie einen Rammbock, bevor er es in den Ofen wirft. Funken stieben aus der Brennkammer. Dann sieht er zufrieden in das Lodern, lauscht dem Knacken und Knallen des feuerfangenden Holzes und schließt die Eisentüre wieder mit einem Tritt.

«So, das reicht, denke ich.»

«Reicht? Reicht wofür?»

«Für Sie, Herr von Landow. Ich muss mich ranhalten, ich muss den Teig noch durchkneten.»

Landow hat die Hoffnung, dass er sich eventuell doch noch in einem seiner Albträume befindet, inzwischen aufgegeben. Er versucht, von diesem Teller herunterzuspringen, auf dem er steht wie ein Tanzbär auf der heißen Eisenplatte.

«Das würde ich an Ihrer Stelle nicht tun!!», herrscht ihn der Fremde an, worauf Landow regungslos auf dem Ding verharrt. Die Adern des Mannes sind aus seinem schweißglänzenden Hals hervorgetreten wie Seile. Und so plötzlich, als hätte jemand einen Hebel umgelegt, ist sie da in diesem bis jetzt strengen, fast scheuen Gesicht mit den flackernden Augen: diese unbändige Wut, die auch aus den Morden an Breitkopf und Lugert spricht.

Landow fragt trotzdem: «Weshalb soll ich nicht von diesem Ding runter?»

«Wenn die kleine Zugfeder Nr. 4 entlastet wird», antwortet ihm der Fremde jetzt wieder geradezu höflich, «gleitet der Führungszylinder Nr. 7 nach oben und spannt den konischen Auslösungsbolzen Nr. 10. Die Ladung wird gezündet und sie werden in Stücke gerissen.» Er sieht Landow nun direkt in die Augen. «Sie stehen auf einer Tellermine, Herr von Landow.»

«Was! Aber warum?»

«Weil ich es so will! Ich möchte Ihnen noch eine Geschichte erzählen, bevor Sie sterben. Meine Geschichte. Und die hat mit dieser Mine zu tun. Genauer gesagt, mit dem kleinen Ding, nicht größer als ein Däumling, das sie auslösen kann. Patent Nummer BE-35360446. *Kapselgelagerter Hub-Auslöser für statische Detonations-Waffen.* Eine Erfindung der Firma *Busch & Sohn.* Das bin ich. Der Sohn. Die Firma und Herrn Busch gibt es nicht mehr, so gut wie nicht jedenfalls.»

Wie zur Bestätigung knackt das brennende Holz in diesem großen Ofen mehrmals hintereinander laut wie ein Pistolenschuss.

«Ich», beginnt der Lebkuchenmann ganz ruhig, «bin der einzige Überlebende eines Krieges, von dem in keiner Zeitung berichtet wurde. Sie, Graf Landow, gehören zu den Siegern. Lugert gehörte auch dazu, Breitkopf natürlich. Breitkopf war, wie es bei solchen Kriegen heißt, federführend. Roth war damals Breitkopfs Assistent. Er führte keine Feder, er führte bloß Befehle aus. Sein Tod war für mich der Auftakt. Der Aufgalopp. Die Vorbereitung war nicht so aufwendig wie bei den anderen. Hier, trinken Sie noch etwas. Man muss viel trinken in dieser Hitze. Bei Herrn Roth musste ich nur ein kleines Holzbrückchen ansägen, auf dem er täglich stand, um seine albernen Fische zu füttern. Zierkarpfen! Nutzlose Lebewesen, nur dazu da, angestarrt zu werden. Er brach sich wohl das Genick. Wer weiß das so genau? Obwohl, wenn ich es recht bedenke, hinderte ich ihn daran, seinen Kopf wieder aus dem Wasser zu heben. Wie auch immer: Er ertrank. Eine einfache Übung. Breitkopf war ungleich schwerer. In jeder Hinsicht schwerer.»

Landow ertappt sich dabei, dem geständigen Mörder gebannt zuzuhören. «Wollen Sie damit sagen, Sie haben das alles allein bewerkstelligt? Sie allein haben Breitkopf an das Teehaus im Schlosspark gehängt? Sie wirken, wenn ich das in meiner Lage sagen darf, nicht besonders kräftig. Sie zittern, wirken erschöpft.»

«Das Zittern verdanke ich der Malaria. Ein Andenken an drei Jahre Deutsch-Südwest. Eine winzige Mücke mit einem Saugrüssel dünn wie ein Elfenhaar reicht, um einen ganzen Menschen mit dieser verdammten Krankheit zu infizieren. Das ist wie in diesem Krieg, den ich erwähnte. Es fängt klein an, kaum merklich, aber eh du dichs versiehst, ist es in dir und beginnt zu arbeiten. Und wenn du das ganze Ausmaß erkennst, dann bist du nur noch ein Wrack. Aber, um auf Ihre Frage zu antworten, Graf Landow: Ja, ich beging all diese Taten selbst. Meine Helfershelfer waren Umlenkrollen, Flaschenzüge, Leitern und die Gesetze der Physik. Für Breitkreuz musste ich eigens Knoten lernen! Das Ergebnis war trotzdem nicht vollendet. Er rutschte von einer der Säulen etwas nach unten. Das trübte den Gesamteindruck. Aber ich war, als er schließlich dort oben hing, wirklich mit meinen Kräften am Ende. Es ist nicht leicht zu töten. Ich hatte es mir leichter vorgestellt.»

Landow muss eine andere Position finden. Der Schmerz in seinen fest zusammengeschnürten Beinen nimmt zu. Den Rücken an den Pfeiler hinter sich gelehnt, versucht er, in eine Hockstellung zu gelangen. Zittrig wie das Häschen in der Grube. Vergeblich. Er verliert das Gleichgewicht, kippt fast von diesem Eisenteller herunter. Der Lebkuchenmann betrachtet ihn dabei, den Kopf etwas zur Seite geneigt, ohne einzuschreiten. Gut möglich, dass der ihn belogen hat und dieses Ding, auf dem er steht, nur eine Attrappe ist. Aber falls nicht, reißt ihm das Ding die Beine ab. Landow hat im Franzosenkrieg gesehen, wie das geht. Die Blutgefäße, die dabei verletzt werden, sind so groß, dass das Ausbluten fast gnädig schnell geht. Aber man würde währenddessen trotzdem noch die eigenen, abgerissenen Beine herumliegen sehen. Gut möglich, dass er diesen Krieg hier, Mann gegen Mann, nicht gewinnen kann. Aber um überhaupt noch eine Chance zu haben, muss Landow Zeit gewinnen.

«Erzählen Sie mir mehr von Ihrem Krieg, Herr Busch.»

Ein winziges Lächeln huscht über das konzentrierte Gesicht des Lebkuchenmannes, als er sagt: «Sie können sich also an mich erinnern.»

«Wir sind uns schon begegnet?», fragt Landow. «Wo war das?»

«Am 24. Mai 1882, ein Mittwoch, in den Räumen der Dresdner Bank. Man gab ein kleines Bankett, weil es etwas zu feiern gab. Erinnern Sie sich jetzt? Sie waren mit Ihrem Herrn Vater dort. Ich war mit meinem dort. Breitkopf hielt eine kurze Rede. Sie und Ihr Vater gehörten zu den Käufern von Vorzugsscheinen, die aus der Firma meines Vaters, wie Breitkopf es ausdrückte, ein Unternehmen machen würden. ‹Aus Tradition wird Zukunft›, sagte er. Diesen Satz werde ich nie vergessen. Und er stimmte tatsächlich. Aus der Tradition des Familienunternehmens Busch wurde die Zukunft der Bank.»

«Das muss ein Irrtum sein, Herr Busch. Ich habe meinen Vater seit zehn Jahren nicht mehr gesehen.»

Der Lebkuchenmann bewegt seinen knochigen Kopf auf und nieder, ein kleines, stummes Nicken nur, dann blickt er Landow wieder ernst an. Das Lächeln in seinem brotbraunen Gesicht lässt ihn noch gefährlicher aussehen.

«Ein Hoch auf die moderne Technik!», flüstert er und holt etwas aus einer Mappe, die er seitlich im Halbdunkeln abgelegt hat. «Hier, sehen Sie, ich helfe Ihrem Gedächtnis auf die Sprünge. Die Übernahme der Firma Busch und Sohn war der

Dresdner immerhin ein Faltblatt wert. Hier, sehen Sie die Fotografien? Herr Breitkopf und mein Vater. Breitkopf, Lugert und ein Herr Wassermann. Und hier: Vater und Sohn Landow mit Vater und Sohn Busch. Väter und Söhne. Aus Tradition wird Zukunft.»

Tatsächlich, das Bild, das ihm Busch hinhält, zeigt vier Männer in dunklen Anzügen, Sektgläser in der Hand.

«Das ist mein Vater, ja. Aber der da, das bin nicht ich, das ist mein Bruder, mein Zwillingsbruder. Wir waren Zwillinge. Glichen uns wie ein Ei dem anderen. Es gab nur ein Merkmal, das uns unterschied: Mein Bruder hinkte, erinnern Sie sich nicht? Er hatte einen verkrüppelten Fuß.»

Busch schaut auf die zerknickte Bankbroschüre in seiner Hand, dann prüfend in Landows Gesicht. «Wieso *hatte*?», flüstert er.

Zum ersten Mal hat Landow so etwas wie einen Hauch Hoffnung, Busch überzeugen zu können.

«Weil mein Bruder Perikles Landow tot ist. Er starb im vergangenen Sommer.» Dass er in Landows Armen starb, nachdem er zuvor versucht hatte, Landow zu töten, lässt er hier besser fort.

Wieder huscht ein Lächeln über Buschs Gesicht, zu schnell und zu tückisch, um ernst gemeint zu sein. Der Lebkuchenmann kommt sehr nah an Landow heran und droht ihm wie im Scherz mit seinem zittrigen Finger.

«Dass Sie mir einzureden versuchen, lieber Graf von Landow, einen Falschen erwischt zu haben, ist nur natürlich. Das ist die Angst vor dem Tod. Aber kein Grund zur Sorge, ich mache es Ihnen leicht. Ich betäube Sie vorher.»

«Wieder mit Ihrem angeblichen Luxusparfüm?»

«Eine hübsche kleine List, nicht wahr? Bei Breitkopf und

Lugert hat dieser Köder tadellos gewirkt. Diese stahlharten Geschäftsleute waren ganz wild darauf und steckten ihre Nasen absolut freiwillig in eine Wolke aus Chloroform.»

«Wenn ich das einigermaßen richtig verstehe, sägen Sie bei einem eine Brücke an, einen anderen hängen sie wie ein X auf und beschmieren ihn mit Schweineblu…»

«Hühnerblut. Es war Hühnerblut!» Wieder treten die Adern aus Buschs magerem Hals hervor, als er das herausschreit.

«Dem Dritten lassen Sie Käfer aus dem Mund herauskrabbeln. Was haben Sie mit mir vor?»

«Sie enttäuschen mich, Graf! Die Geschichte dahinter liegt doch auf der Hand. Eine eingestürzte Brücke, der eigentliche Hinweis bei Breitkopf war übrigens das Brot an der Schnur in seinem Magen und als Drittes die Käfer. Nun? Kommen Sie drauf? Ich gebe Ihnen noch einen Hinweis. Als Breitkopf mit meinem Vater auf die Verzehnfachung der Kapitaldecke in unserer Firma anstieß, zitierte er, feingeistig wie er war: ‹Dieses war der erste Streich, doch der zweite folgt sogleich.›»

Landow schweigt. Was soll das alles? Was will dieser Busch? Dessen Enttäuschung darüber, dass Landow nicht auf die Lösung kommt, ist jetzt mit Händen greifbar.

«Dieses war der erste Streich, doch der zweite folgt sogleich! Wilhelm Busch! Ein Satz von Busch für die Firma Busch! Max und Moritz! Herrgott noch einmal! Das muss man doch erkennen! Der Lehrer bricht mit der Brücke ein. Die Hühner der Witwe picken den Brotköder und hängen sich zu viert selbst auf wie ein X, dem Onkel krabbeln Maikäfer über die Nase! Ich habe mir solche Mühe gegeben! Ich hätte jeden bloß zu vergiften brauchen. Aber das wäre zu leicht gewesen. Lugert sagte zu Beginn des Banketts, als mein Vater und ich dort eintrafen: Ah, da sind ja unsere Goldjungs. Und dort unten, mehr tot als lebendig, in diesem verschissenen Deutsch-Südwest, da schwor ich mir: Nur tot reicht nicht. Euer Goldjunge beschert euch einen echten Goldtod, meine Herren. Einen Tod à la Busch.»

Der Schmerz in Landows gefesselten Beinen ist kaum noch auszuhalten. Er hämmert ihm hoch bis in die Schläfen. Je länger er diesem Busch junior zuhören muss, desto weniger zweifelt Landow an dieser Geschichte. Buschs Motiv für die Morde an Roth, Breitkopf, Lugert und Landow ist also Rache. Keine eiskalt ausgeführte Vergeltung, sondern ein von sehr viel Wut und unbändigem Hass gespeistes Jüngstes Gericht. Wenn es, offenbar einem Irren ausgeliefert, überhaupt so etwas wie Hoffnung gibt, dann die, dass es in einem Gebäude wie diesem, einem Gebäude, dessen Küche derart große Öfen hat, eine Wache geben muss, einen Nachtwächter, der irgendwann nach dem Rechten sieht. Aber was, wenn auch der schon tot ist? Er beschließt, den anderen zu beschäftigen. Landow muss jetzt Zeit gewinnen.

«Wie spät ist es?» Eine reichlich sinnlose Frage kurz vor der Ewigkeit.

«Wieso, Herr von Landow? Haben Sie noch etwas vor? Ich glaube, nicht. Und falls Sie darauf spekulieren, dass hier so etwas wie ein Nachtwächter auftaucht … ich muss Sie enttäuschen. Die Wache hat heute frei und feiert in der Stadt ihren Karnevalsball.»

«Sind wir denn hier nicht mehr unter der Villa?» Könnte es tröstlich sein, zumindest den Ort zu kennen, an dem man stirbt?

«Der Villa? Aber nicht doch, wo denken Sie hin? Wir sind hier allein. Ganz unter uns. Abgesehen von den sechshundert Wahnsinnigen über uns. Willkommen in der Irrenanstalt zu Dalldorf. Pünktlich um sechs Uhr in der Früh wird das Küchenpersonal hier seinen Dienst aufnehmen und sich wundern, dass jemand, und zwar ich, bereits etwas vorbereitet hat. Sie!»

Damit kommt Leben in den nachdenklich gewordenen Racheengel. Er eilt nach hinten, holt in wilder Hast Gegenstände und Gerätschaften nach vorn zu einem breiten Arbeitstisch. Landow erkennt einen eisernen Rollwagen, der aussieht wie eine Bahre auf Rädern. Die Liegefläche hat die gleiche Höhe wie die obere Klappe der Öfen. Landow versucht fieberhaft, sich an *Max & Moritz* zu erinnern. Einer explodiert noch, glaubt er sich zu erinnern. Das würde die Mine erklären. Aber weshalb dann der Ofen?

Wenn er angesichts dieses Wahnsinns überhaupt zu etwas in der Lage ist: Dieser Busch bringt also Bankiers und deren Helfershelfer um, weil die Bank die Firma seines Vaters zerstört hat? Aber was hat das mit Deutsch-Südwest zu tun? Die deutsche Kolonie erklärt zumindest Buschs Hautfarbe, die Malaria und die Diamanten. Vielleicht ist es nur die schiere Angst davor, die Ausweglosigkeit der eigenen Lage zu akzeptieren, aber Landow will mehr über diesen Vergeltungskrieg des Herrn Busch erfahren.

Der ist mittlerweile in das Studieren einer Liste vertieft, sieht Landow. Jetzt, als spüre er den Blick des Gefesselten auf sich, schaut er zu ihm her.

«Weil Sie nach der Zeit fragten, Herr von Landow: Es ist jetzt exakt fünf Minuten vor ein Uhr. Hilft Ihnen das weiter?»

Natürlich nicht. Spring doch einfach von der Mine, Landow, sagt er sich. Wenn das nur ein Bluff ist, wird er dich auslachen. Und wenn der Blechteller tatsächlich eine scharfe Landmine ist, müsste er nicht darauf warten, von diesem Irren in den Ofen geschoben … Das ist es! Die werden gebacken! Max und Moritz werden gebacken!

«Wenn Sie mich ohnehin umbringen, Herr Busch, und damit einen Unschuldigen töten, denn der auf der Fotografie, das bin nicht ich, aber sei's drum, wenn Sie also auch mich aus Rache töten wie die drei vor mir, dann könnten Sie mich jetzt zumindest von diesem Ding herunterkommen lassen, damit ich mir Ihre Geschichte in Ruhe anhören kann. Vor lauter Schmerzen spüre ich schon meine Beine nicht mehr. Nehmen Sie mich hier runter, lassen Sie mich pinkeln, dann höre ich Ihnen die ganze Nacht lang zu, versprochen.»

Busch legt sich eine Jacke um die Schultern und lehnt sich mit verschränkten Armen an den Arbeitstisch kaum zehn Meter entfernt. Sein Zittern ist bis hierher zu sehen. Wenn es Landow gelänge, ihn dicht zu sich zu bekommen, um die Mine zu entschärfen, könnte er ihn dann vielleicht mit einem harten Kopfstoß unschädlich machen? Das ist seine einzige Chance. Wahrscheinlich seine letzte. Aber dazu muss Busch vorher das verfluchte Ding entschärfen.

Der, immer noch an den Tisch gelehnt, spricht jetzt so leise, dass Landow ihn kaum versteht.

«Versprochen, sagen Sie? Sie und Ihresgleichen haben uns viel versprochen, mir und meinem Vater. Vater! Eine wunderbare Idee! Ein Vater sollte stolz sein können auf die Leistung seines Sohnes, nicht wahr? Ich bin sicher, Ihr Vater ist stolz auf Sie, Herr von Landow.»

Landow weiß, dass das nicht so ist. Selbst wenn sein Vater noch lebte: Ein *von Landow* unehrenhaft aus der Armee entlassen! Aber wie soll er all das diesem Irren da drüben erklären? Plötzlich kommt wieder Leben in den Kerl. Busch zieht sich hastig die Jacke über, eine dunkle Straßenjacke, nicht das Dienerkostüm vom Abend.

«Wo gehen Sie hin, Busch?», fragt Landow.

«Ich hole ihn. Er ist oben in Haus 3. Er schläft noch nicht. Er schläft nie, sagen die Wärter. Er soll dem hier zusehen, soll das Werk seines Sohnes erleben. Ich bin gleich zurück.»

Damit verschwindet er in den dunklen Bereich weiter hinten, in einen Korridor oder ein Treppenhaus. Von dort, aus dem Diffusen, ruft er zurück: «Gehen Sie nicht fort, Herr von Landow. Sie würden etwas verpassen.»

Landow zittert mittlerweile wie ein Malariakranker. Er kann die Muskeln seiner zusammengeschnürten Beine nicht mehr kontrollieren. In der Schule hatten sie einen, Gerdchen Klages, der warf sich manchmal hin und zuckte auf dem Boden herum, ganz wild, als steckte der Teufel in ihm. Wenn der kein Mensch wär', müsst' man ihn erschießen, sagten die Leute. Landow zittert auf seinem Bombenteller wie Gerdchen damals. Irgendwann hält er das Stechen in seinem Unterleib nicht mehr aus und lässt es einfach laufen, sieht die Pisse glitzernd an seinem Bein hinabrinnen. Kann er dadurch vielleicht den Auslöser der Mine zerstören? Das Zittern, die Angst, die vollgepisste Hose, das alles erinnert ihn an diesen Scheißkrieg. Von Busch noch keine Spur. Ist der gegangen? Lässt der Irre ihn hier zurück? Um sechs kommt die Küchenmannschaft, hat der gesagt. Wie spät mag es jetzt sein? Halb zwei, schätzt er. Noch einmal viereinhalb Stunden hält er so nicht aus. Schwer zu sagen, wie lang er braucht, einen zweiten Versuch zu wagen, den Rücken an den Eisenpfeiler hinter sich gelehnt, langsam, ganz langsam, in die Hocke zu gehen. Der Druck der Seile auf seine Fußgelenke ist kaum noch auszuhalten. Wenn dieses verschissene Eisending unter ihm tatsächlich scharf ist und wenn dieser Patentauslöser, von dem Busch gesprochen hat, wirklich so feinfühlig ist, dann – ist er erledigt. Das Ding wird die kurze Entlastung, wenn er die Füße vom eisernen Untergrund gleiten lässt und sofort danach mit dem Hintern wieder Druck ausübt, bemerken. Eine Sekunde, nicht mehr, braucht er. Wenn es schiefgeht, zerreißt es ihn. Wenn nicht, dann nicht. Es macht irgend so etwas wie *Klick* in dem Ding, als sein Hintern den Eisenteller berührt. Fast rutscht er mit der vollgepinkelten Hose seitlich runter. Aber nur fast. Dann sitzt er, spürt das Prickeln und Brennen in seinen entlasteten Beinen, das Hämmern seines Blutes bis hoch in die Schläfen. Noch pulsiert es *in* ihm und nicht in einem fingerdicken Strahl aus ihm heraus. Landow lehnt sich an den Pfosten hinter sich und schließt die Augen. Noch viereinhalb Stunden.

Nach einer Ewigkeit hört er Schritte, öffnet widerwillig die Augen. Es ist noch nicht sechs, das weiß er. Vielleicht doch eine Wache? Verstohlen wie ein Mädchenfurz keimt Hoffnung in ihm auf.

Er ruft: «Hallo?»

Das Krächzen seiner Stimme erschreckt ihn.

«Hallo», ruft es prompt zurück. Die Schritte kommen näher, dann schiebt Busch wen herein. Er ist zurückgekommen und hat noch jemanden im Rollstuhl mitgebracht. Welche Freude! Drei Gestalten im Küchenkeller einer Irrenanstalt, und eine davon sitzt auf einer Bombe. Halleluja!

«Sie dürfen nicht sitzen! Weshalb sitzen Sie? Das habe ich Ihnen nicht erlaubt!», ruft Busch, greift sich eins der großen Holzscheite und kommt damit drohend auf Landow zu. Dann bemerkt er dessen nasse Hose und die Pfütze, in der er sitzt. So etwas wie Zufriedenheit huscht über Buschs Gesicht, als er flüstert: «Unser Patentverschluss, der kapselgelagerte Hub-Auslöser für statische Detonationswaffen, das ist sein großer Vorteil, ist geschützt gegen Flüssigkeiten aller Art. Es wird Vater freuen, Sie so zu sehen. Vater, freust du dich? Erkennst du den

Herrn hier? Das ist Herr von Landow. Es gibt eine Fotografie von uns, von dir und mir und Herrn Landow und dessen Vater. Das war bei der Deutschen Bank.»

«Dresdner», knurrt Landow. Er hat die Augen wieder geschlossen und erwartet den tödlichen Schlag mit dem Holztrumm oder den Tod in anderer Form.

«Was?» Busch lässt krachend das Scheit fallen.

«Dresdner. Die Fotografie wurde in den Räumen der Dresdner Bank gemacht. Gerade sagten Sie Deutsche Bank.»

«Dresdner! Natürlich bei der Dresdner. Damit haben Sie sich selbst verraten. Sie erinnern sich also.»

«Sie haben es mir doch vorhin so erzählt, Sie …!»

«Ich? Ja, ich? Ich was? Ich höre.»

«Wie oft soll ich Ihnen noch sagen, dass ich der Falsche bin. Sie und Ihr Vater haben meinen Vater und meinen Zwillingsbruder getroffen, verdammt.»

Ob das bei Busch ankommt, weiß er nicht. Der steht jetzt wieder bei dem Alten, der wie erstarrt in seinem Rollstuhl sitzt, und streicht ihm mechanisch mit der flachen Hand über den Kopf, als striegele er ein Pony. Dann setzt er dem Alten diese viel zu kleine Wollmütze auf, eine rote Kindermütze, die oben schräg auf dessen verwirrtem Kopf herumsitzt wie eine Clownsnase, die ihren Platz verlassen hat.

Busch lässt seinen Blick eine Weile nachdenklich zwischen dem Vater, Landow, dem Ofen hin- und herwandern, dann sagt er: «Erstaunlich: Selbst kurz vor seinem Tod bekommt ein Goldjunge wie Sie noch etwas Goldenes hin, eine goldene Pfütze.» Niemand lacht.

Der Alte starrt irgendwohin, in die Unendlichkeit womöglich. Busch kommt ganz nah an Landow heran. Kurz vor dessen gebundenen Füßen geht er in die Hocke und betrachtet ihn ganz ruhig und aufmerksam. Dann lächelt er, legt den Kopf ein wenig schief, sein Lächeln wird noch etwas breiter. Und so überaus freundlich wirkt er wie einer, der nach langer Zeit einen alten Bekannten wiedersieht. Busch steht auf, holt von hinten einen Stuhl und Zigaretten.

«Orienta. Ist das Ihre Marke? Kommen Sie, wir rauchen eine. Wir haben viel Zeit. Wir tun so, als wären wir befreundet. Mh, was meinen Sie?» Damit schiebt er Landow eine Zigarette zwischen die Lippen und gibt ihm Feuer. Er selbst setzt sich ihm gegenüber auf den Stuhl, schlägt die Beine übereinander und bläst den ersten Rauch genießerisch Richtung Decke. Dann, endlich, beginnt Busch, der Breitkopfmörder, der Lebkuchenmann, zu erzählen.

Da gibt es einen Familienbetrieb, der Verschlüsse baut für Koffer und Taschen. Allerdings mit der Präzision von Uhrwerken. Der Inhaber, der Alte im Stuhl, ist nebenher ein unermüdlicher Tüftler. Seine Leidenschaft gehört einem beweglichen Verschluss, mit dem man Zeltplanen und Soldatenmäntel ohne Knöpfe fest verschließen kann, ein Amerikaner hat bereits damit begonnen, aber man kommt nicht weiter. Aber auch ohne diesen Zahnreihenverschluss floriert das Geschäft. Eines Tages braucht man Geld für neue Maschinen. Die Bank ist gern bereit, den nötigen Kredit zu geben. Allerdings, fragt man, weshalb wolle er nicht größer werden, mehr Schlösser herstellen, ins Ausland exportieren? Man habe Kontakte, könne sich umhören, womöglich Geschäftspartner beschaffen, Türöffner sein zu jetzt noch verschlossenen Märkten. Der Vater überlegt, trifft Leute, begutachtet Zahlenkolonnen und Perspektiven. Die Geschäftspartner kommen. Die Aufträge kommen. Die Kredite kommen. In seinen Nächten tüftelt der alte Busch immer weiter, verbessert Feinmechanisches aller Art, unter anderem den kapselgelagerten Hub-Auslöser für statische Detonationswaffen, der, nicht größer als ein Daumen, unter Landows Hintern darauf wartet, seine angefangene Arbeit vollenden zu dürfen. Die Geschäfte florieren. Die Banken kommen regelmäßig, machen Vorschläge, haben Pläne. Das Zweitwerk wird gebaut, im Jahr darauf schon das dritte. Hunderte Menschen arbeiten jetzt für Busch, seine Schlösser halten dicht: Aktentaschen in Europa und Übersee, Diplomatenmappen in den Ministerien, Schrankkoffer auf Ozeandampfern, Munitionstaschen der Friedensarmeen. Dann, eines Tages, beiläufig zwischen Suppe und Salat, machen die Bankiers dem alten Busch den Vorschlag, in sein Unternehmen einzusteigen, als Teilhaber. Die Bank im Haus erspart den Zimmermann, scherzt einer und schenkt Mosel nach. Busch denkt darüber nach, studiert wieder akribisch Analyseberichte und Perspektivplanungen. Schließlich, nach Tagen des Hin und Her, sagt Busch den Banken mit großem Respekt ab. Er liebt es, Herr im eigenen Haus zu sein, und gedenkt, das auch zu bleiben. Die Banken winken ab, zeigen großes Verständnis. Irgendwann wird jede Tasche auf diesem Planeten, jeder Schulranzen und jeder Soldatentornister von einer Busch-Mechanik verschlossen werden, überlegt der Alte. Und was dann? Die Banken, die Dresdner allen voran, legen ihm ein konkretes Angebot vor. Die Union Pacific Railroad in Nebraska in den Vereinigten Staaten von Amerika plant eine Ausschreibung für die Verschlüsse von Postsäcken, Geldtransporttaschen und derlei Dingen. Eigentlich ist nur amerikanischen Firmen vorbehalten, ein Angebot abzugeben. Eigentlich. Aber man habe Beziehungen. Man habe Partner in aller Welt. Man habe Großes vor. Amerikanische Eisenbahnposttaschen, hat der alte Busch gefragt. 185 000 Stück, haben die Bankiers gesagt. Die Vorstellung, einen anderen Kontinent zu erobern, reizt ihn.

Busch belastet seine Werke bis aufs äußerste. Kredite werden bewilligt, Geld fließt in das Unternehmen wie frisches, sauerstoffreiches Blut. Die Amerikaner der Union Pacific sagen zu. Dann, ohne Vorwarnung, ohne erkennbares Zeichen, gerät alles, was die Bankiers den Aufschwung nennen, ins Stocken. Ein kleiner Abnehmer springt ab. Ein Kredit platzt. Dann noch einer. Die Amerikaner revidieren ihre Entscheidung, verweisen auf Klauseln in den Vorverträgen, vergeben patriotisch an ein amerikanisches Unternehmen. Gerüchte machen die Runde. Unruhe entsteht. Nach der Unruhe kommt die Schieflage. Kein Jahr, nachdem die Fotografie mit Breitkopf, Lugert und Busch entstanden ist, steht Busch vor dem Aus. Die Banken ziehen sich zurück. Der Austausch beschränkt sich jetzt nur noch auf den Postweg. Mit großem Verständnis für den Engpass des Unternehmens müsse man dennoch auf der Tilgung der Kredite bestehen. Busch nimmt Kredite auf, um Kredite zu tilgen. Und dann, als er nichts mehr hat, das Haus, die Werkstätten und Fertigungshallen und sämtliche Maschinen mit Pfändung belegt sind, kommen die Banken wieder persönlich zu ihm. Sie unterbreiten ihm großzügig das Angebot, das Unternehmen zu übernehmen. Zu einem Spottpreis freilich. Busch hat keine Wahl. Er unterschreibt und flüchtet sich in den Wahnsinn. Vier Monate später holt der Krebs seine Frau. Den Sohn, erst zarte siebzehn, steckt man zuerst in ein Waisenheim. Weil er dort um sich schlägt, spuckt und mit Essen wirft, entschließt man sich zu einer Familienzusammenführung, weist man den Junior kurzerhand in die neugeschaffene Idiotenanstalt für Kinder und Jugendliche ein. Der Vater in Haus 3, der Sohn in Haus 8.

«Es ist gar nicht so sehr», sagt Busch irgendwann bei seiner Erzählung, «der Verlust der Firma, des Zuhauses, des Ansehens, weshalb ich euch alle anklage. Ich tue das für ihn, meinen Vater dort. Er wollte immer den linearen Zahnverschluss vollenden. Er hätte es geschafft. Irgendwann. Ganz sicher. Aber diese Möglichkeit habt ihr ihm genommen. Wissen Sie, Herr von Landow, wie man dieses Vorgehen der Banken nennt? Feindliche Übernahme nennt man das. Wenn der Zutritt durch die Vordertüre verwehrt wird, kommt man eben durch den Hintereingang. Man pumpt das Unternehmen voll mit Geld und Hoffnungen und zieht dann alles wieder ab. Und wenn zum Schluss nur noch ein wackliges Kartenhaus dasteht, droht man, die Fenster zu öffnen. Im Grunde ganz einfach.»

Damit steht er auf, löscht den Rest seiner Zigarette sorgfältig auf einem Kehrblech, kommt damit auch zu Landow und hält es ihm hin: «Wir wollen doch keine Spuren hinterlassen, nicht?»

Busch geht zu seinem Vater herüber und sieht ihn traurig an. Dann trinkt er gierig einen halben Krug Wasser leer, bevor er ihn nach hinten schleudert, wo er gellend an einer Wand zerschellt.

Landow muss Zeit gewinnen. Busch muss weitererzählen. Das Reden hält ihn von Taten ab, hofft Landow. «Aber», fragt er deshalb, «weshalb war das Unternehmen Ihrer Familie überhaupt ins Visier der Banken geraten? Wenn Sie Munition hergestellt hätten oder Lokomotiven oder Kabel für Elektrizität, meinetwegen, das würde ich verstehen, aber ein Hersteller von Kofferschlössern?»

«Eine überaus berechtigte Frage, Herr von Landow. Ich habe mir diese Frage wahrscheinlich tausendfach gestellt, als ich in Deutsch-Südwest durch die Gegend irrte. Das Interessante, das Lohnende waren nicht die Verschlüsse für Taschen und Reisegepäck. Das Interessante war das, was Vater nachts machte. Seine Erfindungen. Seine Patente. Sie sitzen auf einer, Herr von Landow. Erst wenn Landminen zuverlässig einsetzbar sein würden, wären sie ein enormes Geschäft und könnten die bestausgerüstete Armee der Welt aufhalten. Und mein Vater war in der Lage dazu. Die Patente, die mein Vater hatte und die er gar nicht zu nutzen gedachte, die für ihn bloß ein Wettbewerb mit sich selbst waren, waren das Gold, das die Breitkopfs und Lugerts und Landows anlockte wie der Pferdedreck die Fliegen. Der wahre Wert unseres Unternehmens offenbarte sich nicht in den Fachgeschäften für die feine Welt, er offenbarte sich im Register des Kaiserlichen Patentamtes.»

Busch geht wieder zu dem Alten im Stuhl herüber und rückt ihm sorgsam die Kindermütze zurecht. Wie erleichtert, sich jetzt wieder seinem eigentlichen Vorhaben widmen zu können, wirft er rasch nacheinander drei, vier beindicke Scheite in die stiebende Glut des Ofens. Aber Busch ist erschöpft, er hat sich verausgabt, sieht Landow. Dieser Busch hat als Racheengel schreckliche Dinge getan, aber das ist ihm nicht leichtgefallen. So aberwitzig das angesichts dessen, was er mit seinen Opfern anstellte, klingen mag: Busch ist kein eiskalter Mörder. Er wäre bloß gern einer.

«Wie spät mag es sein?», fragt Landow betont beiläufig.

«Danke, dass Sie mich daran erinnern, Herr von Landow. Ich muss dringend den Teig ansetzen.»

«Den Teig? Wofür?»

«Für Sie! Erinnern Sie sich nicht an die Episode in *Max & Moritz*?» Busch stellt sich wie ein Schüler, der den Erlkönig aufsagt, hin und deklamiert nicht ohne Feierlichkeit:

«Eins, zwei, drei! Eh' man's gedacht,
Sind zwei Brote draus gemacht.
In dem Ofen glüht es noch –
Ruff! – damit ins Ofenloch!»

Dann macht er weiter mit seinem Bericht, der eigentlich ein Geständnis wäre, säße der einzige Zeuge dessen nicht auf einer Mine: «Ich hatte diese Todesart eigentlich Lugert zugedacht. Aber dann schlüpften die Käfer schneller als erwartet. Ich musste umdisponieren. Müssen wir das nicht alle andauernd? Geben Sie's zu, Herr von Landow, als Sie heute früh das Haus verließen, hätten Sie nicht geglaubt, dass Ihr Tag so verlaufen würde. Wahrscheinlich war es eine Fügung, dass ich am Abend, an dem Lugert bekrabbelt wurde, in meiner Manteltasche, keine Ahnung woher, die Geschäftskarte einer Detektei fand. *Orlando!* Der Name des dortigen Detektivs ließ mich aufhorchen. Ich observierte den, Mann, die Ähnlichkeit war verblüffend. Und dann hörte ich ihn seinem Kompagnon zurufen: *Ich brauche Sie heute Abend in der Villa in Steglitz.* Für mich eine willlkommene Einladung zum Umdisponieren. Alles war vorbereitet, nur der Inhalt des Teigs würde ein anderer sein. Landow statt Lugert. *Ruff! – damit ins Ofenloch!*»

Busch beginnt tatsächlich, einen Mehlsack auf die Arbeitsfläche zu wuchten. Landow startet einen letzten Versuch: «Hören Sie, so sehr mich Ihre Geschichte auch bewegt, ich muss Sie immer noch enttäuschen. Wie ich bereits sagte: Ich bin nicht der Richtige, nicht der Landow, den Sie suchen, auch wenn ich so aussehe. Saudumm, dass ich hier in Unterhosen vor Ihnen sitze, in der Tasche meines Smokings hätte ich einen Beweis für meine Behauptung.»

Busch schleppt von hinten in Eimern Wasser heran und leert sie rauschend in einen Bottich aus Eisen. Landow weiß nicht, ob der ihm überhaupt noch zuhört.

«Was für einen Beweis?», will Busch plötzlich wissen.

«Eine Familienfotografie, auf der Sie erkennen könnten, dass ich einen Zwillingsbruder hatte.»

Busch wischt sich die Hände an der Hose trocken, zögert, läuft dann ins Dunkle. Landow hört ihn dort kramen, dann kommt er gehetzt mit etwas Schwarzem zurück. Das ist Landows Smoking. Der Wahnsinnige hat sich die Mühe gemacht, seine Kleider mit hierherzubringen! Und so, als hätte Busch Landows Gedanken erraten, sagt der: «Keine Spuren hinterlassen.»

«In der Brieftasche», beeilt sich Landow, «linke Innentasche.»

«Das hier?», fragt Busch und hält ihm tatsächlich das alte Stück Albuminkarton hin. Landow hätte nie gedacht, dass er sich noch einmal so über ein Wiedersehen mit seiner Familie freuen würde.

«Mein Vater. Derselbe wie auf Ihrer Fotografie, jetzt tot. Meine Mutter. Meine Schwester. Mein Zwillingsbruder Perikles und ich. Ich bin der links.»

Busch starrt das Bild mit der Landow-Familie und diesen beiden exakt gleich aussehenden Jungen lange an. Er geht fort und zeigt es seinem Vater. Dem Alten läuft Rotz aus der Nase wie ein Honigfaden. Der Junior kommt zurück und lässt die Fotografie in Landows feuchten Schoß fallen. Der wittert den Hauch einer Chance, das Ganze hier doch noch irgendwie zu überleben.

«Sie haben», fängt er laut an, bevor Busch den mannshohen Rührbottich anwirft, «mit Roth, Lugert und Breitkopf …»

«Roth, Breitkopf und Lugert», unterbricht ihn Busch zischend, «die Reihenfolge ist wichtig!»

«Entschuldigung. Sie haben mit diesen drei Männern Menschen bestraft, die Schuld am Zustand Ihres Vaters trugen. In meinem Fall würden Sie Ihrem eigenen Plan untreu. Sie würden sich selbst betrügen, wenn Sie mich umbrächten.»

Treffer. Busch, die Arme weiß vor Mehl, hält inne. «Und wer sollte je davon erfahren? Sie, Herr von Landow, werden es sicher nicht mehr verraten können.»

«Aber Sie selbst wissen es. Sie haben diesen Plan in Ihren Jahren in Deutsch-Südwest offenbar immer und immer wieder durchdacht. Eine Fügung oder was auch immer ließ Sie Diamanten finden und damit Ihr Rückreiseticket. Sie unterziehen sich freiwillig den Strapazen und dem Wagnis, Breitkopfs Leiche in zehn Meter Höhe zu drapieren. Sie schaffen es, im Februar an Maikäfer zu kommen. Sie wollen Ihre Sache gut machen. Und dann erwischen Sie durch eine Laune der Natur, dadurch, dass wir Zwillinge sind, was sie nicht wissen konnten, den Falschen. Mich. Sie wissen genau, Herr Busch, dass Sie sich diesen Fehler niemals würden verzeihen können.»

Wenn ihn der zurückliegende Krieg eins gelehrt hat, dann das: Wenn du den Gegner nicht erschießen, abstechen, wegsprengen oder verjagen kannst, dann zermürbe ihn. Die Saat des Zweifels ist in den Boden gelegt. Und gleich hinterher: abrupte Taktikänderung. «Wie haben Sie es geschafft, in diese Villa zu gelangen? Ich wurde drei Mal kontrolliert, bevor ich das Haus betreten konnte.»

Tatsächlich, Busch legt das Rührholz, groß wie ein Paddel, zur Seite.

«Ich war schon oft in dieser Villa», sagt er. «Als ich Kind war. Als ich noch hier oben, in Haus 8 wohnte. Ich kenne die Villa gut. Was meinen Sie denn, wo all die jungen Hirten für den Reigen, die Knaben für den Frühlingstanz und so weiter herkommen? Von den Straßen Berlins? Nein, nein, das Ensemble der Aufführungen kommt von hier, aus den Kinderhäusern, aus den Irrenhäusern.»

Busch sieht zur Uhr an der Wand hinüber. «Der Teig muss

gehen. Während der Teig geht, kannn ich mich setzen. Kommen Sie, noch eine Orienta?» Dann sitzen sie sich wieder gegenüber wie Freunde an einem x-beliebigen Nachmittag und rauchen. Es gab, erzählt Busch, eine gut geölte Verbindung zwischen den Wärtern hier und diesen Bonbonwagen, den Lutscherkutschern.

«Jedes Kind kennt die bunten Wagen überall in der Stadt. Im Sommer haben sie Eis, im Frühling Bonbons und Lakritze, im Winter heißen Früchtepunsch. An diesem Kreislauf mitzuverdienen, war ein Privileg, das immer nur drei oder vier Schließer genossen. Die nackten Engelchen für die normalen Aufführungen in der Villa kommen alle von hier. Nur die Sanften natürlich. Wenn Sonderjungs benötigt werden, gibt es Sonderaufträge. Wurde ein Mohrenjunge gesucht, brauchte man ein Schokostangerl, Orientalen wurden intern Zimtbäckchen genannt, und der germanische Held hieß das Goldköpfchen. Ein Lutscherkutscher fuhr in diesen Fällen gezielt durch die Stadt und suchte danach. Überall, wo er hält, sammeln sich die Kinder um ihn. Sehr praktisch.»

«Ein Rattenfänger auf Rädern also», sagt Landow und schnipst seine Zigarette fort.

«Es gibt in dieser Stadt Kinder», redet Busch weiter, «die niemand vermisst. Die aus den Hinterhäusern und Arbeiterquartieren. Für die war das ein Abenteuer. Den Kindern geht es ja gut in der Villa. Und die Männer in den Kabinen schauen ja nur. Meistens jedenfalls. Als ich hierherkam, mit siebzehn, ging ich noch für vierzehn durch. Das ist die natürliche Grenze für die Darsteller in der Villa. Denen geht es um die Unschuld. Die wollen glatte Verhältnisse, auch untenrum, Sie verstehen?»

«Also, noch mal langsam für mich: Die normalen Jungs kommen aus der Anstalt, die Sonderjungs von der Straße. Wer sucht diese Sonderjungs denn aus?»

«Der Direktor der Stiftung persönlich. Er fährt mit. Er erzählt den Lutscher-Knaben eine bunte Geschichte, die steigen ein, er verbindet ihnen die Augen und bringt sie am Tag vor der Aufführung in die Villa. Anders als diese handverlesenen Helden waren wir, die dummen Engel aus Dalldorf, das ganze Jahr über sehr gefragt.»

Nicht nur der Kunstverein mit dem Unschuldsapfel fand Gefallen an den kleinen Idioten, erzählt er weiter. «Einige wurden immer mal wieder zwischendurch abgeholt und in die Stadt gebracht, besonders die ganz Kleinen», sagt Busch. «Die Leute wollten mit ihnen beten oder sich wahrscheinlich daran freuen, dass die blöden Kinderchen dreimal Nachschlag bei der Suppe wollten. Manche kamen erst frühmorgens zurück. Es herrschte reger Verkehr», sagt Busch und sieht mit leerem Blick in eine entfernte Welt zurück.

Landow versteht jetzt und wahrscheinlich zu spät, was für ein Verein das ist, der hinter hohen Hecken und gut bewacht seinen Mitgliedern die exklusive Flucht aus der Eintönigkeit des häuslichen Privatlebens anbietet. Wie hat es der Mann in der Kunsthandlung genannt: In der Villa Milo kann man sich vom unwiederbringlichen, unschuldigen Ton junger Haut verzaubern lassen. Enorm praktisch dabei: Wenn eins der irren Kinder davon etwas erzählte, wer würde ihm glauben? Es war ja ein Idiot.

Landow zwingt sich zu einer erneuten Richtungsänderung. Trotz seiner beschissenen Lage hier hat er tatsächlich so etwas wie Respekt vor diesem Busch bekommen. Nein, es ist mehr als Respekt. Dieser Kerl imponiert ihm. Der hat ein Ziel. Der hat ein Motiv. Der setzt das durch. Dieser Racheengel hat in seiner aus den Fugen geratenen Welt eine Mission.

Aber Landow hat keine andere Wahl. Er muss weiterhin versuchen, den Gegner – und jeder, der dir nach dem Leben trachtet, ist dein Gegner – zum Aufgeben zu bewegen. «Also gut. Wir befinden uns in einer Art Zwickmühle, Busch, richtig? Ich kann nicht beweisen, dass ich der falsche Landow bin. Sie können nicht beweisen, dass ich der richtige bin. Was nun? Wenn Sie, Herr Busch, schon nicht sicher sein können, den richtigen Landow zur Strecke zu bringen», Elba Runge fällt ihm plötzlich ein, die hätte er jetzt gern hier mit ihrer 12-mm-Büchse und auch sonst, «tun Sie mir wenigstens den Gefallen, mich vorher zu töten, bevor Sie mich ins Ofenloch schieben? Das wäre zumindest so etwas wie großzügig.»

Erneuter Treffer, deutlich sichtbar. Busch lehnt seit zwei, drei Minuten nur noch an dem Arbeitstisch da hinten und scheint konzentriert nachzudenken. Oder ist der einfach nur erschöpft? Jetzt nicht nachlassen, Gabi!

«Das, was Sie hier mit mir veranstalten», bohrt Landow weiter, «ist auch nichts anderes als eine feindliche Übernahme. Ich jedenfalls bin nicht freiwillig hier. Ich wurde unter Vortäuschung falscher Tatsachen in Sicherheit gewiegt …»

«Gewogen. Es heißt in Sicherheit *gewogen.*»

Wieder ein Treffer. Busch hört ihm noch zu. Immerhin.

«Ich wurde also unter Vortäuschung falscher Tatsachen in Sicherheit gewogen und gegen meinen Willen in diese für mich ungünstige und lebensbedrohliche Situation gebracht. Feindliche Übernahme.»

«Auge um Auge!», zischt Busch und ist plötzlich blitzschnell bei Landow, fuchtelt ihm mit seinen Mehlfingern vor der Nase herum. «Was erwarten Sie? Einen Strauß Blumen? Hat Ihnen die berauschende Wirkung des Luxusparfüms nicht gefallen?»

Landow kennt nun keine Gnade mehr.

«Betrachten Sie es einmal so, Herr Busch. Der Engländer Darwin hat in seiner Abhandlung über die Entstehung der Arten klargemacht, dass das Grundprinzip des Überlebenskampfes darin besteht, dass der Stärkere den Schwächeren frisst. Der Löwe frisst die Gazelle. Die Bank frisst die Firma. Das ist das Gesetz der Natur. Sie können versuchen, sich dagegen aufzulehnen, aber ändern wird das nichts.»

Er rechnet damit, dass Busch ihn dafür schlägt. Der aber läuft mit flackerndem Blick nach hinten, kommt mit einem neuen Glaskrug voller Wasser zurück.

«In der Hitze muss man trinken. Hier, trinken Sie.»

Dann aber trinkt er selbst, hastig wie ein verdurstendes Pferd. Schließlich steht er schweratmend da. Wasser tropft glitzernd von seinem brotbraunen Kinn. Die Fotografie seiner Familie, sieht Landow, wird gerade zweifach geweicht, von unten mit seinem Urin, von oben mit dem Wasser seines Henkers. Das Bildchen wellt sich auf seinem Schoß wie feuchtes Herbstlaub. Wer weiß, vielleicht haben all diese Toten, die er mit sich herumschleppt wie ein sentimentaler Waschlappen, immerhin dazu geführt, dass er noch etwas am Leben bleibt.

Busch jedenfalls ist hinter den Stuhl mit seinem regungslosen Vater getreten und hält dem Alten von hinten mit beiden Händen die Ohren zu.

«Wenn ich Sie gehen ließe, Herr von Landow, *wenn*, dann liefen Sie doch sofort zur nächsten Polizeistation und lieferten mich ans Messer.»

«Ich verspreche Ihnen, das nicht zu tun, Herr Busch.» Landow muss nicht mal lügen, er weiß, dass er das nicht tun wird.

Busch kommt wieder, schnell wie ein Fuchs, ganz nah an Landow heran und hockt sich dicht vor ihn.

«Und weshalb? Weshalb würden Sie mich nicht verraten?»

«Weil ich in Ihrer Situation vermutlich genauso gehandelt hätte.»

Busch starrt Landow einen Moment lang an, dann irrlichtert sein Blick im Raum herum.

Wie spät wird es jetzt sein, fragt sich Landow. Dreie durch hoffentlich, denkt er noch. Dann trifft ihn der Schlag mit voller Wucht.

Landow zittert am ganzen Körper. Er weiß, dass er nicht schläft. Aber er liegt jetzt, spürt er. Er kann die Beine wieder bewegen, die Hände auch. Alles noch dran. Die Fesseln sind fort. Landow schlägt die Augen auf. Er liegt in einer Pfütze seiner eigenen Pisse. Aber er liegt nicht mehr auf diesem Höllenteller. Die verdammte Mine ist fort. Der Alte im Rollstuhl ist fort. Der rächende Busch ist fort. Bloß der eine der drei großen Öfen knistert leise, fast gemütlich, vor sich hin. Unter sich den feuchten Steinboden, über sich ungefähr sechshundert Irre. Aber er lebt. Busch hat ihn laufenlassen. Zumindest vorerst. Hat seinen Racheplan geändert, er konnte sich nicht mehr sicher sein, den Richtigen zu richten. Das Aufstehen will nicht gelingen. Erst im fünften oder sechsten Versuch kommt er schwankend wie ein angeschlagener Boxer auf die Füße. Bei den großen Arbeitstischen der Irrenhausküche sieht er noch die Mehlspuren auf dem Boden. Er hat sich das alles also nicht eingebildet. Mühsam steigt Landow in die Smokinghose, dann in die Jacke, Hemd und Socken sind nicht zu sehen, sind wohl in der Villa bei den Kinderfreunden geblieben oder irgendwo auf dem Weg hierher verlorengegangen. Dalldorf, wo zum Teufel ist das? Er hätte Orsini besser zuhören sollen, irgendwo im Norden. Also langsam, Landow, du hast überlebt, es ist Sonntag, wahrscheinlich irgendwas zwischen vier und fünf Uhr in der Nacht, und du bist im Norden von Berlin. Soll er warten, bis die Küchenmannschaft kommt? Soll er doch zur Polizei gehen, Alarm schlagen, auf den Alten im Rollstuhl in Haus 3 zeigen und sagen: Der war auch dabei! Er hat versprochen, das nicht zu tun. Er hat es *einem Mörder* versprochen.

Draußen ist es still, kalt und stockdunkel. Er umgeht das beleuchtete Häuschen weiter vorn. Da muss der Ausgang sein aus diesem Irrsinn. Die Verrückten schlafen und träumen verrückte Sachen, oder sie kratzen den Putz von den Wänden ihrer Zimmer, weil ihr Kopf viel zu klein ist für ihre Gedanken. Weil er nun friert wie ein Schneider, hält er sich mit den Armen das dünne Smokingjackett fest zu wie eine Zwangsjacke. Landow hat es noch nie so genossen, seine Füße frei bewegen zu können. Die ersten Kilometer geht er mit Riesenschritten und voller Begeisterung. Zwischendurch rennt er sogar, nicht nur, um warm zu bleiben. Sondern um zu spüren, dass er die verdammten Fesseln wirklich los ist. Endlich entdeckt er am Straßenrand den schiefen Wegweiser: Berlin.

Im Wedding gerät er in die Überreste einer Karnevalsfeier wildfremder Leute. Wenn er das richtig versteht, sind das Schlosser aus der Slowakei. Er trinkt ein paar Bier, isst zwei Teller fettigen Eintopf, küsst aus lauter Übermut, noch am Leben zu sein, eine Frau mit langen Zähnen. Er tanzt mit irgendwem, singt mit irgendwem, tanzt und singt zum Schluss allein mit sich, alles in einer immer noch feuchten Unterhose unterm Smoking. Als er das Fest gegen sechs Uhr in der Früh verlässt, hat er auch die Smokingjacke nicht mehr an, trägt stattdessen ein Kostüm, das bei genauem Hinsehen die Paradeuniform Seiner Majestät ist. Da hat sich einer nicht lumpen lassen. Vielleicht liegt es an der Jacke, jedenfalls nimmt ihn kurz oberhalb vom Stettiner Bahnhof ein Bäckerwagen mit runter bis zum

Alex. Ab da geht er wieder zu Fuß. Auf der Jannowitz rotzt er in den Fluss, denkt für eine Sekunde oder zwei an seinen toten Bruder. Der hat ihm heute Nacht wahrscheinlich das Leben gerettet. Danke, Perikles. Auf dem Weg die Jacobstraße runter hat er noch genug Zeit, das Überlebte in mehreren Anläufen halbwegs in eine Ordnung zu bringen. Er hat gelernt:

1. Erfolgreiche Herren betrachten gern in verschwiegener Runde nackte Knaben.
2. Ein begabter Feinmechaniker kann Kofferschlösser und Minenauslöser konstruieren, am Zahndingsverschluss aber scheitern.
3. Er selbst hängt doch mehr am Leben, als er bisweilen annahm.

«Landow? Endlich! Himmel, wie sehen Sie denn aus! Ich hatte mir schon Sorgen gemacht!» Punkt acht Uhr öffnet ihm Orsini in der Ritterstraße die Tür und sieht dabei tatsächlich besorgt aus. Aber weshalb flüstert der bloß? Landow legt beschwichtigend den Finger an die Lippen und schiebt den kleinen Mann zur Seite. Er will nicht reden, nichts erklären. Er will nur noch in sein Zimmer und schlafen. Aber Orsini hält ihn mit Macht zurück.

«Nicht! Da können Sie nicht rein. In Ihrem Zimmer, Ihrem Büro, wartet jemand, ein Klient!»

«An einem Sonntag?» Landow starrt Orsini wahrscheinlich reichlich blöde an, und auch der kaiserliche Uniformrock wird diesen Eindruck nur unzureichend mindern. Landow ist das egal. Er will jetzt stracks rüber in Orsinis Zimmer. «Dann schlafe ich eben bei Ihnen.»

Aber auch hier hält ihn Orsini zurück, bevor er die Klinke erreicht.

«Da sitzt auch jemand. Auch ein Klient. Oder so was in der Art.»

Damit zerrt Orsini Landow mit aller Kraft in die kleine Küche und schließt leise die Tür.

«Sie sehen furchtbar aus, Landow. Und Sie riechen auch nicht gut.» Landow verschlingt einen Kanten Brot und stürzt den Inhalt einer Tasse Kaffee herunter. Mit vollem Mund: «Jetzt ist nicht die Zeit für Vorwürfe. Ich will in mein Bett.»

«Das geht nicht. Das ist eingeklappt. Sehen Sie aus dem Fenster: Es ist hell. Es ist Tag. Tagsüber ist Ihr Schlafzimmer Ihr Büro. Und genau dort wartet ein Kunde. Ein Klient! Ein solventer Herr, wie mir scheint!»

«Am Sonntag.»

«Wichtige Klienten kommen auch am Sonntag. Und wir können es uns nicht leisten, auch nur einen einzigen abzuweisen. Aber wir haben Glück: Der in Ihrem Zimmer wartet erst seit zehn Minuten. Ich habe gesagt, Sie ermitteln. Der Mensch in meinem Zimmer kam direkt danach. Ein Herr ist das nicht, aber ziemlich aufgebracht.»

Landow gibt auf.

«Ich habe Ihnen sofort gesagt, Orsini, dass wir eine größere Detektei brauchen. Zuerst brauche ich Kaffee, viel Kaffee. Und den seelischen Beistand von Monsieur Cointreau. Und dann kümmere ich mich um den Klienten in Zimmer 1.»

«Auf keinen Fall. Zu allererst brauchen Sie Wasser und Seife. Ich pumpe Wasser hoch.»

Landow steckt eine halbe Minute später nur den Kopf zur Tür rein, um bei Klient 1 rasch reinzurufen: Geben Sie mir fünf Minuten, dann bin ich sofort für Sie da, in Ordnung?

Stattdessen ruft er: «Sie?!!?»

Der Besucher in Landows Büro ist ein eher schmächtiger Mann jenseits der fünfzig mit wasserhellen Augen. Als er und Landow sich zuletzt sahen, hat er Landow hinausgeworfen. Das war im Juni vergangenen Jahres. Landow hatte nach Ansicht dieses Herrn in einer geheimen Regierungsgeschichte zu langsam ermittelt, dabei aber dennoch schnell den Zorn des Reichskanzlers auf sich gezogen. Jetzt, am Sonntagmorgen um kurz nach acht, steht der kleine Herr auf und taxiert einigermaßen fassungslos Landows Aufzug: Das Gesicht noch verschmiert mit Rußschlieren aus der Backstube, die Hose eines Clowns und die Uniformjacke seiner Majestät und dazu eine dampfende Tasse in der Hand, aus der heraus es nach Kaffee und Orangen duftet.

«Mir scheint, ich komme etwas ungelegen», murmelt angesichts all dessen der Geheime Ministerialrat Sauermann und nimmt seinen Hut von der Schreibtischkante, um zu gehen.

«Geben Sie mir fünf Minuten, dann bin ich für Sie da. Ich habe die ganze Nacht gearbeitet, auch wenn das nicht danach aussieht. Hat man Ihnen etwas angeboten? Kaffee? Frollein Burmeister! Orsini, weshalb ist Gisela noch nicht da?»

Für eine Sekunde taucht Orsinis ratloses Gesicht im kurzen Korridor vor den Zimmern auf.

«Gisela», erklärt Landow derweil Sauermann, der sich immerhin wieder gesetzt hat, den Hut aber auf den Knien behält, «ist unsere Sekretärin. Aber ihr Kind, das Peterchen, hat Mumps. Sie müsste längst hier sein. Fünf Minuten, in Ordnung?»

Dann schlüpft er noch mal ganz ins Zimmer zurück, wühlt in den Schüben K-M und S-T des großen Karteischranks etwas heraus und verschwindet damit im Bad.

Sauermann sieht ihm nach, dann auf den Karteischrank,

und für einen Moment hebt sich seine Nasenspitze wie bei einem witternden Jagdhund.

Kaum zehn Minuten später sitzt Landow Sauermann gegenüber, und vor beiden dampft eine Tasse Kaffee. Sauermann, dieser leise, aber in keiner Sekunde harmlose Mann, der in seinen Büroschränken Staatsgeheimnisse hortet wie ein Krämer Trockenobst, trägt heute eine Blume im Knopfloch. Weil Landow ihn nur aus dem Ministerium kennt, ist ihm die Vorstellung, dass einer wie Sauermann ein Privatleben hat, eine Frau oder eine Katze oder eventuell beides, unangenehm. Sauermann beendet die ausgiebige Musterung der eigenen Fingerspitzen und schlägt seine Lider so schnell auf, dass seine hellen Augen regelrecht funkeln.

«Wie geht es Ihrem Herrn Bruder?», fragt er trotz des Veilchens im Revers ziemlich unverblümt.

Landow glaubt, dass Sauermann die Antwort kennt.

«Ihr Erscheinen überrascht mich ein wenig», sagt er deshalb.

«Mich, ehrlich gesagt, auch.» Sauermann rührt so intensiv in seinem Kaffee, als ersetze das Rühren den fehlenden Zucker. Dann unterbricht er das Geklappere und sieht Landow direkt an: «Aber auch wenn Ihre Ermittlungsarbeit nicht jedermann im Ministerium gefallen hat, haben Sie Mut bewiesen. Das brauchen wir jetzt wieder. Um sicherzugehen. Es geht erneut um einen Einsatz als temporärer Sonderermittler. Die Dienstplakette dazu haben Sie noch, wenn ich nicht irre.»

Er hat also gemerkt, dass Landow damals das schneidige Lederetui mit dem blitzenden Reichsadler darin behalten hat. Trotzdem verzieht Landow keine Miene.

«Das Honorar beliefe sich im Falle Ihrer Zustimmung auf das gleiche wie im letzten Jahr.»

Das wird Orsini freuen, denkt Landow und nickt kurz: «Was kann ich für Sie tun? Um was geht es?»

«Lugert.»

«Ist tot, wenn man der Presse glauben darf», spielt Landow den Ahnungslosen. Dass er bei Lugerts Ermordung quasi dabei war, muss Sauermann vorerst nicht wissen. Aber vielleicht ist der unscheinbare Herr Sauermann bereits durch seine geheimen Dienste längst darüber im Bilde. Zuzutrauen wär's ihm. Dass Landow mit Lugerts Mörder heute Nacht ein paar ungemütliche Stunden verbracht hat, geht ihn allerdings wirklich nichts an.

«In genau einem Jahr, im Februar 1890, finden, wie Sie wissen, die Wahlen zum 8. Deutschen Reichstag statt. Wir sind immer noch ein junger Staat, und seit dem letzten Jahr haben wir mit Seiner Majestät einen noch sehr jungen Kaiser an dessen Spitze. Es fällt manchmal schon schwer genug, die politischen Ausrichtungen unserer Abgeordneten richtig einzuordnen. Noch diffiziler erscheint es ab und an und wohl auch im Falle des ermordeten Lugert, ihre *private* Ausrichtungen zu bewerten. Es gab immer wieder Gerüchte dahin gehend – und ich lege Wert darauf, dass es nur unbewiesene Gerüchte sind –, dass Lugert und einige andere, dummerweise auch Herren aus dem Freundeskreis Seiner Majestät, gewisse erotische Vorlieben haben.» Sauermann macht eine Kunstpause und nimmt das Rühren im Kaffee wieder auf.

Landow beschließt, ihm etwas entgegenzukommen: «Lugert war 175er, meinen Sie das?»

Sauermann blickt verärgert in den braunen Strudel hinunter, den er in der Tasse erzeugt hat, dann stellt er den Kaffee wieder auf Landows Schreibtisch zurück.

«Ja. Und nein. Unser Polizeipräsident, Freiherr von Richthofen, vertritt, was die 175er angeht, ja die nicht unumstrittene These, dass der Umgang mit dieser Bevölkerungsgruppe liberal gehandhabt werden sollte.»

So gern er Sauermann sich winden sieht, beschließt Landow, abermals einzuspringen: «Der Polizeipräsident, hört man allenthalben, ist selber homosexuell.» Er weiß das bloß von Koester und dem Feinen Franz und von Schaumtuscheleien bei Dorn im Rasiersitz. Sauermann nickt ansatzweise.

«Mag sein. Ich hörte auch davon. Jedenfalls besteht bei der Kriminalpolizei die Auffassung, die betreffenden Herren nicht in eine Isolation oder in den Untergrund zu treiben, indem man sie ihre einschlägig bekannten Lokale besuchen lässt. Wenn man weiß, wo diese Leute sind, weiß man auch, was sie dort tun. So zumindest die These der Ermittler.»

«Und was hat der tote Lugert damit zu tun?»

«Lugert gehörte offenbar zu einer Untergruppierung dieser Herren. Seine erotische Vorliebe waren wohl junge Männer, sehr junge Männer, Burschen, … ach verdammt, es heißt, Lugert und ein paar andere Schweinehunde hegen eine Vorliebe für Knaben.»

Der sie, zumindest rein optisch, ungestört in einer verschwiegenen Villa in Südende nachgehen können, könnte Landow nun ergänzen. Tut er aber wieder nicht. Stattdessen steht er auf und lehnt sich neben dem Fenster an die Wand. So hindrapiert in die vollgestellte Kammer, verschränkt er die Arme vor der Brust und bemüht sich um einen nachdenklichen Gesichtsausdruck.

«Warum», fragt Landow sich und seinen Gast, «kommen Sie in einer offenbar so delikaten Angelegenheit ausgerechnet zu mir?»

Sauermann hat seine Position nicht verändert und spricht

nun mit der Wand oder vielleicht auch nur mit sich selbst, als er sagt: «Wir leben in Zeiten, in denen es Vertrauen, echtes Vertrauen, Ur-Vertrauen, nicht mehr gibt, da bin ich mir sicher. Also verlasse ich mich auf den Gegenpol. Mein Ur-Misstrauen Ihnen gegenüber. Ich spürte vom ersten Moment ein Misstrauen gegen Sie. Darauf vertraue ich jetzt erneut.»

«Soll ich wieder *nichts* herausfinden?»

«Finden Sie heraus, was herauszufinden ist. Aber finden Sie es diesmal schnell.»

«Und meine Aufgabe ist nun was? Soweit ich das der Presse entnehme, sind die Täter im Fall Breitkopf und im Fall Lugert bereits gefasst.»

Auch Sauermann ist nun aufgestanden und wandert im Zimmerchen herum, während er spricht. «Noch einmal von Anfang. Die Arbeit meiner Behörde dient der Vorausschau, der Prophylaxe. Ich bin lieber übervorsichtig und werde dafür belächelt, als dass es intern zu Unruhe kommt, verstehen Sie? In einem Jahr sind Reichstagswahlen. Lugert hätte sich erneut zur Wahl gestellt. Ein Mann mit seinen Vorlieben aber, einer Ausprägung, die auch von unserem libertinen Polizeiapparat nicht mehr toleriert wird, ist moralisch erpressbar. Es hat in der Vergangenheit einige Abstimmungsungereimtheiten bei Lugert gegeben. Er sei, und das diesmal in rein politischer Hinsicht, ein unsicherer Kantonist, heißt es aus den Kreisen seiner eigenen Partei. Und», und damit bleibt Sauermann nah bei Landow stehen und hebt mahnend den Finger, «und vergessen Sie nicht, wo genau man bei Lugert die eiserne Miniatur des Pariser Turms fand.»

In der Presse stand vom genauen Fundort des Turms kein Wort, also kann Landow davon offiziell nichts wissen. Diesmal beschließt er deshalb, Sauermann nicht entgegenzukommen.

«Richtig, diese Miniatur bei der Leiche, ich las davon. Ein Hinweis auf diese antikapitalistische, anarchistische Gruppe, hieß es.»

«Alles Unsinn!» Sauermann ist ungehalten. Er will nicht hier sein, er will darüber nicht reden müssen, mit niemandem, weder sonntags noch sonst wann. Aber er muss. «Die Verhaftung dieser Anarchisten sollte nur die Menschen beruhigen. Wenn Sie mich fragen: Die Täter laufen noch frei herum. Ich bezweifle, dass die Grabbeigabe des Miniaturturms eine politische Botschaft war. Schließlich steckte sie …»

Sauermann atmet schwer. Landow legt gespannt die Hand ans Kinn.

«Das Ding … steckte in Lugerts Hintern, verdammt noch einmal!», platzt es endlich nach sichtbarem inneren Kampf aus Sauermann heraus, bevor das Gesicht um die wasserhellen, oft so trügerisch sanft blickenden Augen herum puterrot vor Zorn und Scham wird.

Sauermann starrt die Wand neben Landow an, um seine Entgleisung zu verbergen. «Es darf nicht sein, dass derartige Perversionen auch nur in Sichtweite des Parlaments geraten. Menschen mit solchen Vorlieben sind erpressbar. Politiker, die erpressbar sind, sind gefährlich für die innere Sicherheit. Punktum.»

Landow schiebt, übertrieben naiv, die Hände tief in die Hosentaschen: «Verstehe. Aber Lugert ist tot.»

Sauermann, jetzt wieder von normaler Gesichtsfärbung, sieht ihn direkt an und formuliert die offenbar für ihn entscheidende Frage, die zugleich den Auftrag für Landow enthält: «War Lugert der Einzige mit derlei Vorlieben? Und stellen Sie sicher, dass die Presse nichts von dem Eiffelturm erfährt, keine weiteren Details. Der Reichskanzler hat gerade ein Drei-Kaiser-Jahr hinter sich. Jede Art von Aufregung ist von ihm fernzuhalten.»

Kurz darauf geht Sauermann. Orsini, der die Befragung ihres zweiten Klienten im Nachbarzimmer inzwischen mit Hilfe von Hand, Füßen und des kleinen Englischwörterbuchs beendet hat, platzt vor Neugier und durch die Zwischentür in Landows Büro.

«Und?»

«Wir haben einen Regierungsauftrag.»

«Sagenhaft! Aber wer ist dieses Frollein Burmeister?»

«Egal. Was ist mit dem anderen Kunden? Ihrem aufgeregten Herrn? Ich erwarte einen kurzen Bericht, und in fünf Minuten liege ich hier quer und schlafe.»

Orsini zieht seine Aufzeichnungen raus und trägt vor: «Der Mann ist noch nebenan. Er spricht nur Englisch. Sie kennen ihn flüchtig. Er hat wahrscheinlich seinen Chef erschlagen. Er weiß es nicht, aber möglich wär's. Mit anderen Worten: Er wird von der Polizei gesucht. Wahrscheinlich. Er ist hier, weil Sie ihm unsere Karte gegeben haben, als er sich, sagt er, mit ebendiesem Chef gestritten hat.»

Wie aufs Stichwort erscheint nun der baumlange Indianer im Durchgang zu Orsinis Zimmer. Er hat immer noch seine Fransenhose an und trägt obenrum einen ollen, grauen Pullover. Der Kerl sagt kein Wort, guckt Landow aber hilfesuchend an. Orsini referiert dazu: «Damals, als Sie ihm unsere Karte gaben, ging es darum, dass sein Chef die Frau des Indianers nicht mehr auf der Bühne haben wollte. Heute, besser gesagt: gestern, ging es darum, dass der Chef diesem Herrn hier offenbar dieselbe Frau ausgespannt haben soll. Klingt seltsam, ja, ich habe das mehrfach nachgefragt. Er sagte eindeutig: *He fucks my wife.* Das heißt übersetzt …»

«Ich weiß, was das heißt, Orsini. So was soll vorkommen. Aber wir sind hier doch kein Versteck für mögliche Totschläger, egal, woher sie kommen.»

«Das weiß er. Deswegen ist er auch gar nicht hier.»

«Jetzt bin ich aber gespannt wie ein Flitzebogen. Er ist nicht hier, weil er möglicherweise wegen Mordes aus Eifersucht gesucht wird, sondern …?!»

«Das Kind ist weg, seit gestern. Das Indianerkind, erinnern Sie sich? Der Junge. Der bei der miesen Vorstellung Holz fürs Lagerfeuer holte und mit seiner Mutter vor dem Zelt sang.»

«Und der ist jetzt weg?»

«Spurlos. *Without a trace*, sagt der Herr. Aber zur Polizei kann er deswegen ja nicht gehen, …»

«… weil er selbst von der Polizei gesucht wird, verstanden. Sie, Orsini, besorgen dem Mann zuerst eine andere Hose, eine, die sogar in Berlin weniger auffällt. Dann bringen Sie ihn in Koesters Laube. Wir kümmern uns. We care, chief. You are among friends. He, Mister Orsini, will bring … will take you to a safe place. Danach gehen Sie bei der Polizei vorbei, Orsini, und fragen, ob dort ein Indianerjunge … nein, lassen Sie das, der Junge ist schlau, der überlebt eine weitere Nacht in Berlin. Wahrscheinlich jedenfalls. Wir wollen keine schlafenden Hunde wecken. Und jetzt raus hier, alle beide.»

Am Sonntagabend ist alles getan. Der Indianer ist versorgt, hockt fürs Erste gut versteckt in Koesters Gartenlaube weit hinterm Plänterwald auf der Rummelsburger Seite. Ein paar alte Sachen vom Feinen Franz passten ihm wie angegossen, Koester war ganz angetan und unerträglich neugierig: «Freund von euch? Kunde? Spricht nicht viel, was? Eher gar nicht, scheint mir. Nicht dass mir das Ärger einbringt. Ich habe einen Ruf zu verlieren. Meine Unschuld hab ich schon verloren, mein Herz auch, an meinen Franzi, das Luder, da bleibt mir nur noch mein Ruf und mein Sparbuch.» So vor sich hinredend, hatte er den Bollerwagen mit Nützlichem und Essbarem vollgepackt. Und dann, als Orsini schon dachte, er hätte das alles überstanden, genau in dem Moment, als Koester ihm den Schlüssel zur Laube gab («...und dran denken: Der Ofen braucht ’n Moment, aber dann glüht er.»), hatte er Orsini plötzlich so seltsam angeguckt, war mit dem Kopf ganz nah gekommen und hatte gemurmelt: «Übrigens, die Lisbeth hat nach Sie gefragt, Herr Orsini. Nicht dass mir da Klagen kommen. Ist ja quasi meine Schwiegermutter. Sie wissen ja, ich bin Schütze, und zwar nicht nur als Sternzeichen.»

Orsini schluckt. Für seinen Franz würde Koestern durch jedes Fegefeuer wandern und für dessen Mutter womöglich auch. Deshalb sieht Orsini ihn doppelt arglos an, als er den Laubenschlüssel nimmt: «Sie sind Schütze? Das habe ich mir gleich gedacht. Schützen haben so was Zielstrebiges. Spürt man sofort. Die Detektei Orlando ist Ihnen zu Dank verpflichtet, Herr Koester, für Ihre Hilfe und Ihren freundlichen Ratschlag. Guten Tag.»

Dann waren er und der Indianer, der in Franz’ Sachen auch ein langhaariger Spanier oder sonst ein Rumtreiber hätte sein können, mit der Bahn ein Stück rausgefahren. Am Bahnhof war der schweigsame Kerl plötzlich vor einer Litfaßsäule stehen geblieben und hatte auf etwas gestarrt. Das Plakat zeigte (von links nach rechts) einen Indianer, einen Berg und einen Bison.

«Ach das», hatte ihm Orsini erklärt, «German writer, Karl May, like the Monat Mai, he makes stories with cowboys and indians. But in German.»

Später, in der Laube, hat er ihn auf die Tücken des Ofens hingewiesen, aber dann gedacht: Wenn ein leibhaftiger Indianer kein Feuer machen kann, wer dann?

Jetzt, wieder hier in der Ritterstraße, ist es seltsam. Fremd und vertraut zur selben Zeit. Wenn Landow nicht da ist, ist es still in der Wohnung, von unten links irgendwo mal ein Kläfferchen von der Töle, von direkt untendrunter das pnöö-pö-pnöö von diesem Fagottspieler, aber sonst Stille. Wenn Landow aber da ist, ist es laut. Er scheppert, er raschelt, er flucht, er schreit im Schlaf, das macht der Krieg. Jetzt ist Landow da. Aber es ist still. Seltsam. Als Orsini um kurz nach fünf Uhr zurückkam, lag Landow zusammengerollt wie ein Welpe auf der Platte seines Schreibtisches und schlief. Jetzt, um halb neun, schläft er immer noch, ohne sich zu rühren. Er lebt noch, kein Zweifel, Orsini überprüft das regelmäßig. Seine Stirn ist warm, aber noch kein bedenklicher Glühkopf.

Eine Tracht Prügel kannst du in dieser Stadt an jeder Ecke bekommen, ein gutes Suppenhuhn nicht. Um sieben war Orsini noch mal losgegangen, der Schlachter hinterm Görlitzer Bahnhof wollte gerade zumachen. Er trug das Huhn nach Hause wie der Hans im Glück seine Gans. Dann hat er begonnen, eine kräftige Brühe daraus zu kochen, streng nach dem Rezept seiner Großmutter. Wenn Landow aufwacht, wird er etwas Warmes zu schätzen wissen.

Irgendwann danach, die Suppe auf dem Herd, den schlafenden Landow auf dem Schreibtisch, hat Orsini angefangen, dem Reglosen aus diesem englischen Roman vorzulesen. Orsini weiß, dass er das meiste falsch ausspricht, aber wen kümmert das.

«I see that I have alluded above to his powers upon the violin. These were very remarkable, but as eccentric as all his other accomplishments. That he could play pieces, and difficult pieces, I knew well, because at my request he has played me some of Mendelssohn's Lieder, and other favourites. When left to himself, however, he would seldom produce any music or attempt any recognized air. Leaning back in his arm-chair of an evening, he would close his eyes and scrape carelessly at the fiddle which was thrown across his knee. Sometimes the chords were sonorous and melancholy. Occasionally they were fantastic and cheerful.»

Orsini versteht nicht viel von dem, was er dort liest. Aber eine seltsame Art von Harmonie überträgt sich aus diesem extrahierten englischen Roman auf ihre zweieinhalb Zimmer im fünften Stock der Ritterstraße. Er legt das Buch weg, sieht nach der simmernden Suppe, fühlt Landow die Stirn und streicht ihm eine Strähne aus dem Gesicht. Zum ersten Mal, seit sie vor Monaten schon diese Räume bezogen haben, ist er sich sicher, dass ihr Detektivbüro ein Erfolg wird. Und zwar ein großer. Sie haben einen Regierungsauftrag. So was hat nicht jeder.

Punkt halb zehn klopft es an ihrer Tür. Eine unbekannte Frau steht davor. Sie hat eine grobe Wollmütze bis in die Stirn gezogen und ein Grübchen an der Kinnspitze. Außerdem hat sie Wildschweinwurst aus Gransee dabei und will Landow sehen. Sie betrachtet den Schlafenden eine Weile, murmelt dann: «Ich hatte so eine Ahnung.»

Orsini, die duftende, armlange Wurst in der Hand wie einen Knüppel, flüstert: «Er wäre fast gestorben.»

Da sieht ihn diese fremde Frau ernst an und schüttelt den Kopf. «Unmöglich», sagt sie, «er wird hier noch gebraucht.»

«Soll ich was ausrichten», fragt er, als sie schon wieder im kurzen Korridor steht.

«Nein», sagt sie, «lassen sie ihn schlafen und machen Sie ihm ein Frühstück für drei, wenn er aufwacht. Dann weiß er, was zu tun ist.»

«Sind Sie sicher?»

Ihr Grübchen hüpft: «Sicher? Nein. Aber ich weigere mich, die Hoffnung aufzugeben. Guten Abend.»

«Guten Abend, Frau –.»

Gegen zehn am Abend beginnt Regen laut gegen die Fenster zu prasseln. Orsini blättert in dem bebilderten Prospekt, den er sich neulich besorgt hat. Ein Schotte namens Dunlop hat kürzlich erst das Patent für einen luftgefüllten Fahrradreifen erhalten. Das Rad, das Orsini sich zulegen will, hat vorerst noch Vollgummibereifung, ist aber auf die Dunlop-Reifen umrüstbar, steht in dem Prospekt. Das Herrenfahrrad *Flash* aus englischer Fertigung ist also auf die Zukunft vorbereitet, hat Kettenantrieb und eine gute Bremse, kann optional mit einer wetterbeständigen Laterne ausgerüstet werden. Wie schnell wäre er damit aus Dalldorf wieder hier gewesen, nicht auszudenken, schnell wie ein *Flash.*

«Es gibt das Rad», erzählt er dem immer noch wie tot daliegenden Mann auf dem Tisch, «in zwei Farben, *gardengreen* und *bristolblack.* Ich glaube, ich werde das schwarze nehmen.»

Um kurz vor Mitternacht zieht er sich leise die Schuhe an und geht noch einmal hinaus. Am Abzweig im Stiegenhaus, da, wo man zum guten Treppenhaus des Vorderhauses abbiegen kann, hält er kurz inne und denkt sich in die Wohnung der Beletage hinein. In der Durchfahrt begegnet er ausgerechnet Fegesack, dem Hausmeister, der gerade kichernd mit seiner neuen Eroberung nach Hause kommt. Fegesack hat ein zerknicktes Papierhütchen auf dem Kopf, die beiden waren wohl auf einer Karnevalsfeier. In einer Woche ist schon Rosenmontag.

«Gute Nacht, Herr Rosini!», bölkt das besoffene Arschloch ihm entgegen, und die Dicke an seinem Arm prustet blöde.

Sie mich auch, denkt Orsini und verschwindet westwärts in der Nacht.

Knappe halbe Stunde später ist er wieder da, stellt die durchweichten Schuhe lautlos neben den abkühlenden Herd. Er hat am Anhalter die Abendblätter besorgt. Wer einen Regierungsauftrag hat, muss stets auf dem neuesten Stand sein. Morgen oder wann immer Landow aus seinem Schlaf erwacht, wird er eine kräftige Suppe vorfinden, eine Kanne Kaffee und die neuesten Schlagzeilen.

Orsini überfliegt die Überschriften: In Weißensee hat es schon wieder den Doppelselbstmord eines Liebespaares gegeben. Einer der festgenommenen Anarchisten, die die Morde an Lugert und Breitkopf verübt haben sollen, hat sich in der Zelle erhängt. Alleine. Die Staatsanwaltschaft wertet dies als Schuldeingeständnis. Ein Biologe der Universität Leipzig behauptet, die Metamorphose von Maikäfern so früh im Jahr sei für einen wissenschaftlichen Laien nahezu unmöglich und außerdem gottlos. In der Schließfach-Halle der Dresdner Bank am Gendarmenmarkt wurden Blutspuren gefunden. Die Nachricht verbreitete sich wie ein Lauffeuer. In Bankierskreisen schrillten bereits wieder die Alarmglocken und die Telegraphenapparate: Hatte man etwa noch nicht alle Täter hinter Gitter gebracht? Schlugen die Anarchisten wieder zu? Hing etwa schon wieder einer von ihnen verzerrt und entwürdigt tot in der Stadt herum? Aber dann, nach einer Stunde etwa, gab man Entwarnung.

Falscher Alarm. Eine Frau aus Habelschwerdt an der Neiße hatte dort ihr Kind zur Welt gebracht, umringt vom eisernen Schweigen der Schließfachtüren. Mutter und Kind sind wohlauf, weiß die Zeitung, die Spuren der Geburt sind bereits beseitigt, der Benutzung der Schließfächer am morgigen Montag stehe nichts im Wege.

Landow schläft.

Einer wacht.

11

Montag, 25. Februar 89

Landow hat fünfzehn Stunden geschlafen. Dann ist er in die *Kanne* in der Moritzstraße gegangen und hat bis um drei getrunken. Wieder zurück in der Ritterstraße, hat er gefrühstückt und sich auf den Weg gemacht, als es gerade hell wurde. Unten auf der Straße ist er noch mal retour und hat schweratmend von oben seinen kleinen Revolver mitgenommen und seinen kleinen Kompagnon.

BEFRAGUNG 1:
Lunde, Rosemarie, Köchin der Kunststiftung Milo

Die Befragung wird durchgeführt von Herrn Landow und Herrn Orsini. Frau Lunde ist Anfang 40 und die Köchin in der Villa. Sie hat weißblonde Haare, die seitlich am Kopf zu fest geflochtenen Schnecken gedreht sind und dort wie die Taurollen eines Bootes aussehen. Aus bestimmten Blickwinkeln könnte man meinen, dass das rundliche Gesicht der Frau von diesen Zopfrädern eingespannt wird wie von einem Schraubstock. Frau Lunde ist erst unsicher, ob sie überhaupt etwas zu den Herren sagen darf, ohne dass die Direktion im Hause ist, aber der funkelnde Reichsadler im Dienstausweis tut seine Wirkung.

Außerdem loben die beiden Herren Frau Lundes Kaffee (schön stark) und den dazu gereichten Gugelhupf (schön locker).

«Sie kochen also für die Darsteller bei den Aufführungen hier im Haus?»

«Die Kinder lieben besonders die süßen Sachen. Letzte Woche habe ich Kaiserschmarrn gemacht. Das hätten Sie mal sehen sollen. Da, wo die Kinder herkommen, kriegen die Kleinen so etwas ja nicht.»

«Woher kommen die Kinder denn?»

«Das weiß ich nicht. Ich bin ja nur die Köchin. Die bringt immer ein Wagen.»

«Und was sind das für Kinder?»

«Jungens. Die kleinsten sind etwa vier, würde ich sagen, und die größten werden so 12, 13 sein. Mein Ältester ist dreizehn, da vergleiche ich das immer ein bisschen.»

«Nie älter?

«Nein.»

«Nie jünger?»

«Nein, ich denke nicht.»

«Nie Mädchen?»

«Nein.»

«Und wenn die Jungs gegessen haben, was passiert dann?»

«Dann werde ich von der Köchin zur Garderobenfrau. Ich ziehe sie aus, wasche sie, wenn nötig, und ziehe ihnen die Kostüme an.»

«Welche Kostüme sind das zum Beispiel?»

«Meistens Flügel. Engelsflügel. Wie auf dem Bild von diesem Italiener, wo die kleinen Engel unten am Rand rumlümmeln.»

«Und was haben die Kinder außer diesen Flügeln noch an?»

«Sonst? Sonst nichts. Darum geht es ja.»

«Darum? Um was denn genau?»

«Um die Unschuld. Um unbefleckte Engel wie auf den Bildern in den Kirchen. Bloß hier in lebendig.»

«Die Kinder haben also zum Beispiel diesen Kaiserschmarrn gegessen, sind satt und zufrieden und gut gelaunt und gehen dann in die kleine Arena dort oben und spielen einen Hirtenreigen. Immer nackt.»

«Fast immer. Es gibt Ausnahmen. Zur Feier der Reichsgründung gibt es den Goldjungen, das sind dann spezielle Kinder, ein spezieller Junge, ich weiß nicht, woher die kommen. Das muss immer einer mit besonders schönen blonden Locken sein. Und der wird ganz golden angemalt, geschminkt, das ist das deutsche Wesen, der germanische Held Siegfried als Kind oder so was. Aber das geht mich nichts an. Wenn oben gespielt wird, dann wird hier unten gespült.»

«Und wer malt diesen Goldjungen dann golden an?»

«Früher kam da extra einer vons Theater. Aber jetzt mache ich das. Ich bin ja wie eine Mutter für die Burschen.»

«Ist Ihnen das nicht unangenehm, dieses Schminken, an manchen Stellen?»

«Mir?»

«Den Jungs.»

«Nein, eigentlich nicht. Damit die nicht so aufgeregt sind, bekommen die ja zum Essen einen Punsch. Da ist etwas warmer Portwein drin, da wird dann besonders viel gelacht auf der Bühne. Ich höre das bis hier herunter in die Küche.»

«Und die Herren von oben? Die Zuschauer kommen nicht hierher?»

«Nein, eigentlich nicht.»

«Eigentlich?»

«Das wird nicht gewünscht von der Direktion.»

«Aber … es gibt Ausnahmen?»

«Aber, ja, Herrgott, es kommt schon mal vor, dass einer der Herrn zusehen möchte, wie ich die Jungs bade.»

«Nur zusehen?»

«Das ist doch auch ganz unschuldig. Sie sollten mal sehen, wie die Augen leuchten, wenn die ausnahmsweise auch mal an den Schwamm dürfen.»

«Die Herren?»

«Nur als Ausnahme. Sagen Sie's bitte nicht der Direktion. Ich brauche diese Arbeit. Und die Jungs lieben mich. Das mit dem Zusehen und Abfrottieren ist ja jetzt vorbei. Der Politiker, der letzte Woche ermordet wurde, ...»

«Lugert?»

«So hieß er wohl, der sah gern zu beim Baden.»

«Der allein?»

«Nein, da gab es im Laufe der Jahre schon noch ein paar. Die Herren sind sehr freundlich zu mir und werden hier selbst zu Kindern. Du solltest die mal sehen, sage ich dann zu Plaaß, das ist mein Mann, mein Freund, der macht hier den Garten. Die Herren in ihren feinen Anzügen werden hier unten an der Wanne selbst zu Kindern, so freuen die sich, wenn sie mal randürfen. An den Schwamm.»

Orsini und Landow schieben die geleerten Kuchenteller in die Tischmitte und sehen sich an, bevor Orsini fragt: «Wenn die Männer hier ausnahmsweise mal beim Baden der Knaben helfen, sind Sie, Frau Lunde, dann dabei?»

Die Köchin hat während der Befragung gekonnt bestimmt zwanzig Eier in eine Schüssel voller Hackfleisch geschlagen und knetet, die Hände bis zu den Knöcheln im rosigen Fleisch, diese nun unter, was schmatzende Geräusche macht. Sie hält inne und sieht Orsini nachdenklich an, sie muss tatsächlich kurz überlegen. Dann, mit kräftigen, gleichmäßigen Bewegungen weiterknetend, schüttelt sie den Kopf: «Nein, eigentlich nicht. Ich gehe dann meist hoch und rauche eine am Hintereingang. Aber sagen Sie das bitte nicht bei der Direktion.»

«Was genau?»

«Das mit dem Rauchen.»

«Und nach dem Pausenzigarettchen», fragt Landow und steht auf, «sind Sie dann wieder hier heruntergekommen?»

«Genau», nicken die akkuraten Taurollen am Kopf der Köchin vor und zurück, während sie sich die Fleischbreireste von den Händen streift, «die waren dann meist schon fertig, die Herrn.»

«Fertig womit?», fragt Orsini und steht auch auf.

«Na, mit Baden», sagt die Lunde und hievt die schwere Schüssel auf den anderen Arbeitstisch.

BEFRAGUNG 2:
Sternberg, X., Direktion der Kunststiftung Milo

Ohne darüber zu reden, haben Landow und Orsini beide angenommen, das *X. Sternberg* auf der Tür bedeute Xaver Sternberg, ein anderer Vorname mit X war ihnen nicht präsent. Die Direktorin Xenia Sternberg aber ist weder ein Xaver noch eine Xantippe, zumindest äußerlich nicht. Frau Sternberg ist eine schlanke, große Dame mit forschenden Augen, irgendwo Ende dreißig, der man als Freizeitsport ohne Zögern das Tontaubenschießen oder das Bergsteigen zutraute. Darüber hinaus ist sie alles andere als angetan von der Anwesenheit zweier Sonderermittler in ihrem verschwiegenen Hause.

«Hätten Sie sich nicht anmelden können, meine Herren? Ich finde Ihr Auftauchen hier etwas sonderbar.»

«Wir sind Sonderermittler, gnädige Frau. Sonderermittler tauchen in der Regel besonders überraschend auf. Wir wurden von Ihrer Köchin außerdem bestens bewirtet.»

«Sie haben Lunde befragt? Worüber?»

«Über das Geheimnis», hier zögert Landow und tut so, als suche er nach einer Formulierung, «das Geheimnis ihres fabelhaften Gugelhupfs. Aber sie hat geschwiegen wie eine Familiengruft.»

Einigermaßen sediert referiert Frau Sternberg über die Bedeutung der Villa als Rückzugsort für die besonders Beanspruchten im Deutschen Reiche. Sie benutzt dabei, das zeichnet Orsini gewissenhaft auf, dreimal den Begriff «Oase». Dann, um irgendwelchen Verdächtigungen von vornherein den Wind aus den Segeln zu nehmen, zaubert sie mit einem Griff eine ledergebundene Kladde aus dem Regal hinter sich und legt sie vor die beiden Sonderermittler auf den Tisch.

«Wir sind eine Stiftung, meine Herren, als solche steuerlich begünstigt, falls das der Grund Ihres Hierseins ist. Hier bitte, die Gründungsurkunde von 1877 und die Satzung.»

Keine drei Minuten später ist die Atmosphäre im Arbeitszimmer der Direktorin schon deutlich frostiger. Frau Sternberg steht verärgert am Fenster und sieht hinaus auf den bei Licht besehen noch weitläufigeren Park, der das Gebäude umgibt. Hinten, neben einer Steinfigur an der westlichen Hecke, macht sich gebückt der anderwärts erwähnte Gärtner Plaaß zu schaffen.

Die Direktorin reißt sich von diesem Bild der Ruhe los und blickt den größeren der beiden Ermittler mit unverhohlener Wut an.

«Verschonen Sie mich mit den unappetitlichen Einzelheiten

Ihrer Phantasie, Herr Sonderermittler. Punkt eins: Die platonische Liebe zu Knaben ist uns seit der Antike überliefert. Die großen Denker des Altertums umgaben sich mit der Unbekümmertheit und der Unschuld der Jugend. Die Denker und Lenker unserer Zeit sollen das nicht tun dürfen? Weil einzelnen Herrn in irgendwelchen Behörden die Phantasie durchgeht wie ein schlecht gerittener Gaul?

Punkt zwei: Den kleinen Darstellern bei unseren Zusammenkünften fehlt es hier an nichts. Ich kann Ihnen gern die Küche, das Speisezimmer und die Ruheräume zeigen lassen. Sie werden bekocht, gewaschen, gehegt. Hier erfahren sie oft Dinge zum ersten Mal, die ihnen ihre Elternhäuser vorenthielten.

Punkt drei: Wir genießen, das darf ich ohne Zögern sagen, das Placet höchster Kreise im Staat, Herr Landow. Nicht hoher, nicht höherer, nein, *höchster* Kreise. Seine Majestät besuchte mit Freunden im letzten Herbst einen Adventsabend mit Krippenspiel und war bezaubert von der Harmonie und dem Frieden in unserem Hause. Es ist ganz offenbar genau dies», erläutert sie, einmal in Fahrt, weiter, «was schon die antiken Philosophen, was Epikur oder Seneca, hier auch geschätzt hätten. Der wohltuende Freiraum absoluter Absichtslosigkeit. Das positiv aufgeladene Nirwana. Das Nichts als Beginn von etwas Neuem, Großem.»

Die ist ja noch wahnsinniger als der barfüßige Mann im Apfelladen, denkt Landow, tut aber so, als würde er über das eben Gehörte einen Moment oder zwei nachdenken müssen. Dann, so als sei er zu einem Fazit gelangt, steht er auf und macht zwei Schritte auf die Direktorin zu. Sie ist fast so groß wie er, und der Ärger macht sie noch etwas attraktiver.

«Ich frage mich allerdings», beginnt er und überlegt, ans Fenster tretend und ebenfalls den Gärtner beobachtend, was er die echauffierte Dame fragen könnte, «wie man die Quelle Ihrer jungen Darstellerschar zu beurteilen hat. Die Kinder stammen immerhin nach unseren Erkenntnissen nicht aus einem Waisenhaus, sondern aus der – so zumindest steht es an der Tür des Instituts – *Idiotenanstalt* in Dalldorf. Will sagen: Ein normaler Achtjähriger wäre in der Lage, sein Missfallen über das, was hier von ihm erwartet wird, zu äußern. Er könnte weinen, verstockt sein oder wegzulaufen versuchen. Die kleinen Idioten aus Dalldorf aber wissen in den meisten Fällen doch gar nicht, was hier mit ihnen veranstaltet wird, meinen Sie nicht, Frau Direktor?»

Diese Frage bringt Direktorin Sternberg nicht im Mindesten aus dem Konzept. Im Gegenteil, glaubt Landow, sie scheint darüber sogar erleichtert zu sein. Man sollte beizeiten tatsächlich mal einen Blick in die Bilanzen dieser feinen Stiftung werfen, scheint ihm. Oder, falls nötig, zumindest damit drohen, das zu tun. Die Direktorin geht ruhig zu einem hübsch gearbeiteten Bücherschrank an der Schmalseite ihres Arbeitszimmers. Sie öffnet die beiden Glastüren der hohen Vitrine, beugt sich suchend vor und etwas hinab, bevor sie ein großes Buch aus dem Regal zieht.

«Sagt Ihnen, meine Herren Sonderermittler, der Name Bouguereau etwas?»

Landow und Orsini sehen sich fragend an, schütteln unisono den Kopf. Das scheint die Erwartung der Direktorin zu bestätigen, denn ein winziges Lächeln huscht über ihr wirklich schönes Gesicht. Sie schlägt das große Buch an einer bestimmten Stelle auf und legt es vor die beiden auf den Tisch.

«William Adolphe Bouguereau, ein zeitgenössischer französischer Maler. Ein gefeierter Meister des Klassischen Realismus. Hier, sehen Sie, das ist sein Gemälde *La Jeunesse et l'Armour* von 1877, notabene aus dem Gründungsjahr unserer Stiftung.»

Weil die Ermittler hartnäckig schweigen, übersetzt sie vorsichtshalber den Titel des Bildes: «*Die Jugend und die Liebe.* Das Bild zeigt also die antike Göttin der Jugend und den Gott der Liebe, Amor. Beide Gestalten sind, wie Sie selbst auf der Fotografie des Gemäldes erkennen, vollkommen nackt. Was Bouguereau meisterhaft gelingt, ist der Hautton der beiden dargestellten Figuren. Ich war selbst mehrfach in Paris und hatte Gelegenheit, die Originale zu betrachten. Es ist atemberaubend.»

Ihr Rock rauscht hell, als die Direktorin wieder Platz nimmt. «Diese Art von veredeltem Realismus hat freilich nichts mit der freudlosen Tristesse gemein, mit der zeitgenössische Maler wie dieser Liebermann meinen, unsere Gegenwart abbilden zu müssen, nicht mit Kartoffelklaubern, Kuhhirten und Flickschustern.»

Landow und Orsini haben sich über die Abbildung gebeugt und betrachten nun jedes Detail mit Kennermiene. Das Bild des hochgelobten Franzosen zeigt eine junge, erwachsene Frau frontal von vorn, auf deren Schultern ein kleiner, blondgelockter Knabe herumturnt. Über den nackten Schultern des Knaben sieht man die weißen Spitzen seiner Flügel hervorblitzen. Im Gegensatz zu den erwachsenen Frauen, die Landow und Orsini kennen, ist die abgebildete Göttin bis auf die braunen Locken auf ihrem Kopf vollkommen unbehaart. Man sieht alles, auch den legendären Hautton. Orsini kann nicht anders, als sich die Direktorin kurz in dieser Pose vorzustellen.

«Nun, meine Herren», unterbricht die seine Phantasie, «was sehen Sie? Ist das obszön dargestellte Nacktheit? Nein, das ist die sublime und äußerst geschmackvoll inszenierte, zudem metaphorisch aufgeladene Unschuld. Die, wie ich vorhin bereits sagte, absolute Absichtslosigkeit. Wenn Sie unsere Galerie in der Grünstraße bereits besucht haben, werden Sie sich an die

Kopie des Caravaggio dort erinnern. Anatomisch betrachtet, sehen Sie auf diesem Meisterwerk unter anderem die nackten, unbehaarten Genitalien eines heranwachsenden Knaben. Aber emotional betrachtet, sehen Sie Sentiment und die Reinheit einer unbefleckten Seele.»

Landow macht sich von dieser Anhäufung nackter Tatsachen frei. Er zieht seinen Notizblock heraus und lässt dessen Deckel, wie er es bei einem der Polizisten in der Pathologie gesehen hat, mit einem Daumenschnippen aufspringen. Dann, die gähnende Leere einer nackten Seite anstarrend, sagt er: «Ihr Plädoyer beeindruckt mich. Ich frage mich dennoch, ob es nicht einen entscheidenden Unterschied macht, ob die *geschmackvoll inszenierte Unschuld* in Ihrem Hause hier mit normalen Kindern oder mit schwachsinnigen dargeboten wird.»

Frau Sternberg steht inzwischen wieder am Fenster und blickt ernst hinaus wie die freudlose Heldin eines dieser Ibsen-Schauspiele. Ohne den beiden Männern den Blick zuzuwenden, philosophiert sie: «Sehen Sie, Herr Sonderermittler, diese schwachgeistigen Kinder aus der Anstalt in Dalldorf sind doch ungefähr dasselbe wie unsere schwarzen Kinder in den Kolonien, in Deutsch-Südwest und in Ostafrika. Ohne unser Engagement würden diese Menschenkinder nur ein tristes Leben führen. Wir aber bringen Glanz in diese Existenzen und in die Augen dieser Wesen. Hier wie dort, in Steglitz-Südende wie in Deutsch-Südwest. Ich gehe sogar so weit, Herr Landow, zu sagen: Erst durch uns, den Kunstverein Milo im einen, das Deutsche Reich im anderen Fall, wird das Leben dieser Menschen lebenswert.»

Damit dreht Frau Sternberg sich schwungvoll zu den beiden herum und verschränkt, an das Fenster gelehnt, die Arme unter der Brust.

«Frau Direktor», beginnt Landow und geht zu ihr ans Fenster – der Gärtner Plaaß ist nun draußen nicht mehr zu sehen –, «also ist es nur eine Frage der Zeit, wann wir hier in Ihrem Hause auch die dunklen Kinder aus den Kolonien Hirtenreigen aufführen sehen?»

«Das ist nicht vorgesehen», erwidert sie etwas schmallippig und geht hinter ihren Schreibtisch zurück. «Ihr Unterton verrät mir allerdings, dass Sie unsere Veranstaltungen und den Wesenskern unserer Stiftung missbilligen. Aber niemand, meine Herren, zwingt Sie, hier zu sein.»

Das war deutlich.

«Sie irren sich, gnädige Frau», antwortet Landow deshalb betont sanft, «unser Auftrag zwingt uns dazu. Denn ich habe den Verdacht, dass sich die Kinder Ihren Gästen hier nicht freiwillig und, wie Sie sagten, mit absoluter Absichtslosigkeit präsentieren.»

BEFRAGUNG 3:
Buchhaltung der Kunststiftung Milo

Die Direktorin Sternberg hat sich daraufhin kurz angebunden verabschiedet, den lästigen Herren aber generös erlaubt, noch rasch das WC des Hauses zu besuchen. Nach ihrem kurzen Aufenthalt zwischen italienischer Keramik und französischer Lavendelseife machen Landow und Orsini auf ihrem Weg Richtung Vestibül vor einer Tür halt, die einladenderweise nur angelehnt ist und hinter der sich die Buchhaltung befindet, wenn das Schild an der Tür nicht mit *absoluter Absichtslosigkeit* lügt. Die Frage ist doch, wie sich dieser Verein finanziert, findet Landow. Der betriebene Aufwand – Direktor, Köchin,

Gärtner etc. – ist doch ziemlich groß für über den Daumen gepeilt etwa drei Veranstaltungen pro Monat. Wie hoch ist beispielsweise der Mitgliedsbeitrag für diesen so sehr im Verborgenen wirkenden Kunstverein? Wie viel ist den Herren dieser exklusive Rückzugsort eigentlich wert? Ein Blick in die Bücher könnte Aufklärung bringen. Dummerweise ist die Buchhaltung nicht besetzt. Der Schreibtisch allerdings ist übersät mit Ordnern und Konvoluten. Stifte und Aufzeichnungen deuten darauf hin, dass hier gerade noch jemand gearbeitet hat. Orsini steht hinter dem Türspalt Schmiere, Landow geht rasch zum Tisch herüber und versucht, einen Blick in die sich stapelnden Ordner zu werfen. Da entdeckt er, dass sie doch nicht allein sind. Auf einem kleinen Canapé in einer Nische liegt einer. Das dunkle Jackett hat er über die Stuhllehne gehängt, die Schuhe stehen ordentlich neben dem Pflanzkübel einer Palme. Der Mann hat sich seitlich auf dem kurzen Möbel eingerollt und wendet Landow den schimmernden Seidenrücken seiner Weste zu. Döst der nur oder schläft der? Der schläft. Landow geht auf Zehenspitzen näher. Dann winkt er Orsini zu sich. Interessant, wen man hier treffen kann! Der schlafende Buchhalter ist kein anderer als Phillipi-Ginsberg aus der Beletage in ihrer Ritterstraße. Genau der, der sich heute früh, als die beiden das Haus verließen, vor einem wartenden Wagen so überschwänglich von seiner kleinen Familie verabschiedet hat. «Mache deiner Mutter keinen Kummer, Samuel, hörst du? Papa muss geschäftlich nach Hamburg und ist am Freitag zurück.»

Ja, ja, die Welt ist klein, denken sich die beiden, für die einen liegt Dalldorf in Westafrika und für die anderen Hamburg im südlichen Steglitz. Wahrscheinlich alles bloß eine Frage des Standpunktes.

Gut, dass Landow seine bis dato nutzlose Detektivkamera in Buchformat mitgenommen hat. Er hat damit vorhin, von Frau Lunde unbemerkt, schon den Gugelhupf in der Küche fotografiert und will nun noch schnell ein Bild von dem schlafenden Buchhalter auf dem Canapé machen.

Da wacht der unvorteilhaft zusammengefaltete Mann auf dem Sofa auf und starrt die beiden Herren neben seinem Schreibtisch mit verständlicher Verblüffung an.

Landow sagt freundlich «guten Tag». Dann drückt er auf den Auslöser. Klick.

Phillipi sagt nichts.

▪▪▪

Das Speiselokal *Troja* in der Nähe der Jannowitzbrücke hat erst vor kurzem aufgemacht. Das Essen dort schmeckt so, als würde es binnen kurzem auch wieder zumachen.

«Manchmal schäme ich mich, weil ich so viel esse», bringt Landow zwischen zwei ledrigen Lammkoteletts heraus, die tatsächlich so alt schmecken, als hätte dieser Schliemann sie vor Troja gefunden.

«Sie haben fünfzehn Stunden geschlafen, das macht hungrig», winkt Orsini ab und betrachtet die planlos hin und her laufende Bedienung in dem Laden. Es dauerte lange, bis sie bestellen konnten, dann noch länger, bis der schlaksige Kellner mit leeren Händen und der Botschaft zurückkam, die Roulade sei aus. Die schier endlose Warterei auf die unerfreulichen Lammkoteletts und ein inzwischen kalt gewordenes Rührei mit exakt vier traurigen Stückchen Schnittlauchs haben Landow und Orsini immerhin genutzt, um über die Eindrücke in der obskuren Villa dieses Kunstvereins zu reden.

«Und weshalb haben Sie vorhin nicht erwähnt, dass Sie am Samstagabend von dort entführt worden sind?»

«Nachdem ich mir dort ungebeten Zutritt verschafft habe? Das wäre Hausfriedensbruch.»

«Himmel, Sie haben unserem Mörder Auge in Auge gegenübergestanden. Allein! Stundenlang! Sagenhaft! Ich verstehe nicht viel in diesem englischen Roman, der mir neulich in die Hände kam, aber eines schon: Ich verstehe, warum der Detektiv dort, dieser Holmes, immer zusammen mit seinem Partner, Kompagnon, Assistenten, nennen Sie es, wie Sie wollen, unterwegs ist. Alleingänge können gefährlich werden, Landow.»

«Wie Sie meinen. Und wie hätte das im Falle dieser Villa aussehen sollen am Samstagabend? Ach, entschuldigen Sie, ich habe einen guten Freund dabei, der sich auch einmal ein Bild machen möchte vom atemberaubend zarten Hautton unschuldiger Knaben mit Engelsflügeln? Und dieser Mensch auf seinem Rachefeldzug hätte uns dann gleich im Zweierpack mit nach Dalldorf verschleppt? Zwischen Theorie und Praxis gibt es eben oft noch einen gewissen Unterschied. Fest steht allerdings Folgendes. Erstens: In dieses fragwürdige Lokal hier gehen wir nie mehr. Das Essen ist eine glatte Katastrophe. Zweitens: Diese Unschulds-Anbeter sind nicht so unschuldig, wie sie tun. Drittens: Mit unserem schneidigen Bankier aus der Beletage stimmt etwas nicht. Viertens: Ich will wissen, wie die Transporte der irren Kinder zu den Aufführungen funktionieren. Deshalb habe ich uns für morgen in der Anstalt angemeldet.» Und dann, so, als denke er noch über Punkt fünf nach, steht er plötzlich auf und brüllt in das vollbesetzte Lokal: «Kann ich in diesem Scheißladen noch ein Bier haben? Ein großes? Jetzt! Danke sehr.»

Das Bier kommt prompt acht Minuten später und ist nur

ein kleines. Draußen vor diesem *Troja*, das der berühmte Archäologe wohlweislich nicht ausgegraben hätte, gucken die beiden etwas indifferent in den trüben Februarhimmel. Im Fluss schwimmt eine tote Katze.

«Wann wollen Sie unseren Racheengel eigentlich der Polizei übergeben, Landow?»

Der sieht der davontreibenden Katze nach, steckt sich eine Zigarette ins Gesicht und sagt nichts.

Orsini schlägt sich den Kragen seiner Jacke hoch und sieht Landow fragend an. «Sie wollen ihn doch der Polizei übergeben? Sagen Sie doch was! Sie können ihn doch nicht einfach weitermorden lassen. Auch dann nicht, wenn man gegen Bankiers und Profiteure dieses Kalibers einiges haben kann. Wir reden hier von Mord, Landow. Mehrfachem, heimtückischem Mord noch dazu. Sie machen uns mitschuldig, wenn Sie nicht zur Polizei gehen. Also, was tun Sie?»

«Sie finden mal heraus, was mit diesem Phillipi los ist. Aber unauffällig. Und ich, ja, Sie haben recht, ich gehe jetzt zur Polizei. Übrigens …»

Orsini, die Hand tief in die halblange Jacke geschoben, dreht den Kopf noch mal zu Landow zurück.

«Ihre Suppe war wunderbar, Orsini. Danke dafür.»

Damit schnippt er die Kippe der toten Katze nach und geht mit großen Schritten Richtung Alex hoch. Orsini lässt den Dank warm seinen schnatternden Körper durchrieseln und macht sich dann südwärts auf den Weg Richtung Ritterstraße. Gegen diesen schneidigen Phillipi ermittelt er besonders gern.

Die offene Kabelgrube vor dem wachsenden Polizeipräsidium ist mittlerweile etwas nach rechts gewandert, seit er zuletzt hier war, scheint ihm. Aber immer noch gucken die daumendicken

Stränge wirr aus dem tiefen Erdloch heraus wie die Rippen von einem, dem eine Granate den Rumpf zerrissen hat, denkt Landow.

Der Wachmann vor dem Eingang hält ihn diesmal auf. Landows Ausweis lässt den Uniformierten in seiner engen Holzbude andeutungsweise Haltung annehmen, dann widmet er sich wieder seiner Zeitung. Landow überfliegt die Schlagzeile: Man rechnet in Paris auf der Xpo mit einem Besucherrekord, schreiben sie. Für einen Moment saust eine blasse Vermutung durch Landows regennasses Haupt: Breitkopf hing dort wie ein X, Lugert hatte den Miniatur-Eiffelturm im Po. X + Po = Xpo. Wieder keiner da, der darüber lacht. Was, wenn dieser Busch nur ein armer Irrer ist, der ihm ein Märchen aufgetischt hat? Einer, der sich nur daran weiden wollte, wie sich ein armes Schwein wie Landow einpisst? Wenn es Honoratioren gibt, die auf den rosigen Hautton unschuldiger Knaben scharf sind, weshalb soll es dann nicht auch Fraktionen geben, die anderen gern dabei zusehen, wie die sich vor Panik einnässen? Aber nein, dazu wusste Busch zu viele Dinge, die nur der Täter wissen kann.

Im ersten Stock des nagelneuen Riesengebäudes wechseln sie schon ein Fenster aus. Ein Polizeipräsidium zieht nicht nur böse Blicke auf sich, auch böse Pflastersteine. Zwei Etagen weiter oben hat er Glück. Elba ist am Platz, ihre Kollegin nicht.

Sie freut sich, ihn wieder aufrecht zu sehen. Das freut ihn. Aber er sagt bloß: «Und, wie war Ihre Jagd?»

Sie guckt wieder konzentriert auf das Schreiben, das sie gerade tippt, und murmelt betont beiläufig: «Gut. Und wie war Ihre Jagd?»

Landow lehnt sich an den unbesetzten Schreibtisch neben Elbas und verschränkt die Arme. Der Tisch ist unaufgeräumt, die Kollegin ist da, kann jeden Moment wiederkommen. Trotzdem lässt Landow sich mit seiner Antwort Zeit. Orsini hat recht. Er könnte den Racheengel aus Deutsch-Südwest hier und jetzt ans Messer liefern. Polizeizeichner her, Stoßtrupp ins *König von Portugal.* Etwas sagt Landow, dass Busch sich dort sogar ordnungsgemäß unter seinem richtigen Namen eingemietet hat. Er könnte ihn ans Messer liefern. Aber müsste er auch? Und vor allem: Will er das? Dieser Busch, vorausgesetzt, diese Geschichte mit der heimtückischen feindlichen Übernahme durch die Banken stimmt, hat einen Grund für seine Taten. Hat er deshalb auch ein Recht dazu? Natürlich nicht. Macht sich Landow, wenn er Busch den Behörden nicht ausliefert, mitschuldig, wenn noch ein weiterer Bankier umgebracht wird? Wahrscheinlich schon. Könnte er, Landow, mit dieser Schuld leben? Das wird man sehen.

«Meine Jagd», sagt er stattdessen zur fleißigen Frau Runge, «war zumindest interessant. Als ich dachte, ich sei der Jäger, wurde mir klar, dass ich der Gejagte war. Aber jetzt bin ich mir ziemlich sicher, wieder der Jäger zu sein.»

Elba dreht mit einer raschen Bewegung das vollgeschriebene Blatt aus der Maschine und legt es zu anderen in einen Aktendeckel.

«Die Wurst muss noch hängen», sagt sie. Und ergänzt: «Luftig und dunkel.»

Die ergänzte Akte legt sie derweil auf einen Stapel gleichfarbiger Kartonmappen auf einem Beistelltischchen. Er sieht ihr dabei zu. Er sieht ihr gern zu, fällt ihm mal wieder auf.

«Froll'n Kott, können Sie mal rasch –?»

Es bleibt unklar, ob Inspektor Ringer, der in der Tür steht, deshalb nicht weiterspricht, weil das Froll'n Kott gerade nicht da ist, oder wegen Landow.

«Sie schon wieder? Sie waren doch neulich schon hier. Privatdetektiv, nicht wahr? Dann wird es ein Leichtes für Sie sein herauszufinden, wo der Architekt den Ausgang gebaut hat. Guten Tag, Herr.»

Damit hält Ringer Landow auffordernd weit die Tür auf.

Elba Runge dreht ruhig ein frisches Blatt in die Maschine und beginnt zu tippen. Landow stößt sich von der Tischkante ab und bleibt beim Rausgehen direkt vor Ringer stehen.

«Ich war gerade dabei, Inspektor, um eine Audienz bei Ihnen zu bitten. Aber wo Sie schon mal da sind, bitte.» Damit hält er dem verblüfften Ringer den Ausweis eines Sonderermittlers hin.

«Für wen ermitteln Sie denn, Herr Sonderermittler? Und gegen wen?»

Statt ihm zu antworten, grüßt Landow freundlich zu Elba zurück: «Vielen Dank für Ihre Auskunft, gnädige Frau. Schönen Tag noch.»

Drei Minuten später sitzt Landow in einem sogenannten Besprechungszimmer, das man auch Verhörzimmer nennen könnte. Es riecht noch nach Wandfarbe, die neuen Möbel sind noch nicht vom harten Alltag demoliert und vermackt. Sie sind noch unschuldig. Auf Ringers Anweisung hin bringt das vorhin schon angekündigte Froll'n Kott, eine pampige Gestalt undefinierbaren Alters und sauren Körpergeruchs, die von Landow gewünschte Lugert-Akte.

«Wenn Sie fertig sind, lassen Sie den Akt einfach hier liegen.» Sagt's und geht.

Fast hätte er gesagt: Kleines Bier wär' noch schön, mit einem Lächeln serviert.

Er blättert und sucht. Aber er findet es nicht. Drei Polizisten waren bei Lugerts Obduktion dabei, die beiden Kripoleute und der Sonderermittler. Alle drei haben mitgeschrieben, als

Pfeiffer den ungewöhnlichen Fundort der Eisenminiatur dieses Turms bekanntgab. Der Turm an sich ist im Protokoll verzeichnet, inklusive der millimetergenauen Abmaße. Aber der Fundort nicht. Wer das Protokoll ohne dieses Wissen liest, kann annehmen, Lugert habe das Ding in der Manteltasche dabeigehabt wie einen Talisman. Wieso ist das so? Alles ist hier vorschriftsmäßig protokolliert, ein abgerissener Knopf am Jackett, ein vor Jahren wahrscheinlich schon zerstörter Fußnagel links, aber dass die Touristenattraktion aus Paris im Hintern des Angeordneten steckte (und zwar bis zum Anschlag), das erfährt hier niemand. Woher wusste dann Sauermann davon? Von Graff wahrscheinlich. Oder?

«Ah! Sie sind noch da!» Ringer steht wieder in der Tür.

«Lassen Sie mich raten», lächelt Landow, «Sie haben inzwischen telegraphisch im Ministerium nachgefragt, ob ich ein dreister Lügner bin oder nur ein lästiger Sonderermittler mehr.»

«So ungefähr, ja.»

Zu Landows Überraschung setzt sich Ringer sogar. Der hat wahrscheinlich schon die Erfahrung gemacht, dass man von außen aufs Auge gedrückte Sonderermittler missbilligen kann, aber dass es unklug ist, sie ignorieren zu wollen. Ringer kooperiert also, in welcher Form auch immer.

«Gefunden, was Sie suchten?»

Landow schüttelt den Kopf und schiebt Ringer den geschlossenen Aktendeckel über den Tisch zu.

«Wenn Sie fertig sind, lassen Sie den Akt einfach hier liegen», sagt Ringer.

«Das hat Ihr Froll'n Kott auch gesagt.»

«Ein neues Ordnungssystem. Alle halbe Stunde geht ein Verwaltungsassistent die Besprechungszimmer ab und räumt danach die Akten wieder fort, die nicht mehr gebraucht werden.

Wir hoffen, in Zukunft dieses Chaos vermeiden zu können, dass Akten oft überall waren, bloß nicht da, wo sie hingehören. Wir haben Akten auf dem Klo gefunden. Das hat nun, rein theoretisch, ein Ende.»

Auch Landow beschließt, vorübergehend freundlich zu sein. «Ich wollte Ihren Ablauf hier nicht durcheinanderbringen. Ich wollte mir tatsächlich im Sekretariat einen Termin geben lassen. Ich kannte die Sekretärin vom Sehen, weil ich vor ein paar Wochen mal bei ihr angefragt hatte. Damals ging es um ein verschwundenes Kind.»

Ringer steht auf und schiebt den Aktendeckel an eine wohl nur für Eingeweihte erkennbare Position auf der Tischplatte.

«Verschwundene Kinder sind kein gutes Thema für unsere Frau Runge.»

«Weshalb?»

«Frau Runge hatte selbst ein Kind. Der Junge, er wird damals acht oder so gewesen sein, verschwand ohne ersichtlichen Grund. Und tauchte nie wieder auf. Weder lebendig noch tot. Frau Runge bat mich, ich war damals noch Assistent, mich der Sache anzunehmen. Aber der Junge blieb spurlos verschwunden. Ich habe manchmal den Eindruck», sagt der Inspektor und schiebt sich umständlich die Brille auf der Nase zurecht, «dass unsere gute Frau Runge die Hoffnung noch immer nicht aufgegeben hat, der Junge könne eines Tages doch noch wiederauftauchen.» Kaum hat die Brille wieder die korrekte Position eingenommen, beendet Ringer allzu Privates und steht auf. «Guten Tag, Herr Landow. Und, wie gesagt, wenn Sie fertig sind, liegen lassen.»

Damit geht er. Durch die halb geöffnete Tür klingt das Tippen vieler Schreibmaschinen den Korridor hinauf wie das helle Trippeln eiserner Schaben.

Kurz darauf weiter westlich in der großen Stadt. Im Sektionssaal der Charité steht der Pathologe Pfeiffer vor dem Spiegel und probiert eine seltsame Kopfbedeckung, während der schweigsame Herr Hans mit einem Wischmopp den Boden im hinteren Bereich reinigt.

«Landow! Welch Glanz in unserer Kachelstube.»

«Sie haben Zeit, ein Karnevalskostüm zu probieren? Wird in Berlin nicht mehr gestorben?»

«Haben Sie's erkannt, als was ich gehe? Morgen zum Charité-Karneval. Ich gehe als Tumor. Das da vorne war mal eine Gardine. Lise, meine Frau, hat sie eingefärbt mit Roter Bete, und das hier oben», er zeigt auf das Gebilde auf seinem Kopf, «das ist der Rest. Es ist sehr leicht, sodass man sich tadellos damit unterhalten kann, und trinken auch. Was soll ich als Zebra gehen und schwitze mich zu Tode?»

«Bevor Sie zur Geschwulst werden, Pfeiffer, eine Frage: Wer hat den Schlüssel für diesen Raum hier? Wer kann jederzeit an die Fächer mit den eingelieferten Leichen?»

«Ich. Mein Vorgesetzter Huth. Der Pförtner natürlich. Das wär's. Nein, die Polizei hat auch einen, fragen Sie mich nicht, warum. Uraltes Gewohnheitsrecht aus dem späten Mittelalter wahrscheinlich, aber wenn der beim Bau der neuen Präsidiumsburg am Alex nicht verschüttgegangen ist, dann sollte es dort auch noch irgendwo einen geben. Weshalb fragen Sie? Möchten Sie auch einen? Möchten Sie nachts mal vorbeischauen und in einem leeren Schub probeliegen?»

«Nur so ein Gedanke, Pfeiffer. Hat er auch einen Schlüssel?»

«Der Professor? Ich nenne ihn intern immer den Professor, weil er für einen Sektionsassistenten eigentlich viel zu viel weiß. Aber, nein, einen Schlüssel hat er nicht. Aber», und damit kommt Pfeiffer mit seinem Tumorhut vertraulich näher und dämpft die Stimme zu einem Raunen, «wo Sie schon fragen. Etwas merkwürdig ist er schon. Es verschwinden neuerdings Teile. Körperteile. Letzte Woche gab es bei einer Beerdigung in Spandau einen Familienstreit am offenen Grab. Die Menschen dort waren wohl eher von der zupackenden Art und öffneten den verschlossenen Sarg ihrer Mutter vor Ort selbst, um die strittige Frage – die Brosche von der Erbtante oder was immer – zu klären. Dabei entdeckte die entsetzte Trauergemeinde, dass der Verstorbenen ein ganzes Bein fehlte. Die Beschwerde darüber kam zu uns. Im Protokoll sind jedoch ordnungsgemäß beide Beine verzeichnet. Jetzt ermitteln sie beim Bestatter. Und bei einer Bestattung in Moabit kürzlich gab es eine Ungereimtheit mit einem fehlenden Arm. An der Schulter vorbildlich ausgelöst, wie aus dem Lehrbuch. Ich bin mir nicht sicher, ob sich unser Professor hier nicht heimlich, wie soll ich sagen, Arbeit mit nach Haus nimmt. Er ist so wissbegierig. Wahrscheinlich sollte ich dankbar sein für so einen Mitarbeiter, aber dennoch, wenn der Verdacht erst mal gesät ist, … Oberon, oder?»

«Othello. Der Neger, der völlig grundlos seine Frau umbringt?»

«Richtig! Als Neger könnte ich natürlich auch gehen. Einfach von oben bis unten einschwärzen. Zu warm wird einem da auch nicht. Was meinen Sie, Landow? Neger oder Tumor?»

Aber Landow ist schon halb in der Tür und hört gar nicht mehr zu. Dann aber macht er noch mal kehrt und kommt nah zu Pfeiffer zurück.

«Hat es eigentlich in letzter Zeit wieder diese Zerstückelungen gegeben, die mehrteiligen, ausgeweideten Frauenleichen wie im letzten Frühjahr?

Pfeiffer setzt den Tumor ab und denkt nach: «Nee, zum Glück nicht.»

«Wann haben diese Morde aufgehört, Pfeiffer?»

«Mh, Mitte Juni rum, würde ich sagen.»

«Und seit wann haben Sie Ihren Assistenten, den lernbegierigen Herrn Hans?»

«Mh, seit Mitte Juni rum, würd' ich sagen.»

■■■

Als er sie am Abend an der Personalpforte des Präsidiums abholt, freut sie sich wahrscheinlich. Das Grübchen an ihrem Kinn hüpft jedenfalls.

«Sie hier? Als Sonderermittler brauchen Sie mich als Quelle doch gar nicht mehr.»

«In der Strassburger Straße gibt es ein neues Restaurant. Ich bin neugierig auf Ihre Jagdgeschichten.»

Zwei Stunden später in einem Zimmer des neuen Hotels, das schräg gegenüber des neuen Restaurants aufgemacht hat, liegen beide rauchend nebeneinander.

«Die Staatsanwaltschaft hat die Asservaten im Fall Lugert freigegeben», sagt Landow und steht auf, um sich und ihr einen Schnaps einzuschenken.

«Und?», fragt es aus dem Bett.

«Die Frage ist: Möchten Sie ihn wiederhaben?»

«Wen?»

«Den kleinen Eiffelturm, der in Lugert steckte.»

Sie sagt kein Wort, bläst still den Rauch zur Zimmerdecke hoch und steht irgendwann auf, um sich zu waschen.

Landow lauscht dem Plätschern des Wassers nebenan, raucht, spürt dann ihren Blick auf sich. Elba hat den Kopf ins Zimmer geschoben und sagt: «Ich wusste es.»

Landow sieht sie an, raucht dann weiter. «Was wussten Sie?»

«Dass Sie den Hinweis verstehen würden. Das mit Par*is* und *Pa*ris und das alles.»

«Erstaunlich, was Sie mir zutrauen, Elba Runge», knurrt er und macht die Zigarette aus.

«Ich traue Ihnen eine ganze Menge zu, Landow», kommt dazu noch aus dem Bad. Dann setzt das Plätschern wieder ein.

Später dann, er hat sie, ganz Kavalier, bis vor ihr Haus begleitet, aus deren vorderen Fenstern irgendwo eine handfeste Eheschreierei hörbar wird; es geht um eine große Enttäuschung und eine Sabine, so viel wird deutlich. Zum Abschied sieht sie ihn ernst an.

«Tun Sie mir einen Gefallen, Landow.»

«Wir werden uns nie wegen einer Sabine streiten, versprochen.»

«Denken Sie an Ihren Namen.»

«Es ist mir reichlich gleichgültig, ein Landow zu sein.»

«An Ihren Vornamen. Es ist der Name eines Erzengels.» Damit drückt sie ihm etwas Kleines in die Hand, einen Kuss auf den Mund und verschwindet im Hauseingang.

Als Landow seine Faust öffnet, liegt ein kleines Metallkreuz an einer Kette darin.

Oben, hinter den Fenstern, weint jetzt einer wie ein Schlosshund. Alles wegen einer Sabine.

12

Dienstag, 26. Februar 89

Sie haben das Haus in der Ritterstraße schon vor acht verlassen. Wie Männer, die in den Krieg ziehen, schnell, stumm, mit ernster Miene, identischen Anstecknadeln am Revers und im Gleichschritt die fünf Stufen vom Eingang hinab. Männer wie sie kommen nicht mehr durch den Boteneingang. Sie haben einen Auftrag. Und das in mehrfacher Hinsicht. Der Wagen wartet wie mit dem Metermaß ausgemittelt an der Bordsteinkante. Orsini wünscht sich heimlich, Frau Phillipi stünde jetzt am Fenster und sähe ihren beeindruckenden Aufbruch. Er vermeidet aber, sich nach dem Haus umzudrehen. Zum einen, weil er ahnt, dass sie nicht dort steht, zum anderen, weil er fürchtet, dadurch ins Straucheln zu geraten. Dass Landow beim Reinspringen in ihre Droschke um ein Haar den Rest des Schinkenbrots verliert, das er angebissen noch in der Hand hält, tut der Hochstimmung des Augenblicks keinen Abbruch. Die Türen knallen beim Zuwerfen wie Pistolenschüsse, und die Peitsche des Kutschers klingt nirgends zwischen Belle Alliance und Pariser Platz entschlossener als hier und jetzt. Auf nach Dalldorf.

Die Fahrt geht in flottem Tempo die Wilhelmstraße hinauf nach Norden. An der Ecke Behrenstraße fährt ihr Wagen plötzlich scharf rechts ran und hält dort. Orsini guckt Landow fragend an. Aber der sieht bloß auf die Uhr. Um Punkt acht wird von außen der Schlag aufgerissen, ein Mann greift sich grüßend an die Krempe seines Bowlers und lässt dann seinen Blick ein paar Mal zwischen den beiden Fahrgästen hin- und herspringen wie einen unsichtbaren Ball.

«Die Dokumente für Herrn Landow.»

Landow quittiert den Erhalt einer dünnen Mappe, dann ist der Kopf des Mannes wieder draußen, und ihr Wagen reiht sich schnittig ein in den steten Verkehrsfluss eines Dienstagmorgens im Regierungsviertel.

Landow überfliegt die Notizen und Aktenabschriften, die man im Ministerium für ihn angefertigt hat und gibt sie dann Orsini. Der sieht Patenteintragungen, Konstruktionszeichnungen, Bilanzen mit kühn treppauf steigenden Werten, schließlich den Übernahmevertrag eines Unternehmens namens Busch Feinmechanik durch ein Banken-Konsortium von Anfang September 1883. Das letzte der Dokumente bestätigt in drei Zeilen die Löschung des Firmennamens aus dem Handelsregister. Keine zehn Aktenblätter, die etwa hundert Gramm wiegen werden, die allerdings enormes Gewicht hatten für die Beteiligten; erst für ein paar, später noch für mehrere.

An der Chausseestraße stadtauswärts, genau zwischen der Artilleriekaserne links und der bankrottgegangenen Maschinenfabrik Wöhlert geraten sie in einen Stau. Weiter vorn werden Kabel verlegt, ruft ihr Fahrer zu ihnen herein. Wo in Berlin werden derzeit keine Kabel verlegt?

Landow sieht gedankenverloren auf die jetzt im Schritttempo verbeizuckelnde Stadt. Die Geschichte des Racheengels Busch scheint also zu stimmen. Orsini blättert in dem kleinen Wörterbuch. «Im Englischen heißt dull, d-u-l-l geschrieben, übrigens blöde. Irgendwie passend, dass sie die Irrenstalt in Dalldorf gebaut haben.»

Von Landow keine Reaktion. Er versucht, sich vorzustellen, wie ein solcher Zahnverschluss, an dem der alte Busch arbeitete, bevor er den Verstand verlor, funktionieren könnte. Zugverschluss, Landow würde diese Erfindung Zugverschluss nennen. Das Wort, das Busch sich dafür ausgedacht hatte, war zu kompliziert, zu technisch. Dieser Zugverschluss wäre eine kleine Revolution. Klein wie ein Patentverschluss für Tellerminen. Zu klein, um bemerkt zu werden.

«Trotzdem will es mir nicht in den Kopf, dass ein Unternehmen, das Taschenverschlüsse herstellt, und seien es die besten der Welt, ins Visier von Spekulanten gerät. Ist das wirklich nur wegen dieser paar Patente geschehen, die man auch für Kriegswaffen verwenden konnte?»

Orsini, froh darüber, dass Landow auf Höhe der Jungfernheide die Sprache wiedergefunden hat, gibt ihm den Umschlag mit den Dokumenten zurück.

«Möglicherweise kaufen Banken einfach alles auf, was lohnend sein könnte, und entscheiden später erst darüber, ob das sinnvoll war oder nicht. Wenn ich das einigermaßen richtig verstehe, haben die das Unternehmen von diesem Busch für einen Appel und ein Ei gekauft. Die Taschenproduktion lief gut, die machte ordentlich Profit. Vielleicht lassen sich Banken von anderen dafür bezahlen, mit dem Konkurs von Firmen unliebsame Konkurrenten aus dem Weg zu schaffen.»

«Der einzige Fehler, den der alte Busch gemacht hat, war demzufolge seine Gier. Es war offenbar zu verlockend, internationale Märkte zu erobern, die ganze Welt mit Busch-Patentverschlüssen auf Reisen zu schicken», knurrt Landow und starrt wieder hinaus auf das vorbeiflitzende Grün, als ihr Wagen jetzt in einem weiten Bogen nach rechts abbiegt.

«Vielleicht», verfällt auch Orsini ins Sinnieren, «war Buschs einziger Fehler aber auch nur, die Banken nicht hereingelassen zu haben in sein Unternehmen. Im diesem Falle einer scheinbar freundlichen Übernahme hätte er jetzt noch einen Posten als Direktor ohne Befugnisse und säße in einem geräumigen Arbeitszimmer statt in einer Zelle in Haus 3.»

«Schon möglich», sagt Landow bitter, «das ist wie im Krieg: Wer früh genug kapituliert, lebt länger.»

Orsini, eine Armlänge von ihm entfernt, räuspert sich. Immer wenn er das tut, wird es heikel, weiß Landow. Es wird heikel.

«Ich frage mich», beginnt Orsini betont umständlich, «und jetzt auch Sie noch einmal: Sie wollten die Bankiersmorde doch ursprünglich als Referenzfall für unsere Detektei lösen, richtig?»

Landow nickt. Orsini schlägt die Beine übereinander und setzt die Befragung fort: «Und jetzt? Jetzt, wo wir wissen, wie der Mann aussieht, wo wir sein Motiv kennen und seinen Namen und sogar wissen, wo er abgestiegen ist, jetzt also, wo wir den Fall gelöst haben, wollen Sie das nicht mehr? Was ist damit, dass der Fall uns bekannt machen sollte? Weshalb gilt das nicht mehr, Landow? Oder haben Sie das alles nur erzählt, um einen Grund zu haben, das Haus zu verlassen?»

Hinten kommen schon die ersten senfgelben Bauten der Irrenanstalt in Sicht.

Wenn Landow derart hartnäckig schweigt, weiß Orsini, wird es zäh. Deshalb übernimmt er selbst wieder das Reden: «Anders gefragt: Zögern Sie, Landow, weil Sie einem mehrfachen Mörder Ihr Ehrenwort gegeben haben? Oder zögern Sie, weil Sie von den Motiven dieses Busch junior beeindruckt sind? Aus Respekt vor einem Verbrecher liefern wir den nicht aus?»

Landow schweigt und fragt sich, was ihr Racheengel nun

gerade macht. Beobachtet der bereits sein nächstes Opfer? Und wer wird das sein? Hat der seinen Plan aufgegeben und ist auf der Flucht? Oder steht der gerade am Hackeschen Markt und beißt in ein Rollmopsbrötchen? Orsini hat recht. Müssten sie nicht zumindest diejenigen, die mit der Übernahme der Busch-Werke zu tun gehabt hatten und die noch lebten, warnen, wenn er, um sein Ehrenwort nicht zu brechen, Busch schon nicht direkt der Polizei auslieferte? Aber wie sollte das gehen, ohne selbst ins Fadenkreuz der Ermittlungen zu geraten?

Ihr Wagen nähert sich bereits zügig der kleinen Stadt voller Irrer, als Landow schließlich sagt: «Als ich noch ein erfolgloser Privatschnüffler war, kümmerte ich mich einen Scheißdreck darum, wer recht hatte und wer nicht. War der, den ich beschattete, der Schuldige? Betrog der seine Frau, weil sie eine unerträgliche Hippe war, oder aus purer Geilheit? Wissen Sie was, Orsini? Es war mir egal. Ich erledigte die Jobs, für die ich bezahlt wurde. Und genau das tue ich jetzt auch. Aber um Ihre Frage zu beantworten, ja, die Motive des Herrn Busch geben mir zu denken. Es geht hier nicht um einen Kampf von Gut gegen Böse, wie Sie es gern hätten, Orsini. Es geht hierbei bestenfalls um einen Kampf Böse gegen Noch-Böser. Und bei solchen Konstellationen bin ich gern auf der Seite des Schwächeren.»

Ihr offizieller Auftrag lautet, die Liebhaber unschuldiger Kinderhaut ausfindig zu machen. Dazu muss er die Lieferwege dieses Kunstvereins besser verstehen. Erst dann würde sich dessen Direktion gezwungen sehen, ihm einen Einblick in das Mitgliederverzeichnis zu gewähren. Er muss beweisen, dass dieser Apfel nicht nur angebissen ist, sondern faul. Er muss denen eine Straftat nachweisen können. Erst dann würde Milo die Protektion höchster Kreise verlieren.

Ihr Wagen hält bereits sanft wie eine Wiege vor dem Eingangsbereich der Anstalt, als Orsini sein verduztes Schweigen über Landows Rechtfertigung endlich bricht. «Wissen Sie was, Landow», sagt er hörbar enttäuscht und rückt sich dabei die Krawatte zurecht, «Ihre Selbstgerechtigkeit kotzt mich an.»

Wenige Minuten später holt ein Assistent des Direktors die beiden Herren aus Berlin im Warteraum beim Haupteingang ab.

«Mein Name ist Radenkovic, ich arbeite mit dem Direktor, Professor Sander, zusammen. Was kann ich für Sie tun?»

«Wir ermitteln in einem regierungsinternen Fall, Herr Doktor. Eine Spur führt hierher, mehr darf ich Ihnen im Moment noch nicht verraten.»

Dass eigentlich zwei Spuren hierher führen, muss der Irrenarzt vorerst nicht wissen, beschließt Landow, auch um die Sache übersichtlich zu halten.

«Uns ist bewusst», senkt Radenkovic die erstaunt hochgezogenen Brauen wieder, «dass wir hier, speziell in den kleinen Ortschaften der Umgebung, nicht sonderlich beliebt sind. Wenn irgendwo etwas Unerklärliches passiert, sind nach Meinung vieler hier draußen die Irren aus Dalldorf daran beteiligt. Dabei haben nur die wenigsten unserer Patienten Ausgang, und darüber wird sehr genau Buch geführt. Aber ich denke, damit Sie sich nicht nur ein Bild davon machen können, was wir hier tun, sondern auch, warum wir es tun, erkläre ich Ihnen zunächst den Aufbau unserer kleinen Stadt. Danach, gegen zehn Uhr dreißig, hat Professor Sander Zeit für Sie. Einverstanden?»

Der Assistent, ein hochaufgeschossener, nicht mehr ganz junger Mensch mit jugendlichem Schlenkergang und großen auswärts gestellten Füßen, kommt aus dem Hessischen. Das verrät er ihnen nicht, das verrät sein melodischer Akzent, der dem Ort hier etwas von seiner auch bei Tageslicht spürbaren Unheimlichkeit nimmt.

«Auch wenn es auf den medizinischen Laien nicht den Eindruck machen mag, erobern wir hier Neuland», erklärt ihr Führer beim Gang quer durch die kleine Grünanlage, die die wuchtigen Gebäude der Anstalt miteinander verbindet. «Sollen sie in Paris die Welt ausstellen, sollen sie in den Kolonien und anderswo menschenleere Territorien erforschen, wir beschäftigen uns hier mit einem der ältesten Rätsel der Menschheit, dem menschlichen Hirn. Ein Ort, nicht größer als ein Bauernbrot, an dem aber alles entsteht, was uns, den Menschen als Spezies, ausmacht. Die Mona Lisa, eine Symphonie von Bruckner und der Buchdruck, die Langeweile und die Leidenschaft, der Spieltrieb, die Hinterlist und der Eros, das Genie und die Bestie, das Helle wie das Dunkle. Das Problem ist: Wenn wir uns dieses Gehirn ansehen können, ist der Mensch, der es trägt, bereits tot. Also müssen wir den Menschen hier in die Augen und hinter die Stirnplatten sehen, um herauszufinden, wer sie sind, wer sie waren und was diese Veränderung in ihnen ausgelöst hat. Die Irrungen und Wirrungen gleichsam, wie es bei Fontane heißt.»

«Bei wem?», stutzt Landow.

Radenkovic lächelt flüchtig. «*Irrungen, Wirrungen.* Der neue Roman eines zeitgenössischen Autors aus dem letzten Jahr. Aber Polizisten sind vermutlich zu sehr mit dem Studium von Akten beschäftigt, um noch Zeit zum Lesen zu haben.»

In der nächsten halben Stunde betrachten sie durch ein vergittertes Guckloch einen zweifachen Menschenfresser, eine Mörderin ihrer eigenen Kinder, eine Brandstifterin (*Pyromanin,* Orsini notiert sich das Wort, weil es ihm gefällt), ein paar Selbstmordgefährdete und eine Frau, die beschlossen hatte, ihre Wohnung nicht mehr zu verlassen. Und zwar dreiundzwanzig Jahre lang, erläutert Radenkovic. Er geht offenbar davon aus, dass sie auf der Suche nach einem Verbrecher sind. Als sie an Haus 3 vorbeikommen, sagt Orsini: «Ich würde gern kurz Herrn Busch sehen.»

Radenkovic muss beim zuständigen Personal des Hauses nachfragen, er kann unmöglich Aberhunderte Fälle und Namen kennen, dann schließt man ihnen im zweiten Stock die Zelle auf, in der ein alter Mann regungslos herumsitzt. Dass er noch lebt, erkennt man nur daran, dass seine Augen geöffnet sind und dass seine Brust sich beim Atmen etwas hebt. Ein Stuhl, ein Tisch, eine Pritsche, ein Schrank ohne Türen mit ein paar Kleidungsstücken. Das also ist vom Leben eines Tüftlers geblieben, der sich, ohne es zu ahnen, mit den eigenen Banken anlegte.

«Wollen Sie mit ihm allein sein?», fragt Radenkovic.

«Nein, nicht nötig», murmelt Orsini.

«Fehlt Ihnen was? Sie sind ganz blass.» Dem aufmerksamen Blick des Irrenarztes ist nicht entgangen, dass Orsini vom Anblick des alten Busch tatsächlich sehr bewegt wird.

«Nein, danke, mir fehlt nichts. Außer einem Arm.»

Wieder draußen in der Grünanlage der Anstalt, zeigt Landow auf das einzige Haus, das Radenkovic ihnen noch nicht präsentiert hat. «Und dort, wer sitzt dort?»

«Wir bevorzugen die Formulierung, wer *wohnt* dort, Herr Landow. Dort wohnen unsere minderjährigen Patienten. Auch sie, wie die Erwachsenen, entweder bereits geistesschwach geboren oder im Laufe ihres kurzen Lebens dazu geworden.»

Im Haus selbst sehen sie Kinder unterschiedlichen Alters in Gruppen am Boden hocken. Einige spielen, andere starren bloß oder bewegen im immergleichen Rhythmus den Kopf. Einigen sieht man ihren Zustand auf den ersten Blick an, anderen überhaupt nicht.

Am Eingang bemerkt Landow ein paar gestapelte Kisten mit kunterbunter Beschriftung.

«Die Gaben eines Gönners», erläutert ihr Begleiter. «Sie kennen bestimmt den Lutscherkutscher aus dem Stadtbild in Berlin. Die Firma liefert uns immer wieder Naschwerk für unsere jungen Bewohner. Besonders Weihnachten war der Lutscherkutscher wieder sehr spendabel. Der Einzige, dem das ein Dorn im Auge ist, ist unser Anstaltszahnarzt. Und offen gestanden, nehme ich mir auch gern etwas davon. Hier, diese Karamellzöpfe sind einfach wunderbar. Bedienen Sie sich ruhig.»

Natürlich, jedes Kind in der Stadt kennt die Lutscherkutscher! Juhu! Ihre Wagen sehen aus wie große, kunterbunte Bonbongläser. Hurra! Ihr Wahrzeichen ist ein Kutscher mit lachendem Clownsgesicht unter einem hohen Karozylinder. Haha! Und ihr Wahlspruch lautet: «Kinder, seid ihr süß!». Was für ein Spaß!

Orsini hat die Hand bereits in einer der Kisten, aber Landow zieht ihn weiter. «Doktor, wir würden gern noch einen Blick in die Kartei des Kinderhauses werfen, auf die frühen 80er Jahre. Wäre das möglich?»

Radenkovic bleibt abrupt stehen. Seine Arme schlenkern noch ein wenig an ihm herum.

«Meine Herren, Sie machen mich wirklich neugierig. Suchen Sie nach einem Täter, der früher Bewohner unserer Anstalt war? Wenn Sie mir etwas mehr verraten würden, könnte ich Sie bei Ihrer Suche gezielt unterstützen. Das Zusammenspiel von Wahnsinn und Verbrechen ist eines unserer Forschungsgebiete.» Sein Blick versucht allerdings vergeblich, die Antwort hinter den Stirnplatten der beiden Regierungsermittler zu finden.

Kurz darauf in der Registratur. Wie es sich für eine Behörde des Reiches gehört, ist hier alles über jeden verzeichnet. Der Busch-Junge wurde mit siebzehn eingeliefert, verrät seine Akte. Außerdem: manisch aggressiv.

«Sehen Sie mal an, Orsini. Haarfarbe Blond, Locken. Ein Goldjunge.»

«Das soll es in Germanien öfter geben.»

«Mag sein. Aber das hier auch?»

Damit zeigt Landow auf eine Zahlenreihe am rechten Rand. Sogar die Ausgabe der Kleider an die Bewohner wurde penibel verzeichnet, Stückzahl, Strümpfe, Leibchen, Unterhosen, Schuhe, die gesamte Ausstattung inklusive Ausgabedatum und Konfektionsgröße verbirgt sich in diesen Tabellen.

«Ich weiß nicht, was Sie meinen, Landow.»

«Wenn das so gewesen wäre, wie es hier steht, wäre das ein kleines medizinisches Wunder, meinen Sie nicht? Ab Oktober 85, also etwa zwei Jahre nach seiner Einweisung, ist Busch junior offenbar geschrumpft. Hier, sehen Sie, alle ausgegebenen Stücke sind ab da zwei Nummern kleiner. Warum das damals keinem aufgefallen ist, keine Ahnung. Außerdem ist mein Racheengel weder hellblond noch lockig. Eher rehbraun und glatt. Aber die neue, kleinere Kleidergröße könnte stimmen.»

«Sie meinen, unser Busch junior ist gar nicht Busch junior?»

«Oder er wurde durch einen anderen ersetzt.»

Radenkovic hat am Eingang auf sie gewartet. Er drückt sorgfältig seinen Zigarillo aus, als er die beiden aus der Registratur kommen sieht.

«Gefunden, was Sie gesucht haben?»

«Wie man's nimmt», murmelt Landow, «mir scheint, wir haben sogar etwas gefunden, wonach wir gar nicht suchten.»

«Das», lacht der Irrenarzt und zeigt mit einer schlenkernden Armbewegung auf eine der großen Uhren auf dem Gelände, «geht uns, im Vertrauen gesagt, auch oft so. Aber wir sollten uns nun etwas sputen, Direktor Sander hat nur kurz Zeit, dann muss er in die Stadt zu einem Vortrag. Da rechts vorn, das Gebäude mit den beiden hohen Schornsteinen, ist übrigens das Küchenhaus. Wir haben hier eigene Backstuben im Untergeschoss und Arztpraxen, nur die Bonbons lassen wir uns noch bringen. Möchten Sie die Backstube eventuell später noch sehen, unser dunkles Brandenburger Bauernbrot ist wirklich gut.»

Landow und Orsini wechseln einen raschen Blick. Dann winkt Landow ab: «Nein, danke, kein Bedarf, wir sollten den Professor nicht warten lassen.»

Um Viertel vor elf, ein akademisches Viertel über der verabredeten Zeit, wird ihrem Führer das Warten auf den Direktor zunehmend unangenehm. Man hat sie gut versorgt mit Kaffee und Gebäck, Radenkovic hat ihnen die Anlage gezeigt, hat versucht, ihnen den Kosmos der Geisteskrankheiten für Laien einigermaßen verständlich zu machen. Jetzt steht er auf und stellt sich neben eins der großen Fenster. Landow überlegt, ob er ihn direkt nach dem geheimen Reiseverkehr der kleinen Schützlinge fragen soll. Werden die Kindertransporte allgemein geduldet wie das Anliefern von Karamellzöpfen oder ist das nach wie vor das exklusive Geschäft der eingeweihten Schließer, wie der mörderische Busch, der gar nicht Busch ist, Landow erzählt hat? Landow beschließt, damit zu warten. Später vielleicht. Radenkovic dreht den beiden demonstrativ den schmalen Rücken zu.

Er hat Professor Sander vor Monaten schon seine neue Arbeit vorgelegt und noch immer keine Reaktion darauf erhalten. Stattdessen spielt er den Laufburschen für Geheimniskrämer von der Polizei. Der Größere von beiden sagt kaum etwas, der Kleinere macht sich Notizen an nicht nachvollziehbaren Stellen. Radenkovic hört hinter sich das leise Klingeln der Kaffeelöffel in ihren Tassen und beobachtet derweil die Bauarbeiten hinten beim Küchenhaus, aus dessen kunstvoll gedrehten, minarettartigen Schloten weißer Rauch aufsteigt. Habemus Bohneneintopf. In etwas mehr als einer Stunde ist Mittagspause, in der Kantine für das Personal gibt es Grüne Bohnen. Radenkovic liebt Grüne Bohnen. Neben dem Küchenhaus buddeln sie und verlegen Kabel. Die Elektrifizierung der Anstalt ist beinahe abgeschlossen. Das Gas geht, der Strom kommt. Anders als sein Vorgesetzter, Medizinalrat Sander, der bis auf wenige Ausnahmen eine Behandlung des *Non Restraint* befürwortet, also eine Therapie ohne jegliche Zwangsmaßnahmen, glaubt Radenkovic an die heilsame Wirkung des Stromstoßes als Impulsgeber für das menschliche Gehirn.

«Nun muss er aber jeden Moment kommen», sagt er, ohne sich zu den beiden umzudrehen, jetzt schon zum vierten Mal in den Raum hinter sich.

Um kurz vor elf Uhr erscheint der erwartete Professor tatsächlich. Er kommt mit großen, elastischen Schritten in den Raum und ohne Umschweife zur Sache: «Hier ist, entschuldigen Sie die Formulierung, heute wahnsinnig viel los. Radi, haben die Herren alles gesehen? Auch die Backstube? Wir backen unser eigenes Brot.»

Radenkovic nickt. Sander nimmt schwungvoll hinter seinem erstaunlich aufgeräumten Schreibtisch Platz und betrachtet rasch die kleinen Bilderrahmen, die zu seiner Linken stehen. Seine Familie vermutlich, denkt Landow, die holde Gattin, die Kinder und auf dem dritten … die Eltern, natürlich. Tatsächlich, aber das wird Landow nie erfahren, zeigen die drei Rahmen den Komponisten Händel, Sanders Mentor Professor Griesinger und die krakelige Kinderzeichnung eines Mannes mit Hut und Zylinder.

«Was also kann ich für Sie tun? Ich muss dazu bemerken, dass ich exakt jetzt», draußen schlägt eine Uhr, «schon in meinem Wagen in die Wilhelmstraße sitzen müsste. Haushaltsverhandlungen, ein unwürdiges Feilschen um Mark und Pfennig. Das alles hier kostet Geld, und einigen Herren im Ministerium sind wir ohnehin schon ein Dorn im Auge. Den Bewohnern der umliegenden Orte sowieso. Sie sehen, niemand mag uns, deshalb freuen wir uns, wenn uns jemand freiwillig besucht. Wollen Sie nicht länger bleiben?»

«Wir wollten uns ein Bild Ihrer Anstalt machen», bleibt Landow bewusst vage. ‹Wir haben den dringenden Verdacht, dass Jungen aus Ihrer Kinderabteilung unter der Hand zu Schauzwecken vermietet werden›, wäre vermutlich kein gutes Entrée gewesen. Zu Orsinis Erstaunen fragt Landow den Herbergsvater von Kannibalen, Kindsmörderinnen und auf ewig Verstummten stattdessen: «Rache. Wir haben es mit einer Reihe von Verbrechen zu tun, deren Ursache offenbar ein tiefempfundenes Verlangen nach Rache ist. Ich frage mich, wie lange ein solches Gefühl, so ein Rachedurst, anhalten kann. Lassen Sie es mich so sagen, Professor Sander: Wenn mir einer die Braut ausspannt, dann möchte ich dem am nächsten Tag eine verpassen, aber einen Monat später ist mein Rachedurst wahrscheinlich derart abgeflaut, dass ich den Kerl vielleicht nicht mehr grüße, aber auch nicht mehr zusammenschlagen will. Ist es denkbar, dass das Verlangen nach Vergeltung *über viele Jahre* so lebendig bleibt, dass sich diese … böse Energie des Verbrechens erst viel später entlädt? Jahre später? Ganz simpel gefragt: Kann man Rache, den Wunsch nach Vergeltung, bewahren wie Kompott in einem Einmachglas?»

Sander nickt, streicht sich über die Braue und lächelt Landow an. «Ein sehr komplexes Thema, wie eigentlich alles, mit dem wir uns hier befassen. Der Wunsch nach Rache, die Rachgier oder Rachsucht, egal, in welcher Ausprägung, entsteht, wenn man sein Recht außer Kraft gesetzt sieht. Nehmen Sie Ihr Beispiel von der ausgespannten Braut, nehmen Sie Kleists Michael Kohlhaas. Rache ist in vielen Fällen, nämlich dann, wenn sie sich nach außen Bahn bricht, ein Komplize der Selbstjustiz. Sie, Herr Landau, verurteilen das Ausspannen der Braut und möchten Ihr eigener Richter und Büttel sein. Sie möchten den Rivalen verprügeln, lassen davon mit der Zeit aber ab, weil Sie vor der Tat zurückschrecken. Aus Furcht vor Ablehnung durch die Gesellschaft etwa oder aus Angst vor dem Gesetz. Rache kann sich aber tatsächlich wie Kompott im Einmachglas viel länger frischhalten. Etwa dann, wenn sie zur fixen Idee wird. Wenn das Auspannen der Braut etwa dazu führt, dass Sie Schritt für Schritt alles verlieren, was Ihnen heilig war, Ihren Beruf, Ihren Besitz, Ihr Ansehen. Dann kann sich das auch Jahre später noch entladen und dazu führen, dass Sie zum Verbrecher werden. Dadurch würden Sie aber noch nicht jemand, der aus einer Form des Wahnsinns heraus handelt. Das wäre erst dann gegeben, wegen der drängenden Uhr sei das hier nur holzschnittartig skizziert, wenn Sie, also Ihr Geist, Ihr Bewusstsein, auch nach der vollzogenen Selbstjustiz noch in einer neuen, anderen, selbstdefinierten Welt verweilen würde. Wenn Sie den Schritt zurück in die Normalität – oder das, was wir mehrheitlich dafür halten – nicht mehr machen können oder machen wollen.»

Damit steht Sander, für seine Körperfülle wieder erstaunlich flink und elastisch, auf und geht zu einem der hohen Bücherregale herüber. «Schauen Sie, meine Herren, ich arbeite nun seit fast dreißig Jahren schon mit psychisch Kranken, mit Schwachsinnigen, Verrückten, Idioten. Und damit meine ich ausdrücklich nicht meine Mitarbeiter, Radi, und auch nicht die Herren in den Ministerien. Sie, meine Herren, werden in Ihrer Arbeit auch die Erfahrung machen, dass die Grenze zwischen Legalität und Verbrechen zuweilen a) variabel und b) unsichtbar ist. In meinem Metier ist es ähnlich. Die Membran, auf deren einer Seite das Genie steht, auf deren anderer Seite der Wahnsinn, diese Membran ist hauchdünn. Ein sehr fein gesponnenes Etwas, von dem ich manchmal denke, dass es sich dabei um genau das handelt, was wir die Seele nennen. Diese Membran lässt Wechselwirkungen zu. Aber nun muss ich wirklich los.»

Damit hält er Landow ein Buch hin. «Hier, nehmen Sie das als kleine Entschuldigung für meine Hast. Ein paar Fallstudien darin könnten auch für Ihren Bereich interessant sein. Radi, wartet der Wagen?»

«Seit einer halben Stunde, Herr Professor.»

«Dann los. Meine Herren, wenn Sie noch Fragen haben, Doktor Radenkovic weiß mehr, als er zuzugeben bereit ist. Guten Tag.»

Damit ist er fort.

Radenkovic hat darauf bestanden, dass sie je zwei helle und zwei dunkle Landbrote aus der hauseigenen Bäckerei mitnehmen. Eingehüllt vom Duft des noch ofenwarmen Brotes lassen sie die kleine Stadt der Verrückten hinter sich und fahren zügig zurück in die große Stadt voller Verrückter aller Art.

Großzügig hingetupftes Pfirsichgelb geht in den stumpfen Ton alter Messingleuchter über, üppiges Pfingstrosenrosé mengt sich in pudriges Azurblau: Über der Hauptstadt ereignet sich gerade ein Himmel wie auf italienischen Kirchengemälden. Landow und Orsini haben kein Auge dafür. Sie haben noch kein Wort gesprochen, seit sie die Anstalt verlassen haben. Orsini hat welche mit Schaum vorm Mund erwartet und welche, die sich den Kopf an der Wand blutig schlagen oder ihre eigenen Exkremente essen. Diese Erwartungen wurden gerade übertroffen. Das lässt ihn schweigen. Erst spät, rechts vorn kommt schon wieder die Jungfernheide in Sicht, murmelt Orsini, mehr zu sich selbst: «Man weiß nicht, ob diese Kinder einem leidtun sollen oder nicht.»

«Die in der Villa?»

«Die, die wir gerade gesehen haben. Ich war einmal in einem Heim in Padua oder war's Genua … jedenfalls war ich dort für ein paar Monate. Es war natürlich das Übliche, zugige Schlafsäle, Drängelei um fades Essen, Prügel für alles und nichts. Waisenkinder legen sich entweder schnell ein dickes Fell zu, oder sie haben es sehr schwer, so auch dort. In diesem Heim gab es die Besonderheit, dass man für sehr schlimme Vergehen nicht nur in einen fensterlosen Raum gesperrt wurde wie anderswo auch, sondern in den Raum mit vier irren Kindern. Die waren vollkommen harmlos, die machten nichts. Aber wir hatten alle Angst davor, man könne sich mit diesem Wahnsinn anstecken.»

Landow sagt lange nichts, dann: «Und? Kann man?»

Orsini sieht ihn an und sagt dann leise, aber deutlich hörbar: «Ja, wenn man selbst bereit dazu ist, kann man sich vom Wahnsinn anderer anstecken lassen. Diesen Eindruck zumindest habe ich gerade.»

Landow sagt dazu nichts. Landow brütet.

Als hinten im Westen schon die Ränder des Tegeler Forsts erkennbar werden und man deutlich die scharfen Gewehrsalven von den Schießständen der Garde-Füsiliere hört, murmelt Orsini: «Ich mache gern Ausflüge mit Ihnen, Landow, ob raus zu Koesters kleiner Laube oder in eine große Anstalt voller Irrer. Aber ich frage mich: Was hat uns das jetzt gebracht? Außer dass zu allen vorhandenen Komplikationen noch hinzukommt, dass unser Racheengel zwar ein Rächer ist, aber offenbar nicht der echte Busch.»

«Orsini, Sie sind undankbar. Wir haben vier Brote und ein Buch geschenkt bekommen. Hier, diese Abhandlung, er war wahrscheinlich zu bescheiden, das zu erwähnen, oder zu sehr in Eile, hat unser Medizinalrat Sander selbst geschrieben. *Die Beziehung zwischen Geistesstörung und Verbrechen. Nach Beobachtungen in der Irrenanstalt Dalldorf von Dr. W. Sander, dirigierender Arzt der Irren-Siechen-Anstalt und Dr. A. Richter, 1. Assistenzarzt der Irren-Anstalt, Berlin 1886*. Ich zitiere aus dem Vorwort: ‹Wie über Geisteskranke überhaupt, so sind auch über die Irren, die mit dem Strafgesetze in Conflikt gekommen sind, sehr irrthümliche Anschauungen verbreitet. Ist doch vielen Personen … rhabarberrhabarber … der Unterschied zwischen einem Verbrecher, der geisteskrank wird, und einem Irren, der eine strafbare Handlung begeht, nicht klar und manchem sogar nicht recht klar zu machen.› Und auf Seite 134 heißt es: ‹Unter den 850 männlichen und 856 weiblichen Irren, welche am 1. Juli 1883 sich in Anstaltspflege der Stadt Berlin – Fußnote: In Dalldorf und in verschiedenen Privatanstalten, in denen Kranke auf Kosten der Commune verpflegt werden – befanden, wurden 153 Männer und 24 Frauen als mit dem Strafgesetz in Conflikt gekommen bezeichnet, d. h. 18 % der Männer und 2,8 % der Frauen.› Etwas weiter unten befürchtet der Autor, also unser Medizinalrat, dass diese Zahlen, ich zitiere wieder, ‹eine neue Quelle abgeben für Besorgnisse, in welcher Weise die Irrenanstalten durch Verbrecher *überschwemmt* werden, welchen schädlichen Einfluss diese auf die Anstalten und ihre sonstigen *unbescholtenen* Insassen ausüben müssen.›»

«Sie meinen, die Frage ist, ob unser Racheengel ein gewöhnlicher Verbrecher ist oder ein Verbrecher, der mittlerweile irre wurde, oder ein armer Irrer, der erst später zum Verbrecher wurde? Was macht das für einen Unterschied? Für den Irrendoktor vielleicht, aber doch nicht für uns. Der getötete Breitkopf hätte dazu wohl auch eine Meinung. Landow, wir kommen nicht darum herum, wir müssen das alles melden. Und zwar jetzt! Sofort. Wir fahren zur nächsten Polizeistation und veranlassen, dass dieser Busch, der gar nicht Busch ist, festgenommen wird. Wir beide können eine Skizze von ihm anfertigen lassen. Damit hätten wir unsere Schuldigkeit getan. Aber wenn wir nichts unternehmen, Landow, machen wir uns schuldig. Zu Mittätern!»

Landow klappt das Buch lauter zu als nötig. Er starrt erst Orsini an, dann die vorbeiziehende Landschaft. Er reißt sich ein Stück Brot aus einem der Laibe, kaut ausgiebig und spricht endlich: «Und, mein lieber Orsini, wie genau haben Sie sich das vorgestellt? Wir zwei beiden fahren jetzt stante pede zur Roten Burg, Sie spazieren dort herein, verlangen, Inspektor Ringer zu sprechen, bekommen dessen ungeteilte Aufmerksamkeit, und dann?» Landow verschränkt mit giftigem Grinsen die Arme vor der Brust und äfft Orsini mit verstellter Stimme nach: «‹Guten Tag, mein Name ist Orsini, ich habe die Bankiersmorde gelöst. Passen Sie auf, meine Herren, Sie werden Augen machen.› Und dann erzählen Sie den eifrig mitschreibenden Inspektoren, dass es um drei Morde geht statt nur um zwei, führen als Beweis die Diamanten an, erfreuen die Herren damit, dass Sie den Besitzer der Edelsteine kennen, verraten sogar seinen Namen und seine Hotelzimmernummer. So in der Art, ja, Orsini? So wie ein Zauberer, der nur noch auf den Applaus wartet? Die in der Roten Burg wollen aber den Trick wissen, Mensch. Die wollen wissen, weshalb wir von den Diamanten wissen und warum sie, die Polizei, nicht. Und selbst wenn es *Ihnen* piepenhagen sein sollte, dass Sie uns damit ans Messer liefern, würden wir auch noch Pfeiffer damit reinreiten. Wollen Sie das?»

Damit guckt er Orsini in die verblüfften Augen und fügt noch ruhig hinzu: «Das Brot aus der Anstalt ist übrigens wirklich gut. Schön durchgebacken.»

Nach einer sehr langen Schweigeminute nestelt Orsini verärgert seine Krawatte ab. Er legt sie sorgfältig zusammen, steckt sie ein und sagt dann ungewohnt kleinlaut: «Ich will niemanden reinreiten. Ich würde uns da bloß rausreiten wollen. Was schlagen Sie also vor, Landow?»

Statt erneut Hohn und Spott über ihn zu kübeln, beugt Landow sich vor und ergreift sogar Orsinis Hand. Dass es die tote Rechte ist, nimmt dem Augenblick kaum etwas von seiner Vertrautheit.

«Unser Verbündeter, Orsini», sagt er eindringlich, «kann nur die Presse sein. Die Presse gibt sich mit den nackten Fakten zufrieden, die will den Trick nicht wissen, die will nur die zersägte Jungfrau.»

Orsini durchsucht Landows Mimik aufmerksam nach versteckten Spuren von Spott. Er findet keine. Der meint das ernst.

«Ist das Ihr Ernst, Landow? Die Presse?!» Orsini reißt seinen Sägemehlarm aus Landows Händen und rückt von ihm ab. Jetzt ist der höhnische Triumph auf seiner Seite. «Ich sehe die Überschriften schon vor mir: UM HAARESBREITE DEM TOD ENTKOMMEN!, und ICH WAR IN DER HAND DES MÖRDERS!, dicht gefolgt von EXPLOSIVE DETAILS IN UNSERER ABENDAUSGABE! Im Innenteil dann ein Foto von Ihnen, dem todesmutigen Privatermittler Gabriel von Landow, Inhaber der Detektei Orlando in der Ritterstraße, die erstklassige Referenzen vorzuweisen hat und der eine Nacht mit dem Mörder verbringen musste. DER GRAF AUF DER MINE!»

Diesmal folgen dem Plädoyer zwei Schweigeminuten, und es ist Orsini selbst, der sie auflöst. Ganz ruhig, ganz ohne Wut und süffisanten Unterton, sondern nur noch todernst und leise fügt er hinzu: «Wir müssen etwas unternehmen, Landow, um diesen Wahnsinn zu stoppen!»

«Welchen Wahnsinn meinen Sie genau, Orsini? Den Wahnsinn, dass Spekulanten ein harmloses Unternehmen aushöhlen und dann kapern können wie Piraten ein sturmreif geschossenes Schiff?!»

«Nein, natürlich nicht, das mag ja moralisch verwerflich sein, Landow, aber es ist legal. Nicht legal ist meines Wissens aber ein mörderischer Rachefeldzug. Wir, Sie und ich, betreiben eine Firma, die besser nicht mit dem Gesetz in Konflikt kommen sollte, meinen Sie nicht?»

«Zum Beispiel auch deshalb, weil ein in ihr arbeitender Mensch, zu dumm, der Name ist mir gerade entfallen, nebenberuflich als Taschendieb arbeitet?»

Orsini sieht Landow so entsetzt an, als hätte der ihn gerade aus dem Nichts geohrfeigt. Er braucht eine Weile, bis er sich fängt. Das strahlende Messinggelb des Himmels über ihnen steht ihn schmerzlichem Kontrast zur bleifarbenen Stimmung im Wagen.

«Meine Extraktionen», setzt Orsini leise wieder an, immer noch sichtlich um Fassung bemüht, «haben in den letzten Monaten überhaupt erst ermöglicht, dass wir die Miete bezahlen konnten, während der gnädige Herr erst den gehassten Bruder betrauerte, dann eine Winter-Melancholie hatte und vor Langeweile die Wände hochging!»

Ein ehernes Schweigen, das selbst Kartäusermönche mit Stolz erfüllen würde, breitet sich im Wagen aus, und während draußen schon wieder die Gasanstalt und die ersten dichtbesiedelten Viertel vorbeiziehen, könnte man fast meinen, die Temperatur im Wagen sei gesunken.

Orsini gibt nicht auf, er vermeidet aber jeden Blickkontakt, als er sagt: «Mal angenommen, Landow, Sie sind im Zoo. Sie essen ein Eis, schauen den Frauen nach, und plötzlich entdecken Sie, dass es einem Löwen gelungen ist, aus seinem Gehege auszubrechen. Niemand außer Ihnen hat das bemerkt. Der Löwe sieht sich unentdeckt um und springt dann mit einem großen Satz über die Mauer und verschwindet in der Stadt. Was tun Sie? Schlagen Sie Alarm? Oder warten Sie gespannt darauf, wo und wann der Löwe sein erstes Opfer reißt?»

Landow kann sich den Anflug eines Lächelns nicht verkneifen.

«Ich verstehe, was Sie meinen. Aber Ihr Vergleich hinkt, Orsini. In der Stadt könnte es schließlich jeden treffen. Auch unbescholtene Menschen. Nicht nur Bankiers.»

Landow macht sich eine Zigarette an und bläst den Rauch unter die Decke ihres Wagens. «Das letzte Mal, dass ich versucht habe, jemanden zu retten, ist dreißig Jahre her. Er hieß Bruno und war ein Straßenköter. Zur Belohnung biss er mir in die Hand. Ich habe nicht mal im Krieg welche gerettet. Weshalb sollte ich ausgerechnet für Bankiers damit anfangen?»

Beim Borsig-Werk hinter der Tieckstraße lehnt sich Landow aus dem Wagen und ruft ihrem Fahrer etwas zu. Der ruft etwas zurück, dann machen sie eine schwungvolle Wendung nach links und schlüpfen gekonnt durch den dichten Nachmittagsverkehr in die Oranienburger.

«Wohin fahren wir?», will Orsini wissen.

«Ich möchte nicht daran Schuld haben, dass Sie sich an meinem Wahnsinn anstecken», knurrt Landow.

Kurz darauf hält ihr Wagen vor dem Hotel *König von Por-*

tugal. Landow sieht Orsini auffordernd an und öffnet ihm die Wagentür: «Also bitte, tun Sie, was Sie nicht lassen können, Orsini. Nur zu. Gehen Sie schon!»

Orsini zögert kurz, geht dann – allein – in das Hotel. Nach zwei Minuten kommt er wieder heraus und steigt in den Wagen.

«Der Gast von Zimmer 131 ist abgereist. Mit korrekt beglichener Rechnung und unbekanntem Ziel. Er hat sich übrigens unter seinem richtigen Namen, als Busch, eingetragen. Beinahe unverschämt. Wussten Sie etwa davon?»

Statt einer Antwort bekommt Orsini eine exklusive Panoramaaussicht auf den Unfall eines Fuhrwerks mit einer Pferdebahn am Spittel. Quälend langsam, im Schritttempo, quert ihr Wagen mit allen anderen einen Haufen ineinanderverkeilter Holz- und Eisensparren. Aus einem Waggonfenster guckt ein abgetrennter Pferdekopf zu ihnen herüber. Landow wendet den Blick ab.

«Ich meine: Wir haben zuallererst einen Auftrag zu erledigen. Für den werden wir bezahlt. Wir müssen an das Mitgliederverzeichnis der Stiftung herankommen. Dann kennt unser Auftraggeber seine unsicheren Kantonisten. Wir müssen die Machenschaften dieses Kunstvereins besser durchschauen und dazu die Ausleihe der Irrenkinder aufdecken. Ich weiß noch nicht, wie, aber das muss unser Hebel sein. Morgen Abend findet dort wieder eine dieser Soireen statt. Erinnern Sie sich an das Plakat im Vestibül? Irgendwas mit einem persischen Prinzen. Da brauchen die wen Dunkles. Da, sehen Sie mal raus.» Landow zeigt auf die riesige Tabakwerbung an einer Fassade, als sie die Kommandantenstraße runterzuckeln. «So ein orientalischer Prinz sieht einem Indianerjungen ziemlich ähnlich, oder? Zumindest, was den unschuldigen Hautton angeht, finden Sie nicht?»

«Sie meinen, unser kleiner Apache …»

«Cherokee.»

«… unser kleiner Cherokee ist bereits in der Villa? Halten die den dort gefangen?»

«Von den Kindern, die wir vorhin in der Anstalt gesehen haben, sah jedenfalls keins aus wie ein persischer Prinz.»

Ihr Wagen biegt schon in die Alte Jacobstraße, als Orsini fragt: «Welchen Verbrechens machen sich diese Knabenliebhaber eigentlich schuldig? Ich meine, in dieser Stadt werden, legal oder nicht, Zwölfjährige in die Fabriken geschickt. Das Geld kriegen die Eltern und versaufen es dann. Ist das, was die irren Kinder in der Villa machen, also Kinderarbeit?»

«Orsini, mir ist ziemlich egal, wie das Gesetz so etwas nennt. Für mich macht es allerdings einen Unterschied, ob man Tiere gegen ihren Willen im Zoo ausstellt oder nackte Menschenkinder in dieser Villa. Außerdem wissen wir, dass es, so die Köchin, gelegentlich Ausnahmen gab. Lugert legte gern mal Hand an. Nur an Schwamm und Seife oder auch an Theo und Herbert? Das Perfide daran ist nämlich, dass man der Aussage von Theo und Herbert nicht glauben würde. Denn Theo und Herbert, Gerd, Joachim und Sebastian, Heinrich und Paul sind ja irre. Verrückt. Geisteskrank. Ich glaube, dass diese vermeintlich so unschuldige Zurschaustellung ein nahezu unangreifbares System ist. Wo kein Kläger ist, ist auch kein Richter. Zumindest bis morgen. Wollen doch mal sehen, ob wir das Tosen und Toben des Alltags nicht mal mittenreinbringen in diesen eierschalenweißen Ort des Rückzugs und inneren Friedens.»

Und exakt damit hält der Wagen, erneut ausgemittelt wie mit dem Meterstab, Punkt 16 Uhr vor ihrem Haus in der Ritterstraße. Frau Phillipi steht nicht am Fenster.

Später am selben Abend hätte Landow sehr gern noch Elba Runge gesprochen. Er hätte sie einfach gern um sich gehabt. Hätte gern das Grübchen an ihrem Kinn hüpfen sehen, ihr immer etwas heiseres Lachen gehört, sie in den Arm genommen. Aber heute ist Dienstag. Dienstag hat sie Chorprobe, und diesmal will er nicht wieder stören wie der Elefant zwischen dem guten Meißner. Er schlendert dann allein herum, findet sich, ohne es zu wollen, am Engelufer wieder, spuckt in den Kanal und geht in die Gaststätte am Eck, deren Namen er sofort vergisst, weil sie ihm nicht gefällt. Nach ein paar Bieren zieht es ihn in eine Kirche in der Nähe. Weshalb er in letzter Zeit, seit vergangenen Sommer, um genau zu sein, regelmäßig Kirchen aufsucht, ist ihm immer noch ein Rätsel. In dem ihm unbekannten Gotteshaus sieht ihn der Küster scheel an, als Landow die Glasfenster nach einem Erzengel absucht. Vielleicht ist es aber auch nur sein Bieratem, der den Kirchenmann veranlasst, besser das Messgeschirr fortzuschließen. Auch ohne einen sichtbaren Erzengel weiß Landow, dass Orsini recht hat. Sie machten sich bereits mitschuldig. Letztlich, egal wie und weshalb, sind sie Zeugen einer Mordserie. Landow beschließt, als das auffordernde Schlüsselgeklimpere des Küsters nicht aufhört, direkt nach dem Karneval, also Anfang nächster Woche, die Polizei zu verständigen. Ein anonymer Brief an Inspektor Ringer. Sollte der dann damit tun, was er wollte. Sollte der doch die Lorbeeren für die überraschende Lösung eines brisanten Falles ernten.

Kurz nach zehn nimmt er in der Ritterstraße wie selbstverständlich das vordere Stiegenhaus, als sich eine Gestalt aus dem Schatten neben der Treppe schält und sich ihm in den Weg stellt.

«Herr Landow, auf ein Wort?»

Landow merkt gleich, wie sehr Phillipi sich windet. Die

sonst übliche Scharfschnäuzigkeit hat er abgelegt. Außerdem spricht er betont gedämpft, wahrscheinlich, damit man ihn nicht bis hinauf in seine Beletage hört. Wie ein Junge, der interessiert dem zerteilten Regenwurm bei seinen Zuckungen zusieht, beschließt Landow, den Herrn aus der Beletage erst mal zu beobachten. Zuvorkommenheit jedenfalls scheint ihm hier fehl am Platz. «*Von* Landow, um genau zu bleiben,» murmelt er deshalb und setzt ein betont neutrales Gesicht auf.

«Herr von Landow, natürlich. Haben Sie eine Minute?»

Landow verschränkt mit großer Ruhe die Hände auf dem Rücken und reckt das Kinn in die Höhe, als müsse er über die Antwort erst noch nachdenken. «Nähme man es ganz genau,» murmelt er dann, «wäre auch *Graf* Landow nicht unpassend.»

Nach dem Tod seines Bruders stünde ihm tatsächlich zu, diesen Titel zu tragen, fliegt es ihm für einen Moment durch den Schädel. Um Herrn Phillipis Fassung ist es nun endgültig geschehen.

«Ach? Ja? Ich wusste nicht … Wie auch immer, die Situation gestern in der Villa des Kunstvereins bedarf vielleicht einer Erklärung meinerseits, Graf Landow.»

«Wie Sie meinen. Ich höre Ihnen zu.» Damit lehnt er sich an die Seitenwand des Vestibüls und macht sich, direkt neben dem Rauchen-verboten-Schild, eine Zigarette an.

«Aus persönlicher Gefälligkeit zu Frau Sternberg habe ich dort die Bücher durchgesehen. Frau Sternberg bat mich darum.» Damit sieht Phillipi ihn an, als hätte er ihm gerade die Entzifferungsformel für die Hieroglyphen von Gizeh verkündet.

Landow mustert den kleinlauten Mann ruhig und bläst still Rauch in das halbdunkle Treppenhaus. «Und?»

«Nun, da meine Gattin zu Recht vermutet», nimmt der zerteilte Wurm seine Windungen wieder auf, «ich sei geschäftlich in Hamburg, wäre ich Ihnen, um meine Gattin nicht zu beunruhigen in diesen ohnehin unruhigen Zeiten, verbunden, wenn Sie ihr gegenüber unsere Begegnung dort in der Villa gestern nicht erwähnten.»

Landow nickt. Er stößt sich von der Wand ab und geht zur Haustür. Unsicher folgt Phillipi ihm. Landow öffnet die Tür und schnippt den Rest seiner Zigarette in hohem Bogen exakt bis in den Rinnstein. Zufrieden mit dieser Leistung, schließt er die Tür wieder und legt wie ein schlechter Schauspieler grübelnd die Hand ans Kinn.

«Sie meinen also, Herr Phillipi, unsere Begegnung dort, in der Villa gestern, hat nie stattgefunden?»

Phillipi ist sichtlich erleichtert, dass Landow ihn versteht.

«In gewisser Weise. Dazu wäre es konsequenterweise wünschenswert, wenn Sie mir die Fotografie, die Sie von mir machten, aushändigen würden.»

Gut, dass Phillipi nichts von Landows Ungeschicklichkeit in technischen Dingen weiß. Wie er gestern Abend feststellen musste, war in der trickreichen Buchkamera tatsächlich gar kein Bildmagazin eingelegt. Kein Bild vom Gugelhupf und keins von Phillipi. Bedienungsanleitungen bis zum Schluss durchzulesen, das lohnt sich ab und an. Landow beschließt, diesen winzigen Malus zu überspielen, und reitet Phillipi nun etwas forscher an.

«Und was, werter Herr Phillipi-Ginsberg, wenn ich nicht dazu bereit wäre? Ich bin allein von Berufs wegen schon der Wahrheit verpflichtet. Die von Ihnen gewünschte Fotografie ist ein Dokument dieser Wahrheit. Nicht mehr, nicht weniger.»

Phillipi könnte nun anfangen, von Ehre und Gewissen zu faseln, stattdessen, ganz Bankier, sagt er unverblümt: «Ich wäre bereit, Ihnen für die Fotografie einen Preis zu zahlen.»

Er will mir ein Bild abkaufen, das es gar nicht gibt. Noch dazu eins, das höchstens bewiese, dass er an einem anderen Ort war, als seine Frau glauben sollte. Warum? Weil er Angst hat. Wovor? Vor seiner Frau? Hat dieser Phillipi etwa eine Affäre mit der Direktorin? Diese Frau Sternberg ist hübsch, keine Frage, aber so, wie Landow sie einschätzt, zieht Frau Sternberg eher die Gesellschaft von Frau Sternberg vor. Was also bereitet unserem sonst so zackigen Beletage-Bankier derart große Pein, dass er jetzt schon ein Scheckheft aus der Tasche zieht? Aber Landow, an die Tür gelehnt wie der Wächter zu Phillipis zukünftigen Albträumen, winkt ab.

«Ersparen Sie uns das, Herr Phillipi. Die Fotografie ist unverkäuflich.»

Phillipi hält mitten in der Bewegung inne, nickt und steckt das Scheckbuch wieder fort. Als seine Hand aus dem Inneren des Biberpelzkragenmantels wieder auftaucht, blitzt darin etwas. Landow hält es zuerst für ein Feuerzeug. Und, ja, man könnte damit feuern. Rauchen würde es wohl auch. Es ist eine kleine Pistole. Ein amerikanisches Modell, glaubt Landow zu erkennen. Kaum die Waffe in der Hand, gewinnt dieser Phillipi sofort die gewohnte Galligkeit zurück.

«Sie lassen mir keine andere Wahl, Graf Landow. Wenn wir uns nicht friedlich einigen können, dann eben auf diese Weise.»

«Verstehe ich das richtig», bleibt Landow ziemlich unbeeindruckt, «ist das hier so etwas, was Ihr Berufsstand intern eine *feindliche Übernahme* nennt?»

Phillipi ist für einen Moment irritiert. Landow setzt nach:

«Aber, ich fürchte, daraus wird nichts. Ihre Waffe ist noch nicht entsichert.»

Das stimmt zwar nicht, reicht aber aus, um Phillipi abzulenken. Der Bankier schaut einen Moment fragend auf den kleinen, todschicken Revolver, der in seiner Hand funkelt wie ein originelles Accessoire, da trifft ihn Landows Ohrfeige mit Geräusch und Wucht.

Die Waffe fliegt in hohem Bogen davon und landet scheppernd auf den Steinfliesen. Landow hebt erst die Waffe auf, bevor er dem gestrauchelten Phillipi auf die Beine hilft.

«Ein Smith & Wesson, ein Qualitätsprodukt.» Er lächelt. «Ich entschuldige mich für meinen Irrtum, Herr Phillipi, dieses Modell muss gar nicht mehr extra entsichert werden. Das nenne ich Fortschritt.»

Phillipi könnte nun versuchen, ihm das Pistölchen wieder zu entreißen. Er könnte Landow drohen. Er könnte klein beigeben, an Landows Vernunft appellieren. Aber tatsächlich macht er etwas, das Landow nicht nur überrascht, sondern seltsamerweise auch berührt: Phillipi weint.

Zehn Minuten und ein paar Schnäpse später, im *Weißen Hengst* unten bei der Kürassierkaserne beim Belle-Alliance-Platz, brechen alle Dämme. Herr Phillipi-Ginsberg legt ein umfassendes Geständnis ab, und je mehr der jämmerliche Mann erzählt, umso mehr wird Landow klar, dass es sich dabei um eine sehr ausführliche Beichte handelt.

Punkt eins: Herr Phillipi-Ginsberg ist kein jüdischer Bankier, sondern Phillip Günzburg, Buchhalter aus Hildesheim am Harz. Den jüdischen Nimbus und all das hat er sich nur zugelegt, um andere zu beeindrucken. Der Jude hat von Natur aus eine goldene Nase für Geschäfte, heißt es. Und dann war da diese Frau. Sie war angetan von seiner exotischen, jüdischen Herkunft. Sie war beeindruckt von seinem Geld. Von dem, was er hatte, aber mehr noch von dem, was er in Zukunft zu haben versprach. Dann war da das Kind. Und die Lüge war so einfach zu bedienen.

Punkt zwei: Spätestens seit der Geburt des Jungen saß Phillipi in der selbstgebauten Falle. Er, der kleine Buchhalter, musste jetzt so viel Geld verdienen wie ein Bankier, um die teure Wohnung, die Angestellten, den gesamten Lebensstandard finanzieren zu können. Außerdem musste er vermeiden, dass seine Frau ihn eines Tages in seiner Bank besuchen kam. Deshalb erfand er das Märchen, ständig unterwegs sein zu müssen, in Hamburg, in Frankfurt am Main, immer auf dem Sprung, der feine Herr.

Punkt drei: Statt auswärts Geschäfte abzuwickeln, blieb Phillipi jedes Mal heimlich in Berlin, hauste in einem billigen möblierten Zimmer ausgerechnet oben am Jüdischen Begräbnisfeld am Wörther Platz und hatte drei Anstellungen gleichzeitig. Außer bei der Villa des Kunstvereins macht er noch bei einer Getreidemühle im Hafen und in einer Werkzeugfabrik in Spandau die Bücher. Das immerhin macht er so gut, dass seine Existenz auf sicheren Füßen steht.

«Und diese drei Angestelltengehälter reichen für ein Bankiersleben?», will Landow noch wissen.

Nein, schüttelt Günzburg ganz langsam den vernebelten Kopf. Und sicherheitshalber sagt er es auch noch einmal: «Nein! Das reicht noch immer nicht. Aber mir reicht's. Ich schlafe kaum noch.»

Günstigerweise sei seine Frau vermögend, fügt er noch hinzu. Und er, dem das goldene Händchen für Geldangelegenheiten im jüdischen Blut liegt, verwaltet ihr Vermögen. Im letzten Herbst habe er einen ansehnlichen Gewinn erzielt mit Aktien, ergänzt er stolz. Er möchte, vermutet Landow, nicht als totaler Versager dastehen, selbst um diese Zeit und mit diesem Schnapsschädel nicht.

«Die größte Angst aber», kaut der falsche Phillipi lallend

heraus, «die größte Angst ist, dass ich eines Tages meine Frau oder den Kleinen auf der Straße treffe.»

Dann, schon kurz nach Mitternacht und bevor er sein rot geheultes Gesicht mit den kornglasigen Augen auf die Stirn bettet, fragt er Landow noch: «Verachten Sie mich jetzt, Landow? Graf Landow?»

Über die Antwort könnte Landow ernsthaft nachgrübeln, er lässt das aber. Jeder ist seines Unglückes Schmied. Stattdessen zahlt er die Schnäpse – siebzehn an der Zahl, stramme Leistung – und schleppt den bedauernswerten Mann mit den tausend Gesichtern zurück in die Ritterstraße. Dort bringt er ihn im Hof in einem von Fegesacks Schuppen unter und deckt ihn mit alten Säcken zu. Hier würde unser fleißiger Buchhalter seinen Rausch ausschlafen können, der Hausmeister ist diese Woche auf Urlaub, wie ein Zettel in jedem Stockwerk stolz verkündet: Wandern im Taunusgebirge. Morgen früh soll Phillipi selbst entscheiden, ob er nicht nur dem seltsamen Grafen aus dem Rückgebäude diese Geschichte beichtet, sondern vielleicht auch seiner schönen Frau. Gefährlich würde ihm dieser Günzburg nicht mehr werden. Aber vielleicht nützlich. Für einen flüchtigen Moment, schon rücklings auf dem Schreibtisch gegen die dunkle Zimmerdecke starrend, fährt so etwas wie Wut in ihn. Nein, keine Wut, Neid macht sich breit. Dieser Günzburg tut alles, um für einen erfolgreichen Bankier gehalten zu werden. Der mordende Busch opfert sich selbst, um seine Familie zu rächen. Und er? Landow? Welches Ziel hat er, außer am nächsten Tag wieder die Augen aufzuschlagen?

13

Mittwoch, 27. Februar 89

Er hasst das frühe Aufstehen immer noch. Es sei denn, es ist unvermeidlich. Etwa, weil man heimlich noch vor Tagesanbruch die Wohnung einer sehr flüchtigen Bekanntschaft verlassen will. Oder weil man auf die Jagd geht. Damals, räumlich wie zeitlich weit vom Hier und Jetzt entfernt, hat er die Jagd geliebt. Er war dann zum Ärger des Vaters nicht mit den anderen im Wagen der Familie vorangefahren, sondern auf einem der klobigen Treiberkarren hinterher. Er hatte den Männern dabei zugesehen, wie sie, die Körper durchgerüttelt von den schlechter werdenden Wegen ins Moor, mit großer Sicherheit die Flinten ölten, die Patronen auf die Jagdtaschen verteilten und noch schnell an ihren kurzstieligen Pfeifen zogen. Landow war das Schießen an sich damals schon gleichgültig gewesen, das Treffen sowieso, aber dieses stumme Hinfiebern auf einen gemeinsamen Impuls hatte ihn von klein auf gepackt. So steht er auch jetzt, es ist gerade sieben durch, in der dunklen Küche, kaut, raucht, freut sich auf seine Jagd. ‹Die Direktion kommt spätestens um 10›, hat ihnen vorgestern die Köchin mit dem Schneckenkopf verraten. Ein Grund mehr, sich die Villa mit den nackten Tatsachen mal deutlich früher anzusehen.

«Oh, Orsini, auch schon auf? Sie sehen verheult aus.»

«Verheult? Weshalb sollte ich heulen? Es geht mir glänzend.

Oder nicht?» Damit Landow Orsinis Heiterkeit nicht übersieht, macht der mit seinem Arm noch wegwerfende Gesten dazu.

So so, das scheint die Nacht der jammernden Männer gewesen zu sein.

«Verraten Sie mir den Grund für Ihre glänzende Laune?» Kaum ist die Frage raus, befürchtet er, Orsini könnte dieser Aufforderung tatsächlich nachkommen. Nicht noch eine Lebensbeichte, bitte. Deshalb fügt Landow sofort möglichst beiläufig an: «Schlecht geschlafen?»

«Ich habe gar nicht geschlafen.»

«Weil Sie über Irre und Löwen und die Gerechtigkeit der Welt nachgedacht haben?»

«Nein, weil ich darüber nachdenken musste, weshalb, kaum erscheint endlich wie aus dem Nichts ein Klient aus höchsten Kreisen, gleichzeitig ein fadenscheiniger Rummelplatz-Indianer auftaucht, der schal nach Bier riecht. Und meine Vorstellung einer respektablen Detektei *mit einem Schlag* wieder einreißt. Mit einem Schlag! Und ich frage mich, weshalb Ihre Menschlichkeit dem Rummelplatz-Indianer gegenüber offenbar keine Grenzen kennt und weshalb es mit Ihrer Nächstenliebe in Sachen Bankiers nicht weit her ist.»

Wenn Sie wüssten, Orsini, wie menschlich und mitfühlend ich gestern Nacht zu dem schneidigen Herrn Phillipi war, könnte er nun sagen. Tut's aber nicht. Stattdessen spült Landow seine Tasse mit großer Sorgfalt mit zwei Fingern aus, stellt sie abgetrocknet in den Schrank zurück und sagt dabei:

«Ganz einfach: Der eine ist ein fadenscheiniger Rummelplatz-Indianer, und das andere sind Bankiers mit Villen in Lichterfelde.»

«Aber nur, weil die reich und erfolgreich sind, sind das ja noch keine Verbrecher!»

Landow beißt von seinem Brot ab und wirft den Rest auf den Teller zurück: «Dass ein Dieb, der vorzugsweise Leute mit dicken Brieftaschen erleichtert, mir Rücksichtslosigkeit gegenüber Wohlhabenden vorwirft, entbehrt nicht einer gewissen Ironie.»

«Das musste ja kommen! Eine Frage: Hören Sie irgendwann damit auf, mir das unter die Nase zu reiben? Wenn es unter Ihrer Würde ist, mit einem Taschendieb zusammenzuarbeiten, dann, bitte, ermitteln Sie wohl besser allein. Ich bleibe hier. Ich muss nachdenken. Über grundsätzliche Dinge. Und nachher noch ein paar Leute bestehlen. Aber immerhin nehme ich denen nur das Geld. Und nicht das Leben, wie Ihr neuer Held, dieser Wahnsinnige! Ist dieser Busch der Ersatz für Ihren Jugendhelden, den letzten Mohikaner?!»

In seiner Wut pfeffert Orsini den Stuhl beim Aufstehen laut vor die Wand und knallt die Tür hinter sich zu.

Landow kaut, isst ruhig sein Brot zu Ende, spült den Teller und geht raus zur Jagd.

Der Schuppen, in dem er gestern den falschen Phillipi abgelegt hat, ist jetzt leer. Die alten Kartoffelsäcke, mit denen er den Volltrunkenen zugedeckt hat, sind ordentlich gefaltet und zusammengelegt. Buchhalter eben.

▪▪▪

8 Uhr 3 Minuten: Die Luft im Steglitzer Villenviertel riecht reichlich nach Frühling. Trotzdem ist es noch empfindlich frisch, zumal dann, wenn man aus Wut über den Mitbewohner und aus eigener Dämlichkeit versäumt hat, Hut und Mantel mitzunehmen. Immerhin hat er einen Revolver dabei und eine hochmoderne Buchkamera, die er, im Gegensatz zur Waffe,

nicht bedienen kann. Die Köchin kommt aus dem Haus, sieht er in seinem Versteck zwischen dichten Hecken. Jetzt, bei seinem dritten Besuch hier, wird ihm das riesige Ausmaß des Geländes erst bewusst. Weiter hinten entdeckt er kleinere Gebäude, die im selben Stil wie das Haupthaus gehalten sind, möglicherweise wohnen dort die Köchin und der Gärtner. Frau Lunde trägt einen Korb zum Gärtner rüber, schenkt ihm aus einer Kanne etwas in eine Tasse, geht dann zurück ins Haus. Die Wächter mit den Hunden sind nicht zu sehen. Die Hunde kommen nur in der Dunkelheit, hofft er.

«Gehölzschnitt. Eine Wissenschaft für sich.»

Plaaß, der Gärtner, blickt von dem dampfenden Becher auf, den er mit beiden Händen hält. «Das stimmt», nickt er. «Aber wie sind Sie hereingekommen? Hat sie wieder das Tor aufgelassen?» Er stellt den Becher in den Korb zurück, und für einen Moment scheint unklar, ob er jetzt die Finger in den Mund steckt und die Männer mit den Dobermännern heranpfeift oder nur die armlange Astschere aufhebt. Plaaß murmelt etwas und arbeitet weiter.

«Ich bin wegen der Soiree heut Abend hier», sagt Landow schnell. Immerhin ist das noch nicht gelogen. «Mir hat niemand aufgemacht.» Stimmt ebenfalls. Der Gärtner, ein mittelgroßer Mann Anfang fünfzig mit gestutztem Schnauzbart und filziger Innenohrbehaarung, mustert Landow kurz.

«Ich bin zu früh, fürchte ich», setzt der nach. Und: «Der Duft von Ihrem Tee hat mich angezogen. Zimt?»

«M-mh», brummt Plaaß und säbelt mit zwei schnellen Schnitten ein paar daumendicke Äste von dem gedrungenen Obstbaum ab.

«Sie sind also der Herr von der Oper? Der Tanzmeister? Für den Jungen?», sagt er, ohne den Blick vom Gehölz zu nehmen.

«Ich bin zum ersten Mal hier. Bin eingesprungen. Ich dachte, ich komme früher, um mir ein Bild zu machen, was der Junge kann», tastet sich Landow vorsichtig weiter vor.

«Sehen gar nicht so aus, wenn ich das sagen darf», knurrt Plaaß und versucht, dabei besonders freundlich zu wirken.

«Gar nicht so aus *wie was* …?»

«Wie die anderen *Herren*», er betont das Wort komisch, versucht ulkig zu sein, vermutet Landow. «Das waren mehr so, nichts für ungut, Tänzer eben. Jedenfalls ist der Junge schon da. Ich hab ihn gestern Abend noch reingeholt.»

Reingeholt, er sagt das wie ein Fischer, der seine Reusen einholt. Zack, zack, zack, mit einem trockenen Knirschen hebelt er weitere Äste weg.

«Sie machen das selbst? Das Reinholen?», will Landow wissen.

«Nur bei den Sonderjungs. Die anderen, die Dalldorfer, werden gebracht. Seien Sie froh, dass Sie nicht mit denen zu tun haben.»

«Weshalb?»

«Aus der Anstalt eben. Ich sag mal so: Nach Schlauheit werden die nicht ausgesucht.»

«Und der … Sonderjunge ist im Haus?»

«Schläft wahrscheinlich noch», lacht Plaaß in sich hinein. «Wir mussten ihm etwas mehr verpassen, mehr von den Tropfen, eine echte Kratzbürste. Haben ihn, so wie er war, ins Bett gesteckt. Manche muss man zu ihrem Glück zwingen. Wünsche viel Erfolg, war wild wie ein Hengstfohlen, der Bursche. Hat Papa Plaaß, das bin ich, ganz schön geboxt, der kleine Teufel.»

«Ihre Arbeit hier ist also sehr abwechslungsreich», tastet Landow sich weiter vor, ohne zu wissen, wo das hinführt. Er muss von diesem Plaaß wieder fort, ohne dass der misstrauisch wird.

«Wieso?» Plaaß kommt, die große Astschere geschultert wie ein Gewehr, etwas auf Landow zu.

«Wieso was?»

«Sie sagten gerade, meine Arbeit wär' abwechslungsreich. Wieso?»

«Nun ja, auf der einen Seite die Stille und Kontemplation der Gartenarbeit, etwas gleichsam Meditatives. Auf der anderen Seite die Zähmung junger Füllen. Die Arbeit mit Kindern ist doch etwas sehr Erfüllendes, finden Sie nicht, Herr Plaaß?»

«Wie man's nimmt. Immerhin sind die Schwachsinnigen durch die *Aufführungen* dort im Haus», er sagt das wieder mit hörbarer Missbilligung, «zu etwas nutze.»

Plaaß sieht Landows ehrlich erstauntes Gesicht und kommt noch einen Schritt auf vertrauliche Distanz näher. «Ich bin ein Mann vom Lande, Herr …, ich sehe das ganz natürlich, wissen Sie? Der Baum hier, Apfel natürlich, wie alle Bäume hier im Park, würde planlos vor sich hin wachsen, würde seine Kraft vergeuden für Triebe, die wertlos sind, die keine guten Früchte tragen. Zu kleine Früchte. Faule Früchte. Früchte, die anfällig sind für Krankheiten. Verstehen Sie?»

«Ich komme auch vom Land.» Mal wieder nicht gelogen. Landow nickt und bietet Gärtner Plaaß eine Zigarette an.

Der hat seinen naturphilosophischen Exkurs für einen Moment unterbrochen und betrachtet mit Kennermiene das Wappen auf dem Zigarettenpapier. «Man kann gegen die Türken 'ne Menge sagen, aber Zigaretten können se.» Damit inhaliert er tief, lässt den bläulichen Rauch ein paar Sekunden durch die Labyrinthe seiner Lungen wandern und bläst ihn dann durch die Nase Richtung Apfelbaum wieder aus.

«Jedenfalls», setzt er wieder an, sucht den verlorenen Gedanken, findet ihn schließlich irgendwo unter seiner Wollmütze wieder, «jedenfalls: Der gezielte Gehölzschnitt macht den Baum stärker, weil ich die wertvollen Äste von den … wie sagt man … unwerten trenne. Diese armen Irren aus der Anstalt erfreuen hier, womit auch immer, hochgestellte Persönlichkeiten, da ist nichts dabei, das haben die Griechen schon getan, sagt die Direktion. Aber eigentlich müsste man mit den verrückten Kinderchen zum Picknicken in den Wald gehen. Und ohne sie wieder zurückkommen. Sie verstehen? Aber ich hab nichts gesagt. Ich bin bloß der Gärtner.»

Sagt's und macht sich wieder daran, mit kraftvollen Schnitten unwertes Leben zu eliminieren.

«Meinen Sie», schaltet Landow sich wieder ein, «Ihre Köchin dadrinnen hätte wohl auch für mich so einen köstlich duftenden Tee? Mich friert doch etwas.» Ihn friert in Wahrheit entsetzlich, außerdem muss er aufs Klo.

«Mit Zimt und Kardamom», dampft es unter Plaaß' Schnauzbart heraus in den freundlichen Mittwochvormittag. «Sagen Sie der Lunde, ich hätt' Sie geschickt, dann kriegen Sie auch noch Kuchen dazu. Die zeigt Ihnen dann auch den Jungen.»

8 Uhr 16: Die Tür zur Küche ist nur angelehnt. Landow schlüpft also hinein, wirft dabei noch einen schnellen Blick zum Gärtner hinten bei den Bäumen, der aber wieder ganz in seine Trennung von Wert und Unwert vertieft ist. Niemand hier, dem er dessen Grüße ausrichten könnte. In der menschenleeren Küche riecht es nach Zimt, nach Kuchen, er hört jemanden etwas weiter den Flur runter leise vor sich hin singen und summen. Landow überquert auf Zehenspitzen den Korridor und findet weiter hinten eine kleine Toilette. Auf das Benutzen der modernen

Wasserspülung verzichtet er besser. Die Köchin, feste blonde Haarschnecken rechts und links am Kopf wie ein Schraubstock, summt nun in der Küche herum wie eine Hummel in brauner Kittelschürze. Sie deckt ein großes Tablett, sieht er aus der Entfernung. Frau Lunde trägt das Tablett zum anderen Ende des Flurs hinab, schließt dort ein Zimmer auf und verschwindet samt Tablett darin. Landow geht ihr nach. Er hört sie drinnen weitersummen, hört von dort, «wie das Prinzchen geschlafen hat». Landow späht um die wie in einem Zellentrakt nach außen aufgehende Tür herum in den Raum. Frau Lunde macht sich an einem Bett zu schaffen, sieht er. «Na, da hat wohl einer geschlafen wie ein Stein, wie», hört er sie halblaut murmeln. Das Kind, das Landow zusammengerollt im Bett erkennt, bewegt sich nicht.

«Dann wollen wir die Zeit aber nicht ungenützt verstreichen lassen und werden Euer Wohlgeboren schon mal waschen, was, dem Geruch nach hast du das jedenfalls nötig, mein kleiner Freund. Die hohen Herren heute Abend haben Anspruch auf einen orientalischen Prinzen, die wollen keinen Iltis.»

Die Lunde hat den kleinen Indianer auf dem Bett ausgestreckt und beginnt, ihn auszuziehen. Landow hört, dass der Junge im Schlaf vor sich hin brummt. Plötzlich hält die Lunde inne. Sie murmelt etwas. Ruft dann: «Herrje! Dem Jungen fehlt was! Plaaß, wie konntest du …?! Plaaß komm schnell!»

Ohne zu überlegen, ist Landow im Zimmer. Die Köchin ist eher entrüstet als überrascht, ihn hier zu sehen.

«Sie! Was machen Sie denn hier?!»

«Was fehlt dem Jungen!», herrscht Landow sie an.

Die Lunde verschränkt trotzig die Arme vor der Brust und sagt: «Was ihm fehlt? Sehen Se doch. Das Pümmelchen fehlt ihm.»

Wo sie recht hat, hat sie recht. Landow zieht dem immer noch schlafenden Indianermädchen die Hose hoch, schnappt sie sich wie einen Kartoffelsack und geht. Wo die Lunde abgeblieben ist, weiß er nicht. Die rennt wahrscheinlich gerade raus zum Gärtner, und bevor der mit der Astschere kommt, will er mit dem Kind hier fort sein.

8 Uhr 24: Er ermittelt unter erschwerten Bedingungen. Die benebelte, kleine Cherokee wiegt mehr, als er dachte. Landow ist schon außer Atem, als er mit ihr das Vestibül im Erdgeschoss erreicht. Hoffentlich ist die Haustür nicht verschlossen, er will den Park vermeiden, direkt mit ihr zur Straße und fort. Natürlich könnte er Plaaß den Ermittlerausweis unter den Bart halten, aber ob der deshalb darauf verzichten würde, Landow mit Wucht sein Baumschneidegerät vor den Kopf zu hauen, darauf würde er nicht wetten. Fast hat er die Tür erreicht. Landow versucht, nach hinten Richtung Garten zu horchen, aber er hört nur das Hämmern seines Blutes hinter den Schläfen. Eine Alarmglocke schrillt hier jedenfalls nicht. Aber etwas anderes hält ihn auf. Er hat das erst für eine Dekoration für den Knabenzoo heute Abend gehalten. Ist es aber nicht. Es ist groß. Es geht. Es lebt. Und es sieht sehr misstrauisch aus. Es ist der Vater des kleinen Mädchens, das Landow immer noch wie ein totes Tier über der Schulter hängen hat. Verdammt, wie kommt der hier rein? Ist der Landow hierher gefolgt? Der sollte doch im Plänterwald Hasen jagen und die Füße stillhalten. Aber nichts ist hier, wie es sein soll. Baumlang steht der Cherokee mitten unterm Lüster und ist offenbar nicht erfreut, Landow zu sehen. Hält der ihn, das leblose Kind auf dem Arm, jetzt plötzlich für einen von denen, für seinen Feind? Dass er in jeder Hand eins seiner Wurfmesser hält, lässt das Ganze kein bisschen gemütlicher aussehen.

Der Indianer sagt nichts, macht bloß mit einem der langen Messer eine Bewegung Richtung Landow. Dem ist jetzt, als höre er vom Park her schnelle Schritte näher kommen. «We have to be quick. He … she sleeps. We have to run.» Aber der Rummelplatz-Indianer, der schon wieder einen Bieratem hat, schüttelt stumm den Kopf. Blitzschnell hält er Landow das Messer an die Kehle und greift mit der anderen Hand unter das langsam erwachende Mädchen. Er spricht in einer unbekannten Sprache auf das Kind ein, als er es scheinbar mühelos von Landows Schulter auf seine hebt.

«Hurry up, we have to run, man. Wenn Sie gesucht werden, brauchen Sie ein Versteck. A hidden place. You cannot live in the wood like Rübezahl, damn.»

8 Uhr 28: Er kennt dieses Klicken zu gut. Nichts klickt so wie die Spannfeder eines Revolverhahns. Dieser klickt direkt hinter Landow. Plaaß! Wer sonst. Aber wieso spricht der nicht? Wieso droht der nicht, die Polizei zu rufen, damit Landow sagen kann: ‹Nicht nötig, die Polizei ist schon da.› Und weshalb schiebt sich jetzt ein zweiter, schlanker Revolverlauf an den Hinterkopf des Indianers?

«Zwei Tage habe ich damit zugebracht, die Sterbeurkunde Ihres angeblich toten Bruders zu finden», sagt die Stimme hinter Landow. Busch! «Das Ergebnis dürfte Sie nicht verwundern. Es gibt keine Sterbeurkunde. Und wenn er nicht gestorben ist, so lebet er noch heute, heißt es bei den Grimms. Ihr Bruder lebt. Und wenn er lebt, dann könnten Sie, Herr von Landow, auch Ihr Bruder sein. Ein Mal ist Ihnen gelungen, mich zu täuschen. Ich denke, wir sollten unser angeregtes Gespräch von neulich Nacht unbedingt fortsetzen. Wir sind noch nicht am Ende, mein Herr.»

Mit einer schnellen Wendung taucht Busch vor Landow und dem Cherokee auf. Aha, der hat nur eine Waffe, sieht Landow, mit der er abwechselnd ihn und den Indianer in Schach hält. Mit der anderen Hand zieht Busch etwas Flaches, Rundes aus einer Tasche, die ihm quer über der Brust hängt wie einem Briefträger. «Diese Kalamität haben Sie einzig sich selbst zuzuschreiben, Landow. Sie hätten einsam sterben können. Jetzt ziehen Sie möglicherweise unschuldige Menschen mit hinein. Sogar ein Kind. Tragisch. Aber Kollateralschäden werden in Ihren Kreisen ja billigend in Kauf genommen.» Damit präsentiert er Landow die Tellermine wie ein Kellner die Spezialität des Hauses. Mit dem Revolverlauf macht er dem Indianer ein Zeichen zu gehen. «Sie gehen besser, denn wenn das kleine Ding von dem ebenso simplen wie zuverlässigen Impulsmechanismus mit der registrierten Patent Nummer BE-35360446 ausgelöst wird und alles hier in die Luft geht, sollten Sie weit weg sein, Rothaut.»

«Der versteht nur Englisch», mischt Landow sich ein, als ginge es hier um Höflichkeit. Busch ist für einen Augenblick irritiert, fängt sich aber und sagt prompt zum Indianer: «Time to leave, red man. It might get loud.»

8 Uhr 34: Wieder so ein Klicken. Diesmal tiefer. Aber nicht weniger entschlossen als vorher. Und dann, nach einer kleinen Kunstpause, noch eins davon. Eine Flinte und ein Jagdgewehr, tippt Landow. Dazu hört er die Stimme von Plaaß hinter sich: «Hier geht nichts und niemand los.»

«Wer sind Sie denn?», zeigt Busch sich vom Auftauchen Plaaß' kaum beeindruckt. «Guter Mann, selbst, wenn Sie ein sicherer Schütze sind, werden Sie nur zwei von uns töten können. Diese Tellermine hier schafft uns alle auf einmal. Das ist der Zauber der Physik, mein Herr.»

«Lassen Sie das Kind gehen. Und seinen Vater auch, Busch.»

Damit zieht Landow blitzschnell seine Waffe und richtet sie auf Busch.

Doch Busch ist nicht die Bohne beeindruckt. Er lächelt sogar und sagt: «Ich habe die Mine bereits scharf gemacht. Ob Sie mich erschießen, Landow, oder Sie, mein Herr, ist dabei einerlei. Sobald ich den Druck von diesem kleinen Apparatus nehme … bumm!»

So stehen sie eine Weile herum wie die letzten vier Figuren einer unsichtbaren Schachpartie und warten auf den entscheidenden finalen Zug: Plaaß bedroht Landow und Busch, Busch bedroht entweder alle oder Plaaß, der Indianer hat das Messer noch in der Hand, weiß aber, dass er chancenlos wäre. Landow glaubt nicht daran, dass Busch von seinem ursprünglichen Plan abweicht. Er würde sie hier nicht alle hochgehen lassen, er will nur den einen der Zwillingsbrüder. Aber den richtigen. Deshalb dreht Landow sich jetzt sehr langsam zu Plaaß um und hält dem den Revolver vor die Stirn. Und so, um 180° gewendet, sieht Landow hinter dem grimmigen Gärtner wieder eine Waffe auftauchen, hört wieder ein Klick. Dieses Klick kennt er so gut wie sich selbst. Das ist unüberhörbar Koesters gut geölte Mauser. Plaaß, kriegserfahren, versteift sichtlich, rührt sich vorerst aber nicht vom Fleck.

«Ich schlage vor, meine Herren», beginnt Orsini, «wir bewahren so weit wie möglich die Ruhe und richten hier kein Blutbad an. Jeder legt ganz langsam seine Waffen ab.»

«In Ordnung», knurrt Plaaß regungslos, «fangen Sie damit an. Denn sonst wird mir das Ganze hier allmählich zu dumm, und ich rufe die Polizei.»

Augenblicklich richten sich auch die Läufe von Busch und Orsini auf Plaaß.

«Hier ruft niemand die Polizei», schnauzt Busch den Gärtner an.

«Und wenn doch, dann wir!», schnauzt Orsini zurück.

Fehlte noch, dass jetzt hier einer durchdreht. Landow versucht, den Überblick zu behalten, was angesichts einer Waffe hinter ihm (Busch) und zwei Flinten vor ihm (Plaaß) nicht so einfach ist.

«Landow, wenn nicht jetzt, wann dann.» Das ist Orsini. «Muss erst noch jemand sterben? Wir müssen die Karten nun aufdecken. Wir stecken schon zu tief drin.»

«Sind Sie verrückt geworden, Orsini? Sie sehen doch, was hier los ist. Und da kommen Sie mit Moral? Los, sagen Sie dem mit der Mine, wer ich bin, Vor- und Familienname.»

Busch lacht gackernd wie ein exotischer Vogel und presst die Mine fest an sich. «Ihr Zeuge, Landow, ist befangen. Aber Ihr Kompagnon hat mir immerhin verraten, wo ich Sie heute früh finden würde.»

«Sie sind mir gefolgt?» Orsini ist die Scham über seinen Fehler deutlich anzuhören.

«Nicht direkt», sagt Busch. «Sie wurden bereits von diesem indianischen Herrn verfolgt, und ich folgte Ihnen beiden. Und nun sind wir alle hier. Welch illustre Gesellschaft an einem solch erlesenen Treffpunkt. Wir hatten offenbar alle Sehnsucht nach Ihnen, Herr von Landow. Also dann, Herrschaften, als Inhaber der schlagkräftigsten Waffe werde ich gleich mit Herrn Landow ungehindert diese Zusammenkunft verlassen. Dazu sichert Herr Landow zuerst seine Waffe und legt sie zu Boden. Danach verschwinden der Indianer und der Kleine. Ihr Sohn hätte einen schönen persischen Prinzen abgegeben, mein Herr, aber dazu wird es offenbar nicht kommen. Also, gehen Sie. Go ahead. But go.»

8 Uhr 41: Plaaß nimmt den Lauf der Flinte, der bisher auf Landow gerichtet war, fort und richtet ihn ebenfalls auf Busch: «Der Große kann gehen. Der kleine Indianer bleibt. Der wird noch gebraucht.»

«Aber dem fehlt doch der Pümmel, Plaaß!», wird jetzt von hinten irgendwo die jammerige Stimme der Lunde hörbar. Das bringt Plaaß aus dem Konzept. Das mittlerweile aufgewachte Indianermädchen macht sich von seinem Vater frei, tritt Busch vors Bein und rennt schnell wie der Blitz die Treppe ins Obergeschoss hinauf, dort klappt kurz darauf irgendwo eine Tür.

Dann Stille.

Dann – löst sich ein Schuss aus Orsinis Pistole. Alle sehen sich erschrocken an. Niemand scheint getroffen. Von der Decke neben dem Lüsterhaken rieselt sehr vornehm etwas Putz ins Vestibül.

8 Uhr 42: Alle stieben davon. Der Indianer will mit Riesensätzen dem Kind hinterher nach oben. Warum auch immer, löst sich jetzt bellend ein zweiter Schuss, diesmal aus der Flinte des Gärtners, und der Cherokee hechtet die Treppe hinab Richtung Keller. Nach wenigen Sekunden ist die kleine, feine Eingangshalle menschenleer. Irgendwo im Haus werden noch Türen zugeschlagen. Dann wieder – Stille. Bis auf ein paar Mörtelspuren am Boden erinnert nichts mehr an das, was vor Sekunden hier stattfand. Das Blutbad ist verschoben. Vorerst.

8 Uhr 43: Er dachte immer, er habe einen natürlichen Instinkt für das Erkennen von Fluchtwegen, schon berufshalber. Hier, scheint's, hat ihn das Glück verlassen. Orsini ist blindlings die Treppe in den ersten Stock hochgerannt. Das war der erste Fehler, denn wer oben ist, muss auch irgendwann wieder runter.

Wahrscheinlich, denkt er, während ihm das Blut in den Schläfen hämmert, war es die schiere Panik vor den beiden Flinten des Gärtners, die ihn nach oben rennen ließ. Das Schlimmste, denkt er und sieht sich in dem kleinen Zimmer um, in das er sich geflüchtet hat, ist die Stille nach all dem Krawall. Immerhin ist er in diesem Zimmerchen allein. Aber nicht in diesem Haus. In den anderen Zimmern oder auf den Fluren sind noch welche unterwegs:

1. Ein Gärtner mit zwei Flinten
2. Ein Verrückter mit einer Tellermine und einer Pistole
3. Ein Indianer mit einem Messer und einem Kind
4. Landow mit einer Pistole
5. Die schreiende Köchin, die Zugang zu mindestens einem Fleischerbeil hat
6. Er selbst mit einer Pistole.

Das Zimmerchen, sieht er, den Kopf mutig hinter dem Canapé hervorstreckend, ist in einem vornehmen Lindgrün gehalten, die Wände sind mit Seidentapeten bespannt, die edel changieren. Das wenige, aber geschmackvoll abgestimmte Mobiliar, das kleine Sofachen, zwei Sessel, ein Polsterstuhl bei einem honigfarbenen Sekretär, ist mit farblich passendem Ripsstoff bezogen. Orsini kann nicht anders, als die Waffe fortzulegen und mit der Hand über die Canapépolsterung zu streichen. Hervorragende Arbeit. Er überschlägt den Preis für Tapeten und Möbel, pfeift beinahe anerkennend; so viel für ein Lesezimmerchen, alle Achtung. Das Entsetzliche an diesem Zimmerchen ist allerdings – und das ist sein zweiter Fehler gewesen: Es ist wirklich eine Sackgasse. Es hat nur einen Ausgang (die Tür), die Fenster zum Garten raus sind selbst für einen ehemaligen

Artisten wie Orsini verdammt schmal und außerdem von außen dekorativ vergittert. Orsini reißt sich zusammen, nimmt die Pistole wieder in die Hand und robbt auf einem Arm vor zur Tür. Ob er will oder nicht – und er will NICHT –, muss er dorthin, um besser hören zu können.

8 Uhr 44: Ein Indianer ist den freien Blick auf den Horizont gewohnt. Nicht ohne Grund lebten seine Eltern noch in Zelten. Ein Haus war ihm immer schon wie ein Gefängnis vorgekommen. Die Holzbaracken im Reservat, die winzigen Zimmer in schlechten Pensionen, wenn sie auf Tournee waren. Hier, in diesem Haus, ist es nicht anders. Der Indianer ist, als im Vestibül alles davonstürzte, ins Dunkle geflüchtet. Das Kind lief die Treppe hinauf, er sprang vor lauter Schreck, als noch ein Schuss fiel, die Stufen hinab. Um irgendwas zu machen, öffnet er hier unten ein Glas mit eingemachten Pflaumen und versucht, einen klaren Gedanken zu fassen. Wie damals, in seiner Heimat, sind die Weißen besser bewaffnet. Das Gute scheint ihm allerdings, dass hier im Haus jeder gegen jeden kämpft. Warum und weshalb, das versucht er gar nicht erst zu verstehen. Dort, wo er jetzt ist, schälen sich an drei Seiten die Umrisse von Regalen aus der Dunkelheit. Eines beherbergt Eingemachtes, das direkt gegenüber beherbergt Flaschen.

8 Uhr 44: Landow ist dem Indianer hinterher. Bloß weg von dieser verfluchten Tellermine! Auf der Treppe ist er gestrauchelt. Das fehlte noch, sich beim Sturz mit der eigenen Waffe erledigen. Als er unten ankommt, hört er nichts. Im ganzen Haus ist es still wie nach einem Sturmangriff. Wenn ein Angriff einen Hügel oder eine gegnerische Schanze hoch vorüber war, nach all dem Geschrei, dem Hämmern der Geschütze

um einen herum, nach den grollenden Detonationen, wenn irgendwo Granaten einschlugen, hat es immer diesen Moment absoluter Stille gegeben, wahrscheinlich wenige Sekunden nur, in denen jeder, der das noch konnte, feststellte, dass er noch am Leben war. Die Ruhe nach dem Sturm. Dann setzten die Rufe der Sanitäter ein, die Unterhändler beider Seiten liefen mit ihren weißen Fähnchen auf der aufgewühlten Erde herum wie Fremdenführer auf der Museumsinsel, und aus dieser Anhäufung zerstörter menschlicher Körper und dem Schreien der Getroffenen erhob sich ein schreckliches Lamento, das Stunden dauern konnte. Jetzt, hier, ist es wieder so still. Ein einziger Schuss hat gereicht, die Runde dort oben zu sprengen. Landow geht im Kellerflur vorsichtig weiter, versucht gleichzeitig, nach hinten zu lauschen. Dieser Plaaß kann mit zwei Flinten gleichzeitig umgehen, mit dem ist nicht zu spaßen. Irgendwie hofft Landow, dass Busch getürmt ist. Aber er weiß, dass der noch da ist. Hier im Haus. Irgendwo. Einer wie Busch gibt nicht auf. Der hat noch etwas zu erledigen. Womöglich ihn. Landow.

Draußen rufen schartig Vögel im Garten, Eichelhäher wahrscheinlich. Kommt jemand? Rückt die Polizei an? Wer sollte die gerufen haben? Die Köchin! Natürlich. Wahrscheinlich hat ein feines Haus wie dieses einen der wenigen Telefonanschlüsse in der Stadt. Oder ist sie panisch über den Garten hinaus auf die Straße gerannt und läuft nun, um Hilfe schreiend, mit aufgelösten Haarschnecken, mit wild peitschenden Zöpfen die Straße hoch?

Landow biegt in das vorletzte Zimmer des schmalen Korridors ein. Er schiebt seine Hand in den dunklen Raum, ertastet den Lichtschalter, dreht ihn um, halleluja, es lebe die Elektrizität, der Raum ist auf einen Schlag taghell. Landow wartet kurz, schlüpft dann, geduckt wie im Schützengraben, ins Zimmer, strauchelt, fällt, rappelt sich hoch. Noch halb am Boden, sieht er jemanden hinter der Tür hocken. Es ist die Köchin. Die hat die Hände auf ihre Haarschnecken gepresst, kneift die Augen zu wie ein Kind, das eine Tracht Prügel erwartet. Sie hat geheult.

«Ruhig», sagt er und rappelt sich hoch. Sicherheitshalber verriegelt er die Tür von innen. Ihr Heulen wird dadurch stärker.

«Sh-sh, seien Sie bitte ganz ruhig. Ich tu Ihnen nichts, Frau Lunde.» Ein Satz, den sie einem Mann mit einer Waffe in der Hand glauben kann oder auch nicht. Die Lunde wäre eine mögliche Geisel, falls der Gärtner hier unten anrückt, denkt er. Der Raum ist ziemlich groß und erinnert ihn an die Schlafsäle im Internat, in dem er es nicht lange ausgehalten hatte. Zweimal vier Stockbetten aus Metall stehen da, die Betten sehen frisch bezogen aus, rot-weiß karierte Bettwäsche, so, als müsse man ständig damit rechnen, Schneewittchen und ein paar Zwerge kämen zu Besuch. Schneewittchen eher nicht, denkt er und steckt die Waffe weg. Aber Zwerge wohnten hier wohl öfter.

Er setzt sich neben sie auf den Boden. Sie sieht ihn ratlos an. Sie wischt sich den Tränenrotz an den Ärmel und scheint von ihm eine Antwort zu erwarten. Die Köchin hat nicht vor ihm Angst gehabt, spürt er, sie hat befürchtet, dass Plaaß sie hier unten erwischt. Gibt sie sich die Schuld an all dem? Hätte sie schon gestern entdecken müssen, dass der Indianerjunge zwar Indianer, aber kein Junge war?

«Noch ist nichts verloren», beginnt Landow. «Noch gibt es bloß ein Loch in der Decke. Aber wenn es hier Verletzte gibt oder gar Tote, stellen Sie sich vor, das Kind käme dabei ums Leben.»

Sie schaut ihn regungslos an. Ihr Gesicht ist aus Angst vor den Schlägen des Gärtners rot und noch teigiger als sonst. Sie sieht ziemlich blöde aus, findet Landow, und – und das macht ihm Hoffnung – auch erschöpft.

«So, wie ich das sehe, haben Sie sich hier zusammen mit Herrn Plaaß eine solide Stellung geschaffen. Wollen Sie, dass durch eine Dummheit alles zunichtegemacht wird? Wollen Sie morgens um fünf aus einer klammen Wohnung in Wedding zur Frühschicht in der Fabrik oder in der Gasanstalt aufbrechen? Nur weil Plaaß meint, hier den Zeberus spielen zu müssen?»

Sie sagt irgendwas, immerhin, aber nur ein Wort, das er nicht versteht.

«Was haben Sie gesagt, Frau Lunde?»

«Zerberus. Der Höllenhund heißt Zerberus. Ich weiß das aus der Rätselseite.»

«Und sonst haben Sie mir nichts zu sagen? Wir könnten uns auch auf eins der Betten setzen, Platz ist ja genug da, wenn hier unten niemand wohnt. Frau Lunde, wer wohnt hier manchmal? Wer schläft in diesen Puppenbetten? Und wer ist dann dabei, der eigentlich schon viel zu groß für das hier ist, für diese Kinderbetten und all das hier!»

Dann, keine Ahnung, weshalb, wiederholt sie noch einmal – wahrscheinlich, um einmal am heutigen Tag recht gehabt zu haben: «Zer-berus.» Dann sieht sie ihn ernst an, und dann redet sie.

«Es war im Spätsommer 83. Plaaß hatte die Apfelbäume abgeerntet. Im ganzen Haus duftete es nach Apfelmus und Zimt.» Einer der Herren hat, sagte sie, an einem dieser Apfelsommerabende einen der Jungen gebadet.

«Lugert?»

Sie stutzt, schüttelt den Kopf, irgendein anderer, erzählt dann weiter. Sie spricht rasch, haspelt manchmal. Er spürt, dass das aus ihr rauswill wie Eiter. Das Reden ist heilsam für sie.

Einer der Herren des Kunstvereins hatte sich gegen Bezahlung das Privileg erkauft, den Hauptdarsteller der Abendvorstellung zu baden. In der Wanne wird ein Kind gebadet. In der Küche wird Kompott gekocht. Ein Bild des Friedens. Dann musste irgendetwas geschehen sein, das sonst nie geschah. Der Gast an der Wanne hatte etwas gerufen. Und der Junge hatte geschrien.

«Nicht ängstlich», sagt sie jetzt und scheint zwischen ihren Haarschnecken den Ton von damals noch einmal genau zu hören, «und nicht jammernd, der Ruf war – wütend gewesen.»

Der Junge ist nackt, wie er war, den Kellerflur entlanggelaufen zur Tür, die nach draußen führt. Die Lunde war aus ihrer Küche dazugekommen. Der Junge war in der Kupferwanne vielleicht gerutscht und hatte sich das Knie angeschlagen, dachte sie noch. Der nackte Junge am Seitenausgang bekommt in seiner Wut endlich die Tür auf und stürmt hinaus. Da fällt dicht neben ihrem Kopf ein Schuss. Der Gast, «ein feiner Herr, sehr freundlich, sehr kultiviert», beteuert sie jetzt noch, war dem Jungen nach in den Garten gestürzt. Sie konnte doch nicht wissen, dass der eine Pistole hatte. Der wollte doch bloß den Jungen baden. ‹Bleib stehen, du kleiner Bastard›, hatte er gerufen. Im Garten, in die pflaumenblaue Dämmerung hinein, fiel noch ein Schuss. Vögel waren aufgeflogen. Plaaß, erinnert sie noch greifbar genau, hatte den großen runden Korb mit den aufgesammelten Äpfeln fortgestellt und den leblosen Körper des Jungen ins Haus geholt. Am späten Abend dann hörte sie ihn das Haus verlassen. Er hatte den Jungen bei den weißen Rhododendren vergraben, sagt sie. Und fügt dann hinzu, als habe das noch irgendeine Bedeutung: «Der Junge war schon ausgesucht. Er war einer von den Dalldorfern. Locken wie gemalt. Goldene, dichte Locken. Er sollte in diesem Jahr unser Goldjunge sein. Siegfried, der kleine Held.»

8 Uhr 55: Der Mann mit dem flachen, runden Ding unter dem Arm ist kurz nach ihr in das Zimmer gekommen. Sie hat seine lauten Schritte näher kommen gehört und sich eilig hinter den schweren Vorhängen eines der beiden Fenster versteckt. Der fremde Mann tut ihr leid. Er zittert. Er schwitzt. Er hat Angst und ist krank, spürt sie. Er macht sich an dem runden Ding zu schaffen. Sie weiß nicht, ob er dieses Ding, ist es eine Schachtel oder was, auf- oder zumachen will. Fast kommt sie aus ihrem Versteck heraus, um ihm behilflich zu sein mit dieser Dose. Sie ist gut in so was. Sie bekommt alles auf. Sie sieht, dass er ungeduldiger wird, dann richtig zornig. Der Mann lauscht zwischendurch immer wieder angestrengt nach draußen Richtung Flur, ob noch einer kommt. Aber alles bleibt still. Sie fragt sich, wo ihr Vater jetzt ist. Durch den Spalt im Vorhang hört sie den schwitzenden Mann fluchen. Mit einem verächtlichen Ausruf wirft er das runde Ding durch das geschlossene Fenster. Das berstende Glas splittert hell und krachend, kurz darauf hört sie von draußen aus dem Garten eine Explosion. Dreck spritzt auf. Der kranke Mann zittert nun sehr stark am ganzen Körper, sieht sie. Er presst sich die Hand vor den Magen, würgt, erbricht sich auf den Teppich. Ganz erschöpft hockt er dort. Da hört er von draußen Rufe. Unten im Haus fällt ein Schuss. Ein Mann ruft von dort etwas, das sie nicht versteht. Der kranke Mann im Zimmer rappelt sich ächzend hoch und ist mit drei langen Schritten an der Tür. Plötzlich sieht er zum Fenster herüber. Zu ihrem Fenster! Hat er sie entdeckt? Aber dann denkt sie, dass er bloß überlegt, durch eins der Fenster abzuhauen. Er schüttelt stumm den Kopf wie eine Handpuppe und reißt die Tür auf. Im Türrahmen blickt er gehetzt nach links, nach rechts, wieder nach links, ist endlich fort. Das Cherokeemädchen wartet zehn Sekunden, zwanzig, dann glaubt es nicht, dass er wiederkommt.

Es schlüpft aus seinem Versteck, gibt acht, mit seinen nackten Füßen nicht in die Scherben des gesplitterten Fensters zu treten. Dort, wo der zitternde Mann sich übergeben hat, ist eine dunkle Stelle auf dem Teppich. Und in diesem dunklen Fleck liegt etwas, das aussieht wie ein Finger oder ein langer Hühnerknochen. Das Mädchen hebt es vorsichtig auf, riecht daran, betrachtet das Ding, das kein Finger ist und kein Knochen. Es ist ein schmales Futteral aus Schafsleder, sieht sie. In dem kleinen Lederschlauch sind Dinge eingenäht, nicht größer als Erbsen wahrscheinlich, wie kleine Kiesel, das fühlt sie deutlich.

Dann ist auch sie weg. Was bleibt, ist ein kaputtes Fenster und ein sauer riechender Fleck auf dem Teppich.

9 Uhr 00: Unbeeindruckt von den Vorgängen im Haus, schlägt um Punkt neun eine Uhr. Der Rummelplatz-Indianer, gestärkt mit Einmachobst und Holunderbeerlikör aus dem Vorratsraum, hat gerade den Keller verlassen. Er weiß immer noch nicht, wie er vorgehen will, da entdeckt er Salali die Treppe hinabschleichen. Er ruft leise ihren Namen, sie springt in seinen Arm, riecht seinen Schnapsatem, fühlt sich wieder zu Hause. Schon sind sie unbemerkt wieder dort, in der kleinen Halle, wo vorhin alle waren. Da stellt sich ihnen einer in den Weg. Zumindest, denkt der Cherokee, ist es nicht der mit den beiden Flinten. Es ist nur der Kleine, der zuletzt kam. Der, der mit dem Detektiv zusammenarbeitet und der ihn in die Hütte brachte. Lautlos legt der kleine Mann den Lauf seiner Pistole an die Lippen wie einen Finger. Dann deutet er damit in ein Zimmer neben der Tür. Der Indianer schüttelt den Kopf. Er will bloß noch weg. Der Lauf deutet wieder in das Zimmer. Dieser Wicht lässt ihm keine Wahl. Der Cherokee greift unbemerkt hinten in seinen Gürtel. Dann zuckt seine Hand vor. Wie es der Kleine

geschafft hat, das fliegende Messer zu erkennen, ist ihm unbegreiflich. Noch unbegreiflicher ist ihm, dass der kleine Mann, das Messer steckt jetzt tief in seinem Arm, nicht aufschreit. Abwechselnd starren beide Männer sich und das Messer an. Dann springen sie in unterschiedliche Richtungen davon. Augenblicke später schlüpfen die beiden Cherokee durch das Rhododendrenwäldchen Richtung Straße.

9 Uhr 04: Nachdem er diese kleinkarierte Puppenstube im Untergeschoss endlich verlassen konnte, findet sich Landow, wie von einem unsichtbaren Faden gezogen, in genau dem Teil des Hauses wieder, in dem er am Samstagabend schon war. Er geht vorsichtig den halbrunden Gang entlang, der zu den Séparées führt, steht, diesmal nicht in Begleitung eines Dieners, tatsächlich wieder vor der Tür mit der Aufschrift 6/11. Sechs von elf. Sechs Elftel machen rein rechnerisch etwas mehr als die Hälfte. 0,55 überschlägt er. Er dreht langsam den Türknauf. Natürlich ist die Tür nicht verschlossen. Natürlich ist die Loge dahinter menschenleer. Aber der fahle Vorhang, der hier sonst die Welten der Fleischbeschauer und des beschauten Fleisches trennt, ist jetzt erwartungsvoll zum zentralen Spielfeld hin geöffnet.

Sie begegnen sich auf der kreisrunden Spielfläche wie zwei Duellanten in einem Wildwestroman. Er hat also genau hier auf ihn gewartet. Landow hat sich von der verheulten Köchin unten bis hier heraufgepirscht und sieht sich nun Busch gegenüber, der auf der anderen Seite des Bühnenkreises steht. Wo zum Teufel ist der Gärtner, fragt sich Landow, der machte ihm am meisten Sorge. Der wäre mit seinen Flinten noch imstande, hier das größte Blutbad anzurichten. Landow und Busch gehen aufeinander zu und umkreisen sich dann abwartend, nicht mehr als zehn Schritt voneinander entfernt. Diese beiden Darsteller einer sehr verschwiegenen Privatvorstellung sind weder nackt noch Engel, und wie blöde sie sind, kann sich schon sehr bald zeigen. Busch senkt als Erster den Arm mit der Waffe. Landow tut es ihm nach. Als sie nur noch eine Armlänge voneinander entfernt sind, sagt Busch leise: «Keine Angst?»

«Wovor genau, Herr Busch?»

«Davor, dass ich uns beide mit einer zweiten Mine hochgehen lasse.»

«Das würden Sie nicht tun, Busch.»

«Ach nein? Und weshalb?»

«Weil Sie mit Ihrem Plan noch nicht am Ende sind.»

«Ich bin dem Ende näher, als Sie denken, Landow.» Er lächelt dabei sogar.

«Sie heißt Lunde», beginnt Gabriel Landow ihr Duell betont forsch.

«Wer?»

«Die Köchin hier im Haus. Sie könnte Ihnen zur Hand gehen. Dann geht es schneller.»

Für einen Moment ist Busch wirklich verblüfft. «Zur Hand gehen? Wobei?»

Landow verschränkt die Arme vor der Brust, behält die Waffe dabei aber in der Hand, als er sagt: «Sie fühlen sich von mir betrogen, richtig? Reingelegt wie von den Banken. Sie sind dieser Prozession hierher gefolgt, und bitte, hier bin ich. Wenn ich Ihren Plan einigermaßen verstanden habe, Busch, müssen Sie mich jetzt im Ofen backen, stimmt's? Der Ofen steht in der Küche, Sie kennen sich ja hier aus. Ich fürchte bloß, er ist zu klein für mich. Er reicht für Gugelhupf und Schokostangerl, für Zimtbäckchen und Griespudding. Für einen ganzen Menschen reicht er nicht.»

Schweißperlen glitzern auf seiner Stirn, Busch zittert jetzt am ganzen Körper. Es wäre leicht für Landow, ihn in diesem Zustand zu überwältigen.

«Geben Sie mir noch etwas Zeit?», bittet Busch. «Ein paar Tage nur. Ich habe noch etwas zu erledigen.»

Busch, begreift Landow erleichtert, ist tatsächlich nicht hierhergekommen, um ihn zu töten! Busch braucht ihn als geistigen Komplizen. Busch will Landows stilles Einverständnis, um sein Werk zu vollenden.

«Tun Sie, was Sie für richtig halten. Ich bin nicht das Gesetz. Am Dienstag allerdings verständige ich die Polizei und die Presse. Dann endet diese ganze Maskerade hier. Der Reigen der Engel. Die antiken Losungen. Die süßen Kindertransporte. Die Welt erfährt dann auch Ihre Geschichte, Busch. Ihre Gründe für all das. Viel Glück.»

Landow macht eine kleine Bewegung mit dem Kopf Richtung Ausgang. Busch nickt und geht. Direkt neben Landow hält er kurz inne und sagt leise: «Und Sie glauben ernsthaft, Herr von Landow, dass das etwas ändert? Sie sind ja ein hoffnungsloser Idealist.»

Dann eilt er weiter Richtung Treppe davon. Nach einer halben Minute hört Landow unten leise die Tür. Auf. Zu. Fort.

Er sieht sich in dem stillen Rund noch einmal um, geht dann nachdenklich auf den Gang hinaus. Er hat gerade einen Mörder laufenlassen, einen dreifachen und bald wahrscheinlich vierfachen Mörder. Es wird dringend Zeit für ihn, diesen Ort der Unschuld zu verlassen. Und, hat er Skrupel deshalb, so etwas wie ein schlechtes Gewissen? Ja, hat er. Aber daran, das nicht mehr zu haben, würden er und Monsieur Cointreau demnächst akribisch arbeiten.

So in Gedanken hört er die Schritte neben sich zu spät. Schon stößt ihm der Lauf eines Gewehrs unsanft vor den Hinterkopf. Hört dieser Wahnsinn nie auf?

«Ach, hier stecken Sie, Herr Plaaß.»

Da fallen im Garten mehrere Schüsse, so schnell hintereinander, als wäre es ein einziger. Landow kennt diesen Klang. Plaaß noch nicht.

Der triumphiert: «Hören Sie das? Die Kavallerie rückt an. Die Polizei ist da, Herr Tanzmeister.»

«Mir recht. Die Polizei interessiert sich bestimmt auch dafür, was im Sommer 83 hier passierte. Unter den Rhododendren findet sich bestimmt noch etwas.»

Plaaß' Daumen, hört Landow, spannt dicht hinter ihm sehr langsam den Hahn. Ist Landow damit zu weit gegangen? Unter den großen Rhododendren ist sicher Platz für zwei. Plaaß geht ins Gefängnis, wenn sich die Geschichte der Köchin als wahr herausstellt. Der Gärtner hinter ihm scheint genau dasselbe zu denken. Aber bevor der eine Entscheidung trifft, trifft ihn eine Kugel und wirft ihn zu Boden. Direkt danach springt eine geduckte Gestalt durch das zerberstende Fenster in den Flur.

«Koester!»

«Gabilein, bei dir ist immer was los, das muss man dir lassen. Ist ja fast wie seinerzeit bei Omicourt. Um was geht's hier eigentlich? Der lebt noch, keine Angst, auf die kurze Distanz treffe ich immer noch bombe.»

9 Uhr 12: Als Frau Direktorin Sternberg eintrifft, ist die Villa des Kunstvereins von einer unschönen Rauchwolke umhüllt und das Gelände von einem Dutzend Polizisten umstellt. Busch und die beiden Rummelplatz-Indianer sind unbemerkt entkommen. Aber ein Angeschossener im ersten Stock, diverse Einschusslöcher, zwei zerstörte Fenster und ein großer Krater

in der Bepflanzung wollen erklärt sein. Landow geht deshalb direkt zum Befehlshabenden und zückt seinen Ausweis.

«Gabriel Landow, Sonderermittlung.»

Der Uniformierte, ein stämmiger Kerl mit flinken, tiefliegenden Dachsaugen, hält ihm ein Papier entgegen.

«Das trifft sich gut, Herr von Landow. Sie sind verhaftet.»

14

Donnerstag, 28. Februar 89 (Altweiberfastnacht)

Ja, verdammt, er hat sie wirklich unterschätzt! Sie hat nicht geblufft. Ganz offensichtlich war diese Direktorin Sternberg tatsächlich eine eiskalte Geschäftsfrau, die nicht nur über erstklassige Verbindungen verfügte, sondern diese auch zu nutzen verstand. Wahrscheinlich hat sie direkt nach dem ersten Besuch Orsinis und Landows in der Villa ihres Kunstvereins gewisse Leute informiert. Diese Herren wollen ihrer Liebhaberei für Apfelbäckchen und unschuldige Knabenhaut ungestört nachgehen. Die wollen die abendliche Zusammenkunft hinter hohen, gepflegten Hecken, zwischen Obsthain und Rhododendrenwäldchen, wollen Erbauung und Anregung, wollen die Unschuld, die sie selbst schon vor Jahrzehnten verloren haben, zum Greifen nah vor sich sehen, möchten kleine persische Prinzen (von Portwein und Opiumtropfen benebelt) sich auf Ottomanen rekeln sehen, möchten hübsche, kleine Engelchen betrachten, einem güldenen Ball hinterhertobend wie blöde; was durchaus den Tatsachen entsprach, denn schließlich waren diese Kinder blöde. Diese Bankiers, Schwerindustriellen, Politiker und sonstig Hochgestellten durchlebten bei den Soireen in der stillen Villa jedes Mal mit melancholischem Schmerz die Unumkehrbarkeit der Vertreibung aus dem Paradies. Aber wenn ihnen dieser ferne Sehnsuchtsort schon für immer verwehrt war, wollte man sich den Rückzugsort im Hier und Jetzt nicht beschädigen lassen von profanen Gestalten wie Sonderermittlern, kleingeistigen, ungelüfteten Menschen also, denen jeglicher Zugang fehlen musste zu den Sphären ihrer stillen Leidenschaft.

Die blöden Kinder konnte man gefügig machen mit Schokoladenkuchen und präpariertem Kakao. Landow ist gespannt, wie man ihn gefügig zu machen gedenkt. Nun, eins ist offensichtlich: Sie wollen ihm Angst machen. Auf der gesamten Rückfahrt gestern von Steglitz hoch in die Stadt haben die beiden Uniformierten, die man zu ihm in den Wagen gesetzt hat, kein Wort gesprochen.

Als sie gegen Mittag die Prinzenstraße hochfuhren, hatte Landow noch witzig sein wollen, hatte zeigen wollen, selbst diesen beiden uniformierten Statisten ihm gegenüber auf dem Sitz, dass er nicht beeindruckt war von seiner Verhaftung. «Hier gleich links in die Ritterstraße können Sie abbiegen und mich dort rauslassen.»

Stattdessen waren sie zur Präsidiums-Baustelle am Alex gefahren, hatten die Seitenzufahrt genommen. Weiter vorn, nur einen halben Häuserblock entfernt, saß in diesem Moment wahrscheinlich die Schreibkraft Runge und tippte Protokoll um Protokoll. Wusste Elba schon von seiner Verhaftung? Unwahrscheinlich. Für die Vergehen, die man ihm vorwerfen würde, also Bruch des Hausfriedens, Sachbeschädigung und dergleichen, war ein anderes Dezernat zuständig, mit dem sie nichts zu tun hatte. Sie würden ihn arrestieren, schmoren lassen, dann, wahrscheinlich gegen Abend, wieder laufenlassen. Dachte er zumindest. Jetzt, er schätzt, dass es zwei Uhr in der Nacht ist, sitzt er schon seit zwölf Stunden hier drin. In Ordnung, sie versuchen gleich die harte Tour. So, wie man Säufer mit einer

Nacht in der kalten Arrestzelle zu kurieren versucht, probieren sie es bei ihm auch mit Übernachtung ohne Frühstück. Sei's drum. Wenigstens ist er allein in seiner Zelle. Der Trakt für die Untersuchungsgefangenen ist sehr modern, aber wahrscheinlich sind die Geräusche in solchen Gebäuden immer noch die gleichen wie zu Zeiten des Grafen von Monte Christo. Als man vor vielen Jahren glaubte, Landow vor einem Militärgericht des Abhandenkommens einer größeren Menge von Sold anklagen zu müssen (vergebens, doch nicht ohne Grund), ist er nur eine Woche in einem Militärgefängnis gewesen, aber die Geräusche sind ihm erstaunlich gut im Gedächtnis geblieben, merkt er jetzt. Das Schlagen der Zellentüren beim Einschluss, laut wie Geschützfeuer. Das Hallen der Schritte der Wachleute auf dem Zementboden. Die Rufe der Gefangenen über den Hof, die ganze Nacht hindurch. Das jähe Aufflammen von Hoffnung, wenn der schwere Schlüssel sich laut im Schloss dreht und du feststellst, dass es wieder bloß das Schloss zur Nachbarzelle ist. Um fünf Uhr haben sie ihm gestern das Abendbrot hingestellt und um sechs wieder abgeholt. Er hat sich gehütet zu fragen, wie lange er hier noch warten soll, und vor allem auf was? Er will denen keinen Anlass zum Triumphieren geben. Orsini ist Zeuge seiner Verhaftung gewesen. Hat Orsini einen Anwalt besorgt? Aber wozu eigentlich? Oder hat Orsini zuerst Sauermann verständigt? War Sauermann bereits vorstellig geworden, um gegen die Verhaftung seines Sonderermittlers Einspruch einzulegen? Oder hielt sich Sauermann lieber da raus, um das Tun seiner geheimen Dienste nicht zu gefährden? Und was, wenn Sauermann selbst oder einer seiner Vorgesetzten Mitglied in diesem Kunstverein ist? Mit Glied im Kunstverein? Hergenrath, Sauermanns ehemaliger Abteilungsleiter, hatte eine heimliche Vorliebe für Knaben gehabt, wenngleich nicht für unschuldige.

Gestern Abend noch hatte Landow wie ein Kartenspieler sein Blatt geprüft und das Einfangen des Indianermädchens durch Plaaß und das Geständnis der Köchin über den Tod dieses Goldjungen in jenem fernen Apfelherbst als Trümpfe angesehen. Aber jetzt, nur ein paar ruhelose Stunden später im lauten Zellentrakt, fragt er sich, was diese Trümpfe wirklich wert sind. Er stellt sich vor, wie die Lunde, kaum ist die Dämmerung hereingebrochen, nach Anleitung des angeschossenen Plaaß eigenhändig bei den Rhododendren zu graben beginnt. Im Schein der Laterne finden sie Knochen, die Plaaß, die Schulter dramatisch bandagiert, dann unauffindbar anderswo versorgt oder im Gugelhupf-Ofen zu Asche verbrennt. Der Regen, der seit dem Abend schwer vor das hohe Fensterchen seiner Zelle prasselt, wird die Spuren im Erdreich verwischen. Was, wenn die Köchin in einem Verhör leugnete, je mit diesem Sonderermittler Landow gesprochen zu haben? Und von welchem Indianermädchen spricht dieser Landow überhaupt? Ist der nicht ohnehin als Trinker bekannt? Ist das nicht nur einer, der sich nach der Rüge des Reichskanzlers rücksichtslos versucht, in ein besseres Licht zu stellen? Was, wenn sich diese Villa einfach gekonnt hinter einer Mauer des Schweigens verbergen würde und die erstklassigen Kontakte des Vereins dazu führten, dass in Zukunft niemand mehr lästige Nachfragen hatte? Dann würde bald wieder Ruhe und Frieden einkehren, man würde still und ohne jedes dermatologische Interesse die haarlose Haut junger Knabenkörper begutachten können.

Gegen drei in der Frühe haben auch die hartnäckigsten Rufer über den Hof aufgegeben. Auch der Arrestant in Zelle Nummer 101, der Gefangene Landow, Gabriel, ist eingeschlafen. Er träumt von winzigen Zähnchen, die ineinandergreifen. Er träumt von den kantigen braunen Flaschen eines französischen

Orangenlikörs und von einer Schreibkraft mit Jagdgewehr. Als Landow gegen halb fünf träumt, Orsini habe Hals über Kopf seine Siebensachen und seinen künstlichen Arm in einen Koffer gepackt und die Ritterstraße noch in dieser Nacht mit unbekanntem Ziel verlassen, schreckt er hoch. Seit er nicht mehr ausschließen kann, dass Orsini, geplagt von der Schuld einer nicht zu leugnenden Mitwisserschaft in drei Mordfällen, nicht inzwischen zur Polizei gegangen ist, um reinen Tisch zu machen, ist Landow wieder hellwach. Weshalb sind bloß immer alle auf der Jagd nach Reinheit und Unschuld, verdammt. Seit sechs tigert er in der Zelle vor und zurück. Um sieben wird das Frühstück kredenzt, das in Menge und Aufmachung exakt dem Abendessen entspricht. Der Kellner ist jetzt allerdings ein anderer. Um halb zehn kommt jemand von der Staatsanwaltschaft.

Genau so haben sie es ihm gesagt: «Mitkomm'. Jemand von der Staatsanwaltschaft will Sie sprechen.»

Sie eskortieren ihn zu zweit, einer vor ihm, einer hinter ihm, in einen Nebentrakt der Roten Burg, klopfen an einer Zimmertür, treten ein. Ein quadratischer Raum, ein quadratischer Tisch, zwei Stühle, einer bereits besetzt durch einen Herrn im Anzug. Der Mann hat die Beine entspannt übereinandergeschlagen wie ein Lebemann an der Côte d'Azur, raucht, bietet dem Inhaftierten mit einer Geste einen Platz auf dem leeren Stuhl ihm gegenüber an. Die Eskorte geht hinaus, schließt die Tür hinter sich ab.

Der Herr von der Staatsanwaltschaft entfaltet seine Beine und setzt sich dann zurecht, betrachtet abwechselnd Landow und den Aktenkarton vor sich auf dem Tisch.

Landow sieht sich diese Spielereien ein, zwei Minuten an, dann fragt er ruhig: «Kommt noch jemand?»

Der Herr, ein ziemlich gutaussehender und gut riechender

Vierzigjähriger, wahrscheinlich betreibt er Sport, reitet, rudert, was Staatsanwälte so machen in ihrer Freizeit, sieht Landow aufmerksam an.

«Wer sollte denn Ihrer Meinung nach noch kommen, Herr … von Landow?»

Das Spielchen kennt Landow. Das Spiel heißt: Ich tue so, als könnte ich mich nicht einmal an deinen Namen erinnern, du Niemand.

«Nun, wenn keiner mehr kommt, könnten wir anfangen? Ich hätte nichts dagegen. Ich sitze seit gestern um zwei Uhr mittags hier drin, hatte seitdem zwei nahrhafte Gratismahlzeiten, würde aber so langsam eine Rasur, ein Wannenbad und mein heimisches Bett vorziehen.»

Der Herr setzt seine beiden Ellbogen jetzt genau auf die Tischkante, führt seine Fingerspitzen zusammen wie einen fleischfarbenen Flechtkorb und lässt ein Lächeln so kurz durch sein Gesicht fliegen wie einen Vogel durch den Ausschnitt eines Zellenfensters.

«Ich habe den Eindruck, Sie nehmen das Ganze hier nicht besonders ernst.»

«Was sollte ich daran denn ernst nehmen? Besonders ernst, weil ich Sonderermittler bin? Den Auflauf bewaffneter Gestalten gestern in der Villa eines ominösen Kunstvereins? Das Festhalten eines ausländischen Kindes gegen dessen Willen dort? Das Bedrohtwerden durch einen Hausangestellten namens Plaaß mittels einer doppelläufigen Schrotflinte und einem ziemlich neuen 88er-Repetierer? Oder was genau soll ich Ihrer geschätzten Meinung nach *nicht ernst* nehmen?»

Der Mann ihm gegenüber nickt und öffnet den Aktendeckel langsam wie das Türchen zu einem Schrein. Dann legt er beide Hände flach auf das zuoberst liegende Schriftstück.

«Herr von Landow, mein Name ist Borge, ich bin Staatsanwalt, kein Aktenknecht, den Ihre Süffisanz beeindrucken könnte. Mich interessiert nicht, was gestern in einer Villa geschah. Mich interessiert auch nicht, was dort am Tag davor geschah. Mich interessiert, was am 16. Juni des vergangenen Jahres geschah. Das war ein Samstag. Am Tag zuvor war Seine Majestät, Kaiser Friedrich, gestorben. An diesem Samstagmorgen haben Sie, zumindest behauptet das der Fuhrunternehmer und Spediteur Kohn, ansässig in Köpenick, einen Zweispänner bei ihm gemietet und den Wagen nebst Pferden früh am Morgen gegen 5 Uhr abgeholt.»

Na, jetzt wird es aber interessant, Gabilein. Aber das geht die Staatsanwaltschaft besser nichts an. Denn – würde er die Geschichte erzählen, weshalb er an diesem Tag diesen Wagen abholte, würde ihm das sowieso keiner glauben. Deshalb sagt Landow bloß: «Sie vergaßen zu erwähnen, dass ich den Wagen a) auch im Voraus bezahlt und b) unversehrt zurückgebracht habe.»

«Immer schön bei der Wahrheit bleiben», lächelt der Staatsanwalt jetzt einen Hauch länger und gefährlicher, «zurückgebracht wurde der Wagen am Mittag des fraglichen Tages nicht von Ihnen, gibt der Zeuge Kohn an, sondern von einem kleinen Mann, der seinen Namen nicht nannte.»

«Möglich. Ist das strafbar?»

«Nein, weshalb auch. Ich frage mich bloß und frage das jetzt Sie, Herr von Landow, was eine Großstadtpflanze wie Sie in dieser Herrgottsfrühe in Köpenick mit einem Wagen vorhat?»

Ich wollte etwas abholen, meinen verhassten Bruder, um genau zu sein. Im Austausch gegen das Tagebuch unseres gerade gestorbenen Kaisers. Das entspräche halbwegs der Wahrheit.

Aber Landow beschließt, es vorerst mit der Wahrheit nicht so genau zu nehmen.

Stattdessen sagt er: «Wie Sie wahrscheinlich wissen, Herr Staatsanwalt, komme ich ursprünglich vom Land. Manchmal überfällt mich Großstadtpflanze eine Sehnsucht danach, und dann fahre ich einfach mal hinaus nach Rheinsberg hoch oder nach Köpenick oder Wusterhausen und zuckele dort ein wenig durch die Gegend. So war es auch an diesem Tag. Um dem Tosen und Toben unsrer modernen Gesellschaft zu entkommen.»

Bode lächelt nun nicht mehr, weder kurz noch lang.

«Dieser Spediteur Kohn gibt weiterhin an, dass, als man ihm sein Fuhrwerk zurückbrachte, draußen vor dem Hof ein zweiter Wagen wartete, der jenen unbekannten kleinen Mann schließlich mitgenommen hat. Auf diesem zweiten Fahrzeug habe vorn ein einzelner Mann auf dem Kutschbock gesessen, und auf der Ladefläche habe etwas unter Planen gelegen. Als dieser zweite Wagen schließlich anfuhr, sei etwas unter der Plane hervorgekommen, das, so der Zeuge Kohn, wie der Fuß eines Menschen ausgesehen habe.»

Verdammt, weshalb hatte Koester nicht woanders gehalten, fragt Landow sich.

«Ein Fuß?», fragt er den Staatsanwalt.

«Möglicherweise einer mit einem ganzen menschlichen Körper dran», raunt Borge.

«Möglicherweise», nickt Landow. «Aber was habe ich damit zu tun?»

«Ungefähr seit dieser Zeit wird jemand vermisst, den Sie, Herr von Landow, gut kannten. Ihr Bruder Perikles ist ungefähr zu dieser Zeit zuletzt gesehen worden und ist seitdem nicht mehr aufgetaucht. Wann haben Sie Ihren Bruder zuletzt gesehen?»

Gestern morgen in der Urne auf dem viel zu wuchtigen Mahagonibuffet in der Ritterstraße, denkt er. Sagt er aber nicht.

«Bei einer Gerichtsverhandlung vor vielen Jahren. Perikles war als Zeuge geladen.»

«Und wer war damals der Beklagte?», setzt Borge nach. Er kennt die Antwort natürlich.

«Das war ich», sagt Landow. Absolut freimütig und vollkommen der Wahrheit entsprechend.

▪▪▪

Endlich! Um kurz vor zwölf hört er Schritte auf der Treppe. Orsini stürzt hinaus, läuft ihm entgegen. Wieder nichts. Es ist nur Herr Pausewang aus dem Vierten, der mit seinem Instrumentenköfferchen die Stiege heraufkommt.

«Haben Sie ihn gesehen?», fragt er.

«Wen denn, Herr Orsini?»

«Landow. Haben Sie Landow gesehen? Nicht? Er ist … er … ach, nichts.»

Damit lässt er den stillen Mann stehen und läuft zurück in die Detektei. Die Verhaftung Landows hat um kurz nach zehn gestern Vormittag stattgefunden. Er, Orsini, hat dabei nur feige in den Büschen gestanden. Sie hatten Landow ein Schreiben gezeigt, dann hatten sie ihn, bewacht von zwei Polizisten, in einen Wagen verfrachtet und weggebracht. Sanitäter hatten sich um den angeschossenen Hausmeister gekümmert, sah Orsini noch, dann war neben ihm Koester aufgetaucht und hatte ihn fortgezogen. Hoch bis Friedenau sind sie zu Fuß gegangen, hatten dort erst einen Wagen genommen. Koester, die Hände auf die hohe Tasche mit Angelzeug gestützt, die sein Gewehr enthielt, hatte immer wieder geflucht, aus dem Fenster geblickt und gebetsmühlenartig gesagt: «Keine schlafenden Hunde wecken, Orsini. Hören Sie mich? Und verstehen Sie mich auch? Nicht zur Polizei rennen und nichts Unbedachtes tun. Unser Gabilein ist stark, der hält ein paar Stunden Arrestzelle schon aus. Jetzt bloß keine schlafenden Köter wecken, Orsini. Füße stillhalten. Hören Sie?»

Am Anhalter Bahnhof war Koester rausgesprungen und war zu Fuß weiter, ein Angler, der im Gewühl der Großstadt verschwand. Orsini hatte den Wagen einfach weiterfahren lassen, er wollte nicht zu Hause hocken. Andererseits könnte Landow längst wieder zurück sein. Was, wenn sie nur seine Personalien überprüft hatten? Aber glaubte er das wirklich? Natürlich nicht. Dieser Kunstverein war kein Schachclub, diese Leute hatten Beziehungen. Die hatten lindgrünen Rips auf den Sitzmöbeln. Die wussten sich zu wehren. Da steckte mehr dahinter. Aber was? Er musste doch etwas für Landow tun können! Keine schlafenden Hunde wecken, was hieß denn das? Jetzt nicht mit einem Anwalt da reinpoltern und den Gefangenen Landow sehen wollen. Mit welchem Anwalt eigentlich? Und wo genau reinmarschieren? Sollte er am Alex in die Rote Burg marschieren und sagen: «Mein Kompagnon ist verhaftet worden, wo genau steckt der jetzt?» Keine schlafenden Hunde wecken.

Orsini schreckte hoch. Sein Wagen stand. Der Kutscher stand nebendran und sah in an. Wie lange schon?

«Ja bitte?», fragte Orsini wie einer hinterm Postschalter.

«Wir sind jetzt schon bei fünf Märker, mein Herr. Sind Sie sicher, dass Sie heute noch irgendwohin wollen? Ich mein, mir persönlich ist das wumpe und meiner gescheckten Petra da vorne auch, aber ich kann mich des Eindrucks nicht erwehren, dass der Herr etwas, nun ja, ziellos unterwegs ist.»

Orsini hat genickt, den Mann bezahlt und gesagt: «Ich kann

mich des Eindrucks nicht erwehren, dass Sie recht haben. Vielen Dank!»

Etwas oberhalb der Börse war er da gewesen, stramme halbe Stunde nach Hause. Die frische Luft würde ihm guttun. Unweit vom Alex hat er das Blechschild über der Hofeinfahrt gesehen: «Rad und Tat». Netter Name. Wenn Orsini schon nichts tun konnte, ein Rad könnte er annehmen. Er hatte die Prospekte ohnehin schon bis zur Fleddrigwerdung studiert. «Das da in Dunkelgrün hätte ich gern.»

«Eine gute Wahl. Ein britisches Sportmodell.»

«Sie müssten mir nur die Bremse auf links bauen, geht das?»

«Sie sind Linkshänder, verstehe, kein Problem. Möchten Sie eine Einweisung?»

Orsini verzichtete darauf, kaufte stattdessen noch die Laterne für den Nachtbetrieb und zwei Hosenklammern. Auf der Jannowitzbrücke kam er erst unbeabsichtigt in den Gegenverkehr und dann fast unter die Pferdebahn, Leute liefen ihm blindlings von der Seite vor den Reifen, schwarzes Pfützenwasser spritzte ihm von unten an die zusammengeklammerten Beine, und in der Ritterstraße meinte ihr Hausmeister, seinen Tag dadurch verbessern zu müssen, indem er mit seiner mehlig-balkanesischen Stentorstimme anmerkte: «Aber nicht im Hof abstellen, Herr Rosini, ja, ich sähe mich sonst gezwungen, das Gerät zu entfernen.» Also trug Orsini sein Sportmodell auf der Schulter hinauf wie der Herrgott sein Kreuz. Es passte genau in die Nische neben der Tür. Immerhin, irgendwas passte.

Von Landow keine Spur. Orsini beschloss, 24 Stunden zu warten. Jetzt war es Viertel nach zwölf, morgen, Donnerstag, um Viertel nach zwölf würde er etwas unternehmen. Irgendwas. Zur Not auch schlafende Hunde wecken.

Am Donnerstag bemüht er sich, alles zu verrichten wie bisher. Er rasiert sich, legt einen sauberen Kragen raus, will nicht wie ein Strolch aussehen, wenn er gleich, ja, was denn überhaupt? Wenn er gleich zum Alex fährt und sich vor dem Pförtner des Präsidiums aufbaut und fragt: «–.»

Draußen schlägt's zwölf, drinnen dreht sich der Schlüssel im Schloss.

«Landow!»

«Wer sonst? Oder haben Sie Ihrer Frau Phillipi schon einen Schlüssel gegeben?»

Orsini beschließt, nicht darauf einzugehen. Landow ist unrasiert und schlecht gelaunt, das ist Orsini gewohnt. Schlimmer wär's, wenn Landow jetzt gar nicht redete.

«Wo waren Sie denn bloß, Landow?», sprudelt es aus Orsini heraus wie aus einer lecken Wasserleitung, «ich hätte mich schon früher gekümmert, wollte gerade los, in dieser Minute, war fast schon im Mantel, haben Sie draußen das Rad gesehen, Trapezrahmen, Vollgummireifen, Sportfelge und Karbidlaterne. Damit bin ich so schnell wie ein Pferd.»

Landow geht, unbeeindruckt von diesem Wortschwall, an den französischen Vorrat, wie sie es nennen, und dann mit einer frischen Flasche Cointreau in sein Zimmer, das noch immer auf Büro umgebaut ist. Er trinkt hintereinander drei Schnaps, legt sich dann, die Flasche auf dem Bauch wie eine Monstranz, längs auf den Tisch.

Nach ein paar wortlosen Minuten, in denen nichts weiter geschieht als das nasale Pööt-pnööt aus der Musikerwohnung drunter, richtet sich Landow wieder auf und sieht Orsini an.

«Was ist mit Ihrem Arm passiert?»

«Meinem Arm? Der wurde mir, wie Sie wissen, bei einem Arbeitsunfall abgerissen.»

«Mit Ihrem Ersatzarm. Wieso tragen Sie ihn nicht mehr?»

«Weil … weil Ihr Indianer mir sein Messer da reingeworfen hat.»

«Das war sicher keine Absicht, Orsini.»

«Das glaube ich Ihnen sofort, Landow. Der Herr vom Stamme der Cherokee wollte nicht meinen Arm treffen, sondern meine Brust!»

Nach ein paar weiteren wortlosen Minuten, die sie mit getrenntem Auf- und Abgehen füllen, sitzen sich beide schließlich am Küchentisch gegenüber.

Nachdem er mehrere Brote in sportlicher Geschwindigkeit verschlungen hat, sagt Landow: «Also gut. Die wollen mich kleinkriegen. Aber die haben keine Beweise. Hoffe ich zumindest. Ich brauche ein Bad. Haben Sie noch von dieser parfümierten Seife?»

Kurz darauf reinigt Landow akribisch seinen Körper vom Mief der Arrestzelle. Orsini hockt nebendran auf dem Toilettentopf und reinigt derweil seine Seele: «Ich mache mir solche Vorwürfe, Landow. Wenn wir uns gestern Morgen nicht gestritten hätten, wäre ich Ihnen nicht so unbesonnen nachgelaufen und hätte diesen Indianer nicht zu Ihnen geführt. Und diesen Verrückten. Warum kann der Cherokee auch nicht die Geduld aufbringen und still in seinem Versteck in Koesters Laube abwarten, bis man ihn holt? Die Augen von dem Busch, wie die flackerten, als wir uns alle gegenüberstanden, schauderhaft. Wie den Zug der Verdammten bei einem Totentanz habe ich, ohne es zu ahnen, eine Prozession von Wilden und Wahnsinnigen zu Ihnen geführt. Und, vergessen Sie nicht, es war meine Pistole, die losging. Das Loch in der Decke kann man zugipsen, aber mein Schuss hat diese Panik ausgelöst und damit auch zwei zerbrochene Fenster, ein Loch im Rasen, und na ja, eins im Gärtner. Himmel, wenn ich an die Kosten denke! Das kann in die Hunderte gehen!»

«Was ist mit Koester?»

«Wir sind zusammen von dort fort.»

«Gut. Das heißt, der Indianer samt Kind konnte abhauen, Busch konnte abhauen, Koester konnte abhauen, Sie konnten abhauen. Geordneter Rückzug. Das ist immerhin etwas.»

«Landow, ich weiß nicht, woher Sie diesen Optimismus nehmen. Der Gärtner kann Beschreibungen von uns allen abgeben. Es geht hier um Sachbeschädigung und ziemlich schwere Körperverletzung.»

«Schon möglich, Orsini, aber auf deren Seite geht es um das Benutzen von schwachsinnigen Kindern, um Entführung in mindestens einem Fall und laut Schilderung der Köchin um Totschlag, wenn nicht sogar Mord.»

«Mag ja sein. Aber das können wir doch gar nicht beweisen, Landow. Oder doch? Können wir?»

Landow steht schwungvoll auf. Das schaumige Lavendelwasser läuft in Sturzbächen von seinem großen Körper hinab und über den Rand der Wanne. Normalerweise hätte Orsini sofort einen Feudel geholt, aber jetzt bleibt er einfach hocken, wo er hockt, und sieht glaubhaft besorgt aus.

Schließlich, jetzt immerhin in Unterhosen, legt Landow ihm die Hand auf die Schulter.

«Ich bin nicht sicher, ob Sie das beruhigen kann, aber ich war nicht wegen dieser Sache in der Villa gestern in Haft.»

«Sondern?»

«Mir wird vorgeworfen, etwas mit dem Verschwinden meines Bruders zu tun zu haben.»

«Ach herrje.»

«Die haben keine Zeugen, bloß Vermutungen.»

Orsini seufzt mehrmals laut wie ein schlechter Schauspieler. Dann verabschiedet er sich innerlich von den beiden kleinen Canapés, den geschmackvoll gepolsterten Stühlen, von der hochmodernen Klosettspülung, vom Messingschild mit Lorbeerkranz. Sie sind umzingelt von Verstrickung, Vermutung und Anschuldigung, irgendwas davon wird man ihnen schon nachweisen können. Fast zärtlich streicht Orsini über den sündhaft teuren Möbelstoff. Alles für die Katz. Andererseits … schon kehrt die Zuversicht des professionellen Taschendiebs in ihn zurück.

«Wenn ich das richtig einordne, Landow, sollten wir uns also hüten, in dem einen Fall unsere Augenzeugen preiszugeben, und sollten im anderen Fall aber unbedingt danach trachten, unsere Augenzeugen herbeizuschaffen. Richtig?»

«Exakt. Es ist jetzt halb zwei, also noch ein paar Stunden hell. Wir müssen unsere beiden Cherokees finden. Schaffen Sie das mit Ihrem Sportmodell allein, schnell wie ein Pferd?»

«Und Sie?»

Landow steigt, auf einem Bein stehend, bereits in den zweiten Schuh und kippt dabei gleichzeitig noch einen Cointreau für den Weg.

«Ich, Orsini, habe eine Verabredung mit einer Dame.»

Im Treppenhaus begegnen sie dem Musiker Pausewang.

«Da ist er ja wieder, Ihr Herr Landow. Wenn Sie mich jetzt fragen, würde ich sagen, ich habe ihn gesehen.»

Orsini, das Sportmodell geschultert wie ein Athlet bei einer Alpenüberquerung, dreht sich kurz zu dem freundlichen Herrn um und raunt: «Eine Bitte, Herr Pausewang, wenn jemand nach uns fragt, sagen Sie bitte, Sie hätten uns nicht gesehen? Danke.»

■■■

Er hat sie nach Dienstschluss abgeholt. Beim Krämer in der Weberstraße ist er plötzlich neben ihr aufgetaucht und hat sich forsch untergehakt. Sie hat ihre Einkäufe gezahlt, und sie sind gegangen, so, als würden sie das jeden Abend machen. Sie sind in ein Hotel gegangen. Sie sind ins Bett gegangen, weil sie immer miteinander ins Bett gehen, wenn sie sich sehen. Aber dieses Mal haben sie nur ihre Geschichten erzählt. Elba hat Landow von dem Jungen erzählt, der eines Tages verschwand und nicht wiederkam. Ein aufgeweckter Junge, gerade elf, ein wacher Kopf. Er versuchte, ihr den Mann, der erst prügelte und dann für immer ging, zu ersetzen, war rührend unbeholfen gewesen in seiner Fürsorge. «Er sollte noch zwei Koteletts mitbringen vom Metzger.» Aber er kam nicht. An dem Tag nicht, und am nächsten auch nicht. Sie ging zur Polizei, suchte, wurde verrückt vor Angst. Sie gab wenige Wochen später ihre gute Stelle bei einer Spedition auf und fing als Sekretärin bei der Kripo an. Tag für Tag tippte sie die entsetzlichen Einzelheiten all dieser Verbrechen, Verstümmelungen, aufgeplatzte Knochen, die gestammelten Entschuldigungen von Tätern. Das Entsetzen vor diesen Dingen wich allmählich. Ihr bisher unbekannte Wörter wie Hämatom, Schädelkarkasse, Ringknorpelruptur wurden Teil ihres Alltags. Die Hoffnung auf eine Rückkehr ihres Jungen ging nie. Eines Tages, durch Zufall natürlich, stieß sie auf diese Villa. Nur in einem Nebensatz in irgendeinem von Hunderten von Polizeiprotokollen erwähnt. Sie ging nach Feierabend dorthin, sah noble Herren am Eingang Losungen murmeln, dachte zunächst an Freimaurer oder so was, sah weit hinten, von schwarzen Hecken bewehrt wie von Burgmauern, ein festlich erleuchtetes Haus, sah Lugert. Sie ging wieder hin, fand heraus, dass die Herren dort nicht unter sich waren. Kinder waren auch noch dort. Jungs. Ihrer auch?

Am Ende ihrer Erzählung rauchen sie, atmen gleichmäßig, starren im Dunkeln eine schwarze Zimmerdecke an.

«Wie hieß dein Sohn», fragt er schließlich.

«Ich kann seinen Namen nicht aussprechen», sagt sie tonlos, «der Schmerz wäre zu groß.»

Dann, irgendwann nach eins in der mondlosen Nacht erzählt er von sich und seinem Bruder, dem Zwilling, der genauso aussah wie er. Fast genauso. Er erzählt von diesem merkwürdigen Auftrag im letzten Frühjahr, der Begegnung mit einer Frau in der Opernloge, einem abgeschnittenen Finger und einem Samstagmorgen an einem einsamen kleinen See irgendwo bei Köpenick, an dem Perikles, sein eigener Bruder, ihn umbringen wollte. Es war wie in der Bibel gewesen. Kain gegen Abel. Perikles gegen Gabriel. Landow gegen Landow. Wären damals Orsini und Koester nicht aufgetaucht, läge er jetzt nicht hier neben ihr, sondern im Wald verscharrt bei Köpenick.

«Die versuchen, mir daraus einen Strick zu drehen. Die wollen mich einschüchtern. Beweisen können die nichts. Aber drohen, das können sie gut.»

Dann machen sie die Zigaretten aus, drehen das Licht hoch und schlafen doch noch miteinander.

Nach dem Besuch bei ihr ist Landow noch ruhelos durch seine Nacht gewandert. *Sie sind ja ein hoffnungsloser Idealist.* Buschs Abschiedsworte arbeiten in ihm wie ein Gift. Nach einer Weile sieht er sein Ziel am Ende der Straße vor sich. Das einzige Licht weit und breit. Ein Leuchtturm im schwarzen, steinernen Meer der schlafenden Hauptstadt.

Landow sucht Kneipen nach unterschiedlichen Kriterien aus. Danach, ob er dort nachdenken will, während er trinkt. Oder danach, ob er dort nicht nachdenken müssen will, während er trinkt. Diese gehört zu letzterer Kategorie, hier oben beim Central-Viehhof in Friedrichsberg, sie hat den schönen Namen *Schlachtbank.* Das Bankenthema lässt ihn selbst jetzt nicht los. Der Laden hat nun, um halb drei Uhr nachts, noch auf. Hier betrinken sich die Kerle, die tagsüber Ochsen ausweiden oder ein Stück weiter unten in der «Fabrik für gequetschtes Pferdefleisch» schuften. Das ist genau die Kraft, die er jetzt braucht.

Er hat Glück, die *Schlachtbank* ist noch gut besucht, Frauen und Kinder sind keine in Sicht, hinten im Eck spielen welche Karten, der Rest sitzt bloß da und trinkt. Auf dem Weg zum Tresen rempelt Landow einen kantigen Lulatsch hart an. Auf dessen Gemaule reagiert er nicht. Kneipen wie diese sind übersichtlich, auch im Angebot. Zu trinken gibt es Kaffee, Bier und Wacholder, zu essen Tellerfleisch in den Variationen groß und extragroß.

Der Wirt, wie alle Anwesenden hier ausgestattet mit einer niedrigen Stirn und großen, knochigen Händen, versteht Landows Bestellung zuerst nicht.

«Cointreau», näselt der übertrieben laut auch ein zweites Mal. «Noch einmal zum Mitschreiben? C-o-i-n-t-r-e-a-u.»

Der Wirt baut sich daraufhin direkt ihm gegenüber auf und legt beide seiner knotigen Schraubstockhände dicht nebeneinander auf das speckige Holz des Tresens, als wolle er Landow davon überzeugen, dass er zwei dieser furchteinflößenden Exemplare besitzt. Ab diesem Zeitpunkt ungefähr ist Landow die Aufmerksamkeit der Tresengruppe und schon einiger Tischhocker gewiss.

Landow blickt so nachdenklich auf die präsentierten Greifer, als würde er einen davon kaufen wollen. Der Satz von Busch, da ist er wieder, geistert zwischen Landows Schläfen herum wie ein eingesperrtes Tier: *Sie glauben, dass sich dadurch etwas ändert? Sie sind ja ein hoffnungsloser Idealist, Herr von Landow.*

Er weiß, dass Busch damit recht hat; nicht mit dem Idealisten, aber mit der düsteren Prognose. Er würde nichts erreichen. Die Wut darüber hatte schon zu simmern begonnen, als er in der Arrestzelle saß. Sie war seitdem gewachsen wie eine schwarze Unwetterfront, und selbst das Treffen mit Elba gerade hat ihn nicht ruhiger gemacht. Es würde sich nichts ändern. Seine Wut auf die Welt füllt ihn mit einer Wut gegen sich selbst. Genau deshalb ist er hier.

«Kong-was? Ist was Französisches, oder?», vermutet der Wirt blitzgescheit gerade.

Landow lächelt und nickt. Der, den er vorhin gerempelt hat, atmet ihm bereits sauer gegen die rechte Wange. Landow hat das Gefühl, dass auch der Kartentisch hinten nun Ruhe gibt.

«Wenn der Herr was Französisches will, gehen Sie besser rüber zum Schlesischen», grummelt der Wirt. «Hier gibt's nur deutsche Ware.»

Unmerklich tritt Landow einen Schritt zurück. Er braucht gleich viel Platz, weiß er. Und dann sagt er deutlich vernehmbar: «Mir wurde besonders Ihr Etablissement empfohlen. Hier finde man, sagte mein Gewährsmann, die samtigsten Lippen und gefühlvollsten Zungen der ganzen Stadt.»

Dem ersten Schlag weicht er noch aus. Der zweite erwischt ihn hinten in den Rippen. Sein Kopf knallt auf Holz. Einmal, denkt er später, fliegt er sogar nach hinten zum Kartentisch. Er teilt aus, so gut er kann. Aber wer Ochsen ausweidet, kann einstecken. Als Landow nur Minuten später bei der Konservenfabrik für Pferdefleisch in der Gosse liegt, spürt er das, was er wollte: Sein beschissener Weltschmerz ist zu einem großen, sehr realen Körperschmerz geworden. Damit kann er umgehen. Er blutet ausgiebig an zwei Stellen im Gesicht, und eine Rippe ist wahrscheinlich angeknackst. Nach einer halben Stunde oder so schafft er es, sich hochzurappeln. Blut liegt in der Luft. Und das nicht nur wegen dem nahen Schlachthof, von dem ein frischer Wind das ängstliche Rufen der Tiere zu ihm herüberweht.

15

Freitag, 1. März 89

Excludere, excludo, exclusi, exclusum. Ausschließen, aussperren, trennen, fernhalten. Xenia Sternberg hat nie die höhere Schule besucht, dafür gab es in ihrem Elternhaus zu wenig Geld, zu wenig Zeit und zu wenig Höheres. Fünfzehnjährig und von der Natur so ausgeformt, dass davon auszugehen war, dass sie eine Schönheit werden würde, versuchte sie selbst, die Lücke zu schließen zwischen jenem Höheren und ihrer niederen Herkunft, indem sie mit geradezu gusseiserner Disziplin nach dem Unterricht Algebra, Latein und Philosophie lernte. In ihrer jetzigen Position erwies es sich als absolut unerlässlich, in der Unterhaltung mit den Vorständen des Kunstvereins oder den Gästen einer ihrer Soireen zu wissen, dass Kant kein neuer Modist an der Französischen Straße war. Sie musste den kategorischen Imperativ nicht gelesen oder gar verstanden haben, das hatten ihre Gesprächspartner auch nicht, Wissen belastet schließlich. Aber sie musste nicht mehr zurückschrecken, wenn in einer Unterhaltung wie aus dem Nichts eine solche Vokabel hervorschoss wie ein kläffender Köter aus einer unbeleuchteten Hofeinfahrt. Ja, denkt sie und sieht aus dem Fenster ihres wartenden Wagens hinaus in den diffusen Himmel über Schadows Quadriga, Exklusivität, abgeleitet vom lateinischen *verbum* excludere, schließt tatsächlich etwas aus. Den Pöbel von Wohlstand und Bildung, die Feinen von den ganz Feinen. Und diese ganz Feinen, und dazu zählt sich Frau Sternberg, die für ein *von* vor dem Stern manches geben würde, diese wirklich Exklusiven kommen am Morgen dieses ersten Märztages stillschweigend hierher zum Brandenburger Tor und versammeln sich zu vorgegebenen Uhrzeiten in Sichtweite der Französischen Gesandtschaft am Pariser Platz. Denn hier und jetzt ereignet sich, unbemerkt vom übrigen Verkehr der geschäftigen Reichshauptstadt, wahre Exklusivität: In immergleichen Abständen kommen vier Mitarbeiter aus der Gesandtschaft heraus und verteilen kleine Pakete an die wie zufällig hier wartenden Wagen. Jedes dieser unscheinbaren Päckchen enthält eine kunstvoll gestaltete Schachtel, die nichts anderes birgt als überaus flüchtigen, nicht greifbaren und absolut unsichtbaren Luxus: einen Glasflakon mit der Vorab-Veröffentlichung des zurzeit wohl begehrtesten Parfüms der Welt, Jicky aus dem Hause Guerlain. Die offizielle Premiere wird erst zur Eröffnung der Exposition in Paris sein, aber der französische Gesandte ist, wenn es sein Kalender erlaubt, gern zu Gast in der Villa Milo und lässt sich bezaubern vom Reigen nackter Engel. Xenia Sternberg presst das nummerierte Billet – ihres hat die No. 21 – so fest zwischen Daumen und Zeigefinger, dass es schmerzt. Das übernächste Paket ist für sie. Ihre Vorfreude, es zu bekommen, weltexklusiv und als eine von wenigen, überwältigt sie geradezu. Noch ein Empfänger rechts von ihr, dann – da öffnet sich plötzlich der Schlag auf der anderen Seite, und ein Mann steigt zu ihr in den Wagen.

«Sie?!» Es ist ausgerechnet dieser impertinente Ermittler, dieser Landau, der den Zauber des exklusiven Moments mit seiner proletoiden Anwesenheit zerstört.

«Guten Morgen, Frau Direktor», grüßt Landow und nimmt dreist Frau Sternberg gegenüber Platz. Sie will etwas erwidern, aber genau da öffnet der Angestellte der Botschaft den Schlag der anderen Seite und überreicht ihr endlich das Paket mit der Nummer 21. Auf den Knien die kleine, vornehme Schachtel, ihr gegenüber der große, grobe Mensch, noch dazu mit blutigen Schrunden und Pflastern im Gesicht, ist sie für einen Moment ratlos, was nun zu tun sei.

Natürlich hat sie Beziehungen spielen lassen, an einflussreichen Strippen gezogen, um gegen diesen Eindringling vorzugehen, Sonderermittler hin, Sonderermittler her. Der sollte seine Sonderbehandlung bekommen, wenn es nach ihr ging. Sie glaubte ihn allerdings noch in Haft, ein paar Tage bei Wasser, Brot und Kälte hat sie sich vorgestellt. Jetzt sitzt der hier neben ihr und schaut sie trotz seiner Wunden unverschämt herausfordernd an.

«Was wollen Sie?», fragt sie beinahe atemlos und presst das Paketchen zwischen ihren Händen, als bestünde Gefahr, er könne es ihr entreißen.

«Das kleine Privattheater Ihres Vereins hat nur elf Séparées. Weshalb eigentlich?»

Diese Frage verblüfft sie. Sie muss tatsächlich kurz nachdenken, dann sieht sie ihn herausfordernd an und sagt: «Das, was unsere Stiftung ihren Mitgliedern bietet, ist nun einmal keine Dutzendware. Reicht Ihnen das als Erklärung?»

Sie hat natürlich nicht erwartet, dass dieser Kerl sie daraufhin von seiner Anwesenheit befreit. Aber jetzt legt dieser zerschlagene Sonderermittler provokant den Zeigefinger an sein bangagiertes Kinn und funkelt sie noch unverfrorener an.

«Hochinteressant», sagt er. «Darüber hinaus würde ich immer noch gern einen Blick in das Mitgliederverzeichnis Ihres Vereins werfen, Frau Direktor.»

«Weshalb? Ich habe Ihnen bereits gesagt, dass es sich bei

unseren Mitgliedern um hochgestellte Persönlichkeiten des Reiches handelt, die ihre Mitgliedschaft gern mit absoluter Diskretion behandelt sehen wollen.» *Discernere, discerno, discrevi, discretum.* Absondern, trennen, abgeschieden sein, verschwiegen bleiben.

«Dennoch stehen auch Ihre Mitglieder nicht über dem Gesetz. Wenn eines ihrer Ausstellungsstücke, einer dieser kleinen Engel zu Schaden kommt oder sogar zu Tode, dann ist das etwas, das staatsanwaltlich verfolgt werden sollte.»

«Staatsanwalt*schaft*lich.»

«Von der Staatsanwaltschaft, darin immerhin sind wir uns also einig. Auf dem Gelände Ihres Vereins ist ein Junge ums Leben gekommen. Im Falle des ersten Schusses könnte man *staatsanwaltschaftlich* auf Totschlag plädieren, angesichts des zweiten, einige Augenblicke danach abgegebenen Schusses wohl nicht mehr. Macht es Ihnen nichts aus, geistig zurückgebliebene, wehrlose Kinder auszustellen wie Äffchen im Zoologischen Garten? Haben Sie keine Gewissensbisse, sie nackt und unter dem Deckmantel der Antike anstarren zu lassen von soignierten Herren? Und ist es Ihnen wirklich gleichgültig, wenn eines dieser Exponate im Park verbuddelt wird wie eine tote Katze?»

Die Unverfrorenheit dieses Kerls hat sie zuerst sprachlos gemacht. Jetzt hat sie sich wieder gefangen, legt das kleine Paket zur Seite, setzt sich in Positur. Wenn sie nachdenkt und sich eine Formulierung zurechtlegt, dann spitzt sie gern die Lippen wie ein Vögelchen. Männer mögen das, weiß sie. Dieser Landow macht da keine Ausnahme, spürt Frau Sternberg. Für die Dauer eines Wimpernschlages spielt sie sogar mit dem Gedanken, ihn mit anderen Mitteln handzahm zu machen. Aber dann gewinnt ihr hart erworbenes Klassenbewusstsein wieder die Oberhand.

Sie gibt ihrem Fahrer Anweisung und mustert Landow streng wie einen Klavierschüler, der nicht geübt hat.

«Meine Offenheit mag Sie entsetzen, Herr Sonderermittler, aber Sie scheinen nur eine ungefilterte Sprache zu verstehen. Sei's drum.»

Während der Wagen in zügigem Tempo die Wilhelmstraße hinuntersteuert, sieht die schöne Direktorin aus dem Fenster, dann wieder fest zu Landow. «Diese kleinen Schwachköpfe sollen froh sein, dass sie überhaupt zu etwas nütze sind. Ein Fohlen, ein Kalb, ein Hund mit einem solchen Defekt, einem solchen Erratum der Natur …», *error, erroris, errori, errorem, errore*, der Irrtum, hallt es kurz hinter der steilen sternbergschen Stirn, «… ein Tier mit einem solchen Schaden würde man natürlich erlösen. Peng! Aber diese Kinder saufender Mütter und vom Inzest geformter Väter füttert man durch bis ans Lebensende, lässt sie Wäscheklammern und Stiefelknechte schnitzen. Für einen Auftritt in unserem exklusiven Kreis ausgewählt zu werden, adelt diese Kreaturen. Aber das ist mit ihrer sozialistischen Weltsicht kaum vereinbar, vermute ich recht?»

«Vielen Dank, dass Sie mir so etwas wie eine Weltanschauung zutrauen. Aber auch hier muss ich Sie enttäuschen: Ich interessiere mich lediglich für die nackten Tatsachen, Frau Direktor. Und davon gibt es in Ihrem Hause noch einige zu entdecken, nicht wahr? Das Geschäftsmodell Ihres *Clubs* ist zu verlockend. Die Nachfrage ist beträchtlich, die Sehnsucht der hohen Herren nach nackten Arschbacken, sich unschuldig hebenden Bäuchlein und haarlosen Pimmelchen.»

Penis, penium, penibus, peneis, penibus, repetiert es in ihr. Gelernt ist gelernt.

Ruhig greift sie nach ihrem Stockschirm und klopft damit

zwei Mal vor das Dach des Wagens. Irgendwo hinterm Belle-Alliance-Platz fährt ihre Droschke rechts ran.

«Und was», fragt sie, jetzt mit höhnischer Miene, sorgfältig einstudiert in den zahllosen Sitzungen mit ihrem Spiegelbild, «wenn ich Ihnen diesen Einblick verweigere?»

«Dann zwängen Sie mich, mir diesen Einblick anderweitig zu verschaffen.»

«Sie wissen immer noch nicht, Herr Landau», sagt sie nun betont leise, «mit wem Sie es hier zu tun haben. Das Einzige, was Sie von mir in nächster Zeit erhalten werden, ist eine genaue Kostenaufstellung des in der Villa verursachten Schadens. Und wenn Ihnen die noch nicht das Genick bricht, werden wir andere Wege finden, Sie von uns zu separieren. Und zwar dauerhaft. Und damit: Guten Tag.» *Separare, separo, separas, separat, separamus, separatis, separant.* Absondern.

Die Füße schon auf dem Trottoir, beugt er sich noch einmal etwas zu ihr in den Wagen hinein und fragt freundlich: «Ist das Ihr letztes Wort, Frau Sternberg?»

Sie formt kurz ihre spöttische Vögelchenlippe, antwortet ihm dann aber nur stumm mit einem verächtlichen Lächeln. Als Ihr Wagen anruckt, greift er zu. Xenia Sternberg hat in der Begegnung mit diesem ungehobelten Patron nicht ein einziges Mal die Contenance verloren, aber jetzt verliert sie ihr Paket No. 21. Sie verliert das weltexklusive Nichts, Jicky von Guerlain. Ihr wütender Schrei deswegen wird allerdings gnädig vom allgemeinen Verkehrslärm verschluckt.

▪▪▪

Das Geräusch einer Säge, die einen Schenkelknochen zerteilt, ist gewöhnungsbedürftig.

«Sie amputieren post mortem, Pfeiffer?»

«Landow! Welch hoher Besuch. Wer hat Sie denn verhauen? Wir sägen nur, wenn uns langweilig wird, nicht, Professor?»

Damit schickt Pfeiffer erst ein glucksendes Lachen durch seinen schlaksigen Körper und schlägt dann seinem Assistenten, den er liebevoll Professor nennt, auf den Rücken. Das Bemerkenswerte daran ist, findet Landow: Dessen gleichmäßiges Sägen hat trotz des Knuffs nicht aufgehört.

«Wir, der Professor und ich, bilden uns weiter. Der Herr hier», und damit meint Pfeiffer den etwa Vierzigjährigen, der nackt und tot vor ihnen auf dem Rücken liegt, «starb an einer Bleivergiftung. Er arbeitete in einer Konservenfabrik. Aß nach Aussage seiner Nachbarn nur Konserven, die er wahrscheinlich heimlich in der Fabrik mitgehen ließ. Darunter waren wohl auch Exemplare mit schadhafter Legierung. Jedenfalls erweichte ihm der hohe Bleigehalt über Jahre hinweg das Hirn, was man hier und hier deutlich sieht.»

Damit hält Pfeiffer Landow eine Schale vors Gesicht, die einen grauen Klumpen beherbergt.

«Und weshalb», fragt Landow, auch um aus der Nähe des unappetitlich zersetzten Resthirns zu kommen, «sind dann seine Arme so … so verbogen?»

«Die Arme brach ihm ein Fuhrwerk am Görlitzer Bahnhof. Vollkommen von Sinnen wegen besagten Bleis im Hirn, warf er sich laut übereinstimmender Zeugenaussagen ohne jede Fremdeinwirkung vor das Fuhrwerk, das erst seine Arme, dann sein Genick brach. Den Oberschenkelknochen haben wir nur deshalb geöffnet, um das Mark genauer zu betrachten. Unser Professor trennt von diesem prächtig ausgebildeten Schenkel nun eine Scheibe ab, vergleichbar einer Beinscheibe, wie wir sie gern vom Metzger für das Sonntagsessen holen, bevor wir uns die Veränderungen des Knochenmarks genauer ansehen, was, Professor? Es gibt eine interessante Abhandlung, im letzten Jahr erschienen, zu diesem Thema, liegt da drüben, Landow, falls Sie gekommen sind, um sich weiterzubilden.»

Aber Landow ist nicht gekommen, um sich zu bilden, sondern um sich Luft zu machen. Nach seinem dämlichen, kleinen Triumph, der Sternberg das alberne Päckchen geklaut zu haben, beginnt sich in ihm angesichts der eigenen Ohnmacht schon wieder die Wut auszubreiten wie ein zäher Morgennebel. Er ist in diesem Spiel nur der Köter, der an die deutsche Eiche pisst, mehr nicht. Während er bloß kläffen kann, sind die in der Lage, zu beißen und ihn tatsächlich kaltzustellen, wenn sie wollen.

Es ist mit diesen abgeschotteten Mitgliedern, diesen Unantastbaren wie mit den Banken, dachte er, als er nach dem Zusammentreffen mit der Sternberg die Friedrichstraße im Stechschritt Richtung Charité hochlief. Was sollen Banken mit einer Manufaktur für Taschenverschlüsse? Sie haben Anteile in der Schwerindustrie, in Walzwerken und Weinkellereien, in Speditionen, Galvanisierungsbetrieben, Reedereien, in Kolonien und chemischen Fabriken. Sie haben alles. Sie sammeln und warten. Es ist, denkt er, wie bei Jungs, die Glasmurmeln tauschen. Irgendwann willst du nur noch die eine rote mit dem Stern in der Mitte. Sie ist nicht schöner, nicht roter, nicht runder als andere. Du willst sie einfach.

Landow sucht hier bei Pfeiffer die Nähe der Toten, aus Verachtung für die Lebenden in ihren Villen in Steglitz und Lichterfelde, die weiterhin ihr zerstörerisches Werk tun, sich ungestraft anderer bemächtigen, seien es nun alte Zugverschlusstüftler oder hübsche kleine Jungs. Er erzählt Pfeiffer deshalb von der Villa, den nackten Kindern, den verschwiegenen Herrn, dem getöteten Goldjungen, dem entführten Indianerkind.

«Diese Leute, Pfeiffer, sind unverwundbar. Diese Frau stellt weiterhin nackte Idiotenkinder aus wie Tiere im Zoo. Sitzt in ihrer feinen Wohnung in Friedenau, brüht sich einen Mokka auf und spielt wahrscheinlich Querflöte. Ohne Gewissensbisse. Ohne Möglichkeit, zur Verantwortung gezogen zu werden!»

Pfeiffer nimmt den kleinen Zettel, den Landow wütend aus seinem Notizblock gerissen hat, und liest ihn halblaut: «Kaiserplatz 3. Der Name ist offenbar Programm. Feine Gegend. Passt ja. Die fragliche Dame ist, wie Sie sagten, auch ein besonders feines Exemplar, nicht? Xenia Sternberg, Kaiserplatz, Friedenau. Das hat Klang.»

Damit gibt er Landow den Zettel zurück. Der betrachtet wütend den Fetzen Papier und wirft ihn dann verächtlich auf die polierte Emaille des Arbeitstisches neben sich.

«Ach, kommen Sie, Landow, wir qualmen draußen eine. Sie müssen mal auf andere Gedanken kommen. Gehen Sie eigentlich nicht zum Karneval? Also die Feier, auf der wir neulich waren, meine Holde und ich, …»

Und damit verschwinden der Ermittler und der Pathologe aus der hohen, gekachelten Halle des Sektionssaals.

Als sie zehn Minuten später zurückkommen, ist der Zettel auf der Emaille nicht mehr da. Und der Hans, der Assistent, auch nicht.

«Sieht ihm gar nicht ähnlich», sagt Pfeiffer und legt die abgetrennte Beinscheibe auf eine Arbeitsfläche, «unser Hans ist normalerweise gar nicht von hier fortzukriegen.»

■■■

Staatsanwalt Dr. Borge ist untenrum schon Zebra und obenrum noch im Unterhemd. Der Rumpf seines Zebrakostüms liegt noch schlaff auf seinem Schreibtisch, der separate Streifenkopf thront auf einem Stapel Akten wie der Schädel eines Enthaupteten.

«Ah, Sie gehen zum Reiten», sagt Landow und lehnt sich ruhig in den Türrahmen. Borge, ganz mit dem richtigen Anbringen der Hosenträger beschäftigt, fährt herum.

«Sie? Wer hat Sie denn hier reingelassen?»

«Wir Sonderermittler finden immer besondere Wege, um ans Ziel zu kommen», lächelt Landow.

«Ich bin spät dran, ich muss ins *Hotel Kaiserhof*, großer Karnevalsball des Justizministeriums», presst Borge gehetzt hervor, weil sich das Anbringen der unsichtbaren Haltegurte für den Zebrahintern als schwieriger erweist als gedacht.

«Schon erstaunlich, ein halbes Zebra wie Sie sieht einem entflohenen Sträfling ziemlich ähnlich mit all den Querstreifen, finden Sie nicht?»

«Ich habe Ihnen bereits gestern gesagt, dass mich Ihre Süffisanz, Herr von Landow, weder amüsiert noch beeindruckt. Wer sind eigentlich diese beiden Gestalten, die sie begleiten? Sollen mich die etwa beeindrucken, wenn Ihnen das schon verwehrt bleibt?»

«Darf ich vorstellen, dass sind Chea Sequah und seine Tochter Salali. Die beiden sind Angehörige des Stammes der Cherokee und als solche Staatsbürger der Vereinigten Staaten von Amerika. Das Mädchen wurde gegen seinen Willen in der Villa des Kunstvereins Milo in Steglitz festgehalten und sollte bei einer der Soireen des Vereins ausgestellt werden. Nackt. Sie haben mir das gestern nicht geglaubt, Herr Doktor. Bitte, hier sind die Zeugen, Herr Staatsanwalt. Ich selbst bin übrigens ebenfalls Augenzeuge.»

Borge, mittlerweile bis zum Kinn in schwarz-weiße Streifen

gewandet, macht ein paar raumgreifende Schritte auf Landow zu.

«Ich weiß nicht ganz, ist es Courage oder Dummheit bei Ihnen, von Landow? Weshalb sollte ich jemanden als Augenzeugen ernst nehmen, der sich selbst im Fadenkreuz staatsanwaltschaftlicher Ermittlungen befindet?»

«Immer noch? Wegen des angeblichen Verschwindens meines Bruders? Hat sich der Spediteur in Köpenick an noch etwas erinnert? An einen zweiten Fuß vielleicht?»

Borge hebt mit großer Ruhe den Zebrakopf von den Akten und zieht von weiter unten einen Kartondeckel aus dem Stapel heraus.

«Hier drin, Landow, haben wir die Aussage des russischen Staatsangehörigen Kolja B. Wir haben ihn im letzten Monat wegen Hehlerei festgenommen, mittelalterliche russische Ikonen, die allerdings letztes Jahr in Bunzlau gepinselt wurden. Um seine Strafe zu mildern, erzählte uns der Mann ein paar interessante Dinge. Unter anderem, dass er Augenzeuge einer Begegnung von Ihnen und Ihrem Bruder im Schlosspark zu Potsdam war. An Zwillinge erinnert man sich einfach. Und zwar war das am, warten Sie …»

Das Zebra blättert unbeholfen in den Papieren herum. Das war am 12. Juni letzten Jahres, weiß Landow sehr genau. Drei Tage später war der Kaiser tot, vier Tage später auch sein Bruder.

«Ah!», das Zebra hat gefunden, wonach es gesucht hat, und fast könnte man meinen, es müsste jetzt triumphierend ein kurzes Wiehern ausstoßen. «Der Zeuge Kolja B., zurzeit unser Gast am schönen Plötzensee, hat die Zwillingsbrüder Landow und Landow am 12. Juno vergangenen Jahres gesehen. Mir gegenüber haben Sie angegeben, Ihren Bruder zuletzt bei Ihrem Militärgerichtsprozess vor etlichen Jahren getroffen zu haben. Und ausgerechnet Ihnen soll ich glauben, Landow? Ich kenne Ihren Bruder persönlich, nicht besonders gut, aber immerhin so gut, dass ich ihn einzuschätzen weiß. Er mag ein Bonvivant sein, vielleicht ein Hasardeur, aber ich wusste stets, wo er war. Jetzt, genau genommen seit letztem Sommer, weiß ich es nicht mehr. Wissen Sie es? Wo steckt Ihr Bruder, Herr von Landow? Um genau das herauszufinden, werde ich ab kommenden Dienstag besonderes Augenmerk auf Ihren Fall haben. Und jetzt entschuldigen Sie mich, meine Gattin erwartet mich im Foyer des *Kaiserhofs*. Guten Abend.»

Landow und die beiden Cherokees sehen dem davoneilenden Zebra nach, das im hochmodernen Paternosteraufzug des Gebäudes verschwindet und abwärts saust.

Landows gutgemeintes «Aber nicht unter die Hufe kommen, Herr Doktor!» bekommt es wahrscheinlich nicht mehr mit. Das Indianermädchen bohrt in der Nase.

16

Samstag, 2. März 89

Hier im Park, wo selbst zu Boden gefallene Blätter wie das kunstvolle Arrangement eines Dekorateurs wirken und nicht wie das ordinäre Werk der natürlichen Schwerkraft, erinnern heute dunkle Stellen aufgewühlten Erdreichs unschön an die Fladen einer riesigen Kuh. Plaaß, eine grobe Strickjoppe über die bandagierte Schulter gehängt, steht wie der letzte Aufrechte eines längst vergangenen Gefechts neben der Seitentür zur Küche und saugt an seinem kurzen Feinschnittpfeifchen. Direkt nach dem Karneval wird er wieder angreifen, wird trotz der Schmerzen seines Schulterdurchschusses mit beiden Händen hinten bei den Apfelbäumchen Unwertes von Wertvollem trennen, wird mit gezieltem Eingriff Triebe pfropfen und alles dafür tun, dass Mitglieder des Vereins ihn wieder zur Begutachtung ihrer eigenen Ziergärten anfordern. Die Sternberg weiß, was sie an ihm hat. Das Geschehen hier im Haus am Mittwoch war selbstredend unentschuldbar. Er hätte die Ruhe bewahren und sofort die Polizei rufen sollen. Die hätte dieses Gesindel ordnungsgemäß entfernt. Der Geruch frischer Farbe drinnen und die noch nicht nachlackierten Stellen, an denen der Glaser die Fensterscheiben im Obergeschoss erneuert hat, sind ihm dennoch tägliche Mahnung. Den von der Granate dieses Wahnsinnigen in den Rasen gerissenen Trichter hat

Plaaß noch in der Nacht mit einem Strauch bepflanzt, während die Lunde ihm jammernd Schirm und Laterne hielt. Für den flüchtigen Betrachter ist also alles in bester Ordnung hier.

Dieser Phillipi sieht noch blasser aus als sonst, findet Plaaß und steckt kurz den Kopf zur Küche rein. «Phillipi kommt, mach ihm mal 'nen Kaffee und 'ne Brühe, sieht ja ganz geschwächt aus, der Zahlenmann.» Dann nickt Plaaß dem quer übers Gras heraneilenden Herrn zu.

«Selbst am Samstag, Herr Phillipi?»

«Ja, Plaaß, hilft ja nichts. Was ist denn mit Ihrem Arm geschehen?»

«Kleiner Unfall im Haus. Geht schon wieder.»

«Jaja,» murmelt Phillipi nachdenklich, «die häuslichen Dinge können einem manchmal über den Kopf wachsen.» Damit tritt er sich ordentlich, dreimal links, dreimal rechts, die Schuhe ab – er weiß, dass Frau Lunde darauf Wert legt – und betritt das Haus durch die seitliche Küchentür.

«Ach, ist das für mich, Frau Lunde? Sie sind doch wirklich unersetzlich. Geben Sie her, ich nehme das Tablett gleich mit hoch. Und, wenn möglich, wenig Störung, ich brauche für etwa eine Stunde die volle Konzentration. Dann sind Sie mich auch bald schon wieder los.» Als er das sagt, sieht er ganz melancholisch und verloren aus, sodass ihn die Köchin mit den Haarschnecken am Kopf am liebsten auf der Stelle in den Arm nehmen will wie einen von den süßen Idioten. Aber da zwinkert ihr der käseweiße Phillipi auch schon zu, klemmt sich die Aktenmappe fest unter den Arm und eilt mit dem Tablett hoch in den ersten Stock. Klapp – hörbar geht oben die Türe zu.

▪▪▪

Die Strauße sind noch im Wärmehaus. Trotz des optimistischen Wetters trauen viele dem Braten noch nicht, und die Wege im Zoologischen Garten sind von mehr Sperlingen bevölkert als von Besuchern. Ihm ist es recht. Im Straußenhaus ist er allein und sieht den Tieren mit ihren gefährlichen Saurierfüßen und diesen geradezu ordinär nackten Hälsen beim Picken zu. Ihre Köpfe sind oben abgeflacht, keilförmig. Genau wie ein Werkzeug sind ihre Schnäbel auf ihn heruntergesaust und haben gepickt. Wieder und wieder und immer wieder. Ohne Verstand und Gnade. Er spürt jetzt noch den jähen Schmerz. Sie haben das nur aus Spaß gemacht, wussten sehr gut, dass er, dieser zitternde, stinkende, delirierende Haufen in der Wüste kein Futter war. Aber er war Abwechslung. Er war da. Er war wehrlos. Damals hatte er, nur unterbrochen vom unregelmäßigen Zustoßen ihrer Keilköpfe, zu rechnen begonnen. Sie waren zu viert gewesen, vier Strauße, und er, ein sterbender Mensch. Die Hände schützend vor das Gesicht haltend, hatte er überschlagen, was sie wogen, hatte die Menge ihres Blutes geschätzt und das mal vier genommen. Das Blut der Strauße hatte ihm wahrscheinlich das Leben gerettet. Ein paar verschwommene, taumelnde, kriechende Tage später hatte er den breiten Fluss erreicht und kurz darauf das Faltboot und die beiden Deutschen. Welche Ironie des Schicksals, hatte der aufgeweichte Rest seines Hirns sich zusammengereimt, ausgerechnet hier, in diesem glühenden, staubigen Vorhof zur Hölle Landsleute zu treffen. Und welcher Hohn, dass ausgerechnet die meinten, ihn tadeln zu müssen. Wie er so leichtsinnig hätte sein können, ohne genug Wasser und ohne Kompass in dieses unerforschte Land hineinzulaufen. Sie waren bereit gewesen, ihm von ihren Vorräten abzugeben, doch nicht aus christlicher Nächstenliebe. Der von beiden, der sich als

Kaufmann aus Bremen zu erkennen gab und von dem Busch erst später erfuhr, dass es dieser Lüderitz war, der höhnische Hund, der besser Lügeritz geheißen hätte, der noch immer Vermisste, für immer Verschollene, der Eroberer und Entdecker, der so Kunstvoll-übers-Ohr-Hauer. Er wäre immerhin bereit gewesen, wie großmütig, ihm, dem halbtoten Ankömmling, etwas von ihren Vorräten zu verkaufen. Alles habe seinen Preis, sagte er noch kühl.

Erst als sie die Steine sahen, die kleinen, mattweißen Steinchen, oft nicht größer als Kälberzähne, die Busch zwei Tage vorher auf dem Sand gefunden hatte, wurden sie freundlich, schlugen ihm auf die Schulter, wollten, dass er sie sofort zu der Stelle führte. Jetzt gaben sie ihm Wasser, Dörrfleisch, etwas Brot, nannten ihn Pfundskerl und Tausendsassa. Busch hatte die Steine mehr zufällig eingesteckt, wie ein Junge, der beim Rumstreunen einen besonders glatten Kiesel findet und hochhebt. Vielleicht nur deshalb, weil sie nicht die gugelhupfgelbe Farbe des Sandes hatten und vielleicht auch, weil sie ihn an die Porzellandose mit den Kandisstücken erinnerten, die auf dem Teetisch seiner Großeltern gestanden hatte. Erst bei dem Treffen mit den beiden Deutschen dämmerte es ihm, dass diese Steine zu etwas nutze waren, zu mehr als einer halben Flasche abgekochten Wassers an einem trägen, dunklen Fluss. Diese Steine würden seine Rückfahrkarte aus dieser Hölle sein, das Fundament seiner Rache. Diese Vergeltung würde von nun an sein Leben sein. Aber um Rache zu nehmen an denen in Berlin, musste er leben. Er musste das hier überleben. Er hatte nicht die Kraft, den ganzen Weg in die britische Kolonie zurückzugehen. Er wollte überhaupt und aus Prinzip nicht mehr *zurück*. Er wollte von nun an vorwärtsgehen, von einem zum anderen. Aber dazu brauchte er das Boot dieser Männer.

Er brauchte ihren Vorrat, diesen Fluss. Der Fluss führte zum Ozean. Das Meer würde ihn an den Ort seiner Bestimmung bringen.

«Und, ist unser einsamer Entdecker wieder zu Kräften gekommen? Dann werden wir morgen früh schon aufbrechen zu der Stelle, wo Sie –.» Weiter kam Lügeritz nicht. Da die Klinge zunächst nur auf eine Rippe traf, musste Busch nachdrücken, was ihn ungeheure Anstrengung kostete, kraftlos wie er war. Der andere versorgte gerade das Feuer, war beschäftigt, merkte nichts. Was ein Wahnsinn, in diesem Glutofen ein Feuer anzumachen. Aber ein Feuer tötet die Keime im Wasser. Busch am Wasser tötete auch den zweiten Mann. Er war danach so erschöpft gewesen, dass er einschlief und erst in der Nacht erwachte. Er tastete nach den beiden leblosen Körpern, entfachte die letzte Glut gegen die Kälte. Aber er zitterte, weil er sich bereits diese Krankheit geholt hatte, das wusste er. Trotzdem gab ihm das knackende Feuerchen Trost und Geborgenheit unter einem Sternenzelt, das so übertrieben und unecht wirkte wie auf das Dach eines Zirkuswagens gemalt.

Nach ein paar Wochen im Lazarett der Schutztruppe ergatterte er eine Schiffspassage zurück. In Porto kam er nicht weiter, eine Choleraquarantäne legte alles lahm. Seinen Diamantenschatz verbarg er, in feine Schläuche genäht, unsichtbar und unberührt in seinem Inneren, aber sein Bargeld ging zur Neige. Er musste nach Berlin. Im Hinterzimmer einer Kneipe, wegen der verstärkten Anwesenheit deutscher Handelsmarine das Hinternzimmer genannt, verdiente er sich Geld dazu.

Diese nackten Hälse lassen ihn auch jetzt und hier, hinter Gittern im Zoologischen Garten, noch erschauern. Mehrere Familien mit Kindern sind jetzt außer ihm im Straußenhaus. Die Kinder machen sich über die Vögel lustig, sie ahmen den

Gang der Tiere nach, ihre großen Augen. Ein Mädchen mit Segeltuchmütze steht neben ihm und sieht zu ihm hoch. Das Mädchen lässt den nackten Arm aus dem Ärmel seines Mantels schlüpfen. Sie formt mit ihrer Hand einen Straußenkopf. Den zeigt sie ihrem Bruder nebendran, und dann hackt sie schnell und hart und gackernd auf den nachdenklichen Mann ein, wie diese Strauße es machen mit ihren nackten, stoppelhaarigen Hälsen. Als Busch die Tüte mit Bonbons fallen lässt, die er am Eingang nur gekauft hat, um sich an ihr festzuhalten, lachen die Kinder laut auf und stürzen sich wild darauf.

Draußen, im kühlen Frühjahrswind der Großstadt, fasst sich Busch wieder. Mit Hohn hat seine Reise begonnen, denkt er und geht mit festem Schritt dem Ausgang zu, und mit Hohn geht sie ihrem Ende entgegen.

▪▪▪

Die kleine Musikalienhandlung in der Mulacktraße ist ihm lieber. Er hat sie vor Tagen schon ausgesucht. Sie scheint ihm angemessener für sein Vorhaben als die, in der Frau Phillipi die neue Geige für den Jungen kaufte. Womöglich hätte man sich im Geigenladen an ihn erinnert. Ein Mann seiner Profession legt Wert darauf, dass sich niemand an ihn erinnert. Hier bei Rihm & Sohn ist alles weniger elegant. Vor allem ist es enger. Drei fidele Frauen mittleren Alters erkundigen sich vor ihm nach Liedernoten für den Karneval. Ja, bitte, mit Akkordeonbegleitung. Lisbeth Brecht fällt ihm ein. Endlich hat man vorn gefunden, was man sucht, kann sich aber dreistimmig nicht darauf einigen, wer das Notenalbum zahlt.

Dann aber sieht der Verkäufer Orsini auffordernd an.

«Ich suche etwas Besonderes. Für Klavier mit Geige. Gibt es

so etwas? Etwas Gefühlvolles, Modernes, nicht Beethoven und solche alten Kamellen.»

Die rechte Braue des Musikalienverkäufers hat sich bei Orsinis letzter Klassifizierung deutlich gehoben.

«Gut, dass Sie das erwähnen», setzt er nun hinzu. «Ihre Einschätzung Beethovens, meine ich, ich hatte tatsächlich an die Violinsonate opus 47 gedacht, die Kreutzer-Sonate. Ist soeben in einer revidierten Fassung erschienen. Etwas Modernes, Gefühlvolles also?»

Orsini zweifelt plötzlich, hier am richtigen Platz zu sein.

«Es soll ein Geschenk sein», ergänzt er kleinlaut. «Für eine Dame. Statt Blumen.»

«Aah!» Eine Aufhellung macht sich auf dem Gesicht des Verkäufers breit wie die jähe Schluss-Apotheose einer Krönungsmesse.

«Verstehe!», ruft der Mann nun schon von hinten und rollt eine steile Leiter heran.

«Für eine Dame!», macht er, die schmalen Stufen hinaufeilend, schmunzelnd Orsinis Tonfall nach. «Dann wäre das hier wahrscheinlich zielführend. Kein deutscher Komponist, aber gerade erst erschienen. Noch körperwarm aus der Druckerei, wenn Sie verstehen. Sehr gefühlvoll. Allein der Titel.»

Das Notenheft kommt Orsini reichlich dünn vor, die Fibel der fidelen Frauen vorhin war deutlich umfangreicher. Der Komponist, erläutert der Verkäufer, während Orsini in dem nur dreiseitigen Heft herumblättert, als begutachte er jede Note einzeln, sei Engländer. Der Titel ist allerdings auf Französisch gehalten, sieht er, deshalb versteht er ihn nicht und will sich nicht die Blöße geben, zumal gerade zwei Herren das Geschäft betreten, die Zeugen seiner Dummheit würden.

«Na dann: Her damit!»

Der Verkäufer rollt das Notenwerk wie einen Blumenstrauß und schlägt es ungefragt in hübsch gestreiftes Papier ein. Als er es Orsini zusammen mit dem Wechselgeld überreicht, raunt er ihm wie einer Tresenbekanntschaft aufmunternd zu: «Toi, toi, toi.»

17

Rosenmontag, 4. März 89

Expansionsvorstand Rex Höflich entspricht seinem Namen voll und ganz. Königlich von Gestalt, hochaufgeschossen wie der jüngst verstorbene Kaiser Friedrich, dabei aber von schlanker, athletischer Statur und jugendlich federndem Gang, was ihm auch im anthrazitfarbenen Tuch seiner Profession stets etwas Raubkatzenhaftes gibt, ist Direktor Höflich überdies ausgestattet mit tadellosen Umgangsformen. Mit deren Hilfe hat er sich binnen kurzer Zeit weit hinauftransportiert in die gutbezahlten Etagen seiner Bank. Eine Karriere wie aus dem Bilderbuch: Erst teilte man sich eine Schreibkraft zu dritt, dann bekam man seine eigene, schließlich bekam man stattdessen einen Referenten und eine Perserbrücke ins Arbeitszimmer. René Rex Höflich, so sein voller Name, trägt jetzt, mit Anfang fünfzig, sein Haar noch militärisch kurz, an den Seiten verbündet sich stacheliges Silbergrau mit dem ursprünglichen Rostrot, oben auf dem Schopf hilft sein Coiffeur heimlich mit einem Farbprodukt französischer Fertigung nach, eine jedes Mal qualvolle, stinkende, stundenlange Prozedur, deren Ergebnis aber den Aufwand lohnt. Selbst Henriette, seine Frau, ahnt nicht, dass das flammende Herbstrot auf seinem Oberkopf nicht mehr ganz der Natur entspricht. Was auch daran liegen mag, dass Herr und Frau Höflich sich nicht mehr häufig sehen.

Gerade kommt Ascheberg, sein privater Sekretär, herein, lauscht beiläufig dem unternehmungslustigen Summen des Vorstands, der offenbar gut gelaunt die letzten Reisevorbereitungen trifft. Es geht zuerst nach Lyon, ein Tuchhersteller wird geschluckt, dann weiter nach Paris zum Richtfest des Tour d'Eiffel, hier aber als Privatperson, als *Monsieur Gentil* gleichsam. Höflichs Bank hat zwar an der Finanzierung des Turms tatkräftig mitgewirkt, aber das müssen die Journalisten und Geschichtsschreiber nicht wissen. Wahrscheinlich ahnen selbst die Franzosen nichts davon. Aber vorher, heute Abend nämlich, und auch das trägt zur Sonntagslaune des Vorstands bei, lockt noch der Rosenmontagsball seiner Loge. Höflich geht als Harlekin mit dunklen, apfelgroßen Pompons und einer weißen Mephistohaube. Das Kostüm einschließlich etwas zu kleiner Lackslipper mit kontrastierend weißen Pompons hängt bereits unternehmungslustig drüben am Bücherschrank.

Ascheberg glaubt, im Summen seines Herrn ein Stück aus dem «Wildschütz» zu erkennen, und macht vorsichtig durch Räuspern auf sich aufmerksam.

«Ihren Reitanzug habe ich eingepackt, Herr Direktor, ich musste dafür allerdings einen vierten Koffer bemühen.»

Das macht nichts, Koffer gibt es im Hause zur Genüge, Herr Direktor reist oft und gern mit großem Gepäck, das man ihm am Perron vorausträgt wie einem Pharao. Auf den avisierten Reitausflug mit den beiden Rothschilds im Bois de Boulogne möchte er auch inkognito nicht verzichten.

«Es ist gut, Asch», sagt er und drückt die beiden messingfarbenen Schlösser seines Aktenkoffers zu, die mit einem vornehmen Schnalzen einschnappen. Höflich nennt seinen Ascheberg gern Asch. Ascheberg mag diesen Namen nicht, wohl auch, weil die Hunde im Haus auf Alf, Ax und Ata hören.

«Noch was, Asch?»

«Ja, Herr Direktor, ein Besuch, den ich wohl nicht auf der Agenda für heute hatte. Ich bitte dafür um Verzeihung.»

«Ein Besuch! Wann?»

«Offenbar jetzt. Der Herr wartet bereits seit zwanzig Minuten im Vestibül.»

«Wer ist es denn?»

Asch blickt auf die Geschäftskarte des Herrn. «Freiherr von Rose. Er sagte, Herr Direktor und er kennten sich von früher.»

Höflich stellt den Koffer exakt parallel zur Unterkante seines sarkophagähnlichen Schreibtisches und überlegt. «Rose. Rose? Ich weiß nicht. Fortschicken können wir ihn nun nicht mehr, das wäre nicht höflich. Na gut, lassen Sie ihn kommen, Asch, aber erwähnen Sie schon im Vorfeld, dass meine Zeit knapp bemessen ist. Rose? Rose ...? Nun, wir werden sehen.»

Keine Minute später kehrt Asch zurück und bringt einen schlanken Herrn mit dunkler Gesichtsfarbe herein, die in seltsamem Kontrast zum Aschblond von dessen Haar steht. Ein Tropenreisender, vermutet Höflich.

«Ich muss Herrn Direktor daran erinnern, dass Herr Direktor in einer Viertelstunde einen Termin hat», sagt Asch und lässt die Herren allein.

«Oh, das wird reichen», sagt der gebräunte Herr aufgeräumter Laune, «wir benötigen nicht so lang, denke ich.»

«Lassen Sie mich raten», eröffnet Rex Höflich das Gespräch, «Deutsch-Südwest?»

«Treffer, Herr Direktor.»

Höflich, der das Aufkaufen von gutgehenden Unternehmungen in ganz Europa allmählich satthat, wittert ein Abenteuer, vielleicht auch ein Geschäft, am liebsten beides.

«Ich hoffe, Sie bringen gute Nachrichten von dort mit. Ich

traue den Hinhalteparolen der Reichskanzlei nicht mehr. Womöglich ist diese Kolonie doch nur eine große Sandkiste, was?»

Busch hat den ihm angebotenen Platz vorerst ausgeschlagen und betrachtet ein paar Fotografien an der Wand. Erst dann greift er in die Tasche seines sportlichen Jacketts und hält Rex Höflich auf der Fläche seiner Hand etwas hin, das der Direktor zunächst für einen Kinderzahn hält.

«Was ist das?»

«Etwas, das man in dieser ‹Sandkiste› findet, wenn man genau hinsieht.» Wenn man, weil man nur noch kriechen kann vor Erschöpfung und Schmerz, geradewegs mit der Nase darauf zeigt, könnte er ergänzen, tut es aber nicht.

Höflich hat das kleine mattweiße Ding genommen und hält es gegen das Licht.

«Ist es das, was ich glaube, das es ist?»

Der Besucher schweigt.

«Ist», forscht Höflich weiter, auf einen Schlag Abenteuer und Profit und Ruhm und einen Eintrag in die Geschichtsbücher greifbar vor sich sehend, «noch mehr davon da?» Er versucht, den Reisenden auszuhorchen. Dass er diesen angeblichen Herrn von Rose vorher noch nie gesehen hat, da ist er sich sicher. Aber dass ihm noch nie einer einen Rohdiamanten aus DSW präsentiert hat, ist genauso gewiss.

«Ich bin kein Geologe und kein Mineralienexperte», sagt Busch und lächelt länger als gewollt, um sein Malariafrösteln zu verbergen, «aber ich weiß, dass Diamanten nicht als Einzelstücke vorkommen.»

«Wer weiß noch davon?»

«Bis jetzt niemand», antwortet Busch wahrheitsgemäß.

«Wer kennt den Fundort?»

«Ich.»

«Brandy?»

Höflich, seinen Drink in der einen, den verheißungsvollen Stein in der anderen Hand, überlegt. Heute ist Rosenmontag. Zwar nicht der 1. April, aber wer weiß. Was, wenn ihm irgendwer einen Schauspieler und ein Stück Kandis schickt?

«Darf ich Ihr Warenmuster prüfen?»

«Bitte, nur zu.»

In einem guten Haus wie diesem ist der Sekretär nicht weit, und binnen Augenblicken steht eine geöffnete Werkzeugkiste auf dem Boden des Arbeitszimmers.

Kein Kandis. Kein Zweifel. Das kleine Ding übersteht drei feste Hammerschläge auf dem Sockel des Kamins ohne jeden Schaden.

«Danke, Asch, das kann wieder weg. Und meinen Termin gleich, Sie wissen schon, sagen Sie ab, ja? Ich habe hier Interessantes zu erörtern.»

Damit zieht Asch die Tür des Salons hinter sich zu.

Busch, der jetzt doch einen Weinbrand genommen hat, zeigt auf eine der Fotografien an der Wand: «Ihr Herr Vater?»

«Ja. Ohne seine Tatkraft gäbe es unser Firmenkonsortium heute nicht. Es hat sich in den letzten Jahren wünschenswert vergrößert. Ich nehme an, dass auch die Tatsache, dass die Höflich-Firmengruppe nicht nur ein eigenes Bankhaus, sondern auch Zugang zu wesentlichen logistischen Branchen hat, ein Grund für Sie war, mich zuerst aufzusuchen.»

«In gewisser Weise, ja», hält sich der Besucher noch etwas bedeckt.

Geschäfte, wirkliche Geschäfte, kein Kaninchenfutter, werden abseits aller Zahlen und Prozente über persönliche Beziehungen gemacht, weiß Höflich. Und dass er mit seiner freundlichen, verbindlichen, nie plumpen Art binnen einer

Viertelstunde aus einem Fremden einen Freund machen kann, das hat er dutzendfach bewiesen.

«Was, darf ich fragen, hat *Ihr* Vater gemacht?», wird er deshalb gezielt privat.

«Mein Vater», lächelt sein Besucher, «nun, mein Vater besaß Schlösser.»

«In Kurland?»

«In Schachteln. Mein Vater verstand es wie kein anderer, Taschenschlösser zu machen, die nicht größer waren als ein Pillendöschen und die dennoch einen mannshohen Überseekoffer verschlossen hielten. Und das Beste an seinen Schlössern war», ergänzt der geheimnisvolle Besucher nun, «dass sie nach Tausenden salzigen Seemeilen, nach dem Transport über staubige, steinige Pisten am Ankunftsort anstandslos aufsprangen, als wäre nichts gewesen. Willig und mit einem eleganten Geräusch. So etwas machte mein Vater.»

Höflich ist nun verwirrt. Er hat gewöhnlich mit Leuten zu tun, die bereits in vierter, fünfter Generation erfolgsverwöhnt sind. Dieser Herr von Rose scheint einen Krämer oder Täschner zum Vater gehabt zu haben. Deshalb verlässt Rex Höflich jetzt das private Terrain und kehrt zum Geschäftlichen zurück.

«Was also ist Ihr genauer Standpunkt hierbei, mein Herr?»

Wieder wandert ein Lächeln über das etwas ausgezehrte Gesicht des gebräunten Herrn. Er steht auf, öffnet seine Aktenmappe und holt daraus etwas Rundes hervor. Schmucklos, soweit Höflich das aus der Distanz beurteilen kann. Einer flachen Brotdose nicht unähnlich. Das runde Ding legt der Besuch vorsichtig in die Mitte des Raumes und zeigt darauf. «Das ist mein Standpunkt in diesem Geschäft, Herr Direktor. Es könnte hilfreich sein, wenn Sie ihn einnähmen. Nur für kurze Zeit.»

Höflichs Blick wandert etwas überrascht zwischen dem Besucher und diesem Ding hin und her. Eine afrikanische Gewohnheit vielleicht. Wer offensiv Geschäfte macht, muss offen sein. Höflich ist offen offensiv.

«Also schön», sagt er und springt jugendlich federnd aus dem Sessel.

Er betritt das flache, seltsam schmucklose Ding. Ein feines Knacken wird darin hörbar.

«Das, weil Sie danach fragten, hat auch mein Vater gemacht.»

Keine fünf Minuten später schwitzt Rex Höflich stark. Er steht auf dieser Tellermine, an deren Echtheit er keinen Zweifel mehr hat, seit er das Flackern in den Augen dieses Mannes bemerkte. Er kann sich beileibe nicht an die Übernahme einer Firma namens Busch erinnern. Wie auch, bei dem schieren Volumen an Beteiligungen und Aufkäufen dieser Art. Aber dies zu beteuern, brächte nichts. Was soll er also tun? Soll er nach Ascheberg rufen? Was sollte der ausrichten? Könnte er Ascheberg bitten, für ihn den Platz auf dem Ding einzunehmen, ohne ihm zu sagen, um was es sich handelt? Das würde diesem Rose den Wind aus den Segeln nehmen und Höflich die Möglichkeit geben, den Schrank mit den Flinten zu erreichen. Das weiße Harlekinkostüm, das daran hängt, scheint ihn auszulachen, findet Direktor Höflich. Er bezweifelt, dass er es heute Abend tragen wird.

Einige Minuten später breitet sich Zorn in ihm aus. Zorn über die eigene Leichtgläubigkeit. Zorn über Asch, wildfremde Besucher hereinzulassen. Zorn über die Impertinenz dieses Mannes, sich seiner zu bemächtigen.

«Hören Sie», schlägt Rex Höflich einen spürbar schneidenden Ton an, «ich werde mir den Fall der Firma Ihres Vaters gern noch einmal vornehmen. Aber fürs Erste habe ich eine Reise anzutreten.»

Schlendernd umkreist ihn der fremde Mann und nickt dann lächelnd: «Eine Reise? Das trifft sich. Da komm ich mit.»

Und ehe Rex Höflich sich versieht, hat sich der andere fest an ihn geklammert wie ein Ringer. Dann spürt Höflich, dass der Wahnsinnige ihm etwas in den Mund steckt wie eine Halspastille. Und dazu hört er noch einen Spruch, ja, was redet dieser Kerl da?

«Rums!! – Da geht die Pfeife los
Mit Getöse, schrecklich groß.
Kaffeetopf und Wasserglas,
Tobakdose, Tintenfaß,
Ofen, Tisch und Sorgensitz –
Alles fliegt im Pulverblitz –.»

Und dann spürt Expansionsvorstand Rex Höflich, dass er und dieser … wie war noch der Name … dieser ungebetene Besucher, ins Wanken geraten und ihren gemeinsamen Standpunkt jäh verlassen.

■■■

Gestern noch Zar, heute Pförtner. Werner Golombek, 44, ist dennoch nicht unzufrieden mit seinem Dasein. Sein Karnevalskater von gestern Nacht ist allerdings immer noch aktiv. Bei der Wahl zum Kostüm des Abends hat er den dritten Platz belegt, hinter einer Frau, die als Borsig-Lokomotive ging und jeden alleinstehenden Herrn mit dem Spruch anhauchte, sie sei ein *Lok-Angebot.* Wer den ersten Platz machte, ist Pförtner Golombek entfallen. Auch den kleinen Blechpokal für sein Zarenkostüm konnte man ihm nicht direkt überreichen. Standesgemäß saß Golombek ab zehn Uhr abends in einer Kammer der Herrentoilette in einer bunten Lache Selbsterbrochenem und schlief, wie nur ein Zar schlafen konnte. Heute, am Rosenmontag, wieder in das schlichte Dunkelblau seiner Pförtneruniform gewandet, fühlt er sich deshalb noch etwas schwach auf den Füßen, zumal er den Kollegen aus Gebäude B der Staatsanwaltschaft mitvertreten muss. Also pendelt Golombek, so gut sein klappriger Gesamtzustand das zulässt, von seiner Pförtnerloge an Eingang A zu der des überraschend erkrankten Kollegen Herbert «Bumsberti» Stoffers in Haus B und wieder retour. Wegen der allgegenwärtigen Karnevalsfeiern ist das große Gebäude heute geradezu ausgestorben. Golombeks Schritte hallen wider wie in einer Kathedrale. Wegen der ungewohnten Stille hört er dieses quietschende Geräusch sehr früh. Eine Dachluke, die irgendwer aufgelassen hat und die sich jetzt im Wind bewegt? Aber dann kommt das Quietschen von sich aus immer näher und näher. Am Korridorabzweig zu Haus B läuft er beinah in eine Putzfrau rein, deren schlenkernder Blecheimer dieses entsetzliche Geräusch erzeugt.

Immerhin froh, nicht durch alle Etagen wandern zu müssen, erspart sich Golombek den sonst fälligen Anschiss und murmelt nur: «Guten Abend, gnädige Frau. Tropfen Öl würde helfen.»

Die Quietschende murmelt etwas zurück, was der Eimer allerdings übertönt. Erst als er Bumsbertis Loge erreicht und dort dankbar für die nächste halbe Stunde Platz nimmt, fragt er sich, weshalb heute Putzleute im Haus sind. Geputzt wird nur dienstags und freitags, geschmutzt wird immer, hatte Dirks, der Chefpförtner damals bei der Einweisung gesagt. Nun ja, denkt sich Golombek amüsiert und nimmt noch einen wohltuenden Zug aus der Flasche Pilsener unter seinem Pult, die Dame hat wohl einen Spezialauftrag.

Die Dame befindet sich derweil im ersten Obergeschoss von Haus A. Der große Saal mit der Zentralkartei ist nicht verschlossen. Der hohe, dunkle Schrank mit den Ermittlungsakten nimmt die gesamte Querwand ein. Sorgsam stellt sie ihren Eimer ab, lauscht durch ihr Kopftuch hindurch eine Weile in die Grabesstille der Etage und beginnt dann, in der tiefen Schublade mit den Buchstaben *La – Le* zu blättern. Landgraf, Landgrebe, Landhorn, Landig, Landini, Landmann, Landmeier, Landmeyer, Landow. Als sie gefunden hat, was sie sucht, lächelt sie kurz, wobei das Grübchen auf ihrer Kinnmitte einen Hüpfer macht.

Keine drei Minuten hat das gedauert, und *Landow* ist im Eimer.

18

Dienstag, 5. März

Die Extrablätter des frühen Morgens bringen einen Nachruf auf den am Samstag in Berlin verstorbenen Finanzier und Krupp-Freund Niemann aus der Stahlstadt Essen. Außerdem berichten sie von einer Explosion in der Lichterfelder Villa eines Bankenvorstands namens R. Höflich sowie von der grauenvollen Theaterpremiere eines modernen Stückes und des Weiteren vom Fund einer noch unbekannten Frauenleiche, die man, zumindest teilweise, hinterm Güterbahnhof an der Lüneburger Straße gefunden hat. Einen anderen Teil von ihr fand man kurze Zeit später angespült am Ufer beim Schloss Bellevue. Die Kriminalpolizei ermittele bereits mit Hochdruck, heißt es weiter.

■■■

Im Sektionskeller der Charité herrscht a) der übliche Hochbetrieb und b) ungewohnte Ratlosigkeit. Der Pathologe Pfeiffer hat so etwas noch nicht erlebt. Auf Tisch 4 liegt kein Leichnam. Da stehen zwei ovale Zinkwannen. Solche, die man normalerweise für die Kochwäsche benutzt oder zum Sauerkrautmachen. So was, verdammt noch eins, hatte er noch nie. Die Wannen enthalten eine organische Masse wahrscheinlich menschlichen Ursprungs, so viel lässt sich feststellen. Derartigen Fleischbrei nennen Metzger Wurstfülle. War sicher kein Vergnügen, das da von den Wänden dieser Bankiersvilla abzukratzen, denkt er sich. Was Pfeiffer außerdem ins Grübeln bringt, ist die Dreiteilige auf Tisch 2. Hans hat die Teile entkleidet. Dann hat er die Dame, eine Frau aus guten Verhältnissen, um die vierzig wahrscheinlich, sorgfältig gewaschen. Aber – und das ist das Eigenartige – er hat dabei nicht halblaut auf die Frauenleiche eingeredet. Das tut er doch sonst immer, wundert sich Pfeiffer und zieht sich die extralangen Handschuhe an, die ihm bis über die Ellbogen hochreichen. Der spricht immer mit den Frauen, ganz leise, beinahe zärtlich. Mit der dort spricht er nicht.

Eine volle Stunde später hat Pfeiffer den breiigen Inhalt der Wannen immerhin so geordnet, dass man von zwei Leichen ausgehen kann, beide männlich. Er hat in all dem zwei noch intakte männliche Unterkiefer gefunden, sonst nur Fetzen von Kleidung und Haut und Haaren und Fleisch. Und – Pfeiffer beschließt, das nicht zu protokollieren – ein kleines, zusammengefaltetes Stück hellen Nesselstoff, das etwas enthält, das man bei flüchtigem Hinsehen auch für einen gezogenen Backenzahn oder ein Stück Kandiszucker hätte halten können.

Bei der Mehrteiligen auf Tisch 2 erkennt Pfeiffer sofort die besondere Begabung des Mörders. Wie bei den mehrteiligen Frauenleichen im letzten Frühjahr, deren Serie so abrupt geendet hatte. Wieder kein Schnitt zu viel, kein Gemetzel, alles sauber ausgeführte Separation. Das Darmgekröse hat der Täter so exakt, als gehörte es von Natur aus genau dorthin, in den Brustkorb verpflanzt, wohl um sein Können zu demonstrieren. Die stattdessen in das Abdomen verbrachten Lungenflügel und weitere originelle Details unterstreichen die chirurgische Meisterschaft. Beinahe ist Pfeiffer ein wenig eifersüchtig auf diese lobenswert meisterhafte Arbeit. Die Identifizierung der Frau wird ebenfalls vereinfacht, weil sich Personalpapiere in der Handtasche der Toten finden. Der Name ist durch einen Blutfleck nicht lesbar, wohl aber die Wohnadresse: Kaiserplatz. Gute Gegend, denkt Pfeiffer, und fast ist ihm, als hätte er das neulich erst irgendwo gehört oder gelesen. Kaiserplatz. Kaiserplatz?

▪▪▪

In Zimmer 3/55 des Verwaltungstrakts im Präsidium ist alles neu. Es riecht noch nach frischer Farbe, die Möbel für die neuen Kollegen, die ab nächster Woche hier Dienst tun sollen, sind noch eingewickelt wie klobige Gespenster. Neu ist allerdings auch, dass sich für den Fortbildungslehrgang zum Erwerb des *Telegraphenscheins im gehobenen Behördenverkehr* eine Frau anmeldet.

«Sie sind eine Frau», hat der Verwaltungsangestellte Wagenknecht deshalb bemerkt.

«Man merkt gleich, dass Sie bei der Polizei arbeiten», hatte diese Frau Runge ihm darauf geantwortet und keine Anstalten gemacht zu gehen.

«Ist El-sa der vollständige Vorname?»

«Nicht Elsa. Elba. Wie die Insel.»

«Wie Sie meinen, Frau Runge. Stenographie beherrschen Sie offenbar. Und sonst? Wie viel Anschläge?»

«Noch keinen bis jetzt. Gewalt ist mir eigentlich fremd. Kann sich aber ändern.»

Da hatte Wagenknecht hörbar eingeatmet, aber vorgezogen, nichts zu antworten. Die Dame dort hatte so was Energisches ums Kinn herum.

▪▪▪

Orsini hat auf die Minute bis um fünf Uhr gewartet, um die Konventionen einzuhalten. Gut möglich, dass wieder bloß das dämliche Dienstmädchen öffnete. Wären Blumen nicht doch passender gewesen, fragt er sich und kontrolliert zum x-ten Mal seinen Kragen.

«Herr Orsini. Welche Überraschung.» Zum Glück ist es Frau Phillipi selbst, die ihm öffnet. Sie trägt das holunderbeerfarbene Spitzenkleid, das er so an ihr mag und das mit cremefarbenem Stoff hinterlegt ist und dadurch die verlockende Illusion erzeugt, teilweise transparent zu sein.

Sie bittet ihn herein. Ihr Mann ist unterwegs, sagt sie. Hier in der Stadt, aber außer Haus.

Linkisch hantiert Orsini mit der hübsch verpackten Notenrolle herum.

«Ich dachte, es würde Ihnen eine Freude bereiten. Ich habe es gerade erst entdeckt. Ein modernes Stück, dennoch gefühlvoll.»

«Das ist eine wunderbare Idee, Herr Orsini. Elgar? Ich kenne noch nichts von diesem Komponisten. Herzlichen Dank. Portwein?» Den Titel des Stückes – Salut d'Amour – lässt sie lieber unkommentiert. Orsini hat das französische Amour mit dem englischen Armour verwechselt, er hält das Stück mit den vielen Noten immer noch für einen Parademarsch oder so etwas. Der kleine Mann jedenfalls strahlt sie an wie ein Honigkuchenpferd. Und dieses Angestrahltwerden tut Frau Phillipi für einen kurzen Moment spürbar wohl.

▪▪▪

Zur gleichen Zeit und nur ein paar Ecken entfernt treffen sich in der Abenddämmerung zwei Herren im Foyer der Sternwarte.

Der eine Herr ist sichtlich nervös. Er holt ein paar Papiere aus einer Aktenmappe, es handelt sich um nur wenige, akkurat beschriebene Seiten, und gibt sie dem anderen. Der überfliegt sie, stutzt, liest weiter und steckt die Blätter zufrieden ein. Das Mitgliederverzeichnis der Kunststiftung Milo ist nicht lang, aber außerordentlich brisant. Sauermann bekommt, was er will.

«Und nun das Foto, Graf Landow.»

Landow nickt und gibt Herrn Phillipi die versprochene Bilderkasette aus der Buchkamera. Er glaubt nicht, dass Phillipi die Bilder entwickeln lässt. Aber falls doch, zeigen sie sehr vage und verwackelt einen schlafenden Mann auf einem Sofa. Die Bilder hat Landow vor einer Stunde erst mit Orsini und dem kleinen Canapé im Büro nachgestellt.

«Und», hakt Landow nach, «haben Sie das andere, um das ich Sie bat, auch arrangieren können?»

«Es wäre zu plump gewesen, nachträglich Fehler in die Bilanzen einzuarbeiten. Das würde man bei einer Revision rasch durchschauen. Es gibt allerdings einige Ungereimtheiten bei der Besitzübertragung des gesamten Anwesens seinerzeit. Ich habe das auf der letzten Seite noch einmal vermerkt. Ein gezielter Hinweis darauf beim Grundbuchamt dürfte für einige Aufregung sorgen.»

Phillipi ist spürbar stolz auf diese List und sichtlich erleichtert, als er jetzt das flache Fotokästchen einsteckt. Er hat, wahrscheinlich der Tarnung wegen, den kleinen Sam mitgebracht. Der hat sich sehr genau die astronomischen Modelle in den Vitrinen angesehen und kommt nun gerade zu seinem Vater zurückgelaufen.

«Würden Sie wohl für einen Moment auf ihn aufpassen, Herr von Landow? Graf? Ich müsste mal rasch …»

Damit ist er auch schon fort und verschwindet am Ende des Foyers in der Herrentoilette.

Landow betrachtet den Jungen mit den Goldlocken und lächelt.

«Sag mal, Samuel, möchtest du deiner Mutter vielleicht eine Überraschung machen?»

Sam will.

«Schau mal, dann schenke ihr doch das hier. Das wird ihr gefallen. Das ist ein Parfüm aus Paris.»

«Yippieh!»

«Ich sehe, du kennst dich schon aus in der Welt, Sam.»

Der Junge nimmt das geheimnisvoll schimmernde, dunkelgrüne Kästchen mit den Goldkanten und betrachtet es aufmerksam. Dann plötzlich sagt er: «Ich habe ihn gesehen.»

«Wen denn?»

«Vater.»

«Und wo hast du ihn gesehen?»

«In dem Haus mit den vielen Engeln. Er macht da die Zahlen.»

Landow beugt sich vertraulich zum kleinen Phillipi hinunter und fragt: «Und weshalb warst du dort? In dem Haus mit den Engeln?»

Sam hält das dunkelgrüne Parfümkästchen fest in beiden Händen und sieht Landow ernst in die Augen, als er sagt: «Ich wollte Geld verdienen. Für dieses Yippieh. Für Mama. Ich sollte dort einen goldenen Jungen spielen. Ich sollte golden sein und Geige spielen. Am Anfang lief es gut. Es gab Kakao.»

▪▪▪

Die Uhr läuft bereits stramm auf Mitternacht zu, als in der Ritterstraße ein langanhaltendes Poltern Orsini aus dem Schlaf weckt. Der Grund für das Geräusch ist Landow, dessen obere Hälfte tief im Küchenschrank mit den Töpfen steckt.

«Suchen Sie etwas, Landow?»

«Wie kommen Sie denn auf so was?», kommt es dumpf aus dem Schrank. «Halb in Möbeln zu stecken, ist eine neue Art der Leibesertüchtigung und meine heimliche Leidenschaft.»

«Der Cointreau ist dort, wo er immer ist, Landow. Entweder im Klavier oder in Ihnen.»

Landow hat den Schrank mittlerweile verlassen und hält Orsini ein kleines Fläschchen hin.

«Das habe ich gesucht. Nähmaschinenöl für meine gute alte Remington.»

Erst jetzt bemerkt Orsini den dunklen Eisenklotz von Schreibmaschine auf dem Küchentisch.

«Die Maschine braucht ein paar Tropfen Öl und ich ein paar Tropfen Schnaps und etwas Zeit. Morgen früh geht mein Bericht an die Polizei. Anonym, versteht sich. Inklusive Erwähnung der gemeinsamen Details in vier Mordfällen, von Lutscherkutschern und feindlichen Übernahmen in allen Variationen. Die Diamanten lasse ich weg, sonst bekäme Pfeiffer Schwierigkeiten. Sollen doch andere den Ruhm einheimsen. Weshalb sollten wir berühmt werden?»

Orsini betrachtet von der Tür aus, wie Landow ein jungfräuliches Blatt in die Maschine einspannt, dann lässt er ihn allein. Auf dem Weg zurück in sein Bett denkt er zufrieden: «Man kann gegen ihn haben, was man will. Aber wenn es darauf ankommt, ist er ein Ehrenmann. Spät, aber immerhin.»

19

Aschermittwoch, 6. März ff.

Beim Hofgang in der Strafanstalt Plötzensee bricht der wegen Fälscherei russischer Kirchenkunst verurteilte Gefangene Nikolai «Kolja» Borkin zusammen. Der Kopfschuss, der ihn sofort tötet, kommt von so weit her, dass Borkin bereits am Boden liegt, als man im Hof das Mündungsfeuer hört. Der Schütze wird nicht gefasst. Man vermutet einen Vergeltungsakt internationaler Hehlerkreise.

▪▪▪

Mit Hilfe des echten Barbiersalons Dorn, des falschen Fußpflegers Gold und eines versierten, hier lieber anonym bleibenden Bekannten Orsinis wird aus der dreiteiligen Familie des US-amerikanischen Staatsbürgers Richard Chamberlain Lincon in gekonnter Metamorphose eine Reisegruppe italienischer Herkunft mit dem Ziel New York City. Dank erstklassig gefälschter Papiere gehen die drei am 12. März in Bremerhaven unbehelligt an Bord des vertrauenerweckenden englischen Dampfers *Peacock* und erreichen den Hafen von New York tatsächlich schon zehn Tage später. Dank ausreichender Zahlungsmittel haben die drei US-Amerikaner trotz eines Sturmtiefs vor Neufundland in der zweiten Klasse der Peacock eine angenehme Überfahrt und sind nach ihrer Rückkehr in die Staaten guter Hoffnung auf eine harmonische Zukunft.

▪▪▪

Nach einem Februar, der täglich neu ihre Schuhe und Gemüter aufweichte, kredenzt der März nun schon über die Solidität von ganzen vier Tagen hinweg freundliches Wetter. Die Menschen reißen sich die Mantelkrägen auf wie Erstickende, blinzeln in eine noch schwache, weißgelbe Sonne, flanieren wieder, statt, Pfützen überspringend, bloß von A nach B zu hetzen.

Elba Runge und Gabriel Landow machen das, was Verliebte in solch einem Klima häufig tun: Sie gehen in den Zoo. Beide, würde man sie danach fragen, würden nicht sagen, dass sie verliebt seien, schon gar nicht ineinander, aber im Zoo sind sie dennoch, soeben bei den Flamingos. Sie sitzen auf einer Bank, und Elba kaut Weichkaramell, was ihr Kinngrübchen zu schnellen Sprüngen animiert. Für einen Moment setzt sich ein dickes Mädchen zu ihnen und vertieft sich in das Erforschen seiner Bonbontüte, und für diesen Moment wirken die drei auf der Bank wie eine handelsübliche Sonntagsfamilie. Dann steht das fremde Kind auf und läuft fort.

«Und Sie glauben, Landow, der Junge dieses falschen Bankiers hat die Lügen seines Vaters irgendwann einfach entdeckt?»

«Ich weiß es natürlich nicht genau. Ich stelle mir vor, dass er eines Tages seinem Vater heimlich zum Bahnhof gefolgt ist. Vielleicht wollte er einmal mit ihm im selben Zug in diese fernen Städte fahren, in denen der Vater unter der Woche arbeitete. Zu seiner Überraschung bog der Herr Papa aber plötzlich vom Weg ab und blieb in Berlin. Aber wieso? Wieso log der

Vater ihn und die Mutter an? Gut möglich, dass der Kleine, um das herauszufinden, es irgendwie schaffte, ihm auch in die Villa der antiken Knabenfreunde zu folgen, und dass man ihn dort prompt als Goldjungen engagieren wollte.»

Frau Runge bietet Landow das letzte Bonbon an, er lehnt ab.

«Und dann», mutmaßt sie beherzt kauend, «erlebte man bei ihm eine gewisse Überraschung, als man ihn auszog? Weil er beschnitten ist?»

«Vermutlich ja. Man weiß nicht viel über den germanischen Helden Siegfried als Kind, aber dass er nicht beschnitten war, das weiß man wohl. Und die Herren in der Villa legen auf derlei Details offenbar Wert.»

«Das beinahe Komische daran ist ja, dass unser Herr Phillipi, der falsche Bankier, aber dreifach fleißige Buchhalter, nur vorgab, Jude zu sein. Er dachte, ein jüdisch klingender Künstlername wäre der Passierschein in die Beletage der Geldhäuser.»

Eine Weile sagen beide nichts mehr und schauen, was es zu schauen gibt. Schließlich dreht Landow sich Elba entschlossen zu.

«Sie werden mich für verrückt halten, …»

«Das tue ich ohnehin schon, Landow.»

«Umso besser. Ich muss das wissen.»

«Was denn genau?»

«Wie Sie das gemacht haben. Das mit dem toten Lugert und dem … Souvenir. Wie Sie den Turm in ihn hineingekriegt haben.»

«Eine entschlossene Frau kommt überall rein. In den Sektionssaal mit unserem Generalschlüssel. Und in den feinen Herrn Lugert, nun ja, sagen wir so: Eine gute deutsche Hausfrau hat immer ein Stück Butter dabei.»

Jetzt schweigen beide wieder. Elba grinst still. Sie weiß, was er als Nächstes fragt. Und tatsächlich: «Jetzt auch? Ich meine, die Butter?»

Elba Runge knüllt die Papiertüte zu einer Kugel und steckt sie ein. Eine Weile schweigen sie und betrachten den flirrenden Vorhang rosé- und lachsfarbener Vogelhälse vor ihnen im Teichgehege.

Ein paar geschlenderte Minuten später, bei den Pinguinen, zeigt er auf sie.

«Ihr Knopf», sagt Landow dann. «Der dritte von oben», fährt er fort.

«Ja, was ist mit dem?»

«Der ist rot, die anderen nicht. Trägt man das jetzt so?»

«Kommt drauf an.»

«Auf was denn?»

«Ob man selber rot ist. Politisch.»

«Sie sind heimliche Kommunistin, Frau Runge? Hätte ich mir gleich denken können.»

«Erstens bin ich Sozialistin. Seit vorgestern Mitglied in der SAP, der Sozialistischen Arbeiterpartei Deutschlands.»

«Die ist verboten, Frau Runge.»

«Beweismittel zurückzuhalten, ist auch verboten, Herr Landow.»

Sie hält ihm einen Zettel hin.

«Was ist das? Haben Sie unser Aufgebot bestellt? Verzeihung. Ein Mitgliedsantrag? Oh nein, Frau Runge. Not my cup of tea. Ich bin auch ohne Parteibuch nicht unparteiisch. Außerdem sind Politiker doch eh alle gleich. Alles Verbrecher.»

Sie sieht ihn ernst an, scheint tatsächlich enttäuscht zu sein. Dann steht sie auf, reckt die Arme weit in den beginnenden Frühling und sagt: «Na dann los, zu den Löwen.»

«In Ordnung», sagt er, «aber bevor Sie mich den Raubtieren vorwerfen: Danke, Frau Runge.»

«Wofür genau?»

«Für das Bereinigen meiner Aktenlage bei der Staatsanwaltschaft.»

«Ich weiß nicht, wovon Sie reden. Ich habe Ihnen zu danken.»

«Bestimmt. Aber wofür speziell?»

«Für den Erzengel, was diese Villa angeht.»

«Die werden weitermachen wie bisher. Man wird doch noch in aller Unschuld nackte Kinder betrachten dürfen, was sollte daran verwerflich sein?»

«*Schafe können sicher weiden, wo ein guter Hirte wacht.* Bach, wir üben das gerade.»

«Wie Sie meinen. Jetzt aber los. Zu den Löwen.»

▪▪▪

An einem Dienstag bekommt der Assistent des Anstaltsleiters in Dalldorf, Dr. Radenkovic, ein Fernschreiben, das er zweimal aufmerksam liest. Dann lässt er nacheinander die Wärter Koch, Giering und Metzger kommen und konfrontiert sie mit dem Inhalt des Schreibens. Koch und Metzger leugnen empört, Giering knickt schließlich ein und gesteht. Daraufhin gesteht auch Koch. Dr. Radenkovic wirft alle drei auf der Stelle hinaus.

▪▪▪

Am 31. März wird in Paris der 312 Meter hohe Eiffelturm eingeweiht. Das höchste Gebäude der Welt und ein atemberaubendes Wahrzeichen des Fortschritts, sagen die einen. Eine obszöne Gotteslästerung, sagen die anderen. «Ein Eisenschwanz», sagt der Pensionswirt Koester in der Spindlerstraße anerkennend, als er das Zeitungsfoto sieht.

▪▪▪

Anfang April fährt Landow ostwärts. Allein. Nur sein Bruder ist bei ihm. Gut eingewickelt im Handgepäck. Je weiter der Zug kommt, desto betrunkener wird er. Landow hat vier Stunden Zeit, das zu tun, weswegen er herkam. Um 16.20 Uhr geht sein Zug zurück.

Am Bahnhof steigen nur ein paar Leute zu. Die wenigen, die rumstehen, falten die Mantelkrägen hoch und hasten durch den bindfadendicken Regen zu ihren Wagen auf dem Vorplatz. Nur ein alter Mann mit Pockennarben zieht die Mütze, als er an ihm vorbeigeht. Aber das, bemerkt Landow beruhigt, tut der bei jedem.

Als oben auf dem Hügelchen der Friedhof sichtbar wird, lässt er den Wagen halten und geht zu Fuß weiter. Mit bloßen Händen gräbt er ein Loch auf der Familiengrabstelle, stellt die Urne mit Perikles' Asche hinein und glättet wieder alles.

Für einen Augenblick überlegt er, ob er zum Gut rübergehen soll. Aber wozu. Dann, während der Regen auf ihn runterschüttet, murmelt er: «Herzlichen Glückwunsch zum Geburtstag, Bruder.» Dann geht er. Als er den Wagen, der weiter unten auf ihn gewartet hat, erreicht, glänzt sein Gesicht feucht, und es wäre schwer zu sagen, ob das nur vom Regen kommt.

▪▪▪

Am 22. April startet in den USA der *Oklahoma Land Run*, ein staatlich organisierter Wettlauf um Landbesitz im ehemaligen Indianerterritorium. Historiker werten den Land Run als das Ende des sogenannten Wilden Westens. Der Familie Lincon gelingt es dabei, auch begünstigt durch gute Ortskenntnis, ein besonders fruchtbares Stück Bodens zu erwerben. Mister Lincon eröffnet außerdem in einer Seitenstraße des kleinen Städtchens einen Kolonialwarenladen. Als Mitglied des Gemeinderates setzt er sich, als es um die Benennung einer neuen Straße geht, für den Namen *Berlin Street* ein, wird aber überstimmt.

▪▪▪

Am 6. Mai 89 wird in Paris endlich die Weltausstellung, die *Exposition Universelle*, eröffnet. Bis zum Jahresende werden 32 Millionen Besucher ihretwegen nach Paris kommen und sich von mehr als 61 000 Ausstellern aus 54 Nationen inklusive 17 Kolonien vor Augen führen lassen, wie vielfältig die Gegenwart ist und wie verheißungsvoll die Zukunft zu werden verspricht. Automobilbauer zeigen fahrfähige Prototypen, die Ablösung von Droschke und Pferdebahn ist nur eine Frage der Zeit. Ein Publikumsmagnet ist im amerikanischen Pavillon der Erfindungsreichtum Edisons, der die Glühlampe, den Elektrodynamo, den Vierfachtelegraphen und einen Phonographen vorstellt, der Sprache und Musik erst aufnehmen und später wiedergeben kann. Eine Sensation.

Passend zu diesem offiziellen Termin erfährt das neue, von der Damenwelt ungeduldig erwartete Parfüm aus dem Hause Guerlain seine Welturaufführung: *Jicky*, ist zu lesen, überrascht mit dem kühnen Rendezvous von Lavendel, Bergamotte, Lilie und Vanille, bezieht seine Eleganz, hört man, nicht zuletzt aus seiner raffinierten Klarheit und Einfachheit in der Komposition und wird als einziges Parfüm der Welt über zwei Weltkriege hinweg bis heute hergestellt werden.

▪▪▪

Am 20. Juli gehen die international gefeierte dänische Seiltänzerin und Artistin Madigan und ein schwedischer Leutnant namens Sparre als Liebespaar gemeinsam in den Tod, und für einen flüchtigen Moment im Glutofen-Sommer 1889, dem heißesten seit Beginn der Aufzeichnung von Wetterdaten, scheint es, als würde die Schwerblütigkeit und Lebensmüdigkeit voriger Epochen wiederaufleben.

▪▪▪

Am exakt selben Tag und gänzlich unschwerblütig wird eine von der Mauser zerrupfte Amsel auf dem Regenrohr in der Ritterstraße, Dachgeschoss, Rückgebäude Zeuge folgenden Dialoges:

«Sie spielt das Stück jedenfalls immer noch regelmäßig, mal mit dem Jungen, mal allein.»

«Was Sie freilich nur deshalb wissen, weil Sie jeden Abend heimlich vor der Tür lauschen. Machen Sie sich wegen des Doppellebens des Herrn Phillipi keine falschen Hoffnungen, Orsini. Damen wie diese geben sich nicht mit zerzausten, unsteten Exemplaren wie unsereinem ab. Dieser Typ Frau will versorgt sein und ist bereit, dafür einige Abstriche in Kauf zu nehmen. Zum inneren Aufwühlen finden diese Damen dann ganz gezielt anderwärts Gelegenheit, am Klavier zum Beispiel oder in der Literatur. Ich bin jedenfalls heilfroh, dass Ihre Obsession für diese Frau jetzt bald ein Ende hat.»

Orsini erstarrt: «Obsession? Ein Ende? Wieso?»

Landow, schon im Nebenzimmer, steckt den Kopf zurück in den Raum. «Fegesack hat ein Schild rausgehängt: Zu vermieten. Phillipi hat wohl reinen Tisch gemacht. Die Familie zieht weg, nach Hamburg. Oder Frankfurt? Irgendwas mit a und u, sagt Fegesack. Es ist besser so, Orsini. Handfeste Gesellen wie wir brauchen handfeste Frauen, glauben Sie mir.»

Orsini, verärgert über Landows ironischen Unterton, räumt sehr sorgfältig das Geschirr ab. Dann, das Geschirrtuch noch in der Hand, geht er rüber in Landows Büro.

«Pausewang aus dem Vierten zieht auch aus. Er geht zur Oper nach Dresden.»

«Und?»

«Die Miete ist nicht so teuer.»

«In Dresden?»

«Im Vierten.»

«Wir wohnen doch bereits hier.»

«Wir könnten hier nur noch das Büro haben und unten wohnen. Auf jeden Fall hätten wir mehr Platz. Auch für die handfesten Frauen und so.»

«Ich frage mich, woher Sie Ihren Optimismus nehmen, Orsini.»

«Erstens, Landow, habe ich einen florierenden Nebenberuf. Und zweitens: Das ist die neue Zeit! Die Moderne! Die Weltausstellung! Und außerdem die Tatsache, dass der kleine Herr vom Ministerium, dieser Sauermann, gestern bereits zwei Mal hier war. Wollte wiederkommen.»

Die Türglocke geht. Orsini grinst und nimmt seinen rechten Arm ab.

«Öffnen Sie, Landow? Könnte dringend sein. Ich muss noch den Abwasch machen und meine Obsession loswerden.»

▪▪▪

In der Kolonie Seiner Majestät Deutsch-Südwestafrika werden erst im Jahr 1908 offiziell die ersten Diamanten gefunden. Von einem einfachen Bahnarbeiter im Süden des Landes. Gar nicht weit von der Stelle entfernt, wo bereits mehr als zwanzig Jahre zuvor eine Handvoll dieser Steine gefunden worden war. Von einem Unbekannten und damals absolut inoffiziell.

▪▪▪

Übrigens: Die Vollendung des linear gleitenden Zahnverschlusses, an dessen Serienreife der Amerikaner Howe 1851 und der Tüftler Busch in den 80er Jahren noch scheiterten, gelang findigen Pionieren erst nach dem Ersten Weltkrieg. Ein Schwede und ein Schweizer entwickelten getrennt voneinander das seltsame Ding und führten es bis zur Massenproduktion. Der heute übliche Name dafür ist Reißverschluss.

In diesem ersten von mehreren Weltkriegen werden mehr als 10 000 Tellerminen explodieren. Keine davon wird allerdings mit dem patentierten, *kapselgelagerten Hub-Auslöser für statische Detonations-Waffen* der Firma Busch ausgelöst. Der ist da längst Geschichte.

Zitatnachweis

Kapitel 1, S. 15:
«Wild und leise …» [sic], original: «mild und leise», Richard Wagner, «Tristan und Isolde», III. Aufzug, 3. Szene

Kapitel 2, S. 52:
F. H. Benary: «Zehn kleine Negerknaben» (1885)

Kapitel 3, S. 68 ff.
C. A. Lüderitz, «Die Erschließung von Deutsch-Südwest-Afrika durch Adolf Lüderitz», Oldenburg (Stalling) 1945

Kapitel 3, S. 70 f.:
Johann S. Bach, Choralkantate «Ich hab in Gottes Herz und Sinn», BWV 92

Kapitel 5, S. 161 e. a.
Homer, «Ilias», übersetzt von Johann Heinrich Voß (1793), München (dtv) 2002

Kapitel 6, S. 181 e. a.
Arthur Conan Doyle, «A Study In Scarlet», London (Ward Lock) 1887

Kapitel 8, S. 236:
Johann S. Bach, Choralkantate «Gottes Zeit ist die allerbeste Zeit», BWV 106

Kapitel 10, S. 278 e. a.:
Wilhelm Busch, «Max und Moritz. Eine Bubengeschichte in sieben Streichen. Münchner Originalausgabe», München (Loewe) 2017

Kapitel 12, S. 355:
Wilhelm Sander, «Die Beziehung zwischen Geistesstörung und Verbrechen. Nach Beobachtungen in der Irrenanstalt Dalldorf», Berlin (Fischers Medicinische Buchhandlung) 1886

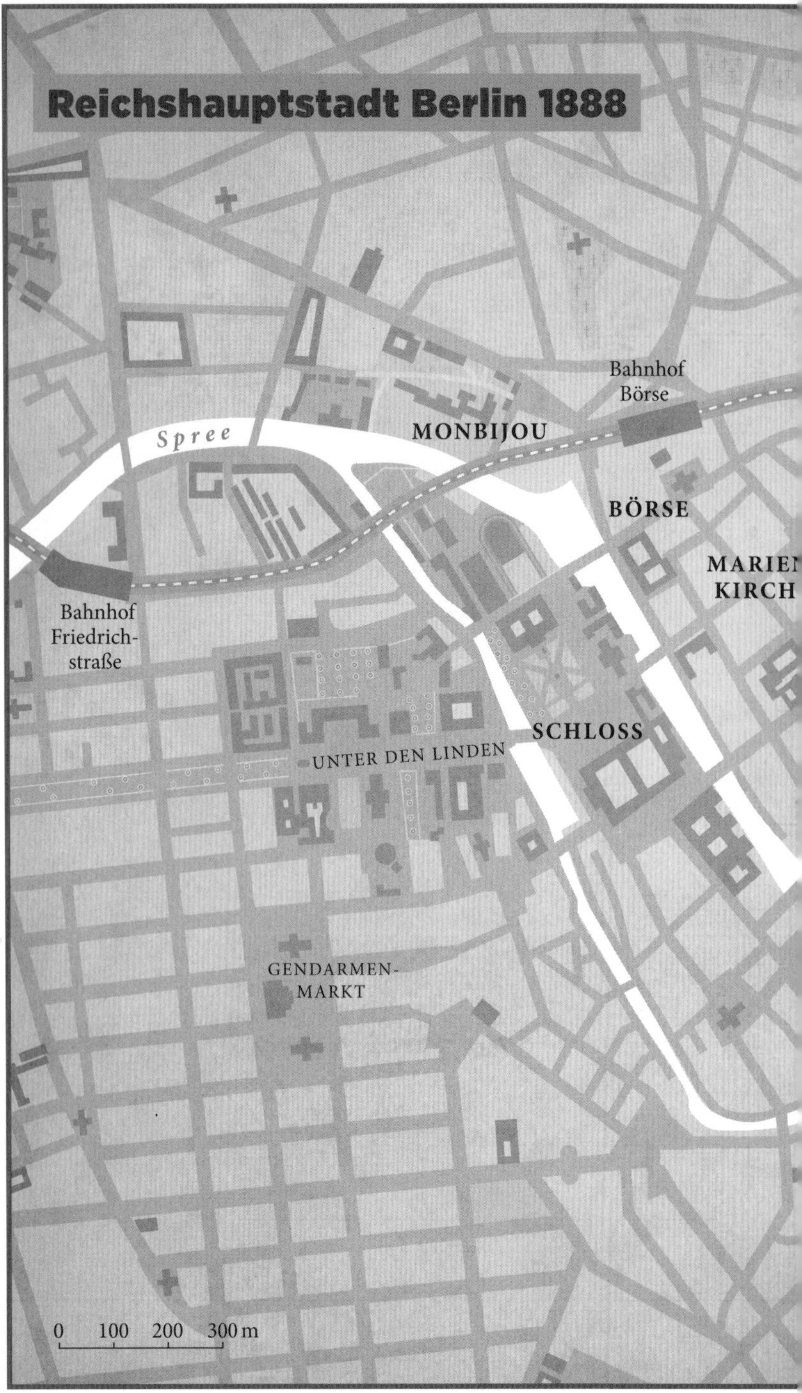
Reichshauptstadt Berlin 1888
Bahnhof Börse
Spree
MONBIJOU
BÖRSE
MARIEN
KIRCH
Bahnhof Friedrichstraße
SCHLOSS
UNTER DEN LINDEN
GENDARMEN-MARKT
0 100 200 300 m